W0032287

Jude Deveraux

Herz aus Feuer

ROMAN

Aus dem Amerikanischen übertragen
von Bodo Baumann

Bechtermünz Verlag

Titel der Originalausgabe: TWIN OF FIRE

Genehmigte Lizenzausgabe für
Bechtermünz Verlag im
Weltbild Verlag GmbH, Augsburg 1997

Umschlagmotiv: Pino Daeni/Agentur Thomas Schlück, Garbsen
Umschlaggestaltung: Adolf Bachmann, Reischach
Gesamtherstellung: Ebner Ulm
Printed in Germany
ISBN 3-86047-678-5

Prolog

Philadelphia, Pennsylvania
April, 1892

»Bravo!« scholl es Blair Chandler aus elf Kehlen entgegen, als sie das Eßzimmer im Haus ihres Onkels Henry betrat. Sie war eine hübsche junge Frau mit dunkelbraunem Haar, das im Licht rötlich schimmerte, weit auseinanderstehenden blaugrünen Augen, einer geraden, aristokratischen Nase und einem kleinen, vollkommen geformten Mund.

Blair blieb einen Moment unter der Tür stehen, zerdrückte ein paar Freudentränen und sah dann auf die Menschen, die ihr diesen überraschenden Empfang bereiteten. Da waren ihre Tante und ihr Onkel, und neben ihnen Alan, der sie mit liebevollen Augen betrachtete; und im Halbkreis dahinter ihre Studienkollegen – eine Frau und sieben Männer. Und als sie deren strahlende Gesichter bemerkte und den mit Geschenken überhäuften Tisch, schien sie sich kaum noch an die jahrelange Plackerei erinnern zu können, mit der sie sich ihre akademische Würde als Doktor der Medizin erkämpft hatte.

Tante Flo eilte mit der Anmut eines jungen Mädchens auf sie zu. »Nun bleib doch nicht so verdattert an der Tür stehen. Liebes! Alle sterben fast vor Neugierde, deine Geschenke zu sehen!«

»Dieses zuerst!« rief Onkel Henry und hielt ihr ein großes Paket hin.

Blair glaubte zu wissen, was der Karton enthielt; aber sie wagte gar nicht darauf zu hoffen, als sie die Schnur löste und das Geschenk auswickelte. Und dann, als sie die Ledertasche mit den blitzend neuen medizinischen Instrumenten sah, mußte sie sich erst einmal hinsetzen. Sprachlos vor Freude, konnte sie nur immer wieder mit dem Finger über die Messingplatte unter dem Henkel streichen, auf der ihr Name mit ihrem neuen Titel eingraviert war: »Dr. B. Chandler, M. D.«

Alan brach das Schweigen, als sie vor Rührung noch immer keine Worte fand: »Ist das die Frau, die unserem chirurgischen Präzeptor faule Eier in den Schrank legte? Ist das die Frau, die sich gegen den Verwaltungsrat aller städtischen Krankenhäuser in Philadelphia durchgesetzt hat?« Er beugte sich vor und flüsterte neben ihrem Ohr. »Ist das die Frau, die als Beste ihres Jahrgangs das Examen bestand – die erste Frau, die als Assistenzärztin an die St.-Joseph-Klinik berufen wird?«

Es dauerte eine Weile, ehe sie darauf reagieren konnte. »Ich?« flüsterte sie und blickte dabei mit ungläubig geöffnetem Mund zu ihm hoch.

»Deine Bewerbung ist angenommen«, sagte Tante Flo und nickte ihrer Nichte lächelnd zu. »Du sollst im Juli dort anfangen. Sobald du von der Hochzeit deiner Schwester zurückgekommen bist.«

Blair sah von einem zum anderen. Zwar hatte sie sich sehr um diese Stellung bemüht und sogar einen Tutoren angestellt, der sie auf die Aufnahmeprüfung vorbereitete; aber man hatte ihr zu verstehen gegeben, daß dieses städtische Krankenhaus im Gegensatz zu Frauenkliniken keine weiblichen Ärzte beschäftigen würde. Sie wandte sich ihrem Onkel Henry zu: »Das habe ich wohl dir zu verdanken, wie?«

Mit vor Stolz geschwellter breiter Brust gab Henry zurück: »Ich hatte nur gewettet, daß sie auf deine Bewerbung gern verzichten dürfen, wenn du nicht mit der höchsten bisher erreichten Note die Prüfung bestehst. Ich habe sogar noch hinzugefügt, daß du deinen Beruf gar nicht erst ausüben, sondern Hausfrau werden und Alan versorgen würdest, wenn du die Stellung nicht bekommst. Ich glaube, daß sie der Chance nicht widerstehen konnten, eine Frau, die Medizin studiert hat, wieder zur Vernunft zu bringen.«

Einen Moment lang war Blair ganz blaß geworden. Sie hatte keine Ahnung gehabt, daß von dieser tückischen, drei Tage dauernden Prüfung so viel abhängen würde.

»Du hast es geschafft«, lachte Alan, »obwohl ich mir etwas komisch vorkomme in der Rolle des Trostpreises.« Er legte Blair die Hand auf die Schulter. »Meinen herzlichen Glückwunsch zu deinem Erfolg, mein Schatz. Ich weiß, wieviel dir diese Berufung bedeutet.«

Tante Flo gab ihr den Brief, der ihr bestätigte, daß sie tatsächlich als Assistenzärztin im St.-Joseph-Krankenhaus angenommen worden war. Blair drückte das Papier an ihre Brust und blickte die Leute an, die sie umgaben. Ich sehe jetzt mein ganzes Leben vor mir, dachte sie – und es wird ein schönes und erfülltes Leben sein. Ich werde eine Familie haben und gute Freunde. Ich darf in einem der besten Krankenhäuser der Vereinigten Staaten meine Ausbildung fortsetzen. Und ich habe Alan, den Mann, den ich liebe.

Sie rieb ihre Wange an Alans Hand, während sie die blanken neuen medizinischen Instrumente betrachtete. Sie würde sich ihren Jugendtraum, Fachärztin zu werden, erfüllen und diesen guten, liebenswerten Mann heiraten.

Ehe sie ihre neue Stellung antrat, mußte sie noch nach Chandler in Colorado zurückkehren und mit ihrer Zwillingsschwester deren Hochzeit feiern. Nach so vielen Jahren der Trennung freute sie sich auf ein Wiedersehen mit ihr, um das gemeinsame Glück zu feiern, daß sie beide den Mann bekamen, den sie sich gewünscht hatten und ihr Leben sich so gestaltete, wie sie das erhofften.

Alan wollte sie in Chandler besuchen, damit sie ihn ihrer Mutter und ihrer Schwester vorstellen konnte. Dann würden sie dort ihre Verlobung offiziell bekanntgeben. Und sobald ihre und Alans praktische Ausbildung am Krankenhaus abgeschlossen war, wollten sie heiraten.

Blair lächelte zu ihren Freunden hinauf. Sie wollte ihr Glück mit allen teilen. Nur noch einen Monat – und alles, was sie sich erträumt und worum sie gekämpft hatte, ging in Erfüllung.

Kapitel 1

Chandler, Colorado
Mai, 1892

Blair Chandler stand schweigend in dem prächtigen Salon des Chandlerhauses, umgeben von klobigen dunklen, geschnitzten Möbeln mit Spitzenschonerdecken. Es spielte keine Rolle, daß ihre Mutter vor vielen Jahren zum zweitenmal geheiratet und ihr neuer Ehemann, Duncan Gates, das Haus bezahlt hatte: die Leute in der Stadt glaubten noch immer, daß es William Houston Chandler gehörte – dem Mann, der es entworfen hatte und bauen ließ, jedoch starb, ehe er die erste Zahlung leisten konnte.

Blair blickte hinunter auf den Boden, damit man nicht das zornige blaugrüne Feuer in ihren Augen aufblitzen sah. Sie war nun schon eine Woche im Haus ihres Stiefvaters und hatte nicht ein vernünftiges Wort mit diesem ungehobelten untersetzten Mann sprechen können. Er brüllte nur mit ihr.

Auf jeden unbeteiligten Zuschauer hätte sie in ihrer weißen Bluse und ihrem dunklen Cordrock, der hinter breiten Tuchfalten die schwellenden Formen ihrer Stundenglas-Figur versteckte, den Eindruck einer sittsamen jungen Frau gemacht. Und ihr Gesicht war von einer so heiteren, liebenswürdigen Schönheit, daß niemand dahinter ein hitziges Temperament vermutet hätte. Doch jeder, der Blair Clandler näher kannte, wußte, wie gut sie sich in einem Streitgespräch zu behaupten vermochte.

Und dafür lieferte Duncan Gates sogleich einen Anlaß, weil er von der ersten Sekunde an kein Hehl daraus gemacht hatte, was er sich unter einer »richtigen« Lady vorstellte. Seine Idealvorstellungen von einer Lady schlossen keine jungen Damen ein, die einen medizinischen Beruf ergriffen hatten und sich besonders gut auf die Behandlung von Schußwunden verstanden. Ihm wollte nicht einleuchten, daß Blair ihr Nähtalent ebensogut zum Flicken von durchlöcherten Gedärmen verwenden konnte wie zum Sticken von Schonerdeckchen.

Seit einer Woche schnauzte und nörgelte er nun schon an ihr herum, bis sie das nicht mehr länger ertragen konnte und anfing, ihm im gleichen Ton zu widersprechen. Nur leider kamen just in diesen Augenblicken immer entweder ihre Mutter oder ihre Schwester ins Zimmer und erstickten jede Diskussion im Keim. Blair hatte nicht lange zu der Einsicht gebraucht, daß Mr. Gates diesen Haushalt und die Frauen, die dazugehörten, mit eiserner Faust regierte. Er durfte sagen, was ihm gefiel; doch keiner Frau war es gestattet, ihre Meinung dazu zu äußern.

»Ich hoffe, daß du noch rechtzeitig zur Vernunft kommen und diesen medizinischen Unsinn aufgeben wirst«, schnauzte Gates sie in diesem Moment an. »Eine Lady gehört ins Haus. Zumal nur ihre weiblichen Funktionen darunter leiden, wenn sie ihren Verstand gebraucht, wie Dr. Clark inzwischen nachgewiesen hat.«

Blair seufzte schwer und warf kaum einen Blick auf das zerlesene Traktat, das Mr. Gates in die Höhe hob. Dr. Clarks Erkenntnisse waren in mehreren hundertausend Exemplaren unter das lesende Volk gekommen und hatten den Frauen, die sich bilden wollten, schwer geschadet.

»Dr. Clark hat gar nichts bewiesen«, sagte Blair müde. »Er schreibt, daß er eine einzige vierzehnjährige, flachbrüstige Oberschülerin untersucht habe, und glaubt, aus dem Ergebnis dieser Untersuchung ableiten zu können, daß bei allen Frauen, die studieren, die Fähigkeit, sich fortzupflanzen, verkümmert. Ich kann seine Behauptung nicht für beweisträchtig halten.«

Mr. Gates lief dunkelrot an. »Solche Frechheiten laß ich mir nicht bieten! Nur weil du dich Doktor nennen darfst, hast du noch lange kein Recht dazu, dich ungezogen zu benehmen. Nicht in meinem Haus!«

Dieser Mann überschritt für Blairs Geschmack wieder einmal die Grenze des Zumutbaren. »Seit wann ist das *dein* Haus?« brauste sie auf. »Mein Vater hat . . .«

In diesem Augenblick trat Blairs Schwester Houston ins Zimmer, stellte sich zwischen sie und warf Blair einen flehenden Blick zu. »Ich glaube, das Abendessen kann jeden Moment serviert werden. Wollen wir nicht schon hinübergehen?« sagte sie mit ihrer kühlen, reservierten Stimme, die Blair inzwischen genauso auf den Geist ging wie Mr. Gates' Pöbeleien.

Blair nahm ihren Platz an dem großen Mahagonitisch ein, gab auf die im gereizten Ton vorgetragenen Fragen von Mr. Gates einsilbige Antworten und beschäftigte sich in Gedanken mit ihrer Schwester.

Blair hatte sich auf ihre Rückkehr nach Chandler gefreut, auf ein Wiedersehen mit der Mutter, der Schwester und den Spielgefährten ihrer Kinderzeit. Seit ihrem letzten Besuch zu Hause waren fünf Jahre vergangen. Damals war sie siebzehn gewesen und voller Enthusiasmus, da sie nach ihrem Abstecher nach Chandler mit ihrem medizinischen Studium beginnen sollte. Vielleicht war sie damals zu sehr in ihren eigenen Gedanken versponnen gewesen, um die Atmosphäre wahrzunehmen, in der Mutter und Schwester lebten.

Doch diesmal spürte sie schon den Druck, als sie gerade erst aus dem Zug gestiegen war. Houston hatte sie vom Bahnhof abgeholt, und Blair war überzeugt, in ihrem Leben noch keinem vollkommeneren Beispiel einer harten, frigiden, unbeugsamen Frau begegnet zu sein. Sie glich einem aus Eis geformten weiblichen Schönheitsideal.

Es gab weder eine überschwengliche Begrüßung auf dem Bahnhof noch einen Austausch von Vertraulichkeiten in der Kutsche auf dem Weg zur Villa Chandler. Blair versuchte mit Houston ins Gespräch zu kommen; empfing aber nur einen kühlen, geistesabwesenden Blick. Selbst der Name von Leander, Houstons Verlobten, ließ keine Herzlichkeit zwischen ihnen aufkommen.

Die Hälfte des Wegs saßen sie sich stumm gegenüber,

Blair mit ihrer neuen Arzttasche auf dem Schoß, an die sie sich klammerte, als wollte man sie ihr entreißen. Sie blickte durch das Wagenfenster, während sie durch die Innenstadt fuhren.

In den fünf Jahren seit ihrem letzten Besuch hatte sich Chandler gewaltig verändert. Sie hatte das Gefühl, als wäre hier noch alles im Aufbruch und Wachsen begriffen; während die Städte an der Ostküste schon geprägt waren von einem gewaltigen Traditionsbewußtsein.

Die Häuser mir ihren falschen Fassaden – der viktorianischen Architektur des Westens, wie jemand diesen Baustil einmal genannt hatte – waren neu oder noch in Bau. Chandler war nichts als ein hübsches Stück Land gewesen mit reichen Kohlevorkommen dicht unter der Erdoberfläche, als William Chandler hierherkam. Damals hatte es keine Eisenbahn gegeben, kein Stadtzentrum, keinen Namen für die paar Handelsposten, bei denen eine Handvoll Viehzüchter, die sich in der Umgebung niedergelassen hatten, ihre Waren bezogen. Bill Chandler sollte diesen Zustand bald gründlich ändern.

Als sie in die Auffahrt des Chandlerhauses einbogen – oder der Villa Chandler, wie die Leute hier das Haus zu bezeichnen pflegten –, sah Blair mit einem vergnügten Lächeln an der Fassade des dreistöckigen Gebäudes empor. Der Garten, den ihre Mutter angelegt hatte, prangte im üppigen Grün, und sie konnte die blühenden Rosen riechen. Eine Treppe führte nun vom Gehsteig zum Haus hinauf, da der Hügel teilweise eingeebnet worden war der neuen Pferdebahn wegen; doch sonst hatte sich hier kaum etwas verändert. Sie trat unter das Vordach der breiten Veranda, die sich um das ganze Haus herumzog, und durch eine der beiden Vordertüren.

Blair weilte keine zehn Minuten unter dem Dach dieses Hauses, und sie hatte die Ursache für Houstons verändertes Wesen entdeckt.

In der Halle stand ein Mann von einer Kompaktheit, um die ihn wohl auch ein selbstbewußter Felsblock beneiden mußte – und dem Blick, mit der er ihr entgegensah, deckte sich mit seiner Erscheinung.

Blair war zwölf gewesen, als sie zu ihrem Onkel und ihrer Tante nach Pennsylvania zog, um sich auf ein medizinisches Studium vorzubereiten. Und mit den Jahren hatte sie offenbar vergessen, was für ein Tyrann ihr Stiefvater war. Schon bei der Begrüßung, als sie ihm mit einem freundlichen Lächeln die Hand reichte, gab er ihr zu verstehen, was für eine schlimme Frau sie sei und daß er ihr nicht erlauben würde, ihre Hexenküche in seinem Haus einzurichten.

Blair hatte ihre Mutter verwirrt und entgeistert angeblickt. Opal Gates war magerer, und ihre Bewegungen langsamer, als Blair sie in Erinnerung hatte, und ehe Blair noch etwas zu Mr. Gates' Bemerkung erwidern konnte, trat Opal auf sie zu, umarmte kurz ihre Tochter und führte sie dann in das obere Stockwerk hinauf.

Drei Tage lang sagte Blair kaum ein Wort. Sie beschränkte sich auf die Rolle eines unbeteiligten Zuschauers. Und was sie sah, erschreckte sie zutiefst.

Die Schwester, an die sie sich erinnerte – dieses lachende, lebensfrohe Wesen, das mit ihr gespielt, zuweilen mutwillig mit ihr den Platz getauscht und so manchen Streich mit ihr ausgeheckt hatte –, war verschwunden oder so tief begraben, daß keiner sie wiederfinden konnte.

Diese Houston, die immer neue Spiele erfand; diese Houston, die immer so kreativ gewesen war; Houston, die Schauspielerin: sie war nun durch eine eiserne junge Lady ersetzt worden, die mehr Kleider besaß als alle anderen jungen Damen von Chandler zusammen. Es schien, als beschränkte sich Houstons Kreativität nun darauf, sich jede Woche ein schönes neues Kleid auszusuchen.

Am zweiten Tag ihres Aufenthalts in Chandler erfuhr Blair etwas von einer Freundin, was ihr Hoffnung gab, daß ihre Schwester nicht nur den Sinn ihres Lebens in Oberflächlichkeiten suchte. Jeden Mittwoch verwandelte sich Houston in eine dicke alte Frau und fuhr mit einem Gespann von vier Pferden in die Bergwerkslager in der Umgebung der

Stadt, um dort Nahrungsmittel zu verteilen. Dieses Unternehmen war nicht ungefährlich, da diese Lager bewacht wurden, um das Einsickern von gewerkschaftlichen Ideen zu verhindern. Hätte man Houston dabei ertappt, wie sie illegale Waren an die Frauen der Bergarbeiter verteilte – Waren, die nicht aus den Läden der Bergwerksgesellschaft stammten –, hätte man sie dafür vor Gericht stellen können, wenn sie nicht schon vorher von der Bergwerkswache erschossen wurde.

Doch am dritten Tag sank Blairs Hoffnung wieder auf den Nullpunkt; denn an diesem Tag kam es zu einem Wiedersehen mit Leander Westfield.

Als die Westfields nach Chandler zogen, waren die Zwillingsschwestern sechs Jahre alt gewesen; und Blair hatte mit einem gebrochenen Arm in ihrem Zimmer gesessen, als der zwölfjährige Leander mit seiner fünfjährigen Schwester der Familie seine Aufwartung machte. Doch Blair hatte hinterher dann alles von Houston erfahren. Den Befehl ihrer Mutter mißachtend, war sie in Blairs Zimmer geschlüpft, um ihr mitzuteilen, daß sie soeben den Mann kennengelernt hatte, den sie zu heiraten gedenke.

Blair Chandler hatte ihr mit großen runden Augen zugehört. Houston hatte schon immer gewußt, was sie wollte, und sich geäußert wie eine Erwachsene.

»Er ist genau die Sorte Mann, die ich mag. Er ist ruhig, intelligent, sehr hübsch und möchte Arzt werden. Ich werde inzwischen herausfinden, was die Frau eines Arztes wissen muß.«

Wenn es möglich gewesen wäre, hätte Blair die Augen in diesem Moment noch weiter aufgerissen. »Hat er dich gefragt, ob du ihn heiraten möchtest?« hatte sie geflüstert.

»Nein«, hatte Houston geantwortet und sich die immer noch tadellos weißen Handschuhe abgestreift – wenn Blair solche Dinger trug, waren sie spätestens nach einer halben Stunde kohlschwarz. »So junge Männer wie Leander denken noch nicht ans Heiraten; aber wir Frauen müssen das frühzeitig tun. Ich habe mich bereits entschlossen. Ich werde

Leander Westfield heiraten, sobald er mit seiner medizinischen Ausbildung fertig ist. Wozu du natürlich erst deine Zustimmung geben mußt. Ich könnte keinen Mann heiraten, den du nicht magst.«

Blair hatte sich geehrt gefühlt, daß Houston ihr so eine große Vollmacht erteilte, und ihre Verantwortung ernst genommen. Sie war ein wenig enttäuscht gewesen, als sie Leander kennenlernte und entdeckte, daß er gar kein Mann war, sondern nur ein hoch aufgeschossener schlanker, gutaussehender Knabe, der selten etwas sagte. Blair hatte immer solche Knaben gemocht, die mit ihr über Wiesen rannten, Steine schmissen und ihr beibrachten, wie man auf zwei Fingern pfeift. Nach ein paar unbefriedigenden Zusammenkünften mit Leander war ihr allmählich klargeworden, was den Leuten so gut an Lee gefiel – nachdem Jimmy Summers von einem Baum gestürzt und sich den Fuß gebrochen hatte. Keiner der anderen Jungen hatte gewußt, was in so einem Fall zu tun war; sie hatten nur zugesehen, wie Jimmy vor Schmerzen weinte. Doch dann hatte Lee das Kommando übernommen und einen Jungen zum Arzt und einen anderen zu Mrs. Summers geschickt. Da war Blair ziemlich beeindruckt gewesen, und als sie sich zu Houston umdrehte, hatte ihre Schwester nur mit dem Kopf genickt, als wollte sie ihre Absicht, Mrs. Leander Westfield zu werden, noch einmal unterstreichen.

Blair war bereit, Leander ein paar gute Eigenschaften zuzugestehen; doch gemocht hatte sie ihn eigentlich nie. Er war zu selbstsicher, zu sehr von sich eingenommen ... zu perfekt. Natürlich hatte sie Houston nie gesagt, was sie wirklich von ihm dachte. Und sie hatte gehofft, daß er sich vielleicht noch ändern und mit den Jahren menschlicher würde. Aber auch diese Hoffnung wurde enttäuscht.

Vor ein paar Tagen hatte Lee Houston zu einer Teeparty abgeholt; und da Opal in die Stadt gegangen und Mr. Gates in seiner Brauerei war, hatte Blair Gelegenheit gehabt, sich mit ihm zu unterhalten, während Houston sich umzog – es dauerte eine Ewigkeit, bis man sie in diese Creationen aus Seide und Spitzen eingeschnürt hatte, die sie immer trug.

Blair glaubte, weil sie beide Ärzte waren, gäbe es doch genügend Ansatzpunkte für ein Gespräch und eine Basis für ein besseres Verhältnis als früher.

»Ich werde im nächsten Monat als Assistenzärztin im St.-Josephs-Hospital in Philadelphia anfangen«, begann sie, nachdem sie im vorderen Salon Platz genommen hatten. »Es soll ein hervorragendes Krankenhaus sein.«

Leander sah sie nur mit diesem durchbohrenden Blick an, den er schon als Knabe gehabt hatte. Es war unmöglich, zu erraten, was hinter seiner Stirn vorging.

»Ich frage mich, ob es möglich wäre, dich auf deinen Visiten im Krankenhaus in Chandler zu begleiten«, fuhr sie fort. »Vielleicht kannst du mir ein paar Tips geben, die mir bei meiner praktischen Ausbildung zugute kämen.«

Lee brauchte eine unmöglich lange Zeit, ehe er antwortete: »Ich glaube nicht, daß das ratsam wäre.«

»Ich dachte, daß zwischen zwei Ärzten ...«

»Ich bin mir nicht sicher, ob der Verwaltungsrat des Krankenhauses eine Frau als vollwertige Medizinerin anerkennen würde. Ich könnte dich vielleicht in das Frauenhospital mitnehmen.«

Auf der medizinischen Hochschule hatte man sie gewarnt, daß sie immer auf solche Antworten gefaßt sein müsse. »Es mag dich überraschen zu hören, daß ich mich als Fachärztin für Chirurgie ausbilden lasse und mich da auf Unterleibskrankheiten spezialisiere. Nicht alle weiblichen Ärzte wollen bessere Hebammen werden.«

Leander zog eine Augenbraue in die Höhe und betrachtete sie auf eine geradezu unverschämte Weise von Kopf bis Fuß, so daß Blair sich fragte, ob alle Männer in Chandler glaubten, Frauen wären Idioten, die man am besten zu Hause einsperrte.

Dennoch wollte sie nicht so weit gehen, den Stab über ihn zu brechen. Schließlich waren sie inzwischen erwachsen und sollten die Animositäten ihrer Kinderzeit vergessen. Wenn er der Mann war, den Houston zum Gatten nehmen wollte, sollte sie ihn haben – sie, Blair, mußte ja nicht mit ihm leben.

Doch ein paar Tage später, nachdem sie einige Zeit mit ihrer Schwester verbracht hatte, kamen ihr Zweifel, ob es wirklich eine so gute Idee war, daß aus den beiden Eheleute wurden; denn wenn Houston sich überhaupt noch steifer benehmen konnte, dann in Lees Gegenwart. Sie sprachen selten ein Wort miteinander. Und daß sie gar die Köpfe zusammensteckten und kicherten, wie das verlobte Paare häufig zu tun lieben, erlebte sie bei den beiden überhaupt nicht. Sie und Alan führten sich jedenfalls ganz anders auf, dachte Blair.

Und heute abend, während sie am Eßzimmertisch saßen, schienen die Dinge sich zuzuspitzen. Blair hatte die ständigen Nörgeleien ihres Stiefvaters satt und mochte nicht länger schweigend hinnehmen, daß ihre Schwester in dieser tyrannischen Atmosphäre seelisch verkümmerte. Als Gates schon wieder etwas an ihr auszusetzen hatte, explodierte sie und sagte ihm, es genüge, daß er Houstons Leben ruiniert habe – sie ließe sich das nicht von ihm gefallen.

Blair bedauerte auf der Stelle ihre Worte und wollte sich dafür entschuldigen, als just in diesem Moment Seine königliche Hoheit, Leander Westfield, durch die Tür kam und jeder zu ihm aufblickte, als wäre ein Halbgott ins Eßzimmer getreten. Blair sah im Geist, wie Houston diesem kalten, gefühllosen Mann das Opfer ihrer Unschuld brachte. Und als Leander Houston nun noch in einem Ton, als gehörte sie ihm bereits, seine Braut nannte, hielt es Blair nicht länger am Tisch aus, und sie flüchtete mit nassen Augen aus dem Zimmer.

Sie hatte keine Ahnung, wie lange sie geweint hatte, als ihre Mutter zu ihr kam, sie in die Arme nahm und wiegte wie ein kleines Kind.

»Sag mir, was dich bedrückt«, flüsterte Opal und strich ihrer Tochter über das Haar. »Plagt dich das Heimweh so sehr? Ich weiß, daß Mr. Gates dir den Aufenthalt nicht besonders angenehm macht; aber er meint es gut. Er möchte, daß du ein Heim hast und Kinder bekommst, und er fürchtet, daß dich kein Mann haben will, wenn du erst mal als Ärztin tätig bist. Du brauchst nicht länger bei uns zu bleiben, wenn du lieber wieder zu Henry und Flo zurückkehren und mit deiner Arbeit im Hospital anfangen möchtest.«

Die Worte ihrer Mutter lösten eine frische Flut von Tränen aus. »Es geht ja gar nicht um mich«, schluchzte sie. »Ich kann dieses Haus jederzeit verlassen; aber Houston nicht. Sie ist in einer so elenden Verfassung, und das ist ganz allein meine Schuld. Ich ging fort und überließ sie diesem schrecklichen Mann. Und nun ist sie so furchtbar unglücklich.«

»Blair«, sagte Opal mit fester Stimme, »Mr. Gates ist mein Gatte, und was er auch sonst noch sein mag – ich respektiere ihn und kann nicht zulassen, daß du so über ihn redest.«

Blair hob ihre feuchten Augen zu ihrer Mutter empor. »Ich meine doch nicht ihn. Ich meine diesen Leander, dem Houston hier in Chandler ausgeliefert ist.«

»Lee?« fragte Opal ungläubig. »Aber Leander ist doch ein ganz reizender Junge! Weißt du, daß jede junge Dame in Chandler ihr Leben dafür hingegeben hätte, daß sie nur einmal mit ihm tanzen durfte? Und nun bekommt Houston ihn sogar als Ehemann. Du kannst doch nicht im Ernst darüber besorgt sein, daß Houston Lee heiratet, oder?«

Blair löste sich aus der Umarmung ihrer Mutter. »Ich bin stets die *einzige* in der Familie gewesen, die ihn so sah, wie er wirklich ist! Hast du schon einmal Houston beobachtet, wenn sie mit ihm zusammen ist? Sie erstarrt zu Eis! Sie sitzt da, als habe sie Angst vor der Welt und ganz besonders vor ihm. Houston hat früher immer so gern gelacht und sich vergnügt; doch jetzt lächelt sie nicht einmal mehr. Oh, Mutter, in diesem Augenblick wünschte ich mir, daß ich nie von zu Hause weggegangen wäre! Denn wäre ich hiergeblieben, hätte ich Houston davon abhalten können, diesem Mann ihr Jawort zu geben.« Und Blair lief wieder zu ihrer Mutter und vergrub ihr Gesicht in deren Schoß.

Opal lächelte, gerührt von der liebevollen Sorge, auf ihre

Tochter hinunter. »Nein, du hättest nicht hierbleiben dürfen«, sagte sie weich. »Sonst wärst du geworden wie Houston, die glaubt, es gäbe nur eine sinnvolle Aufgabe im Leben einer Frau, nämlich ihrem Mann ein Heim zu schaffen. Dann wäre der Welt eine tüchtige Ärztin verlorengegangen. Schau mich an.« Sie hob Blairs Gesicht an.

»Wir können doch gar nicht wissen, wie Houston und Lee zueinander sind, wenn keiner sie beobachtet. Niemand weiß, wie es im Privatleben des anderen wirklich aussieht. Ich kann mir vorstellen, daß auch du ein paar Geheimnisse hast.«

Sogleich mußte Blair an Alan denken, und ihre Wangen färbten sich rot. Doch das war nicht der richtige Moment, von Alan zu sprechen. In ein paar Tagen würde er hierherkommen, und dann hatte sie vielleicht jemanden, der ihre Meinung teilte.

»Aber ich sehe doch ihr Verhalten«, blieb Blair hartnäkkig. »Sie reden nie, berühren sich nie. Und nicht einmal habe ich beobachtet, daß einer dem anderen einen liebevollen Blick zugeworfen hätte.« Blair stand auf. »Und wenn ich ehrlich bin, habe ich diesen aufgeblasenen, aufrechten und der Stadt zur Zierde gereichenden Bürger, Mr. Leander Westfield, noch nie ausstehen können. Er ist einer von diesen verwöhnten Söhnen aus reicher Familie, die alles auf dem Silbertablett serviert bekommen. Er kennt Enttäuschung, Entbehrung und Anstrengung nur dem Wort nach, und von dem Wörtchen ›Nein‹ hat er noch nie etwas gehört. Während meines Studiums hat die uns benachbarte medizinische Hochschule für Männer den fünf besten Studentinnen meines Colleges gestattet, ein paar ihrer Kurse zu besuchen. Die Männer waren sehr höflich zu uns, bis wir Frauen anfingen, in den Prüfungen besser abzuschneiden als sie – worauf wir aufgefordert wurden, noch vor Ende des Semesters diese Kurse wieder aufzugeben. Leander erinnert mich an all diese aufgeblasenen jungen Typen, die nicht vertragen konnten, daß wir ihnen Konkurrenz machten.«

»Aber, Liebes, hältst du das wirklich für fair? Nur weil

Leander dich an andere erinnert, muß er doch nicht genauso sein wie sie!«

»Ich habe ein paarmal versucht, mit ihm über Medizin zu sprechen; und statt den Mund aufzumachen, starrte er mich nur an. Was passiert, wenn Houston nicht nur seine Strümpfe stopfen, sondern auch noch etwas aus ihrem Leben machen möchte? Er wird noch grausamer über sie herfallen, als Gates das jemals mit mir gemacht hat, und das nicht nur ein, zwei Wochen lang. Und Houston wird sich seiner Tyrannei nicht entziehen können.«

Opal setzte nun ebenfalls ein ernstes Gesicht auf. »Hast du mit Houston darüber geredet? Ich bin sicher, sie kann dir erklären, warum sie Leander liebt. Vielleicht sind sie ganz anders, wenn sie unter sich sind. Ich glaube nämlich, daß sie ihn liebt. Und egal was du sagst – Leander ist ein guter Mann.«

»Das gilt auch für Duncan Gates«, sagte Blair zu sich selbst. Doch inzwischen hatte sie gelernt, daß »gute« Männer die Seele einer Frau abtöten können.

Kapitel 2

Blair bemühte sich sehr, mit Houston zu reden und sie zur Einsicht zu bringen; doch Houston hörte ihr nur mit verschlossener Miene zu und erklärte ihr dann, daß sie Leander liebe. Blair hätte am liebsten losgeheult, so enttäuscht war sie; aber als sie ihrer Schwester wieder ins Erdgeschoß hinunter folgte, begann sich ein Plan in ihrem Kopf zu formen. Sie wollten heute in die Stadt fahren – Blair, um eine medizinische Zeitung abzuholen, die Alan an die Redaktion der ›Chandler Chronicle‹ geschickt hatte mit dem Vermerk, sie dort für sie aufzubewahren; und Houston, um in der Stadt einzukaufen. Und Lee wollte sie beide mit der Kutsche in die Stadt bringen.

Bisher war sie immer höflich zu Leander gewesen – aber

was passierte, wenn sie ihn zwang, sein wahres Gesicht zu zeigen? Was passierte, wenn er sich als der unbewegliche, starrköpfige Tyrann entpuppte, der er ihrer Meinung nach war?

Wenn sie beweisen konnte, daß Lee genauso engstirnig und unduldsam war wie Duncan Gates, mochte Houston vielleicht noch einmal ihren Entschluß überdenken, ihr Leben mit diesem Mann zu teilen.

Natürlich konnte sie sich auch in Lee getäuscht haben. Und wenn das der Fall war – wenn Lee ein so aufgeschlossener und rücksichtsvoller Mann war wie Alan –, dann würde sie bei Houstons Hochzeit am lautesten singen.

Als sie ins Erdgeschoß kamen, wurden sie dort bereits von Leander erwartet.

Stumm folgte sie den beiden, die sich weder ansahen noch bei den Händen faßten, zur Kutsche. Houston ging langsam, weil ihr Korsett vermutlich so eng geschnürt war, daß sie kaum Luft bekam. Sie erlaubte Lee, ihr in seine alte, schwarze Kalesche zu helfen.

»Glaubst du, daß eine Frau noch mehr sein kann als Gattin und Mutter?« fragte Blair, als Lee sie in seine Kutsche heben wollte. Sie beobachtete dabei ihre Schwester aus den Augenwinkeln, damit ihr nicht entgehen sollte, wie sie auf Leanders Antwort reagierte.

»Magst du keine Kinder?« fragte er überrascht.

»Ich mag Kinder sehr«, gab sie rasch zur Antwort.

»Dann magst du vermutlich keine Männer.«

»Natürlich mag ich Männer – einige jedenfalls. Das ist aber keine Antwort auf meine Frage. Glaubst du, daß eine Frau mehr sein kann als nur Gattin und Mutter?«

»Das hängt meiner Ansicht nach von der Frau ab. Meine Schwester kann zum Beispiel ein Damaszenerpflaumen-Dessert zubereiten, daß dir noch hinterher das Wasser im Mund zusammenläuft«, sagte er augenzwinkernd, faßte sie um die Taille und hob sie mit so viel Schwung auf die Sitzbank hinauf, daß man das schon eher ein Werfen nennen konnte.

Blair mußte erst ihren Ärger hinunterschlucken, ehe sie ihre Sprache wiederfand. Seine Antwort war ein Beweis, daß er sie nicht ernst nehmen wollte. Wenngleich, wie sie widerstrebend einräumte, er nicht ganz so humorlos war, wie sie zunächst geglaubt hatte.

Sie fuhren durch die Innenstadt von Chandler, und Blair versuchte, sich auf ihre Umgebung zu konzentrieren. Die Türen des alten, aus Feldsteinen errichteten Opernhauses waren frisch gestrichen, und sie kamen an mindestens drei Hotels vorbei, die bei ihrem letzten Besuch bestimmt noch nicht dagewesen waren.

Auf den Straßen wimmelte es von Menschen und Fuhrwerken: Cowboys, die eben erst mit ihren Rinderherden in der Stadt eingetroffen sein mußten; gut gekleidete Männer von der Ostküste, die sich offenbar von der aufstrebenden Stadt einen Profit versprachen; ein paar Arbeiter aus den Kohlenminen und alteingesessene Bürger, die den Zwillingen und Leander zuwinkten und -nickten. Rufe wie »willkommen daheim, Blair-Houston« begleiteten sie auf ihrem Weg durch die Stadt.

Blair warf einen Blick auf ihre Schwester und bemerkte, daß diese nach Westen blickte, wo ein monumentales Bauwerk die Silhouette der Stadt beherrschte, wie man es sich monströser kaum vorstellen konnte. Es war ein riesiges weißes Haus, das auf einem hohen Hügel aufragte, dessen Kuppe ein gewisser Mr. Kane Taggert hatte einebnen lassen, um Platz für seine protzige Villa zu schaffen.

Blair wußte, daß sie dieses Haus nicht unvoreingenommen betrachten konnte, weil seine Entstehung jahrelang die Korrespondenz ihrer Mutter und Schwester beherrscht hatte. Keine Geburt, kein Todesfall, keine Heirat und kein Unfall – nichts, was sich in Chandler ereignet hatte, war wichtig gewesen, wenn es nicht in irgendeiner Beziehung zu diesem Haus gestanden hatte.

Und als das Haus endlich fertig war und der Eigentümer niemanden einlud, seine Wohnung auch von innen zu betrachten, war die Verzweiflung darüber in den Briefen, die Blair von zu Hause erhielt, so herzzerreißend, daß es fast komisch war.

»Reißen sich die Leute noch immer danach, das Haus von innen zu besichtigen?« fragte Blair, während sie versuchte, ihre Gedanken zu ordnen. Wenn Leander sie nicht ernst nahm und ihren Fragen auswich – wie wollte sie dann Houston die Augen öffnen und zeigen, was für ein Mensch sich hinter der hübschen Fassade ihres Verlobten versteckte?

Houston beantwortete unterdessen ihre Frage auf eine seltsam verklärte Weise, als wäre das weiße Haus auf dem Hügel ein Märchenschloß, wo alle ihre Träume in Erfüllung gingen.

»Ich bin mir nicht so sicher, daß die Gerüchte, die die Leute über ihn ausstreuen, nur erfunden sind«, sagte Leander, als Houston Taggerts Namen erwähnte. »Jacob Fenton ist der Ansicht . . .«

»Fenton!« explodierte Blair. »Fenton ist ein korrupter Ausbeuter; ein Mann, der über Leichen geht, um seinen Willen durchzusetzen.« Fast alle Kohlenbergwerke in der Umgebung von Chandler gehörten Fenton, und er sperrte seine Bergarbeiter in Lager ein, als wären sie seine Sklaven.

»Ich bin nicht der Meinung, daß du Fenton dafür allein die Schuld geben kannst«, sagte Lee. »Er hat Aktionäre, die er abfinden, Verträge, die er erfüllen muß. Da reden auch noch andere Leute mit.«

Blair wollte ihren Ohren nicht trauen und blickte ihre Schwester verstohlen von der Seite an. Leander hatte die Kutsche angehalten, um eine Pferdebahn vorbeizulassen, und Blair stellte befriedigt fest, daß Houston ihnen zuhörte. Leander verteidigte die Schlotbarone, und Blair wußte, wie sehr Houston das Wohl der Bergarbeiter am Herzen lag.

»Du hast nie in einer Kohlengrube arbeiten müssen«, sagte Blair. »Du hast keine Ahnung, was es bedeutet, jeden Tag um das nackte Überleben kämpfen zu müssen.«

»Aber du scheinst das zu wissen, wie?«

»Mehr als du«, fauchte sie. »Du hast ja in Harvard Medizin studieren dürfen. Harvard läßt keine Frau zum Studium zu!«

»Jetzt kommt sie wieder mit dieser Leier«, sagte er seufzend. »Wirfst du das jedem Mediziner vor? Oder bin ich der einzige männliche Kollege, der dafür Schelte bekommt?«

»Du bist der einzige, der die Absicht hat, meine Schwester zu heiraten.«

Er drehte sich um und sah sie mit hochgezogenen Augenbrauen an. »Ich habe gar nicht gewußt, daß du eifersüchtig bist, Blair! Aber beruhige dich – du wirst eines Tages auch noch den passenden Mann finden.«

Blair ballte die Hände an ihrer Seite zu Fäusten, blickte geradeaus und versuchte sich daran zu erinnern, warum sie mit diesem aufgeblasenen, so schrecklich von sich eingenommenen Mann überhaupt ein Gespräch angefangen hatte. Hoffentlich wußte Houston das Opfer zu schätzen, das sie ihretwegen brachte!

Blair holte tief Luft: »Was hältst *du* denn von weiblichen Ärzten?«

»Ich mag Frauen.«

»Aha! Du magst Frauen, solange sie dir nicht in der Klinik in die Quere kommen!«

»Ich glaube, das hast du gesagt, nicht ich.«

»Du hast gesagt, ich wäre kein ›richtiger‹ Arzt und könnte deshalb nicht mit dir zusammen Visite in der Klinik machen.«

»Ich habe nur gesagt, daß der Verwaltungsrat der Klinik dir wahrscheinlich nicht erlauben wird, mit mir zusammen Visiten im Krankenhaus zu machen. Besorge dir von ihm eine Genehmigung, und ich zeige dir jeden verdammten Verband, den ich meinen Patienten abnehme oder anlege.«

»Sitzt dein Vater nicht im Verwaltungsrat?«

»Ich habe heute nicht mehr Einfluß auf ihn als früher als Fünfjähriger – vielleicht sogar noch weniger.«

»Ich bin sicher, er denkt genauso wie du – daß Frauen nichts zu suchen haben im ärztlichen Beruf.«

»Soweit ich mich erinnern kann, habe ich mich nicht dazu geäußert, was ich von Frauen halte, die in meinem Beruf tätig sind.«

Blair hatte das Gefühl, daß sie jeden Moment losschreien müßte. »Du redest im Kreis herum. Ich frage dich noch einmal: Was hältst du von Frauen, die dir als Ärztinnen Konkurrenz machen?«

»Ich glaube, das hängt allein von meinen Patienten ab. Wenn ich einen Kranken im Hospital habe, der zu mir sagt, er würde lieber sterben, als sich von einer Ärztin behandeln zu lassen, würde ich eine Ärztin nicht an diesen Patienten heranlassen. Aber wenn ich einem Patienten begegne, der mich anfleht, daß ich ihm eine Ärztin besorgen soll, würde ich vermutlich alles tun, um ihm seinen Wunsch zu erfüllen.«

Darauf wußte Blair nun nichts mehr zu sagen. Bis jetzt war es Leander gelungen, ihr jedes Wort im Mund herumzudrehen.

»Das ist Houstons Traumhaus«, sagte Leander, offenbar bemüht, das Thema zu wechseln, als die Pferdebahn vorbeigezogen war. »Wenn Houston mich nicht hätte, würde sie sich wahrscheinlich in die Schlange der Frauen einreihen, die sich um Taggert und das Haus dort oben prügeln.«

»Ich gebe zu, daß ich mir sein Haus gern von innen ansehen würde«, sagte Houston verträumt und bat Lee, sie vor Wilsons Kaufhaus abzusetzen.

Nachdem Houston sich von ihnen getrennt hatte, sah Blair keine Veranlassung mehr, ihr Gespräch mit Leander fortzusetzen. Zwar hätte sie ihn gern noch über die Klinik ausgefragt; aber sie hatte genug von seinen kleinen geistreichen Bemerkungen.

Sie ließ sich vor dem Verlagshaus des ›Chandler Chronicle‹ absetzen und blieb noch eine Weile auf dem Bürgersteig stehen, um mit Leuten zu plaudern, die sie schon seit ihrer Kindheit kannten und sie mit ›Blair-Houston‹ anredeten, weil sie die Zwillingsschwestern nicht auseinanderzuhalten vermochten. Sie mußte sich erst wieder an diesen

Doppelnamen gewöhnen, den sie seit sieben Jahren nicht mehr gehört hatte, und fragte sich, wie Houston sich wohl dabei vorkam, wenn man sie nie als ein selbständiges Wesen, sondern immer nur als ›halbe‹ Person anredete.

Sie holte sich ihr medizinisches Journal am Anzeigenschalter ab und ging dann den Bohlensteg der Third Street zu Farrells Haushaltswarengeschäft hinunter, wo sie sich wieder mit Houston und Leander treffen sollte.

Lee wartete dort allein, gegen das Geländer gelehnt, neben sich das große weiße Pferd mit den braunen Flecken, das seine Kutsche zog. Von Houston war weit und breit nichts zu sehen, und Blair überlegte gerade, ob sie nicht im Schuhgeschäft auf der anderen Straßenseite auf ihre Schwester warten sollte, als Lee ihrer ansichtig wurde und brüllte, daß es die ganze Stadt hören mußte: »Ziehst du jetzt den Schwanz ein und flüchtest?«

Blair drückte das Kreuz durch, überquerte die staubige Straße und trat zu ihm.

Er grinste sie so unverschämt an, daß sie sich wünschte, sie wäre ein Mann und könnte ihn zum Duell herausfordern.

»Ich glaube nicht, daß sich das, was du gerade denkst, für eine feine Dame schickt. Was würde wohl Mr. Gates dazu sagen?«

»Nichts, was er mir vermutlich nicht schon längst gesagt hat.«

Lees Miene veränderte sich sofort. »Houston hat mir erzählt, daß er dich ziemlich grob behandelt«, sagte er ernst. »Wenn ich dir da in irgendeiner Weise behilflich sein kann, brauchst du mir das nur zu sagen.«

Einen Moment blickte Blair ihn verwirrt an. Sie war überzeugt gewesen, daß er sie verachtete, und nun bot er ihr seine Kavaliersdienste an. Ehe sie etwas sagen konnte, kam Houston mit einem roten Kopf und einem sehr nachdenklichen Gesicht auf die beiden zu.

»Was für ein Glück für deine Schwester, daß du gerade noch rechtzeitig gekommen bist, um sie vor einem Schicksal zu bewahren, das für sie schlimmer gewesen wäre als der

Tod. Sie hätte mir nämlich etwas Angenehmes sagen müssen.«

»Pardon«, murmelte Houston, »was sagtest du eben?«

Lee nahm sie beim Ellenbogen und führte sie zur Kutsche: »Ich sagte gerade, daß du jetzt lieber wieder nach Hause fahren und dich auf den Empfang beim Gouverneur vorbereiten solltest.«

Er hob Houston in die Kutsche und reichte dann Blair die Hand, um ihr beim Einsteigen behilflich zu sein.

Blair blickte ihre Schwester an. Sie mußte unbedingt noch einmal den Versuch machen, Houston den wahren Charakter ihres Verlobten zu zeigen.

»Ich habe den Eindruck«, sagte sie laut, »daß auch du zu den Anhängern von Dr. Clarks Theorien gehörst, der behauptet, daß Frauen ihren Verstand nur sparsam gebrauchen sollen, weil das Denken ihrer Gesundheit schadet.«

Leander, die rechte Hand an ihrer Hüfte, stutzte, blickte sie dann von Kopf bis Fuß an, lächelte und sagte: »Ich denke, da kannst du ganz unbesorgt sein, Blair. Soviel ich sehe, hast du an den richtigen Stellen genügend Verstand.«

Blair saß wie versteinert in der Kutsche, hörte Leander leise lachen und dachte, daß keine andere Frau sich ihrer Schwester zuliebe so viel bieten lassen würde wie sie.

Als sie aus der Stadt fuhren, kamen zwei große, kräftige Männer in einer Kalesche an ihnen vorbei, die so schäbig aussah, daß sich kein Farmer, der etwas auf sich hielt, in so einem Vehikel in die Stadt getraut hätte. Sie riefen Leander zu, er möge einen Moment anhalten, und der Dunkelhaarige, der das Gespann lenkte – ein bärtiges, ungepflegt aussehendes Individuum –, redete Houston auf eine so unverschämte Weise an, wie sie sich das bisher von keinem Mann hatte gefallen lassen. Denn wenn Houston etwas beherrschte, dann war es die Kunst, zudringliche Männer mit einem Blick oder Wort in die Schranken zu weisen.

Doch diesmal nickte Houston nur höflich, und das ungepflegte Individuum brüllte seinen Pferden etwas zu und rollte in einer Staubwolke davon.

»Was für ein seltsames Benehmen«, sagte Leander. »Ich wußte ja gar nicht, daß du diesen Taggert kennst!«

Ehe Houston antworten konnte, rief Blair: »*Das* war der Besitzer des Hauses, das Houston so gefällt? Kein Wunder, daß er niemanden einlädt, seine Wohnung zu besichtigen. Er weiß genau, daß keiner die Einladung annehmen würde. Mich wundert nur, wie er uns auseinanderhalten konnte.«

»An den Kleidern«, sagte Houston rasch. »Ich habe ihn eben erst in Wilsons Kaufhaus kennengelernt.«

»Wie ich Houston kenne«, sagte Lee, »würde sie sich nicht einmal durch die Pest davon abschrecken lassen, das Haus zu besichtigen, wenn sie dazu eingeladen würde.«

Blair beugte sich vor und fragte über den Kopf ihrer Schwester hinweg: »Hast du auch Briefe von ihr bekommen, in denen nur von diesem Haus die Rede war?«

»Ich wäre Millionär, bekäme ich für jedes Wort, das sie über dieses Haus gesprochen hat, einen Dollar.«

»Millionär wie er«, sagte Blair und blickte zu dem Haus auf dem Hügel hinüber, das die Silhouette der Stadt beherrschte. »Was mich betrifft, kann er seine Millionen gern für sich behalten und diesen Dinosaurier von Haus dazu.«

»Wie ich höre, sind wir jetzt schon zum zweitenmal der gleichen Meinung«, sagte Lee, den Erstaunten spielend. »Sollte das etwa zur Gewohnheit werden?«

»Das glaube ich nicht«, gab Blair mit scharfer Stimme zurück. Aber in ihrem Herzen regte sich der Zweifel. Sollte sie die Qualitäten dieses Mannes unterschätzt haben?

Doch keine zwanzig Minuten später war sie um die Zukunft ihrer Schwester besorgter denn je zuvor. Sie hatte sich von den beiden im Rosengarten ihrer Mutter getrennt; aber dann war ihr eingefallen, daß ihr medizinisches Journal noch in der Kutsche lag. Also lief sie wieder in den Garten zurück, um Lee noch abzufangen, ehe er wieder nach Hause fuhr, und dabei wurde sie Zeuge eines kleinen Dramas zwischen den beiden Verlobten.

Als Leander die Hand ausstreckte, um eine Biene, die um

Houstons Kopf schwirrte, zu verscheuchen, zuckte Houston zusammen. Obwohl Blair die Szene aus einiger Entfernung betrachtete, konnte sie Houstons Reaktion kaum mißverstehen: Ihre Schwester schreckte vor einem Körperkontakt mit ihrem Verlobten zurück.

»Du brauchst keine Angst zu haben«, hörte sie Leander mit tödlich beleidigter Stimme sagen, »daß ich dich anfasse.«

»Das wird sich ändern«, gab Houston mit kläglicher Stimme zurück, »wenn wir erst einmal verheiratet sind. Ganz bestimmt.«

Aber er gab ihr keine Antwort mehr, lief an Blair vorbei aus dem Garten und fuhr eilig in seiner Kutsche davon.

Leander stürmte in das Haus seines Vaters, warf die Tür hinter sich zu, daß die Butzenscheiben fast aus ihren Bleifassungen fielen, jagte, immer zwei Stufen auf einmal nehmend, die Treppe hinauf und bog dann links in den Korridor ein, der zu seinem Zimmer führte, das er aufgeben würde, sobald er Houston heiratete und mit ihr in das Haus zog, das er für sie gekauft hatte.

Fast hätte er auch noch seinen Vater umgerannt; aber er blieb nicht stehen, um sich dafür zu entschuldigen.

Reed Westfield blickte seinen Sohn an, während er sich an der Korridorwand in Sicherheit brachte, sah dessen wutentbranntes Gesicht und ging ihm nach. Leander warf wahllos ein paar Kleidungsstücke in eine Reisetasche, als Reed im Türrahmen auftauchte.

Reed verharrte einen Moment auf der Türschwelle und studierte seinen Sohn. Äußerlich betrachtet, hatten sie wenig gemeinsam: Reed war ein untersetzter, kräftiger Typ mit einem Gesicht, das die Sensibilität einer Bulldogge ausstrahlte. Doch in ihrem Wesen fanden sich viele gemeinsame Züge. So mußte schon eine Menge zusammenkommen, ehe einem Westfield der Kragen platzte.

»Was ist los, Junge – ein Notfall in der Klinik?« fragte Reed, während er zusah, wie sein Sohn Kleidungsstücke in die Reisetasche auf dem Bett warf und in seiner Wut meistens das Ziel verfehlte.

»Nein«, fauchte dieser mit zusammengepreßten Zähnen, »diese Frauen machen mich noch verrückt!«

Reed versuchte, sein Lächeln hinter einem Hustenanfall zu verstecken. In seiner Anwaltskanzlei hatte er gelernt, sich nie anmerken zu lassen, was er über seine Klienten dachte.

»Hast du dich mit Houston gezankt?«

Leander drehte sich mit wutentbranntem Gesicht zu seinem Vater um: »Ich habe mich noch *nie* mit Houston gezankt, gestritten oder in irgendeiner Sache irgendwelche Meinungsverschiedenheiten mit ihr gehabt. Houston ist absolut perfekt – die vollkommene Frau.«

»Ah – dann ärgerst du dich also über ihre Schwester. Jemand erzählte mir, daß sie dir heute mächtig auf den Geist gegangen sein soll. Du brauchst ja nicht mit deiner Schwägerin zusammenzuleben.«

Lee unterbrach einen Moment das Packen. »Blair? Was hat sie denn damit zu tun! Seit ich verlobt bin, habe ich mit keiner Frau so viel Spaß gehabt wie mit ihr. Es ist Houston, die mich in den Alkoholismus treibt. Genauer gesagt, vertreibt sie mich aus dieser Stadt.«

»Nun halte mal einen Moment die Luft an«, sagte Reed und nahm seinen Sohn bei der Hand. »Ehe du in einen Zug springst und deine Patienten dem sicheren Tod überläßt, könntest du wenigstens erst mal mit mir reden. Also setz dich hierhin und erzähl mir, was dich so in Harnisch gebracht hat.«

Lee ließ sich in einen Sessel fallen, als wöge er eine Tonne, und es dauerte eine Weile, ehe er sich zu der Frage aufraffte: »Hast du eine Ahnung, warum ich Houston gebeten habe, mich zu heiraten? Ich muß doch einen Grund gehabt haben, sie um ihre Hand zu bitten; nur scheine ich ihn inzwischen vollkommen vergessen zu haben.«

Reed setzte sich seinem Sohn gegenüber aufs Bett. »Laß mich mal nachdenken, Junge – ja, wenn ich mich recht entsinne, ist es nichts anderes als die pure, reine, altmodische Fleischeslust gewesen. Kaum bist du von deinem letzten Studiensemester nach Hause zurückgekehrt, als du dich schon den zahllosen jungen und alten Männern angeschlossen hast, die diese überaus reizvolle Miss Houston Chandler auf Schritt und Tritt verfolgten und sie anbettelten, sie zu irgendeiner Party zu begleiten – irgendwohin, um in ihrer Nähe sein zu können. Ich glaube mich zu erinnern, wie du ihre Schönheit gepriesen und mir berichtet hast, daß jeder Mann in Chandler sie bereits gebeten habe, ihn zu heiraten. Und ich erinnere mich auch noch an den Abend, wo du ihr ebenfalls einen Antrag machtest, den sie angenommen hat. Danach bist du eine Woche lang im Haus herumgelaufen, als würdest du auf Wolken schweben.«

Er legte eine kurze Pause ein. »Beantwortet das deine Frage? Sagt dir jetzt dein Verstand, daß deine Fleischeslust nach der lieblichen Miss Houston abgestorben ist?«

Leander blickte seinen Vater ernst an. »Mein Verstand sagt mit, daß ihre Erscheinung und ihr Gang, die den erwachsenen Männern dieser Stadt den Schlaf raubten, nur reines Blendwerk sind. Diese Frau ist ein Eisblock. Sie ist vollkommen frigide, bar aller Gefühle. Ich kann keine Ehe mit einer Frau eingehen, die nichts für mich empfindet, und bis ans Ende meiner Tage an sie gefesselt sein.«

»Ist das alles, was dich an ihr stört?« fragte Reed, offensichtlich erleichtert. »Gute Frauen müssen so sein. Warte nur ab, bis du mit ihr verheiratet bist. Dann wird sie sich für dich erwärmen. Auch deine Mutter ist so kühl zu mir gewesen, als wir noch Verlobte waren. Sie zerschlug sogar eines Abends ihren Sonnenschirm auf meinem Kopf, weil ich ihr zu leidenschaftlich wurde. Doch später, nach der Hochzeit ... nun, da wurde es besser – viel besser sogar. Verlaß dich auf das Wort eines Mannes, der in dieser Hinsicht mehr Erfahrung hat als du. Houston ist ein gutes Mädchen und hat jahrelang unter der Fuchtel dieses bigotten Gates gestanden. Kein Wunder, daß sie nervös und ängstlich ist.«

Leander hörte seinem Vater aufmerksam zu. Er hatte nie

die Absicht gehabt, sein Leben in Chandler zu verbringen. Vielmehr wollte er in einer Großstadt zunächst als Stationsarzt in einem großen Krankenhaus arbeiten, sich schließlich eine eigene Praxis einrichten und viel Geld verdienen. Doch es hatte nur ein halbes Jahr gedauert, ehe er seine Pläne wieder umstieß und beschloß, nach Hause zu kommen, wo er dringend gebraucht wurde und wichtigere Fälle behandeln mußte als die Hysterie reicher Frauen.

Während seiner Abwesenheit hatte ihm Houston fleißig geschrieben – geschwätzige Briefe, die von den Ereignissen in der Stadt berichteten und ihren Fortschritten in der Schule. Er hatte sich immer auf ihre Briefe gefreut und auf das Wiedersehen mit dem kleinen Mädchen, das sie verfaßte.

An dem Abend, als der »verlorene« Sohn endgültig zurückgekehrt war, gab sein Vater ihm zu Ehren eine Party, und das »kleine Mädchen« trat ins Zimmer. Houston war inzwischen zu einer jungen Frau erblüht – mit einer Figur, daß Leander ganz feuchte Hände bekam. Und während er sie mit offenem Mund angaffte, gab ihm ein alter Freund einen Rippenstoß.

»Sinnlos, alter Knabe. Ich kenne keinen ledigen Mann in der Stadt, der sie nicht schon um ihre Hand gebeten hätte – oder um sonst etwas, von dem sie sich vielleicht gern trennen möchte –; aber sie will keinen von uns haben. Ich glaube, sie wartet auf einen Märchenprinzen oder den Präsidenten der Vereinigten Staaten.«

Leander hatte ihn selbstbewußt angegrinst. »Vielleicht wißt ihr nur nicht, wie man eine Frau bitten muß. Ich habe da ein paar Tricks gelernt, als ich in Paris studierte.«

Und so war er als Mitkonkurrent in den lokalen Wettlauf der Freier um das Ja-Wort von Miss Chandler eingetreten. Er wußte auch heute noch nicht genau, was dann geschehen war. Er hatte sie zu ein paar Gesellschaften mitgenommen, und es mußte bei der dritten Party gewesen sein, wo er um ihre Hand angehalten hatte, indem er sich dem Sinn nach folgendermaßen ausdrückte: »Ich glaube nicht, daß du mich heiraten würdest – aber fragen kostet ja nichts.« Er hatte natürlich mit einem Nein gerechnet. Dann hätte er mit den Männern in seinem Club lachen und sagen können, er habe es auch versucht, sei aber leider wie sie mit einem Korb bedient worden.

Zu seiner maßlosen Überraschung hatte Houston seinen Antrag sofort angenommen und gefragt, ob ihm der zwanzigste Mai als Termin für die Trauung genehm sei – alles im selben Atemzug. Am nächsten Morgen hatte er dann in der Zeitung sein Bild gesehen, mit dem er der Öffentlichkeit als Verlobter von Houston vorgestellt wurde, und darunter einen Vermerk, daß das glückliche Brautpaar noch an diesem Vormittag den Ring für sie aussuchen würde. Danach hatte er nie mehr Gelegenheit gehabt, sich zu überlegen, was er mit seinem Antrag angerichtet hatte. Wenn er nicht im Krankenhaus arbeitete, war er entweder bei einem Schneider zur Anprobe oder gab seine Zustimmung zu den Stoffen, die Houston für die Vorhänge des Hauses aussuchte, zu dessen Kauf er sich plötzlich entschlossen hatte.

Und nun, ein paar Wochen vor der Trauung, kamen ihm plötzlich Bedenken. Jedesmal, wenn er Houston anfaßte, zuckte sie zurück, als habe er etwas Ekelerregendes an sich. Natürlich kannte er Duncan Gates' Ansichten über Frauen und wußte, daß er keine Gelegenheit vorübergehen ließ, sie in die »Schranken« zu weisen. Sein Vater hatte ihm vor ein paar Jahren geschrieben, daß Gates einen Antrag beim Magistrat gestellt hatte, Frauen den Besuch der Eisdiele zu verbieten, die soeben in der Stadt eröffnet worden war, und zwar mit der Begründung, daß diese sie nur zur Faulheit, Geschwätzigkeit und zum Flirten ermuntern würde, was zum Entzücken der Männer alles eingetroffen sei, wie sein Vater am Schluß seines Briefes vermerkte.

Leander holte eine lange, dünne Zigarre aus der Tasche und zündete sie an. »Wie du vorhin schon richtig sagtest, habe ich nicht viel Erfahrung mit ›guten‹ Mädchen. Hattest du denn keine Angst, daß meine Mutter sich nicht ändern würde nach eurer Hochzeit?«

»Angst? Ich hatte schlaflose Nächte ihretwegen. Ich habe

damals sogar meinem Vater gesagt, daß ich mich weigern würde, sie zu heiraten, weil ich nicht mein Leben an der Seite einer Frau verbringen wollte, die ein Herz aus Stein in der Brust hat.«

»Du hast es dir dann aber wieder anders überlegt. Warum?«

»Nun, ja«, sagte Reed mit einem kleinen, entschuldigenden Lächeln, »ich hatte...«, er blickte ganz verlegen in eine Zimmerecke. »Ich glaube, wenn sie heute noch lebte, würde sie mich jetzt ermuntern, dir die Wahrheit zu sagen. Also – ich habe sie verführt, mein Sohn. Ich habe ihr zu viel Champagner eingeflößt, ihr stundenlang süße Worte ins Ohr geflüstert und sie dann verführt.«

Er wandte sich wieder abrupt seinem Sohn zu. »Aber ich rate dir nicht, diesem Beispiel zu folgen. Ich empfehle dir nur, etwas aus meiner Erfahrung zu lernen. Du kannst dich dabei nämlich gründlich in die Nesseln setzen. Ich glaube nämlich noch heute, daß du zwei Wochen früher, als es sich gehörte, auf die Welt gekommen bist.«

Leander studierte seine glühende Zigarrenspitze. »Mir gefällt dein Rat, und ich glaube, daß ich ihn befolgen werde.«

»Vielleicht hätte ich dir das doch nicht erzählen sollen. Houston ist ein reizendes Mädchen und...« Er hielt mitten im Satz inne und warf einen forschenden Blick auf seinen Sohn. »Ich verlasse mich auf dein Urteilsvermögen. Verhalte dich so, wie du es für richtig hältst. Wirst du zum Abendessen hier sein?«

»Nein«, sagte Lee leise, als wäre er mit seinen Gedanken ganz woanders. »Ich gehe mit Houston heute abend zum Empfang des Gouverneurs.«

Reed öffnete den Mund, um noch etwas zu sagen, schloß ihn dann wieder und verließ stumm das Zimmer. Vielleicht wäre er noch einmal umgekehrt und hätte ihm doch noch gesagt, was ihm auf der Zunge lag, wenn er gewußt hätte, daß sein Sohn anschließend zum Telefon ging und in einem Nachtlokal vier Flaschen französischen Champagner bestellte, die in sein neues Haus gebracht werden sollten. Dann bat er die Haushälterin, ein Dinner vorzubereiten, das mit Austern begann und mit einer Schokoladenspeise endete.

Kapitel 3

Blair saß in ihrem Zimmer im obersten Stockwerk der Villa Chandler und versuchte sich auf einen Artikel über Peritonitis zu konzentrieren, sah sich aber ständig von ihrer Schwester abgelenkt, die im Garten unter ihrem Fenster Rosen schnitt. Blair beobachtete, wie Houston leise vor sich hinsummte, ihre Nase in die Blüten steckte und sich überhaupt recht wohl zu fühlen schien.

Blair wurde aus ihrer Schwester nicht mehr klug. Hatte sie nicht eben noch mit ihrem Verlobten gestritten, der wütend aus dem Garten gelaufen war? Aber das erschütterte sie offenbar überhaupt nicht.

Und dann diese merkwürdige Geschichte auf der Fahrt hierher. Blair hatte noch nie erlebt, daß Houston einen Mann grüßte, der ihr nicht in aller Form vorgestellt war. Houston, die immer so großen Wert auf Umgangsformen legte, hatte dieses haarige Individuum, diesen Taggert, so zuvorkommend behandelt, als wären sie seit Jahren befreundet.

Blair legte ihr medizinisches Journal beiseite und ging hinunter in den Garten.

»Hör mal«, sagte sie, als sie neben ihre Schwester trat, »ich möchte jetzt wissen, was du dir dabei gedacht hast.«

»Ich habe keine Ahnung, wovon du redest.« Houston sah so unschuldig aus wie ein Baby.

»Kane Taggert«, antwortete Blair und versuchte dabei, in Houstons Gesicht zu lesen.

»Wir trafen uns zufällig in Wilsons Kaufhaus, und später wünschte er uns einen guten Morgen.«

Blair entdeckte eine unnatürliche Röte auf Houstons Wangen, als wäre diese Begegnung nicht so harmlos verlaufen, wie ihre Schwester sie darstellte.

»Du verschweigst mir etwas.«

»Vielleicht hätte ich mich nicht einmischen sollen; aber Mr. Taggert sah so wütend aus, und ich wollte einen Streit verhindern. Nur ging es leider auf Mary Alicens Kosten.« Und nun erzählte Houston ihrer Schwester die Geschichte von Mary Alice Pendergast, die Taggert im Kaufhaus unmöglich machen wollte, ihn mit einem Grubenarbeiter verglich und die Nase über ihn rümpfte. Und Houston hatte für Taggert Partei ergriffen.

Blair war sprachlos. Wie kam Houston dazu, sich in eine Affäre einzumischen, die sie überhaupt nichts anging! Schlimmer noch – sie hatte sich auf die Seite dieses Taggert gestellt, dem Blair nicht über den Weg traute. Dieser Mann sah aus, als wäre er zu allem fähig. Was erzählte man sich nicht alles von ihm und seinen Busenfreunden – von solchen Männern wie Vanderbilt, Jay Gould und Rockefeller! »Es gefällt mir nicht, daß du dich mit so einem Mann wie Taggert einläßt.«

»Du sprichst wie Leander.«

»Ausnahmsweise hat er diesmal recht!« schnappte Blair.

»Vielleicht sollten wir diesen Tag in der Familienbibel anstreichen. Blair, ich schwöre, daß ich nach dem heutigen Abend den Namen Taggert nie mehr erwähnen werde.«

»Dem heutigen Abend?« Blair hatte so ein Gefühl, als müßte sie sich rasch in Sicherheit bringen. Als sie noch Kinder waren, hatte Houston es immer wieder verstanden, sie in irgendwelche Projekte zu verwickeln, die durchwegs unglücklich ausgingen und stets Blair angelastet wurden. Niemand traute nämlich diesem süßen Unschuldsengel Houston eine Ungezogenheit zu.

»Schau dir das an. Ein Bote hat es eben gebracht. Er hat mich zum Abendessen in sein Haus eingeladen.« Houston zog ein Billett aus dem Ärmel und gab es Blair.

»So? Solltest du nicht heute abend mit Leander irgendwo anders hingehen?«

»Blair, du scheinst nicht zu begreifen, was für einen Wirbel es um dieses Haus in der Stadt gegeben hat! Ich kenne nicht einen in Chandler, der sich nicht darum bemüht hätte, das Haus besichtigen zu dürfen. Aus ganz Colorado reisten die Leute an, um das Haus zu bewundern; doch keinem wurde erlaubt, es auch zu betreten. Selbst ein englischer Herzog, der hier durchreiste, bemühte sich vergeblich, in Taggerts Haus übernachten zu dürfen. Taggert wollte die Delegation, die seine Bitte überbrachte, nicht einmal anhören. Und nun hat er *mich* in sein Haus eingeladen!«

»Aber du hast doch eine Verabredung«, hielt Blair ihr vor. »Der Gouverneur erwartet dich heute abend bei seinem Empfang. Du willst doch nicht behaupten, daß dir die Inneneinrichtung von so einem ollen Haus wichtiger ist als der Erste Mann dieses Staates!«

Houston machte wieder dieses eigenartig verklärte Gesicht wie am Vormittag, als sie das Haus auf dem Hügel betrachtet hatte.

»Du kannst das nicht verstehen. Du hast nicht miterlebt, wie wir jahrelang die Waggons hier eintreffen sahen mit den Einrichtungsgegenständen für sein Haus. Mr. Gates behauptete, er habe nur deswegen keinen Gleisanschluß bis zu seiner Villa verlegen lassen, weil er wollte, daß jeder in der Stadt die Kisten sehen sollte und die Packzettel, die daran hingen. Die Sachen wurden ihm aus der ganzen Welt zugeschickt. Oh, Blair, ich weiß, daß die Kisten mit den kostbarsten Möbeln angefüllt sein mußten. Und mit Wandteppichen! Gobelins aus Brüssel!«

»Houston – du kannst nicht an zwei Stellen zugleich sein. Du hast versprochen, mit Leander zu diesem Empfang zu gehen. Und deshalb wirst du das auch tun«, sagte Blair energisch und hoffte, damit sei dieses Thema erledigt. Von den beiden Männern war Leander gewiß das kleinere Übel.

»Als wir noch Kinder waren, fiel es uns nicht schwer, an zwei Stellen zugleich zu sein«, sagte Houston, als wäre das die harmloseste Sache der Welt.

Blair glaubte, ihr stocke der Atem. »Du willst, daß wir die

Plätze tauschen? Du verlangst von *mir*, daß ich einen Abend mit Leander verbringen und mich als seine Verlobte ausgeben soll, während du dir das Haus eines Wüstlings anschaust?«

»Wie kommst du dazu, Kanes als Wüstling zu bezeichnen?«

»Kane – ha! So intim seid ihr beide schon? Ich dachte, du hättest ihn heute erst kennengelernt!«

»Schweife jetzt nicht vom Thema ab. Bitte, Blair, tu mir den Gefallen und tausche den Platz mit mir. Nur einen Abend lang. Ich würde das Haus ja gern ein andermal besichtigen; aber ich fürchte, Mr. Gates wird das nicht zulassen, und ob Leander damit einverstanden wäre, möchte ich auch bezweifeln. Du siehst, es ist eine einmalige Gelegenheit – eine letzte Eigenmächtigkeit, ehe ich unter die Haube komme.«

»Du tust ja gerade so, als wäre der Ehestand ein Gefängnis. Außerdem würde Leander spätestens nach zwei Minuten erkennen, daß ich nicht du bin.«

»Nicht, wenn du dich geschickt anstellst. Wir sind beide gute Schauspielerinnen, wie du weißt. Ich verwandle mich jeden Mittwoch in eine alte Frau, und bisher ist das immer gutgegangen. Und deine Rolle ist viel einfacher: wenig reden, schon gar nicht über dein Fachgebiet; dich nicht mit Lee zanken und schreiten wie eine Lady – nicht rennen, als wäre irgendwo ein Feuer ausgebrochen.«

Blair schwindelte der Kopf. Seit sie nach Chandler zurückgekehrt war, hatte sie nicht mehr ruhig schlafen können vor Sorge, daß man ihrer Schwester jeden Unternehmungsgeist genommen habe. Das war das erste Zeichen seit Wochen, daß noch Leben in Houston steckte. Da wurde noch einmal die Erinnerung an ihre Kindheit wach, wo sie sich oft aus einer Klemme befreit hatten, indem einer sich für den anderen ausgab, und hinterher Tränen lachten über die genarrten Erwachsenen. Aber ob Leander sich so leicht täuschen ließ? Es genügte ein hämisches Wort über Blair, die Lady im weißen Kittel, und schon war es passiert!

Ihr Kopf ruckte hoch. Leander hatte noch nie ein hämisches Wort zu Houston gesagt, und einen Abend lang würde sie Houston sein. Denn das war *ihre* Chance, sich davon überzeugen zu können, ob Leander tatsächlich so ein wunderbarer Mann war, wie Opal und Houston behaupteten. Wenn sie allein waren, würde sich schon zeigen, ob Leander und Houston sich wirklich liebten und zueinander paßten.

»Bitte, Blair – ich habe dich selten um etwas gebeten.«

»Nur, daß ich ein paar Wochen bei unserem Stiefvater wohnen soll, den ich verabscheue, wie du weißt, und mir täglich die Arroganz dieses Mannes gefallen lassen muß, den du zu heiraten gedenkst«, sagte Blair. Aber sie lächelte dabei. Wenn sie wußte, daß ihre Schwester mit ihm glücklich würde, konnte sie beruhigt wieder nach Pennsylvania zurückkehren.

»Oh, Blair, ich möchte mir so gern das Haus anschauen!«

»Ist es wirklich nur das Haus und nicht der Eigentümer?«

»Ich bitte dich, Blair! Ich habe Hunderte von Dinnerparties besucht, und nicht einem meiner Gastgeber ist es gelungen, mir dabei auch den Kopf zu verdrehen. Und es werden ja noch andere Gäste zugegen sein.«

»Hättest du etwas dagegen, wenn ich Leander nach eurer Hochzeit erzähle, daß ich einen Abend mit ihm verbracht habe? Allein schon sein belämmertes Gesicht zu sehen, würde mich für alles entschädigen.«

»Natürlich darfst du ihm das später erzählen. Lee hat viel Sinn für Humor. Ich bin sicher, er wird lachen und kein belämmertes Gesicht machen.«

»Ich bin mir da nicht so sicher; aber es genügt ja, wenn ich es lustig finde.«

»Dann wollen wir uns jetzt auf den Abend vorbereiten. Ich möchte etwas anziehen, das zu dem Haus paßt, und du mußt mein blauseidenes Modellkleid von Worth tragen.«

»Meine türkischen Hosen wären mir lieber; aber dann wüßte Leander sofort, mit wem er es zu tun hat.«

Sie folgte Houston ins Haus, sich mehr für ihren Plan erwärmend. Zwar würde es nicht leicht sein, in Houstons

Haut zu schlüpfen und sich auf diese träge Art vorwärtszubewegen, die Houston als Schreiten bezeichnete; aber Blair betrachtete das Ganze als eine Herausforderung an ihr Showtalent und freute sich sogar auf diesen Abend.

Erst als sie spürte, mit welcher Kraft Houston die Korsettschnüre anzog, kamen ihr wieder Bedenken. Houston nahm ja gern ein paar Schmerzen in Kauf, wenn es der Schönheit diente; doch Blair mußte ständig an ihre inneren Organe denken, die von den Korsettstangen gefoltert wurden. Doch dann, als sie das Kleid überstreifte und sich im Spiegel mit Houstons Wespentaille sah, waren ihr die inneren Organe nicht mehr so wichtig.

Houston trat einen Schritt zurück und betrachtete ihre Schwester. »Nun siehst du wie eine Frau aus.« Sie blickte an ihrer Bluse und ihrem Rock hinunter und spürte kaum die leicht geschürzte Korsage darunter. »Und ich fühle mich so leicht wie eine Feder.«

Sie standen eine Weile schweigend nebeneinander und verglichen ihre Spiegelbilder. »Nun kann uns keiner mehr auseinanderhalten«, murmelte Houston.

»Solange wir nicht den Mund aufmachen«, setzte Blair hinzu.

»Das dürfte für dich kein Problem sein. Solange du Houston bist, brauchst du kein Wort zu sagen.«

»Soll das heißen, daß ich dir als Blair zu viel rede?« brauste ihre Schwester auf.

»Das soll heißen, daß wir heute abend zu Hause bleiben müßten, weil Mutter sofort einen Arzt kommen ließe, wenn ich als Blair keinen Ton sagen würde.«

»Du meinst, wenn du dich nicht mit Leander streiten würdest?« sagte Blair, und sie mußten beide lachen.

Als sie sich später fertig angezogen und ausgehbereit im Salon einfanden – Blair wollte angeblich den Abend mit einer Freundin, Tia Mankin, verbringen –, erlebten sie, was Menschen nur selten vergönnt ist: Sich selbst mit den Augen eines anderen zu betrachten.

Zunächst war Blair so sehr damit beschäftigt, Houstons

Gang zu imitieren, hoheitsvoll ins Zimmer zu treten und die Leute anzusehen, als wären sie kaum noch wahrnehmbare Gestalten am Horizont, daß sie gar nicht merkte, wie ihre Schwester sie kopierte.

Erst als Mr. Gates in den Salon kam und in einem sehr höflichen Ton sagte, daß die beiden jungen Damen ganz reizend aussähen, fiel ihr auf, daß Houston – als Blair – den Kopf in den Nacken warf und ihre überlegene Körpergröße ausnützte, um auf den Mann hinunterzusehen. »Ich bin ein Doktor, und ein Doktorhut ist mir wichtiger als Schönheit. Denn ich verlange mehr vom Leben als Ehepflichten und Kinderkriegen.«

Blair öffnete den Mund, um zu protestieren, daß sie so etwas nie sagen und keinen Mann angreifen würde, der sie nicht zuerst angegriffen hatte; doch als sie rundum die Gesichter betrachtete, merkte sie, daß sich niemand über Houstons Verhalten wunderte.

Ihr tat Mr. Gates fast leid, als sein Gesicht rot anlief und er nach Luft schnappte wie ein Fisch auf dem Trockenen. Ehe sie recht wußte, was sie tat, trat sie zwischen ihre Schwester und den empörten kleinen Mann. »Es ist ein so schöner Abend«, sagte sie laut. »Wollen wir nicht hinaus in den Garten gehen und dort auf Leander warten, Blair?«

Als Houston sich zu ihr umdrehte, machte sie ein so wütendes und aufsässiges Gesicht, wie Blair es bei ihrer Schwester noch nie erlebt hatte. Sehe ich wirklich so aus? fragte sie sich. Bin tatsächlich ich meistens der Anstifter, wenn es zu einem Streit zwischen mir und Mr. Gates kommt?

Sie wollte Houston danach fragen; aber ehe sie in den Garten hinausgehen konnten, traf Leander ein, um sie abzuholen.

Blair trat zurück, sah zu, wie Houston sich in ihrer Rolle benahm, und hätte ihn am liebsten gegen ihre Schwester in Schutz genommen. Er war höflich, zuvorkommend, ganz Kavalier und – oh, ein so gutaussehender Mann! Hatte sie denn nie bemerkt, daß Leander ein Herzensbrecher sein konnte? Er sah so gesetzt aus mit seinen grünen Augen, der langen dünnen Nase und den vollen Lippen. Sein schwarzes, ungewöhnlich langes Haar streifte den Kragen seines Jacketts. Aber was Blair an ihm fesselte, war nicht sein stattliches Äußeres, sondern der Ausdruck seiner Augen – schöne, unergründliche Augen voller Geheimnisse hinter langen Wimpern.

»Houston?« fragte er und holte sie in die Wirklichkeit zurück. »Ist dir nicht gut?«

»Oh, doch«, sagte sie und bemühte sich, ihn so kühl wie ihre Schwester anzublicken.

Als Leander die Hände an ihre Hüfte legte und sie in die Kutsche hob, lächelte sie ihm zu, und er lächelte zurück – kurz und flüchtig nur; aber herzerwärmend. Und sie freute sich auf die Zeit, die sie ihn für sich haben würde.

Kaum saßen sie in der Kutsche, als Houston sich mit Leander anlegte.

»Was tust du, um eine Peritonitis einzudämmen?« fragte sie in einem so aggressivem Ton, daß Blair sie verwundert ansah. Warum behandelte sie ihn so schroff? Und woher kannte sie den medizinischen Fachausdruck für eine Bauchfellentzündung?

»Ich nähe die beiden Schichten des Darms zusammen und bete«, erwiderte er – eine sehr vernünftige und richtige Antwort.

»Habt ihr hier in Chandler noch nie etwas von Asepsis gehört?«

Blair wartete mit angehaltenem Atem, wie Lee darauf reagieren würde. Für Blair war das keine Frage, sondern eine Beleidigung, und sie hätte es Lee nicht übelgenommen, wenn er Houston jetzt tüchtig die Meinung gesagt hätte. Doch Lee tauschte nur einen Blick mit ihr, kniff die Augen zusammen und sagte dann zu Houston, daß auch die Ärzte in Chandler sich immer die Hände wuschen, ehe sie ein Skalpell anfaßten.

Da mußte Blair wieder lächeln, während sie und Lee einen Blick tauschten wie zwei Menschen, die sich einig wissen in ihrem Urteil. Sie lehnte sich ins Polster zurück, betrachtete den Sternenhimmel und hörte nicht mehr auf das Gezänk ihrer Schwester, die sich pausenlos mit Lee anlegte.

Sie war froh, als sie Tias Haus erreichten und Houston dort absetzen konnten. Und als sie mit Lee allein in der Kutsche saß, seufzte sie tief und sagte:

»Ich komme mir vor wie nach einem schweren Gewitter.« Dann blickte sie rasch zu Lee hinauf – ein wenig reumütig, weil sie sich im Grunde selbst kritisiert hatte.

»Sie hat es nicht böse gemeint. Alle Ärzte, die frisch von der Schulbank kommen, benehmen sich so. Man spürt die Last der Verantwortung, die auf unseren Schultern ruht.«

»Und das ändert sich später?«

»Ja; aber ich weiß nicht, wie ich dir das erklären soll. Ich glaube, man lernt die Grenzen seiner Möglichkeiten kennen und findet sich damit ab, daß man mit seinen Händen nicht die ganze Welt retten kann.«

Blair lehnte sich entspannt wieder ins Polster zurück. Wie nett von ihm, daß er sich nicht bei ihr über Houstons Attacken beschwerte. Und er hatte sie als Ärztin anerkannt.

Sie fand es ganz in Ordnung, daß sie nun ihren Arm unter den seinen schob und sich nicht in die entfernte Ecke zurückzog, wo ihre Schwester gesessen hatte. Sie bemerkte nicht, wie verwundert er sie dabei ansah. Sie dachte nur daran, wie schön dieser Abend war.

Kapitel 4

Chandler lag zweitausenddreihundertdreißig Meter über dem Meeresspiegel am Fuß der Rocky Mountains, und dementsprechend sauber, dünn und klar war die Luft. Im Sommer herrschten tagsüber angenehme Temperaturen; doch sobald die Sonne untergegangen war, empfahl es sich, nicht ohne Schal ins Freie zu gehen.

Blair saß neben Lee und sog die frische, aromatische

Bergluft tief in ihre Lungen. Sie hatte gar nicht gewußt, wie sehr sie dieses Gebirgsklima entbehrt hatte.

Sie waren noch keine halbe Meile weit gefahren, als ein Mann auf einem keuchenden Pferd in einer Staubwolke auf sie zusprengte und rief: »Westfield, da braucht jemand Ihre Hilfe. Eine Frau an der River Street hat gerade versucht, sich das Leben zu nehmen!«

Blair hatte diesen Mann noch nie zuvor gesehen. Sie hoffte, sie sah ihn jetzt auch zum letztenmal. Er glich der Karrikatur eines Spielers mit seinen pechschwarzen Haaren, dem dünnen Oberlippenbärtchen und – was sie am meisten abschreckte – seinen unverschämten Blicken, die ihr das Blut ins Gesicht trieben.

Er nahm seinen breitkrempigen Hut ab und deutete damit in ihre Richtung. »Vielleicht haben Sie aber gerade einen wichtigeren Fall und können nicht kommen. Ich könnte das verstehen.«

Blair blickte zu Lee hoch und sah sein unschlüssiges Gesicht. Sie wußte, daß er ihretwegen zögerte. »Ich werde dich begleiten, Lee. Vielleicht kann ich dir irgendwie behilflich sein.«

Der Fremde – ob nun ein Spieler oder nicht – sagte: »Die River Street ist kein passender Ort für Damen. Vielleicht nehme ich sie so lange in meine Obhut, bis Sie die Selbstmörderin verarztet haben.«

Das gab wohl den Ausschlag, daß Lee die Peitsche über dem Kopf des Pferdes knallen ließ und rief: »Halt dich fest!«

Blair flog gegen die Rückenlehne der Sitzbank und klammerte sich an das Verdeck, während das Pferd die Straße hinunterjagte. Sie schloß ein paarmal entsetzt die Augen, als Lee nur mit knapper Not einem Zusammenstoß mit anderen Fuhrwerken entging. Die Leute wichen schon aus, wenn sie ihn von weitem kommen sahen, und aus den ermunternden Zurufen, die ihnen hin und wieder entgegenschlugen, schloß Blair, daß ein durch die Straßen jagender Leander für die Bewohner von Chandler ein vertrauter Anblick war.

Er hielt sein Pferd im nordöstlichen Winkel der Stadt an

– auf der anderen Seite des Tijeras-Flusses zwischen zwei Eisenbahngeleisen –, wo Blair noch nie gewesen war und wohin es sie auch nie gezogen hatte. Mit einer fließenden Bewegung band er das Pferd fest, nahm seine Ärztetasche und sprang hinunter auf den Boden; dann befahl er Blair, in der Kutsche zu bleiben.

Nach einem schnellen Blick auf das grinsende Gesicht des Spielers folgte sie Lee in das Haus mit der roten Laterne davor. Leander lief die Treppe hinauf, als wüßte er genau, wohin er gehen mußte; doch Blair konnte nicht umhin, erst einmal einen Blick um sich zu werfen.

Alles schien von roter Farbe zu sein: die Wände, die Teppiche und die Polster mit den langen Fransen an den Säumen. Und was nicht rot war, bestand aus dehr dunklem Holz.

Am Kopfende der Treppe sah sie eine dichtgedrängte Schar mehr oder weniger spärlich bekleideter Frauen; und als Blair bei ihnen anlangte, begannen sie alle, sich von einer offenen Türe zurückzuziehen.

»Ich sagte euch doch, daß ich Hilfe brauche!« hörte Blair Lee rufen, während sie sich durch die Menge schob.

Lee blickte zu ihr hoch. »Du solltest doch in der Kutsche bleiben!« Vor ihm auf dem Bett lag eine blasse, dünne junge Frau – fast noch ein Mädchen –, die sich vor Schmerzen krümmte. Sie mußte ein Desinfektionsmittel auf Alkoholbasis geschluckt haben, vermutete Blair.

»Karbol?« fragte Blair, und als sie sah, daß Lee eine Magenpumpe aus seiner Tasche nahm, wußte sie, was jetzt getan werden mußte.

Blair verlor keine Zeit mehr und ging an die Arbeit. Mit autoritärer Stimme befahl sie drei Frauen, von denen eine nur ein Korsett und ein dünnes schwarzes Tuch darüber trug, die Arme und Beine des Mädchens festzuhalten, und schickte eine vierte nach Handtüchern aus. Als eine große, gut gekleidete Frau, die aussah, als wüßte sie, wie man Befehle gibt, ins Zimmer trat, trug Blair ihr auf, zwei Regenmäntel zu besorgen. Und als sie damit wiederkam, wartete Blair, bis Lee eine Hand frei hatte, und schob sie in das Ärmelloch des wasserdichten Überziehers. Dann schlüpfte sie in den anderen Regenmantel und knöpfte ihn über dem Seidenkleid ihrer Schwester zu.

Lee redete ununterbrochen mit dem Mädchen, um es abzulenken und zu beruhigen, während er ihm den Schlauch der Magenpumpe durch den Mund einführte; und als das Karbol durch den Schlauch nach oben stieg, kam auch der ganze Mageninhalt in einem Schwall heraus und bespritzte alle, die um das Bett herumstanden.

Würgend und sich erbrechend, in seinem eigenen Schmutz schwimmend, klammerte sich das Mädchen an Lee, der es an seiner Schulter hielt, während Blair mit leiser Stimme Anweisungen gab, frisches Bettzeug und warmes Wasser zum Reinigen der Patientin zu besorgen.

»Nichts ist so schlimm, wie es einem erscheint«, sagte Lee und nahm das Mädchen in die Arme, als es zu weinen begann. »Und wenn du das trinkst, geht es dir gleich wieder besser.« Er flößte ihm ein Glas Wasser und zwei Tabletten ein.

Er hielt es, bis sein Schluchzen aufhörte und es an seiner Schulter einnickte. Dann legte er es vorsichtig auf das Bett und blickte zu der hochgewachsenen Frau auf, die Blair nach den Regenmänteln ausgeschickt hatte. »Jetzt können Sie sie waschen. Und morgen schicken Sie sie zu mir in die Klinik. Ich möchte mit ihr reden.«

Die Frau nickte schweigend, blickte Lee mit großen, verehrungsvollen Augen an und drehte sich dann zu Blair um. »Ich hoffe, du weißt, was du an diesem Mann hast, Kleines. Gibt nicht viele von seiner Sorte. Er ...« Die Frau stockte, als Lee ihr einen Blick zuwarf.

»Wir müssen weiter«, sagte er, stutzte dann, als er auf den Regenmantel hinuntersah, den er verkehrt herum trug, und blickte Blair an, die am Fußende des Bettes stand.

»Ich habe das von meiner Schwester gelernt«, sagte sie rasch, um seine stumme Frage zu beantworten, und machte sich plötzlich Sorgen, daß Lee ihren Rollentausch entdeckt haben könnte.

Doch Leander packte seine Instrumente ein, nahm ihren Arm und verließ mit ihr das Zimmer, ohne ein Wort über ihr mustergültiges Verhalten zu verlieren. Die Mädchen, die vom Flur aus zugesehen hatten, murmelten ein Dankeschön und blickten Lee und Blair mit stumpfen Augen nach. Jede von diesen jungen Frauen, dachte Blair, hätte das Mädchen sein können, das jetzt im Zimmer gewaschen wurde.

»Kommst du oft hierher?« fragte sie Lee, als sie die Treppe hinuntergingen.

»Jede Woche wird ein Arzt aus diesen oder jenen Gründen in dieses Haus gerufen. Vermutlich bin ich genauso oft hier wie meine Kollegen.«

Als sie bei der Kutsche anlangten, blieb Lee vor ihr stehen. Nun wird er mir offenbaren, daß er wisse, wer ich bin, dachte sie bang. »Ich möchte mich bei dir bedanken, daß du mir bei diesem Fall geholfen hast und ich dich nicht erst woanders hinbringen mußte. Das hat mir mehr bedeutet, als du ahnst.«

Sie lächelte erleichtert. »Du hast diese Frau hervorragend behandelt – rasch und so schonend wie möglich.«

Mit einem leisen Lächeln berührte er das Haar an ihrer Schläfe. »Nun sprichst du wieder wie Blair. Aber wenn du meinst, es sei so gewesen, bedanke ich mich für das Kompliment.«

Blair hatte an der medizinischen Hochschule einen Dozenten, der seine Studentinnen davor warnte, dem Fluch aller jungen weiblichen Ärzte zu verfallen. Sie neigten nämlich dazu, sich stets in den Mann zu verlieben, der am besten mit dem Messer umgehen konnte. Alle frischgebackenen Assistenzärztinnen brauchten nur einem Arzt zuzusehen, wie er eine schwer zugängliche Eierstockzyste entfernte, und schon hatte er ihr Herz erobert.

In diesem Moment dachte Blair, daß sie noch keinen Mann getroffen hatte, der besser aussah als Lee. Er hatte den Fall nicht nur medizinisch richtig behandelt, sondern auch die Patientin auf geradezu vorbildliche Weise betreut. Als er auf sie zuging, um sie zu küssen, spürte sie ein tiefes

Verlangen nach seiner Zärtlichkeit – als Blair, nicht als Houston.

Sie drehte ihr Gesicht zur Seite.

Leander nahm sofort seine Hand von ihrer Schläfe, und der Zorn, der in seinen Augen aufblitzte, war erschreckend. Er wandte sich von ihr ab, und jede Bewegung, die er machte, war ein Ausdruck seiner Empörung.

Blair geriet einen Moment lang in Panik. Jetzt war sie Houston, nicht Blair, und natürlich würde Houston nicht zögern, den Mann zu küssen, den sie liebte.

Blair faßte seinen Arm. Er blieb stehen, drehte ihr sein Gesicht zu, aus dem ein flammender Zorn sprach, und es gehörte viel Courage dazu, diesem Blick standzuhalten. Sie legte ihm mutig die Arme um den Hals und drückte ihre Lippen auf seinen Mund.

Er stand da, als wäre er aus Stein – bewegte sich nicht und hielt die Lippen geschlossen.

Dr. Leander Westfield, ging es ihr als Blair durch den Kopf, muß ein sehr verwöhnter Mann sein, wenn er so heftig reagiert, sobald ihm seine Verlobte auch nur einen Kuß verweigert. Als er sich immer noch sperrte, betrachtete sie das als eine Herausforderung – wie ihre beiden ersten Semester an der Hochschule.

Sie stellte sich auf die Zehenspitzen und begann, diesem so widerspenstigen Mann ein bißchen Leidenschaft zu zeigen.

Sie war auf seine Reaktion nicht vorbereitet – nichts, was sie bisher in ihrem Leben erlebt hatte, hätte sie auf diese Reaktion vorbereiten können.

Er nahm ihren Kopf zwischen beide Hände, drehte ihren Kopf herum und drückte seinen Mund so leidenschaftlich auf ihre Lippen, daß ihr der Atem verging. Und Blair reagierte mit gleicher Heftigkeit. Sie preßte ihren Körper gegen den seinen und klammerte sich noch fester an ihn, als er sein Knie zwischen ihre Beine schob und seine Zunge in ihren Mund.

»Pardon«, sagte eine lachende Stimme, und es dauerte ein paar Sekunden, ehe sich Lee von ihr löste.

Blair stand mit geschlossenen Augen da und war froh, daß die Kutsche sie im Rücken stützte, weil ihre Knie ganz weich geworden waren. Sie war sich vage bewußt, daß dieser schreckliche Spieler-Typ auf sie hinuntergrinste, während er mit Lee sprach; aber das störte sie nun nicht mehr. Vielleicht war Houstons Ruf jetzt für immer ruiniert; doch was kümmerte sie in diesem Augenblick ihre Schwester?

»Bist du bereit?« hörte sie Lee leise in ihr Ohr sagen, nachdem der Spieler sich entfernt hatte. Sie konnte die Wärme seines Körpers durch ihre Kleider spüren.

»Wozu?« murmelte sie und öffnete die Augen.

»Houston, wir müssen nicht zu diesem Empfang fahren«, sagte Lee.

Blair richtete sich auf und erinnerte sich wieder daran, wer sie war, wo sie war und daß sie den Abend mit dem Verlobten ihrer Schwester verbrachte. »Natürlich müssen wir zum Empfang gehen«, sagte sie scheu, wich seinem Blick aus und ignorierte die Tatsache, daß seine Hände länger an ihren Hüften ruhten, als nötig war, um ihr in die Kutsche zu helfen.

Sobald sie dort Platz genommen hatte, hielt sie den Blick stur geradeaus gerichtet. *Das* ist es also, weswegen Houston ihn liebt, dachte sie. Und sie hatte sich Sorgen gemacht, es könnte ihnen beiden an Leidenschaft mangeln!

Sie blickte flüchtig zu ihm hoch, als er ihr das Gesicht zudrehte, und seine Augen waren voller Leben und – hungrig.

Sie lächelte schwach und ermahnte sich, an Alan zu denken. An Alan – Alan!

So gelang es Blair, sich wieder einigermaßen zu fangen, wenngleich mit noch taumelnden Sinnen, so daß sie gar nicht mehr auf den Weg achtete, bis Lee sein Pferd vor dem mitten im Fenton-Park gelegenen Musikpavillion anhielt und ihr die Hand reichte, um ihr aus der Kutsche zu helfen.

»Warum halten wir hier?«

»Ich habe noch den Geruch von Karbol in der Nase, und ich dachte, die frische Luft könnte mir helfen, ihn loszuwerden.«

Er lächelte sie an, als er sie aus der Kutsche hob, und sie mußte ihr Gesicht zur Seite drehen, weil sie sonst dem Verlangen nachgegeben hätte, ihm einen Kuß zu geben. »Du hast dieses Mädchen wirklich gut verarztet«, murmelte sie.

»Das hast du mir bereits gesagt«, antwortete er und gab sie frei, um eine Zigarre aus der Brusttasche zu ziehen und anzuzünden. »Warum bist du heute abend mitgekommen? Das hast du vorher noch nie getan.«

Blair hielt den Atem an. Sie mußte sich rasch etwas einfallen lassen. »Ich glaube, der Nachmittag war daran schuld. Du scheinst dich sehr über mich geärgert zu haben.« Sie hoffte, ihre Begründung leuchtete ihm ein.

Er legte den Kopf auf die Seite und betrachtete sie durch den Rauch seiner Zigarre im Mondlicht. »Das scheint dich früher aber *auch* nicht gestört zu haben.«

Worauf hatte sie sich da nur eingelassen? Warum hatte Houston sie nicht vor Problemen gewarnt, die zwischen ihnen zur Sprache kommen könnten?

»Natürlich stört mich das, Lee«, sagte sie, die Hand auf dem Geländer des Pavillions, das Gesicht zur Seite gedreht. »Ich mache mir immer Sorgen, wenn du dich über mich ärgerst. Ich will nicht, daß wir uns noch einmal streiten.«

Er schwieg so lange, daß sie ihm das Gesicht wieder zuwandte. Er betrachtete sie mit den gleichen hungrigen Augen wie vorhin in der Kutsche.

»Lee, du machst mich verlegen. Sollten wir nicht lieber weiterfahren zum Empfang?« Verdammte Houston, dachte sie. Du hast mich wieder einmal zu etwas überredet, was mich in Schwierigkeiten bringen muß. Ich hoffe nur, daß die Besichtigung dieses Monsterhauses das auch wert ist!

Langsam streckte Lee die Hand aus, um ihren Arm zu berühren. Sie wich zurück, bis sie das Geländer wieder im Rücken spürte.

Er warf seine Zigarre weg und machte einen Schritt auf sie zu.

Blair lächelte schwach, hob ihre Röcke an und rannte die Stufen zum Pavillion hinauf. »Hier haben wir die schönsten Konzerte erlebt«, sagte sie, sich bis zur Mitte der Plattform zurückziehend, als sie sah, daß er ihr folgte. »Ich erinnere mich noch an mein pinkfarbenes Kleid mit den weißen Streifen ...«

Ihre Stimme versagte, als er vor ihr stand und sie ihm nicht mehr ausweichen konnte. Sie sah ihm in die Augen und spürte die Wärme seines Körpers. Und als er die Arme für sie ausbreitete, ließ sie sich widerspruchslos von ihnen umfangen.

Da war keine Musik, nur die Geräusche der Nacht; und doch glaubte Blair, den süßen Klang von Violinen zu hören, als Lee sich mit ihr auf der Plattform im Tanze drehte. Mit geschlossenen Augen überließ sie sich seiner Führung, die Röcke über den Arm gelegt, an nichts denkend, nur diesem Augenblick hingegeben. Und als er sie noch enger an sich zog und sie, seine Beine gegen die ihren gepreßt, sacht im Walzertakt wiegte, gab sie sich Empfindungen hin, wie sie sie bisher noch nie erlebt hatte.

Sie verlor jedes Gefühl für die Zeit, während er sie in seinen Armen hielt, und vergaß vollkommen, daß sie nur ihre Schwester vertrat und dieser Mann, mit dem sie so intim wurde, eigentlich ein Fremder war. Sie war sich nur der Gegenwart bewußt, und Vergangenheit und Zukunft existierten nicht für sie.

Als er begann, ihren Nacken, ihre Wangen und ihre Schläfen zu küssen, schlang sie ihre Arme um seinen Hals und tanzte langsam, sich sacht in diesem verführerischen Rhythmus wiegend, im Kreis herum.

»Du sagtest, daß du auch anders sein könntest«, flüsterte er; aber Blair hörte nur noch das Rauschen ihres Blutes. »Komm, gib mir noch einen Kuß, ehe wir weiterfahren müssen.«

Nur dieses eine Wort, das von Aufbrechen sprach, drang

zu ihrem Bewußtsein durch. Sie wollte nicht aufbrechen, wollte, daß dieser Augenblick nie enden sollte, und als er sie wieder küßte, wurde sie so schwach in den Knien, daß Lee sie festhalten mußte, weil ihr die Beine einknickten.

Er hielt sie mit beiden Armen einen Moment von sich fort, während sie mit geschlossenen Augen und zurückgelegtem Kopf vor ihm stand, unfähig, sich von der Stelle zu rühren.

Als sie die Lider öffnete, sah sie ihn grinsen – aber mit einem so verklärten Gesicht, wie sie es bei ihm noch nie gesehen hatte. Und sie lächelte.

»Komm, mein Engel«, lachte er und hob sie auf seine Arme. »Ich werde dich den Großen dieser Stadt vorstellen.«

Erst als Lee sie in die Kutsche hob, setzt ihr Verstand wieder ein. Dieser Abend verlief absolut nicht so, wie sie sich das gedacht hatte. Sie wollte lediglich feststellen, ob ihre Schwester auch den richtigen Mann heiratete; aber statt mit kühlem, wissenschaftlichem Kopf diese Frage zu klären, verwandelten sich jedesmal ihre Knie in Gelee, wenn sie mit ihrem Studienobjekt in Berührung kam.

»Das ist ja unglaublich.«

»Was, mein Herz?« fragte Lee, der neben ihr die Zügel in die Hand nahm.

»Daß . . . daß ich plötzlich so irrsinnige Kopfschmerzen bekomme. Ich glaube, du solltest mich jetzt lieber nach Hause bringen.«

»Laß mich mal sehen.«

»Nein«, sagte Blair und beugte sich von ihm weg.

Mit seinen langen, kräftigen Fingern faßte er sie unter dem Kinn und zog ihr Gesicht näher an das seine heran. »Ich sehe keine Schmerzsymptome«, flüsterte er. »Nur diese kleine pochende Ader hier«, setzte er hinzu und küßte ihre Stirn direkt unter dem Haaransatz. »Hilft das, die Kopfschmerzen zu vertreiben?«

»Bitte«, flüsterte sie und versuchte, das Gesicht zur Seite zu drehen. »Bitte nicht.«

Nach einem langen, zärtlichen Kuß auf ihre Schläfe nahm

er die Zügel wieder in die Hand und lenkte das Pferd aus dem Park.

Blair legte die Hand auf die Brust und ihr klopfendes Herz. Wenigstens hatte sie die Gewißheit, daß sie nun unter Leute kamen und er sie anschließend nach Hause brachte, wo sie wieder zu sich selbst finden und diesen gefährlichen Mann dorthin verweisen konnte, wohin er gehörte, in die Arme ihrer Schwester.

Später erzählte ihr jemand, daß es tatsächlich einen Empfang beim Gouverneur gegeben habe, daß sie ebenfalls dort gewesen, ihm vorgestellt worden und es ihr sogar gelungen sei, ein paar zusammenhängende Sätze mit ihm zu reden; nur konnte sie sich daran nicht mehr erinnern. Sie schien in diesen paar Stunden nur in Leanders Armen gelegen zu haben, der mit ihr über eine gläserne Tanzfläche schwebte, während sie nichts sah als seine grünen Augen, in deren unergründlichen Tiefe sie sich verlor.

Sie erinnerte sich sogar an ein paar Leute, die zu ihr sagten, sie habe noch nie so reizend und Lee noch nie so glücklich ausgesehen. Und an tausenderlei Fragen nach ihrer Hochzeit, von denen Blair auch nicht eine zu beantworten wußte, was sie jedoch nicht störte, weil Lee ihr rechtzeitig zu Hilfe kam und sie immer wieder auf die Tanzfläche entführte.

Wenn sie darauf eine Antwort gegeben hatte, hatte sie diese wieder vergessen. Sie dachte nur an seine Arme und seine Augen und was sie in seiner Nähe empfand.

Erst als ein Junge eine Botschaft brachte, daß Lee woanders gebraucht würde, kam sie wieder zur Besinnung und begriff, daß die Zaubernacht vorüber war. Sie kam sich vor wie Aschenputtel, und nun mußte sie den Preis für ihren wundervollen Abend bezahlen.

»Du kannst hierbleiben, und ich werde jemanden bitten, dich nach Hause zu bringen«, sagte Lee. »Oder du kannst mit mir fahren.«

»Mit dir«, war alles, was sie über die Lippen brachte, und

er führte sie hinaus zu seiner Kutsche. Sie sagten kein Wort, während sie durch die verwaisten Straßen von Chandler fuhren; zu einem klaren Gedanken war Blair schon lange nicht mehr fähig.

Er langte nach ihrer Hand, und als sie zu ihm hochsah, lächelte er. Nur einen Moment lang besann sich Blair auf ihre Schwester – daß sie nur deren Statthalterin war und eigentlich gar nicht hier sitzen durfte. Denn sie erlebte intime Dinge, die für sie tabu sein sollten, weil diese Küsse und dieses Lächeln, das er ihr zeigte, für Houston bestimmt waren. Sie hatte kein Recht, in die Liebesbeziehung der beiden einzubrechen. Doch bis zu diesem Abend hatte sie nicht gewußt, wie stark das Band zwischen ihr und ihrer Schwester eigentlich war und daß sie kraft dieser Bindung so heftig auf diesen Mann reagieren konnte, bis sie fast das Gefühl hatte, sie selbst sei es, die ihn liebte.

»Warm genug?« fragte Lee, und sie nickte.

Warm genug, kalt genug; halb trunken, halb nüchtern, dachte sie.

Leander hielt mit dem Einspänner vor einem Haus, das Blair noch nie gesehen hatte. »Wohnt hier dein Patient? Ich dachte, wir fahren zur Klinik.«

Lee hob ihr die Arme entgegen. »Sollte ich einen so großen Eindruck auf dich gemacht haben, daß du vergessen hast, welches Haus wir für uns ausgesucht haben?« meinte er lächelnd. Und ehe Blair ihren Fehler korrigieren konnte, fuhr er fort:

»Ich dachte, wir könnten hier in Ruhe über unsere Pläne für die Hochzeit reden. Wir hatten in letzter Zeit wenig Gelegenheit zu einem Gespräch.«

»Aber was wird aus deinem Patienten? Müssen wir nicht ...«

Er hob sie aus der Kutsche. »Es gibt keinen Notfall und keinen Patienten. Ich brauchte nur einen Vorwand, um mit dir den Empfang vorzeitig verlassen zu können. Ich fürchte, ich habe dafür meinen Beruf mißbraucht. Bist du mir deswegen böse?«

»Ich muß jetzt aber nach Hause. Es ist schon spät, und meine Mutter wird bestimmt noch wach sein und auf mich warten.«

»Ich dachte, deine Mutter ginge stets zeitig ins Bett und schliefe so fest, daß man sie kaum noch wach bekommt.«

»Schon; aber seit Blair wieder bei uns ist, hat sie ihre Gewohnheiten geändert.« Blair lächelte über sein erschrokkenes Gesicht und setzte rasch hinzu, daß sie gern mit ihm über die Hochzeit reden wolle. Sie lief an ihm vorbei, hielt vor der verschlossenen Haustüre und betete im stillen, daß er sie mit Fragen verschonen würde, auf die sie keine Antworten wußte.

Es war eine reizende Wohnung, feminin, ohne jedoch das Maskuline gänzlich auszuschließen. Blair war überzeugt, daß Houston sie eingerichtet hatte. Ein kleines Feuer brannte im Salon, das die nächtliche Kühle der Colorado-Berge vom Zimmer fernhielt, und vor dem Kamin stand ein niedriger Tisch mit Kerzen, kaltem Entenbraten, Kaviar, Austern, Schokoladentrüffeln und vier silbernen Eimern, die mit Eis und Champagnerflaschen gefüllt waren.

Blair warf nur einen Blick auf Lee, der zwischen die Sitzkissen ins Licht des Kaminfeuers trat, auf den gedeckten Tisch und den Champagner und dachte, jetzt sitze ich in der Falle.

Kapitel 5

Als Leander sich vor dem Kamin umdrehte und sie ansah, hatte Blair das Gefühl, als rönne ihr das Blut aus dem Körper. Sie hatte eine ganze Woche in der Nähe dieses Mannes verbracht und nicht einmal bemerkt, daß er eine sonderliche Macht über Frauen besäße – schon gar nicht über sie. Es mußte an dieser besonders engen Bindung liegen, die zwischen Zwillingen herrschte, daß sie so heftig auf ihn reagierte. Houston war sicherlich schlauer als sie, weil sie ihre leidenschaftlichen Gefühle durch ihr kühles Auftreten zu verschleiern wußte. Niemand, nicht einmal die eigene Schwester, hatte jemals erraten, was für ein Feuer sich hinter diesem so hochmütig erscheinenden Äußeren versteckte. Und wie sehr mußte Houston sich im stillen über Blairs Ärger amüsiert haben, daß sie und Lee nicht zueinander passen würden.

Nur, dachte Blair, würde ich, falls ich mit einem Mann verlobt wäre, bei dem ich jedesmal erschauere, wenn er mich nur mit seinem Körper streift, wahrscheinlich keiner anderen Frau erlauben, mit ihm allein zu sein – nicht einmal meiner eigenen Schwester, oder vielleicht gerade meiner eigenen Schwester nicht.

Doch noch während Blair diese Worte dachte, sagte sie sich, *daß* sie ja einen Mann hatte, der sie mit jeder Berührung zum Erschauern brachte. Nun, vielleicht nicht mit jeder Berührung; aber immerhin mit einigen, die hinreichten, daß sie ihn gern hatte.

Während sie wieder auf Lee sah – wie sich seine Oberlippe kräuselte und seine Augen sie mit brennender Intensität beobachteten –, mußte sie, wenn sie ehrlich sein wollte, zugeben, daß sie bisher noch *keinem* Mann begegnet war, der solche Gefühle in ihr wachgerufen hatte oder auch nur die Vorstellung in ihr geweckt hätte, daß so eine Leidenschaft, wie sie sie jetzt empfand, überhaupt möglich sei.

»Ich denke, ich sollte jetzt heimgehen. Mir ist eingefallen, daß ich etwas Wichtiges vergessen habe«, murmelte Blair.

»Nämlich?« Er ging langsam auf sie zu.

»Dort zu bleiben«, antwortete sie und schluckte heftig.

Lee nahm ihren Arm. »Hast du etwa Angst vor mir? Komm, setz dich hierher. So habe ich dich ja noch nie erlebt. Nicht, daß mir das nicht gefiele, aber ...«

Blair versuchte, sich zu entspannen – sich daran zu erinnern, daß sie für ihn ihre Schwester war. Wenn sie Lee jetzt beichtete, was für einen Streich die Zwillinge ihm an diesem Abend gespielt hatten, mußte er wütend werden – möglicherweise so wütend, daß er die Verlobung auflöste.

Sie dachte, wenn sie ihn reden ließe und sie eine Kleinigkeit gegessen und getrunken hatten, brächte sie ihn vielleicht dazu, sie nach Hause zu fahren. Alles tun, um ihn bei Laune zu halten – nur sich nicht von ihm anfassen lassen ...

Sie nahm auf einem der Sitzkissen Platz und bediente sich mit einer frischen Auster. »Ich habe dich nicht oft als Dr. Westfield erlebt«, sagte sie, seinen Blick vermeidend; und da hörte sie den Knall eines Champagnerkorkens.

»Nie, soweit ich mich erinnere. Probier mal, ob dir die Erdbeeren schmecken«, sagte er, während er eine von den Früchten in Champagner tauchte und sie ihr rasch, ihre ausgestreckte Hand ignorierend, in den Mund steckte.

Dann spürte sie seine Lippen auf ihrem Mund und verschluckte sich. Er reichte ihr ein Glas, und sie trank dankbar davon. Unglücklicherweise war es mit Champagner gefüllt gewesen, und sie spürte fast sofort seine Wirkung. Er stieg ihr zu Kopf.

»Niemals?« fragte sie und versuchte gegen dieses leichtsinnig-vergnügte, beschwipste Gefühl anzukämpfen, das sie zu überwältigen drohte. »Das kommt mir aber schrecklich lange vor.«

»Wir haben uns für vieles zu lange Zeit gelassen.« Er nahm ihre Fingerspitzen und begann, daran zu knabbern.

Sie entzog ihm ihre Hand. »Was ist das?« fragte sie und deutete auf eine Schüssel.

»Kaviar. Angeblich wundervolles Aphrodisiakum. Möchtest du etwas davon?«

»Nein, vielen Dank.« Sie nahm statt dessen das Weinglas, das Lee mit Champagner nachgefüllt hatte. Während sie daran nippte, sagte sie: »Wie verhinderst *du* eine Peritonitis?«

Er rückte dichter an sie heran und sah sie mit seinen hypnotischen Augen durchbohrend an. »Zunächst muß ich den Patienten ja untersuchen.« Er legte die Hand auf ihren Magen und begann sie langsam und sacht auf- und abzubewegen. »Ich prüfe den Zustand der Haut, ob sie warm und lebendig ist, und dann gehe ich einen Stock tiefer.«

Blair konnte sich mit einer verzweifelten Drehung gerade noch diesem Manöver entziehen, und dabei stürzte ihr Glas um, daß der Champagner über den Tisch und Lees Hand floß. Er zog lachend seinen Arm zurück. »Ich werde noch etwas Holz auflegen.«

Er schien sich diebisch über etwas zu freuen, dachte sie bei sich. »Ich glaube, ich muß jetzt wirklich nach Hause. Ich kann nicht so lange wegbleiben.«

»Du hast dein Essen noch gar nicht angerührt.« Er nahm auf dem Sitzkissen neben ihr Platz.

»Ich werde essen, wenn du mit mir redest. Erzähle mir, warum du Arzt geworden bist. Was hat dich dazu gebracht, Medizin zu studieren?«

Er wollte gerade ein paar Delikatessen auf ihren Teller legen, ließ die Gabel sinken und blickte sie prüfend an.

»Habe ich etwas Falsches gesagt?«

»Nein, aber du hast mich noch nie danach gefragt.«

Wie hätte ich dich danach fragen können, wenn wir uns noch nie richtig unterhalten haben! rief Blair ihm zu – aber nur in Gedanken, während sie einen Schluck von dem Champagner nahm, um ihre Verlegenheit zu überspielen. Lee legte eine Hühnerkeule in Weinsoße auf ihren Teller. »Vielleicht hat mich erst das Mädchen heute abend darauf gebracht, dich zu fragen.«

Er streckte seine lange, hagere Gestalt neben ihr aus, daß sich seine Hose über seinen Lenden spannte, und blickte, ein Weinglas in der Hand, ins Feuer.

»Ich wollte Menschenleben retten. Wußtest du, daß meine Mutter starb – nicht, weil sie mit fünfundvierzig ein Baby bekam, sondern weil die Hebamme, die gerade von einer anderen Entbindung gekommen war, sich nicht die Hände gewaschen hatte?«

Blairs Gabel, die sie gerade zum Mund führen wollte, blieb auf halbem Weg hängen. »Nein«, sagte sie leise. »Das wußte ich nicht. Blair muß dir sehr wehgetan haben, als sie fragte, ob man hier in der Stadt noch nie etwas von Asepsis gehört hätte.«

Er drehte ihr das Gesicht zu und lächelte. »Blair kann mir gar nicht wehtun. Hier, nimm noch eine Auster.«

Blair wußte nicht, ob sie seine Antwort als Kompliment oder als Beleidigung betrachten sollte. »Du hast sie jedenfalls in Rage gebracht. Weißt du, daß sie dich für ebenso tyrannisch hält wie Mr. Gates?«

Lee fiel die Kinnlade herunter. »Was für eine absurde Idee! Warum machst du es dir nicht gemütlich auf deinem Kissen?«

Ehe sie wußte, was sie tat, rutschte sie ein bißchen dichter an ihn heran; hielt dann aber auf halbem Weg wieder inne. Vielleicht war es der Champagner, der sie so leichtsinnig machte. Aber das erklärte nicht ihr Verhalten in der River Street, im Park oder auf dem Empfang. »Nein, danke«, sagte sie mit einer spröden Houston-Stimme. »Ich sitze hier sehr gut. Möchtest du immer als Arzt im Krankenhaus arbeiten?«

Mit einem Seufzer blickte er zurück ins Feuer.

»Du hättest doch nicht Arzt werden müssen, um anderen Menschen zu helfen, nicht wahr?« fuhr sie beharrlich fort. »Du hättest selbst ein Krankenhaus bauen können, oder etwa nicht?«

»Dank meines Großvaters, der mir ein beträchtliches Vermögen hinterließ, wäre mir das möglich gewesen. Aber das hätte mir nicht genügt. Ich wollte mich persönlich für andere Menschen einsetzen. Und falls ich tatsächlich mal einen Arzt finden sollte, der sich für so ein Projekt erwärmen kann, würde ich gern eine Frauenklinik eröffnen, die viel besser ausgestattet ist als diese Klitsche, wo sie heute ihre Babies bekommen. Ich möchte ein anständiges Krankenhaus hinstellen, wo Frauen wie meine Mutter auch eine ordentliche medizinische Betreuung erhalten. Aber alle Kollegen, die ich kenne, meinen, ein Gynäkologe wäre ein Arzt, der Frauen behandelt, die sich ihre Krankheiten nur einbilden.«

»Und wie wäre es mit Blair?« fragte sie gespannt.

»Blair? Aber sie ist doch nur eine . . .« Er brach mitten im

Satz ab, als er den Ausdruck in ihren Augen sah. »Vielleicht. Wenn sie mit ihrer praktischen Ausbildung fertig ist. Wir wollen aber jetzt nicht mehr von ihr reden. Komm her zu mir.«

»Nein, du mußt mich jetzt nach Hause . . .«

»Houston!« fiel er ihr heftig ins Wort. »Soll das ewig so weitergehen? Willst du dich mir noch immer verweigern?« Seine Stimme verriet seinen wachsenden Ärger. »Wird sich das auch nicht ändern, wenn wir heiraten sollten?«

»Sollten?« flüsterte Blair. »Wenn wir heiraten *sollten*?« Was hatte sie getan, daß dieses Ereignis auf einmal in Frage gestellt wurde? Hatte ein Abend mit Blair genügt, seinen Entschluß umzustoßen? Brachte Houston ihm eine viel größere Wärme entgegen, so daß er ihre Reaktionen heute abend als unverzeihlich kühl empfand?

»Wir wollten uns doch nicht mehr streiten, mein Engel.« Er öffnete seine Arme für sie.

Blair zögerte einen Moment. Hatte ihr Houston nicht eingeschärft, daß sie sich nicht mit Lee anlegen dürfe? Nur noch ein, zwei Küsse, dann würde er wieder versöhnt sein und sie nach Hause in Sicherheit bringen.

Sie ging zu ihm, ließ sich von seinen Armen umfangen, ihren Körper an den seinen drücken, und als er anfing, sie zu küssen, existierten nur noch sie beide auf der Welt.

Leander hielt sie so fest, als fürchtete er, sie könnte sich in Luft auflösen, wenn er sie losließe; und Blair war sich nur zu deutlich bewußt, daß sie wahrscheinlich nie mehr diesem Mann so nahe sein konnte, der solche unglaublichen Gefühle in ihr weckte. Sein Mund hielt den ihren gefangen, als sie sich an ihn klammerte, gab ihre Lippen nicht mehr frei, als hinge sein Seelenheil daran.

Als seine Hände zu ihrem Rücken gingen und seine geschickten, feinfühligen Chirurgenfinger die Ösen und Häkchen zu öffnen begannen, dachte sie nicht mehr daran, ihm das zu verwehren. Das Kleid glitt an ihren Achseln hinunter, und als ihre Schultern sichtbar wurden, küßte er sie und streichelte ihre Haut, daß ihr wohlige Schauer über den Rücken liefen.

Es dauerte nur Sekunden, bis das Kleid gänzlich von ihr

abfiel, und das Knistern des pinkfarbenen seidenen Unterrocks zwischen ihnen fachte ihre Leidenschaft noch stärker an. Leanders lange Beine bewegten sich über den steifen Seidentaft, schoben ihn zur Seite und lösten ihn von ihrem Körper.

Blair konnte ihre Lippen nicht von seinem Mund trennen, und ihre Hände fuhren durch sein langes, sauberes Haar, das einen erregenden, männlichen Duft verströmte. »Leander«, flüsterte sie, während seine Lippen über ihren Arm glitten und seine Hände sie von zwei weiteren Unterröcken befreiten. Satin, Seidentaft und ein weiches Gespinst aus feiner Baumwolle bauschte sich um die beiden und umschloß sie wie ein Kokon im warmen Licht des Kaminfeuers.

Seine Hände auf ihrem Körper schienen überall zugleich zu sein, sie streichelnd, liebkosend, ihre Kleider mit unglaublicher Behutsamkeit entfernend. Und als seine Hand auf ihrem Bein lag und sacht an ihrem Seidenstrumpf hinaufglitt, während er ihr Ohrläppchen küßte, wurde ihr bewußt, daß er noch voll bekleidet war, und sie zupfte an seinem Jackett.

Da begann er, sich auch seiner Kleider zu entledigen; aber nicht mit dieser rücksichtsvollen Behutsamkeit wie bei ihr, sondern hastig und gewaltsam, als brannten sie ihm auf der Haut.

Auf der medizinischen Hochschule hatte Blair viele nackte Männer gesehen, und einmal hatte auch Alan in ihrer Gegenwart sein Hemd gewechselt und seinen Oberkörper entblößt; doch noch nie hatte sie einen warmen, lebendigen Mann mit sonnenverbrannter Haut und einem solchen Feuer in den Augen auf sich zukommen sehen wie Lee in diesem Augenblick. Einen Moment wich sie vor ihm zurück, als er schon die Arme hob, um sie wieder zu umfangen.

Da war ein kurzes, verunsichertes Flackern in seinen Augen, als sie vor ihm zurückwich; doch Blair bemerkte es nicht. Sie sah nur Lees Körper – diese herrliche Haut, die sich um seine runden, stark bemuskelten Schultern spannte, über seine breite Brust und seine straffe, flache Magengrube.

Neugierig wanderte ihr Blick weiter nach unten, um den Unterschied festzustellen zwischen einem lebendigen und toten Mann – denn bis zu diesem Moment war ihr noch kein lebendiger nackter Mann vor die Augen gekommen.

»Bestehe ich die Prüfung?« fragte er, und seine Stimme klang rauh.

Blair zog ihn nur stumm an sich und legte ihre Arme um diese Haut, die zu glühen schien.

Nun verlor Leander nicht mehr viel Zeit damit, den Rest ihrer Kleider zu entfernen, löste die Strumpfbänder und knöpfte sogar ihre Schuhe auf – doch jede seiner Bewegungen war von Küssen und Liebkosungen begleitet, so daß Blairs Erregung einen Grad erreicht hatte, als sie vollkommen nackt war, daß sie glaubte, sie müsse vor Leidenschaft zerspringen.

Nichts, was sie bisher empfunden hatte, kam diesem Gefühl gleich, das sie erfüllte, als ihre Haut mit der seinen in Berührung kam. Mit einem leisen, keuchenden Laut des Entzückens klammerte sie sich an ihn, schob ihr Bein zwischen seine Schenkel und versuchte, noch näher an ihn heranzukommen.

Lee zog sie auf seinen Körper und küßte sie, während seine Hände über ihren Rücken glitten, über ihre Schenkel, wieder an ihrem Gesäß hinauf und dann an ihren Brüsten verweilten.

Seine Lippen ließen keinen Moment ihren Mund los, als er sie auf den Rücken drehte und sacht ihre Beine mit seinen Beinen spreizte.

Der Theorie nach wußte Blair natürlich, wie die menschliche Rasse sich fortpflanzte. Sie hatten an der medizinischen Hochschule besondere Seminare für unverheiratete Frauen gehabt; doch keiner ihrer Tutoren hatte gesagt, daß der Akt der Zeugung etwas mit Leidenschaft zu tun hatte. Sie hatte nichts davon gewußt, daß die Frauen auch etwas dabei empfanden; daß dieser Vorgang nicht nur der Fortpflanzung diente, sondern von Sehnsuchts-, Wonne- und Lustgefühlen begleitet war.

Sie war für ihn bereit, als er in sie eindrang; aber es tat dennoch weh, und sie gab einen leisen Wehlaut von sich. Er lag einen Moment still, sein heißer Atem an ihrem Hals, die Lippen regungslos auf ihrer Haut, während er auf irgendein Zeichen von ihr wartete.

Blair erholte sich von dem ersten Schmerz und begann sacht, ihre Hüften zu bewegen, ihre Hände auf seinem Rücken, die sie nun an seinen Schenkeln entlangführte. Nur Lees heiße Atemstöße an ihrem Ohr verrieten ihr, welche Anstrengung es ihn kostete, seine Leidenschaft so zu bändigen, daß sie nicht mit ihm durchging, sich ihren Wünschen anpaßte, ihr nicht neue Schmerzen zufügte.

Erst als sie sich zu bewegen begann, rührte er sich wieder und begann ganz langsam mit dem Liebesakt.

Sie empfand keine Schmerzen mehr, als Lee sehr behutsam sein Glied in ihrem Schoß auf- und abführte. Erst unbeholfen, dann sicherer werdend, bewegte sie sich mit ihm. Nach ein paar Sekunden konnte dieser langsame Takt mit ihrer Leidenschaft nicht mehr Schritt halten, und ihre Bewegungen wurden immer schneller. Sie wölbte sich gegen ihn, während er in sie hineinstieß, und sie klammerte sich an ihn, suchte mit Händen und Schenkeln das Unmögliche zu erreichen, ihn noch tiefer in ihren Schoß hineinzuziehen, bis sie am Ende gemeinsam in einer Explosion von Wonneschauern zum Höhepunkt kamen.

Blair hielt ihn so fest, als wollte sie ihn nie mehr freigeben. Ihre verschwitzten Körper klebten aneinander, ihre Haut schien mit der seinen zu verschmelzen.

»Ich liebe dich«, flüsterte Leander ihr ins Ohr. »Ich war mir bisher nicht sicher, ob ich dich liebte. Ich war mir nicht sicher, ob ich dich vor dieser Nacht überhaupt gekannt habe. Ich bin mir nicht sicher, daß wir beide noch die gleichen Personen sind wie am Abend vorher; aber ich weiß, daß ich dich liebe, und, Houston, ich habe noch nie eine andere Frau geliebt.«

Einen Moment lang konnte Blair gar nicht begreifen, warum der Mann in ihren Armen sie mit dem Namen ihrer Schwester anredete.

Dann kam die Erinnerung nur allzu schnell wieder

zurück. Sie suchte sich hastig von ihm zu lösen. »Ich muß nach Hause«, sagte sie, und aus ihrer Stimme sprach das blanke Entsetzen, das sie in diesem Moment empfand.

»Houston«, sagte Lee, »das ist doch kein Weltuntergang. In zwei Wochen sind wir verheiratet, und dann werden wir alle unsere Nächte miteinander verbringen.«

»Laß mich gehen! Ich muß sofort nach Hause.«

Er blickte sie einen langen Moment an, als wisse er nicht, ob er nun gekränkt war oder wütend; aber schließlich lächelte er. »Ich will dir ja deine Schamhaftigkeit nicht nehmen, mein Schatz. Komm, laß mich dir beim Anziehen helfen.«

Blair konnte ihn jetzt nicht einmal mehr ansehen. Es war das wundervollste Ereignis ihres Lebens gewesen; aber dieses Erlebnis hatte sie sich erschlichen. Sie hatte ihre Schwester hintergangen, ihren Verlobten betrogen, den Mann belogen, der ... der ...

Sie betrachtete Lee durch die gesenkten Wimpern, als er ihr half, das Korsett zu verschnüren. Wenn sie nicht aufpaßte, lag sie gleich wieder in seinen Armen; und wenn er sie darum bitten würde, stieg sie vermutlich mit ihm in den nächsten Zug und vergaß alle ihre Verpflichtungen anderen Personen gegenüber.

»Du scheinst dich aber mit der Unterwäsche von Damen sehr gut auszukennen«, fuhr sie ihn an.

Lee lachte leise, während er den Taftunterrock mit den Fingern auseinanderspreizte, daß sie nur noch hineinzusteigen brauchte. »Einigermaßen, denke ich. Soll ich dir auch die Strumpfbänder anlegen?«

Sie riß ihm die Strümpfe aus der Hand, setzte sich in einer Zimmerecke in einen Sessel, rollte sie über die Beine hinauf und versuchte, ihn dabei nicht zu beachten. Was, in aller Welt, hatte sie da nur angerichtet? Houston würde sie jetzt hassen. Und was würde Lee wohl dazu sagen, wenn er feststellte, daß seine Braut wieder Jungfrau war? Und was würde Alan sagen, wenn er erfuhr, daß seine keine mehr war? Wie sollte sie ihm das erklären? Würde ihr überhaupt ein Mensch glauben, wenn sie sagte, er habe sie nur anzufassen brauchen, und schon hätte sie die Kontrolle über ihren Körper verloren? Vielleicht waren all die Dinge, die Duncan Gates von ihr behauptete, wahr.

»Houston«, sagte Lee, sich vor sie hinknieend. »Du siehst aus, als müßtest du jeden Moment losheulen.« Er nahm ihre Hände in die seinen. »Hör mir bitte mal zu, mein Engel. Ich weiß, wie du erzogen worden bist, und ich weiß, daß du bis zu unserer Hochzeit eine Jungfrau bleiben wolltest; aber was heute nacht geschehen ist, geschah zwischen uns, und deshalb war es gut, und du brauchst es nicht zu bereuen. Denn bald werde ich dein Gatte sein, und dann können wir uns genießen, sooft wir wollen. Und wenn du dennoch meinst, daß du gegen ein Moralgesetz verstoßen hast, dann kann ich dir als Arzt versichern, daß viele, sehr viele Frauen vor ihrer Ehe mit dem Mann, den sie lieben, geschlafen haben.«

Er machte alles nur noch schlimmer. Der Mann, den sie liebte, war nicht der Mann, mit dem sie soeben geschlafen hatte; und der Mann, den sie heiraten sollte, hatte ihr nicht die Jungfernschaft genommen.

Sie stand auf. »Bitte, bring mich jetzt nach Hause«, sagte sie, und Leander gehorchte ihrem Wunsch.

Kapitel 6

»Guten Morgen«, sagte Leander mit einem uncharakteristischen Jubel in der Stimme zu seinem Vater und seiner Schwester Nina, die bereits am Frühstückstisch saßen.

Nina war einundzwanzig und sehr hübsch. Sie wollte gerade einen Schluck aus ihrer Kaffeetasse nehmen, die sie aber noch einmal absetzte, und sagte: »Dann stimmt das also, was ich gehört habe.«

Lee trat ans Büffet und füllte seinen Teller mit einem Berg von Rühreiern mit Schinken.

»Ich war noch gar nicht angezogen, als Sarah Oakley schon anrief und mir erzählte, daß du gestern abend beim Empfang nicht einen Moment lang die Augen von Houston abwenden konntest, und die Hände auch nicht. Sie sagte, sie hätte noch nie zwei so verliebte Leute gesehen.«

»Tatsächlich?« sagte Lee. »Und was ist daran so ungewöhnlich? Schließlich *habe* ich diese hübsche junge Dame ja bereits um ihre Hand gebeten.«

»Aber es hat Zeiten gegeben, wo es so aussah, als wolltest du lieber vor dieser hübschen jungen Dame flüchten, statt sie mit den Augen zu verschlingen.«

Lee lächelte seine Schwester an. »Wenn du erwachsen bist, meine kleine Schwester, wirst du vielleicht auch noch hinter das Geheimnis kommen, das die Vögel zum Zwitschern bringt.« Er stellte seinen Teller auf den Tisch, beugte sich vor und gab ihr einen Kuß auf die Stirn.

Nina verschluckte sich fast an ihrem Kaffee. »Hast du das gesehen?« sagte sie zu ihrem Vater. »Entweder ist er verrückt, oder er hat sich am Ende doch noch in seine Braut verliebt.«

Reed lehnte sich auf seinem Stuhl zurück und sah seinen Sohn aufmerksam an, bis dieser von seinem Teller hochblickte und ein Auge zukniff. Da fand er seine schlimmsten Befürchtungen bestätigt.

»Du scheinst dich wirklich gut auszukennen mit Frauen, Papa«, grinste Lee.

»Ich glaube nicht, daß ich jetzt wissen möchte, worüber ihr beiden euch so amüsiert«, sagte Nina steif, als ihr Vater laut lachte. »Ich denke, ich rufe lieber Houston an und spreche ihr mein Beileid aus.«

Als sie sich vom Frühstückstisch erhob und aus dem Zimmer gehen wollte, rief ihr Lee mit vollem Mund nach: »Du kannst ihr von mir ausrichten, daß ich sie um elf Uhr abholen werde – und einen Picknickkorb mitbringe.«

Reed blieb am Tisch sitzen, zündete seine Pfeife an – was er sonst erst nach dem Lunch zu tun pflegte – und sah seinem Sohn beim Essen zu. In der Regel war Leander ein methodischer, langsamer Esser; doch heute schlang er sein Frühstück hinunter, als stünde eine Hungersnot vor der Tür. Er schien weit weg zu sein mit seinen Gedanken, versponnen in eine Welt des Glücks mit Plänen für die Zukunft.

»Ich trage mich noch immer mit dem Gedanken«, sagte Lee und biß in eine dicke Weißbrotschnitte, »ein Krankenhaus für Frauen einzurichten. Tatsächlich hat mich Houston wieder auf die Idee gebracht. Vielleicht wird es Zeit, daß ich mich mit den Bauplänen dafür beschäftige; oder vielleicht kaufe ich auch das alte Lagerhaus am Ende der Archer Avenue. Es ist ein solides Gebäude aus Stein, und wenn ich etwas Geld investiere für die Umbauten, könnte es genau das werden, was ich mir vorgestellt habe.«

»Houston hatte diese Idee?«

»Nicht eigentlich; nur die Anregung dazu. Ich muß jetzt gleich ins Krankenhaus, und anschließend treffe ich mich mit Houston. Wir sehen uns dann spätestens beim Abendbrot.« Leander nahm sich rasch einen Apfel vom Büffet, blieb dann unter der Tür noch einmal stehen und blickte auf seinen Vater zurück. »Danke, Papa«, sagte er, als wäre er noch ein Kind. Tatsächlich erinnerte er Reed heute sehr an diesen unbeschwerten Jungen, der er gewesen war, als er sich noch nicht mit Heiratsabsichten trug.

Im Krankenhaus summte er den ganzen Morgen hindurch leise vor sich hin, und seine Fröhlichkeit wirkte ansteckend. Bald gab es im Hospital nur noch lächelnde Ärzte und Helfer, und niemand klagte wie sonst über zu schwere oder zu viele Arbeit. Am meisten profitierte die junge Prostituierte, die sich am Abend zuvor umbringen wollte, von Lees guter Laune. Er sprach mit ihr darüber, wie schön das Leben sein könne, besorgte ihr dann eine Stellung als Schwester in der Frauenklinik und versprach ihr, sie auch in Zukunft zu fördern und ihr beizustehen, sobald sie Hilfe brauche.

Zehn Minuten vor elf sprang er in seine Kutsche und fuhr zu Miss Emilys Teestube, um den Picknickkorb abzuholen, den er bei Miss Emily bestellt hatte.

»Also ist es wahr«, sagte Miss Emily und lächelte, so daß ihr rosig-weißes Gesicht unzählige kleine Knitterfältchen bekam wie ihre Papierservietten. »Nina hat den ganzen Vormittag über nur von ihrem liebeskranken Bruder geredet.«

»Meine Schwester redet überhaupt zu viel«, sagte Lee, lächelte aber dabei. »Ich kann nichts Außergewöhnliches daran finden, wenn ich glücklich bin, weil ich die schönste Frau der Welt heirate. Aber ich muß wieder weiter!« rief er und war schon wieder aus dem Laden.

Er ließ Pferd und Kutsche in der Obhut von Gates' Stalljungen, Willie, zurück, war mit drei langen Sätzen oben an der Haustür und wollte gerade den Klopfer betätigen, als eine Stimme aus der vom Licht abgewandten Seite der Veranda kam: »Du kannst eintreten. Sie erwarten dich bereits.«

Leander suchte den Schatten unter dem Vordach mit den Augen ab, bis er Blair dort sitzen sah, die rasch ihr Gesicht zur Seite drehte. Nicht schnell genug, daß er nicht die nassen Streifen auf ihren Wangen bemerkt hätte und das aufgelöste strähnige Haar. Er trat zu ihr und fragte: »Was hast du? Ist Houston etwas zugestoßen?«

»Ihr geht es großartig«, gab Blair gereizt zurück und wollte sich von der Bank erheben.

Lee faßte sie am Arm. »Ich möchte, daß du dich hierher ins Licht setzt, damit ich dich betrachten kann. Du siehst krank aus.«

»Laß mich in Ruhe!« rief sie. Und dann, halb schluchzend, halb schreiend: »Faß mich ja nicht an!« Sie schlug seine Hand weg, rannte an ihm vorbei die Treppe hinunter und verschwand um die Hausecke.

Während ihr Lee noch verblüfft nachschaute, trat Houston auf die Veranda und sagte, sich ihre weißen Netzhandschuhe überstreifend: »War das Blair, die eben so laut geschrien hat? Es hat doch hoffentlich nicht schon wieder Streit zwischen euch gegeben?«

Lee drehte sich mit dem Ausdruck höchsten Entzückens

zu ihr um. Seine Augen glitten an ihrem Körper auf und nieder, als könnten sie sich nicht satt sehen an ihr. »Es war Blair«, sagte er endlich, ihre erste Frage beantwortend.

»Gut«, sagte Houston, »ich hoffte, du würdest mit ihr reden. Sie ist schon den ganzen Tag so. Ich glaube, sie hat aus irgendeinem Grund geweint. Ich dachte, du wüßtest vielleicht die Ursache. Mir gibt sie keine Antwort, wenn ich sie danach frage.«

»Ich müßte sie mal untersuchen«, murmelte Lee, während er ihr in die Kutsche half; aber seine Hände schienen sich nicht mehr von ihr lösen zu können, sobald er sie berührte.

»Lee! Die Leute schauen uns zu.«

»Ja, natürlich«, sagte er grinsend. »Aber dem werden wir bald abhelfen.«

Er traute sich auf dem Weg aus der Stadt nicht viel zu sagen, warf nur hin und wieder einen Blick auf Houston und sah, daß sie wieder am äußersten Rand der Sitzbank saß, seine Nähe meidend, wie sie es immer getan hatte bis gestern abend. Und dann lächelte er still in sich hinein bei dem Gedanken, daß diese sich so kühl gebärdende junge Dame dieselbe war, die ihn heute nacht unwiderstehlich fand.

Er hatte kaum geschlafen in der letzten Nacht, hatte die meiste Zeit wach auf dem Rücken gelegen und noch einmal in der Erinnerung jede Sekunde ausgekostet, die er mit Houston verbracht hatte. Es war nicht so sehr der Sex gewesen – den hatte er auch mit anderen Frauen gehabt, ohne sich in diese zu verlieben –, sondern etwas in ihrem Verhalten, in ihrer Einstellung, daß er sich so wunderbar fühlte, so stark, als könne ihm alles gelingen, was er sich vornahm.

Er fuhr zu einem geheimen Ort, den er entdeckt hatte, als er zu einem Goldgräber gerufen wurde, um dessen gebrochenes Bein einzurichten, und unterwegs von einem Gewitter überrascht wurde. Es war ein Platz abseits der Straße, mit mächtigen Bäumen und hohen Felsen, aus denen ein Quell sprang – beschaulich und zugleich gegen neugierige Blicke geschützt. Es war das erstemal, daß er jemanden hierherbrachte.

Er hielt die Kutsche an, sprang auf den Boden hinunter, band das Pferd fest, hob Houston die Arme entgegen, und statt ihr herunterzuhelfen, drückte er sie an sich, daß sie an seinem Körper entlangrutschte. Und als sie endlich mit den Füßen auf dem Boden stand, umarmte er sie so heftig, daß sie keine Luft mehr bekam.

»Ich habe heute nacht kaum geschlafen, sondern immer nur an dich gedacht«, flüsterte er. »Der Duft deines Haars war noch in meinen Kleidern, der Geschmack deiner Lippen auf meinem Mund. Ich konnte ...«

Houston schob ihn von sich: »Was soll das!«

Er streichelte mit dem Rücken seiner Finger ihre Haare an den Schläfen. »Du wirst mir doch nicht wieder zu einem spröden Mädchen werden und in deine alten Gewohnheiten verfallen? Du hast mir bewiesen, daß du ganz anders sein kannst, Houston. Weshalb also die Eisprinzessin spielen, wenn ich weiß, wie du wirklich bist? Und ich kann dir versichern, daß du mich noch glücklicher machst, wenn ich diese kühle Frau nie wiedersehe. Also komm zu mir und küsse mich wie gestern nacht.«

Aber statt ihn zu küssen, löste sie sich ganz von ihm und sagte: »Soll das heißen, daß ich gestern abend nicht so war wie sonst? Daß ich ... besser war?«

Lächelnd legte er die Arme auf die Schultern. »Das weißt du doch. So wie gestern abend habe ich dich noch nie erlebt. Ich hätte nie geglaubt, daß du so sein könntest. Heute wirst du darüber lachen; aber ich begann ernsthaft daran zu zweifeln, daß du zu einer echten Leidenschaft fähig wärest. Ich glaubte, unter deinem kühlen Äußeren verbärge sich ein Herz aus Eis. Aber wenn du schon eine Schwester hast wie Blair, die bei der leisesten Herausforderung Feuer sprüht, muß ja etwas von ihrem Temperament auf dich abgefärbt haben.«

Er nahm ihr Handgelenk und zog sie an sich heran. Er ließ sich nicht dadurch beirren, daß sie versuchte, ihr Gesicht zur Seite zu drehen, und drückte seinen Mund auf den ihren.

Doch ihre Lippen blieben kalt und fest geschlossen.

Anfangs amüsierte es ihn noch, daß sie ihm unbedingt beweisen wollte, wie gut sie sich beherrschen konnte; aber als der Kuß andauerte und keine Reaktion von ihr kam, gab er ihren Mund wieder frei und sagte wütend:

»Du treibst das Spiel zu weit! Du kannst nicht erst vor Leidenschaft brennen und im nächsten Moment wieder frigid sein. Was bist du – zwei Menschen in einer Person?«

Etwas in Houstons Augen machte ihn stutzig. Aber das war natürlich ein absurder Gedanke. Er trat einen Schritt zurück.

»Das ist ein Ding der Unmöglichkeit, nicht wahr? Sag mir, daß ich mich irre. Daß es nicht zwei verschiedene Wesen in einer Gestalt gibt.«

Sie sah ihn nur bekümmert an.

Lee ging von ihr fort und ließ sich schwerfällig auf einen Felsblock nieder. »Hast du gestern abend den Platz mit deiner Schwester getauscht?« fragte er leise. »Habe ich den Abend mit Blair und nicht mit dir verbracht?«

Sie flüsterte, kaum noch vernehmbar: »Ja.«

»Ich hätte es merken müssen. Gleich anfangs, als ich zu der Selbstmörderin gerufen wurde und sie genau wußte, was zu tun war in so einem Fall. Und dann kannte sie nicht mal das Haus, das ich für sie gekauft habe – für dich. Ich glaube, ich wollte es gar nicht wissen. In dem Augenblick, als sie zu mir sagte, sie wollte mich begleiten, um zu sehen, ob sie mir vielleicht bei der Behandlung helfen könne, habe ich mich so närrisch darüber gefreut, daß ich jeden Argwohn vergaß. Ich hätte es merken müssen, als ich sie küßte ...«

Er holte tief Luft.

»Zum Henker mit euch! Ihr habt euch wohl höllisch darüber gefreut, mich zum Narren halten zu können!«

»Lee«, sagte Houston, die Hand auf seinem Arm.

Er drehte sich wütend zu ihr um. »Wenn du weißt, was für dich gut ist, sagst du jetzt nichts. Ich weiß nicht, was euch dazu trieb, mir einen so kleinen, schmutzigen Streich zu spielen. Aber ich kann dir versichern, daß ich für solch einen Ulk kein Verständnis habe. Nachdem du und deine

Schwester euch so gut auf meine Kosten amüsiert habt, muß ich mir überlegen, welche Konsequenzen dieser Abend für mich hat.«

Er schubste sie förmlich in die Kutsche hinein, schlug seinem Pferd die Peitsche um die Ohren und raste in die Stadt zurück. Vor dem Chandler-Haus stieg er nicht vom Bock, um Houston aus der Kutsche zu helfen, sondern sie mußte selbst zusehen, wie sie mit ihren drei Lagen Unterröcken heil auf den Boden kam. Oben auf der Veranda wurde sie bereits von Blair erwartet, deren Gesicht ganz aufgedunsen war vom stundenlangen Weinen. Leander streifte sie mit einem wütenden und sogar ein wenig gehässigen Blick, ehe er seinem Pferd wieder die Peitsche gab und davonpreschte.

Vor dem Haus seines Vaters hielt er nur so lange an, wie es dauerte, den Einspänner gegen einen gesattelten Rotschimmel einzutauschen, den er dann im rasenden Galopp direkt auf die Berge zutrieb. Er wußte nicht, wohin er ritt – nur daß er weg mußte aus der Stadt, um nachdenken zu können.

Er kletterte mit seinem Pferd, bis es nicht mehr weiterkonnte, stieg dann aus dem Sattel und führte es schnurgerade über Steine, durch Schluchten, Kakteen und tückisches Dorngesträuch hügelan. Als er schließlich den Scheitel eines Berges erreichte und nicht mehr höher steigen konnte, zog er das Gewehr aus dem Sattelschuh, stemmte den Kolben auf den Oberschenkel und jagte das ganze Magazin in die Luft. Als die kreischenden Vögel sich verzogen hatten, schrie er aus voller Lunge, um sich von seinem Ärger und seiner Enttäuschung zu befreien:

»Verflucht seist du, Blair – zur Hölle verflucht!«

Die Sonne ging gerade unter, als Reed Westfield in die Bibliothek kam. Als er das Licht anknipsen wollte, sah er eine von diesen dünnen Zigarren aufglimmen, die sein Sohn rauchte.

»Lee?« fragte er, während er den Lichtschalter bediente. »Das Krankenhaus rief an. Sie haben dich überall gesucht.«

Leander schaute nicht auf. »Haben sie jemand gefunden?«

»Das haben sie.« Reed blickte seinen Sohn forschend an. »Was ist aus dem Mann geworden, der heute morgen das Haus verließ? Sollte Houston etwa bereut haben, was gestern nacht geschah? Frauen tun das manchmal. Deine Mutter . . .«

Lee sah mit trüben Augen zu seinem Vater hoch. »Verschone mich mit weiteren Ratschlägen, wie ich Frauen behandeln sollte. Ich glaube, das könnte ich nicht mehr ertragen.«

Reed setzte sich. »Erzähl mir, was passiert ist.«

Lee schnippte die Asche von der Zigarre. »Ich glaube, daß jeden Moment die Hölle losbrechen kann, wie man so schön sagt. Gestern abend« – er stockte, um Luft zu holen und sich zu beruhigen –, »gestern abend beschlossen die Chandler-Zwillinge, sich einen Scherz mit mir zu erlauben. Sie hielten es für einen großartigen Spaß, die Plätze zu tauschen und auszuprobieren, ob sie diesen armen dummen Leander zum Narren halten könnten. Das ist ihnen ziemlich gut gelungen.«

Er drückte die Zigarre in einem Aschenbecher aus, stand auf und trat ans Fenster. »Ich wurde gründlich genarrt, und das nicht etwa, weil Blair die Rolle ihrer Schwester so perfekt gespielt hätte. Tatsächlich hat sie nichts anderes getan, als sich ein Kleid von Houston anzuziehen. Blair hat mich bei der Behandlung einer Patientin unterstützt, ohne daß ich ihr Anweisungen geben mußte. Sie wollte wissen, warum ich Arzt geworden bin, was Houston nie sonderlich interessierte. Sie fragte mich nach meinen Plänen, und was ich mir von der Zukunft erwarte. Mit anderen Worten – sie war die perfekte Frau, von der jeder Mann träumt.«

Er drehte sich um und sah seinen Vater an. »Und dann war sie auch noch die perfekte Liebhaberin. Ich glaube, die Eitelkeit des Mannes verlangt nach einer Frau, die ihn unwiderstehlich findet. Er gefällt sich in dem Gedanken, daß er sie zu allem überreden kann. Bisher waren alle Frauen, die ich kannte, nur an meinem Bankkonto interessiert. Ich hatte Frauen, die nicht an mir interessiert waren, weil sie dachten, ich wäre nur ein kleiner unbezahlter Arzt in der Ausbildung; aber als eine hörte, daß meine Mutter eine Cavendish war, begannen ihre Augen zu funkeln. Aber Blair war nicht so. Sie war . . .«

Seine Stimme erlosch, während er sich wieder dem Fenster zudrehte.

»Houston ist nicht an deinem Geld interessiert«, sagte Reed. »Das war sie nie.«

»Ich habe keine Ahnung, was Houston sich vom Leben verspricht. Ich habe Monate in ihrer Gesellschaft verbracht und weiß so gut wie nichts von ihr – nur daß sie eine kalte Frau ist, die nicht viel mehr tut, als hübsch auszusehen. Aber Blair ist lebendig!«

Er sagte das mit solcher Leidenschaft, daß Reed die Stirn runzelte. »Ich weiß nicht, ob mir dieser Ton gefällt, mein Junge, Houston ist die Frau, die du heiraten wirst. Es ist eine Schande, was gestern nacht passiert ist; aber was konntest du von so einem Mädchen wie Blair denn anderes erwarten? Ich habe versucht, dich zu warnen. Ich habe dir gesagt, so etwas könnte dich in Schwierigkeiten bringen. Natürlich ist Houston dir jetzt böse; aber wenn du ihr lange genug den Hof machst und Blumen schickst, wird sie dir gewiß wieder verzeihen.«

Lee blickte seinen Vater an. »Und Blair? Wird sie mir auch verzeihen?«

Reed ging zu dem großen Nußbaumschreibtisch, der den Raum beherrschte, und nahm eine Pfeife aus einer Schachtel. »Wenn sie zu dieser Sorte von Mädchen gehört, die mit dem Verlobten ihrer Schwester schlafen, dann wird sie meines Erachtens schon wissen, wie sie über so etwas hinwegkommt.«

»Und wie soll ich das jetzt verstehen?«

»Wie ich es gesagt habe. Sie ist jahrelang an der Ostküste gewesen, mit Männern zur Schule gegangen, hat Sachen studiert, die sie eigentlich nichts angehen, und versucht, es den Männern gleichzutun. Mädchen wie sie wissen aus

Erfahrung, wie man sich von Affären, die eine Nacht dauern, wieder erholt.«

Leander brauchte lange, bis er sich so weit in der Gewalt hatte, daß er sprechen konnte: »Ich werde vergessen, was du eben gesagt hast; aber ich muß dich warnen, daß ich dein Haus sofort verlassen und nie mehr zurückkommen werde, wenn du noch einmal zu mir in dieser Weise von Blair sprichst. Es geht dich eigentlich nichts an; aber bis gestern nacht ist Blair noch Jungfrau gewesen. Und ich gedenke, sie spätestens in zwei Wochen zu meiner Frau zu machen.«

Reed war von dieser Eröffnung so überrascht, daß er nur dastand und den Mund auf- und zumachte wie ein Fisch auf dem Trockenen.

Lee nahm inzwischen wieder Platz und zündete sich eine frische Zigarre an. »Ich denke, ich sollte dir erst einmal alles erzählen, was ich von den Ereignissen des gestrigen Abends weiß. Wie ich bereits sagte, hatten die Zwillinge aus irgendeinem Grund beschlossen, die Plätze zu tauschen, und deshalb war es Blair, die ich zum Empfang des Gouverneurs mitnahm. Ich hatte mir bereits vorgenommen, alles zu versuchen, um sie zu verführen, und wenn sie sich mir verweigerte, die Verlobung aufzulösen, weil ich dann überzeugt war, daß kein Mann – oder jedenfalls nicht ich – das Eis brechen könne, mit dem Houston sich umgibt.«

Er betrachtete seine Zigarre, und ein leises Lächeln spielte um seine Lippen, ehe er mit seinem Bericht fortfuhr: »Ich war noch keine fünf Minuten mit Blair allein und fühlte mich bereits so wohl in ihrer Gesellschaft, daß ich gar nicht mehr daran dachte, sie zu fragen, wer sie war oder warum sie sich ganz anders verhielt als sonst. Ich wurde zu einem Notfall in die River Street gerufen, und sie begleitete mich dorthin, ganz gegen Houstons Gewohnheit, die stets darauf bestand, daß ich sie vorher vor der Wohnung irgendeiner Freundin absetzen sollte. Wir gingen anschließend zum Empfang und schließlich in unser Haus. Alles in allem war es der schönste Abend, den ich bisher in meinem Leben verbracht habe.«

»Und deshalb glaubst du nun, sie heiraten zu müssen«, sagte Reed mit schicksalsergebener Stimme. »Könntest du dir damit nicht wenigstens Zeit lassen? Du kennst sie doch kaum. Die Ehe ist für immer. Du wirst dein ganzes Leben mit dieser Frau verbringen müssen, und die Bekanntschaft einer Nacht ist keine ausreichende Grundlage für einen Ehebund. Nur weil sie so ein munteres Betthäschen . . .« Er verstummte, von einem Blick seines Sohnes gewarnt.

»Also schön«, fuhr Reed seufzend fort. »Du wirst diese junge Dame um ihre Hand bitten. Und was wird aus Houston? Willst du sie einfach sitzen lassen? So etwas trifft Frauen hart, mein Junge.«

»Da die Zwillinge das eingefädelt haben, müssen sie auch die Folgen tragen. Sie hätten sich vorher überlegen sollen, welche Konsequenzen ihre Handlungsweise haben könnte.«

»Sie konnten schwerlich voraussehen, daß du beschlossen hatte, von diesem Abend eine Entscheidung für dein ganzes Leben abhängig zu machen. Aber warum läßt du dir nicht ein, zwei Monate Zeit, ehe du Blair um ihre Hand bittest, damit ihr euch beide in Ruhe überlegen könnt, ob diese Entscheidung richtig ist?«

»Dafür ist es zu spät. Außerdem glaube ich nicht, daß Blair mich nehmen würde.«

»Dich nicht . . .?« meinte Reed verwundert. »Warum, zum Kuckuck, würde sie dich nicht heiraten wollen, wenn sie schon mit dir schläft?«

Wenngleich sich sein Vater darüber entrüstete, mußte Lee lächeln. »Ich bin mir nicht sicher, ob sie mich mag. Sie glaubt, ich sei genauso bigott wie ihr Stiefvater, und deshalb bin ich überzeugt, daß sie mich auslachen würde, wenn ich sie um ihre Hand bäte.«

Reed warf beide Hände in die Luft. »Nun verstehe ich gar nichts mehr!«

In diesem Moment wurde unten die Haustüre aufgestoßen, und laute Stimmen schallten herauf.

Lee erhob sich aus seinem Sessel. »Das ist zweifellos ein überaus empörter Mr. Duncan Gates, der uns jetzt einen

Besuch macht. Ich bin nämlich vor einer Stunde in seiner Brauerei gewesen, um ihm mitzuteilen, daß ich seine Stieftochter defloriert habe und bereit bin, dafür zu büßen, indem ich das gefallene Mädchen heirate. Offenbar hat er Blair mitgebracht, um mit uns beiden über den Fall zu sprechen. Schau mich nicht so düster an, Papa. Ich bin fest entschlossen, sie zu meiner Frau zu machen, und um dieses Ziel zu erreichen, ist mir jedes Mittel recht.«

Kapitel 7

»Ich habe absolut nicht die Absicht, ihn zu heiraten«, sagte Blair nun schon zum zwanzigsten Mal.

»Du bist entehrt, beschmutzt, verworfen«, wütete Duncan. »Kein anderer Mann würde dich noch nehmen!«

Blair bemühte sich nach Kräften, Besonnenheit zu zeigen und sich nicht den Aufruhr anmerken zu lassen, der in ihr tobte. Drei geschlagene Stunden lang hatte Gates sie angebrüllt und versucht, sie einzuschüchtern. Sie hatte immer an die Gelassenheit ihres Onkels Henry denken müssen, daß er das Geschehnis nicht ohne Humor betrachten, sie sich zusammensetzen und die Lage besprechen würden, wie es sich für erwachsene Leute gehörte. Aber nicht so Mr. Gates. Er hegte noch solch mittelalterliche Ansichten, daß man sie zu den Hunden auf die Gasse jagen müsse, weil sie keine Jungfrau mehr war – oder zu Leander, was ihrer Ansicht nach das gleiche bedeutete.

»Darf ich fragen, warum Sie meinen Sohn nicht heiraten wollen?« erkundigte sich Reed Westfield.

Blair konnte die Feindseligkeit dieses Mannes spüren wie Hitzewellen in der Wüste. »Ich sagte Ihnen bereits, daß ich mich bei einem bedeutenden Hospital in Pennsylvania erfolgreich als Assistenzärztin beworben habe und gedenke, diesen Posten auch anzutreten. Zudem liebe ich Ihren Sohn nicht. Er ist mit meiner Schwester verlobt, und nach ihrer

Hochzeit werde ich so rasch wie möglich nach Pensylvania zurückkehren, um nie mehr nach Chandler zurückzukehren. Ich glaube, eine noch deutlichere Antwort kann ich Ihnen kaum noch geben.«

»Du hast das Leben deiner Schwester ruiniert!« keifte Gates. »Du glaubst doch wohl nicht, daß sie ihn jetzt noch heiraten kann?«

»Willst du damit sagen, daß Leander von der Nacht, die er mit mir verbrachte, *unrein* wurde, um in deinem Jargon zu reden?«

Duncans Gesicht lief dunkelrot an.

»Beruhigen Sie sich, Duncan«, sagte Reed. »Blair, es muß doch möglich sein, eine für alle Beteiligten zufriedenstellende Lösung zu finden. Unter den gegebenen Umständen darf ich doch erwarten, daß Sie *etwas* für meinen Sohn empfinden, nicht wahr?«

Blair blickte auf Lee, der im Hintergrund stand und die Szene offenbar genoß. Keine Gefühle, die ich öffentlich bekanntgeben könnte, dachte sie, und als vermöchte Lee ihre Gedanken zu lesen, lächelte er sie auf eine Weise an, daß sie errötend zur Seite blicken mußte. »Ich erzählte Ihnen bereits«, sagte sie, »daß ich an die Stelle meiner Schwester getreten bin und mich so verhalten habe, wie ich glaubte, daß sie sich dem Mann gegenüber verhalten würde, den sie liebt. Ich sehe nicht ein, daß man mich dafür bestrafen muß, weil ich meine Rolle perfekt spielte.«

»Und ich lasse nicht zu, daß du oder ein anderer Houstons Namen in den Dreck zieht!« schrie Duncan. »Sie würde niemals getan haben, was du in ihrer Rolle gemacht hast. Sie ist ein gutes Mädchen.«

»Und ich bin das deiner Meinung nach nicht?« rief Blair, zwischen Tränen und Empörung schwankend.

»Eine anständige Frau würde niemals . . .«

»Ich habe alles gehört, was ich wissen wollte«, fiel Lee ihm ins Wort und trat in die Mitte des Zimmers. »Würden Sie mich jetzt bitte mit ihr alleinlassen? Ich möchte ein paar Worte unter vier Augen mit ihr reden.«

Blair wollte dagegen protestieren, aber sie konnte das Gezeter von Mr. Gates nicht mehr ertragen, und deshalb fügte sie sich.

»Möchtest du einen Sherry?« fragte er, als die anderen beiden Männer aus dem Zimmer gegangen waren.

»Ja, bitte«, sagte sie und nahm das Glas mit bebenden Händen entgegen.

Er blickte auf ihre zitternden Hände und runzelte die Stirn. »Daß er so schlimm ist, hätte ich nicht gedacht. Houston deutete mir zwar einiges an; aber ein so unglaubliches Benehmen hätte ich ihm nicht zugetraut.«

Blair trank dankbar den Wein. Sie hoffte, er würde ihren Nerven guttun. »Du hast aber gewußt, daß er ein Tyrann ist – warum hast du ihn dann zum Verbündeten für deine absurden Pläne gemacht?«

»Ich brauchte jede Unterstützung, die ich bekommen konnte. Ich nahm – zu Recht an, daß du mir ins Gesicht lachen würdest, wenn ich vor dich hintreten und dich um deine Hand bitten würde.«

»Ich lache aber gar nicht.«

»Ein gutes Zeichen. Um so rascher werden wir uns einig. Die Einladungskarten liegen schon beim Drucker. Er braucht nur deinen Namen an die Stelle von Houstons Namen zu setzen.«

Sie sprang aus dem Sessel. »Von allen närrischen Ideen, die ich mir heute anhören mußte, ist das die dümmste. Hast du immer noch nicht begriffen, daß ich dich nicht heiraten will? Ich möchte so rasch wie möglich fort aus dieser schrecklichen Stadt. Ich möchte nach Hause. Ich will meiner Schwester ihren Verlobten zurückgeben. Wie oft muß ich das noch wiederholen, bis ihr mich endlich versteht? Ich will nach Hause!«

Trotz ihrer guten Vorsätze fiel sie nun in den Sessel zurück, schlug die Hände vors Gesicht und schluchzte: »Mr. Gates hat recht. Ich habe Houstons Leben ruiniert.«

Leander kniete vor ihr nieder, nahm sacht die Hände von ihrem Gesicht und flüsterte: »Begreifst du denn nicht, daß ich *dich* heiraten möchte und nicht Houston?«

Sie blickte ihn einen Moment an, spürte die Wärme seiner Hände an ihren Handgelenken und bedachte seine Worte. Doch damit sie nicht der Überzeugungskraft seiner Berührung erlag, löste sie den Kontakt mit ihm und trat ans Fenster.

»Du gehörst meiner Schwester. Schon als Kind faßte sie den Entschluß, dich zu heiraten. Ein ganzer Schrank ist gefüllt mit Wäsche, die sie mit deinem und ihrem Monogramm bestickte. Nie hat sie etwas anderes sein wollen als Mrs. Leander Westfield. Sie liebt dich! Hast du das nicht gewußt? Und die Liebe meines Lebens ist die Medizin. Seit meinem zwölften Lebensjahr träume ich davon, und nun habe ich mein Ziel erreicht und einen Posten als Assistenzärztin in einer namhaften Klinik bekommen. Ich werde ihn antreten, Alan heiraten und glücklich sein bis ans Ende meiner Tage.«

Leander verlor seinen fürsorglichen Blick und schoß kerzengerade in die Höhe. »Alan? Wer, zum Teufel, ist denn das?«

»Seit ich nach Chandler zurückgekommen bin, hat mich nicht einer danach gefragt, wie es mir in Pensylvania ergangen ist. Gates schreit mich nur an, daß ich ein unmoralisches Mädchen sei; Mutter sitzt stumm dabei und näht; Houston fährt jeden Tag zur Schneiderin, um neue Kleider anzuprobieren; und du ... du stehst da und gibst Befehle.«

Die verschiedenartigsten Empfindungen spiegelten sich auf Lees Gesicht. »Wer ist Alan?«

»Mein Verlobter. Der Mann, den ich liebe. Der Mann, der in zwei Tagen in Chandler eintreffen wird, um meine Familie kennenzulernen und um meine Hand anzuhalten.«

»*Ich* habe gerade um deine Hand angehalten!«

»Weil du einen Abend mit mir verbracht hast? Das genügte natürlich, um dich in mich zu verlieben.« Sie blickte überrascht hoch, weil er das nicht abstreiten wollte.

Er stand am Schreibtisch und spielte mit einem Brieföffner.

»Was ist, wenn ich in dir das Verlangen weckte, mich zu

heiraten? Wenn *du* es bist, die in zwei Wochen wünscht, mit mir getraut zu werden?«

»Dieser Fall wird nie eintreten. Alan wird bald hier sein, und wir wissen beide, daß du zu Houston gehörst.«

»Ist das wirklich so?« sagte er, und mit zwei Schritten war er bei ihr und hielt sie in seinen Armen.

Sein Kuß war genauso erregend wie am Abend zuvor, als sie ihre Schwester vertreten hatte. Sie fühlte sich ganz schwach, als er sie wieder losließ.

»Und du behauptest, ich hätte keine Chancen?« murmelte er. »Ist dir schon der Gedanke gekommen, daß dieser Alan dich nicht mehr haben will, wenn er erfährt, warum dein Name auf der Einladungskarte zu unserer Hochzeit steht?«

»Er ist nicht so. Er ist ein sehr verständnisvoller Mann.«

»Wir werden sehen, wie verständnisvoll er ist. Und du wirst mich in vierzehn Tagen heiraten und solltest dich rechtzeitig an diesen Gedanken gewöhnen.«

Blair bemühte sich, gelassen zu erscheinen, als sie mit Mr. Gates wieder nach Hause fuhr. Aber als sie dort Houstons Gesicht erblickte, das einen Ausdruck trug, als hätte das Leben jeden Sinn für sie verloren, war es mit ihrer Fassung vorbei. So groß war ihre Sorge um die Zukunft ihrer Schwester gewesen, daß sie das Wesen Leanders hatte ergründen wollen, um sich ein Bild davon zu machen, ob Houston mit ihm glücklich werden konnte – und nun hatte sie deren Leben zerstört.

Sie wollte sich mit ihrer Schwester aussprechen, ihr alles erklären; doch Houston weigerte sich, mit ihr zu reden. Da half alles Weinen nichts. Sie wollte Blair nicht anhören.

Mr. Gates stieß Blair die Treppe hinauf und sperrte sie in ihr Zimmer im dritten Stock ein. Und als Opal mit ihrer Tochter reden wollte, weigerte sich Mr. Gates, ihr den Schlüssel herauszugeben.

Blair saß lange im dunklen Zimmer – mit viel zu trockenen Augen; denn die Tränen waren seit gestern nacht ohne Unterlaß geflossen. Sie mußte sich etwas ausdenken, wie sie sich aus ihrem Dilemma befreien konnte. Sie wollte sich weder dazu zwingen lassen, in dieser Stadt zu bleiben und einen Mann zu heiraten, den sie gar nicht heiraten wollte, noch auf ihren Posten im St.-Joseph-Hospital verzichten.

Sie saß regungslos auf ihrem Stuhl, bis sie keine Geräusche im Haus mehr hörte, und trat dann ans Fenster. Als Kind war es ihr oft gelungen, sich mit Hilfe der alten Ulme, die an der Ostseite des Hauses wuchs, einem Stubenarrest zu entziehen, indem sie an deren langen gewundenen Ästen in den Garten hinunterkletterte. Wenn sie mit einem Sprung den größten Ast unter ihrem Fenster erreichen konnte, mußte es ihr auch diesmal gelingen. Wenn sie ihn jedoch verfehlte ... sie mochte diesen Gedanken nicht zu Ende denken.

Rasch suchte sie ein paar Kleider zusammen, stopfte sie in eine weiche Tasche, warf diese in den Garten hinunter und wartete ein paar Sekunden, ob jemand im Haus Alarm schlug. Niemand schien den Aufprall gehört zu haben. Sie schlüpfte in einen Hosenrock, kletterte auf den Fenstersims, hielt sich mit einer Hand am Rahmen fest und bemühte sich mit der anderen, den Ast unter dem Fenster zu erreichen. Vergeblich. Ihr Arm reichte nur bis zu ein paar dünnen Zweigspitzen. Sie gab ihre Bemühung auf, sah ihre Vermutung bestätigt, daß sie springen mußte, wenn sie zu dem Ast gelangen wollte. Sie ging in die Hocke, machte einen gewaltigen Satz und schlug die Arme um den Ast, als die Zweige ihren Fall bremsten.

Sie hing wie ein Pendel daran und hörte, wie das Holz leise ächzte unter ihrem Gewicht. Nach einigen erfolglosen Versuchen gelang es ihr endlich, die Beine über den Ast zu schwingen, ehe ihr die Arme zu erlahmen drohten. Dann nahm sie ihre ganze Kraft zusammen, und mit dem Kopf nach unten hängend, hantelte sie sich den Ast entlang auf den Stamm zu, während die scharfe Rinde ihr in die Handgelenke schnitt und die Zweige durch ihre Kleider stachen. Als sie ihn glücklich erreicht hatte, wartete sie ein paar Sekunden, bis ihr keuchender Atem etwas ruhiger ging, ehe sie ihren Abstieg fortsetzte.

Als sie endlich auf sicherem Boden stand, blickte sie mit einem Gefühl des Triumphes zu ihrem Fenster hinauf. Niemand konnte sie gegen ihren Willen festhalten, wenn sie nicht bleiben wollte.

Das hörte sie links von sich ein Geräusch und wirbelte herum.

Ein Streichholz flammte auf und beleuchtete das Gesicht von Leander, der sich eine seiner dünnen, langen Zigarren anzündete. »Brauchst du jemand, der dir deine Tasche tragen hilft?« fragte er, als er den Blick auf sie richtete.

»Was machst du denn hier?« fauchte sie.

»Ich beschütze, was ich als mein Eigentum betrachte«, erwiderte er lächelnd.

»Du hast hier gestanden, während ich im Baumwipfel um mein Leben kämpfte?«

»Es war nicht ganz so hoch, und soweit ich sehen konnte, war dein Leben nie wirklich in Gefahr. Bei welchem Meister hast du denn das Klettern erlernt?«

»Gewiß nicht bei dir. Du hast schon als Junge nur unter Bäumen gestanden und gewartet, daß einer deiner Spielgenossen herunterfiele.«

»Was für seltsame Vorstellungen du von mir hegst! Mich wundert, wo du sie hernimmst. Solltest du aber deine nächtlichen Turnübungen beendet haben, schlage ich vor, daß wir dich wieder ins Haus zurückbefördern. Nach Ihnen, meine Gnädigste!« sagte er mit einer schwungvollen Verbeugung zum Baum hin.

»Ich habe nicht vor, dieses Haus noch einmal zu betreten. Ich werde in einer Viertelstunde in einem Zug sitzen, der mich nach Denver bringt.«

»Nicht, wenn ich es Gates erzähle. Der wird dich mit einer geladenen Schrotflinte am Bahnhof abpassen, wie ich ihn kenne.«

»Das wagst du nicht!«

»Hast du vergessen, daß er mein Verbündeter ist? Ich lasse nicht zu, daß du Chandler verläßt – weder jetzt noch später.«

»Ich fürchte, ich fange an dich zu hassen.«

»Davon habe ich gestern nacht aber nichts gemerkt«, sagte er weich. »Soll ich dir nun beweisen, wie grundlos deine Befürchtung ist, oder dir helfen, in deine Kemenate zurückzukehren?«

Blair knirschte mit den Zähnen. Auch er würde irgendwann einmal schlafen müssen, und diesen Augenblick wollte sie für einen neuen Fluchtversuch abpassen.

»Hör auf, mich anzuschauen, als wolltest du meinen Kopf zum Frühstück auf dem Tablett serviert haben, und gib mir deine Hand!« Er sprang in die Höhe, zog sich mit einem Klimmzug auf den untersten Ast hinauf und beugte sich zu ihr hinunter.

Widerstrebend überließ sie ihm ihren Arm und fand ein heimliches Vergnügen daran, sich so ungeschickt wie möglich anzustellen.

Als sie endlich das Dach des Hauses erreicht hatten, half er ihr erst durch das Fenster in ihre Mansarde hinein, ehe er sich vorbeugte und flüsterte: »Wie wäre es mit einem Gute-Nacht-Kuß?«

Blair hob ihm mit einem leisen Lächeln das Gesicht entgegen, als wollte sie ihm gewähren, was er verlangte; ließ aber im letzten Moment das Schiebefenster heruntersausen, daß es ihm nur mit knapper Not gelang, seine Finger vor einer Amputation zu bewahren. Dann spitzte sie hinter der Scheibe die Lippen und zog die Vorhänge zu.

Als sie sich mit einem zufriedenen Lächeln vom Fenster fortdrehte, hörte sie einen Zweig brechen, einen unterdrückten Schrei und dann einen dumpfen Aufprall.

»Er ist vom Baum gestürzt!« dachte sie erschrocken, riß die Vorhänge zur Seite und das Fenster wieder auf. »Lee!« rief sie so laut, wie sie das unter den gegebenen Umständen wagte, und streckte den Kopf zum Fenster hinaus.

Im selben Moment kam sein Gesicht aus dem Schatten neben dem Mansardenfenster heraus, und ehe sie sich von ihrer Überraschung erholt hatte, drückte er ihr rasch einen

Kuß auf den Mund und sagte: »Wußte ich es doch, daß du mir nicht widerstehen kannst!«

Dann hüpfte er vom Dach auf den stärkeren Ast der Ulme hinunter und stand in Rekordzeit wieder unten auf dem Boden. »Du hättest bei *mir* lernen sollen, wie man auf Bäume klettert!« rief er lachend zu ihr hinauf und kauerte sich dann vor dem Stamm ins Gras, als habe er vor, die ganze Nacht unter ihrem Fenster zu verbringen.

Blair warf das Fenster wieder zu und ging zu Bett.

Kapitel 8

Am Sonntamorgen befahl Gates seiner Stieftochter Blair, sich so anzuziehen, daß die Leute in der Kirche sie für eine Lady halten konnten.

Das Frühstück war eine bedrückende Angelegenheit. Houston saß noch steifer da als sonst, und sie und ihre Mutter schienen die ganze Nacht über geweint zu haben. Duncan trug die Maske eines Märtyrers zur Schau, der sich für seine Familie opfern mußte.

Gleich nach dieser schrecklichen Mahlzeit erklärte Opal, sie sei unpäßlich, könne daher nicht am Gottesdienst teilnehmen, und zog sich wieder aufs Zimmer zurück. Darauf drängte Gates Blair in eine Ecke und sagte, wenn sie so weitermache, brächte sie ihre Mutter noch ins Grab.

In der Kirche sollte es noch schlimmer werden. Der Pfarrer schien die Tragödie der Zwillinge für einen Riesenspaß zu halten und brachte die Gemeinde zum Lachen, indem er verkündete, Lee habe sich bei seiner ersten Verlobung vertan und wolle nun die andere Schwester heiraten.

Nach dem Gottesdienst stürzten die Gläubigen auf die Schwestern zu und wollten wissen, wie es denn zu diesem Gesinnungswandel des Verlobten oder Entlobten gekommen sei; doch Houston stand nur da, als wäre sie aus

Stahl gemacht. Und als Leander versuchte, ein paar Worte mit ihr zu reden, fertigte sie ihn so schroff ab, daß er beschloß, seine Wut und Enttäuschung an Blair auszulassen. Er packte sie beim Arm und zerrte sie aus der Kirche hinaus zu seiner wartenden Kutsche.

Nachdem er sie mehr ins Polster geworfen als gehoben hatte, preschte er dem südlichen Ende der Stadt zu. Erst als die letzten Häuser längst hinter ihnen lagen, erlaubte er dem Pferd eine maßvollere Gangart.

Blair rückte ihren Hut gerade. »Hast du erwartet, sie würde dir zulächeln und etwas Nettes sagen?«

Er brachte die Kutsche zum Stehen. »Ich dachte, sie würde vernünftiger sein. Schließlich habt ihr beiden mit diesem Spiel angefangen. Ich hatte nie vor, sie öffentlich zu demütigen.«

»Du brauchst mich nur zum Bahnhof zu bringen, mich in den nächsten Zug nach Pennsylvania zu setzen, dann einen Kniefall vor Houston zu machen, und ich bin überzeugt, sie nimmt dich zurück.«

Er betrachtete sie eine geraume Weile. »Nein«, sagte er schließlich, »das werde ich nicht tun. Wir beide werden heiraten. Ich habe einen Picknickkorb mitgenommen für einen Lunch zu zweit.« Damit wickelte er die Zügel um die Bremskurbel, stieg vom Bock und wollte auf der rechten Seite Blair aus der Kutsche helfen. Doch als er um das Pferd herumkam, fing er an zu hinken. »Ich glaube, ich habe einen Stein im Schuh«, sagte er und lehnte sich gegen einen Baum, um ihn zu entfernen.

Blair sah ihm zunächst dabei zu, bis sich ihr das Bild ihrer Schwester aufdrängte, das sie in der Kirche geboten hatte, als der Pfarrer ihre Entlobung bekanntgab. Da dachte sie wieder, daß sie nicht in Chandler bleiben oder die Frau dieses Mannes werden wollte, wickelte hurtig die Zügel von der Bremse, ließ das Leder auf den Rücken des Pferdes klatschen und stob mit der Kutsche davon, während Leander, einen Schuh in der Hand, vergeblich versuchte, das Pferd wieder anzuhalten. Er rannte noch eine Weile hinter der Kutsche her, gab dann jedoch die Verfolgung auf, als er mit dem unbewehrten Fuß auf etwas Spitzes trat.

Als sie sah, daß er sie nicht mehr einholen konnte, lenkte sie die Kutsche nach Chandler zurück. Sie mußte einen Weg finden, dieser Stadt zu entrinnen. Da der Pfarrer heute morgen von der Kanzel ihre Verlobung mit Leander bekanntgegeben hatte, konnte sie nicht ohne weiteres zum Bahnhof fahren und einen Zug besteigen. Wenn man Chandler heißt und in einer Stadt gleichen Namens wohnt, ist man der öffentlichen Neugierde ausgeliefert. Doch morgen sollte Alan ja nach Chandler kommen, und vielleicht half er ihr, aus der Stadt zu flüchten. Trotz ihrer festen Worte, mit dem sie ihn verteidigt hatte, kamen ihr doch Zweifel, ob er sie noch haben wollte nach allem, was in den letzten Tagen passiert war.

Kaum sah sie ihr Vaterhaus am Ende der Straße, als sie schon wußte, daß neues Unheil sie dort erwartete. Opal saß auf der Veranda und kam ihr jetzt auf der Vortreppe entgegen: »Weißt du, wo deine Schwester ist?«

»Nein«, sagte Blair. »Sollte sie etwa weggelaufen sein? Ich will mich nur umziehen, und dann suchen wir sie.«

»Das Schlimmste weißt du ja noch gar nicht«, sagte Opal und setzte sich wieder in ihren Schaukelstuhl. »Dieser schreckliche Mann, Mr. Taggert, kam nach dem Gottesdienst in die Kirche und erzählte allen, daß er sich mit Houston am selben Tag vermählen würde, an dem du mit Leander getraut wirst. Was ist nur aus meiner Familie geworden? Mr. Gates sagt, dieser Mann ist über Leichen gegangen, um Karriere zu machen; und ich fürchte, Houston nimmt ihn nur, weil sie Leander verloren hat und der Stadt beweisen will, daß sie auch einen anderen bekommt. Er soll furchtbar reich sein. Ich fände es schlimm, wenn sie diesen Mann seines Geldes wegen heiratet.«

Blair setzte sich neben ihre Mutter auf die Bank. »Das ist alles meine Schuld.«

Opal tätschelte ihr das Knie. »Du hast deiner Schwester noch nie etwas abschlagen können. Schau mich nicht so verwundert an, mein Kind: ich kenne meine Töchter besser, als du glaubst. Obwohl Houston so aussieht, als könne sie kein Wässerlein trüben, hat sie dich stets zu den waghalsigsten Unternehmungen angestiftet. Du hast schon immer ein großes, weiches Herz gehabt, das anderen Menschen helfen wollte, und deshalb bin ich auch davon überzeugt, daß du Großes leisten wirst in deinem Beruf.«

»Falls ich jemals aus Chandler herauskomme und meine praktische Ausbildung beenden kann«, sagte Blair düster.

Opal spielte mit einer Clematisranke neben ihrem Schaukelstuhl. »Ich habe über dich und Lee nachgedacht. Vielleicht kommt es dir im Augenblick nicht so vor: aber ich halte ihn für einen herzensguten Mann. Man täuscht sich leicht in ihm. Er war immer so still an Houstons Seite; doch seit ein paar Tagen ist er so aufgeweckt und munter, wie ich ihn noch nie erlebt habe.«

»Munter, sagst du? Er kommandiert mich herum wie ein Feldwebel; befiehlt mir, ihn zu heiraten, will keine Frau als Partnerin in der Klinik dulden, die er bauen möchte; und überhaupt finde ich diesen Mann unausstehlich!«

»Und in der Nacht von Freitag auf Samstag hast du das nicht gefunden?«

Blair wandte das Gesicht ab, damit ihre Mutter nicht sah, wie heftig sie errötete. »Damals vielleicht noch nicht; aber es war Vollmond, ich hatte getanzt, eine Menge Champagner getrunken – und da ist es eben passiert.«

»Hm«, meinte ihre Mutter, »ich glaube nicht, daß Lee das genauso sieht wie du.«

»Wenn er es anders sieht, ist das sein Problem. Mein Problem ist Houston. Ich bin in diese Stadt zurückgekommen, habe ihr Leben zerstört, und nun sagt sie, daß sie diesen häßlichen Midas, Kane Taggert, heiraten möchte. Wie können wir das verhindern?«

»Mr. Gates und ich werden mit ihr reden, sobald sie nach Hause kommt. Wir wollen versuchen, ihr klarzumachen, daß es bessere Lösungen für ihr Problem gibt, als sich an diesen Mann zu verkaufen.«

Blair blickte an dem rankenden Grün der Veranda vorbei auf die leuchtend weiße Wand der Villa Taggert. »Wie sehr ich dieses Haus hasse«, sagte sie inbrünstig. »Wäre Houstons Verlangen, es zu besichtigen, nicht so groß gewesen, hätten wir nicht die Plätze getauscht, und ich hätte nicht mit Leander geschlafen. Und wenn Houston dieses Haus nicht so gut gefallen hätte, würde sie niemals daran denken, diesen Barbaren zu heiraten.«

»Blair, du solltest den Nachmittag zur Erholung nützen, dir ein Buch vornehmen und die Sorgen um Houston uns überlassen. Übrigens – wo ist Lee? Warum hat er dich nicht nach Hause gebracht?«

Blair erhob sich. »Ich werde mich hinlegen. Ich habe heute nacht kaum ein Auge zugemacht. Und Lee wird vermutlich in Bälde hier erscheinen, um seine Kutsche einzusammeln. Ich möchte ihn unter keinen Umständen sehen.«

Opal zögerte einen Moment, ehe sie zustimmend nickte. »Ich schicke Susan mit einem Tablett zu dir hinauf. Du ruhst dich aus, Liebes; denn wie ich diese Stadt kenne, wird es morgen hektisch werden, sobald sich herumgesprochen hat, daß du Lee heiraten wirst und Houston sich mit diesem Taggert trauen lassen will . . . Oh, ich mag gar nicht daran denken!«

Das wollte auch Blair nicht und zog sich dankbar in das Refugium ihres Zimmers zurück, das sie an diesem Tag nicht mehr verließ.

Der Montag war schlimmer, als Blair sich das hätte träumen lassen. Das Frühstück war ein Alptraum. Gates beschimpfte sie unablässig mit vollem Mund, das Leben ihrer Schwester ruiniert zu haben. Da Blair dazu neigte, ihm recht zu geben, konnte sie ihm schwerlich widersprechen. Opal weinte ununterbrochen, während Houston es fertigbrachte, mit unbeteiligtem Blick dabeizusitzen, als nähme sie ihre Umgebung gar nicht wahr.

Nach dem Frühstück begannen die Leute scharenweise ins

Haus zu fallen – mit Gebackenem und fadenscheinigen Ausreden, weshalb sie unangemeldet zu Besuch kamen. Blair hatte schon so lange nicht mehr in einer Kleinstadt gelebt, daß sie entsetzt war über die hemmungslose Neugierde der Bewohner. Offenbar war den Leuten nichts heilig; am meisten quälte sie die Frage, weshalb Lee nun Blair heiraten wollte. Und sie waren brennend daran interessiert, etwas über den anderen Bräutigam zu erfahren. Sie löcherten Houston mit Fragen, was Taggert denn für ein Mann wäre und wie seine Villa eingerichtet sei.

Um elf zog Blair sich ins Haus zurück, um einen von den Kuchen, mit denen sie übeschwemmt wurden, in die Speisekammer zu bringen, worauf es ihr gelang, sich unbemerkt durch die Hintertür zu entfernen. Dann rannte sie förmlich die zwei Meilen bis zum Bahnhof hinunter, und mit jedem Schritt hatte sie das Gefühl, der Freiheit ein Stück näher zu kommen. Alan würde, wenn er hier eintraf, Ordnung in dieses Chaos bringen können, so daß Houston ihren Leander heiraten und sie nach Pennsylvania zurückkehren konnte.

Ungeduldig wartete sie auf das Einlaufen des Zuges, und als er endlich am Ende des Bahnsteigs auftauchte, glaubte sie, der Dampf würde sich niemals lichten. Doch sie sah Alan schon, trotz der Rauchschwaden, und begann, neben dem Zug herzurennen, um auf seiner Höhe zu bleiben, bis er abspringen konnte und sie in seine Arme schloß.

Was kümmerten sie die Leute von Chandler, die ihnen zusahen und sich wunderten, weil sie doch mit einem anderen Mann verlobt war – sie war wieder mit Alan vereint. Nur das zählte.

»Was für ein wunderbarer Empfang«, sagte er, sie an sich ziehend.

Sie löste sich von ihm, um ihn zu betrachten. Er war immer noch so hübsch, wie sie ihn in Erinnerung hatte – ein prächtiges blondhaariges, blauäugiges Mannsbild, das sie um ein paar Zoll überragte.

Sie öffnete schon den Mund, um etwas Zärtliches zu

erwidern, als sie merkte, daß er wie gebannt über ihre Schulter hinweg auf etwas blickte. Sie drehte sich rasch um – jedoch nicht rasch genug.

Leander legte ihr behende den Arm um die Taille und zog sie mit einer geschickten Bewegung an sich heran und von Alan fort. »Demnach müssen Sie Alan sein«, sagte er gönnerhaft und mit einem warmen Lächeln. »Ich habe schon so viel von Ihnen gehört. Denn zwischen Liebenden gibt es ja kaum Geheimnisse, nicht wahr, mein Herz?«

»Laß mich los!« zischelte sie Leander zu und versuchte zugleich, Alans betroffenen Blick mit einem Lächeln aufzufangen. Während sie Lee mit dem Ellenbogen in die Rippen stieß, sagte sie zu Alan: »Darf ich dir den Verlobten meiner Schwester vorstellen? Das ist Leander Westfield, und das Alan Hunter, mein Ver ...«

Lee schnitt ihr das Wort ab, indem er mit der linken Hand die Rippen zusammenquetschte, und selbst drei heftige Stöße mit dem Ellenbogen konnten ihn nicht dazu bewegen, seinen Griff zu lockern. Er streckte Alan seine Rechte hin. »Sie müssen ihr das nachsehen – sie ist heute ein bißchen durcheinander, weil sie einen alten, lieben Freund vom Bahnhof abholen mußte. *Ich* bin ihr Zukünftiger. Wir beide heiraten in zwei Wochen – oder sind es nur anderthalb, mein Schatz? Nur noch ein paar Tage, und du wirst Mrs. Leander Westfield sein. Ich weiß ja, daß die Vorfreude dich ein bißchen nervös und vergeßlich macht; aber wir wollen deinen Freund doch nicht im unklaren lassen, nicht wahr?« Er blickte Alan mit einem treuherzigen Lächeln an.

»Der Schein trügt«, konnte Blair jetzt endlich zu Wort kommen. »Dieser Mann ist verrückt und hegt die sonderbarsten Vorstellungen.« Mit einem letzten, gewaltigen Rippenstoß gelang es ihr, sich aus Lees Umklammerung zu befreien. »Alan, laß uns irgendwohin gehen, wo wir reden können. Ich habe dir eine Menge zu erzählen.«

Alan sah zu Lee hinauf, der ihn um etliche Zoll überragte. »Diesen Eindruck habe ich allerdings auch«, meinte er und bot Blair seinen Arm an. »Gehen wir«, sagte er dann. Und mit einem Blick über die Schulter auf Lee: »Sie können mir das Gepäck nachtragen, junger Mann.«

Lee schob sich mit einer geschickten Drehung zwischen die beiden. »Ich würde mich normalerweise mit dem größten Vergnügen dazu bereitfinden, die Koffer eines Freundes meiner Zukünftigen zu tragen. Aber heute hindern mich außergewöhnliche Umstände daran. Ich mußte nämlich gestern vier Meilen in neuen Schuhen gehen, und mit den Blasen, die ich davon bekam, sind meine Füße nicht belastungsfähig. Mein Arzt hat mir dringend empfohlen, sie zu schonen. Komm, Blair; wir treffen uns mit deinem kleinen Freund wieder an der Kutsche.«

»Du Biest!« fauchte Blair zu ihm hinauf, als er sie mit sich fortzog zu seinem Einspänner. »Und welcher Kurpfuscher hat dir so einen blödsinnigen Rat gegeben?«

»Dr. Westfield hieß dieser Kurpfuscher«, sagte er, während er ihr in die Kutsche half.

»Das ist ein ungewöhnliches Pferd«, bemerkte Alan, während er sein Gepäck hinten auf den Einspänner warf und mit dem Kopf auf den Appaloosa im Geschirr deutete.

»Das einzige hier in der Gegend«, antwortete Lee stolz. »Gewissermaßen meine Visitenkarte, an der mich die Leute, wenn ich unterwegs bin, sofort erkennen, wenn sie Hilfe brauchen.«

»Was für eine Hilfe haben Sie denn anzubieten?«, fragte Alan, während er sich in die Kutsche schwang.

»Ich bin Arzt«, antwortete Lee und ließ die Peitsche knallen, daß das Pferd mit der Chaise lospreschte, ehe Alan es sich neben Blair gemütlich machen konnte.

Im halsbrecherischen Tempo ging es nun hinein in die Stadt, daß die Bürger von Chandler glaubten, es handele sich um einen Notfall, und bereitwillig die Fahrbahn räumten. Lee hielt erst wieder vor dem Haus, das er für Houston gekauft hatte.

»Ich dachte, das wäre ein guter Platz für eine Aussprache.«

Blairs Augen weiteten sich. Sie hatte das Haus nicht mehr

gesehen seit jener Nacht, als sie und Lee ... »Ich muß mit Alan reden, nicht mit dir, und ganz bestimmt nicht *hier*!«

»Am Tatort, wolltest du sagen? Nun, ich könnte ja zu Miss Emilys Teestube weiterfahren. Sie hat ein Nebenzimmer, in dem man sich ungestört unterhalten kann.«

»Viel besser; aber ich möchte dort mit Alan unter vier Augen sprechen. Houston und ich ...« Sie hielt inne, weil Lee schon wieder losraste wie ein Blitz, so daß Alan und sie gegen die Rückenlehne geschleudert wurden.

»Da sind ja unsere beiden kleinen Turteltauben! Lee, du hättest uns wirklich sagen können, wie es um euch beide steht«, begrüßte Miss Emily ihre Gäste. »Als Nina uns erzählte, was für ein schmachtender Liebhaber du neuerdings bist, dachten wir natürlich alle an Houston.«

»Vermutlich ist es wahr, daß Liebe blind macht«, antwortete Lee und kniff ein Auge zusammen. »Dürfen wir dein Nebenzimmer benutzen? Ein alte Freund meiner Verlobten ist zu Besuch gekommen, mit dem wir uns ungestört unterhalten wollen.«

Miss Emily maß Alan mit einem Blick und lächelte. »Sie müssen Nina, Leanders Schwester, kennenlernen – so eine hübsche junge Lady.«

Als sie im Nebenzimmer untergebracht und ihnen Tee und Gebäck serviert worden waren, wirkte Alan verwirrter denn je, während Blair finstere Grimassen schnitt. Nur Lee rieb sich vergnügt die Hände.

»Wenn du nichts dagegen hast, erzähle ich Alan jetzt die Wahrheit«, sagte Blair, als sich die Tür hinter Miss Emily schloß. »Meine Schwester Houston wollte an jenem Abend woanders hingehen und ...«

»Wohin?« unterbrach sie Leander prompt.

Sie funkelte ihn an. »Wenn du es genau wissen willst – sie hatte für jenen Abend eine Einladung zur Besichtigung dieses gräßlichen taggertschen Hauses erhalten, die sie unbedingt wahrnehmen wollte. Und das konnte sie nur, wenn ich ihre Rolle übernahm und mit dir zum Empfang ging. Jedenfalls«, fuhr sie, an Alan gewandt, mit freundlicherer Stimme fort, »bedrängte mich Houston, mit ihr den Platz zu tauschen, wie wir das als Kinder oft getan hatten. Schließlich willigte ich ein; ahnte jedoch nicht, auf was ich mich da eingelassen hatte. Denn *er*« – sie streifte Leander mit einem wütenden Blick – »machte mir – vielmehr Houston – ständig eine Szene, während ich ihn vergeblich beschwor, mich wieder nach Hause zu bringen. Und am nächsten Tag fand er dann heraus, daß wir die Plätze getauscht hatten, und nun bildet er sich ein, daß ich ihn heiraten möchte.«

Alan schwieg ein paar Sekunden lang. »Mir scheint die Geschichte nicht ganz vollständig zu sein.«

»Es fehlt mehr als die Hälfte, würde ich sagen«, meinte Lee. »Tatsächlich haben die Zwillingsschwestern die Plätze getauscht, und es ist mir heute unbegreiflich, daß mir das nicht sofort aufgefallen ist. Ich war mit Houston verlobt, die so kühl ist wie ein Eiszapfen; und deshalb hätte ich sofort erkennen müssen, daß nicht sie es war, als ich sie anfaßte. Denn Blair ging bei der ersten Berührung buchstäblich in Flammen auf.«

»Wie kannst du so etwas sagen!«

Lee blickte sie mit scheinheiligen Augen an. »Ich berichte nur die Wahrheit, mein Engel. Ich nahm sie zu einem späten Imbiß mit in mein Haus, und – nun – wie soll ich sagen? – Es wurde eine vorgezogene Hochzeitsnacht daraus.«

»Alan, so ist es nicht gewesen. Ich war Houston, und *sie* liebt ihn. Weiß der Himmel, warum; denn *ich* kann diesen Mann nicht ausstehen. Er ist ein bigotter Egoist und meint, eine Frau könnte niemals seine Partnerin in der Klinik sein, die er eröffnen will. Ich möchte jetzt nichts anderes als mit dir nach Hause fahren, im St.-Joseph-Spital arbeiten und dich heiraten, Alan. Du mußt mir glauben.«

Alan betrachtete mit gefurchter Stirn seine Kuchengabel. »Du mußt aber etwas für ihn empfinden, oder du würdest dich niemals ihm . . .«

»Ich sagte dir doch«, unterbrach ihn Blair rasch mit bangem Gesicht, »daß ich nicht ich war, sondern Houston. Glaub mir doch bitte, Alan. Ich werde sofort mit dir nach Pennsylvania zurückreisen . . .«

»Nur über meine Leiche«, fiel ihr Lee ins Wort.

»Ah! Endlich ein brauchbarer Vorschlag«, sagte sie und lächelte ihn aus schmalen Augen an.

Alan unterbrach das stumme Geplänkel, indem er an Lee die Frage richtete: »Haben Sie vor, Blair an den Haaren zum Traualtar zu zerren?«

»Mir bleiben ja noch fast zwei Wochen. Am Hochzeitstag wird sie mich anflehen, sie zu heiraten.«

»Sind Sie sich dessen so sicher?« fragte Alan.

»Absolut.«

»Soll ich Sie beim Wort nehmen? Am Zwanzigsten wird sie entweder mit mir nach Hause fahren oder Sie heiraten.«

»Einverstanden.«

»Einverstanden?« Blair erhob sich vom Tisch. »Ich glaube, daß ich keinen von euch beiden haben will. Ich lasse mich nicht verschachern wie ein Stück Vieh.«

»Setz dich.« Lee legte ihr die Hand auf die Schulter und drückte sie wieder auf ihren Stuhl nieder. »Du behauptest, ihn zu lieben, kannst mir jedoch nicht widerstehen – was verlangst du noch mehr?«

»Ich will nicht zwischen euch wählen, sondern Alan heiraten.«

»Das sagst du heute; aber mich hast du ja gerade erst kennengelernt«, sagte Lee selbstgefällig. »Zwar war es eine eindrucksvolle erste Begegnung; aber ... Nun setz dich doch endlich!« Er blickte Alan wieder an. »Wir beide sollten uns über ein paar Regeln verständigen. Erstens – sie muß sich verpflichten, bis zum Zwanzigsten in Chandler zu bleiben. Sie darf nicht daran denken, die Stadt zu verlassen. Und zweitens muß sie meine Einladungen annehmen. Sie kann sich nicht in Gates' Haus verkriechen oder nur mit Ihnen ausgehen. Alles andere unterliegt keinen Beschränkungen.«

»Das scheint mir ein fairer Vorschlag zu sein. Was meinst du dazu, Blair?«

Ihr erster Gedanke war, aufzubrechen und die beiden in der Teestube zurückzulassen; doch zuerst wollte sie die

Konsequenzen ihrer Handlung erfahren. »Was ist, wenn ich nicht einverstanden bin?«

»Wenn du nicht einverstanden bist, bedeutet das für mich, daß du vorhast, die Stadt umgehend zu verlassen«, sagte Lee. »In diesem Fall schicke ich dir Gates nach Pennsylvaania nach, und wenn er dort seine Geschichte erzählt hat, ist es aus mit deiner medizinischen Karriere. Wenn du dich jedoch am Zwanzigsten wider Erwarten für Alan entscheiden solltest, werde ich dir die Rückreise bezahlen und Gates schon irgendwie zur Räson bringen.«

Sie überlegte kurz und blickte dann Lee an. »Also gut. Ich füge mich; aber ich will dich jetzt schon warnen. Ich will dich nicht heiraten, und du wirst dich nur erleichtert fühlen, wenn ich am Zwanzigsten mit Alan diese bigotte kleine Stadt wieder verlasse, weil ich dir von jetzt an das Leben zur Hölle machen werde.«

Lee drehte sich Alan zu. »Ich liebe eine Frau mit Feuer in den Adern. Mag der Bessere sie gewinnen.« Er streckte Alan die Hand hin, der einschlug und den Handel besiegelte.

Kapitel 9

Am Tage nach Alans Ankunft lag Blair auf einer Steppdecke im Gras unter einem Baum im Fenton Park. Alan las ihr einen Artikel über die neuesten therapeutischen Erkenntnisse bei der Behandlung von Diphtherie vor, während sie die Wolken betrachtete, die über ihr dahinsegelten, dem Summen der Bienen lauschte und dem Lachen der Leute, die wie sie den herrlichen Tag zu einem Sonnenbad im Park nützten.

»Blair, was hältst du davon?«

»Wovon?« fragte sie verträumt und drehte sich auf den Bauch.

»Von Dr. Andersons Forschungsbericht, den ich dir eben vorgelesen habe.«

»Oh!« sagte sie erschrocken. »Ich fürchte, ich habe nicht zugehört. Ich dachte über meine Schwester nach und das, was gestern geschehen ist.«

Alan schlug das Buch zu. »Dürfte ich teilhaben an deinen Gedanken?«

»Dieser Taggert schickte Houston gestern eine Kutsche samt Pferd und nebenei auch noch den größten Diamanten der Welt. Houston zuckte nicht mit einer Wimper, drückte den Ring gelassen an ihre Brust, stieg in die Kutsche und fuhr davon, um erst gegen halb zehn Uhr abends wieder heimzukehren. Indessen war Mutter schon ganz krank vor Kummer, weil ihre Tochter sich verkaufte, und es dauerte Stunden, ehe ich sie so weit beruhigen konnte, daß sie einschlief. Und heute morgen war Houston schon wieder aus dem Haus, ehe es Tag wurde – was Mutter abermals das Herz brechen wollte.«

»Und deinetwegen macht sie sich keine Sorgen?« fragte Alan, während er das medizinische Fachbuch aus der Hand legte und sich gegen den Baum lehnte.

»Sie und Mr. Gates scheinen zu denken, daß ich einen besseren Mann bekomme, als ich verdiene – oder zumindest ist Gates dieser Überzeugung. Wie Mutter darüber denkt, weiß ich nicht so genau, weil der Kummer über Houstons ruiniertes Leben sie ganz ausfüllt.«

Alan fuhr mit dem Finger über den Buchrücken. »Und du hältst an deiner Meinung fest, daß es falsch wäre, mich deiner Mutter und deinem Stiefvater vorzustellen?«

»Nicht falsch, nur verfrüht«, sagte Blair und setzte sich auf. »Du hast keinen Begriff, wozu Mr. Gates fähig ist, wenn du ihm erzählst, daß ich bereits ...« Sie hielt mitten im Satz inne, weil sie Alan um keinen Preis an die peinlichen Umstände iher Verlobung mit Lee erinnern wollte. Doch sie wußte, daß Mr. Gates ihr das Leben noch sauerer machen würde, als es sowieso schon war, wenn er erfuhr, daß sie mit einem Mann geschlafen hatte, obwohl sie bereits mit einem anderen verlobt war. Dieser Mann ließ schon jetzt keine Gelegenheit aus, ihr vorzuhalten, sie habe das Leben ihrer

Schwester verpfuscht, weil Houston nun glaubte, einen Mann seines Geldes wegen heiraten zu müssen, um sich nicht als verschmähte Braut vor der ganzen Stadt zu blamieren – eine Demütigung, die sie nur Blairs sittlicher Verkommenheit zu verdanken hatte. Diese Litanei bekam sie von ihrem Stiefvater tagein, tagaus zu hören.

Sie blickte Alan an und lächelte zaghaft. »Wir wollen uns so einen schönen Tag doch nicht mit unangenehmen Themen verderben. Laß uns lieber spazieren gehen oder, noch besser, ein Kanu mieten und auf den See hinausfahren! Ich habe keinen Wassersport mehr betrieben, seit ich im Herbst aus dem Ruderverein ausgetreten bin.«

»Keine schlechte Idee«, sagte er und streckte ihr die Hand hin, um ihr vom Boden aufzuhelfen.

Sie legten die Decke zusammen, nahmen das Buch und begaben sich zu dem kleinen Bootshaus neben dem Midnight Lake, wo sie sich ein Kanu mieteten. Es waren schon mehrere Paare mit Booten auf dem See, und sie riefen sich gegenseitig Grüße zu.

»Guten Morgen, Blair-Houston«, schallte es übers Wasser, während sich die Blicke neugierig auf Alan richteten. Einige deuteten an, daß sie gern vorgestellt werden wollten; doch Blair tat ihnen diesen Gefallen nicht. Houston mochte es für eine gesellschaftliche Pflicht halten, die Neugierde der Gemeinde zu befriedigen, aber Blair sah keinen Grund dazu.

Sie lehnte sich im Kanu zurück, während Alan das Paddel bediente. Ihr Gesicht war durch einen breitkrempigen Hut vor der erbarmungslosen Hochgebirgssonne geschützt, während sie eine Hand im Wasser nachschleppen ließ; um ein Haar wäre sie in dieser Haltung eingeschlafen.

»Guten Morgen«, drang eine Stimme zu ihr, die sie kerzengerade aufsitzen ließ. Sie blickte in Leanders Gesicht, der neben ihrem Kanu herruderte.

»Was machst du denn hier?« sagte sie mit vorgerecktem Kinn. »Verdufte!«

»Nach Auskunft deiner Mutter sollte ich heute mit dir

ausgehen. He, Hunter, Sie scheinen sich nicht so recht wohl zu fühlen als Paddler! Vielleicht bekommt das Stadtleben Ihnen nicht so gut, wie Sie meinen.«

»Willst du dich nicht endlich trollen und deine spöttischen Bemerkungen für dich behalten?« Wir fühlten uns pudelwohl, ehe du aufgekreuzt bist.«

»Zügle dein Temperament, mein Engel; denn die Leute schauen schon her. Du möchtest sie doch nicht auf den Gedanken bringen, es könnte etwas nicht stimmen mit unserer himmlischen Eintracht, oder?«

»Himmlische Eintracht? Etwa mit dir? Was für ein anmaßender, arroganter ...«

»Hunter«, unterbrach Leander sie, »könnten Sie mir vielleicht behilflich sein? Ich scheine mir den Fuß unter der Ruderbank eingeklemmt zu haben, und er beginnt bereits anzuschwellen.«

»Alan, höre nicht auf ihn!« warnte Blair. »Ich traue ihm nicht!«

Aber ihre Warnung kam zu spät. Alan, der als frischgebakkener Arzt seinen hippokratischen Eid sehr ernst nahm, konnte sich dem Begehren nach Hilfe nicht verschließen, legte sofort das Paddel beiseite und beugte sich zum anderen Boot hinüber, um Lee Beistand zu leisten. Doch kaum hing er mit dem Oberkörper über dem Wasser, als Lee mit dem angeblich eingeklemmten Bein dem Kanu einen Stoß gab, so daß Alan, nach einigen vergeblichen Verrenkungen, um das Gleichgewicht zu bewahren, in den See fiel. Blair beugte sich sofort über die Bordwand, um Alan zu helfen; doch Lee faßte sie mit beiden Händen um die Taille und zog sie in sein Boot.

Gelächter brandete ringsum auf, während Alan im Wasser herumplanschte in dem Bemühen, das gekenterte Kanu wieder einzufangen, und Blair mit den Fäusten gegen Leanders Brust trommelte, damit er sie loslassen sollte. Irgendwie gelang es ihm, nur mit einem Ruder das wenige Meter entfernte Ufer zu erreichen, während er sich mit der anderen Hand Blair vom Leibe hielt, damit sie nicht einen seiner edleren Körperteile verletzte.

Als sie wieder Land unter den Füßen hatten, stand er vor ihr und grinste wie ein kleiner Junge, der soeben eine großartige Heldentat vollbracht hatte.

»Mein Hut«, fauchte Blair durch die zusammengepreßten Zähne, und Lee ging mit immer noch grinsendem Gesicht zu dem kleinen Ruderboot, um das Verlangte zu holen.

Doch kaum hatte er Blair den Rücken zugedreht, als sie sich rasch nach einem Paddel bückte, das am Ufer lag, und es ihm mit aller Macht in die Kehrseite rammte. Zu ihrer großen Freude fiel er bäuchlings in den Schlamm, der das Ufer säumte.

Doch Blair hatte keine Zeit, ihren Erfolg auszukosten; denn Alan kämpfte noch immer im Wasser mit dem gekenterten Kanu. Sie dankte dem Himmel für ihr jahrelanges Training im Ruderteam der Frauen, während sie mit Lees Boot Alan zu Hilfe kam.

»Ich kann leider nicht schwimmen«, sagte er, als sie sich zu ihm hinunterbeugte, »ich habe nur Wassertreten gelernt.«

Mit vereinten Kräften gelang es, ihn ins Boot zu befördern, wo er sich hustend, erschöpft und mit triefend nassen Kleidern auf die Ruderbank fallen ließ, um sich von einem für ihn lebensbedrohlichen Ereignis zu erholen. Blair blickte zum Ufer hinüber, wo sie Lee stehen sah – von Kopf bis Fuß mit Schlamm bedeckt, wie sie mit einiger Befriedigung feststellte.

Mit einem geschickten Wendemanöver drehte sie den Bug dem anderen Seeufer zu und ruderte zu dem Haus, wo die Boote vermietet wurden.

Sie bezahlte die Miete für das Kanu, während Alan niesend dabeistand, und besorgte dann eine Droschke, die sie zum Imperial-Hotel zurückbringen sollte, wo Alan Quartier genommen hatte.

Sie war so wütend, daß sie auf der Fahrt durch die Stadt zum Hotel Alan nicht ein einziges Mal ansah. Wie konnte Leander es wagen, sie so in der Öffentlichkeit zu behandeln. Oder sie überhaupt so zu behandeln. Hatte sie ihm nicht deutlich zu verstehen gegeben, daß sie nichts mit ihm zu tun haben wollte?

Sie folgte Alan die Treppe hinauf zu seinem Zimmer. »Wenn mir dieser Mann noch einmal zu nahe kommt, bringe ich ihn um! So etwas Widerwärtiges! Wie er sich einbilden kann, daß ich so etwas heiraten würde, ist ein beispielloses Zeichen seiner Egomanie! Gib mir deinen Schlüssel.«

»Wie bitte? Oh, hier. Blair, meinst du, daß du in mein Zimmer mitkommen solltest? Ich meine, wie sieht denn das aus?«

Blair nahm ihm den Schlüssel ab und sperrte die Tür auf. »Könntest du dir ein Leben mit diesem Mann vorstellen? Er benimmt sich wie ein zu groß geratenes verzogenes Kind, das seinen Willen haben muß. Nun hat er sich in den Kopf gesetzt, daß er mich haben möchte – vermutlich weil ich die erste Frau bin, die jemals nein zu ihm gesagt hat –, und deshalb tut er jetzt alles, um mir das Leben sauer zu machen.« Sie hielt inne und blickte Alan an, der mit tropfnassen Kleidern mitten im Zimmer stand. »Warum stehst du dort in deinen nassen Sachen herum, statt dir etwas Trockenes anzuziehen?«

»Weil ich meine, daß du nicht hier in meinem Zimmer sein solltest, Blair, und ich nicht vorhabe, mich vor deinen Augen auszuziehen.«

Blair kam allmählich wieder zu sich und merkte, wo sie sich befand. »Du hast natürlich recht. Ich war vermutlich zu wütend, um zu wissen, was ich tat. Sehe ich dich morgen?«

»Wenn ich bis dahin nicht an einer Lungenentzündung gestorben bin«, sagte er mit einem Lächeln.

Sie lächelte zurück, wollte gehen, drehte sich dann, einem Impuls folgend, wieder um, warf ihm die Arme um den Hals und drückte ihre Lippen fest auf seinen Mund.

Er hielt sie erst zaghaft, als wollte er verhüten, daß sie naß wurde; doch als Blair mehr Leidenschaft und Druck in ihren Kuß hineinlegte, zog er sie heftiger an sich und bewegte, von ihrem Kuß angeregt, den Kopf.

Da ließ Blair ihn wieder los. »Ich muß jetzt gehen«, sagte sie weich, während sie sich zur Tür zurückzog. »Also dann bis morgen.«

Alan blieb eine Weile regungslos im Zimmer stehen, nachdem Blair gegangen war, als hätte er vergessen, daß er sich umziehen wollte. »Zu ihm hast du nicht nein gesagt, Blair«, flüsterte er. »Und wenn *ich* dich küsse, mußt du gehen, doch er bringt es fertig, daß du die ganze Nacht bei ihm bleibst.«

Am Donnerstagmorgen kam Blair mit tränenüberströmtem Gesicht in die Villa Chandler zurück und rannte die Treppe zu ihrem Zimmer hinauf. Sie mußte erst Berge von Blumensträußen beiseiteräumen, ehe sie zu ihrem Bett gelangen konnte, und nachdem sie ein halbes Dutzend Pralinenschachteln mit Fußtritten in eine Ecke befördert hatte, warf sie sich auf ihr Bett, wo sie sich eine Stunde lang ausweinte. Leander Westfield machte ihr das Leben unmöglich. Gestern hatte er ihr abermals einen angenehmen Nachmittag mit Alan verdorben. Sie hatte sich mit Alan aufs Land zurückgezogen, um dort ein Picknick abzuhalten, als plötzlich Lee vor ihnen erschien, mit einem Revolver in die Luft ballerte, um die Pferde zu erschrecken, und dann versuchte Blair auf sein Pferd hinaufzuziehen. Doch war es ihr wieder gelungen, sich erfolgreich zur Wehr zu setzen, indem sie Lees Pferde dazu brachte, auszukeilen. Da mußte er sie wieder freigeben.

Alan hatte dabeigestanden und ihnen zugesehen, unfähig, einzugreifen, da er wenig Erfahrung hatte mit dem Temperament von Pferden, die nicht vor einen Karren gespannt waren. Tatsächlich hatte Blair ihn nur mit Mühe dazu überreden können, mit ihr aufs Land hinauszureiten, statt ein Cab zu mieten, wie er das gerne wollte.

Nachdem Blair Lee und dessen bockendem Gaul entkommen war, schwang sie sich auf eines der beiden Pferde, die sie und Alan gemietet hatten – das andere war schon beim ersten Schuß aus dem Revolver durchgegangen –, und mußte dann eine halbe Minute lang auf Alan einreden, bis er sich bereitfand, hinter ihr aufs Pferd zu steigen.

Blair hatte einen großen Teil ihrer Kindheit auf Pferderücken verbracht, und sie mußte ihr ganzes Reittalent aufwenden, als sie im Galopp vor Lee flüchtete. Als sie sich einmal nach ihrem Verfolger umdrehte, schrie Alan, der sich verzweifelt an sie klammerte, vor Angst. Sie näherten sich mit rasender Geschwindigkeit einem Baum, und wenn dem Pferd keine Möglichkeit zum Ausweichen blieb, mußte es zu einem Zusammenstoß mit diesem Hindernis kommen.

Leander, der fast auf gleicher Höhe mit ihnen ritt, erkannte im selben Moment die Gefahr und riß mit einer blitzschnellen Bewegung sein Pferd so heftig zur Seite, daß das Tier, von diesem unerwarteten Manöver erschreckt, mit den Vorderbeinen in die Luft stieg und Lee in den Staub warf. So war es Blair und Alan gelungen, ihren Verfolger abzuschütteln.

Unglücklicherweise – oder glücklicherweise, von Blairs Standpunkt aus betrachtet – wollte auch Lees Pferd nicht bei seinem Reiter bleiben, sondern möglichst rasch nach Hause in seinen Stall.

Alan klammerte sich gleichzeitig an den Sattel und Blair, weil sie im unverminderten Tempo der Stadt zustrebte. »Willst du ihm nicht seinen Gaul zurückgeben?« fragte er. »Wir sind meilenweit von der Stadt entfernt!«

»Es sind nur sechs«, rief sie über die Schulter. »Und an Fußmärsche sollte er inzwischen gewöhnt sein.«

Das war am Mittwoch gewesen, und im Vergleich zu heute war das noch ein segensreicher Tag gewesen. Schon vor dem Frühstück war Gates über sie hergefallen, nachdem er, mit einiger Verspätung, erfahren hatte, daß Blair am Dienstag mit einem fremden Mann im Fenton Park gewesen war und Lee öffentlich gedemütigt hatte.

Blair mochte sich nicht mit ihm streiten und sagte deshalb, daß sie heute morgen mit Lee im Krankenhaus verabredet sei, da er mit ihr einen medizinischen Fall besprechen wollte. Das war natürlich gelogen. Tatsächlich hoffte sie, daß Leander heute gar nicht in der Klinik war, da sie ihn keinesfalls zu sehen wünschte.

Gates bestand darauf, sie mitzunehmen. Als er zur Arbeit fuhr, setzte er sie vor der Klinik ab und wartete, bis sie durch die Tür ins Gebäude gegangen war. Als wäre ich eine Gefangene, dachte sie.

Hier fühlte sie sich sogleich heimisch, als ihr der Geruch von Karbol, nassem Holz und Seife entgegenschlug. Es war, als würde sie nach Hause kommen. Da niemand sich in ihrer Nähe zeigte, begann sie, in den Stationen herumzuwandern, schaute in die Krankenzimmer hinein, betrachtete die Patienten und wünschte, sie könnte nach Pennsylvania zurückkehren und mit ihrer Arbeit beginnen.

Sie war in den zweiten Stock hinaufgestiegen, als sie ein Geräusch hörte, das sie sogleich identifizierte: Jemand war in Atemnot.

Sofort wurde aus Blair Dr. Chandler, die in das Zimmer rannte, aus dem das Geräusch kam, und sich einer älteren Frau gegenübersah, die nach Luft rang und blau anlief. Blair zögerte keine Sekunde, bearbeitete den Brustkorb der Frau mit beiden Händen und beatmete sie dann mit ihren eigenen Lungen.

Sie hatte ihr noch keine Atemstöße durch den Mund gegeben, als sie zwei Hände an den Schulern spürte, die sie gewaltsam von der Patientin trennten.

Während Blair gegen die Wand taumelte, beugte Leander sich über die Frau und entfernte etwas aus ihrem Rachen. Schon nach wenigen Sekunden atmete die Patientin wieder ruhig und gleichmäßig, so daß Leander sie der Obhut einer Schwester anvertrauen konnte und sich Blair zudrehte.

»Du begibst dich sofort in mein Büro«, sagte er, sie kaum dabei ansehend.

Dann bekam sie zwanzig Minuten lang eine Standpauke zu hören, wie sie sie bisher noch nie erlebt hatte. Lee schien zu glauben, daß sie sich in seine Arbeit einmischen wollte und seine Patientin in Lebensgefahr gebracht hätte.

Nichts, was Blair zu ihrer Verteidigung vorbrachte,

konnte seinen Zorn lindern. Er sagte, sie hätte jemand zu Hilfe rufen sollen, statt eine Patientin zu behandeln, deren Krankheitsgeschichte sie gar nicht kannte.

Blair wußte, daß er recht hatte, und brach noch während der Standpauke in Tränen aus.

Das wirkte besänftigend auf Leander. Er unterbrach seine Tiraden und legte den Arm um sie.

Blair zuckte zurück, schrie, daß sie ihn hasse und nie mehr sehen wolle, rannte aus seinem Büro, die Treppe hinunter und versteckte sich dort hinter einem Vorhang, während er, auf der Suche nach ihr, an ihr vorbeilief. Als der Weg zum Ausgang frei war, verließ sie das Krankenhaus, stieg in die Pferdebahn und fuhr nach Hause – wo sie sich jetzt auf ihrem Bett ausweinte und hoffte, daß ihr dieser abscheuliche Mann nie mehr vor die Augen kam.

Um elf Uhr hatte sie sich endlich so weit beruhigt, daß sie das Haus wieder verlassen konnte, um sich mit Alan zu treffen. Sie erzählte ihrer Mutter, sie sei mit Lee zum Tennisspielen verabredet, und Opal nickte nur, weil sie sich gutgläubig auf die Angaben ihrer Tochter verließ.

Opal saß auf der hinteren Veranda, versuchte den warmen Frühlingstag zu genießen und nicht an ihre Töchter zu denken, als sie von ihrem Stickrahmen aufblickte und Leander im Durchgang stehen sah. »Was für eine angenehme Überraschung, Lee«, sagte sie. »Ich dachte, du würdest mit Blair Tennis spielen. Hast du etwas vergessen?«

»Hättest du etwas dagegen, daß ich mich ein Weilchen zu dir setze?«

»Natürlich nicht.« Sie blickte zu ihm hoch. Lees hübsches Gesicht wurde selten durch ein Kummerfältchen entstellt; doch heute wirkte es ganz düster vor Sorge.

»Lee, wolltest du etwas mit mir besprechen?«

Leander ließ sich Zeit mit seiner Antwort, holte zunächst eine Zigarre aus der Brusttasche und blickte Opal fragend an, ob sie ihm das Rauchen gestattete. »Sie ist mit einem Mann namens Alan Hunter ausgegangen«, sagte er schließlich. »Mit dem Mann, den sie angeblich heiraten möchte.«

Opal ließ die Hand mit der Nadel auf die Stickerei fallen. »Oh – nein –, nicht noch mehr Komplikationen! Erzähle mir lieber gleich alles, was du über diesen Mann weißt, Lee.«

»Sie scheint den Heiratantrag dieses Mannes schon in Pennsylvania angenommen zu haben, und er traf am Montag hier ein, um dich und Mr. Gates kennenzulernen.«

»Aber am Montag war Blair doch bereits ... und die Verlobung mit dir offensichtlich von der Kanzel ...« Ihre Stimme erstarb.

»Das war eine Eigenmächtigkeit von mir. Houston und Blair wollten die Sache totschweigen und vergessen, daß sie passiert war. Und ich schäme mich fast, dir zu gestehen, daß ich Blair erpreßt habe, hier in Chandler zu bleiben und sich an dem Wettkampf zu beteiligen.«

»Wettkampf?«

»Ich habe Hunter am Montag im Bahnhof kennengelernt und ihn dazu überredet, mit mir in eine Art Wettkampf um Blairs Hand einzutreten. Ich habe bis zum Zwanzigsten Zeit, sie für mich zu gewinnen; denn am Zwanzigsten wird sie entscheiden, ob sie mich heiraten oder mit Hunter die Stadt verlassen will.«

Er drehte Opal das Gesicht zu. »Aber ich glaube, ich befinde mich auf der Verliererstraße. Ich weiß nicht, wie ich sie für mich einnehmen soll. Ich habe noch nie um eine Frau geworben und bin ziemlich ratlos, was die Vorgehensweise betrifft. Ich habe es mit Blumen versucht, mit Pralinen und einem Possenspiel, das mich zum Gespött der ganzen Stadt machte – mit allem, was nach meinen Begriffen einer Frau Freude machen könnte; doch nichts davon scheint zu funktionieren. Am Zwanzigsten wird sie mit Hunter die Stadt verlassen«, wiederholte er, als wäre ihm das der unerträglichste Gedanke, und mit einem Seufzer beichtete er nun minuziös, was sich in den letzten Tagen zugetragen hatte

– angefangen bei dem Überrumpelungsmanöver auf dem See, über die Pferdeattacke beim Picknick bis hin zu der Standpauke heute morgen, die zugegebenermaßen etwas hart ausgefallen sei.

Opal blickte eine Weile nachdenklich vor sich hin. Dann sagte sie mit erstaunter Stimme: »Du scheinst sie offenbar sehr zu lieben, Lee.«

Lee setzte sich kerzengerade auf. »Ich weiß nicht, ob man es wirklich Liebe nennen kann . . .« Er blickte Opal von der Seite an, merkte, daß er auch hier ins Hintertreffen geriet, und korrigierte sich: »Nun gut, vielleicht bin ich tatsächlich in sie verliebt, so sehr, daß es mir nichts ausmacht, zum Stadttrottel erklärt zu werden – wenn ich sie nur bekomme.«

Dann raffte er sich zu seiner Verteidigung auf: »Aber ich bin nicht so vertrottelt, zu ihr zu gehen und ihr mit feuchten Augen zu erklären, daß ich schon nach einer Nacht, die ich mit ihr verbracht habe, ohne sie nicht mehr leben könne. Wenn man mir die Rosen, die ich bringe, ins Gesicht schleudert, ist das eine Sache, eine ganz andere jedoch, falls mir das gleiche mit einem Geständnis unsterblicher Liebe passierte . . .«

»Da könntest du recht haben. Weißt du, wie dieser andere Mann um sie wirbt?«

»Ich habe glatt vergessen, sie danach zu fragen.«

»Er muß dieser ›Freund‹ sein, der ihr laufend medizinische Bücher nach Chandler schickte. Wenn Blair eines davon liest, verläßt sie eine Stunde später das Haus und sagt, daß sie sich mit dir treffen will.«

»Ich habe ein ganzes Zimmer voll medizinischer Bücher; kann mir aber nicht vorstellen, daß ich eines davon einer Frau ins Haus schicken würde. Was die Medizin betrifft, scheine ich mit Mr. Gates einig zu gehen. Ich wünschte, sie würde diese absurde Idee aufgeben, sich häuslich niederlassen und . . .«

»Und was? Houston ähnlicher werden? Du warst ja mit einer perfekten Hausfrau verlobt; hast dich aber in eine andere verliebt. Ist dir noch nicht der Gedanke gekommen, daß Blair nicht mehr Blair ist, wenn sie die Medizin aufgibt?«

Eine Weile lang herrschte Schweigen zwischen ihnen.

»In diesem Stadium bin ich bereit, alles zu versuchen. Du glaubst also, ich sollte ihr ein paar von meinen medizinischen Fachbüchern schenken?«

»Lee«, sagte Opal behutsam. »Warum bist du Arzt geworden? Wann ist dir zuerst der Gedanke gekommen, daß du dein Leben diesem Beruf weihen möchtest?«

Er lächelte. »Als ich neun Jahre alt war und meine Mutter krank wurde. Der alte Doc Brenner blieb zwei Tage lang an ihrem Bett, und sie überlebte. Da wußte ich, daß für mich nur dieser Beruf in Frage kam.«

Opal blickte einen Moment über den Garten hin. »Als meine Töchter elf Jahre alt waren, nahm ich sie mit nach Pennsylvania, um dort meinen Bruder Henry, der Arzt ist, und dessen Frau Flo zu besuchen. Kaum waren wir dort angekommen, als Flo, Houston und ich an einem Fieber erkrankten. Es war nichts Bedrohliches; aber wir mußten ein paar Tage das Bett hüten und Blairs Versorgung dem Personal überlassen. Mein Bruder meinte, sie fühlte sich einsam, und lud sie ein, ihn zu begleiten, wenn er seine Hausbesuche machte.«

Mit einem Lächeln fuhr sie fort. »Ich erfuhr erst ein paar Tage später, was sich inzwischen zugetragen hatte, als Henry vor Aufregung nicht mehr schweigen konnte. Offenbar hatte Blair seine Anweisungen mißachtet, sich von seinen Patienten fernzuhalten. Am ersten Tag half Blair ihrem Onkel bei einer schwierigen, ziemlich üblen Geburt, behielt dabei immer eine klaren Kopf und geriet auch nicht in Panik, als die Patientin einen Blutsturz bekam. Am dritten Tag unterstützte sie ihn bei einer Notoperation auf dem Küchentisch, wo er einer Patientin den Blinddarm entfernte. Henry meinte, er hätte noch niemanden erlebt, der so für den medizinischen Beruf begabt sei wie Blair. Ich brauchte eine Weile, bis ich den Schock überwunden hatte, daß meine

Tochter vielleicht Ärztin werden wollte; aber als ich mit Blair darüber sprach, hatte sie ein Leuchten in den Augen, wie ich es bisher noch nie bei ihr gesehen hatte. Da wußte ich, daß ich ihr helfen mußte, sich in ihrem Traumberuf ausbilden zu lassen, wenn das irgend möglich war.«

Mit einem tiefen Seufzer fuhr sie fort: »Freilich hatte ich dabei nicht mit Mr. Gates gerechnet. Als wir nach Chandler zurückkehrten, redete Blair nur noch davon, daß sie Ärztin werden würde. Mr. Gates wollte nicht dulden, daß ein Mädchen unter seiner Obhut einer so undamenhaften Tätigkeit nachginge. Ich hielt mich ein Jahr lang zurück und mußte zusehen, wie Blair immer geknickter wurde. Ich glaube, Mr. Gates brachte bei mir dann das Faß zum Überlaufen, als er der Bibliothek verbot, Blair weiterhin Bücher mit medizinischen Themen auszuleihen.«

Opal lachte kurz. »Das war meines Wissens das einzige Mal, wo ich mich Mr. Gates' Wünschen widersetzt habe. Henry und Flo hatten keine Kinder. Sie baten mich, Blair bei ihnen wohnen zu lassen, und Henry versprach mir, wenn Blair in sein Haus käme, würde er für die beste Ausbildung sorgen, die man heutzutage einer Frau mit Geld verschaffen könne. Ich wollte mich natürlich nicht von meiner Tochter trennen; wußte aber, daß ich gar keine andere Wahl hatte. Wenn sie hiergeblieben wäre, hätte Gates ihren Geist gebrochen.«

Sie drehte sich Lee zu. »Vielleicht verstehst du jetzt, was die Medizin für Blair bedeutet. Schon als heranwachsendes Mädchen war sie für Blair ihr ganzer Lebensinhalt, und jetzt ...« Sie hielt inne und zog einen Kuvert aus der Tasche. »Diesen Brief bekam ich vorgestern. Er stammt von Henry. Er schickte ihn mir, damit ich Blair die Neuigkeit so schonend wie möglich beibringen sollte. Darin steht, der Krankenhausreferent des Magistrats von Philadelphia habe trotz der Tatsache, daß das St.-Josephs-Spital Blairs Bewerbung als Assistenzärztin bereits angenommen, und trotz der Tatsache, daß sie bei dem dreitägigen Prüfungsverfahren als Beste abgeschnitten hat, gegen ihre Berufung sein Veto eingelegt, weil es seiner Ansicht nach eine Ungehörigkeit sei, eine Lady so eng mit Männern zusammenarbeiten zu lassen.«

»Aber das ist doch ...« brauste Lee auf.

»Ungerecht? Nicht ungerechter als dein Wunsch, daß sie die Medizin aufgeben und zu Hause aufpassen soll, daß das Dienstmädchen deine Hemden genauso bügelt, wie du sie gern haben möchtest.«

Leander blickte in den Garten hinaus und sog nachdenklich an seiner Zigarre.

»Vielleicht würde sie gern mit mir ein paar Patienten in der Umgebung der Stadt besuchen. Keine schweren Fälle natürlich, nur Routinevisiten bei Rekonvaleszenten.«

»Ja, ich denke, das würde ihr gefallen.« Sie legte eine Hand auf seinen Arm. »Und ich bin überzeugt, Lee, daß du dann eine andere Blair als bisher kennenlernen wirst. Denn hinter Blairs Offenheit, an der sich die Leute manchmal stoßen, verbirgt sich ein großes Herz. Wenn du fortfährst, diesen Mr. Hunter in ihren Augen lächerlich zu machen, wird sie dir das nie verzeihen, geschweige denn anfangen, dich zu lieben. Zeig ihr den Leander, den diese Stadt kennt – der so manchesmal um drei Uhr morgens aufsteht, um sich Mrs. Lechners Klagen über geheimnisvolle Schmerzen anzuhören. Den Leander, der im vergangenen Sommer Mrs. Saundersons Zwillinge rettete. Den Leander, der ...«

»Schon gut«, unterbrach Lee sie lachend. »Ich werde ihr den Heiligenschein zeigen, der über meinem Haupte schwebt. Glaubst du, daß sie tatsächlich etwas von der Medizin versteht?«

Nun war es Opal, die laut auflachte. »Hast du schon mal was von Dr. Henry Thomas Blair gehört?«

»Dem Pathologen? Aber natürlich. Einige seiner fortschrittlichen Verfahren bei der Seuchenerkennung sind auch hier eingeführt ...« Er stutzte. »Ist *er* ihr Onkel Henry?«

Opal zwinkerte vergnügt. »Er ist es. Und dieser Henry sagt, daß Blair gut ist – sehr gut sogar. Gib ihr eine Chance. Du wirst es nicht bereuen.«

Kapitel 10

Blairs Tag besserte sich nicht durch das Tennisspiel mit Alan. Während ihrer medizinischen Ausbildung hatte ihr Onkel immer wieder auf die Wichtigkeit körperlicher Übungen hingewiesen. Er sagte, durch das fleißige Trainieren ihres Körpers könne sie ihr Denkvermögen verbessern und die Aufnahmefähigkeit ihres Gehirns stärken. Deshalb war Blair auch dem Ruderverein beigetreten, hatte mit anderen Studentinnen das Tennisspielen erlernt und, sooft es ihre Zeit erlaubte, an Gymnastikstunden teilgenommen und Ausflüge mit dem Fahrrad gemacht. Manchmal war sie sogar ein bißchen gewandert.

Sie besiegte Alan mühelos in zwei Sätzen.

Alan wanderte mit geistesabwesender Miene vom Platz. Das ganze Match hindurch hatte er mehr hinter sich als auf den Ball geschaut – mit einem Gesicht, als erwartete er, jeden Augenblick seinen Rivalen am Rand des Spielfeldes auftauchen zu sehen.

Blair war ziemlich verärgert über den Ausgang des Spiels, weil sie argwöhnte, daß Alan in der Sorge, Leander könne ihnen das Match verderben, weit unter seiner Form gespielt hatte.

»Alan, ich habe fast den Eindruck, daß du dich vor ihm fürchtest. Bisher haben wir ihn jedesmal geschlagen.«

»*Du* hast ihn geschlagen. Hier auf dem Land bin ich zu nichts zu gebrauchen. Ja, wenn wir uns in einer Großstadt messen könnten, würde ich vielleicht eine Chance haben.«

»Leander hat in der ganzen Welt studiert. Ich bin überzeugt, daß er in einem Ballsaal genauso zu Hause ist wie auf einem Pferd«, sagte sie, während sie ihr Rakett säuberte.

»Ein Renaissance-Mensch?« erwiderte Alan gereizt. Blair blickte zu ihm hinauf.

»Alan, du siehst aus, als würdest du dich ärgern, obwohl du ganz genau weißt, was ich für diesen Mann empfinde.«

»Weiß ich das? Was ich weiß, sind die Tatsachen, daß du ein einziges Mal mit ihm ausgegangen bist und schon die

Nacht mit ihm verbracht hast. Aber wenn ich dich berühre, scheinst du die Kontrolle über dich nicht zu verlieren.«

»So etwas muß ich mir nicht anhören«. Sie wandte sich ab.

Er hielt sie am Arm fest, als sie sich entfernen wollte.

»Möchtest du es lieber von Westfield hören? Fändest du es besser, wenn er hier wäre, mit seinem Revolver herumballerte und das naive Vertrauen eines jungen Arztes mißbraucht?«

Sie musterte ihn mit einem so kalten Blick, als wäre sie wieder in die Haut ihrer Schwester geschlüpft. »Laß meinen Arm los.«

Er gehorchte sofort, sagte einlenkend: »Blair, es tut mir leid. Ich habe es nicht so gemeint. Ich bin es nur leid, das dritte Rad am Wagen zu spielen, in meinem Hotelzimmer herumzusitzen und darauf zu warten, deine Eltern kennenzulernen, was du mir bis heute verboten hast. Nicht Westfield, sondern *ich* scheine hier überflüssig zu sein.«

Seine Worte versöhnten sie wieder. Sein Ärger war nur zu begreiflich. Sie legte ihm die Hand an die Wange. »Ich wollte mit dir sofort wieder abreisen; aber du hast dich für einen Wettkampf mit Westfield entschieden. Du warst mit seinen Bedingungen einverstanden, und nun ist meine Karriere als Ärztin gefährdet. Ich darf bis zum Zwanzigsten Chandler mit dir nicht verlassen. Aber du kannst darauf vertrauen, daß ich Chandler mit dir verlassen *will.*«

Er begleitete sie, bis die Villa Chandler in Sichtweite vor ihnen lag. Als sie sich trennten, merkte Blair, wie verunsichert Alan noch immer war. Er machte sich Sorgen um den Ausgang des Wettkampfs. Nichts, was sie zu ihm sagte, schien ihm diese Sorge zu nehmen.

Als sie am Haus anlangte, ging sie sofort auf ihr Zimmer, froh darüber, daß ihre Mutter ihr diesmal nicht eine lange Liste von Blumen und Pralinen aufzählte, die Leander während ihrer Abwesenheit in der Villa hatte abgeben lassen. Opal begrüßte sie nur mit einem freundlichen

Lächeln und widmete sich dann sofort wieder ihrer Stickerei, während sich Blair buchstäblich die Treppe hinaufschleppte.

Sie war entschlossen, den Nachmittag nicht wie den Morgen mit Heulen zu verbringen, streckte sich auf dem Bett aus und versuchte ein Kapitel über die Behandlung von Verbrennungen verschiedenen Grades in einem Buch zu lesen, das Alan ihr geliehen hatte.

Um drei Uhr nachmittags klopfte Susan, das Zimmermädchen, mit einem Tablett voller Speisen an ihrer Tür. »Mrs. Gates«, sagte sie, »hat mir befohlen, Ihnen das zu bringen und Sie zu fragen, ob Sie sonst noch Wünsche haben.«

»Nein«, sagte Blair lustlos und schob das Tablett von sich weg.

Susan blieb auf der Schwelle noch einmal stehen und wischte mit der Schürze über den Türpfosten. »Sie wissen sicherlich schon, was gestern passiert ist.«

»Gestern?« fragte Blair unbeteiligt und überlegte dabei, wie Alan nur auf den Gedanken kam, daß sie sich für Leander interessierte. Hatte sie nicht allen, die es anging, klargemacht, daß sie nichts mit Leander zu tun haben wollte?

»Ich dachte, da Sie bereits schliefen, als Houston gestern abend nach Hause kam, und Sie heute schon sehr zeitig wieder fortgegangen sind, haben Sie vielleicht nicht gehört, was für ein schreckliches Malheur Mr. Taggert gestern bei der Gartenparty angerichtet hat. Und daß er Miss Houston dann zur Kutsche getragen, sie hierhergebracht und sich mit Ihrer Mutter unterhalten hat. Ich glaube, sie hätte sich um ein Haar in ihn verliebt, und er will ihr einen rosaroten Eisenbahnwaggon kaufen und . . .«

Nun war Blair doch neugierig geworden. »Könntest du vielleicht eine Atempause machen und mir alles von Anfang an erzählen?«

»Nun«, sagte Susan, die es offenbar genoß, die Rolle des Erzählers zu spielen, »gestern besuchte Ihre Schwester Miss

Tia Mankins Gartenparty, zu der auch Sie eingeladen waren, aber nicht hingehen wollten. Und neben ihr stand dieser göttliche Mann, den zuerst niemand wiedererkannte. So hat man es mir berichtet, weil ich ja nicht bei der Party dabeigewesen bin; aber später habe ich ihn selbst sehen und mich davon überzeugen können, daß jedes Wort stimmte. Ich hätte nicht gedacht, daß dieser ungewaschene Hüne so gut aussehen könnte. Jedenfalls kam er mit zur Party, und alle Frauen schwärmten um ihn herum. Und dann füllte er am Büffet einen Teller mit Speisen, brachte ihn Miss Houston und kippte ihn über ihrem Schoß aus. Alle waren zunächst sprachlos; doch dann fing jemand an zu lachen. Und ehe man sich's versah, hielt Mr. Taggert Miss Houston auf seinen Armen, trug sie aus dem Garten und setzte sie in die herrliche neue Kutsche, die er ihr gekauft hat.«

Blair hatte inzwischen das Tablett wieder zu sich herangezogen. Sie wollte gerade einen Bissen mit einem Schluck Milch hinunterspülen, setzte aber das Glas wieder ab und fragte: »Hat Houston denn nicht protestiert? Ich kann mir nicht vorstellen, daß sie sich so etwas von einem Mann in der Öffentlichkeit gefallen läßt.« Wenn sie ehrlich war, konnte sie sich überhaupt nicht vorstellen, daß sich ihre Schwester von einem Mann auf die Arme nehmen ließ.

»So etwas habe ich auch nie erlebt, als sie noch mit Dr. Leander verlobt war. Aber Miss Houston ließ sich das nicht nur gefallen, sondern sie brachte ihn anschließend auch noch hierher und bat Ihre Mutter, daß sie ihm im Salon Gesellschaft leisten sollte.«

»Meine Mutter? Sie bricht doch sofort in Tränen aus, wenn sie den Namen Taggert nur hört!«

»Seit gestern nicht mehr. Ich weiß zwar nicht, was ihr so gut an ihm gefällt – außer, daß er gut aussieht –; denn mich erschreckt dieser Mann zu Tode. Doch Ihre Mutter hätte sich fast in ihn verliebt. Ich half Miss Houston beim Umziehen, und als wir zusammen wieder nach unten gingen, bat Ihre Mutter ihn gerade, sie Opal zu nennen, und er fragte sie, was für eine Farbe der Eisenbahnwaggon haben soll, den er ihr schenken möchte.«

Susan räumte nun das Tablett mit dem leeren Teller vom Bett. »Aber etwas Schreckliches muß passiert sein, nachdem Miss Houston mit diesem Mann wieder fortgefahren ist; denn sie kam gestern abend weinend nach Hause. Sie versuchte zwar, ihre Tränen vor mir zu verstecken, als ich ihr beim Auskleiden half; aber ich konnte in ihren Augen sehen, daß sie geheult hatte. Und heute hat sie nichts gegessen und ihr Zimmer nicht verlassen.« Susan warf Blair einen schlauen Blick zu, als sie wieder zur Tür ging. »So wie Sie. Dieses Haus ist heute eine Leidensstätte«, schloß Susan und verließ den Raum.

Blair verließ sofort ihr Zimmer und begab sich zu ihrer Schwester.

Sie fand sie auf ihrem Bett liegend, mit geschwollenen, roten Augen, ein Bild des Elends. Blairs erster Gedanke war, daß sie an diesem Jammer schuld sei. Wäre sie nicht nach Chandler zurückgekehrt, wäre Houston immer noch mit Leander verlobt und dächte nicht daran, einen Mann zu heiraten, der sie in der Öffentlichkeit mit Soßen übergoß und zum Gespött der Leute machte.«

Blair versuchte mit Houston zu reden, ihr klarzumachen, daß sie Lee vermutlich immer noch haben könnte, wenn sie ihn wollte, und es nicht nötig hatte, sich für diesen Taggert zu opfern. Aber je mehr Blair redete, um so stiller wurde ihre Schwester. Außer der Behauptung, daß Leander sie nicht mehr liebte und Blair auf eine Weise begehrte, wie das bei ihr nie der Fall gewesen sei, war kein Wort aus ihr herauszubekommen.

Blair wollte ihrer Schwester sagen, daß sie nur bis zum Zwanzigsten warten müsse, und dann könne sie ihren Lee haben. Sie wollte ihr von Leanders Erpressung erzählen, von Alan, und wie sehr sie ihn liebte. Aber sie fürchtete, damit Houstons Elend nur noch zu vergrößern, als wäre sie der Trostpreis. Houston schien nur von dem Gedanken besessen, daß Lee sie verstoßen hatte, weil er Blair haben wollte, und daß Taggert sie nun auch unglücklich machte; obwohl sie Blair nicht sagen wollte, warum.

Und je mehr Houston das beklagte, um so elender fühlte sich Blair. Sie war doch nur mit Leander ausgegangen, weil sie wissen wollte, ob er zu ihrer Schwester paßte. Sie hatte nicht mit ansehen können, wie bedrückt Houston gewesen war, nachdem Leander ihr eine Szene gemacht hatte. Doch jetzt war Houston mit einem total anderen Mann verlobt und hatte wieder das heulende Elend. Hätte sie sich doch nur nicht eingemischt!

Blair stand nun neben Houstons Bett und versuchte, die Tränenflut zu stillen, die ihr über die Wangen floß.

»Du magst zwar glauben, daß du bei Leander versagt hast; aber das stimmt nicht. Und du mußt dich nicht damit bestrafen, daß du diesen anmaßenden Tolpatsch heiratest, der ein Lätzchen braucht zum Essen, weil er dir sonst das Kleid voll . . .« Blair hielt inne, weil Houston ihr links und rechts eine Ohrfeige gab.

»Er ist der Mann, den ich heiraten werde«, sagte Houston mit wütender Stimme. »Ich lasse nicht zu, daß du oder irgendein anderer so herablassend über ihn spricht.«

Blair hielt sich beide Wangen, während ihre Augen sich mit Tränen füllten. »Was ich getan habe, kommt jetzt über uns«, flüsterte sie. »Kein Mann, und hätte er noch so viele Vorzüge, darf uns mehr bedeuten als die eigene Schwester«, sagte sie, ehe sie das Zimmer wieder verließ.

Der Rest des Tages war für Blair sogar noch bedrückender. Hätte sie vielleicht noch Zweifel gehegt, warum Houston Taggert heiratete, so wurden sie kurz vor dem Dinner restlos ausgeräumt, als ein Bote dieses Mannes ein Dutzend Ringe überbrachte. Houston warf nur einen Blick darauf, und ihre Augen leuchteten wie ein voll aufgedrehtes Gaslicht. Sie schwebte buchstäblich durch den Salon, und Blair fragte sich, ob eine Kutsche samt Pferd und dreizehn Ringen sie hinreichend für eine Ehe mit einem solchen Mann wie Taggert entschädigen konnten. Wenn sie Houstons Gesicht betrachtete, schien ihre Schwester das zu glauben.

Dann wurde das Dinner serviert, und Houstons gute Laune schlug Blair schrecklich auf den Magen. Sie wußte, daß es sinnlos war, mit ihrer Schwester über irgend etwas zu reden.

Als das Telefon während des Essens läutete, trug Gates dem Mädchen auf, sie solle dem Anrufer – wer es auch sei – ausrichten, daß niemand bereit sei, sich mit ihm durch dieses neumodische Gerät zu unterhalten. »Die glauben wohl, sie hätten jederzeit das Recht, mit einem zu reden, nur weil sie diesen Kasten zum Läuten bringen«, rief er grollend.

Susan kam in das Eßzimmer zurück, und ihre Augen suchten Blair. »Es wäre sehr wichtig, sagte der Teilnehmer. Eine Miss Hunter ist am Apparat.«

»Hunter«, murmelte Blair über der Suppe, die sie gerade löffelte. »Da sollte ich wohl besser ans Telefon gehen.« Und ohne erst Mr. Gates um Erlaubnis zu fragen, begab sie sich eilends aus dem Speisezimmer.

»Ich kenne keine Hunters«, rief ihr Gates nach.

»Natürlich kennst du sie«, sagte Opal geistesgegenwärtig. »Sie sind erst im letzten Jahr aus Seattle hierhergezogen. Sie wurden dir im vergangenen Sommer von den Lechners bei einer Party vorgestellt.«

»Könnte sein. Ja, ich glaube, jetzt fällt es mir wieder ein. Nimm dir ein Stück von diesem Rinderfilet, Houston. Du fällst mir noch ganz vom Fleisch.«

»Hallo«, sagte Blair vorsichtig.

Statt Alan, wie sie erwartet hatte, hörte sie Leanders Stimme: »Blair, bitte, häng jetzt nicht ein. Ich habe dir eine Einladung zu übermitteln.«

»Und was hast du diesmal mit Alan vor? Du hast es mit Schußwaffen und Pferden versucht und ihn um ein Haar im See ertränkt. Weißt du, daß wir heute Tennis gespielt haben? Du hättest ihn mit Bällen bewerfen oder mit einem Rakett verprügeln können.«

»Ich weiß, daß mein Betragen nicht das allerbeste war; aber ich würde das gern bei dir wiedergutmachen. Ich bin morgen den ganzen Tag für Notfälle eingeteilt, und ich habe eine Reihe von Patienten auf dem Land, die ich besuchen muß. Ich dachte mir, daß du vielleicht gern mitkommen würdest.«

Blair fand einen Moment lang keine Worte. Den ganzen Tag mit dem verbringen, wozu man sie ausgebildet hatte? Sich nicht in die Sonne legen und überlegen, wie man sich die Zeit vertreiben soll, sondern etwas lernen?

»Blair, bist du noch da?«

»Ja, natürlich.«

»Wenn du nicht mitkommen willst, kann ich das verstehen. Es wird ein langer Tag werden, und abends würdest du ziemlich erschöpft sein. Also dann ...«

»Du holst mich ab, wann du das für richtig hältst. Ich werde beim Anbruch der Dämmerung auf sein, und wir werden ja sehen, wer morgen zuerst erschöpft ist.« Damit hängte sie den Hörer ein und kehrte an den Eßtisch zurück. Morgen würde sie wieder eine Ärztin sein! Zum erstenmal seit Tagen spürte sie nicht mehr die Last der Verantwortung für das Schicksal ihrer Schwester.

Nina Westfield hörte eine halbe Minute lang das Hämmern an der Haustür, ehe jemand nachsehen ging.

Eines der Mädchen kam mit bleichem Gesicht und bebenden Händen in den Salon. »Miss, da steht ein Mann draußen, der sagt, er wäre Mr. Alan Hunter und sei gekommen, um Dr. Leander umzubringen.«

»Du meine Güte! Sieht er gefährlich aus?«

»Er steht ganz ruhig vor der Tür; aber seine Augen sind ganz wild und ... er sieht sehr gut aus. Ich dachte mir, vielleicht könnten Sie mit ihm reden. Er macht auf mich nicht den Eindruck eines Mörders.«

Nina legte ihr Buch beiseite. »Führen Sie ihn herein, und holen Sie dann Mr. Thompson von nebenan. Und schicken Sie jemand zu meinem Vater, daß er herkommen soll. Und dann noch jemand ins Hospital, der meinen Bruder dort festhält. Erfinden Sie notfalls eine Krankheit, damit Lee nicht nach Hause kommt.«

Das Mädchen gehorchte und brachte Mr. Hunter ein paar Sekunden später in den Salon.

Nina dachte, er sieht mir wirklich nicht nach einem Mörder aus, streckte ihm freundschaftlich die Hand hin und überhörte das entsetzte Schnauben des Mädchens, als sie die Tür zum Korridor schloß. Als Mr. Thompson sich ein paar Minuten später einstellte, schickte Nina ihn wieder mit der Bemerkung nach Hause, es handelte sich um ein Mißverständnis. Und als ihr Vater fünf Minuten später eintraf, stellte sie ihm Alan vor, und die drei speisten zusammen und unterhielten sich bis in die späten Abendstunden.

Unglücklicherweise dachte keiner von ihnen mehr an Leander, der versuchte, dem Mann zu helfen, der seit sechzehn Jahren Butler der Familie Westfield war. Dieser krümmte sich vor Schmerzen, die sich nicht lokalisieren ließen, obwohl Lee sich nach Kräften bemühte, eben das zu tun. Und jedesmal, wenn er das Untersuchungszimmer verließ, eilte der Butler ans Telefon und rief im Hause Westfield an, wo das Mädchen ihm mitteilte, der gefährliche Mann sei immer noch da. Also legte sich der Butler wieder auf die Liege und entwickelte ein neues Symptom.

Somit kam Leander in dieser Nacht nur zu vier Stunden Schlaf, ehe der erste Notruf kam. Und da es erst halb fünf Uhr morgens war, hatte er Hemmungen, die ganze Familie Chandler aus dem Schlaf zu läuten, und kletterte statt dessen auf den Baum, um in Blairs Schlafzimmer zu gelangen.

Kapitel 11

Da war erst der Hauch eines bläulich-grauen Streifens am Himmel, als Leander den Baum hochkletterte und hinüberstieg auf das Dach neben Blairs Mansarde. Er kam sich wie ein Schuljunge vor, der jeden Moment beim Äpfelstehlen ertappt werden konnte. Da war er nun, ein gestandener Mann von siebenundzwanzig Jahren – ein Arzt, der durch ganz Europa gereist war und viele berühmte Salons auf dem alten Kontinent besucht hatte. Doch nun kletterte er auf einen Baum und stieg wie ein Lausbub durch das Fenster in das Schlafzimmer eines Mädchens.

Aber als er in den Raum kam und die Umrisse von Blairs Körper unter der dünnen Zudecke sah, vergaß er alle Hemmungen. Die letzten paar Tage waren trostlos gewesen. Er hatte sie gefunden und wußte, daß er diese Frau brauchte wie seine eigene Seele; aber dann mußte er zusehen, wie sie ihm entglitt. Etwas an ihr machte ihn ungeschickt, tölpelhaft, und alles, was er tat, war verkehrt. Er versuchte sie zu beeindrucken, versuchte, sich vorteilhaft darzustellen im Vergleich zu dieser unzulänglichen, schwachen, furchtsamen kleinen blonden Maus, die sie zu lieben glaubte. Lee wußte, daß Hunter nicht Manns genug war für sie.

Einen Moment lang stand er über ihr, weidete sich an ihrer Weichheit und Süße, die sie ihm in jener einzigen Nacht gezeigt hatte, wo sie ihm nicht böse gewesen war.

Jene Nacht hatte sein Leben verwandelt, und er war entschlossen, sich diese Frau zurückzuholen, die sich ihm damals geschenkt hatte.

Mit einem Lächeln und einem Gefühl, daß er nicht anders handeln konnte, schlug er die Zudecke zurück und schlüpfte neben ihr ins Bett – mit Schuhen und allem. Die Zeit reichte nicht für ein ausgedehntes Liebesspiel, und jetzt, ehe sie erwachte, während er noch klar denken konnte, wußte er, daß die Mansarde von Duncans Haus nicht der richtige Ort dafür war.

Er küßte ihre Schläfen, während er sie in seine Arme zog, und schlaftrunken kuschelte sie sich an ihn, während er ihre Augen und Wangen küßte. Als er ihre Lippen mit den seinen berührte, erwachte sie langsam, drängte ihren Körper noch dichter an den seinen, schob ihren Schenkel zwischen seine Beine, während er ihr Nachthemd anhob und ihr nacktes Fleisch liebkoste.

Sein Kuß wurde leidenschaftlicher, seine Zunge berührte die ihre, und sie ging bereitwillig darauf ein, umfing ihn mit den Armen, um ihm noch näher zu sein.

Es war Lees Taschenuhr, die durch den dünnen Stoff ihres Nachtgewandes in ihren Bauch schnitt und sie weckte – aber nicht ganz.

»Ich dachte, du wärst ein Traum«, murmelte sie, während sie seine Wange streichelte.

»Ich bin ein Traum«, sagte Lee heiser. Noch nie in seinem Leben hatte er sich so beherrschen müssen. Er wollte ihr das Nachthemd über den Kopf streifen, ihr warmes, herrliches Fleisch liebkosen, ihre Haut auf der seinen spüren. Er wollte seine unrasierten Wangen am weichen Fleisch ihres Leibes reiben und ihren leisen Aufschrei hören, der Protest und Jubel zugleich war.

Und dann saß Blair plötzlich kerzengerade im Bett. »Was machst du denn hier?« keuchte sie.

Er legte seine Hand auf ihren Mund und zog sie wieder ins Bett herunter, wo sie sich gegen ihn stemmte und ihn mit den Fersen bearbeitete.

»Wenn du mit mir Patienten besuchen willst, mußt du jetzt aufstehen; und da es noch so früh am Morgen ist, wollte ich nicht an eure Vordertür klopfen und das ganze Haus aufwecken. Willst du endlich aufhören, solchen Lärm zu machen? Sonst kommt Mr. Gates in dein Zimmer, und wenn er dich so sieht, wird er dich vermutlich in Sack und Asche durch die Straßen von Chandler jagen.«

Er nahm die Hand von ihrem Mund, als sie sich etwas beruhigt hatte.

»Das wäre mir lieber als das, was du gerade mit mir anstellen wolltest«, sagte sie mit einem lauten Flüstern. »Laß mich sofort los!«

Leander bewegte sich keinen Millimeter von ihr weg. »Wenn ich Zeit gehabt hätte, wäre ich nicht in meinen ... ah ... Schuhen zu dir ins Bett gestiegen«, sagte er, während er, sie an sich ziehend, sein Bein zwischen ihren Schenkeln rieb.

»Du bist ein niederträchtiges, lüsternes . . .«

Weiter kam sie nicht, weil er ihr mit seinen Lippen den Mund versiegelte und dabei ihre Arme über ihrem Kopf festhielt. Er küßte sie, zunächst sacht, dann so heftig, daß sie keine Luft mehr bekam, und schließlich wieder so zärtlich wie am Anfang.

Als er ihren Mund endlich freigab, hatte sie Tränen in den Augen. Den Kopf zur Seite drehend, flüsterte sie: »Bitte nicht – bitte.«

»Ich weiß nicht, warum ich Erbarmen mit dir haben sollte«, sagte er und ließ ihre Arme los, hielt aber immer noch ihren Leib unter seinem Körper gefangen. »Du hast mir in den letzten Tagen kein Pardon gegeben.«

Als sie ihn ansah, gab er auch ihren Körper frei. »Ich werde dein Zimmer auf dem gleichen Wege verlassen, auf dem ich gekommen bin – über das Dach und den Baum. Wirst du dich anziehen und mich vor dem Haus treffen?«

Sie blickte ihn nicht mehr so an wie ein gefangenes Tier. »Und wir werden Patienten besuchen?«

»Ich habe noch nie eine Frau erlebt, die sich auf Blut und Wunden freut.«

»Das ist es nicht. Ich freue mich, wenn ich anderen Menschen helfen kann. Ein Menschenleben zu retten, bedeutet für mich so viel wie mein eigenes Leben . . .«

Er küßte sie rasch, ehe er aus ihrem Bett stieg. »Du kannst mir deine Lebensphilosophie unterwegs vortragen. In zehn Minuten – ja?«

Blair konnte nur nicken und war schon aus dem Bett, bevor Lee durch das Fenster auf das Dach gestiegen war. Sie überlegte nicht, wie merkwürdig sie sich beide verhielten; denn seit sie nach Chandler zurückgekommen war, verlief ihr Leben nicht mehr in normalen Bahnen.

Aus einem kleinen Wandschrank, der größtenteils von Houstons eingemotteter Winterbekleidung belegt war, holte Blair ein Gewand heraus, auf das sie sehr stolz war. Sie hatte es in Philadelphia von der traditionsreichen Schneiderfirma J. Cantrell und Söhne anfertigen lassen. Wochenlang hatte sie mit ihr an Entwurf und Ausstattung dieses Anzugs gearbeitet, damit er allen Anforderungen gerecht wurde, die man an eine Ärztin stellen konnte, und dennoch nicht den Anstand verletzte. Sie hatte sich bei der Anprobe in der Schneiderwerkstatt auf ein hölzernes Pferd gesetzt, um sich zu vergewissern, daß er kurz genug war, um ihre Bewegungsfreiheit nicht zu behindern, und lang genug, um keinen Anstoß zu erregen.

Das Oberteil war von geradezu militärischer Schlichtheit, der Rock lang und weiblich, obwohl er, was man zunächst nicht sah, aus zwei Teilen bestand, so daß sie sich darin so bequem und sicher bewegen konnte wie in einer Hose. Der Anzug war aus dem feinsten, dichtesten marineblauen Serge gefertigt, den man auf dem Markt bekommen konnte, mit mehreren tiefen, hinter den Rockfalten nicht erkennbaren Taschen und einer zuknöpfbaren Leiste über jeder Tasche, so daß keine kostbaren Instrumente verlorengingen. Ein schlichtes rotes Kreuz auf dem Ärmel wies auf den Verwendungszweck des Anzugs hin.

Blair schlüpfte in ein Paar hoher schwarzer Schnürstiefel aus Kalbsleder – eher ein männliches Schuhwerk, da die modisch engen Damenstiefel nicht einmal zum Gehen taugten –, nahm ihre brandneue Ärztetasche und eilte ins Erdgeschoß hinunter, um sich vor dem Haus mit Leander zu treffen.

Er lehnte an seiner Kutsche und rauchte eine von seinen langen dünnen Zigarren. Einen Moment lang hatte Blair Angst, sich mit ihm irgendwohin zu begeben. Zweifellos würde sie den ganzen Tag damit verbringen müssen, seine Hände abzuwehren, die sie überall begrapschen wollten, so daß sie gar keine Gelegenheit bekam, irgendwelchen Patienten zu helfen.

Er musterte mit einem raschen Blick ihre Kleidung und schien zustimmend zu nicken, ehe er auf den Bock sprang und es Blair überließ, ob sie mit dem Einsteigen zurechtkam.

Kaum war sie auf den Sitz geklettert, als er schon lospreschte, wie Blair es bereits zweimal erlebt hatte. Sie klammerte sich mit beiden Händen an der Lehne fest und schrie, während sie auf der südlichen Ausfallstraße die Stadt verließen, um sich gegen das Getöse der Räder und des Fahrtwindes durchzusetzen: »Wo ist dieser erste Fall?«

»Da ich jetzt die meiste Zeit im Krankenhaus arbeite, mache ich nur noch selten auswärts Krankenbesuche«, schrie er zurück. »Einige von den Patienten, die wir besuchen müssen, sehe ich heute zum erstenmal; aber den ersten kenne ich zufällig. Das ist Joe Gleason, vielmehr seine Frau Effie. Ich bin überzeugt, daß sie nicht krank ist, sondern wieder ein Baby bekommt. Irgendwie gelingt es ihr, alle acht Monate eines auf die Welt zu bringen.« Er streifte sie mit einem Blick. »Hast du schon mal Geburtshilfe geleistet?«

Blair nickte und lächelte. Da sie bei ihrem Onkel gewohnt hatte, war sie ihren Studienkolleginnen gegenüber immer im Vorteil gewesen: Sie hatte ihr Wissen nicht nur aus Büchern bezogen, sondern auch praktische Erfahrung gesammelt.

Nach einer Fahrt, die Blair etliche blaue Flecke eintrug, weil sie ständig gegen die Lehne des Fuhrwerks geworfen wurde, hielt Leander vor einer kleinen Blockhütte am Fuße der Berge. Auf dem kahlen Vorhof wimmelte es von Hühnern, Hunden und mageren, schmutzigen Kindern, die alle miteinander um einen Platz zu kämpfen schienen.

Joe, ein knochendürres, größtenteils zahnloses Männlein, scheuchte Kinder wie Tiere mit gleicher verächtlicher Unbekümmertheit aus dem Weg. »Sie ist hier drin, Doc. Ist gar nicht Effis Gewohnheit, sich am Tag hinzulegen, und nun ist sie schon seit vier Tagen nicht mehr aus den Federn gekrochen. Heute morgen konnte ich sie nicht mal wach bekommen. Ich habe sie so gut verarztet, wie ich es vermochte; aber es scheint nichts bei ihr anzuschlagen.«

Blair folgte den beiden Männern ins Haus, betrachtete die Kinder, die sie mit großen Augen anstarrten, und hörte zu, wie Joe Leander die Krankheitsgeschichte seiner Frau erzählte.

»Ich hackte Holz, als sich die Axtscheide vom Stiel löste

und Effie gegen das Bein flog. Es war kein wirklich tiefer Schnitt; aber er blutete stark, und sie fühlte sich schwindlig und ging zu Bett – mitten am Tag! Wie ich schon sagte, ich habe sie so gut verarztet, wie ich konnte; aber nun mache ich mir ernsthaft Sorgen um sie.«

Der kleine Raum, in dem die Frau wie ein lebloser Haufen lag, war dunkel und übelriechend.

»Öffne das Fenster und bring mir eine Laterne.«

»Der Fuhrmann, der das Holz holte, sagte, frische Luft wäre nicht gut für sie.«

Leander warf Joe einen drohenden Blick zu, so daß dieser zum Fenster rannte und es aufriß.

Als Joe die Laterne gebracht hatte, setzte sich Lee ans Bett der Frau und schlug die Decken zurück. Um ihr Bein war eine dicke, schmutzige, stinkende Bandage gewickelt. »Blair, wenn sich das darunter befindet, was ich vermute, kannst du ...«

Blair gab ihm keine Gelegenheit, den Satz zu beenden. Sie untersuchte bereits den Kopf der Frau, hob die Lider an, fühlte ihr den Puls und beugte sich leicht hinunter, um ihren Atem zu riechen. »Ich glaube, diese Frau ist betrunken«, sagte sie verwundert und sah sich im Raum um. Auf dem primitiven kleinen Tisch neben dem Bett stand eine leere Flasche mit dem Etikett *Dr. Monroes Lebenselexier, ein Heilmittel für alle Krankheiten.*

Sie hielt die Flasche in die Höhe. »Haben Sie das Ihrer Frau gegeben?«

»Ich habe viel Geld dafür bezahlt«, sagte Joe entrüstet. »Dr. Monroe hat mir versichert, daß ihr das Mittel mächtig gut bekommen wird.«

»Stammt das auch von Dr. Monroe?« fragte Lee und deutete auf die dicke Bandage am Bein der Frau.

»Das ist ein Krebspflaster. Ich dachte mir, wenn es Krebs heilen kann, müßte es für Effies kleinen Schnitt schon lange gut sein. Wird sie wieder auf die Beine kommen, Doc?«

Lee gab sich nicht die Mühe, ihm zu antworten, während er Holzscheite in den alten Ofen in der Ecke schob und einen Kessel voll Wasser darauf setzte. Während sie darauf warteten, daß das Wasser kochte, und Lee und Blair sich dann die Hände abschrubbten, richtete Blair das Wort an Joe.

»Haben Sie ihr noch etwas eingegeben?« fragte sie und fürchtete sich zugleich vor der Antwort.

»Nur ein bißchen Schießpulver heute morgen. Da ich sie kaum wachkriegte, dachte ich, das Schießpulver würde helfen, sie munter zu machen.«

»Damit hätten Sie sie umbringen können, verdammt noch mal«, schimpfte Lee, und dann wurde er ein wenig blaß, als er anfing, die Ränder der schmutzigen Bandage vom Unterschenkel der Frau zu lösen. Als er das Fleisch unter dem Verband betrachtete, schnitt er eine Grimasse. »Genau das, was ich vermutet habe. Joe, setzen Sie noch einen Kessel voll Wasser auf. Ich muß das erst saubermachen.« Der Hausherr warf einen Blick unter die Bandage und eilte aus dem Zimmer. Lee löste das schmutzige Gewebe vom Bein, ohne Blair dabei aus den Augen zu lassen.

Winzige, sich windende Maden bedeckten das rohe, geschwollene Fleisch.

Blair gestattete sich keine Reaktion, während sie die Instrumente aus Lees Arzttasche nahm und ihm zureichte. Sie hielt die Emailleschüssel, während Lee anfing, vorsichtig mit einer Pinzette die Maden zu entfernen.

»Diese Dinger sind tatsächlich ein verkappter Segen«, erklärte Lee. »Die Maden fressen das verfaulte Fleisch und halten die Wunde sauber. Wenn diese Dinger« – er hielt eine Made mit der Pinzette in die Höhe – »nicht gewesen wären, müßten wir vermutlich jetzt das Bein amputieren. Ich habe sogar schon gehört, daß Ärzte Maden in eine Wunde gesetzt haben, damit sie diese säubern konnten.«

»Also ist es vermutlich ein Glück, daß es in diesem Zimmer so schmutzig ist«, sagte Blair und blickte sich angewidert in dem kleinen Raum um.

Lee betrachtete sie nachdenklich. »Ich hatte eigentlich erwartet, daß dir davon übel werden würde.«

»Ich habe einen kräftigeren Magen, als du glaubst. Bist du so weit, daß ich das Karbol bringen kann?«

Während Lee die Säuberung der Wunde fortsetzte, reichte ihm Blair alles zu, was er dafür benötigte – war ihm immer einen halben Schritt voraus. Er gab ihr die Nadeln und den Faden, und Blair nähte die zackigen Wundränder zusammen, während Lee zurücktrat und jede ihrer Bewegungen genau beobachtete. Er brummte etwas, als sie mit dem Vernähen der Wunde fertig war, und überließ ihr dann auch das Bandagieren. Joe trat wieder ins Zimmer und meldete, daß das Wasser koche.

»Das können Sie dazu verwenden, die Lumpen auszukochen, die Sie Laken nennen«, sagte Lee. »Ich möchte nicht, daß noch einmal Fliegen unter den Verband kriechen und dort Eier legen. Blair, hilf mir, ihr die Laken unter dem Körper wegzuziehen. Und ich brauche auch saubere Wäsche für sie. Blair, du kannst sie ihr anziehen, während ich mich mit Joe unterhalte.«

Blair versuchte erst gar nicht, die Frau zu baden; aber sie war davon überzeugt, daß die Wunde an ihrem Bein die sauberste Stelle an ihrem Körper war. Es gelang ihr, den schweren Leib in eines von Joes Nachthemden zu zwängen, während die Patientin trunken lallte und grinste. Durch das offene Fenster konnte sie Lee und Joe neben der Blockhütte sehen – Lee mit dem Zeigefinger auf die Brust des Männleins einstechend, während er Joe anbrüllte und ihn auf jede erdenkliche Weise zu Tode erschreckte. Blair tat der kleine Mann fast leid, der für seine Frau nur getan hatte, was er für richtig hielt.

»Wo ist der Doc?«

Sie drehte sich um und sah einen Mann mit kariertem Hemd und ledernen Beinschonern im Türrahmen stehen. Er machte ein besorgtes Gesicht.

»Ich bin Ärztin«, sagte Blair. »Brauchen Sie Hilfe?«

Die tiefliegenden Augen in dem hageren Gesicht musterten sie von Kopf bis Fuß. »Ist das nicht Doc Westfields Einspänner, der draußen steht?«

»Frank?« klang Lees Stimme hinter ihm auf. »Stimmt etwas nicht?« Der Cowboy drehte sich um. »Ein Wagen ist in eine Schlucht gestürzt. Drei Männer saßen darin. Einen davon hat es böse erwischt.«

»Bring meine Tasche mit«, rief Lee über die Schulter Blair zu, während er wieder hinaus in den Hof eilte. Seine Kutsche rollte schon, als sie zu ihm kam. Im stillen bedankte sie sich bei Mr. Cantrell, während sie die beiden Ärztetaschen auf den Boden der Kutsche warf, sich am Verdeck festhielt und mit einem Bein auf dem Trittbrett balancierte, für den Entwurf ihres Anzugs, der ihr soviel Bewegungsfreiheit erlaubte.

Lee packte mit einer Hand ihren Oberarm, während er mit der anderen die Zügel hielt und das galoppierende Pferd auf den Fahrweg lenkte, und half ihr auf den Sitz hinauf. Als sie, die beiden Taschen zwischen die Beine geklemmt, sicher auf ihrem Platz saß, blickte sie zu Lee hinauf, der ihr zublinzelte – ein wenig stolz, wie es ihr schien.

»Dieser Weg führt zur S-Bar-Ranch«, rief er ihr zu. »Frank ist dort Vormann.«

Sie folgten dem Cowboy, wobei es Lee gelang, immer dicht hinter dem galoppierenden Pferd des Reiters zu bleiben, bis sie nach etwa vier Meilen vier kleine Hütten und eine umfriedete Koppel vor sich auftauchen sahen, die am Steilhang des Ayers Peak zu kleben schienen.

Lee langte nach seiner Tasche, warf einem der drei Cowboys, die in der Nähe standen, die Zügel zu, und eilte auf die nächste Hütte zu. Blair folgte ihm, ihre Tasche unter den Arm geklemmt, auf den Fersen.

Dort lag ein Mann auf einer Koje, dessen linker Ärmel mit Blut getränkt war. Lee trennte mit zwei geschickten Schnitten den Stoff über dem Arm auf, und ein Strahl Blut spritzte gegen sein Hemd. Die Kruste, die sich unter dem Stoff gebildet hatte, hatte vorübergehend das Loch in der Arterie verstopft und so verhindert, daß der Mann verblutete. Lee drückte die Arterie mit den Fingern ab; es blieb keine Zeit, erst ans Waschen zu denken.

Die Cowboys drängten heran, ließen ihnen kaum Platz zum Arbeiten. Blair schüttete sich Karbol über die Hände, und mit einer Geste, als wären sie ein schon seit Jahren eingespieltes Team, ließ Lee die Arterie los, während Blairs kleinere Finger sich nun um die Ader schlossen. Dann desinfizierte sich Lee die Hände, fädelte eine Nadel ein, und während Blair die Wunde offen hielt, nähte er die Arterie zusammen. Wenige Minuten später war auch die Wunde vernäht.

Die Cowboys traten zurück, und alle Augen waren auf Blair gerichtet.

»Ich denke, er wird durchkommen«, sagte Lee, sich aufrichtend, und wischte sich mit einem sauberen Tuch aus seiner Tasche das Blut von den Händen. »Er hat zwar eine Menge Blut verloren; aber wenn er sich von dem Schock erholt, kommt er wieder auf die Beine. Wer ist noch verletzt?«

»Ich«, sagte ein Mann von einer anderen Koje her. »Ich hab' mir das Bein gebrochen.«

Leander schlitzte ihm das Hosenbein auf und befühlte das Schienbein. »Ich brauche jemand, der ihn an der Schulter festhält. Ich muß kräftig ziehen, um den Knochen wieder zusammenzufügen.«

Blair sah sich im Raum um, während drei Männer vor sie traten, um den verletzten Cowboy an den Schultern zu packen. Ihr Blick fiel auf einen Hünen mit Armen so dick wie Schinken, der an der gegenüberliegenden Wand lehnte, sein breites, derbes Gesicht von den Malen vieler Kämpfe gezeichnet. Doch Blair sah nur seine Blässe, die auf großen Schmerz hindeutete, und die rechte Hand, die den linken Arm stützte.

Sie trat zu ihm. »Waren Sie auch in den Unfall verwickelt?«

Er blickte auf sie hinunter, dann zur Seite. »Ich werde auf den Doc warten.«

Sie begann, sich von ihm wegzudrehen. »Ich bin auch ein Doktor. Aber Sie haben recht. Ich würde Ihnen vermutlich weher tun, als Sie vertragen können.«

»Sie?« sagte der Mann; und dann, als Blair sich wieder zu

ihm umdrehte, sah sie, daß sein Gesicht noch bleicher wurde.

»Setzen Sie sich hin«, befahl sie, und gehorsam nahm er auf einer Bank vor dem Fenster Platz. So sorgsam wie möglich entfernte sie das Hemd von seiner Schulter und sah ihre Vermutung bestätigt: bei dem Sturz in die Schlucht war ihm der Arm aus dem Schultergelenk gesprungen. »Es wird ein bißchen unangenehm werden«, murmelte sie.

Alle anderen Cowboys waren um Lee versammelt, der gerade das gebrochene Bein schiente, und einer in der hintersten Reihe hielt eine Whiskyflasche an die Lippen. Blair riß sie ihm aus der Hand und gab sie ihrem Patienten: »Das wird es erträglicher machen.«

Blair war sich nicht sicher, ob sie kräftig genug war, das zu tun, was ihres Wissens nach getan werden mußte. Aber sie wußte auch, daß sie nicht untätig dabeistehen und warten konnte, bis Lee das gebrochene Bein versorgt hatte, während dieser Mann schreckliche Schmerzen litt. Sie hatte schon einmal ein ausgekugeltes Schultergelenk eingerichtet; aber bei einem halbwüchsigen Mädchen.

Sie holte tief Luft, sprach leise ein Gebet, beugte dann seinen Unterarm und drückte ihn gegen seinen mächtigen Brustkorb. Sie zog mit dem Fuß eine Kiste mit Konserven heran, stellte sich darauf, und mit Anspannung aller Muskeln gelang es ihr, seinen mächtigen Arm in die Luft zu stemmen und in Drehung zu versetzen. Sie wiederholte diesen Vorgang, doch so schonend wie möglich, um ihm nicht unnötige Schmerzen zu bereiten. Sie schwitzte und keuchte von der Anstrengung, diesen mächtigen Arm wieder in die Gelenkpfanne zu bringen, die so groß war wie ihre Hüften.

Plötzlich, mit einem lauten schnappenden Geräusch, zogen die Muskeln den Oberarmknochen in die Schulter hinein, und die Gelenkkugel saß wieder dort, wo sie hingehörte.

Blair stieg von der Kiste herunter, und sie und ihr Patient grinsten sich gegenseitig an.

»Sie sind ein großartiger Doktor«, sagte er strahlend.

Blair drehte sich wieder in den Raum hinein und merkte voller Erstaunen, daß alle, auch die beiden anderen Verletzten, sie beobachtet hatten. Und sie sahen ihr auch immer noch schweigend zu, als sie die Schulter des Hünen mit ihrem besten Korbwebmuster bandagierte, so daß es nicht nur vorschriftsmäßig und bequem saß, sondern auch noch hübsch aussah.

Leander brach das Schweigen, nachdem sie den Arm in eine Binde gelegt hatte. »Wenn ihr beiden fertig seid und aufhören wollt, euch gegenseitig zu gratulieren, hätte ich auch noch andere Patienten zu versorgen.« Doch seine Worte wollten nicht recht passen zu dem Stolz, der ihm aus den Augen leuchtete.

»Sind Sie nicht eine von diesen Chandler-Zwillingen?« fragte ein Cowboy, der sie zu ihrer Kutsche begleitete.

»Blair«, antwortete sie.

»Sie ist auch ein Doc«, sagte Frank, und wieder sahen sie alle staunend zu ihr hin.

»Vielen Dank, Doktor Westfield *und* Doktor Chandler«, rief der Mann, dem Blair die Schulter eingerichtet hatte, während die beiden auf den Kutschbock stiegen.

»Kannst dich schon daran gewöhnen, sie auch Westfield zu nennen«, sagte Lee, während er die Zügel hochnahm. »Sie heiratet mich nächste Woche.«

Blair konnte keinen Einspruch mehr erheben, weil sie fast vom Bock fiel, als Leanders Pferd einen Satz nach vorne machte.

Kapitel 12

Leander ließ das Pferd wieder im Schritt gehen, als sie die Baracken am Berghang hinter sich gelassen hatten.

»Die Haushälterin meines Vaters hat einen Lunch für uns eingepackt. Ich stehe so lange auf, damit du den Korb herausholen kannst, und dann essen wir, während wir zur Ranch weiterfahren.«

Lee stand in der Kutsche wie ein Gladiator auf einem Streitwagen, und Blair hob den Sitz hoch. »Da ist ja eine Menge Platz«, staunte sie und betrachtete die Decken, das Schrotgewehr, das Dutzend Schachteln mit Munition, das Ersatzgeschirr und die Werkzeuge, die sich unter dem um ein Scharnier drehbaren Sitzbrett befanden. »So ein großes Fach wie dieses habe ich noch nie unter dem Sitz eines Einspänners gesehen.«

Leander blickte stirnrunzelnd über die Schulter. Sie konnte sein Gesicht nicht sehen.

»So habe ich ihn bekommen«, murmelte er.

Blair schob den Kopf noch tiefer in das Fach hinein und betrachtete dessen Seitenwände. »Das glaube ich nicht. Ich denke, es wurde nachträglich verändert. Da wurde etwas entfernt, um es zu vergrößern. Ich frage mich, weshalb.«

»Ich habe den Einspänner gebraucht gekauft. Vielleicht wollte ein Bauer es als Koben für seine gekauften Schweine benützen. Holst du uns jetzt den Lunch heraus, oder sollen wir verhungern?«

Blair hob einen großen Korb heraus und kippte das Sitzbrett wieder nach vorn. »Es ist groß genug für einen ausgewachsenen Menschen«, sagte sie, während sie dem Korb eine Schachtel mit gebratenem Hühnerfleisch entnahm, einen Tontopf mit Kartoffelsalat und einen zugestöpselten Krug mit eisgekühlter Limonade.

»Möchtest du den ganzen Tag laut über die Größe meines Kutschbocks nachdenken? Oder soll ich dir lieber ein paar Geschichten aus der Zeit erzählen, als ich Assistenzarzt in Chikago war?« Oder irgend etwas anstellen, dachte Leander, um dich von meinem Gepäckfach unter deinem Sitz abzulenken. Wenn die Wächter in den Bergwerkslagern nur halb so aufmerksam gewesen wären wie Blair, würde er heute nicht mehr leben.

Eine Hühnerkeule in der Linken, die Zügel in der Rechten, erzählte er ihr eine lange Geschichte von einem jungen

Mann, der eines Nachts von der Polizei in das Krankenhaus eingeliefert und, weil er schon ganz blau war vor Atemnot, für so gut wie tot erklärt wurde – während Leander ihn noch nicht aufgeben wollte. Er hatte es mit rhythmischen Bewegungen des Brustkastens versucht; aber als sich die Atmung dennoch nicht besserte, hatte er den Patienten genauer untersucht und dessen stecknadelgroße Pupillen entdeckt. Damit stand für Leander die Diagnose fest: der Mann war das Opfer von »Knockout-Tropfen« – mit Opium vergiftet.

»Willst du den Kartoffelsalat ganz allein essen?« fragte Lee, und als Blair ihm den Tontopf zureichte, die Gabel in den Salat gespießt, sagte er, daß er nur zwei Hände habe, und die seien schon von der Hühnerkeule und dem Zügel besetzt. Also mußte Blair dichter an ihn heranrücken, damit sie ihn mit dem Kartoffelsalat füttern konnte.

»Erzähle weiter.«

»Ich begriff, daß ich den Mann nur vor einem Koma bewahren konnte, indem ich mit der künstlichen Beatmung fortfuhr, bis er wieder zu sich kam. Keiner von den anderen Ärzten wollte seine Zeit an einen Fall verschwenden, der in ihren Augen schon ein Exitus war; also gingen sie zu Bett, während ich mich mit den Schwestern in dem Bemühen ablöste, dem Mann das Leben zu retten.«

»Ich bin überzeugt, daß die Schwestern dir helfen *wollten*«, sagte sie.

Er grinste. »Ich hatte mit ihnen kaum Schwierigkeiten, wenn du das meinst.«

Sie schob ihm die Gabel voll Kartoffelsalat in den Mund. »Willst du jetzt prahlen oder eine Geschichte erzählen?«

Leander schilderte ihr nun, wie sie die ganze Nacht hindurch um das Leben des Mannes gerungen hatten – wie er immer wieder den nackten Bauch des Patienten mit einem eiskalten Tuch bearbeitet, das Herz angeregt und ihm literweise schwarzen Kaffee eingeflößt habe. Er und die Schwestern hätten sich dabei abgelöst, den Mann die ganze Nacht hindurch in Bewegung zu halten und im Zimmer herumzuführen, bis sie bei Tagesanbruch das Gefühl hatten, daß er außer Gefahr war, ihn ins Bett packen und schlafen lassen konnten.

Lee hatte in jener Nacht zwei Stunden geschlafen, als er wieder seinen Dienst antrat und seine Morgenvisiten machte. Er war darauf gefaßt, als er das Zimmer dieses Patienten betrat, bescheiden dessen überschwenglichen Dank abzuwehren für seine unermüdlichen Bemühungen, ihm das Leben zu retten.

»Aber er begrüßte mich mit dem Satz: ›Schauen Sie nur, Doktor, sie haben meine Uhr nicht bekommen! Ich hatte sie in meiner Hose versteckt, und die Diebe, die mich vergifteten, haben sie nicht gefunden!‹«

»Und er hat mit keinem Wort gewürdigt, was du für ihn getan hast?« fragte Blair ungläubig.

Leander lächelte, und im selben Moment erkannte sie die Komik dieser Situation. Der Beruf des Arztes war durchaus nicht immer, wie allgemein angenommen, eine gnadenreiche, glorifizierte Tätigkeit, sondern schlichtweg harte Arbeit.

Sie beendeten ihren Lunch, und da sie noch viele Meilen bis zu ihrem nächsten Patienten zu fahren hatten, ermunterte Blair Lee dazu, ihr noch mehr von seinen Erfahrungen als Assistenzarzt in Amerika und im Ausland zu berichten. Im Gegenzug erzählte sie ihm dann von ihrem Onkel Henry und ihrer Ausbildung – von den harten Bedingungen, denen sie dabei als Frau unterworfen worden war, weil ihre Dozenten von der Erfahrung ausgingen, daß Frauen in diesem Beruf mit Männern konkurrieren müßten, die keine hohe Meinung von der Qualifikation ihrer weiblichen Kollegen hätten – und deshalb bei den Prüfungen besser abschneiden müßten als die Männer. Sie erzählte ihm von der grausamen, drei Tage dauernden Aufnahmeprüfung, denen sie als Bewerberin um eine Stelle am St-Josephs-Hospital unterzogen worden war. »Und ich gewann!« sagte sie und erzählte Leander nun von jenem Krankenhaus. Sie merkte nicht, wie sonderbar Lee sie von der Seite ansah, als sie von ihrer zukünftigen Tätigkeit in diesem Hospital sprach.

Am frühen Nachmittag erreichten sie die Grenze der Winter-Ranch, und Lee brachte sie zu dem großen alten Ranchgebäude, wo er die achtjährige Tochter des Ranchers besuchen wollte, die an Typhus erkrankt gewesen war.

Das Mädchen war wieder wohlauf, und Lee und Blair wurden mit kuhwarmer Milch und frischem Maisbrot bewirtet.

»Das ist vermutlich die einzige Bezahlung, die wir erhalten«, sagte Lee, als sie wieder in die Kutsche stiegen. »Landärzte werden nicht reich. Du kannst froh sein, wenn du mich als Ernährer bekommst.«

Blair wollte ihm widersprechen, daß sie nicht die Absicht habe, in Chandler zu bleiben und ihn zu heiraten; doch irgend etwas hielt sie davon ab. Vielleicht die Art, wie er ihr angedeutet hatte, daß sie eine vollwertige Ärztin sei und wenn – falls – sie heirateten, sie dennoch ihren Beruf ausüben könne. In Anbetracht der engstirnigen Vorurteile, die man in Chandler gegen berufstätige Frauen hegte, war das ein großes Kompliment.

Kaum hatten sie die Ranch hinter sich gelassen, als ein Cowboy auf ihre Kutsche zusprengte und neben ihnen in einer Staubwolke das Pferd herumriß. »Wir brauchen Ihre Hilfe, Doc«, rief er Leander zu.

Doch zu Blairs Verblüffung raste Lee diesmal nicht wie der Blitz hinter dem Reiter her, sondern fragte:

»Sind Sie nicht von der Lazy-J-Ranch?«

Der Cowboy nickte.

»Ich möchte erst die Lady zur Winter-Ranch zurückbringen, ehe ich Sie begleite.«

»Aber der Mann hat einen Bauchschuß bekommen und blutet wie ein Schwein. Er muß sofort behandelt werden.«

Gestern hätte sich Blair noch darüber empört, daß Lee sie nicht mitnehmen wollte zu einem Patienten; aber inzwischen wußte sie, daß er nichts dagegen hatte, wenn sie ihm bei der Behandlung half; also mußte er andere Gründe für seine Entscheidung haben. Sie legte ihm die Hand auf den Arm. »Was auch geschieht – ich bin dabei. Du kannst mich nicht beschützen.« Und ein drohender Unterton in ihrer Stimme deutete an, daß sie ihm folgen würde, wenn er sie jetzt zurückließ.

»Sie haben das Feuer eingestellt, Doc«, sagte der Cowboy. »Der Lady wird nichts passieren, solange Sie Ben verarzten.«

Leander blickte Blair an und dann zum Himmel hinauf. »Ich hoffe, daß ich das nicht mein Leben lang bereuen muß«, sagte er, während er die Peitsche über dem Kopf des Pferdes knallen ließ. Und ab ging die Chaise.

Blair hielt sich mit beiden Händen an der Lehne fest und sagte: »Wird etwa geschossen?« Doch niemand hörte sie.

Sie ließen Pferd und Kutsche in einer Senke zurück und folgten dem Cowboy zu Fuß zu der Ruine eines Lehmziegelhauses, dessen Dachstuhl zur Hälfte eingestürzt war.

»Wo sind die anderen?« fragte Lee und blickte durch die Bäume hindurch zu dem gegenüberliegenden Steilhang, auf den der Cowboy deutete. Dort befand sich eine zweite Ruine, die auf gleicher Höhe über dem Abgrund schwebte.

Blair wollte fragen, was sich hier abspielte; doch Leander legte ihr die Hand ins Kreuz und schob sie vor sich her in die Ruine hinein. Als sich ihre Augen an das Halbdunkel gewöhnt hatten, sah sie einen Mann und eine dicke Frau, die auf dem Boden unter einem Fenster kauerten – oder dem, was davon übriggeblieben war –, ein Gewehr über der Schulter, zwei Revolver griffbereit neben sich und darum herum eine Menge leerer Patronenhülsen. In einer Ecke standen drei Pferde. Blair blickte mit großen Augen um sich: Was sie hier sah, gefiel ihr ganz und gar nicht.

»Wir flicken ihn zusammen und dann verduften wir wieder«, sagte Lee, sie wieder an den Zweck ihres Hierseins erinnernd.

Im dunkelsten Teil der Scheune lag ein Mann mit schneeweißem Gesicht auf dem Boden und hielt sich den Bauch.

»Kennst du dich mit Chloroform aus?« fragte Lee, während er sich die Hände sterilisierte.

Blair nickte und begann, Flaschen und Kerzen auszupakken. »Kann er Alkohol vertragen?« fragte sie die beiden, die in der Wohnstube unter dem Fenster kauerten.

»Klar kann er das«, sagte der Cowboy verwundert. »Aber wir haben keinen Brandy im Haus. Haben Sie welchen?«

Blair war geduldig. »Ich versuche, auszurechnen, wieviel Chloroform ich ihm geben muß. Ein Mann, der eine Menge Whisky trinken kann, ehe er einen Rausch bekommt, braucht auch mehr Chloroform für eine Narkose.«

Der Cowboy grinste. »Ben trinkt jeden unter den Tisch. Nach zwei Flaschen Whisky fühlt er sich erst wohl. Ich habe ihn noch nie betrunken erlebt.«

Blair nickte, versuchte, das Gewicht des Mannes zu schätzen, und begann dann, Chloroform auf einen Kegel zu träufeln. Als dem Mann die Sinne zu schwinden begannen, wollte er sich gegen das Gas wehren, und Blair drückte mit ihrem Gewicht seine Oberkörper nieder, während Leander dessen Beine festhielt. Zum Glück hatte der Mann nicht mehr viel Kraft, so daß sein Widerstand kein nennenswerter Schaden für seine Wunde war.

Als Lee dem Mann die Hose herunterstreifte und sie das Loch sahen, das die Kugel in seinen Bauch gerissen hatte, gab Blair ihm kaum noch eine Chance; doch Lee schien ihre Meinung nicht zu teilen, als er begann, die Bauchdecke aufzuschneiden.

Ein Freund von Onkel Henry, der sich als Darmchirurg spezialisiert hatte, war einmal aus New York zu ihnen gekommen, und während eines Besuches wurde ihnen ein kleines Mädchen in die Praxis gebracht, daß auf die untere Hälfte einer zerbrochenen Flasche gefallen war. Blair war zugegen gewesen, als der Spezialist die Scherben aus dem Unterleib des Mädchens entfernte und drei Löcher in ihrem Darm vernähte. Diese Operation hatte Blair so sehr beeindruckt, daß sie beschloß, sich in der Darmchirurgie zu spezialisieren.

Doch als sie jetzt eine Nadel nach der anderen für Lee einfädelte und ihm bei der Arbeit zusah, konnte sie nur noch ehrfürchtig staunen. Die Kugel war am Hüftknochen eingetreten, dann als Querschläger im Bauch herumgesaust und schließlich unterhalb des Gesäßes wieder ausgetreten. Und dabei hatte sie alle Gedärme durchlöchert, die ihr im Wege standen.

Leander spürte mit seinen langen Fingern der Schußbahn der Kugel nach und vernähte dabei einen Darm nach dem anderen. Blair zählte vierzehn Löcher, ehe er wieder die Haut des Mannes erreichte, wo die Kugel ausgetreten war.

»Er darf vier Tage lang nichts zu sich nehmen«, sagte Leander, als er die Bauchdecke des Mannes wieder zusammennähte. »Am fünften Tag können Sie ihm was zu trinken geben. Wenn er sich nicht strikt an das Verbot hält und heimlich etwas ißt, ist er spätestens nach zwei Stunden tot, weil das Essen ihn vergiftet.« Er blickte zu dem Cowboy hoch. »Ist das klar?«

Niemand gab Lee eine Antwort, weil in diesem Augenblick ungefähr sechs Kugeln in der Ruine einschlugen.

»Verdammt!« fluchte Lee, während er den Faden der letzten Nähte mit der Schere abschnitt, die Blair ihm zureichte. »Ich dachte, sie würden mir genügend Zeit lassen.«

»Was ist denn hier los?« fragte Blair.

»Diese Idioten«, antwortete Lee, ohne die Stimme zu senken, »führen einen Weidekrieg. In der Umgebung von Chandler sind immer ein oder zwei von diesen Fehden im Gange; doch diese dauert jetzt schon sechs Monate. Wir müssen vermutlich noch eine Weile hierbleiben, bis sie sich wieder zu einer Feuerpause entschließen.«

»Feuerpause?«

Lee wischte sich die Hände ab. »Sie halten dabei gewisse Regeln ein. Wenn jemand verwundet ist, stellen sie das Feuer ein, damit die Gegenseite einen Arzt holen und dorthin bringen kann, wo der Verwundete sich verschanzt hat. Unglücklicherweise scheinen sie sich aber nicht verpflichtet zu fühlen, so lange zu warten, bis der Arzt sich wieder entfernt hat. Es wäre möglich, daß wir morgen früh immer noch hier sitzen. Einmal wurde ich zwei Tage lang in so einem Versteck festgehalten. Jetzt wirst du wohl verstehen, warum ich dich auf der Winter-Ranch zurücklassen wollte.«

Blair begann, die Instrumente zu säubern und auf die beiden Taschen zu verteilen. »Wir warten also einfach?«

»Wir warten einfach.«

Lee führte sie hinter eine niedrige Lehmwand, die einmal die Scheune vom Wohnbereich getrennt haben mußte. Er zog sich in den entferntesten Winkel zurück und bedeutete Blair, sich neben ihn zu setzen; aber sie wollte nicht. Sie hatte das Gefühl, daß sie nicht in seine Nähe kommen durfte, und lehnte sich an die gegenüberliegende Ziegelwand. Als eine Kugel einen halben Meter von ihrem Kopf entfernt in der Wand einschlug, hüpfte sie buchstäblich in Leanders ausgebreitete Arme und barg ihr Gesicht an seiner Brust.

»Ich hätte nie geglaubt, daß ich mich für einen Weidekrieg erwärmen könnte«, murmelte Lee und begann, ihren Nacken zu küssen.

»Fang nicht wieder damit an«, sagte Blair, obwohl sie den Kopf hob, damit er ihre Lippen erreichen konnte.

Doch es dauerte nicht lange, bis Lee zur Einsicht kam, daß er nicht mit diesem zärtlichen Spiel fortfahren konnte – nicht hier und jetzt, wo ihnen so viele Leute zusahen und die Kugel um sie herumschwirrten. »Schon gut, ich höre auf«, sagte er und lächelte über das Gesicht, das Blair auf seine Worte hin machte.

Sie rückte nicht von ihm fort, sondern blieb in seinen Armen, da seine Nähe ihr ein Gefühl der Sicherheit gab und das sausende Geräusch der Kugeln leiser zu werden schien. »Erzähl mir, wo du deine chirurgischen Fähigkeiten herhast.«

»Aha – du möchtest wieder romantische Reden führen. Laß mich nachdenken. Das erste Mal in . . .«

Blair schien unersättlich. Stundenlang saßen sie aneinandergeschmiegt in der hintersten Ecke der Ruine, wo sie ihn mit Fragen löcherte, wo er dieses und jenes gelernt habe, was für Fälle ihm in seiner Praxis untergekommen seien, was sein schwierigster und sein komischster Fall gewesen war und weshalb er überhaupt diesen Beruf ergriffen habe – und so weiter, und so fort, bis er anfing, sie auszufragen, um sich eine Atempause zu verschaffen.

Die Sonne ging unter. Hin und wieder flaute nun das Feuer zwar ab, hielt jedoch die ganze Nacht hindurch an. Lee versuchte, Blair zum Schlafen zu bewegen; doch sie wollte nicht.

»Ich merke, daß du ihn dauernd beobachtest«, sagte sie und deutete mit dem Kopf auf den Mann mit dem Bauchschuß. »Daß du ihn die Nacht hindurch im Auge behalten möchtest. Was für dich gilt, gilt auch für mich. Welche Chance hat er deiner Ansicht nach?«

»Das hängt davon ab, ob er eine Sepsis bekommt, und das liegt allein in Gottes Hand. Ich konnte ihn nur wieder zusammenflicken.«

Am Himmel zeigte sich bereits ein leichtes Grau, und Leander sagte, er müsse nach seinem Patienten sehen, der sich zu bewegen begann.

Blair stand auf und streckte sich, und in der nächsten Sekunde hörte sie ein Geräusch, daß sie alles bis auf ihren Beruf vergessen ließ. Es war das Geräusch einer Kugel, die in Fleisch einschlug.

Blair löste sich von Lee und rannte um die Ecke der niedrigen Lehmmauer herum – gerade noch rechtzeitig, um sehen zu können, was im Wohnraum passiert war. Der Mann, der noch kein Wort mit ihnen geredet hatte, hatte einen Schuß ins Kinn bekommen, und die dicke Frau hatte ein paar frische Pferdeäpfel in der Hand und wollte diese auf die offene Wunde legen.

Blair achtete nicht auf die Kugeln, die über ihren Kopf hinwegpfiffen, als sie sich aufrichtete und sich mit einem Satz auf die dicke Frau warf.

Erschrocken, verärgert, begann diese sich gegen Blair zu wehren, und Blair mußte sich vor den Faustschlägen der Frau schützen – doch unter keinen Umständen wollte sie zulassen, daß diese Frau frischen Pferdedung mit einer frischen Wunde in Berührung brachte.

So sehr war sie auf diese Bemühung konzentriert, daß sie gar nicht merkte, wie sie und die Frau durch die breite Öffnung rollten, wo vormals eine Tür gewesen war.

Im nächsten Augenblick, als Blair versuchte, die Frau daran zu hindern, ihr die Haare auszurupfen, donnerte direkt über ihnen ein Gewehr los.

Die beiden Frauen ließen von ihrem Ringkampf ab, blickten hoch und sahen Leander zwischen sich und der Ruine am gegenüberliegenden Hang stehen, ein Gewehr an der Hüfte, aus dem er so schnell schoß, wie er den Repetierhebel bedienen konnte.

»Macht, daß ihr wieder ins Haus kommt!« brüllte er den Frauen zu und ließ dem Befehl eine Reihe von saftigen Flüchen folgen, die den Männern auf der anderen Seite der Schlucht galten. Er rief ihnen zu, daß er Dr. Westfield sei und genau wüßte, wer sich dort drüben verschanzt hatte. Und wenn einer von ihnen mal seine Hilfe brauchte, würde er sich weigern, ihn zu behandeln, und ihn an seiner Wunde verbluten lassen.

Darauf wurde das Feuer drüben eingestellt.

Als Leander in die Ruine zurückkam, säuberte Blair gerade die Wunde am Kinn des schweigsamen Mannes.

»Wenn du so etwas noch einmal tust – bei Gott, dann werde ich ...« Er brach ab, weil ihm offenbar keine Drohung einfallen wollte, die wirksam genug war für Blair.

Er stand ganz still über ihr, während sie das Kinn des Verletzten vernähte und bandagierte, und als sie ihm das letzte Pflaster aufgeklebt hatte, packte er ihren Arm und zog sie in die Höhe.

»Wir brechen sofort auf. Meinetwegen können sie sich gegenseitig die Köpfe wegschießen. Ich riskiere nicht dein Leben für einen von ihnen.«

Blair hatte kaum noch Zeit, ihre Tasche zu packen, als Lee sie schon aus der Ruine fortzog.

»Dein Mann von der Gewerkschaft ist gestern abend eingetroffen«, begrüßte Reed seinen Sohn, als dieser nach Hause kam.

Leander wollte sich gerade an einer Stelle kratzen, die von der Rückenlehne seiner Kutsche wundgescheuert war, ließ die Hand wieder fallen und blickte seinen Vater erschrocken an. »Du hast doch hoffentlich dafür gesorgt, daß ihn niemand sieht, oder?«

Reed warf seinem Sohn einen vernichtenden Blick zu. »Er hatte nichts anderes im Sinn als zu schlafen und zu essen, was du offenbar ein paar Tage lang nicht getan hast. Ich hoffe, du hast Blair nicht über Nacht bei dir behalten. Gates ist schon giftig genug auf dich.«

Lee hatte nur den Wunsch, einen Happen zu essen und eine Stunde zu dösen, ehe er wieder ins Krankenhaus mußte; aber es sah nicht so aus, als ob ihm dafür Zeit bliebe. »Ist er bereit?«

Reed schwieg einen Moment still, betrachtete seinen Sohn mit einem Gefühl, als sähe er ihn zum letztenmal lebendig vor sich. Er hatte immer dieses Gefühl, ehe Lee das Haus verließ, um einen Vertreter der Gewerkschaftsbewegung in eines der Bergwerkslager zu schmuggeln. »Er ist bereit«, war alles, was Reed schließlich sagte.

Auf müden Beinen schleppte sich Lee wieder hinüber in die Ställe und schickte den Stalljungen mit einem Auftrag fort, während er sich daran machte, neu anzuschirren. Sein Appaloosa war zu müde, nachdem er die ganze Nacht hindurch unterwegs gewesen war, und deshalb spannte er eines von seines Vaters Pferden vor seine Kutsche. Dann blickte er sich um, ob niemand in der Nähe war, und ging dann zur Hintertür, um den Mann zu holen, der dort neben seinem Vater wartete. Lee warf nur einen kurzen Blick auf den jungen Mann, doch er bemerkte das gleiche Licht in seinen Augen, das alle Leute von der Gewerkschaft hatten:

ein Feuer von einer so brennenden Intensität, das er wußte, er mußte ihn nicht erst auf die Gefahr hinweisen, die sie beide auf sich nahmen, weil diese Männer diese Gefahr verachteten. Was sie taten, der Zweck, für den sie kämpften, war ihnen wichtiger als ihr Leben.

Leander hatte die meisten Geräte, die er für seinen Beruf benötigte, aus dem Kutschkasten entfernt – aus dem Kasten unter dem Sitzbrett, dessen Größe Blairs Neugierde geweckt hatte – und ließ nun den Mann in die freigewordene Öffnung steigen. Sie sprachen alle drei kein Wort, weil sich jeder der Risiken nur zu bewußt war, die mit dieser Fahrt verbunden waren. Die Wächter der Bergwerkslager würden zuerst schießen, um zu töten, und hinterher den toten Männern Fragen stellen.

Reed reichte Lee eine aus Papiermaché gefertigte Abdekkung zu, die in die Fugen an den Seitenwänden des Kastens eingepaßt war und über dem Mann einrastete, der sich in das Fach gelegt hatte. Wer nicht genauer hinsah, glaubte, der Kutschkasten sei mit Decken gefüllt, einer Schrotflinte, mit Stricken und einer Säge – alles Dinge, die fast jeder, der eine Kutsche besaß, mit sich führte. Obendrauf stellte Lee nun seine Arzttasche.

Einen Moment lang spürte Lee die Hand seines Vaters auf seiner Schulter. Dann brauste er schon im Galopp vom Hof.

Leander fuhr so rasch wie er konnte, ohne dem Mann im Kutschkasten unzumutbare Schmerzen zuzufügen. Vor zwei Wochen hate sein Vater ihm wieder einmal ins Gewissen geredet, daß er nicht sein Leben damit riskieren sollte, die Gewerkschaftsvertreter in die Kohlenbergwerke einzuschmuggeln; denn wenn er dabei ertappt wurde und wider Erwarten mit dem Leben davonkam, würde kein Gericht in diesem Land seine Handlungsweise billigen.

Als Leander sich der Kreuzung näherte, wo die Straße zu den Kohlengruben abzweigte, ließ er das Pferd im Trab gehen und beobachtete seine Umgebung, ob jemand in seiner Nähe war, der nicht hierhergehörte. Mit einem

Lächeln dachte er an den Tag zurück, wo er den Mann, dem die Kohlengruben in der Umgebung von Chandler gehörten – Jacob Fenton –, gegen Blair in Schutz genommen hatte. Er hatte Fenton mit dem Hinweis verteidigt, daß der Mann seinen Aktionären verantwortlich sei und deshalb nicht allein die Verantwortung trage für das Elend der Bergarbeiter. Lee machte des öfteren solche Bemerkungen, damit die Leute keinen Verdacht schöpften. Er durfte ihnen nicht zeigen, wie sehr ihn die rücksichtslose Ausbeutung der Arbeiter in den Kohlengruben empörte.

Bergarbeiter hatten zwei Möglichkeiten: Entweder unterwarfen sie sich den Bedingungen der Bergwerksgesellschaft, oder sie wurden gefeuert. So einfach war das. Doch wer sich diesen Regeln beugte, war kein freier Mann mehr, sondern ein Gefangener.

Alles, was mit den Kohlengruben zusammenhing, war Eigentum der Bergwerksgesellschaft. Die Arbeiter wurden in einer Währung bezahlt, die nur in den Läden der Gesellschaft eingelöst werden konnte, und wenn man einen Bergarbeiter mit einer Ware ertappte, die er in einem Laden in der Stadt gekauft hatte, konnte ihm fristlos gekündigt werden. Nicht daß es den Arbeitern erlaubt gewesen wäre, das Lager zu verlassen, um in die Stadt zu gehen. Die Minenbesitzer vertraten den Standpunkt, daß die Bergwerkslager städtische Kommunen seien und es deshalb die Bergarbeiter und deren Familien nicht nötig hätten, sich etwas aus einer anderen Stadt zu besorgen. Und die Minenbesitzer behaupteten, daß die Wächter an den Lagertoren, die niemanden hinein- oder herausließen, lediglich skrupellose Diebe und Betrüger von den Bergarbeitern fernhalten sollten – also die Bergleute »beschützten«.

Doch in Wahrheit waren die Wächter nur dazu bestellt, Agitatoren von den Arbeitern fernzuhalten. Sie sollten unter allen Umständen verhindern, daß Gewerkschaftsvertreter mit den Bergarbeitern Kontakt aufnahmen und versuchten, sie gewerkschaftlich zu organisieren.

Die Eigentümer wollten jede Möglichkeit eines Streiks

von vorneherein unterbinden, und nach dem Gesetz war es ihnen erlaubt, bewaffnete Wächter an den Lagertoren aufzustellen, die jedes Fahrzeug durchsuchen durften, das in das Lager hineinwollte oder es wieder verließ.

Und dabei war es nur sehr wenigen Fahrzeugen gestattet, die Lagertore zu passieren; ein paar alte Frauen aus Chandler, die frisches Gemüse ins Camp brachten; hin und wieder ein Handwerker, um Reparaturen auszuführen; die Mineninspektoren und ein von der Gesellschaft angestellter Arzt, der regelmäßig seine Runden durch die Lager machte – ein Mann von so erbärmlicher fachlicher Qualifikation, daß er sich nicht als freier praktizierender Arzt ernähren konnte. Die Gesellschaft bezahlte ihn vorwiegend mit Whisky, und aus Dankbarkeit ignorierte er das meiste, was er sah, und erklärte bei allen Betriebsunfällen, daß die Gesellschaft keine Schuld träfe, so daß man den Witwen und den Waisen keine Entschädigung zahlen mußte.

Vor einem Jahr hatte sich Lee zu Fenton begeben und ihn um die Erlaubnis gebeten, die Lager zu betreten und – ohne Kosten für die Grubeneigner – den Gesundheitszustand der Bergarbeiter überprüfen zu dürfen. Fenton hatte zunächst gezögert, dann aber doch sein Gesuch bewilligt.

Lee war entsetzt gewesen über die Zustände, die in den Lagern herrschten. Die Armut der Arbeiterfamilien mit anzusehen, ging ihm unter die Haut. Die Männer schufteten den ganzen Tag unter der Erde und konnten am Wochenende doch kaum Frau und Kinder ernähren. Sie wurden nach der Menge der Kohlen bezahlt, die sie förderten; doch ein Drittel ihrer Arbeitszeit war »brotlose Beschäftigung«, wie die Bergleute jene Tätigkeiten bezeichneten, für die sie nicht entlohnt wurden. Und sie mußten die Grubenstempel selbst bezahlen, mit denen sie die Stollen abstützten, weil die Eigentümer meinten, die Sicherheit der Bergleute sei deren Verantwortung, nicht ihre.

Nach seinen ersten Besuchen in den Kohlengruben war Lee sehr still nach Hause zurückgekehrt und tagelang nicht ansprechbar gewesen. Chandler war eine reiche Gemeinde.

Seine Schwester kaufte sich meterlange Bahnen teuren Kaschmirstoff, und in den Bergwerkslagern standen die Kinder barfuß im Schnee. Männer, die ihren sauerverdienten Lohn empfangen wollten, mußte sich vom Zahlmeister sagen lassen, daß ihnen ein Teil davon abgezwackt wurde für Leistungen der Bergwerksgesellschaft.

Und je mehr er darüber nachdachte, um so überzeugter war er, daß er etwas für diese Leute tun mußte. Er hatte keine Vorstellung davon, was es sein könnte, bis er die Artikel in den Zeitungen las, die von der Organisation von Gewerkschaften und der Arbeiterbewegung an der Ostküste berichteten. In Gegenwart seines Vaters dachte er laut darüber nach, ob man nicht Gewerkschaftsvertreter dazu überreden könne, nach Colorado zu kommen.

Sobald Reed erkannte, was im Kopf seines Sohnes vorging, versuchte er, ihm seine Pläne auszureden; doch Lee fuhr mit seinen Besuchen in den Bergwerkslagern fort, und je mehr er dort sah, um so konkreter wurden seine Vorstellungen, was er gegen diese Mißstände unternehmen mußte. Er nahm einen Zug nach Kentucky, traf sich dort zum erstenmal mit Gewerkschaftsvertretern und berichtete ihnen ausführlich von den Zuständen in den Kohlegruben von Colorado. Dabei erfuhr er, daß die ersten Versuche, die Arbeiter in Colorado gewerkschaftlich zu organisieren, kläglich gescheitert seien und er sein Leben riskierte, wenn er sich für die Arbeiterbewegung engagierte.

Da stand ihm wieder das kleine ausgemergelte, dreijährige Mädchen vor Augen, das in seinen Armen an einer Lungenentzündung gestorben war, und er versprach, alles zu tun, was in seiner Macht stand, um den Bergarbeitern zu helfen.

Bisher hatte er drei Gewerkschaftsvertreter in die Lager geschmuggelt, und die Grubenbesitzer wußten, daß es der Gewerkschaft gelungen war, ihre Männer in die Lager einzuschleusen, und daß ein Außenstehender ihnen dabei half. Und so wurde sein Unternehmen von Mal zu Mal gefährlicher.

Im letzten Jahr hatte einer von den Bergleuten, ein Hüne

namens Rafe Taggert, damit begonnen, sich als der Drahtzieher dieses Unternehmens auszugeben, und angedeutet, daß er die Gewerkschaftsvertreter in die Minen schmuggelte. Aus irgendeinem Grund glaubte dieser Mann, daß weder die Wächter noch die Eigentümer ihm etwas antun, daß man keine »Unfälle« arrangieren würde, um ihn aus dem Weg zu schaffen. Es gingen Gerüchte um, daß sein Bruder mit Fentons Schwester verheiratet gewesen sei; aber niemand wußte das so genau. Da die Bergarbeiter häufig den Ort wechselten, wenn eine Mine geschlossen und eine neue eröffnet wurde, waren die meisten Leute im Lager noch nicht lange genug in der Gegend, um sich an etwas erinnern zu können, das vor mehr als dreißig Jahren geschehen oder nicht geschehen sein mochte.

Doch aus welchem Grund auch immer: der Verdacht ruhte auf Rafe Taggert, und bisher hatte noch niemand hinter dem gutaussehenden jungen Arzt Leander, der seine Zeit opferte, um den kranken Bergleuten zu helfen, einen Komplicen der Gewerkschaft vermutet.

Als Lee mit seinem Einspänner am Tor der Empress Mine hielt, bemühte er sich nach Kräften, unbefangen zu erscheinen, und scherzte mit den Lagerwächtern. Niemand kontrollierte ihn oder seine Kutsche, und so fuhr Lee bis in den entlegensten Winkel des Lagers, sorgte dafür, daß sich dort der Gewerkschaftsvertreter in einem Wäldchen versteckte, während er inzwischen von Haus zu Haus fuhr und ein Treffen mit ihm vereinbarte. Um kein Aufsehen zu erregen, durften immer nur drei Männer zugleich mit ihm zusammenkommen. Der junge Gewerkschaftler würde den ganzen Tag und die halbe Nacht im Lager bleiben und riskierte dabei in jeder Sekunde sein Leben. Und während Lee in jedem Haus nach den Kindern sah, sagte er den Männern, wo sie sich mit dem Gewerkschaftsvertreter treffen konnten; mit dieser Auskunft setzte er jedesmal sein Leben aufs Spiel, denn er wußte inzwischen, daß sich unter diesen Männern ein Spitzel des Eigentümers befand.

Kapitel 13

Als Blair am Sonntagmorgen erwachte, fühlte sie sich großartig. Sie streckte und reckte sich, lauschte dem Gesang der Vögel vor ihrem Fenster und dachte, daß dies wohl der herrlichste Tagesanbruch ihres Lebens sei. Ihr Geist war voll von all den Dingen, die sie mit Lee am Tag zuvor erlebt und vollbracht hatte. Sie erinnerte sich wieder, wie er die Gedärme des Mannes mit dem Bauchschuß geflickt hatte, wie geschickt und sorgsam er mit seinen Händen gewesen war, immer genau wissend, was er tun mußte.

Sie wünschte, Alan hätte ihm bei der Operation zusehen können.

Plötzlich saß sie kerzengerade. Alan! Sie hatte vollkommen vergessen, daß sie gestern um vier Uhr nachmittags mit ihm verabredet gewesen war. Sie hatte sich solche Sorgen um Houston gemacht, über ihr törichtes Verhalten angesichts dieser Ringe, und dann hatte Lee angerufen und sie hatte das Gefühl gehabt, daß er sie nur aus Pflichtbewußtsein darum bat, mit ihm zusammen Patienten zu besuchen. Wie hätte sie wissen können, daß sie erst am nächsten Morgen wieder nach Hause kommen würde!

Susan kam ins Zimmer, um ihr auszurichten, daß die Familie gleich nach dem Frühstück zum Gottesdienst fahren wollte und Mr. Gates erwartete, daß sie ebenfalls daran teilnahm. Blair hüpfte aus dem Bett und kleidete sich rasch an. Vielleicht würde Alan ebenfalls den Gottesdienst besuchen, und dann konnte sie ihm erklären, was sie daran gehindert hatte, die Verabredung einzuhalten.

Alan war in der Kirche, saß drei Bänke vor ihnen und, egal was Blair tat – er wollte sich nach einem flüchtigen Blick auf sie nicht mehr umdrehen. Und was Blair noch elender machte – er saß unmittelbar neben Mr. Westfield und dessen Tochter Nina. Nach dem Gottesdienst gelang es Blair, ihn im kleinen Vorhof der Kirche ein paar Minuten allein zu sprechen.

»Du warst also die ganze Zeit mit Westfield zusammen«,

begann Alan, sobald sie unter sich waren. Seine Augen sprühten vor Zorn.

Trotz ihrer guten Vorsätze, sich demütig zu zeigen, brauste sie nun auf. »Ich denke doch, daß du es gewesen bist, der mit einem Wettbewerb einverstanden war – nicht ich. Und mit der Vereinbarung, daß ich mich nicht weigern dürfe, Leanders Einladungen anzunehmen.«

»Die ganze Nacht hindurch?« Es gelang ihm, auf sie hinunterzublicken, obwohl sie fast gleich groß waren.

Blair fühlte sich in die Verteidigung gedrängt: »Wir haben gearbeitet, und dann wurden wir zu einem Verletzten gerufen und gerieten zwischen die Fronten eines Weidekrieges. Und Leander sagte . . .«

»Erspare mir seine weisen Worte. Ich muß jetzt gehen, ich habe andere Pläne.«

»Andere Pläne? Aber ich dachte, wir könnten vielleicht heute nachmittag . . .«

»Ich werde dich morgen anrufen. Das heißt, wenn du glaubst, daß du dort überhaupt erreichbar bist.« Damit machte er auf den Absätzen kehrt und ließ sie stehen.

Nina Westfield kam vorbei und sagte ihr, daß Lee heute den ganzen Tag im Krankenhaus arbeiten müsse. Blair stieg zu ihrer Mutter und ihrem Stiefvater in die Kutsche und merkte kaum, daß Houston nicht mit ihnen heimfuhr.

Zu Hause flatterte ihre Mutter um den Eßtisch herum, arrangierte Blumen und stellte den besten und größten silbernen Kerzenleuchter in die Mitte.

»Erwartest du Gesellschaft?« fragte Blair zerstreut.

»Ja, Liebes, *er* kommt zum Essen.«

»Wer kommt zum Essen?«

»Houstons Kane. Oh, Blair, er ist so ein herrlicher Mann. Ich bin mir sicher, du wirst ihn in dein Herz schließen.«

Ein paar Minuten später ging die Tür auf, und Houston kam herein, ihren Millionär am Arm, als wäre er der Hauptpreis, den sie eben in einem Lotteriespiel gewonnen hatte. Blair hatte ihn vorher schon flüchtig in der Kirche gesehen, und sie mußte zugeben, daß er gut aussah – nicht so hübsch wie Leander oder gar Alan, doch mehr als präsentabel, wenn man auf muskulöse Männer stand.

»Wenn Sie sich hierhersetzen wollen, Mr. Taggert, neben Houston und gegenüber von Blair«, sagte ihre Mutter.

Einen Moment lang saßen sie alle da, blickten auf ihre Teller oder im Zimmer herum und machten den Mund nicht auf.

»Ich hoffe, daß Sie Roastbeef mögen«, sagte Mr. Gates, als er begann, den großen Braten anzuschneiden.

»Ich bin sicher, es schmeckt mir besser als das, was ich sonst bekomme. Das heißt, ehe mir Houston hier jemand besorgt hat, der für mich kocht.«

»Und wen hast du als Köchin engagiert, Houston?« fragte Opal mit leicht unterkühlter Stimme, um ihre Tochter daran zu erinnern, daß sie in letzter Zeit stundenlang von zu Hause wegblieb, ohne jemandem Bescheid zu sagen.

»Mrs. Murchison, solange die Conrads noch in Europa sind. Sir, Mr. Taggert hätte ein paar Vorschläge für eine günstige Kapitalsanlage zu machen«, sagte sie zu Mr. Gates.

Von diesem Moment an, dachte Blair, war dieser Mann nicht mehr zu bremsen. Er war wie ein Elefant in einem Hühnerhaus. Als Mr. Gates ihn fragte, ob es sich lohnte, Eisenbahnaktien zu kaufen, brüllte Taggert, die Faust erhebend, daß man mit Eisenbahnaktien keinen Hund mehr hinter dem Ofen hervorlocken könne; denn das ganze Land sei längst mit Schienen überzogen, und damit ließe sich kein anständiger Profit mehr machen – »höchstens ein paar lumpige Hundertausend.« Seine Faust fiel krachend auf den Tisch, daß die Gläser hüpften und alle zusammenzuckten.

Im Vergleich zu Taggerts Temperament und Stimmgewalt war Mr. Gates ein Heimchen. Taggert gestattete nicht den leisesten Widerspruch; er hatte in allem recht und warf mit Zahlen um sich, als finge das Rechnen erst bei einer Million Dollar an.

Und als wären sein Gebrüll und seine Arroganz nicht schon schlimm genug, legte er dazu noch Manieren an den Tag, daß einem der Appetit vergehen konnte. Er schnitt die

Kartoffel mit dem Messer, und als ihm dabei das Fleisch vom Teller sprang und bis zu Blairs Platz hinüberrutschte, unterbrach er keine Sekunde seinen Vortrag an Mr. Gates, wie er seine Brauerei zu führen habe, klaubte das Fleisch mit den Fingern vom Tischtuch und warf es auf seinen Teller zurück. Als man ihm drei verschiedene Sorten von Gemüse auftun wollte, hielt er jedesmal die Hand über seinen Teller, zermanschte den Berg von Kartoffeln, den er sich aufgeladen hatte, mit der Gabel zu einem Brei und schüttete eine ganze Schüssel voll Soße darüber aus. Ehe die anderen so richtig zum Essen kamen, hatte er bereits die Hälfte des zehnpfündigen Bratens verzehrt.

Er stürzte Houstons Teetasse um; doch sie lächelte ihn nur an und gab dem Serviermädchen ein Zeichen, ihr eine frische Serviette zu bringen. Er trank sechs Gläser von dem eisgekühlten Tee, ehe Blair bemerkte, daß Susan sein Glas heimlich aus einer anderen Karaffe nachfüllte. Da begriff Blair, daß Houston Taggert statt Tee eisgekühltes dunkles Bier einschenken ließ.

Er redete mit vollem Mund, und zweimal hingen ihm Kartoffelstückchen am Kinn. Da berührte Houston, als wäre er noch ein kleines Kind, seine Hand und deutete auf seine Serviette, die noch zusammengefaltet neben seinem Teller lag.

Blair hörte auf zu essen. Sie mochte nicht dauernd mit Speisepartikeln bombardiert werden oder ihr Glas festhalten, wenn dieses Großmaul die Konversation monopolisierte. Konversation – ha! Er hätte ebensogut eine Ansprache halten können.

Am schlimmsten war es für sie, zusehen zu müssen, wie Houston, ihre Mutter und Mr. Gates an seinen Lippen hingen. Man hätte meinen können, seine Worte wären aus Gold. Und vielleicht waren sie das sogar, dachte Blair angewidert. Sie hatte sich nie viel aus Geld gemacht; aber vielleicht war Geld für andere Leute der wichtigste Lebensinhalt. Jedenfalls schien es für Houston so wichtig zu sein, daß sie bereit war, sich ein Leben lang diesem schrecklichen, ungehobelten Kerl zu unterwerfen.

Blair faßte nach dem Kerzenhalter, ehe er auf den Rest des Bratens kippte, als Taggert sich noch einmal mit Soße bediente. Die Köchin mußte einen Waschkessel davon angerührt haben, dachte Blair.

In diesem Moment unterbrach Taggert kurz seinen Vorschlag, daß er Mr. Gates gnädigerweise erlauben würde, sich an einem Grundstückskauf zu beteiligen, um einen Blick auf Blair zu werfen. Plötzlich schien er keine Lust mehr am Reden zu haben und schob seinen Stuhl zurück.

»Honey, wir sollten jetzt lieber gehen, wenn du noch in den Park willst, ehe es dunkel wird.«

Er hätte doch wenigstens soviel Anstand haben können, dachte Blair, die anderen zu fragen, ob sie mit dem Essen fertig seien. Nein, er wollte jetzt gehen und verlangte im Ton eines Paschas, daß Houston ihn begleiten müsse. Und Houston folgte ihm gehorsam aus dem Zimmer.

»Also, Lee«, sagte Opal mit einem Lächeln und verrenkte sich fast den Hals, als sie versuchte, den Kopf im Schaukelstuhl zu drehen und zu ihm aufzusehen, »ich habe dich gar nicht kommen hören!« Sie betrachtete ihn näher. »Du siehst viel zufriedener aus als noch vor ein paar Tagen. Gibt es Gründe dafür?« Und dabei machte sie ein Gesicht, als wollte sie hinzusetzen: ›Was habe ich dir gesagt?‹

Lee gab ihr rasch einen Kuß auf die Wange, ehe er sich neben sie in einen Sessel auf die hintere Veranda setzte. Er warf einen großen roten Apfel zwischen seinen Händen hin und her. »Vielleicht ist es gar nicht so sehr deine Tochter, die ich haben möchte. Vielleicht wollte ich dich als Schwiegermutter haben.«

Opal nahm wieder ihre Näharbeit zur Hand. »Also glaubst du, daß du jetzt eine Chance hast, meine Tochter für dich zu gewinnen. Wenn ich mich recht entsinne, warst du bei unserem letzten Gespräch vom Gegenteil überzeugt. Hat sich denn etwas geändert?«

»Geändert? Nur die ganze Welt hat sich verändert.« Er biß herzhaft in seinen Apfel hinein. »Ich werde gewinnen.

Ich werde nicht nur gewinnen, sondern es wird ein Erdrutsch werden. Dieser arme Junge, dieser Hunter, hat nicht die geringste Chance.«

»Mir scheint, du hast den Schlüssel zu Blairs Herz gefunden, und der bestand offenbar nicht aus Blumen und Pralinen.«

Leander schmunzelte für sich, blickte sie lächelnd an und sagte: »Ich werde ihr so den Hof machen, wie es ihr am besten gefällt – mit Schußwunden, Blutvergiftungen, Entzündungen der Atemwege, Amputationen und was ich sonst noch für sie finden kann. Wenn hier der Frühjahrsauftrieb beginnt, kann ich ihr die herrlichsten Krankheiten servieren.«

Opal machte ein entsetztes Gesicht. »Das hört sich ja schrecklich an. Muß es so drastisch sein?«

»Nach meinen Erfahrungen kann es ihr gar nicht dick genug kommen. Je schlimmer es ist, um so besser gefällt es ihr. Es muß nur jemand dafür sorgen, daß sie dabei nicht den Kopf verliert.«

»Und du willst derjenige sein, der dafür sorgt?«

Leander erhob sich. »Für den Rest meines Lebens. Ich glaube, ich habe eben die Stimme meiner Liebsten gehört. Du wirst sehen – in einer Woche rennt sie mit mir zum Traualtar.«

»Lee?«

Er blieb unter der Verandatür stehen.

»Und wer bringt ihr das vom St.-Joseph-Spital bei?«

Er zwinkerte ihr zu. »Ich werde mich nach Kräften bemühen, daß sie es nie erfährt. Ich möchte, daß sie ihnen absagt. Was bilden sich diese Leute ein, zu behaupten, daß sie nicht für sie arbeiten kann?«

»Sie ist eine gute Ärztin, nicht wahr?« sagte Opal und strahlte vor Stolz.

»Nicht übel«, sagte Lee mit einem leisen Lachen und wandte sich wieder der Verandatür zu. »Nicht übel für eine Frau.«

Blair traf mit Leander im Salon zusammen. Der gestrige Tag war für sie eine schreckliche Enttäuschung gewesen. Alan hatte nicht angerufen, sie hatte nichts von Lee gehört, und wieder hatte sie die Sorge um Houston gequält, die sich an diesen schrecklichen Taggert verkaufen wollte. Und so trat sie nun mit bangem Herzen vor Leander hin. Würde er wieder Doktor Lee sein oder der Mann, der jede Gelegenheit nützte, um sie zu beleidigen?«

»Du wolltest mich sprechen?« fragte sie vorsichtig.

Leander machte ein Gesicht, wie sie es bei ihm noch nie gesehen hatte. Er wirkte so schüchtern wie ein Junge. »Ich bin gekommen, um mit dir zu reden – wenn du nichts dagegen hast, mich anzuhören, heißt das.«

»Natürlich habe ich nichts dagegen«, sagte sie. »Warum sollte ich nicht mit dir reden?« Sie setzte sich in einen roten Brokatsessel.

Leander hielt seinen Hut in der Hand, den er zerknüllte, als wäre er ein Taschentuch, und als Blair ihn einlud, Platz zu nehmen, schüttelte er nur den Kopf.

»Es ist nicht leicht, dir zu sagen, was ich dir zu sagen hierhergekommen bin. Es ist nicht leicht, eine Niederlage einzugestehen, zumal in einer für mich so wichtigen Sache, dich für mich als Ehefrau zu gewinnen.«

Blair wollte etwas sagen; aber er hob die Hand, als er ihre Absicht bemerkte.

»Nein, laß mich das, was ich dir sagen muß, ohne Unterbrechung zu Ende bringen. Es ist hart für mich, aber es muß gesagt werden, weil ich an nichts anderes mehr denken kann.«

Immer noch seinen Hut zwischen den Händen knetend, trat er ans Fenster. Sie hatte ihn noch nie so nervös erlebt.

»Der Sonnabend – der Tag, den wir miteinander als Berufskollegen verbracht haben – war für mich von monumentaler Bedeutung. Bis zu jenem Tag hätte ich alles, was ich besitze, darauf verwettet, daß eine Frau niemals ein guter Arzt sein könnte; doch du hast mich eines Besseren belehrt. An jenem Tag hast du mir gezeigt, daß eine Frau nicht nur ein guter Arzt sein kann, sondern sogar noch besser sein könnte als die meisten Männer.«

»Vielen Dank«, sagte Blair, und ein kleiner Wonneschauer rieselte ihr dabei über den Rücken.

Er drehte ihr nun das Gesicht zu. »Und deshalb gebe ich jetzt den Wettlauf auf.«

»Den Wettlauf?«

»Dann eben den Wettbewerb oder wie du es auch immer nennen willst. Ich habe gestern, als ich allein im Krankenhaus arbeitete, begriffen, daß mich der Tag, den wir als Kollegen verbracht haben, verändert hat. Du mußt wissen, daß ich bisher immer allein gearbeitet habe; doch als ich am Sonnabend mit dir ein Team bildete ... Nun, es war wie die Erfüllung eines Wunschtraums. Wir paßten so gut zusammen, stimmten so perfekt überein – fast so wie ein Liebespaar.« Er hielt inne und sah sie an. »Metaphorisch gesprochen, meine ich natürlich.«

»Natürlich«, murmelte sie. »Aber ich glaube, ich habe den Sinn des Ganzen noch nicht verstanden.«

»Wirklich nicht? Ich wollte damit sagen, daß mir vielleicht eine Ehefrau verlorengegangen, dafür aber eine *Kollegin* beschert worden ist! Ich mag zwar eine Frau mit geringem oder gar keinem Respekt behandeln, sogar einige Tricks anwenden, um ihr zu zeigen, daß ihr Freund ein Waschlappen ist, der weder rudern noch schwimmen und nicht einmal reiten kann; aber ich könnte so etwas nie – niemals – einer Kollegin antun, die meinen Respekt und sogar meine Bewunderung verdient.«

Blair schwieg einen Moment still. Da war etwas Unkorrektes an der Beschreibung von Alan gewesen; aber seine Lobeshymne klang so süß in ihren Ohren, daß sie keine Wortklauberei veranstalten wollte. »Willst du mir damit sagen, daß du mich nicht mehr heiraten möchtest?«

»Ich will damit sagen, daß ich dich respektiere, und da du mir gesagt hast, daß du Alan Hunter heiraten möchtest, ist mir jetzt klargeworden, daß ich dir nicht mehr im Weg stehen darf. Wir beide sind ebenbürtige Berufskollegen, und ich kann nicht damit fortfahren, eine Kollegin auf eine Weise zu demütigen, wie ich das vor dem letzten Samstag gemacht habe. Deshalb will ich dich nicht länger in Chandler gefangenhalten. Du darfst die Stadt mit dem Mann, den du liebst, jederzeit verlassen, und ich kann dir versichern, daß ich alles tun werde, was in meiner Macht steht, um Gates daran zu hindern, den Verlust deines – äh – deiner Jungfernschaft nach Pennsylvania zu melden.«

Blair erhob sich aus ihrem Sessel. »Ich bin immer noch nicht sicher, ob ich alles verstanden habe. Ich kann jederzeit abreisen? Du willst mich nicht mehr erpressen und Alan nicht mehr in Verlegenheit bringen? Und du tust das alles, weil du glaubst, daß ich eine gute Ärztin bin?«

»Exakt. Es dauerte zwar eine Weile, ehe ich zur Besinnung kam; aber nun ist es der Fall. Was für eine Ehe könnten wir beide denn führen, wenn sie nur auf Wollust aufgebaut ist? Natürlich zieht uns so manches an dem anderen an, und vielleicht war jene eine Nacht auch etwas Einzigartiges; aber das ist doch noch keine Basis für eine Ehe. Du und Alan habt eine echte Basis; ihr vertragt euch, könnt über gemeinsame Interessen plaudern, und ich bin sicher, daß du auch den gleichen ... äh ... die gleichen Reaktionen bei seiner Berührung haben wirst wie bei mir. Vielleicht habt ihr das in den letzten Tagen längst ausprobiert, wer weiß?«

»Wie bitte?«

Leander ließ den Kopf hängen. »Entschuldigung. Ich wollte dich nicht schon wieder beleidigen. Ich scheine doch immer ins Fettnäpfchen zu treten, wenn ich mit dir zusammenkomme. Und jetzt möchtest du bestimmt nicht mehr hören, was ich dir noch sagen wollte.«

»Ich höre«, sagte sie. »Erzähle mir auch noch den Rest.« Sie fühlte sich sonderbarerweise irgendwie im Stich gelassen. Natürlich war die Tatsache, daß er sie als Ärztin respektierte, wunderbar; aber sie verlangte noch etwas anderes – sie wußte nur nicht, was.

Als er sie nun wieder ansah, lag ein brennender, fast

zwingender Ausdruck in seinen Augen: »Ich weiß, daß du gern nach Pennsylvania zurückfahren möchtest, und ich mache dir deswegen auch keinen Vorwurf; aber das Zusammenwirken mit dir war für mich eine solche Freude und Befriedigung – und da ich überzeugt bin, daß du nie mehr nach Chandler zurückkehren willst nach den unangenehmen Erfahrungen, die du hier in den letzten Wochen gemacht hast, möchte ich dich fragen, ob du mir die Ehre erweisen würdest, in den nächsten Tagen noch einmal mit mir zusammenzuarbeiten. Mein Vater hat mir versprochen, den Verwaltungsrat des Krankenhauses zu überreden, daß er dir die Erlaubnis gibt, dich dort unter meiner Aufsicht zu betätigen, und somit könnten wir bis nach Houstons Hochzeit dort gemeinsam die Patienten betreuen. Oh, Blair, du könntest dir meine Pläne für die Frauenklinik anschauen! Bisher habe ich sie noch keinem gezeigt, und ich möchte sie so gern mit anderen teilen. Vielleicht könntest du mir sogar schon dabei helfen, sie zu verwirklichen – wenn du noch so viel Zeit hast, meine ich.«

Blair ging in die entgegengesetzte Ecke des Zimmers. Sie glaubte nicht, daß sie in ihrem Leben schon einen schöneren Tag erlebt hatte als jenen Sonnabend mit Leander, und wenn sie jetzt nicht mehr verlobt waren, würde Houston sich vielleicht auch nicht mehr verpflichtet fühlen, diesen Taggert zu heiraten. Und ...

»Und Alan kann mit uns arbeiten. Himmel, wenn er nur halb so gut ist wie du ... ist er das?«

Blair kehrte in die Gegenwart zurück und errötete ein wenig, weil sie an Alan überhaupt nicht gedacht hatte. »Du meinst, ob er so gut ist wie ich? Ich denke schon. Natürlich ist er das! Wenngleich ich nicht glaube, daß er die Gelegenheit hatte, so oft mit Ärzten zusammenzuarbeiten wie ich. Ich meine, ich hatte das Glück, daß mein Onkel Henry großes Ansehen in der Ärzteschaft genießt, und ich durfte ihm schon bei chirurgischen Eingriffen helfen, als ich noch fast ein Kind war. Ich war bei fast allen Notfällen seine Assistentin und habe eine Menge von diesem bedeutenden

Mann gelernt; aber ...« Sie hielt inne. »Natürlich ist Alan ein ausgezeichneter Arzt«, schloß sie mit fester Stimme.

»Das ist er sicherlich, und ich bin überzeugt, es wird eine Freude sein, mit euch beiden zusammenzuarbeiten. Übrigens – hat Alan ebenfalls an der Aufnahmeprüfung für das St.-Joseph-Hospital teilgenommen?«

»Ja; aber er hat nicht ...«

»Was hat er nicht?«

Sie schob die Unterlippe vor. »Sie haben nur die sechs Besten berücksichtigt.«

»Ich verstehe. Nun, vielleicht hatte er nur einen schlechten Tag. Darf ich dich morgen früh um sechs Uhr hier abholen? Bis dahin ist meine Bibliothek immer für eine Kollegin geöffnet.« Er küßte rasch ihre Hand und eilte aus dem Salon.

Kapitel 14

Blair war am nächsten Morgen um fünf Uhr dreißig fertig angezogen und abholbereit. Sie saß auf dem Bettrand und überlegte, was sie bis um sechs Uhr anfangen könnte. Und sollte sie im Erdgeschoß auf ihn warten, oder würde er wieder durch ihr Mansardenfenster ins Haus kommen?

Als die Uhr in der Halle sechs Uhr schlug, öffnete sie ihre Zimmertür, weil sie die Haustürglocke zu hören glaubte. Sie flog förmlich die Treppe hinunter und erreichte die Halle in dem Moment, als eine verschlafene Susan Leander die Haustüre öffnete.

»Guten Morgen«, sagte er lächelnd. »Fertig zur Abfahrt?«

Sie nickte zustimmend.

»So können Sie nicht gehen, Miss Blair-Houston. Sie haben noch nichts gegessen, und die Köchin ist noch nicht mit dem Frühstück fertig. Sie müssen warten, bis sie sich angezogen hat.«

»Hast du etwas gegessen?« fragte sie Lee.

»Mir kommt es so vor, als hätte ich seit Tagen nichts mehr gegessen«, antwortete er. Und als er sie dabei anlächelte, fiel ihr wieder auf, wie gut er aussah mit diesen grünen Augen.

Und aus irgendeinem Grund fühlte sie sich im selben Moment an die Nacht erinnert, die sie gemeinsam verbracht hatten. Es war seltsam, daß sie jetzt an etwas denken mußte was sie schon vor Tagen vergessen zu haben glaubte. Vielleicht lag es daran, daß er nun nicht mehr versuchte, sie in Rage zu bringen.

»Komm in die Küche, und ich mache dir ein Frühstück. Eier und Speck werde ich ja noch braten können. Die Mahlzeiten in diesem Haus richten sich nach Mr. Gates. Er ist ein Spätaufsteher, und so lange können wir nicht warten.«

Eine halbe Stunde später lehnte sich Lee am großen eichenen Küchentisch zurück und wischte sich den Mund ab. »Blair, ich hatte keine Ahnung, daß du kochen kannst. Welcher Mann darf denn auch von einer Frau erhoffen, daß sie ihm alles zugleich ist: Köchin, Freundin, Kollegin und« – er senkte Augen und Stimme – »Geliebte? Nein, das wäre des Guten zu viel.« Mit einem Seufzer sah er wieder zu ihr hoch. »Ich habe mir geschworen, daß ich kein schlechter Verlierer sein und dich mit Anstand freigeben werde.« Er lächelte so treuherzig wie ein kleiner Junge. »Du mußt mir verzeihen, wenn ich das manchmal vergesse.«

»Ja, natürlich«, sagte sie nervös, weil sie wieder an die Nacht denken mußte, die sie gemeinsam verbracht hatten. An die Nacht, in der sie meinte, ihm in der Rolle ihrer Schwester eine Geliebte sein zu müssen, als seine Hände ...

»Sind sie nicht sauber?«

»Wie bitte?« sagte sie, in die Gegenwart zurückkehrend.

»Du hast meine Hände angestarrt, und deshalb fragte ich mich, ob etwas nicht mit ihnen stimmt.«

»Ich ... können wir jetzt aufbrechen?«

»Sobald du willst«, sagte er, stand auf und zog ihren Stuhl zurück.

Blair lächelte ihm zu, weil sie nun an die schlechten Manieren des Mannes denken mußte, den Houston zu heiraten beabsichtigte. Absolut indiskutabel, wenn sie ihn mit Lee verglich.

Auf dem Weg zum Hospital fragte er sie nach Alan, und sie sagte, daß sie sich mit ihm vor dem Krankenhaus treffen wollte. Tatsächlich erwartete er sie dort mit schlafverklebten Augen und mürrischem Gesicht, als er Blair mit Leander in dessen Kutsche eintreffen sah.

Es wurde ein langer und anstrengender Tag für sie. Es schien, als wäre Lee für alle Patienten im Haus allein verantwortlich, und die drei mußten für zwölf arbeiten. Um ein Uhr nachmittags wurden vier schwerverletzte Männer eingeliefert, die man nach einem Stolleneinbruch in der Zeche *Inexpressible* freigeschaufelt hatte. Zwei von ihnen starben, ehe man sie untersuchen konnte, einer hatte ein gebrochenes Bein und der vierte schwebte zwischen Leben und Tod.

»Der ist nicht zu retten«, sagte Alan. »Reine Zeitverschwendung.«

Blair betrachtete den Mann, der mit geschlossenen Augen vor ihr lag, sah am Flattern der Lider, wie er sich an sein Leben klammerte. Sie wußte nicht zu sagen, wie schwer seine inneren Verletzungen waren; aber sie dachte, vielleicht hat er doch eine Überlebenschance. Eigentlich hätte er schon tot sein müssen, so schlimm sah er aus. Doch er schien einen unbeugsamen Lebenswillen zu haben.

Blair blickte zu Lee hinauf, und einen Moment lang fühlte er sich an die Augen des jungen Gewerkschaftsführers erinnert.

»Ich denke, er hat eine Chance. Sollen wir ihn nicht aufschneiden und sehen, was wir tun können? Ich glaube, er will überleben.«

»Blair«, sagte Alan gereizt, »selbst ein Laie sieht doch, daß er nur noch ein paar Minuten zu leben hat. Alle seine inneren Organe müssen zerquetscht sein. Laß ihn bei seiner Familie sterben.«

Blair achtete nicht auf ihn. Ihre Augen blieben auf Lee gerichtet. »Bitte«, flüsterte sie, »bitte.«

»Wir wollen ihn in den Operationssaal bringen!« rief Lee. »Nein, er darf nicht bewegt werden! Laßt ihn auf diesem Tisch liegen, und wir werden ihn tragen!«

Blair hatte recht; aber Alan ebenfalls. Die Milz war zerquetscht und blutete stark; aber sie konnten sie entfernen und auch noch andere Verletzungen an inneren Organen behandeln.

Der inneren Blutungen wegen mußten sie rasch arbeiten, und ehe sie sich dessen bewußt wurden, hatten sie Alan vom Operationstisch verdrängt. Leander und Blair, die so gut zusammenarbeiteten und große chirurgische Erfahrungen besaßen, nähten die Wunden so rasch zu, wie Mrs. Krebs die Nadeln einfädeln konnte. Mrs. Krebs war Leanders tüchtigste Operationsschwester und arbeitete mit ihm zusammen, seit er nach Chandler zurückgekehrt war. Als Alan erkannte, daß er das Tempo nicht mithalten konnte, in dem Blair und Leander operierten, trat er vom Operationstisch zurück und überließ den dreien die Arbeit, den Verletzten wieder zusammenzuflicken.

Als sie seine Bauchdecke zugenäht hatten, verließen sie den Operationssaal.

»Von jetzt ab ist der Herrgott für den Patienten zuständig; aber ich glaube, wir haben alles getan, was in unserer Macht steht, um dem Mann zu helfen.« Er grinste Blair an. »Du warst verdammt gut. War sie das nicht, Mrs. Krebs?«

Die kräftige, grauhaarige Schwester brummelte: »Das werden wir sehen, wenn der Patient am Leben bleibt«, und verließ den Saal.

»Sie macht wohl nicht gern Komplimente«, sagte Blair, während sie sich das Blut von den Händen wusch.

»Nur, wenn du sie verdienst. Ich warte immer noch auf meines. Aber ich arbeite ja erst seit zwei Jahren in diesem Krankenhaus.«

Sie lachten beide, und Blair merkte gar nicht, daß Alan neben dem Fenster an der Wand lehnte und sie beobachtete.

Anschließend begaben sie sich wieder in die Krankenstation und behandelten am späten Nachmittag ein Kind, das mit schweren Verbrennungen eingeliefert wurde. Blair und Leander schienen unermüdlich zu sein, während Alan hinter ihnen hertrottete und sich immer überflüssiger vorkam. Zweimal versuchte er mit Blair zu reden, daß sie endlich nach Hause sollte; doch sie wollte nichts davon hören. Sie wich nicht eine Sekunde von Lees Seite. Um zehn Uhr abends war Alan vollkommen erschöpft.

»Kommt mal mit in mein Büro«, sagte Lee um elf Uhr abends. »Ich habe dort Bier und belegte Brote bereitstellen lassen, und ich möchte euch noch etwas zeigen.«

Alan saß in einem Sessel und verschlang hungrig ein Sandwich, während Lee Blaupausen entrollte und sie auf einem Tisch ausbreitete. »Das sind meine Pläne für eine Frauenklinik – eine Stätte, wo Frauen sich mit all ihren Beschwerden und Krankheiten untersuchen und behandeln lassen können.« Er blickte Blair an und lächelte. »Aber nicht mit Pferdedung und Krebspflaster.«

Sie gab sein Lächeln zurück und merkte plötzlich, daß sein Gesicht nur wenige Zentimeter von dem ihren entfernt war – mit einem Ausdruck, den sie nur einmal an ihm gesehen hatte. In *jener* Nacht. Ehe sie wußte, was sie tat, beugte sie sich ihm auf eine Weise entgegen, die ihr ganz natürlich erschien. Und es schien absolut normal zu sein, daß er ihr jetzt einen Kuß geben sollte.

Doch nur einen Hauch von ihrem Mund entfernt zuckte er plötzlich zurück und begann, die Blaupausen wieder zusammenzurollen.

»Es ist schon spät, und ich sollte jetzt lieber nach Hause gehen. Offenbar haben wir Alan ein bißchen zu viel zugemutet, und außerdem ist es sinnlos für mich, wenn ich dir die Pläne zeige. Du wirst ja gar nicht mehr hier sein, wenn ich sie einrichte. Du arbeitest dann an einer etablierten Klinik in einer Großstadt und brauchst dich nicht mit den Widrigkeiten herumzuschlagen, die zu jedem Neubeginn gehören. Du brauchst dir nicht erst zu überlegen, welche

Geräte du anschaffen und wie du die Räume aufteilen mußt – welches Personal du benötigst, wie viele Patienten du aufnehmen kannst und in welchen Fachbereichen du sie behandeln könntest.«

Er hielt inne und seufzte. »Nein, in deinem Großstadtkrankenhaus ist alles längst geplant und organisiert. Dort wird es nicht so hektisch zugehen wie in einer neueröffneten Klinik.«

»Aber das hört sich doch gar nicht so übel an. Ich meine, es könnte doch Spaß machen, mit dir zu überlegen, wie du die Klinik einrichten möchtest. Ich würde zum Beispiel eine besondere Abteilung für Brandwunden einrichten, eine Isolierstation oder . . .«

Er schnitt ihr das Wort ab. »Ein guter Vorschlag; aber in einer Großstadtklinik pflegen die Patienten auch ihre Rechnungen zu bezahlen.«

»Wenn eine Großstadtklinik so viele Vorteile hat, warum bist du dann nicht in deiner geblieben? Weshalb bist du hierhergezogen?« fragte sie ungehalten.

Mit übertriebener, fast ehrfürchtiger Sorgfalt legte er seine Pläne in den Wandsafe zurück. »Wahrscheinlich, weil ich das Gefühl, gebraucht zu werden, der Sicherheit vorziehe«, sagte er, sich wieder zu ihr umdrehend. »Im Osten gibt es mehr als genug Ärzte; doch hier mußt du dich anstrengen, wenn du dein Pensum schaffen willst. Hier herrscht ein Mangel an ärztlicher Versorgung. Hier habe ich das Gefühl, daß ich etwas Gutes für die Leute tue, die auf mich angewiesen sind. Aber an der Ostküste hatte ich dieses Empfinden nicht.«

»Glaubst du, daß ich nur der Sicherheit wegen nach Pennsylvania zurückkehren will? Denkst du etwa, ich wäre der Arbeitslast hier nicht gewachsen?«

»Blair, bitte, ich wollte dich nicht beleidigen. Du hast mich gefragt, warum ich nicht einen sicheren und bequemen Arbeitsplatz an einer großen und reibungslos funktionierenden Klinik an der Ostküste haben wollte, und ich habe dir meine Gründe dafür genannt. Das ist alles. Wir sind Kollegen. Es würde mir niemals einfallen, dir zu sagen, was du tun oder lassen solltest. Im Gegenteil, wenn ich mich recht entsinne, räume ich dir sogar alle Hindernisse aus dem Weg, damit du dir deine Wünsche erfüllen kannst. Ich habe meine Absicht aufgegeben, dich zu heiraten, damit du in den Osten zurückkehren, Alan heiraten und in deinem Krankenhaus arbeiten kannst, wie du es wolltest. Was könnte ich denn noch tun, um dich zu unterstützen?«

Darauf wußte sie ihm nichts zu antworten, fühlte sich aber verunsichert. In diesem Moment kam sie sich egoistisch vor, wenn sie im St.-Joseph-Hospital arbeiten wollte, als suche sie dort nur Ruhm zu gewinnen, statt den Menschen zu helfen, wie es ihre Berufsethik verlangte.

»Und was Alan anlangt, sollten wir ihn lieber nach Hause bringen«, sagte Lee in ihre Gedanken hinein.

Blair hatte Alan total vergessen, und als sie sich nun zu ihm umdrehte, sah sie ihn mit nach vorne gesacktem Oberkörper im Sessel sitzen. »Ja, das sollten wir wohl«, sagte sie zerstreut. Sie dachte noch immer über Lees Worte nach. Vielleicht war ein großes Krankenhaus »sicher«, aber die Leute wurden dort genauso krank wie hier im Westen. Allerdings standen ihnen im Osten viel mehr Ärzte zur Verfügung, und hier gab es nicht einmal ein ordentliches Krankenhaus für Frauen. In Philadelphia waren mindestens vier Spezialkliniken für Frauen und Kinder eingerichtet worden, und selbstverständlich wurden sie dort auch von weiblichen Ärzten versorgt, weil jeder wußte, daß Frauen manchmal lieber jahrelang Schmerzen ertrugen, als sich von einem Mann untersuchen zu lassen.

»Können wir aufbrechen?« fragte Lee, nachdem er Alan geweckt hatte.

Blair dachte auf dem Weg nach Hause über alles nach, was Lee zu ihr gesagt hatte, und das beschäftigte sie auch noch eine Weile, als sie bereits im Bett lag. Zweifellos brauchte diese Stadt eine Ärztin, und sie konnte ihm bei dem Aufbau seiner neuen Klinik helfen und gleichzeitig ihre praktische Ausbildung bei ihm zu Ende bringen.

»Nein, nein, nein!« sagte sie laut, während sie mit der Faust in die Kissen schlug. »Ich werde *nicht* in Chandler bleiben! Ich werde Alan heiraten, als Assistenzärztin an der St.-Joseph-Klinik arbeiten und anschließend eine Praxis in Philadelphia eröffnen!«

Doch als sie mit diesem Entschluß einschlafen wollte, mußte sie wieder an die vielen Frauen in Chandler denken, die von keiner Ärztin betreut wurden. Es wurde eine unruhige Nacht für sie.

Am Mittwochmorgen kam Lee in die Villa Chandler, um sie zu besuchen, und Blair merkte, daß sie sich freute, ihn wiederzusehen.

»Ich muß heute erst am späten Nachmittag meinen Dienst in der Klinik antreten, und da dachte ich mir, vielleicht sollte ich dich fragen, ob du mit mir ausreiten möchtest. Ich bin zuerst zum Hotel geritten, um Alan zu bitten, uns zu begleiten; aber er sagte, er sei zu müde dazu, und das Reiten sei sowieso nichts für ihn. Vermutlich wirst du mir deshalb einen Korb geben, nicht wahr?«

Ehe Blair ein Wort sagen konnte, fuhr er rasch fort: »Natürlich wirst du mir einen Korb geben.« Er blickte auf seinen Hut hinunter, den er mit beiden Händen festhielt. »Du kannst nicht mit mir allein ausreiten, weil du ja mit einem anderen Mann verlobt bist. Doch da die ganze Stadt glaubt, daß ich dich in fünf Tagen heiraten werde, würde keine andere junge Dame meine Einladung annehmen.« Er wollte wieder zur Tür zurückgehen. »Entschuldigung. Ich hatte nicht vor, dich mit meinen Problemen zu belästigen. Meine Einsamkeit ist nicht deine . . .«

»Lee«, sagte sie rasch, ihn am Arm fassend. »Ich . . . ich hätte so gern mit dir über den Fall von Blutvergiftung gesprochen, den du in der Klinik behandelst. Vielleicht . . .«

Leander gab ihr nicht Gelegenheit, den Satz zu beenden. »Du bist großartig, Blair – ein echter Freund«, sagte er, während er sie anstrahlte, daß ihr die Knie weich wurden. Und im nächsten Moment spürte sie schon seine Hand im

Kreuz, die sie durch die Tür auf die Veranda hinausschob und dann auf den Hof, wo zwei gesattelte Pferde auf sie warteten.

»Aber ich kann doch nicht in diesem Kleid ausreiten«, protestierte sie und blickte auf ihren langen Rock hinunter.

»Aber das Kleid steht dir«, sagte er, »und was macht es schon, wenn du mir deine nackten Knöchel zeigst? Außer mir sieht sie ja keiner, und ich habe schon mehr gesehen als das.«

Und ehe sie noch etwas sagen konnte, hatte er sie schon aufs Pferd hinaufgehoben, wo sie sich bemühte, ihre Röcke so zu ordnen, daß der Anstand einigermaßen gewahrt blieb. Sie hoffte nur, daß Houston jetzt nicht aus dem Fenster sah. Houston mochte ihr vielleicht eines Tages verzeihen, daß sie ihr den Mann gestohlen hatte, den sie heiraten wollte; doch sie würde ihr nie – niemals – einen Verstoß gegen die Kleidersitte vergeben.

Leander grinste sie an, und in diesem Moment war ihre Schwester vergessen und alle ihre Bedenken, daß sie mit einem Mann zusammen war, mit dem sie nicht zusammen sein sollte.

Er führte sie weit weg von der Stadt. Sie ritten eine Weile nebeneinander, und Blair brachte ihn dazu, daß er ihr noch mehr erzählte von seinen Plänen mit der Frauenklinik. Und sie erzählte ihm ihre Vorstellungen davon. Einmal meinte er sehr nachdenklich, daß er sich wünschte, einen Kollegen an seiner Seite zu haben. Behutsam erkundigte sich Blair, ob er sich auch eine Kollegin vorstellen könne. Wenn Blair diese Kollegin wäre, antwortete er, könne er sich das sehr gut vorstellen, und dann redete er eine halbe Stunde lang nur davon, wie sie in der neuen Klinik zusammenarbeiten würden, wenn sie in Chandler bliebe. Es dauerte nicht lange, und sie wurde von seinen Phantastereien angesteckt. Sie sprach von den Wundertaten, die sie gemeinsam verrichten würden, bis sie alle Krankheiten im Staate Colorado ausgemerzt hätten.

»Und dann könnten wir drei nach Kalifornien umziehen

und diesen Staat von seinen Krankheiten kurieren«, meinte Leander lachend.

»Wir drei?« meinte Blair verständnislos.

Lee warf ihr einen vorwurfsvollen Blick zu. »Alan. Hast du den Mann vergessen, den du liebst? Den Mann, den du heiraten wirst? Er gehört doch auch dazu. Wir müssen ihn ebenfalls als Kollegen in die neue Klinik aufnehmen. Und er wird uns helfen, wie er uns gestern geholfen hat.«

Seltsam – aber Blair konnte sich kaum noch daran erinnern, daß Alan gestern mit ihnen im Krankenhaus gewesen war. Sie wußte zwar noch, daß er dem Mann mit den Unterleibsquetschungen keine Überlebenschance einräumen wollte; aber war er anschließend auch mit ihnen im Operationssaal gewesen?

»Hier sind wir schon«, sagte Lee, als sie ihm auf einen von mächtigen Felsen umfriedeten Platz folgte. Er schwang sich vom Pferd und sattelte es ab. »Ich hätte nicht gedacht, daß ich den Anblick dieser Stätte ertragen könnte nach allem, was hier passiert ist.«

Blair trat einen Schritt zurück, während er ihrem Pferd den Sattel abnahm. »Was ist denn hier passiert?«

Er verhielt einen Moment, den Sattel auf dem Arm. »Der schlimmste Tag meines Lebens. Ich brachte Houston hierher nach der Nacht, in der du und ich uns geliebt hatten, und mußte feststellen, daß die Frau, der ich die herrlichste Nacht meines Lebens verdankte, nicht die Frau war, mit der ich verlobt gewesen bin.«

»Oh«, sagte Blair kleinlaut und wünschte, sie hätte ihn nicht gefragt. Sie trat zurück, während Leander eine Decke aus seiner Satteltasche nahm und sie auf dem Boden ausbreitete. Dann tränkte er die Pferde an einer Quelle in der Nähe und packte einen Picknickkorb aus.

»Setz dich«, sagte er.

Vielleicht hätte ich doch nicht allein mit ihm ausreiten sollen, dachte sie. Man konnte ihm leicht widerstehen, wenn er sich aufsässig benahm und Alan in den See warf; aber das letzte Mal, als er so nett zu ihr gewesen war, hatte die Sache damit geendet, daß sie sich nackt in den Armen lagen und sich liebten. Blair blickte zu Leander hoch, der über ihr stand, und die Sonne legte einen Strahlenkranz um sein Haupt. Unter keinen Umständen durfte sie zulassen, daß er sie anfaßte, dachte Blair. Und sie mußte verhindern, daß sie auf die Dinge zu sprechen kamen, die in jener Nacht geschehen waren. Wir dürfen nur über medizinische Angelegenheiten reden.

Sie aßen von den Speisen, die Lee mitgebracht hatte, und Blair erzählte ihm von den schlimmsten Fällen ihrer medizinischen Praxis. Sie mußte sich die blutigsten Einzelheiten ins Gedächtnis zurückrufen, weil Lee seine Jacke ausgezogen und sich nur wenige Zentimeter von ihr entfernt auf dem Boden ausgestreckt hatte. Seine Augen waren geschlossen, und er gab ihr nur hin und wieder mit murmelnder Stimme zu verstehen, daß er zuhörte, so daß sie schließlich befürchten mußte, daß er jeden Moment einschlief. Sie konnte nicht umhin, ihn zu betrachten, während sie einen besonders schlimmen Fall schilderte – seine langen Beine und seine breite, kräftige Brust, deren Pectoralis fast das dünne Baumwollgewebe seines Hemdes sprengte. Sie erinnerte sich wieder daran, wie seine Brusthaare ihren nackten Busen berührt hatten.

Und je mehr sie sich an diese Dinge erinnerte, um so schneller redete sie, bis die Worte sich miteinander verhedderten und ihr in der Kehle stecken blieben. Mit einem frustrierten Seufzen stellte sie ihr Reden ein und blickte auf die Hände in ihrem Schoß hinunter.

Leander sagte lange nichts, und sie dachte schon, er sei vielleicht eingeschlafen.

»Ich bin noch keiner Frau begegnet«, sagte er so leise, daß sie sich vorbeugen mußte, um ihn zu verstehen, »die so gut wie du verstehen konnte, warum ich Arzt geworden bin. Alle Frauen, die ich bisher gekannt habe, haben mich nur ausgeschimpft, wenn ich sie zu spät zu einer Party abholte, weil ich erst noch einen Verletzten zusammenflicken mußte. Und ich habe auch noch keine Frau getroffen, die sich für meinen Beruf interessiert hätte. Du bist die großzügigste und liebenswerteste Person, die mir in meinem Leben begegnet ist.«

Blair fand diesmal in ihrer Verblüffung keine Worte. Zuweilen glaubte sie, sie habe sich nur in Alan verliebt, weil er der erste junge Mann war, der nichts gegen ihren Beruf und ihr Verhalten einzuwenden hatte. Oft hatte Blair versucht, so zu sein wie ihre Schwester: still und vornehm. Und Zurückhaltung zu üben, wenn ein Mann etwas Dummes sagte; statt ihm seine Dummheit vorzuhalten. Aber offenbar vermochte sie nicht über ihren Schatten zu springen. Und so hatte sie ihrer Kritik, ihres Lachens und ihrer Offenheit wegen nie viele Verehrer gehabt. In Pennsylvania hatten die Männer bemerkt, wie hübsch sie war, und sich für sie interessiert; aber als sie erfuhren, daß sie Ärztin werden wollte, hatte sich ihr Interesse rasch abgekühlt. Falls sie sich dennoch nicht von ihrem zukünftigen Beruf abschrecken ließen, fanden sie bald heraus, daß sie sehr klug war, und diese Eigenschaft war für jede Frau tödlich. Sie brauchte einen Mann nur beim Schachspiel zu besiegen oder eine Rechenaufgabe schneller im Kopf zu lösen als er, und sofort wandte sich der Betreffende wieder von ihr ab. Alan war der erste Mann, der sich von ihren Fähigkeiten nicht hatte abschrecken lassen – und daher war Blair nach drei Wochen ihrer Bekanntschaft überzeugt gewesen, daß sie ihn liebte.

Und nun gestand Leander ihr, daß er sie *mochte*. Und wenn sie daran dachte, was sie ihm in den letzten Tagen alles angetan hatte – ihm seine Kutsche und sein Pferd weggenommen, so daß er zu Fuß in die Stadt zurückkehren mußte –, konnte sie nur staunen, daß er sie überhaupt noch ertragen konnte. Er war entweder ein bemerkenswerter Mann oder ein Masochist.

»Ich weiß, daß du die Stadt in ein paar Tagen verlassen wirst und ich dich vielleicht nie wiedersehen werde, und deshalb möchte ich dir sagen, was die Nacht, die wir gemeinsam verbrachten, mir bedeutet hat«, sagte er mit einer Stimme, die kaum lauter war als ein Wispern.

»Es war, als könntest du mir nicht widerstehen, wenn ich dich berührte. Das hat meiner Eitelkeit sehr geschmeichelt. Du hast mir meine Eitelkeit vorgehalten; aber ich bin nur eitel, wenn ich mit dir zusammen bin, weil ich mich bei dir so wohl fühle. Und weil ich glaubte, die Frau fürs Leben gefunden zu haben ... Freundin, Kollegin und eine unvergleichliche Liebhaberin. Und nun habe ich das alles wieder verloren.«

Blair kam ihm bei diesen Worten fast unmerklich immer näher.

Lee drehte das Gesicht von ihr weg. »Ich möchte fair bleiben. Ich möchte dir geben, was du verlangst und was dich glücklich machen wird; aber ich hoffe, du erwartest nicht von mir, daß ich am Bahnhof bin, wenn du mit Alan die Stadt wieder verläßt. Ich werde mich vermutlich am Tag deiner Abreise schrecklich betrinken und meine Probleme einem rothaarigen Barmädchen erzählen.«

Blair setzte sich kerzengerade. »Ist es das, was du magst?« sagte sie steif.

Er blickte überrascht auf sie zurück. »Was soll das sein, was ich mag?«

»Rothaarige Barmädchen?«

»Nun hör mal zu, du kleines, dummes ...« Sogleich wurde sein Gesicht rot vor Zorn, während er aufstand, ihr die Decke unter dem Podex wegzog und Teller und Bestecke in den Korb zurückwarf. »Nein, ich mag keine rothaarigen Barmädchen. Ich wünschte, es wäre so. Ich war dumm genug, mich in die eigensinnigste, blindeste und hirnvernageltste Frau der Welt zu verlieben. Ich hatte in meinem Leben noch nie Schwierigkeiten mit Frauen gehabt, und seit ich dich kenne, habe ich nur noch Schwierigkeiten.«

Er warf den Pferden die Sättel auf den Rücken. »Es gibt Augenblicke, in denen ich wünschte, ich hätte dich niemals kennengelernt.«

Er drehte sich ihr zu. »Du kannst den Sattelgurt selbst festziehen. Und du wirst auch allein in die Stadt zurückfinden. Das heißt, wenn du nicht so blind bist, daß du den Pfad nicht mehr siehst. Denn offenbar bist du, was Menschen betrifft, total mit Blindheit geschlagen.«

Er stellte den Fuß in den Steigbügel, und dann drehte er sich, von einem Impuls getrieben, noch einmal zu ihr um, nahm sie in die Arme und küßte sie.

Blair hatte vollkommen vergessen, wie es war, wenn sie von Lee geküßt wurde. Sie hätte nicht sagen können, wer sie war; denn sobald dieser Mann sie berührte, war ihr ganzes Bewußtsein von ihm ausgefüllt.

»Du«, sagte er wütend, als er sich von ihr löste und sie ein wenig schütteln mußte, damit sie die Augen wieder öffnete, »ich habe blinde Patienten gehabt, die mehr sahen als du.«

Er ging von ihr weg, wollte sich auf sein Pferd schwingen, murmelte dann: »Oh, zum Teufel«, kam wieder zurück und zog ihren Sattelgurt fest. Er hob sie auf ihr Pferd hinauf und jagte vor ihr her nach Chandler zurück. Als er sein Pferd vor ihrer Haustüre zügelte, sagte er: »Ich erwarte dich morgen früh um acht im Hospital.«

Sie hatte kaum Zeit, zu nicken, als er schon wieder davongaloppierte.

Kapitel 15

Düster war das richtige Wort, um ihre Laune zu beschreiben, als sie wieder durch die Haustür trat. Sie konnte nicht begreifen, warum Leander sich so erzürnt hatte, und verstand ihre Erregung darüber nicht.

Ihre Mutter war im Salon, umgeben von Hunderten von Kartons. »Was ist denn das?« fragte Blair geistesabwesend.

»Hochzeitsgeschenke für dich und Houston. Möchtest du dir gern ein paar von deinen Geschenken ansehen?«

Blair warf nur einen Blick auf die hübsch verpackten Schachteln und schüttelte den Kopf. Das letzte, woran sie jetzt erinnert werden wollte, war die Hochzeit, die stattfinden oder auch nicht stattfinden konnte. Sie wollte nicht daran denken, daß Leander sie immer noch heiraten wollte.

Sie rief in Alans Hotel an und hinterließ dort eine Nachricht, daß sie morgen früh beide im Krankenhaus sein sollten. Dann ging sie nach oben und ließ sich ein heißes Bad ein.

Als sie eine Stunde später wieder nach unten kam, war Houston im Salon – ein seltenes Vorkommnis, da sie in letzter Zeit ständig mit Taggert unterwegs zu sein schien –, öffnete ein Paket nach dem anderen und erzählte Opal in tausend Worten pro Minute von ihren Hochzeitsvorbereitungen. Sie äußerte sich entzückt über die Präsente von der Ostküste – Dinge, die ihr die Vanderbilts und Astors geschickt. Bisher kannte Blair diese Namen nur aus Zeitungen; doch nun wollte Houston ein Mitglied dieser exklusiven Gesellschaft heiraten.

Lustlos setzte sie sich auf eines der Sofas.

»Hast du das Kleid schon gesehen, Blair?« fragte Houston, während sie eine große geschliffene Kristallschale auspackte, für die jemand ein Vermögen ausgegeben haben mußte.

»Was für ein Kleid?«

»Unser Hochzeitskleid natürlich«, sagte Houston nachsichtig. »Ich habe deines so machen lassen, daß es meinem vollkommen ähnlich sieht.«

Blair hatte das Gefühl, daß sie es in einem Zimmer, in dem eine solche Begeisterung herrschte, nicht mehr aushalten konnte. Vielleicht konnte Houston beim Anblick von ein paar Geschenken Wonneschauer bekommen; aber sie nicht. »Mutter, ich fühle mich nicht besonders. Ich glaube, ich werde lieber ins Bett gehen und noch ein bißchen lesen.«

»Natürlich, mein Liebes«, antwortete Opal, während sie mit beiden Armen in eine Kiste griff. »Ich werde Susan mit einem Tablett zu dir hinaufschicken. Ach, da fällt mir ein, daß ein junger Mann angerufen hat und dir ausrichten läßt, daß er morgen früh nicht ins Krankenhaus kommen wird. Ein Mr. Hunter, glaube ich.«

Damit sank Blairs Stimmung auf den absoluten Nullpunkt. Sie hatte Alan in den letzten Tagen sträflich vernachlässigt.

Der Morgen kam nur allzu rasch, und Blairs Laune hatte sich kaum gebessert. Die Patienten im Hospital lenkten sie wenigstens von ihren eigenen Problemen ab – bis Leander im Krankenhaus eintraf, heißt das. Im Vergleich zu seiner Stimmung schien ihre Laune ein Sonnenstrahl zu sein. Innerhalb von zwei Stunden brachte er es fertig, sie viermal anzuschreien, daß sie noch eine Menge lernen müsse, wenn sie eine vollwertige Ärztin werden wolle. Blair hatte gute Lust, zurückzubrüllen; aber nach einem Blick auf sein Gesicht begnügte sie sich klugerweise mit einem »Jawohl, Sir«, und bemühte sich, seine Anweisungen auf das genaueste zu befolgen.

Um elf Uhr beugte sie sich über ein kleines Mädchen, dessen Arm sie eben eingerichtet hatte, als Alan hinter sie trat.

»Ich dachte, daß ich dich hier finden würde – mit ihm.«

Blair lächelte dem kleinen Mädchen zu. »Alan, ich arbeite.«

»Wir werden jetzt miteinander reden müssen – unter vier Augen oder vor dem ganzen Krankenhaus.«

»Also gut – dann komm mit.« Sie führte ihn den Korridor hinunter zu Leanders Büro. Sie kannten sich nicht sehr gut aus in diesem Krankenhaus, und es war der einzige Ort, wo sie sich ihres Wissens nach ungestört unterhalten konnten. Sie hoffte nur, daß Lee in dieser Zeit nicht in sein Zimmer zurückkam und sie dort entdeckte.

»Ich hätte mir gleich denken können, daß du mich hierherführen würdest. Sein Zimmer! Du scheinst dich hier ja sehr wohl zu fühlen. Zweifellos hältst du dich sehr oft in diesem Zimmer auf.« Betroffen mußte er zusehen, wie Blair in einen Sessel fiel, die Hände vors Gesicht schlug und zu weinen begann.

Im nächsten Moment lag er vor ihr auf den Knien. »Ich wollte dich nicht kränken.«

Blair versuchte, ihre Tränenflut einzudämmen, was ihr aber nicht gelang. »Jeder hackt auf mir herum. Ich kann es offenbar keinem recht machen. Mr. Gates schimpft schon, wenn er mich nur sieht. Houston haßt mich. Leander will kaum noch ein Wort mit mir reden, und nun kommst du und . . .«

»Was für einen Grund hätte Westfield, auf dich böse zu sein? Er gewinnt doch mit fliegenden Fahnen!«

»Gewinnt?« Blair zog ein Taschentuch aus ihrem weißen Kittel und schneuzte sich. »Er ist ja nicht einmal mehr ein Konkurrent von dir. Er sagte, er habe eingesehen, daß ich dich liebe, und deshalb werde er nicht länger am Wettbewerb teilnehmen.«

Alan stand auf und lehnte sich gegen Leanders Schreibtisch. »Warum verbringst du dann jeden Tag mit ihm? Seit einer Woche bist du ihm keinen Schritt mehr von der Seite gewichen.«

»Er sagte, er würde gern in den letzten Tagen meines Aufenthalts mit mir zusammen arbeiten. Er sagte, er hätte noch nie mit jemandem so gut zusammengearbeitet wie mit mir. Und er hat uns beide eingeladen, an seiner Stelle im Krankenhaus zu arbeiten.«

»So etwas Hinterhältiges, Durchtriebenes wie dieser Mann ist mir doch noch nicht begegnet«, polterte Alan los und begann, im Zimmer umherzuwandern. »Hast du diesen Trick denn nicht durchschaut?« Er blickte auf Blair zurück. »Er weiß, daß du in alles vernarrt bist, was mit der Medizin zu tun hat, und er nützt diese Schwäche von dir aus, um in deiner Nähe bleiben zu können. Und selbstverständlich lädt er auch mich dazu ein, an eurer Arbeit teilzunehmen! Der Mann hat eine jahrelange Übung in seinem Beruf und ist mir mit seiner Erfahrung als Mediziner natürlich weit überlegen, so daß er in deinen Augen großartig abschneiden muß, während ich wie ein Idiot dastehe.«

»Das ist nicht wahr! Leander sagte, daß er mit mir arbeiten wollte, und wir arbeiten wirklich gut zusammen. Es ist so, als könnte jeder die Gedanken des anderen lesen.«

»Nach allem, was ich hörte, hast du schon seine Gedanken an dem ersten Abend lesen können, an dem ihr zusammen ausgegangen seid!«

»Wer ist denn jetzt der Hinterhältige von euch beiden?!«

»Ich versuche nur, mich zu wehren«, gab Alan zurück. »Blair, ich bin es leid, dauernd als Narr hingestellt zu werden. Ich bin ein Arzt, der noch in der Ausbildung steht, und muß im Operationssaal gegen einen Mann konkurrieren, der eine jahrelange Erfahrung als Chirurg besitzt. Ich bin in einer Stadt groß geworden; doch er fordert mich zu einem Wettbewerb im Kanu und auf dem Rücken eines Pferdes heraus. Da kann ich einfach nicht gut aussehen im Vergleich mit ihm.«

»Aber hast du denn immer noch nicht verstanden? Leander ist von dem Wettbewerb zurückgetreten. Er ist nicht mehr dein Konkurrent. Er will mich gar nicht mehr heiraten. Ich bleibe nur noch so lange in Chandler, bis meine Schwester geheiratet hat, und dann werde ich mit dir die Stadt verlassen. Ich habe sogar noch die Hoffnung, daß Houston sich mit Leander trauen läßt.«

Er sah sie einen Moment prüfend an. »Ich glaube, daß ein Teil von dir tatsächlich von dem überzeugt ist, was du da redest. Aber laß dir eines von mir sagen: Westfield hat das Rennen *nicht* aufgegeben. Der arme Mann konkurriert so heftig gegen mich, daß ich nur staunen kann über sein Stehvermögen. Und wenn du glaubst, daß du am Montag nicht heiraten wirst – warum hast du dann nicht alle Hochzeitsvorbereitungen deiner Schwester unterbunden? Willst du in der ersten Reihe sitzen und zusehen, wie deine Schwester getraut wird, während auf den Tischen Geschenke bereitliegen, die alle doppelt vorhanden sind? Ich frage dich: was machst du mit *deinen* Präsenten?«

Er stemmte die Arme auf ihre Sessellehnen und beugte sich über sie. »Was die Heirat von Houston mit deinem geliebten Doktor betrifft – ich glaube nicht, daß du dabeisitzen und das mitansehen könntest!«

»Das reicht« kam Leanders Stimme von der Tür her.

»Es reicht nicht annähernd«, antwortete Alan und ging dabei auf Leander zu.

»Wenn Sie sich mit mir prügeln wollen ...«

Lee hielt inne, als Blair sich zwischen die beiden Männer schob.

»Blair«, sagte Alan, »es wird Zeit, daß du dich entscheidest. Ich werde in dem Zug sitzen, der heute nachmittag um vier die Stadt verläßt. Wenn du nicht mitkommen willst, fahre ich allein.« Damit verließ er Leanders Büro.

Blair stand Lee allein gegenüber. Einen Moment lang sagten sie beide nichts, bis Lee ihr die Hand auf den Arm legte.

»Blair«, begann er, doch sie rückte von ihm weg.

»Ich glaube, Alan hat recht. Es wird Zeit, daß ich eine Entscheidung treffe und aufhöre mit diesen kindischen Spielen.« Damit rauschte sie an ihm vorbei und ging die zwei Meilen bis zu ihrem Haus.

Als sie in ihrem Zimmer war, nahm sie sehr ruhig einen Bogen Papier zur Hand und stellte eine Liste auf, was dafür und dagegen sprach, die Stadt mit Alan zu verlassen. Es gab fünf gute, starke Gründe, warum sie mit ihm abreisen sollte. Sie reichten von so allgemeinen Erwägungen wie die Engstirnigkeit dieser Stadt bis zu dem sehr persönlichen Motiv, Houston von dem Gefühl befreien zu können, daß sie einen Millionär heiraten müsse.

Ihr wollte nur ein Grund einfallen, warum sie Chandler *nicht* mit Alan verlassen sollte: Sie würde Leander dann nie wiedersehen. Sie würde nicht mit ihm in seiner neuen Klinik zusammenarbeiten können, wenngleich es auch möglich sein konnte, daß Alan mit seiner Behauptung recht hatte und Leander sie nur mit den Plänen ködern wollte, damit er in diesem Wettbewerb Sieger blieb.

Sie stand auf. Wenn sie nicht hier in der Klinik arbeiten würde, wartete das St.-Joseph-Hospital in Pennsylvania auf sie.

Sie blickte auf ihre Uniform hinunter und wußte, daß sie außer diesem Kleidungsstück nichts mitnehmen würde. Sie konnte nicht mit einer Reisetasche das Haus verlassen, weil man sie sonst mit Fragen bestürmen würde. Sie konnte nur ihre Arzttasche mitnehmen und das, was sie auf dem Körper trug. Sie zerknüllte ihre Liste und behielt sie in der Hand. Sie mochte sie noch brauchen, damit sie sich wieder daran erinnerte, warum sie das alles tat.

Im Erdgeschoß war ihre Mutter damit beschäftigt, die Geschenke zu ordnen. Houston war fortgegangen. Blair versuchte, ein paar Worte für ihre Mutter zu finden – ihr Lebewohl zu sagen, ohne dieses oder ein ähnliches Wort zu verwenden. Aber ihre Mutter war zu sehr damit beschäftigt, silberne Schüsseln und Bestecke zu zählen.

Das Kinn in die Luft gereckt, ging Blair durch die Haustür und machte sich auf den langen Weg bis zum Bahnhof. Während sie durch die Straßen ging, betrachtete sie die betriebsame kleine Stadt mit anderen Augen. Vielleicht war sie gar nicht so kleinkariert, wie sie ursprünglich geglaubt hatte. Sie war nicht Philadelphia, hatte aber auch ihre Vorzüge. Drei Kutschen ratterten an ihr vorbei, und die Leute, die darin saßen, riefen: »Hallo, Blair-Houston!« Heute klang ihr der Doppelnamen gar nicht so übel in den Ohren.

Als sie sich dem Bahnhof näherte, überlegte sie, was wohl nach ihrer Abreise geschehen würde: ob Houston Leander heiraten, ihre Mutter ihr Verschwinden verstehen, Gates sie noch mehr hassen würde als bisher?

Sie kam um drei Uhr fünfundvierzig am Bahnhof an und sah mit einem Blick, daß Alan noch nicht eingetroffen war. Sie stand auf dem Bahnsteig, neben sich die Ärztetasche, spielte mit ihrer Motiv-Liste und dachte, daß das vielleicht die letzten Minuten in dieser Stadt waren, die nach ihrem Vater benannt war. Nach dem Skandal, den sie heraufbeschworen hatte, indem sie zuerst ihrer Schwester den Mann stahl und nun vier Tage vor ihrer Hochzeit mit einem anderen Mann davonrannte, würde sie wohl kaum in diese Stadt zurückkehren können vor ihrem neunzigsten Geburtstag.

»Ahem«, drang eine Stimme zu ihr, die sie kannte. Sie

drehte sich abrupt um und sah Leander, der zwei Schritte hinter ihr auf einer Bank saß.

»Ich dachte, ich sollte doch zum Bahnhof kommen, um dir Lebewohl zu sagen«, meinte er, als Blair sich vor ihm aufbaute. Die Liste fiel ihr aus der Hand, und ehe sie sie wieder aufheben konnte, hatte Leander sie schon an sich genommen und las sie durch.

»Wie ich sehe, habe ich gegen Onkel Henry und einen Schuldkomplex wegen Houston verloren.«

Sie riß ihm die Liste aus der Hand. »Ich habe meiner Schwester etwas Unverzeihliches angetan. Und wenn ich den Schaden wieder gutmachen kann, werde ich das tun.«

»Sie sah mir gar nicht so unglücklich aus, als ich ihr neulich auf der Straße begegnet bin. Sie blickte Taggert an, als könnte er ihr den Mond vom Himmel herunterholen.«

»Houston ist in sein Geld verliebt.«

»Ich mag vielleicht nicht viel von Frauen verstehen«, schnaubte Lee, »aber daß sie *nicht* in sein Geld verliebt ist, weiß ich bestimmt. Ich glaube, was ihr an ihm gefällt, ist etwas – äh – persönlicher.«

»Wie kannst du so etwas Häßliches von ihr sagen!«

»Dann ist es vermutlich dein Glück, daß du so einen perfekten Mann wie Hunter heiratest und nicht so einen primitiven Kerl wie mich. Nur weil ich Dinge mit deinem Körper anstelle, daß du vor Wonne weinst, wir uns wohl fühlen in der Gesellschaft des anderen und du so gut mit mir zusammenarbeitest, ist das noch lange kein Grund, mich zu heiraten. Wie ich hörte, schlägst du Houston sogar im Tennis.«

»Ich bin froh, daß ich dich nicht heirate. Ich wollte es nie.« Da war ein Geräusch, das ihren Blick auf die Schienen lenkte, und sie sah den Zug auf den Bahnsteig zukommen.

Leander stand auf. »Ich werde verdammt nicht hier warten, um zuzusehen, wie du einen Esel aus dir machst.« Er schob die Hände in die Hosentaschen. »Du wirst unglücklich sein, und das verdienst du auch.« Er drehte sich auf den Absätzen um und verließ den Bahnsteig.

Einen Moment war Blair versucht, ihm nachzurennen; aber sie beherrschte sich. Sie hatte ihre Entscheidung getroffen und würde dabei bleiben. Das war für alle Betroffenen das beste.

Der Zug lief im Bahnhof ein; aber Alan war immer noch nicht da. Sie ging den Bahnsteig hinunter, während zwei Männer aus- und eine Frau und ein Mann einstiegen.

Der Schaffner wollte dem Lokführer das Signal zur Abfahrt geben.

»Sie müssen noch warten. Da soll noch jemand kommen, der mitfahren will.«

»Wenn er nicht da ist, hat er den Zug versäumt.« Der Schaffner hob die Hand.

Ungläubig sah Blair dem Zug nach, der wieder aus dem Bahnhof fuhr. Sie setzte sich auf die Bank und wartete. Vielleicht hatte Alan sich nur verspätet und wollte nun den nächsten Zug erreichen. Sie saß zwei Stunden und fünfundvierzig Minuten auf dem Bahnsteig; aber Alan ließ sich nicht sehen. Sie fragte am Schalter, ob ein Mann, auf den Alans Beschreibung paßte, sich ein Billett gekauft habe. Ja, er habe heute morgen sogar zwei Fahrkarten gekauft – für den Vier-Uhr-Zug.

Blair lief noch eine halbe Stunde auf dem Bahnsteig auf und ab und begab sich dann auf den Heimweg.

So fühlt man sich also als verschmähte Braut, dachte sie bei sich. Komisch, daß sie sich gar nicht so schlecht fühlte. Tatsächlich fühlte sie sich immer besser, je näher sie ihrer Wohnung kam. Vielleicht konnte sie morgen wieder mit Leander im Krankenhaus arbeiten.

Als Blair durch die Haustür trat, war es dort so still wie in einem Grab. Nur im Salon brannte ein Licht. Sie ging hinein und sah dort zu ihrer Überraschung ihre Mutter und Leander beieinandersitzen, die sich so leise unterhielten, als wären sie auf einer Beerdigung.

Als Opal ihrer Tochter ansichtig wurde, ließ sie sehr ruhig, sehr langsam ihren Stickrahmen los und fiel in Ohnmacht. Leander starrte Blair fassungslos an, daß sein Unterkiefer herunterklappte, ihm die dünne Zigarre aus dem Mund fiel und die Fransen an einem Schemel in Brand setzte.

Blair war so entzückt von diesen Reaktionen, daß sie dastand und sie angrinste. Im nächsten Moment kam Susan ins Zimmer und begann zu schreien.

Das Geschrei wirkte auf alle belebend. Lee löschte das Feuer am Fußschemel. Blair schlug ihrer Mutter so lange auf die Hände, bis sie wieder zu sich kam, und Susan eilte in die Küche, um Tee zu kochen.

Sobald Opal wieder senkrecht auf ihrem Stuhl saß, packte Leander Blair bei den Schultern, riß sie auf die Beine und begann, sie zu schütteln. »Ich hoffe, daß dir das verdammte Kleid paßt, weil du mich am Montag heiraten wirst. Hast du mich verstanden?«

»Leander, du tust ihr weh«, rief Opal.

Lee ließ nicht davon ab, Blair hin- und herzuschütteln. »Mich *bringt sie um!* Hast du mich verstanden, Blair?«

»Ja, Leander«, brachte sie schließlich heraus.

Er drückte sie auf das Sofa nieder und stürmte aus dem Salon.

Mit bebenden Händen hob Opal ihren Stickrahmen vom Boden auf. »Ich glaube, ich habe in den letzten beiden Wochen so viele Aufregungen erlebt, daß sie für den Rest meines Lebens reichen.«

Blair lehnte sich auf der Couch zurück und lächelte.

Kapitel 16

Drei Tage lang hielt Leander Blair im Krankenhaus so in Trab, daß sie gar nicht zum Nachdenken kam. Er holte sie schon im Morgengrauen ab und brachte sie erst spät abends wieder nach Hause. Er nahm sie mit in das Lagerhaus in der Archer Avenue und erläuterte ihr dort seine Pläne, wie er das Gebäude in eine Frauenklinik umbauen wollte. Sogleich hatte Blair ein paar eigene Ideen, die sich Lee schweigend anhörte und dann mit ihr diskutierte.

»Ich glaube, wir können sie schon in zwei Wochen in Betrieb nehmen, da die medizinische Ausrüstung bereits in Denver verladen und hierher unterwegs ist«, sagte Lee. »Ich hatte sie als Überraschung geplant, als Hochzeitsgeschenk; aber da es in letzter Zeit für mich mehr als genug Überraschungen gab, habe ich auf dieses Vorhaben verzichtet.«

Ehe Blair ein Wort sagen konnte, trieb er sie schon wieder aus dem Lagerhaus zu seiner Kutsche und fuhr mit ihr ins Krankenhaus zurück. Sie war erleichtert, daß Alans Vermutung falsch gewesen war und Lee sie nicht mit seinen Klinikplänen angelogen hatte, um in dem Wettrennen um ihre Hand als Sieger durchs Ziel gehen zu können.

Als die Stunden sich summierten und die Hochzeit immer näherrückte, fragte sich Blair, warum Lee sie denn eigentlich unbedingt heiraten wolle. Er hatte nie mehr versucht, sie anzufassen, und wenn sie miteinander sprachen, dann nur über einen Patienten. Ein paarmal ertappte sie ihn dabei, wie er sie beobachtete – meistens dann, wenn sie mit anderen Ärzten arbeitete –; aber er wandte sich jedesmal ab, sobald sie zu ihm hinsah.

Und ihre Achtung vor dem Arzt Leander wuchs von Tag zu Tag. Sie erkannte bald, daß er eine Menge Geld hätte verdienen können, wenn er in einem großen Krankenhaus im Osten geblieben wäre. Statt dessen war er hierher nach Chandler gekommen, wo er selten für seine Arbeit eine Bezahlung sah. Der Dienst war lang und hart, die Arbeitslast kaum zu bewältigen, und die Belohnung dafür zumeist nicht materiell.

Am Sonntag nachmittag, am Tage vor der Hochzeit – als Blair noch einen schweren Kopf hatte von der Party, die Houston am Abend zuvor für ihre Freundinnen gegeben hatte –, rief er sie in sein Büro. Das Zusammentreffen war für beide nicht frei von Peinlichkeiten. Leander starrte sie auf eine Weise an, daß sie auf beiden Armen eine Gänsehaut bekam, und sie konnte nur noch daran denken, daß sie ihm morgen als Braut zugeführt werden würde.

»Ich habe dem St.-Joseph-Hospital einen Brief geschrieben, daß du die Stelle, die sie dir angeboten haben, nicht annehmen wirst.«

Blair holte tief Luft und ließ sich auf einen Stuhl fallen. Sie hatte ganz vergessen, daß sie mit ihrer Heirat auf ihre Assistenzarzt-Stelle in Pennsylvania verzichten mußte.

Lee lehnte sich an seinen Schreibtisch. »Ich habe mir überlegt, daß dieser Schritt vielleicht ein bißchen anmaßend war.« Er begann, seine Fingernägel zu studieren. »Wenn du das morgen absagen möchtest, würde ich das verstehen.«

Einen Moment lang war Blair so verwirrt, daß sie kein Wort sagen konnte. Sollte das bedeuten, daß er sie nicht heiraten wollte? Sie stand rasch auf. »Wenn du versuchst, dich aus dieser Sache herauszuwinden, nachdem du alles getan hast, um mich zu dieser Heirat zu zwingen, werde ich ...«

Sie konnte nicht mehr sagen, weil Leander hinter seinem Schreibtisch hervorgesprungen war, sie bei den Schultern gepackt hatte und so heftig und leidenschaftlich küßte, daß sie keine Worte mehr fand.

»Ich möchte nicht aus dieser Sache heraus«, sagte er, nachdem er sie wieder losgelassen hatte und es Blair gelungen war, trotz ihrer weichen Knie aufrecht vor ihm zu stehen. »Sie können jetzt wieder an die Arbeit gehen, Doktor. Nein, gehen Sie besser nach Hause und ruhen Sie sich aus. So wie ich Ihre Schwester kenne, hat sie drei Kleider für Sie anfertigen lassen, die Sie anprobieren sollen, und Ihre Mutter hunderterlei Dinge, die Sie erledigen müssen. Wir sehen uns dann morgen nachmittag wieder.« Er grinste. »Und morgen nacht. Und nun gehen Sie.«

Nun konnte sie nicht umhin, ebenfalls zu lächeln, und dieses Lächeln verlor sie erst wieder, als sie durch die Haustür trat.

Mr. Gates war wütend, weil sie an einem Sonntag im Krankenhaus gearbeitet hatte, statt zu Hause ihrer Schwester bei den Hochzeitsvorbereitungen zu helfen, zumal die arme Houston sich heute nicht wohl fühlte. Auch Blair war müde, nervös wegen der Hochzeit und den Tränen nahe, ehe dieser schreckliche Mann mit seinen Tiraden zu Ende war. Opal schien zu verstehen, was in ihrer Tochter vorging, trat rasch zwischen die beiden und konnte Mr. Gates bewegen, sich in sein Arbeitszimmer zurückzuziehen. Dann nahm sie Blair mit in den Garten, damit sie dort Dankesbriefe für die Geschenke schreiben konnte.

Blair war noch immer verärgert, weil Mr. Gates sie so heftig angefahren hatte.

»Wie konntest du nur so einen Mann wie ihn heiraten, Mutter?« fragte sie, als sie sich mit Opal an den Gartentisch setzte. »Warum hast du Houston so lange seiner Tyrannei ausgesetzt? Ich durfte bei deinem Bruder wohnen; aber Houston war diesem Mann jahrelang hilflos ausgeliefert.«

Opal schwieg ein paar Minuten still. »Ich glaube, ich habe nicht an euch Mädchen gedacht, als ich mich in Mr. Gates verliebte.«

»Du hast dich in ihn verliebt? Ich habe immer angenommen, daß deine Familie dich gezwungen hätte, ihn zu heiraten!«

»Wie, in aller Welt, kommst du nur auf diese Idee?« fragte Opal entgeistert.

»Ich glaube, Houston und ich konnten uns keinen anderen Grund für diese Eheschließung vorstellen. Vielleicht gefiel uns der Gedanke, daß du nach dem Tod unseres Vaters zu unglücklich gewesen bist, um wieder eine Herzensbindung einzugehen.«

Opal lachte ein wenig. »Ihr beide wart noch so jung, als William starb, und ich bin sicher, daß ihr als Kinder ihn als den wunderbarsten Vater der Welt in Erinnerung behalten habt, der immer etwas mit euch unternahm, die herrlichsten Spiele erfand und stets für Kurzweil sorgte.«

»War er denn nicht so?« fragte Blair behutsam, da sie fürchtete, nun schreckliche Dinge über ihren so von ihr verehrten Vater zu erfahren.

Opal legte ihrer Tochter die Hand auf den Arm. »Er war all das und mehr, als sich in deinem Gedächtnis erhalten hat.

Ich glaube nicht, daß dir auch nur die Hälfte seiner Lebenslust, seines Übermuts, seiner Tatkraft, seines Muts und seines Ehrgeizes erinnerlich ist. Ihr beiden habt viel von ihm geerbt.« Sie seufzte. »Aber die Wahrheit ist, daß ich William Chandler für den anstrengendsten Mann der Welt hielt. Ich liebte ihn sehr; aber es gab Tage, wo mir Tränen der Erleichterung in den Augen standen, wenn er endlich das Haus verließ. Du mußt wissen, daß ich in dem Glauben erzogen wurde, daß die Rolle der Frau im Leben darin besteht, im Salon zu sitzen, zu sticken und den Dienstboten Anweisungen zu geben. Das größte Abenteuer, das ich zu unternehmen gedachte, war, ein neues kompliziertes Kreuzstichmuster auszuprobieren.«

Sie lehnte sich in ihrem Stuhl zurück und lächelte. »Dann lernte ich deinen Vater kennen. Aus irgendeinem Grund beschloß er, daß er mich haben wollte, und ich glaube nicht, daß ich dabei viel zu sagen hatte. Er war ein außerordentlich gutaussehender Mann, und ich fürchte, daß mir nicht einmal der Gedanke kam, ich könnte ihm etwas abschlagen.

Doch dann waren wir verheiratet, und es gab eine Krise nach der anderen, die alle von Bills Lebenslust heraufbeschworen wurden. Selbst wenn William Kinder zeugte, mußten es Zwillinge werden; ein Kind auf einmal reichte ihm nicht.«

Sie blickte auf ihre Hände hinunter, und in ihren Augen blinkten Tränen. »Ich dachte, ich würde ebenfalls sterben, nachdem Bill ums Leben gekommen war. Das Dasein schien für mich keinen Sinn mehr zu haben; doch dann fing ich an, mich an Dinge zu erinnern, die ich früher gern gemacht hatte – an das Sticken und Nähen –, und natürlich hatte ich ja noch euch Mädchen. Dann trat Mr. Gates in mein Leben. Er war so verschieden von Bill wie die Nacht vom Tag, und ihm gefiel, was Bill immer als ›Nähkram‹ zu bezeichnen pflegte. Mr. Gates hatte strenge Vorstellungen von dem, was eine Frau tun und was sie nicht tun sollte. Er erwartete nicht von mir, daß ich am Sonntag mit ihm auf die Berge kletterte, wie Bill das verlangt hatte. Nein, Mr. Gates wollte mir ein schönes Heim geben, und ich sollte in diesem Heim bleiben, mich um meine Kinder kümmern und nachmittags Teeparties geben. Als ich diesen Mann näher kennenlernte, stellte ich fest, daß er leicht zufriedenzustellen war und daß die Dinge, die mir lagen, auch diejenigen waren, die er von mir erwartete. Bei deinem Vater war ich mir nie sicher, was ich tun oder besser lassen sollte.«

Sie blickte zu Blair hoch. »Und so kam es, daß ich mich in ihn verliebte. Was ich tun wollte und seine Vorstellungen von dem, was ich tun sollte, stimmten vollkommen überein. Ich fürchte, ich habe dabei nicht ernsthaft genug an euch gedacht oder mir überlegt, wie ähnlich ihr eigentlich eurem Vater seid. Ich wußte nur, daß du ihm ähnlich warst, und deshalb habe ich es so eingerichtet, daß du bei Henry wohnen konntest. Doch von Houston nahm ich an, daß sie nach mir geraten ist, und im gewissen Grade stimmt das auch. Doch Houston hat auch viel von ihrem Vater, und das äußert sich manchmal auf merkwürdige Weise, indem sie sich als alte Frau verkleidet und die Kohlengruben besucht. Bill würde auch so etwas in dieser Richtung getan haben.«

Blair schwieg lange still, während sie über die Worte ihrer Mutter nachdachte und sich dabei fragte, ob sie Leander jemals lieben könnte. Sie war sich sicher gewesen, daß sie in Alan verliebt sei; war jedoch auch nicht todunglücklich, als er sie sitzenließ. Zu viel war durch das, was geschehen war, in die Brüche gegangen. Sie konnte Lee nicht anschauen, ohne sich daran zu erinnern, daß ihre Schwester ihn so sehr und so lange geliebt hatte und daß Houston nun zusehen mußte, wie er eine andere heiratete.

Blair schlief kaum in der Nacht vor der Hochzeit, und am Morgen schienen noch alle nächtlichen Dämone um ihr Bett versammelt zu sein. Das grelle Sonnenlicht des Tages konnte sie nicht von ihrem Gefühl der Verdammnis befreien.

In den letzten Tagen hatte sie für Minuten vergessen können, daß sie den Zukünftigen ihrer Schwester heiratete, doch da hatte sie immer noch geglaubt, daß dieses Ereignis nicht eintreten würde. Sie hatte gedacht, sie würde schon irgendwie vor dieser Heirat bewahrt werden, und Houston könnte ihren Leander zurückbekommen.

Um zehn Uhr morgens brachen sie zur Villa Taggert auf, wo die Hochzeit stattfinden sollte: Opal und die Zwillinge vornweg in Houstons hübscher kleiner Kutsche, eines von Taggerts zahlreichen Geschenken, und dahinter der Stalljunge mit einem großen Fuhrwerk, das Houston gemietet hatte und auf dem sich die in Musselin eingewickelten Brautkleider befanden. Sie sprachen unterwegs kein Wort. Als Blair Houston fragte, was sie gerade dachte, antwortete Houston, sie hoffe, daß die Lilien unbeschädigt in der Villa Taggert eingetroffen seien.

Für Blair war das nur noch ein Beweis, daß Houston in erster Linie an den monetären Wert des Mannes dachte, den sie heute heiraten würde.

Und sobald Blair Taggerts Haus vor sich auftauchen sah, war sie überzeugt, daß Houston sich an den Gott des Geldes verkauft hatte.

Das Haus sah aus, als sei es aus einem Berg aus Marmor herausgeschnitzt worden: kühl und weiß und riesig. Das Erdgeschoß wurde von einer Halle mit zwei geschwungenen Freitreppen beherrscht, deren Dimensionen alles übertrafen, was sie bisher in einem Wohnhaus gesehen hatte.

»Wir kommen auf diesen Treppen herunter«, sagte Houston, auf die Stufen zeigend, die zur Galerie hinaufführten. »Die eine auf der linken, die andere auf der rechten Seite.« Umgeben von einem Schwarm schöngekleideter Freundinnen entfernte sie sich, um mit ihnen das Haus zu besichtigen, während Blair dort stehenblieb, wo sie war.

»Es dauert eine Weile, bis man sich daran gewöhnt«, flüsterte Opal ihrer Tochter zu. Dieses Haus vermittelte ihr ein Gefühl der Unwirklichkeit, als wäre es nur ein Zauberwerk, daß sich so rasch in ein Nichts auflösen konnte, wie es entstanden war.

»Will Houston tatsächlich hier wohnen?« flüsterte Blair zurück.

»Das Haus wirkt kleiner, wenn Kane sich darin bewegt«, beruhigte Opal ihre Tochter. »Ich denke, wir sollten jetzt lieber nach oben gehen. Sonst wissen wir nicht, was für Überraschungen Houston sich noch für uns ausgedacht hat.«

Blair folgte ihrer Mutter die breite geschwungene Treppe hinauf, wobei sie die ganze Zeit über die Schulter in die Halle hinunterblickte. Überall, wohin sie sah, standen oder hingen exotische Arrangements aus Blumen und Grünzeug. Dann blieb sie oben auf der Galerie stehen und blickte durch das Fenster auf einen wunderschönen, üppig grünen Rasen mit Sträuchern.

Opal verhielt neben ihr. »Das ist der Hof für Lieferanten. Warte, bis du erst den Garten siehst!«

Blair sagte nichts mehr, als sie ihrer Mutter zu den privaten Gemächern des Hauses folgte.

»Houston hat dich hier untergebracht«, sagte Opal und öffnete die Tür zu einem Zimmer mit hoher Decke und einem Kamin aus weißem Marmor, der ein Relief aus Girlanden und Blumen zeigte. Die Sessel, Sofas und Tische in diesem Raum hätten eigentlich in ein Museum gehört.

»Das ist das Wohnzimmer, dahinter das Schlafzimmer und daneben das Bad. Jedes Gästezimmer hat einen eigenen Salon und ein Badezimmer.«

Blair fuhr mit der Hand über das Marmorbecken im Badezimmer, und obwohl sie noch nie solche Armaturen gesehen hatte und sich nicht sicher sein konnte, dachte sie, die könnten aus Gold sein. »Messing?« fragte sie ihre Mutter.

»So etwas würde er in seinem Haus nicht dulden«, sagte Opal mit einem gewissen Stolz. »Ich muß jetzt gehen und nachsehen, ob Houston Hilfe braucht. Es sind noch Stunden bis zur Trauung. Warum nützt du nicht die Zeit zu einem Schläfchen?«

Blair wollte protestieren, daß sie an so einem Tag unmöglich schlafen könne; doch dann fiel ihr Blick auf die riesige Marmorbadewanne, und sie überlegte, ob sie die nicht benützen sollte.

Sobald sie allein war, füllte sie die Wanne mit heißem,

dampfendem Wasser und stieg hinein. Das warme Bad wirkte sofort beruhigend auf ihre Nerven. Sie blieb so lange in der Wanne sitzen, bis ihre Haut Falten zu werfen begann, stieg dann wieder hinaus und trocknete sich mit einem Badetuch ab, das so dick war, daß man es auch als Kissen hätte verwenden können. Sie wickelte sich in einen rosafarbenen Bademantel aus Kaschmirwolle ein und ging in das Schlafzimmer, wo sie prompt auf dem breiten, weichen Bett einschlief.

Als sie wieder aufwachte, hatte sie einen klaren Kopf und fühlte sich ausgeruht. Sie erinnerte sich wieder an die Worte ihrer Mutter, die von einem Garten hinter dem Haus gesprochen hatte. Rasch zog sie ihren gewöhnlichen, schlichten Rock und ihre Bluse an und verließ das Zimmer. Sie wollte nicht die Vordertreppe benützen, da sie von der Halle her das Murmeln vieler Stimmen hörte. Sie ging den Korridor hinunter, an vielen geschlossenen Türen vorbei, und fand schließlich eine Hintertreppe, die zu einem Labyrinth von Küchen- und Vorratsräumen hinunterführte. Jeder Quadratzentimeter in diesen Räumen wurde von Leuten in Beschlag genommen, die geschäftig hin und her eilten und wunderbar duftende Speisen erschufen. Blair gelang es nur mit Mühe, sich durch dieses Gewühl hindurchzuarbeiten. Mehrere von diesen Leuten erkannten sie, doch niemand hatte Zeit, sich verwundert darüber zu äußern, daß eine der beiden Bräute sich zwei Stunden vor der Hochzeit im Küchentrakt aufhielt. Blair wollte nur vermeiden, daß Houston sie hier sah. Houston hatte zweifellos einen genauen Stundenplan, und sie würde sich pedantisch daran halten, egal, was auch passierte. Houston würde bestimmt keine Zeit haben, für ein paar Minuten in den Garten zu entweichen.

Hinter dem Haus dehnte sich eine Rasenfläche aus, die nun mit riesigen Zelten, Tischen mit pinkfarbenen Leinentüchern und Hunderten von mit Blumen gefüllten Vasen bedeckt war. Männer und Frauen in Uniform liefen zwischen dem Haus und den Tischen hin und her, um Speisen und Gewürze darauf zu stellen.

Blair hastete auch an diesen Leuten vorbei, um sich das anzuschauen, was als Garten hinter dem Haus bezeichnet wurde. Als sie den Rand der Anlage erreichte, traf sie das, was sie nun erblickte, ganz unvorbereitet. Vor ihr lag ein viele Morgen großes Areal mit einheimischen und exotischen Pflanzen und Gewächsen, die sie noch nie zuvor in ihrem Leben gesehen hatte. Vorsichtig folgte sie einem der verschlungenen Pfade durch dieses grüne Paradies.

Die Unrast und der Trubel der Hochzeitsvorbereitungen blieben hinter ihr zurück, und zum erstenmal seit Tagen fand sie Zeit und Ruhe zum Nachdenken.

Heute war ihr Hochzeitstag, doch zur Stunde konnte sie sich nicht mehr daran erinnern, wie sie hierhergekommen war. Vor drei Wochen war sie in Pennsylvania gewesen, mit genau abgesteckten Plänen für ihr Zukunft. Aber wie ganz anders hatte sich alles entwickelt! Alan war von ihr weggelaufen, statt sie zu heiraten. Ihre Schwester hatte den Mann verloren, den sie haben wollte, und würde jetzt einen der reichsten Männer dieses Landes heiraten – ohne daß Liebe dabei im Spiel war.

Und an allem trug nur sie die Schuld. Sie war nach Hause gekommen, um der Hochzeit ihrer Schwester beizuwohnen; und statt ihr zu ihrem Glück zu verhelfen, war es ihr gelungen, sie in eine käufliche Braut zu verwandeln. Houston hätte sich ebensogut auf einer Auktion versteigern lassen können, wo sie dem Mann mit dem höchsten Angebot zugeschlagen wurde.

Während Blair mit gefurchter Stirn im Garten umherschlenderte, sah sie Taggert einen der Wege herunterkommen. Ehe sie wußte, was sie tat, drehte sie sich abrupt um und ging, bevor er ihrer ansichtig werden konnte, in die andere Richtung davon. Sie war erst ein paar Schritte weit gekommen, als sie eine außerordentlich stattliche Frau in ihrer Nähe auftauchen sah, die ihr irgendwie bekannt vorkam. Diese eilte denselben Pfad hinunter, den Taggert heraufkam. Blair konnte sich nicht mehr erinnern, wo sie diese Frau schon einmal gesehen hatte, ging achselzuckend weiter und hing wieder ihren beklemmenden Gedanken nach.

Dann erinnerte sie sich plötzlich wieder an den Namen der stattlichen Frau.

»Das ist Pamela Fenton«, sagte sie laut. Houston und Blair waren als Kinder oft im Haus der Fentons gewesen, um dort auf Marcs Ponies zu reiten oder eine der zahllosen Parties zu besuchen, und damals war Marcs ältere Schwester Pam schon fast erwachsen gewesen, was sie beide sehr beeindruckt hatte. Dann hatte Pam plötzlich ihr Vaterhaus verlassen, und jahrelang hatte man noch in der Stadt darüber geflüstert, warum sie so Knall auf Fall aus Chandler verschwunden war.

Sie war also nach all diesen Jahren wieder nach Chandler zurückgekommen und würde bei der Hochzeit zugegen sein, dachte Blair nicht ohne Vergnügen. Und ganz nebenbei fragte sie sich, was Pamela denn damals angestellt hatte, daß die Gerüchte in der Stadt jahrelang nicht verstummen wollten. Da war doch von einem Stallburschen die Rede gewesen, wenn sie sich recht entsann.

Blair hielt plötzlich mitten im Schritt an. Es hatte im Hause Fenton tatsächlich wegen eines Stallburschen, der für Pamelas Vater arbeitete, einen Skandal gegeben. Sie hatte sich in den Knecht verliebt, und ihr Vater hatte sie wegen ihrer Affäre mit dem Kerl nicht mehr in seinem Haus behalten wollen.

Und dieser Stallbursche war Kane Taggert gewesen!

Blair raffte ihre Röcke hoch und rannte den Pfad zu der Stelle hinunter, wo Taggert und Pam zusammentreffen mußten. Sie war noch einige Schritte davon entfernt, als sie wie versteinert anhielt.

Sie sah ungläubig zu, wie Kane Taggert Pamela Fentons Gesicht mit beiden Händen festhielt und sie mit großer Leidenschaft küßte.

Mit raschen, heißen Tränen in den Augen floh Blair den Pfad hinauf zum Haus. Was hatte sie ihrer Schwester nur angetan? Houston wollte dieses monströse Mannsbild heiraten, das zwei Stunden vor seiner Hochzeit eine andere Frau küßte!

Und an dem allen hatte allein sie – Blair – schuld.

Kapitel 17

Anne Seabury half Blair in das Prachtstück hinein, das Houston für ihre Hochzeit entworfen hatte. Es war ein elegant schlichtes, hochgeschlossenes Kleid aus elfenbeinfarbenem Satin mit weiten Ärmeln und so eng in der Taille, wie die mit Stahlrippen bewehrte Korsage das nur irgend möglich machte. Hunderte, vielleicht sogar Tausende von winzigen Zuchtperlen schmückten Taille und Manschetten, und der Schleier bestand aus so feinen, handgeklöppelten Spitzen, wie sie Blair bisher noch nie gesehen hatte.

Als sie sich im Spiegel betrachtete, wünschte sie sich, daß sie dieses Kleid unter glücklicheren Umständen hätte tragen und mit einem Lächeln auf dem Gesicht zum Traualtar hätte gehen können.

Doch sie wußte, daß dies unmöglich war; denn sie hatte bereits getan, was ihr Gewissen von ihr verlangte. Kaum war sie Zeugin geworden, wie dieses Monster Taggert eine andere Frau küßte, als sie schon ins Haus zurückeilte und diesem Mann ein Billett schrieb. Darin hatte sie ihm mitgeteilt, daß sie rote Rosen im Haar tragen würde, und der Zofe aufgetragen, ihm zu sagen, daß er sich links vom Altar postieren solle und nicht rechts davon, wie ursprünglich vorgesehen.

Blair war sich nicht sicher, ob das, was sie vorhatte, auch vor dem Gesetz bestehen konnte, da in der Heiratslizenz schriftlich festgehalten war, welcher Zwilling mit welchem Mann getraut werden sollte; aber vielleicht konnte sie ihrer Schwester eine gewisse Schonfrist erkaufen, wenn der Pfarrer Leander und Houston zu Mann und Frau erklärte, statt ihre Schwester mit diesem Wüstling Taggert zu verehelichen. Sie mochte jetzt nicht über die Konsequenzen nachdenken, wenn die Eheschließung auch gesetzlich bindend war und sie sich mit Taggert verheiratet fand.

Sie schickte ihrer Schwester pinkfarbene Rosen und bat sie, diese bei der Trauung zu tragen.

Am Kopfende der beiden Treppen drückte Blair ihre Schwester an sich. »Ich liebe dich mehr, als du ahnst«, flüsterte sie, ehe sie in die Halle hinunterstiegen. Und dann setzte sie mit einem Seufzer hinzu: »Laß uns dieses Spektakel hinter uns bringen.« Mit jeder Stufe wuchs in Blair das Gefühl, daß sie ihrer Hinrichtung näher kam. Was ist, wenn die Trauung gesetzlich gültig ist, ich mit diesem schrecklichen Mann verheiratet bin und in diesem Mausoleum von Haus leben muß? dachte sie.

In dem riesigen Zimmer, das einmal eine Bibliothek werden sollte, aber ebensogut für Hallen-Baseballspiele geeignet war, sah sie Taggert neben Leander auf einer mit Rosen und Grünpflanzen geschmückten Plattform stehen.

Blair hielt den Kopf hoch und die Augen geradeaus gerichtet. Sie wußte, daß Houston inzwischen begriffen haben mußte, was da vor sich ging – daß sie am Ende doch noch den Mann heiraten würde, den sie liebte.

Blair blickte geradeaus auf Kane Taggert, und als sie sich durch den Mittelgang ihm näherte, sah sie, wie sich eine steile Falte auf seiner Stirn bildete. Er weiß Bescheid! dachte sie. Er weiß, daß ich nicht Houston bin.

Einen Moment lang war Blair von einem tiefen Staunen erfüllt. Bis zu diesem Augenblick hatte sie bezweifelt, daß selbst ihre eigene Mutter ihre Zwillingstöchter auseinanderzuhalten vermochte; doch dieser Mann konnte es irgendwie. Sie blickte zu Leander hinüber und sah, daß er Houston mit einem leisen Lächeln willkommen hieß. Natürlich war Leander vertrauensselig, dachte sie; er hatte keinen Grund, jemandem eine schlechte Tat zuzutrauen, da er selbst unfähig war, anderen etwas Böses anzutun. Doch Taggert stand in dem Ruf, sich auf skrupellose Weise sein gewaltiges Vermögen zusammengerafft zu haben. Deshalb witterte er überall Verrat und konnte daher auch die Zwillinge auseinanderhalten, räsonierte Blair.

Blair blickte ihre Schwester nicht an, als sie auf die Plattform hinaufstiegen. Leander nahm Houstons Hände in die seinen, während Taggert sich von beiden Zwillingen und dem Pfarrer abwendete.

»Meine teuren Lieben, wir ...« begann der Pfarrer; doch Houston unterbrach ihn mit den Worten: »Entschuldigen Sie; aber ich bin Houston.«

Blair blickte ihre Schwester verwundert an. Warum verdarb Houston jetzt alles, was sie so sorgfältig arrangiert hatte?

Leander warf Blair einen harten Blick zu. »Sollen wir die Plätze tauschen?« fragte er Taggert.

Taggert zuckte nur mit seinen breiten Schultern. »Mir ist es egal.«

»Mir aber nicht«, erwiderte Leander und ging auf die andere Seite des Altars hinüber.

Lee nahm Blairs Hand in die seine und quetschte sie fast vom Gelenk ab – doch sie spürte den Schmerz kaum. Taggert hatte öffentlich zugegeben, daß er sich nicht viel aus Houston machte, daß es ihm egal war, ob er sie oder eine andere Frau heiratete. Blair hatte sich nie gefragt, warum Taggert Houston heiraten wollte; und nun überlegte sie, ob er sie nur nahm, weil sie die einzige war, die ihn nehmen würde.

Leander zwickte sie in die Hand, und sie blickte rechtzeitig hoch, um zu sagen: »Ich will.«

Ehe sie recht wußte, was geschah, war die Trauung schon vorüber. Leander nahm sie in seine Arme, um ihr den obligaten Kuß zu geben. Für die Hochzeitsgäste mußte es so ausgesehen haben, als wäre es ein sehr leidenschaftlicher Kuß; doch in Wirklichkeit flüsterte Lee ihr mit großer Heftigkeit ins Ohr: »Ich will dich draußen sprechen. Sofort!«

Über ihre vier Meter lange schwere Satinschleppe stolpernd, versuchte Blair mit ihm Schritt zu halten, während er sie durch den Mittelgang zum Ausgang zog. Die Leute drängten von allen Seiten herbei, sobald sie in die Halle kamen; doch Leander ließ ihre Hand keinen Augenblick los, bis sie in dem großen getäfelten Raum am Ende des Korridors angelangt waren.

»Was, zum Kuckuck, sollte das vorhin bedeuten?« begann Leander, ließ ihr aber keine Zeit zu einer Antwort. »Ist der Gedanke, mit mir leben zu müssen, für dich so schlimm, daß du zu solchen Mitteln greifst, um dich davor zu drücken? Würdest du lieber mit einem Mann leben wollen, den du gar nicht kennst, statt mit mir? Ist dir jeder andere lieber als ich?«

»Nein«, begann sie. »Ich habe an dich überhaupt nicht gedacht, sondern nur an Houston. Ich wollte ihr das Gefühl nehmen, daß sie diesen schrecklichen Mann heiraten müsse.«

Leander blickte sie lange an, und als er wieder sprach, war seine Stimme ruhig. »Willst du damit sagen, daß du bereit warst, einen Mann zu heiraten, den du verabscheust, damit deine Schwester den Mann bekommen konnte, den sie deiner Meinung nach haben möchte?«

»Natürlich.« Blair war ein wenig betroffen über seine Frage. »Welchen Grund sollte ich denn sonst gehabt haben für diese Vertauschung?«

»Den Grund, daß du glaubtest, eine Ehe mit jedem anderen Mann wäre besser als ein Leben mit mir.« Er faßte sie am Arm. »Blair, du wirst das sofort in Ordnung bringen. Du wirst dich jetzt mit Houston aussprechen, und ich verlange, daß du sie fragst, warum sie Taggert heiraten wollte. Und ich möchte, daß du genau zuhörst, wenn sie deine Frage beantwortet. Hast du mich verstanden? Du sollst sehr genau zuhören, wenn sie dir antwortet!«

Die vielen hundert Leute ignorierend, die wisperten und lachten über die Brautverwechslung am Altar, zog Leander Blair am Arm hinter sich her durch die Menge, während er fragte, wo Houston sei. Sie war nicht schwer zu finden; denn sie saß allein in einem kleinen Zimmer, in dem überall Papiere herumlagen.

»Ich denke, ihr beiden habt ein paar Dinge unter vier

Augen zu klären«, zischelte Leander mit zusammengepreßten Zähnen, als er Blair durch die Tür in das Zimmer hineinschob und diese dann hinter ihr zumachte.

Als die Zwillinge allein im Zimmer waren, sagten sie kein Wort. Houston saß nur mit gesenktem Kopf in einem Sessel, während Blair in der Nähe der Tür stehenblieb.

»Ich denke, wir sollten hinaus in den Garten gehen und die Hochzeitstorte anschneiden«, sagte Blair nach einer Weile mit behutsamer Stimme. »Du und Taggert . . .«

Houston schoß aus ihrem Sessel heraus, als hätte sie sich plötzlich in eine Harpyie verwandelt. »Du kannst ihn nicht einmal bei seinem Vornamen nennen, wie?« sagte sie, jede Silbe wütend betonend. »Du glaubst, er habe keine Gefühle? Du glaubst, weil du Vorurteile gegen ihn hast, hättest du auch das Recht dazu, ihn so zu behandeln, wie du das für richtig hältst!«

Verwundert wich Blair einen Schritt vor dem Zorn ihrer Schwester zurück. »Houston, was ich getan habe, habe ich deinetwegen getan. Ich wollte dich glücklich wissen.«

Houston ballte die Hände an den Seiten zu Fäusten und rückte auf Blair vor, als wollte sie auch von ihren Fäusten Gebrauch machen. »Glücklich? Wie kann ich glücklich sein, wenn ich nicht einmal weiß, wo mein Ehemann ist? Dank dir werde ich vielleicht niemals erfahren, was das Wort Glück bedeutet!«

»Dank mir? Was habe ich denn anderes getan, als alles in meiner Macht Stehende zu versuchen, um dir zu helfen? Ich habe versucht, dir zu helfen, wieder zur Besinnung zu kommen und zu erkennen, daß du diesen Mann nicht seines Geldes wegen heiraten mußt. Kane Taggert . . .«

»Du hast es wirklich noch nicht begriffen, wie?« unterbrach Houston sie. »Du hast einen stolzen, empfindsamen Mann vor Hunderten von Leuten gedemütigt und bist dir deiner Tat noch nicht einmal bewußt!«

»Ich nehme an, du sprichst von dem Vorfall am Altar? Das habe ich deinetwegen getan, Houston. Ich weiß, daß du Leander liebst, und ich war willens, Taggert zum Mann zu nehmen, nur um dich glücklich zu machen. Ich bedaure zutiefst, was ich dir angetan habe. Es war nie meine Absicht gewesen, dich unglücklich zu machen. Ich weiß, daß ich dein Leben ruiniert habe; aber ich versuchte, zu reparieren, was ich zerstört habe.«

»Ich, ich, ich. Das ist alles, was du sagen kannst. *Du* weißt, daß ich Leander liebe. *Du* weißt, was für ein schrecklicher Mann Kane ist. Die ganze letzte Woche über hast du jede wache Minute mit Leander verbracht, und du redest von ihm, als wäre er ein Gott. Jedes zweite Wort, das du sagst, ist ›Leander‹. Ich denke, daß du es gut gemeint hast vorhin: Du wolltest mir den besten Mann geben.«

Houston beugte sich zu ihrer Schwester vor: »Leander mag deinen Körper in Brand setzen, doch für mich hat er nie etwas getan. Wenn du in letzter Zeit nicht so ausschließlich mit dir selbst beschäftigt gewesen wärest und daran denken könntest, daß auch ich einen Funken Verstand besitze, würdest du bemerkt haben, daß ich mich in einen guten, gütigen, rücksichtsvollen Mann verliebt habe – zugegeben, er hat eine rauhe Schale; aber hast du dich nicht immer darüber beschwert, daß meine Schale ein bißchen zu glatt wäre?«

Blair ließ sich auf einen Stuhl fallen. »Du liebst ihn? Taggert? Du liebst Kane Taggert? Aber das verstehe ich nicht. Du hast *immer* nur Leander geliebt. Solange ich zurückdenken kann, hast du ihn geliebt.«

Houstons Zorn schien sich etwas zu legen, und sie wandte sich von ihrer Schwester ab, um aus dem Fenster zu blicken. »Richtig, ich beschloß, daß ich ihn haben wollte, als ich sechs Jahre alt war. Ich glaube, ich setzte mir das zum Ziel wie ein Bergsteiger, der einen Gipfel erobern möchte. Ich hätte mir ebensogut Mount Rainier dafür aussuchen können. Jedenfalls wäre dann, sobald ich den Gipfel erklommern hätte, die Sache für mich erledigt gewesen. Ich wußte nie, was ich mit Leander anstellen sollte, wenn wir einmal verheiratet waren.«

»Aber du weißt, was du mit Taggert anstellen wirst?«

Houston blickte auf ihre Schwester zurück und lächelte. »Oh, ja. Ich weiß sehr genau, was ich mit ihm anstellen werde. Ich werde ihm ein Heim schaffen, eine Stätte, wo ich sicher bin – wo ich machen kann, was ich möchte.«

Blair stand auf, und nun war sie daran, die Hände zu Fäusten zu ballen. »Und du konntest dir vermutlich nicht zwei Minuten Zeit nehmen, mir das alles zu erzählen, nicht wahr? Ich bin in den letzten zwei Wochen durch die Hölle gegangen. Ich habe mir solche Sorgen um dich gemacht, mir tagelang die Augen aus dem Kopf geweint vor Kummer, was ich meiner Schwester angetan habe. Und jetzt gestehst du mir, daß du in diesen König Midas *verliebt* bist.«

»Ich möchte von dir keine abfälligen Bemerkungen mehr über ihn hören!« schrie Houston und beruhigte sich dann wieder. »Er ist der gütigste, sanfteste Mann der Welt und sehr großzügig. Und zufällig liebe ich ihn sehr.«

»Und ich habe aus Sorgen um dich Höllenqualen ausgestanden. Du hättest mir das sagen sollen!«

Houston strich gedankenverloren mit der Hand am Rand des Schreibtisches entlang, der in der Mitte des Zimmers stand. »Vermutlich war ich so eifersüchtig auf deine Liebesaffäre, daß ich es dir nicht sagen wollte.«

»Liebesaffäre?« explodierte Blair. »Ich glaube, ich bin Leanders Mount Rainier. Ich kann nicht leugnen, daß er in körperlicher Hinsicht einiges bei mir bewirkt; aber das ist auch alles, was er von mir will. Wir haben ganze Tage zusammen im Operationssaal verbracht; doch ich spüre, daß ich nur einen Teil von ihm kenne. Er läßt mich eigentlich gar nicht an sich herankommen. Ich weiß so wenig von ihm. Er beschloß, daß er mich haben will; also setzte er auch alles daran, um mich zu bekommen.«

»Aber ich sehe doch, wie du ihn anschaust. Ich hatte nie das Bedürfnis, ihn so anzusehen, wie du das tust.«

»Das kommt daher, weil du ihn nie in einem Operationssaal erlebt hast. Hättest du ihn dort gesehen, würdest du ...«

»... höchstwahrscheinlich in Ohnmacht gefallen sein«,

sagte Houston. »Blair, es tut mir leid, daß ich nicht mit dir geredet habe. Ich wußte vermutlich, daß du dich gequält hast; aber was geschehen ist, hat weh getan. Ich bin mit Leander, wie es mir vorkam, fast mein ganzes Leben lang verlobt gewesen, doch dann kamst du und hast ihn mir in einer einzigen Nacht weggenommen. Und Lee hat mich immer seine Eisprinzessin genannt, und ich machte mir solche Sorgen, daß ich eine frigide Frau sein würde.«

»Und dieser Sorge bist du nun enthoben?« fragte Blair.

Houstons Wangen röteten sich lebhaft. »Ich weiß, daß ich bei Kane diese Sorge nicht haben werde«, flüsterte sie.

»Du liebst ihn also wirklich?« fragte Blair, die das immer noch nicht zu begreifen vermochte. »Es macht dir nichts aus, wenn ihm das Fleisch vom Teller springt? Es macht dir nichts aus, wenn er mit vollem Mund spricht oder andere Frauen hat?«

Blair hätte sich jetzt die Zunge abbeißen können.

»Was für andere Frauen?« fragte Houston mit schmalen Augen. »Und, Blair, sag mir das lieber sofort.«

Blair holte tief Luft. Es wäre in Ordnung gewesen, wenn sie Houston erzählt hätte, was sie beobachtet hatte, ehe sie diesen Mann heiratet. Doch nun war es zu spät.

Houston rückte wieder gegen ihre Schwester vor. »Wenn du noch einmal daran denken solltest, mein Leben zu managen, wie du das heute am Traualtar getan hast, werde ich nie mehr ein Wort mit dir reden. Ich bin eine erwachsene Frau, und du weißt etwas über *meinen* Mann, und ich möchte wissen, was!«

»Ich sah ihn im Garten, wo er kurz vor der Trauung Pamela Fenton küßte«, sagte Blair in einem Atemzug.

Houston erbleichte ein wenig, schien sich aber sonst gut in der Gewalt zu haben. »Aber danach kam er trotzdem zu mir«, flüsterte sie. »Er sah sie, küßte sie, doch mich hat er geheiratet.« Ein strahlendes Lächeln breitete sich auf ihrem Gesicht aus. »Blair, du hast mich in diesem Moment zur glücklichsten Frau der Welt gemacht. Nun muß ich nur noch meinen Mann finden und ihm sagen, daß ich ihn liebe und hoffe, daß er mir verzeiht.«

Sie hielt plötzlich inne. »Oh, Blair, du kennst ihn überhaupt nicht. Er ist so ein guter Mann, auf eine ganz natürliche Weise großzügig, und auf eine Weise stark, daß die Leute sich an ihn lehnen; aber er ist auch ...« Sie vergrub das Gesicht in den Händen. »Aber er kann es nicht ertragen, wenn man ihn in Verlegenheit bringt; und wir haben ihn vor der ganzen Stadt gedemütigt. Das wird er mir nie verzeihen. Niemals!«

Blair wandte sich der Tür zu. »Ich werde zu ihm gehen und ihm erklären, daß das alles nur meine Schuld ist und du nichts damit zu tun hattest. Houston, ich ahnte wirklich nicht, daß du ihn tatsächlich heiraten wolltest. Ich konnte mir einfach nicht vorstellen, daß jemand mit so einem Mann wie ihm leben möchte.«

»Ich glaube nicht, daß du dir darüber noch länger Gedanken machen mußt, weil ich glaube, daß er mich soeben verlassen hat.«

»Aber was wird aus den Gästen? Er kann doch nicht einfach seine Gäste stehen lassen!«

»Sollte er bleiben und sich anhören, wie die Leute darüber lachen, daß Leander sich bis zuletzt nicht entschließen konnte, welche von den beiden Zwillingen er heiraten sollte? Nicht einer von ihnen scheint zu denken, daß Kane eine Wahl habe bei Frauen. Kane bildet sich ein, ich würde immer noch Lee lieben; du denkst, daß ich Lee liebe; und Mr. Gates denkt, ich würde Kane seines Geldes wegen heiraten. Ich denke, Mutter ist die einzige Person, die erkannt hat, daß ich verliebt bin – zum erstenmal in meinem Leben.«

»Was kann ich tun, um meinen Fehler wieder gutzumachen?« flüsterte Blair.

»Es gibt nichts, was du tun kannst. Er ist fort. Er hat mir Geld und das Haus hinterlassen und ist fortgegangen. Aber was soll ich mit diesem großen, leeren Haus anfangen, wenn er nicht darin ist?« Houston setzte sich. »Blair, ich weiß nicht einmal, wo er ist. Er könnte jetzt schon in einem Zug sitzen, der ihn nach New York zurückbringt – was weiß ich?«

»Ich vermute aber, daß er zu seiner Blockhütte unterwegs ist.«

Beide Frauen blickten hoch und sahen Kanes Freund Edan im Türrahmen stehen. »Ich hatte nicht vor, Sie zu belauschen; aber nachdem ich miterlebt habe, was bei der Trauung passierte, wußte ich, daß er sehr zornig sein würde.«

Houston wickelte sich geschickt die Schleppe ihres Brautkleides um den Arm. »Ich werde zu ihm gehen und ihm erklären, was passiert ist. Ich werde ihm sagen, daß meine Schwester so sehr in Leander verliebt ist, daß sie glaubte, ich wäre das ebenfalls.«

Sie drehte sich mit einem Lächeln zu Blair um. »Es ist schon schlimm, daß du mir zutrauen konntest, einen Mann nur seines Geldes wegen zu heiraten; aber ich danke dir für die Liebe, die dich dazu bewog, mir das opfern zu wollen, was dir inzwischen so viel bedeutet.« Und dann drückte sie rasch einen Kuß auf die Wange ihrer Schwester.

Blair klammerte sich einen Moment an sie. »Houston, ich hatte ja keine Ahnung, was du für ihn empfindest. Sobald der Empfang vorbei ist, werde ich dir packen helfen und ...«

Houston löste sich mit einem kleinen Lachen aus ihrer Umarmung. »Nein, meine Teure, mich managende Schwester, ich werde dieses Haus sofort verlassen. Mein Mann ist mir wichtiger als ein paar hundert Gäste. Du wirst hierbleiben und all die neugierigen Fragen beantworten müssen, wo Kane und ich geblieben sind.«

»Aber, Houston, ich habe doch keine Ahnung, wie man Empfänge von dieser Größe bewältigen soll!«

Houston hielt unter der Tür neben Edan an. »Ich habe das im Verlauf meiner ›wertlosen‹ Ausbildung gelernt«, sagte sie und lächelte dann. »Blair, es ist nicht so tragisch, wie du glaubst. Kopf hoch! Vielleicht gibt es ein paar Fälle von

Lebensmittelvergiftung, und dann weißt du ganz genau, wie du sie bewältigen mußt. Viel Glück«, sagte sie und war durch die Tür, während Blair allein im Zimmer zurückblieb, vor Entsetzen wie gelähmt bei dem Gedanken, einer so riesigen, komplizierten Festlichkeit vorstehen zu müssen.

»Warum konnte ich nur meinen großen Mund nicht halten, als Houston sich damals für diese Schule entschied?« murmelte sie, während sie ihr Kleid glattzog, in ihrem eng geschnürten Korsett Luft zu holen versuchte und das Zimmer verließ.

Kapitel 18

Der Empfang übertraf noch Blairs schlimmste Befürchtungen. Den Leuten fehlte ständig dies oder das, und sobald Houston nicht mehr zu sehen war, schien keiner mehr zu wissen, was er machen sollte. Dann gab es da offenbar ein paar hundert Verwandte von Lee, die erklärt haben wollten, wie es zu dieser ungewöhnlichen Vertauschung der Zwillinge gekommen sei. Opal begann das Gerücht auszustreuen, daß Houstons Mann die Braut auf einem weißen Hengst entführt habe (wahrscheinlich auf einem Hengst mit Flügeln, dachte Blair bei sich), und all die jungen Damen flüsterten untereinander, daß Kane der romantischste aller Männer sei. Blair konnte nur daran denken, daß sie für ihre Person sicherlich froh war, daß ihre Vertauschung nicht den gewünschten Erfolg gehabt hatte und sie nun ihre Hochzeitsnacht nicht mit Taggert verbringen mußte.

Ein Mann fragte Blair gerade, wie er das, was wie ein hundert Pfund schwerer Käselaib aussah, servieren sollte, als sie hochsah und bemerkte, daß Leander sie über die Köpfe von Hunderten von Gästen hinweg beobachtete. Da begann sich eine leichte Wärme über ihren Körper auszubreiten. Was sie auch gegen Lee einwenden mochte: Bestimmt zählte nicht seine Absicht dazu, die Nacht mit ihr zu verbringen.

Er arbeitete sich durch das Gewühl der Gäste, gab dem Mann mit dem Käse ein paar knappe Anweisungen und zog dann Blair mit sich hinaus in den Garten, wo die Leute sie nicht mehr sehen konnten. »Dem Himmel sei Dank, daß ein Mann das nur einmal in seinem Leben über sich ergehen lassen muß. Hast du gewußt, daß Mr. Gates weint?«

Es war ein gutes Gefühl, bei ihm hier im Schatten zu sein, weg von den Leuten und dem Lärm, und sie wünschte, daß er sie küssen möge. »Er ist vermutlich glücklich, daß er mich heute zum letztenmal in seinem Haus gesehen hat.«

»Er sagte zu mir, daß er endlich aufatmen könne, weil er wüßte, daß du glücklich würdest, und weil du nun das tätest, wozu der Herrgott die Frauen erschaffen hat – mit einem guten Mann an der Seite, womit er mich meinte, der für dich sorgt. Endlich würdest du deine Erfüllung finden.«

Er sah sie auf eine Weise an, daß ihr ganz warm ums Herz wurde.

»Glaubst du, daß du mit mir *deine* Erfüllung finden wirst?« fragte er mit einem heisernen Flüstern und bewegte sich auf sie zu.

»Dr. Westfield! Ein Telegramm!« drang die Stimme eines Jungen zu ihnen. Im nächsten Moment stand er vor ihnen, und es war aus mit ihrer Zweisamkeit.

Leander gab dem Jungen einen Nickel und sagte, er solle sich von den Büffets holen, was er gerne essen wollte. Dann riß er, den Blick auf Blair gerichtet, das Telegramm auf. Im nächsten Moment hatte er nur noch Augen für das Papier, das er in den Händen hielt.

»Ich werde ihr den Hals umdrehen«, sagte er leise, während sich sein Gesicht rot färbte vor Zorn.

Blair nahm ihm das Telegramm aus der Hand.

ICH HABE SOEBEN ALAN HUNTER GEHEIRATET STOP WÜRDEST DU DAS VATER UND BLAIR SAGEN STOP WERDE IN DREI WOCHEN WIEDER ZURÜCKKOMMEN STOP SEI NICHT ZU WÜTEND AUF MICH STOP IN LIEBE NINA

»Von allen hinterhältigen Tricks ist das doch der ...«

begann Lee. »Vater und ich werden ihr nachfahren und ...«

».. . und was?« fiel ihm Blair ins Wort. »Sie ist bereits verheiratet, und außerdem – was ist an Alan so verkehrt? Ich denke, daß er einen recht guten Ehemann abgeben wird.«

Sogleich legte sich wieder sein Zorn. »Das mag ja so sein. Aber warum konnte sie nicht in Chandler bleiben und sich hier trauen lassen? Warum mußte sie weglaufen, als würde sie sich seiner schämen?«

»Nina und ich sind schon ein Leben lang befreundet, und ich vermute, daß sie vor mir Angst hatte. Schließlich habe ich ja nicht den Mann geheiratet, den ich ursprünglich heiraten wollte, und da dachte sie wohl, ich würde wütend sein auf Alan, weil er mich am Bahnhof versetzt hat. Zweifellos hat er mich Ninas wegen verlassen.«

Leander lehnte sich gegen einen Baum und holte eine Zigarre aus seiner Jackentasche. »Dich scheint das ja völlig kalt zu lassen. Ich habe dir die Gelegenheit gegeben, auszusteigen. Du hättest nach Pennsylvania zurückkehren können; du hattest die Chance dazu.«

Als sie in späteren Jahren an diesen Moment zurückdachte, wußte sie, daß sie sich erst in diesem Augenblick ihrer Liebe zu Leander ganz und gar sicher wurde. Er hatte die verrücktesten Sachen angestellt, um sie für sich zu gewinnen, und doch stand er nun wie ein kleiner Junge vor ihr und sagte, sie hätte ihn gar nicht zu heiraten brauchen – er hätte sie ziehen lassen.

»Und was würdest du unternommen haben, wenn ich in den Zug nach Pennsylvania gestiegen wäre? Ich erinnere mich noch sehr gut daran, wie du mich geschüttelt und zu mir gesagt hast, ich hätte dich zu heiraten und würde gar nicht mehr gefragt«, sagte sie leise, während sie dicht vor ihn trat und die Hand auf seine Brust legte. Meterlange Bahnen aus herrlichem Seidensatin breiteten sich um sie herum aus, und im sanften Licht des Gartens schimmerten die Perlen in allen Farben.

Er betrachtete sie einen Moment lang, warf dann seine Zigarre ins Gras, riß sie in die Arme und küßte sie, ihren Körper an sich drückend, mit großer Leidenschaft. Er zog ihren Kopf an seine Schulter und erstickte sie fast, als er sie so fest an sich preßte, wie eine Mutter ihr Kind an sich zieht, das sie schon verloren glaubte. »Du hast *ihn* gewählt, du bist zum Bahnhof gegangen, um mit ihm zu fahren.«

Blair versuchte sich und den kostbaren Schleier aus seiner heftigen Umarmung zu befreien. Sie wollte ihn anschauen. »Das liegt jetzt hinter uns«, sagte sie, während sie ihm in die Augen sah und an den Mann dachte, der sich hinter diesem hübschen Gesicht verbarg. Sie erinnerte sich an die vielen Male, die sie ihm bei der Arbeit zugesehen hatte, als er das Leben anderer Menschen rettete. Besonders entsann sie sich des Tages, als man einen alten Cowboy eingeliefert hatte, der von einem Bullen auf die Hörner genommen worden war. Als Lee ihn nicht hatte retten können und der Mann auf dem Operationstisch starb, hatte sie in seinen Augen Tränen gesehen. Er erzählte ihr, daß er den alten Mann schon als Junge gekannt habe, und es täte weh zu wissen, daß er jetzt tot sei.

Nun stand sie in seiner Reichweite, und sie wußte, daß sie den richtigen Mann geheiratet hatte. Alan war nicht ihre große Liebe gewesen, so wenig wie sie die seine. Und sie dachte wieder daran, wie erleichtert sie gewesen war, als er nicht am Bahnhof erschien.

»Vieles ist zwischen uns geschehen«, sagte sie, während sie ihm mit der Hand über die Wange strich. Es war so angenehm, ihn jetzt berühren zu können, wie sie das schon immer tun wollte seit der Nacht, die sie zusammen verbracht hatten. Von nun an gehörte er ihr, total und ausschließlich ihr. »Doch dieser Tag soll ein neuer Anfang für uns sein, und ich möchte mit einer sauberen Tafel beginnen. Du und ich – wir haben gut zusammengearbeitet und auch noch ... anderes, was uns verbindet«, sagte sie, während sie sacht ihre Hüften an seinem Körper bewegte. »Ich möchte aus dieser Ehe etwas machen. Ich möchte, daß wir

Kinder bekommen, gemeinsam praktizieren und uns ... lieben.« Den letzten Wunsch sprach sie nur zögernd aus, weil er immer nur gesagt hatte, daß er sie begehrte und von Liebe nie die Rede gewesen war.

»Kinder«, murmelte er, als er sie wieder fest an sich zog. »Ja, ganz besonders wollen wir gemeinsam Kinder machen.« Er fing an, sie zu küssen wie ein Verdurstender.

»Hier sind sie ja«, rief jemand. »Hört jetzt auf damit. Dafür habt ihr noch ein ganzes Leben Zeit. Ihr müßt zurück zu den anderen und die Torte anschneiden.«

Widerstrebend löste sich Blair von ihrem Mann. Wenn er sie noch ein paar Sekunden länger so geküßt hätte, würde sie mit ihm ins Gras gesunken sein. Sie hatte bereits bewiesen, daß sie keine Gewalt mehr über sich besaß, wenn er sie anfaßte.

Mit einem Seufzer nahm Lee ihre Hand in die seine und führte sie zurück zu der Menge auf einer von Taggerts zu glatten und zu großen Rasenflächen.

Kaum war die Torte angeschnitten, als sie beide wieder getrennt wurden. Mehrere Frauen bestürmten Blair mit hunderterlei Fragen, wo Houston denn geblieben sei.

»Dieser Mann hat meine Tochter auf seinem Pferd entführt«, sagte Opal auf eine verhaltene, fast schüchterne Weise, die erst gar keinen Zweifel an ihren Worten aufkommen ließ. »Meine beiden Töchter haben starke Männer geheiratet, die genau wußten, was sie wollten, und stets erreichten, was sie sich vornahmen.«

Zwei von Opals weiblichen Zuhörern schienen jeden Moment in Ohnmacht fallen zu wollen – so beeindruckt waren sie von Opals Ausführungen.

»Mutter«, sagte Blair und hielt ihr eine Platte hin. »Probier mal diesen köstlichen Schinken.« Sie beugte sich vor, so daß nur Opal sie hören konnte. »Jetzt weiß ich, von wem Houston und ich das Schauspieltalent geerbt haben.«

Opal blickte lächelnd die Damen an, von denen sie umlagert wurde, und blinzelte dann Blair zu, während sie sich mit einer Scheibe von dem Schinken bediente.

Lachend entfernte sich Blair wieder, damit ihre Mutter ungestört vor den Gästen mit ihren Schwiegersöhnen prahlen konnte.

Als die Sonne unterging, wurde in der Bibliothek zum Tanz aufgespielt, und natürlich mußten Leander und Blair den Tanz eröffnen. Mehrere Leute fragten, ob sie damals zum Empfang des Gouverneurs erschienen sei und nicht Houston. Blair und Lee lachten sich verstohlen an, und er nahm sie wieder in die Arme und wirbelte mit ihr über das spiegelblanke Parkett.

»Es wird Zeit, daß wir das Fest verlassen und nach Hause fahren. Ich kann es kaum noch erwarten, dich zu meiner Frau zu machen«, flüsterte er ihr ins Ohr.

Blair nickte gar nicht erst, wickelte sich die Schleppe fester um den Arm und verließ rasch den Saal, um sich oben ihr Reisekleid anzuziehen. Ihre Mutter kam ins Zimmer und half ihr schweigend beim Umziehen. Erst als Blair in dem stahlblauen Anzug, den Houston für sie ausgesucht hatte, reisefertig vor ihr stand, sagte sie: »Leander ist ein guter Mann, und ich weiß, daß ihr ein paar Probleme hattet; aber ich glaube, er wird dir ein guter Ehemann sein.«

»Das glaube ich auch«, sagte Blair strahlend. »Ich glaube, einen besseren Ehemann konnte ich gar nicht bekommen.« Und daß er ein großartiger Liebhaber ist, weiß ich schon, setzte sie in Gedanken hinzu, küßte rasch ihre Mutter und eilte dann die Treppe hinunter in die Halle, wo Leander sie bereits erwartete.

Unter einem Regen von Reis, der fast lebensbedrohliche Formen annahm, verließen sie die Villa Taggert und fuhren zu dem hübschen kleinen Haus, das fortan ihr Zuhause sein würde.

Doch kaum hatten sie die winkende Menge hinter sich gelassen, als Blair ein banges, fast ängstliches Gefühl beschlich. Von nun an würde ihr Leben an diesen Mann gebunden sein, den sie eigentlich nur als Arzt kannte. Was wußte sie von ihm als Privatmann? Was hatte er in seinem Leben gemacht, wenn er nicht studierte oder praktizierte?

Vor ihrem Haus nahm Lee sie auf seine Arme, trug sie über die Schwelle, warf einen Blick auf ihr blasses Gesicht und sagte: »Das ist doch nicht die Frau, die ihr Leben riskierte, um die Wunde am Kinn eines Mannes sauber zu halten! Du wirst doch hoffentlich keine Angst vor mir haben, oder?«

Als Blair nicht antwortete, sagte er: »Was du jetzt brauchst, ist ein Glas Champagner. Und wir wissen beide, wohin das führen wird, nicht wahr?«

Er setzte sie in der Eingangshalle ab und ging nach rechts hinüber in das Eißzimmer. Blair kannte dieses Haus noch gar nicht richtig, und sie wandte sich nach links in den Salon. Dahinter befand sich ein winziges Schlafzimmer für Gäste. Die Möbel waren aus schwerem, dunklem Holz, und dennoch wirkte der Raum sehr gefällig mit seinen blau-weiß gestreiften Tapeten und der Bordüre mit blaßrosa Rosen darüber. Sie nahm auf einem mit Satin bezogenen Sofa Platz.

Leander kam mit zwei Gläsern und einer Flasche Champagner in einem mit Eis gefüllten silbernen Kübel zurück. »Ich hoffe, dir gefällt es hier. Houston hat das Haus eingerichtet. Ich glaube nicht, daß ich mich sehr dafür interessiert habe, was sie machte.« Er saß am anderen Ende der Couch, weit weg von ihr, als spürte er ihre Scheu.

»Es gefällt mir. Ich habe wenig Ahnung davon, wie man ein Haus einrichten muß, und Houston beherrscht solche Dinge viel besser als ich. Ich würde sie vermutlich sowieso gebeten haben, diese Aufgabe für mich zu übernehmen. Aber nun richtet sie Taggert das Haus ein.«

»Habt ihr zwei euch ausgesprochen?«

Der Champagner lockerte ihre Verkrampfung, und Leander füllte ihr Glas wieder auf. »Houston sagte zu mir, daß sie sich in Taggert verliebt habe.« Blair machte ein fassungsloses Gesicht. »Ich kann mir nicht vorstellen, was meine Schwester an diesem vorlauten, ungehobelten Burschen findet. Warum sie ihn dir vorziehen würde, ist mir einfach unerfind ...« Sie hielt inne und wurde ganz rot vor Verlegenheit.

Leander grinste sie an. »Ich danke dir für das Kompliment.« Er beugte sich zu ihr hinüber und begann mit den Locken zu spielen, die sich aus dem Knoten lösten, den Houston ihr heute morgen aufgesteckt hatte. Dann begann er, langsam die Nadeln aus ihren Haaren zu entfernen. »Gegensätze scheinen sich immer anzuziehen. Schau doch nur dich an und mich. Hier sitze ich, ein Chirurg von hohen Graden, und dort du, eine zukünftige Hausfrau und Mutter, die meine Socken dort hinräumen wird, wo sie hingehören, und dafür sorgt, daß der Mann ein behagliches Heim vorfindet, wenn er abends von der Arbeit nach Hause . . .«

Blair verschluckte sich fast am Champagner. »Soll das heißen, du erwartest von mir, daß ich meinen Beruf aufgebe, um dich zu bedienen?« fauchte sie. »Von allen idiotischen, hirnverbrannten Ansichten, die ich bisher in meinem Leben gehört habe, ist diese die allerblödsinnigste!« Sie knallte ihr Sektglas wütend auf den Beistelltisch und sprang auf. »Ich habe immer versucht, Houston davon zu überzeugen, daß du ein zweiter Mr. Gates bist; aber sie wollte nicht auf mich hören. Sie sagte, du wärst ihm überhaupt nicht ähnlich. Laß dir eines gesagt sein. Leander Westfield: Wenn du mich mit dem Gedanken geheiratet hast, daß ich deinetwegen auf meinen Beruf verzichten soll, können wir den Krempel gleich hinschmeißen.«

Leander saß auf der Couch, und sie beugte sich über ihn, die Hände in die Hüften gestemmt. Während sie ihm die Meinung sagte, stand er langsam auf, und als sie damit zu Ende war und tief Luft holte, lächelte er sie an. »Ich glaube, du mußt noch viel lernen, ehe du mich verstehst. Ich begreife zwar nicht, warum du sofort bereit bist, das Schlimmste von mir anzunehmen, doch ich hoffe, dir beweisen zu können, daß ich nicht so bin, wie du denkst. Und ich habe vor, mein Leben damit zu verbringen, dich eines Besseren zu belehren. Doch mit diesem Unterricht wollen wir erst morgen beginnen«, sagte er, während er die Arme um sie legte und sie an sich zog.

Blair klammerte sich an ihn, und als sich ihre Lippen

berührten, hatte sie ein Gefühl, als explodiere um sie die Welt. Sie wußte, daß sie ihren Mann kaum kannte. Sie hatte keine Vorstellung von den Motiven, die ihn veranlaßt hatten, sie zu heiraten, keine Ahnung, ob er sie als Ärztin nur an seiner Seite geduldet hatte, damit er den Wettbewerb gewinnen konnte, wie Alan behauptete, oder ob ihm ihre Zusammenarbeit genausoviel Spaß gemacht hatte wie ihr.

Doch in diesem Moment war ihr das alles gleichgültig. Sie konnte nur an seine Arme denken, die sie umfingen, an die Nähe seines Körpers, an die Hitze, die er verströmte, und das Wohlbehagen, das sie dabei empfand.

»Ich habe so lange darauf gewartet, daß wieder geschieht, was damals geschah«, sagte er leise, während er ihre Haare um sein Handgelenk wickelte und mit der anderen Hand ihren Nacken und ihre Wange streichelte. »Geh hinauf und mach dich fertig. Heute abend werde ich ein Gentleman sein; doch dann nie mehr. Also nütze diese einmalige Gelegenheit. Schau mich nicht so an, sondern geh! Ich bin sicher, deine Schwester hat dir für diesen Abend – im Rahmen des Erlaubten natürlich – ein unerhört frivoles Nachthemd besorgt. Also geh und zieh es an. Du hast ungefähr zehn Minuten Zeit dafür. Vielleicht.«

Blair wollte ihn nicht verlassen, tat es aber doch und stieg die schmale gewundene Treppe zum Schlafzimmer hinauf. Oben entdeckte sie sogar drei Schlafzimmer: eines für die Bewohner des Hauses, eines für Gäste und eines, falls es Nachwuchs geben sollte. Ihre Kleider hingen bereits im Schrank, alle ihre Schuhe standen neben Leanders Schuhen, und einen Augenblick dachte sie, daß sie noch nie so etwas Intimes gesehen hatte wie diese aneinandergelehnten Schuhe.

Auf dem Bett lagen tatsächlich eine wunderschöne Robe aus weißem Chiffon mit Schwanendaunen am Saum und an den Ärmeln und daneben ein Gewand aus weißem Satin, das sie wohl unter der Robe tragen sollte. Blair schüttelte den Kopf über diese extravaganten Kleidungsstücke, doch im nächsten Moment starb sie fast vor Ungeduld, die Sachen anzuziehen. Manchmal kam ihr das Leben ihrer Schwester so nutzlos vor; doch mit dieser Hochzeit hatte ihr Houston die größte Bewunderung abgenötigt. Allein die Trauung und der Empfang erforderten das Organisationstalent eines Armeegenerals, und bei ihren Vorbereitungen hatte Houston sich offenbar auch um die nebensächlichsten Details gekümmert. Sie hatte sogar daran gedacht, die Kleider ihrer Schwester noch während der Hochzeitsfeier in deren zukünftige Wohnung schaffen zu lassen.

Blair steckte erst zur Hälfte in dem Chiffongeriesel, als Leander bereits die Treppe heraufkam. Offenbar schien es ihm nichts auszumachen, daß es ihr auf eine sehr unordentliche Weise von den bloßen Schultern hing. Er hatte mit zwei Schritten den Raum durchquert, und dann hielt er sie schon in seinen Armen. Tatsächlich war seine Begeisterung über ihre noch unfertige Nachttoilette so groß, daß Blair einen Schritt vor ihm zurückwich, sich dabei in der Schleppe verfing und rückwärts auf das Bett fiel. Lee stürzte mit ihr auf das Federbett, und die Schwanendaunen der Robe rieselten wie Schneeflocken auf sie herunter.

Da fingen sie an zu lachen, und Lee, der sie noch immer mit den Armen umschlungen hielt, rollte mit ihr über das Bett, wobei er sie abwechselnd küßte und kitzelte, bis sie vor Vergnügen quietschte. das herrliche Gewand hielt dieser Behandlung nicht lange stand, und alsbald rollte Blair nur noch in ihrem dünnen Nachthemd aus Satin über das Bett, während Lee an ihren Schultern zu knabbern begann und dabei brummte wie ein Bär, daß sie vor Lachen fast Seitenstechen bekam. Seine Hände glitten an ihren Schenkeln auf und nieder, was bei ihr Proteste auslöste, sehr halbherzige allerdings.

Doch ehe aus dem Spiel Ernst wurde, begann unten das Telefon zu läuten.

»Was ist das?« fragte Blair, den Kopf hebend.

»Ich höre nichts«, murmelte Leander, sein Gesicht an ihrem Hals begrabend.

»Es ist das Telefon. Lee, du kannst es doch nicht einfach

läuten lassen! Vielleicht ist es ein Kranker, der dringend deine Hilfe braucht.«

»Jeder, der einen Mann in seiner Hochzeitsnacht stört, verdient seine Plagen.«

Blair schob ihn von sich weg. »Lee, das kann nicht dein Ernst sein. Vergiß nicht, daß du Arzt geworden bist, weil du den Menschen helfen wolltest.«

»Aber nicht heute abend, nicht jetzt.« Er versuchte, sie wieder in seine Arme zu nehmen; doch sie wehrte sich, und das verdammte Telefon hörte nicht auf zu läuten. »Warum mußte ich nur eine Kollegin heiraten?« stöhnte er, während er sich vom Bett erhob, seine Kleider ordnete und Blair einen Blick zuwarf, daß sie kichernd zur Seite schauen mußte. »Daß du dich nicht von der Stelle rührst! Ich bin gleich wieder da«, sagte er, ehe er die Treppe hinunterlief. »Ich werde den Kerl umbringen, wenn ich mit ihm am Telefon gesprochen habe!«

Kaum hatte er den Hörer am Ohr, als das Mädchen von der Vermittlung loslegte: »Ich störe Sie ungern am Abend aller Abende. Aber es ist Ihr Vater. Er sagt, es sei dringend!«

»Das wollen wir hoffen«, sagte Lee. Und dann war Reed in der Leitung.

»Lee, es ist mir wirklich peinlich, daß ich dich stören muß; aber es ist ein Notfall. Elijah Smith könnte jede Minute an einem Herzanfall sterben, wenn du nicht sofort kommst.«

Leander holte geräuschvoll Luft. Elijah Smith war ihr Kodewort, wenn es in den Kohlebergwerken kriselte. Reed gab ihm oft eine Meldung durch, wenn er gerade im Krankenhaus arbeitete, und sie hatten sich auf Schlüsselworte geeinigt, die ihm die Ernsthaftigkeit der Lage anzeigten. Der arme Mr. Smith war ein geplagter Mensch, der sämtliche Infektionskrankheiten gehabt hatte und etliche Lebensmittelvergiftungen dazu. Doch ein Herzanfall war ihr Kodewort für den schlimmsten aller Fälle, der eintreten konnte: ein Arbeiteraufstand.

Leander warf einen Blick zur Decke und dann zu dem

Zimmer hinüber, wo seine Braut auf ihn wartete: »Wieviel Zeit habe ich?«

»Sie haben schon vor einer Stunde nach dir verlangt. Lee, verzichte darauf. Schick einen anderen.«

»Etwa dich?« schnaubte Leander, seinen Zorn an seinem Vater auslassend. Außenstehende wußten nicht Bescheid über die Verhältnisse, die in den Bergwerken herrschten. Nur Leute, die diese Lager betreten durften, hatten davon Kenntnis. Und Lee fühlte sich für die Unruhen unter den Bergleuten verantwortlich, da er ja die Gewerkschaftsvertreter in die Bergwerke eingeschleust hatte. »Ich komme so rasch wie ich kann«, sagte Lee, ehe er wieder einhängte.

Als er zur Treppe zurückging mit einem Gefühl, als sei soeben die schlimmste Katastrophe seines Lebens eingetreten, wurde ihm jählings bewußt, daß er Blair einen Grund angeben mußte, warum er sie jetzt alleinließ. Er war kein Junggeselle mehr, der niemandem Rechenschaft schuldete. Er hatte jetzt eine Frau, die eine Erklärung verdiente, wohin er sich begab. In diesem Moment fühlte er sich jedoch so elend, daß ihm keine Lüge einfallen wollte – und Gott verhüte, daß er ihr die Wahrheit sagte! Da Blair so gut wie keinen Selbsterhaltungstrieb besaß, würde sie zweifellos darauf bestehen, ihn zu begleiten. Die Sache war heikel genug. Sie auch noch in Gefahr zu wissen, wäre unerträglich.

Am besten, er stahl sich einfach aus dem Haus.

Er hatte sich noch nie so rasch bewegt in seinem Leben wie in diesem Augenblick, und wenn er sich überlegte, daß ihm offenbar Tränen den Blick trübten, als er zu Blair hinsah, wie sie in diesem dünnen Hemdchen auf dem Bett lag, unter dem sich jede Rundung ihres köstlichen Körpers abzeichnete, hatte er eigentlich eine Belohnung verdient. Was er nun sagte, war kaum eine Erklärung – nur daß er fort müsse und so rasch wie möglich wiederkäme. Dann rannte er wieder die Treppe hinunter und war schon durch die Haustür, ehe Blair auch nur einen Ton herausbrachte.

Er fühlte sich immer noch elend, als er im Haus seines

Vaters eintraf. Seinetwegen konnten die Bergmänner das ganze Lager abbrennen! Was kümmerte ihn das heute nacht!

Sein Vater erzählte ihm, ein Spitzel habe den Wächtern angezeigt, daß ein Gewerkschaftsvertreter im Lager die Arbeiter zu organisieren versuche und daß dieser Mann nun so dumm gewesen sei, allein ins Lager zurückzukehren. Er habe sich von der Rückseite her über den Berghang ins Bergwerk eingeschlichen und sich nicht von den Wachen abschrecken lassen, die nun jedes Haus durchsuchten und unschuldige Leute bedrohten.

Leander hatte die Erlaubnis, dieses Bergwerk zu betreten, und wenn er den Gewerkschaftsvertreter fand, ehe die Wächter ihn entdeckten, konnte er vielleicht dem Mann das Leben retten – und das Leben der Bergleute, die zu Unrecht beschuldigt wurden, diesen Mann ins Lager geschmuggelt zu haben.

Lee wußte, daß nur er in der Lage war, eine Katastrophe zu verhindern, und so machte er sich daran, seine Kutsche entsprechend vorzubereiten.

»Wenn Blair zu dir kommt, darfst du ihr nicht einmal andeuten, wohin ich gefahren bin. Wenn du ihr sagst, ich wäre bei einem Patienten, will sie wissen, wo dieser Patient wohnt, damit sie mir bei der Behandlung helfen kann. Sag ihr irgend etwas, nur um Gottes willen nicht die Wahrheit. Alles, nur nicht das; denn sonst platzt sie mitten in einen Bergarbeiteraufstand hinein, und ich muß zusehen, wie ich den Gewerkschafter *und* sie wieder lebendig aus dem Lager herausbekomme.«

Ehe Reed seinen Sohn fragen konnte, was für eine Begründung denn seiner Meinung nach für Blair in Betracht käme, flogen ihm schon die Kieselsteine um die Ohren, die von Lees Kutsche aufgewirbelt wurden.

Kapitel 19

Blair blickte einige Sekunden lang mit offenem Mund zur Treppe. Eben hatte Leander noch dort gestanden, und im nächsten Moment hörte sie schon unten die Tür gehen.

Zunächst war sie darüber empört, lächelte dann aber still in sich hinein. Es mußte sich schon um einen sehr ernsten Fall handeln, wenn Lee sie in seiner Hochzeitsnacht allein-ließ – ein Fall auf Leben und Tod. Etwas sehr Gefährliches, dachte sie, und saß plötzlich kerzengerade im Bett. Wenn es nur ein ernster Fall war und nicht auch noch gefährlich – ein Weidekrieg etwa oder Banditen, die mit rauchenden Colts die Leute terrorisierten –, würde Lee sie zweifellos mitgenommen haben.

Blair warf die Decken beiseite und zog in fliegender Eile ihre Arztuniform an. Leander begab sich in Lebensgefahr, um einen Patienten zu versorgen, und brauchte daher ihre Hilfe.

Unten nahm sie den Telefonhörer ab, Mary Catherine hatte um diese Zeit Dienst in der Vermittlung. »Mary, wo ist Lee hingegangen?«

»Ich weiß es nicht. Blair-Houston«, antwortete die junge Frau. »Sein Vater hat ihn angerufen, und im nächsten Augenblick sagte Lee, er wäre schon unterwegs. Ehe ich mich ausklinken konnte natürlich. Schließlich belausche ich ja keine Gespräche, die ich vermittle.«

»Aber wenn du schon zufällig ein paar Worte aufgeschnappt hast, kannst du mir doch ruhig sagen, was! Und vergiß nicht, daß ich damals Jimmy Talbots Mutter nicht verraten habe, wer ihre beste Kristallkaraffe zerschlagen hat!«

Es dauerte ein paar Sekunden, ehe Mary Catherine antwortete: »Mr. Westfield sagte, daß ein Mann, dem ich noch nie in der Stadt begegnet bin, einen Herzanfall habe. Der Bedauernswerte. Mir scheint, jedesmal wenn Mr. Westfield und sein Sohn am Telefon miteinander reden, geht es um diesen Mr. Smith, der schon wieder von einer neuen Krankheit befallen wurde. Im letzten Monat waren es drei, und Caroline – sie hat tagsüber Dienst – hat mir erzählt, daß er bei ihr auch zweimal krank wurde. Ich glaube nicht, daß der Arme es noch lange macht; aber andererseits scheint er sich auch wieder erstaunlich rasch von seinen Leiden zu erholen. Er muß ein schrecklich wichtiger Patient sein, weil dich Leander sonst wohl kaum in der Hochzeitsnacht alleinlassen würde. Du mußt ihn ja –« hier brach Mary Catherine in ein vielsagendes Kichern aus – »sehr vermissen.«

Blair hätte der Frau jetzt am liebsten gesagt, was sie von ihrer Lauscherei hielt; aber sie flüsterte nur: »Vielen Dank«, hängte ein und schwor sich, nie mehr etwas Intimes am Telefon zu sagen.

Lees Kutsche stand nicht mehr im Stall, und das einzige, was dort verfügbar war, war ein großer, tückisch aussehender Hengst, dem sie sich lieber nicht anvertrauen wollte. So blieb nur ein Fußmarsch bis zum Haus ihres Schwiegervaters. Die kühle Gebirgsluft wirkte belebend auf sie, und die letzten Meter rannte sie auf der steilen Straße, die zu Westfields Haus hinaufführte.

Sie mußte gegen die Tür hämmern, bis sich im Haus etwas rührte. Eine verschlafene, mürrische Haushälterin kam an die Tür, hinter deren Schulter sie Reeds Kopf sah.

»Komm mit in die Bibliothek«, sagte Reed mit seltsam fahlem Gesicht. Er war vollständig angezogen, sah aber alt und sehr erschöpft aus. Blair war überzeugt, daß er aufgeblieben war, weil er sich schreckliche Sorgen um Leander machte. Auf was hatte sich ihr Mann da nur eingelassen?

»Wo ist er?« fragte Blair, sobald sie in der hellerleuchteten Bibliothek, die mit dem Rauch zu vieler Pfeifen erfüllt war, ungestört sprechen konnten.

Reed stand schweigend vor ihr, während sein Gesicht sie mehr und mehr an eine Bulldogge erinnerte.

»Er ist in Gefahr, nicht wahr?« sagte Blair. »Ich wußte doch, daß es so sein würde. Wenn es sich um einen gewöhnlichen Fall handelte, hätte er mich mitgenommen. Aber an diesem ist etwas faul.« Reed sagte noch immer kein Wort.

»Die Telefonistin erzählte mir, daß er sich oft um einen Mr. Smith bemühen müsse. Ich möchte denken, es wird mir nicht schwerfallen, seine Adresse zu ermitteln. Ich kann auch von Haus zu Haus gehen und die Leute fragen, ob jemand Leander heute abend gesehen hat. Wie ich ihn kenne, ist er in seinem üblichen Höllentempo durch die Straßen geprescht, und so etwas fällt natürlich auf.« Blairs Gesicht glich sich allmählich dem ihres Schwiegervaters an – zeigte den Ausdruck äußerster Entschlossenheit.

»Mein Mann ist unterwegs zu einem Fall, der ihn selbst in Lebensgefahr bringt – wie damals, als wir im Kugelhagel verfeindeter Rancher einen Bauchschuß operieren mußten. Doch diesmal ist er allein. Ich glaube, daß ich ihm helfen kann. Vielleicht gibt es noch mehr Verletzte, und wenn Lee verwundet wird, muß ihn ja jemand verarzten. Wenn du mir nicht weiterhelfen willst, tut es ein anderer.« Sie wandte sich wieder zum Gehen.

Reed blickte ihr einen Moment verwirrt nach. Sie mochte zwar nicht erfahren, wo Lee sich im Augenblick befand; aber es würde ihr gewiß gelingen, eine Menge Leute hellhörig zu machen, wenn der Fall so wichtig war, daß Lee sogar die Hochzeitsnacht mit seiner Braut versäumte. Und später würden die Leute natürlich von dem Aufstand in der Kohlengrube erfahren, und es genügte, daß einer von ihnen zwei und zwei zusammenzählte und Leander mit diesem Aufstand in Verbindung brachte. Er *mußte* Blair etwas erzählen, was sie von ihrem Vorhaben abbrachte – etwas so Furchtbares, daß sie auf der Stelle wieder nach Hause fuhr und nicht die ganze Stadt aufweckte auf ihrer Suche nach Leander. Verdammt, warum hatte Lee nicht Houston heiraten können? Sie würde sich niemals nach dem Verbleib ihres Gatten erkundigt haben!

»Es handelt sich um eine andere Frau«, stotterte Reed, ehe ihm klar wurde, was er da sagte. Seine Frau hätte sich nur von etwas abbringen lassen, wenn sie geglaubt hätte, daß er sich einer anderen Frau zugewandt habe. Warum mußten Frauen immer daran zweifeln, daß sie geliebt wurden? Blair hätte das doch eigentlich wissen müssen, nach all den Narreteien, die Lee ihretwegen anstellte.

»Frau?« echote Blair, sich wieder zu ihm umdrehend. »Warum sollte er zu einer anderen Frau gehen? Ist sie krank? Wer ist dieser Mr. Smith? Weshalb hat er ständig irgendwelche Beschwerden? Wo ist mein Mann?«

»Die ... äh ... Frau versuchte sich umzubringen, weil Lee heute geheiratet hat«, sagte Reed und wußte, daß er damit das Sohn-Vater-Verhältnis zerstört hatte. Lee würde ihm das nicht verzeihen, solange er lebte.

Blair setzte sich – oder fiel vielmehr – auf einen Stuhl »*So* eine Frau also«, flüsterte sie.

Wenigstens war es ihm gelungen, sie von Mr. Smith abzulenken, dachte Reed und verfluchte zugleich alle Mädchen, die in einer Telefonvermittlung arbeiteten.

»Aber wie konnte das denn mit Houston zusammengehen? Schließlich war er jahrelang mit ihr verlobt. Wie konnte er da in eine andere verliebt sein?«

»Lee – äh – dachte, die Frau sei längst tot.« Vor ihm auf dem Tisch lag eine Zeitung, auf deren Titelseite von einer Räuberbande berichtet wurde, die eine Weile lang das Gebiet um Denver unsicher gemacht hatte, nun aber nach Süden weiterzog. Die Bande wurde von einer Frau französischer Abstammung geführt. »Er hat sie in Paris kennengelernt, und sie war die große Liebe seines Lebens; doch er glaubte, man habe sie umgebracht. Offensichtlich nicht; denn sie ist nach Chandler gekommen, um ihn hier zu suchen.«

»Wann?«

»Wann was?«

»Wann diese Frau nach Chandler gekommen ist!«

»Oh, das ist schon Monate her«, sagte Reed wegwerfend. »Ich denke, es ist besser, wenn du dir das Ende der Geschichte von Lee erzählen läßt.«

»Aber wenn sie schon vor Monaten hier war, warum hat Lee dann die Verlobung mit meiner Schwester aufrechterhalten?«

Reed schickte einen verzweifelten Blick an die Decke. Aber dann sprang ihm wieder die Zeitung in die Augen. »Sie – diese Frau, die er liebte – war ... in etwas verwickelt, was Lee gar nicht schätzte. Er mußte etwas unternehmen, das ihn von dieser Frau ablenkte.«

»Und diese Ablenkung war erst Houston und später dann ich.« Blair holte tief Luft. »Er liebte also diese Frau, dachte, sie sei umgekommen, kehrte nach Chandler zurück und bat Houston, ihn zu heiraten. Und dann tauchte ich auf, und ich dachte, ein Zwilling ist so gut wie der andere; aber sein Ehrgefühl sagte ihm später, daß er nun eher dazu verpflichtet sei, mich zu heirtaten. Das erklärt, warum er eine Frau geheiratet hat, die er gar nicht wirklich liebt. Nicht wahr?«

Reed fuhr mit dem Finger an der Innenseite seines Kragens entlang, der ihn plötzlich zu würgen schien. »Ich schätze, diese Erklärung ist so gut wie jede andere«, sagte er laut, und dann für sich: »Jetzt bin ich aber meinem Sohn eine Erklärung schuldig.«

Blair fühlte sich wie vernichtet, als sie das Haus wieder verließ und sich auf den Heimweg machte. Reed hatte nach seinem Stallburschen schicken lassen, der sie nach Hause fahren sollte; aber Blair hatte abgewinkt. Heute war ihre Hochzeitsnacht, die zu der glücklichsten Zeit ihres Lebens gehören sollte, und wenn sie diese nicht mit ihrem Gatten verbringen konnte, dann gewiß nicht mit einem anderen Mann. Doch nun hatte sich ihr Glück in einen Alptraum verwandelt.

Wie sehr muße Leander sie im stillen ausgelacht haben, als sie zu ihm sagte, sie hoffte, ihre Ehe zu einem Erfolg zu machen. Es war ihm egal gewesen, wen er heiratete. Houston war hübsch und hätte eine gute Arztfrau abgegeben; also bat er sie um ihre Hand. Doch dann war sie ihm zu kühl gewesen, und als Blair schon am ersten Abend, den sie zusammen verbrachten, in sein Bett gesprungen war, hatte er beschlossen, sie an Stelle ihrer Schwester zu heiraten. Was spielte das schon für eine Rolle, da er sein Herz bereits an eine andere Frau verloren hatte?

»Da ist sie?« zischelte eine Männerstimme hinter ihr.

Es wurde bereits wieder hell, und sie sah einen schmächtigen Mann auf einem Pferd, der mit dem Finger auf sie wies. Einen Augenblick lang war Blair ein bißchen stolz, daß man sie bereits auf der Straße als Ärztin erkannte. Sie blieb stehen und blickte zu dem Reiter hinauf, hinter dem noch drei Männer auf ihren Pferden warteten.

»Ist jemand verletzt?« fragte sie. »Ich habe meine Arzttasche nicht bei mir; aber wenn einer von euch mich aufsitzen läßt, reiten wir schnell zu meinem Haus und besorgen sie.«

Der Cowboy blickte sie einen Moment verdattert an.

»Doch falls Sie lieber meinen Mann konsultieren wollten, kann ich Ihnen leider nicht sagen, wo er ist«, fuhr sie mit einiger Bitterkeit fort. »Ich glaube, Sie werden schon mit mir vorlieb nehmen müssen.«

»Wovon redet die eigentlich, Cal?« fragte einer der drei im Hintergrund.

Cal hob rasch die Hand. »Nein, ich brauche Ihren Mann nicht. Wollen Sie bei mir aufsitzen?«

Blair nahm die Hand, die er ihr hinunterstreckte, und ließ sich von ihm auf das Pferd hinaufziehen. »Mein Haus ist ...« sagte sie, mit dem Finger weisend; doch er ließ sie nicht zu Ende sprechen.

»Ich weiß, wo ihr Haus ist, hochmächtige Miss Chandler. Oh, Sie sind ja inzwischen eine Mrs. Taggert geworden.«

»Was ist das?« sagte Blair erschrocken. »Ich bin nicht ...« Doch der Cowboy legte ihr rasch die Hand auf den Mund, daß ihr die Worte im Hals steckenblieben.

Leander legte eine Hand ins Kreuz und versuchte so die heftigsten Stöße der Lehne gegen seinen Rücken abzufangen. Er mußte zugeben, daß er einen schlimmen Anfall von Selbstmitleid hatte. Eigentlich hätte er die letzte Nacht in den Armen seiner neuen Frau verbringen sollen, in einem weichen Bett, in dem sie sich liebten, miteinander lachten und einander näherkamen. Doch statt dessen hatte er einen Berg hinunterklettern und anschließend wieder hinaufklettern müssen – mit einem halb bewußtlosen Mann über der Schulter.

Als er gestern abend zur Mine gekommen war, waren die Tore verschlossen und kein Wächter zu sehen gewesen. Aber er hatte sie laut rufen hören im Lager und ein paar Frauen, die sich wütend beschwerten. Da hatte er sein Pferd und seine Kutsche in der Nähe versteckt, war den Berg hinaufgestiegen und auf der anderen Seite wieder hinunter und hatte sich so durch die »Hintertür« ins Lager geschlichen. Dann war er im Schatten der Hütten von Haus zu Haus gerannt, bis er die Wohnung eines Bergmanns erreichte, von dem er wußte, daß er das Risiko auf sich nehmen würde, einen Gewerkschafter bei sich zu verstecken.

Die Frau des Bergmanns hatte ihn eingelassen und die Hände gerungen, weil die Wächter jedes Haus durchsuchten und der Gewerkschaftsvertreter im Hinterhof zwischen hohen Unkräutern versteckt lag – blutend und stöhnend vor Schmerzen. Niemand wagte, zu ihm zu gehen; denn wenn er entdeckt wurde, bedeutete das den Tod für jeden, den man in seiner Nähe fand. Wenn die Wächter das Lager durchsucht und nichts gefunden hatten – keine Spur von einer Infiltration –, würden sie den Bergarbeitern nichts tun. Aber wenn sie einen Hinweis fanden, daß sich ein Unbefugter eingeschlichen hatte ... Die Frau schlug die Hände vors Gesicht. Wenn der Gewerkschafter auf dem Hof hinter ihrem Haus gefunden wurde, würde sie mit ihrer Familie aus dem Lager gejagt – ohne Lohn und ohne Aussicht auf einen neuen Job.

Lee drückte ihr sein Mitgefühl aus, verschwendete aber keine Zeit mit vielem Reden. Er ging in den verunkrauteten Hinterhof, lud sich den untersetzten Mann auf die Schulter und unterzog sich der langen, mühsamen Aufgabe, den Mann wieder aus dem Lager zu schmuggeln. Es gab nur einen Weg, wenn dieser Versuch Erfolg haben sollte, und zwar schnurstracks den Berg hinauf.

Leander nahm diesen Weg und hielt ein paar Mal an, um

zu lauschen und sich zu verschnaufen. Der Lärm unter ihm schien sich ein wenig zu legen. Es gab eine Menge Kantinen in den Bergwerkslagern, und die Bergmänner gaben zu oft das meiste von ihrem Lohn für Alkohol aus. Nun konnte Lee ein paar betrunkene Männer hören, als sie ihren Hütten zuwankten, vermutlich ohne zu wissen, daß man inzwischen ihre Wohnungen durchsucht hatte – was dem Gesetz nach den Vertretern des Eigentümers jederzeit gestattet war.

Auf dem Scheitel des Berges setzte Leander seine Last ab und versuchte im Mondlicht festzustellen, wo und wie schwer der Mann verletzt war. Er hatte wieder zu bluten angefangen, als Lee ihn bewegt hatte. Lee verband die Wunden des Mannes so gut er konnte, damit die Blutungen aufhörten, lud sich den Verletzten erneut auf die Schulter und begann, den Berg an der Stelle hinunterzusteigen, wo seine Kutsche unter Bäumen versteckt war.

Er konnte den Mann unmöglich in den engen Laderaum unter dem Sitzbrett zwängen; also setzte er ihn neben sich auf den Bock und fuhr so behutsam wie möglich.

Er nahm die Straße nach Norden auf Colorado Springs zu. Mit dem Mann konnte er nicht nach Chandler zurückkehren, weil er dort gewiß von vielen, wenn auch arglosen Leuten gefragt werden würde, wer dieser Mann sei und wo er verwundet worden war. Lee wollte nicht riskieren, daß man ihm auf die Schliche käme. Er würde keinem Bergarbeiter mehr helfen können, wenn auch nur der Verdacht aufkam, daß er die Gewerkschaft bei ihren Bemühungen unterstützte, die Bergarbeiter zu organisieren.

Am Stadtrand von Colorado Springs wohnte ein Freund von ihm – ein Arzt, der nicht dazu neigte, viele Fragen zu stellen. Lee legte den Verwundeten auf den Operationstisch seines Freundes und murmelte, daß er den Mann unterwegs am Straßenrand gefunden habe. Der alte Arzt sah Lee an und sagte: »Ich dachte, du hättest gestern geheiratet. Du hast doch wohl nicht deine Hochzeitsnacht damit verbracht, die Straßenränder nach halbtoten Männern abzusuchen?«

Ehe Leander etwas darauf antworten konnte, sagte der

Alte: »Erzähl mir nichts. Ich will es nicht wissen. Schauen wir uns lieber den Patienten an.«

Als Lee nun wieder nach Chandler zurückfuhr, war es zwei Uhr nachmittags. Den toten Punkt hatte er längst wieder überwunden. Er wollte nur etwas essen, sich dann hinlegen und schlafen – zusammen mit Blair. Die letzten Stunden hatte er fast ausschließlich damit verbracht, sich eine Geschichte auszudenken, mit der er sie überzeugen konnte. Er entschied sich schließlich für die Version, daß man ihn zu einer Bande von Bankräubern gerufen habe, die sich untereinander nicht über die Verteilung einer Beute einig geworden und deshalb zum Schießeisen gegriffen hatte – und deshalb hatte er nicht riskieren wollen, sie mitzunehmen, weil er fürchtete, sie könnte verletzt werden. Die Geschichte klang glaubhaft, und er hoffte, sie würde sich damit zufrieden geben. Allerdings betete er zum Himmel, daß sie ihn nicht fragte, warum *er* denn unbedingt die Verletzten vesorgen mußte, wenn es noch andere Ärzte in Chandler gab, die diese Aufgabe hätten übernehmen können. Auch würde in der Zeitung kein Bericht von dieser angeblichen Schießerei stehen.

Wenn sie ihm zu arg zusetzte, würde er den Beleidigten spielen, weil sie kein Vertrauen zu ihm habe und offensichtlich ihre Ehe mit einem Mißklang beginnen lassen wollte.

Daheim angekommen, war er fast erleichtert, als er Blair dort nicht vorfand. Er war zu müde, um seine großartige Lügengeschichte noch überzeugend vortragen zu können, klemmte eine Scheibe Schinken zwischen zwei dicke Weißbrotschnitten und ging hinauf in das Schlafzimmer. Hier herrschte ein schreckliches Durcheinander: Blairs Kleider lagen auf dem ungemachten Bett verstreut. Er öffnete den Kleiderschrank, sah mit einem Blick, daß ihr Hosenanzug mit dem roten Kreuz auf dem Ärmel fehlte, und war nun sicher, daß sie ins Krankenhaus gegangen war, um sich um seine Patienten zu kümmern. Er würde mit den Männern des Verwaltungsrates reden müssen, damit sie die Arbeitserlaubnis für Blair verlängerten. Beim erstenmal, als sie ihm eine befristete Genehmigung dafür erteilten, mußte er ihnen versprechen, fast jede Schicht zu übernehmen, ehe sie ihm erlaubten, sie in den Operationssaal mitzunehmen. Er hatte geschuftet für drei; aber es hatte sich für ihn gelohnt. So war es ihm schließlich gelungen, Blair doch noch für sich zu gewinnen.

Er aß die Hälfte seines belegten Brotes, kroch unter die Bettdecke, drückte Blairs Nachthemd an seine Brust und schlief ein.

Als er wieder erwachte, war es acht Uhr abends. Er spürte sofort, daß das Haus leer war, und sogleich fragte er sich besorgt, wo Blair sein könnte. Um diese Zeit hätte sie längst von ihrem Dienst im Krankenhaus zurück sein müssen. Er stieg aus dem Bett, begann, die zweite Hälfte des belegten Brotes aufzuessen, die neben ihm auf dem Kopfkissen gelegen hatte – sie schmeckte wie aufgeweichtes Papier –, und entdeckte dann auf dem Boden des Kleiderschrankes Blairs Ärztetasche.

Einen Moment lang setzte sein Herzschlag aus. Sie würde nie – niemals – das Haus ohne ihre Ärztetasche verlassen. Es war schon ein Wunder, daß sie sie gestern nicht unter dem Arm getragen hatte, als sie zum Traualtar gegangen war.

Doch nun lag sie hier im Schrank.

Er warf den Rest des belegten Brotes weg, raste durchs Haus und rief unentwegt ihren Namen. Vielleicht war sie nach Hause gekommen, als er noch schlief, und das Haus *schien nur* leer zu sein. Es dauerte nur wenige Sekunden, bis er sich davon überzeugt hatte, daß sie wirklich nicht da war – weder drinnen noch draußen.

Er ging ans Telefon und bat die Vermittlung, ihn mit dem Hospital zu verbinden. Niemand hatte dort Blair seit der Hochzeit gesehen. Nachdem er sich ein paar rüde Scherze hatte anhören müssen, daß Blair schon ihren Fehler eingesehen habe und ihm davongelaufen sei, legte Lee wieder auf.

Fast im selben Moment läutete das Telefon.

»Leander« – das war die Stimme von Caroline, die tagsüber die Gespräche vermittelte –, »Mary Catherine hat mir erzählt, daß Blair gestern nacht deinen Vater angerufen hat, und zwar gleich nachdem du das Haus verlassen hast, um deinen armen Mr. Smith zu behandeln. Vielleicht weiß der, wo sie steckt.«

Leander biß sich auf die Zunge, damit er ihr nicht sagte, was er von einer Vermittlung hielt, die alle Gespräche belauschte. Aber vielleicht hatte er diesmal sogar Grund, ihr dafür dankbar zu sein. »*Thanks*«, murmelte er, hängte ein, eilte in den Stall, um seinen Hengst zu satteln, und war in Rekordzeit beim Haus seines Vaters.

»Du hast ihr *was* erzählt?« brüllte Leander seinen Vater an.

Reed schien vor dem Zorn seines Sohnes zusammenzuschrumpfen wie ein Blatt, das man über eine Flamme hält. »Ich mußte mir rasch eine Geschichte ausdenken. Und die einzige Möglichkeit, die mir einfallen wollte, um sie daran zu hindern, dir zu folgen, war eine Geschichte von einer anderen Frau. Nach allem, was ich von euren gemeinsamen Eskapaden hörte, sind Feuersbrünste, Krieg oder Arbeiteraufstände für sie doch eher ein Anreiz, sich mitten ins Getümmel zu stürzen.«

»Du hättest ihr aber eine andere Geschichte erzählen können – jede andere Geschichte wäre besser gewesen als diese Lüge von meiner wahren Liebe, die mich in Chandler besuchen wollte! Und daß ich Blair nur geheiratet hätte als Ersatz für eine verlorengegangene Liebe!«

»Schön, wenn du so klug bist, dann sage mir doch, was du ihr an meiner Stelle erzählt hättest!«

Lee öffnete den Mund und schloß ihn wieder: Wenn Reed ihr die Wahrheit erzählt hätte, wäre Blair ihm zweifellos ins Bergwerkslager gefolgt, um ihm zu helfen. Selbst Kanonenkugeln hätten sie nicht davon abgehalten. »Und was soll ich jetzt machen? Ihr erzählen, daß mein Vater ein Lügner ist und es keine andere Frau neben ihr gab oder gibt?«

»Wo bist du denn in deiner Hochzeitsnacht gewesen? Auf einem Berg herumgestiegen? Willst du ihr von dem verwundeten Gewerkschaftsvertreter erzählen, den du zu einem anderen Arzt gebracht hast? Wird das deine kleine Frau davon abhalten, dir das nächstemal zu folgen?«

Lee stöhnte. »Vermutlich wird sie sich im Kutschkasten verstecken und im denkbar ungünstigsten Augenblick herausspringen, um sich vor die Gewehre der Bergwerkswächter zu werfen.«

»Vielleicht sollten wir sie erst einmal finden«, sagte Reed. »Wir werden mit der Suche so diskret wie möglich beginnen. Wir wollen nicht die ganze Stadt darauf aufmerksam machen, daß sie dir davongelaufen ist.«

»Sie ist mir nicht davongelaufen«, fauchte Lee. »Sie ist . . .« Aber er wußte nicht, wo sie war.

Kapitel 20

Leander und sein Vater suchten die ganze Nacht nach Blair. Lee meinte, sie könnte in ihrer Aufregung in der Stadt umhergewandert sein. Sie kämmten alle Straßen nach ihr ab; fanden aber nirgends eine Spur von ihr.

Am nächsten Morgen beschlossen sie, die Geschichte zu verbreiten, daß sie zu einem Notfall gerufen worden sei, aber niemandem gesagt habe, wohin sie ginge, und Lee sich nun ihretwegen Sorgen machte. Die Geschichte erlaubte ihnen wenigstens, sich öffentlich nach ihr zu erkundigen.

Es gab zwar einigen Spott, weil Lee die Frau schon in der Hochzeitsnacht verlorengegangen war; aber es gelang ihnen, die Befragung mit einigem Anstand durchzustehen. Lee kümmerte der Spott wenig. Seine Sorge galt nur Blair, wo sie sich aufhalten mochte und ob sie wohlauf sei. Sie war eine so impulsive Frau, und sie hatten so wenig, auf das sie ihre Ehe stützen konnten. Deshalb fürchtete er, sie könnte zu ihrem Onkel nach Pennsylvania zurückgekehrt sein und ließe sich nie mehr zu einer Rückkehr bewegen. Er hatte Himmel und Hölle in Bewegung gesetzt, damit sie ihn heiratete; doch er wollte das alles nicht noch einmal durchmachen, um sie zu überreden, auch bei ihm zu *bleiben.*

Am Nachmittag war er so erschöpft, daß er auf ihrem noch ungemachten Bett zusammenbrach und sofort einschlief. Er würde am nächsten Morgen Dr. Henry telegrafieren, daß er Blair so lange bei sich behalten solle, bis er kam und sie wieder bei ihm abholte.

Er erwachte, als ihn eine schwere Hand an der Schulter rüttelte.

»Westfield! Aufwachen, Westfield!«

Schlaftrunken wälzte sich Lee auf den Rücken und sah Kane Taggert mit zornigem Gesicht über sich stehen. Er hielt ein Stück Papier in der Hand. »Wo ist deine Frau?« herrschte Kane ihn an.

Lee setzte sich auf und fuhr sich mit beiden Händen durch das Haar. »Ich fürchte, sie hat mich verlassen«, sagte er. Es hatte keinen Sinn, seinem Schwager die Wahrheit vorzuenthalten. Bald würde die ganze Stadt sie wissen.

»Das hatte ich mir fast gedacht. Schau dir das an.«

Er schob Lee das schmutzige, zerknitterte Papier in die Hände. Darauf stand, aus primitiven Blockbuchstaben zusammengesetzt, folgende Botschaft:

WIR HABEN IHRE FRAU. HINTERLEGEN SIE MORGEN $ 50 000 AM TIPPING ROCK. WENN NICHT, STIRBT SIE.

»Houston?« fragte Leander. »Ich hole nur meinen Revolver, und dann gehe ich mit dir, Weißt du, wer sie in seine Gewalt gebracht hat? Hast du das schon dem Sheriff gemeldet?«

»Moment, Moment«, sagte Kane und setzte sich auf den Bettrand. »Houston geht es gut. Wir beide sind seit der Trauung nicht mehr in der Stadt gewesen. Wir kamen erst heute mittag wieder nach Hause. Und das lag mit einem Haufen anderer Post auf meinem Schreibtisch.«

Lee fuhr aus dem Bett, als habe ihn der Blitz getroffen. »Dann haben sie Blair in ihrer Gewalt! Ich muß sofort den

Sheriff holen ... nein, der Mann würde sie niemals finden. Ich werde selbst gehen und ...«

»Sachte, sachte«, sagte sein hünenhafter Schwager. »Wir sollten erst nachdenken, ehe wir etwas Übereiltes tun. Als ich heute mittag nach Hause kam, erwartete mich dort ein Mann aus Denver, der mir erzählte, er sei auf dem Weg zu mir von einer neuen Bande überfallen und beraubt worden, die in der Nähe von Chandler ihr Hauptquartier errichten wolle. Dieser Mann war schrecklich aufgeregt, sagte, alle Leute hier im Westen seien Banditen, die sogar Frauen gefangen hielten. Es scheint, daß während des Überfalls ein Reiter zu der Bande gestoßen ist, der meldete, daß man ›sie‹ gefangen habe. Damit könnte er deine Frau gemeint haben.«

Leander zog sich bereits in fieberhafter Eile um. Als er mit einer Segeltuchhose, einem dicken Baumwollhemd und Ledermanschetten bekleidet war, band er sich einen Patronengurt um und fragte, schon etwas gefaßter: »Wo hat der Überfall stattgefunden? Ich denke, dort werde ich mit der Suche beginnen.«

Kane erhob sich vom Bett. Lee warf nur einen flüchtigen Blick auf die schwere, einfache Arbeitskleidung seines Schwagers, als dieser sagte: »Ich denke, es ist ein Krieg, der auch mich angeht. Sie wollen mein Geld, und sie glauben, sie haben meine Frau gefangen.«

Er blickte Lee aus den Augenwinkeln an. »Als ich diesen Zettel las und mir klar wurde, daß sie Blair gefangen haben, dachte ich, man habe schon die ganze Stadt auf der Suche nach ihr umgedreht. Doch offenbar schien keiner zu wissen, daß sie vermißt wurde. Ich vermute, es gibt einen triftigen Grund dafür, daß du ihr Verschwinden geheimhalten wolltest.«

Lee wollte ihm antworten, verhindern, daß ihre vielen Freundinnen und Bekannten sich unnötig aufregten; aber er überlegte es sich anders. »Ja«, sagte er nickend, »es gibt einen triftigen Grund.« Er wartete, daß Taggert darauf etwas sagte; doch der musterte ihn nur schweigend.

»Weißt du, wie man mit einem Revolver umgeht? Kannst du reiten?«

Kane brummelte etwas, das sich so anhörte, als stünde ein Bär im Zimmer. »So zivilisiert bin ich unter Houstons Einfluß noch nicht geworden. Und vergiß nicht, daß ich hier aufgewachsen bin. Ich kenne die Umgebung sehr genau und kann mir denken, wo sie sich versteckt haben. Zwanzig Meilen nördlich von hier gibt es einen Canyon, den kaum jemand kennt, weil er hinter Felsen verborgen liegt. Ich saß dort einmal in einem Unwetter fest.«

Einen Moment lang war Lee unschlüssig. Er kannte seinen Schwager kaum, wußte nicht, ob er ihm trauen konnte. Jahrelang hatte er sich Geschichten über diesen Mann anhören müssen, in denen nur von den unlauteren Methoden die Rede war, mit denen Kane sein Geld gemacht habe – und daß für ihn nur Geld und Reichtum zählten. Aber nun stand er hier in seinem Schlafzimmer und bot ihm seine Hilfe an. Und er war bereit, Lees Recht zu respektieren, etwas für sich zu behalten, wenn er es geheim halten wollte.

Lee band sich das Revolverhalfter ans Bein. »Hast du eine Schußwaffe mitgebracht?«

»Ich habe draußen genug Waffen und Munition in meinen Satteltaschen, daß ich damit eine kleine Armee ausrüsten könnte. Und ich habe auch die fünfzig Riesen dabei, die sie als Lösegeld fordern. Ich verzichte lieber auf das Geld, als in der Nähe einer Lady mit einer Schießerei anzufangen.« Und dann setzte er grinsend hinzu: »Schließlich hat sie mich vorgestern ja noch heiraten wollen.«

Zunächst wußte Lee gar nicht, was er damit meinte, bis ihm wieder einfiel, wie sie am Altar den Platz tauschen mußten. Er gab Kanes Blick grinsend zurück. »Ich bin froh, daß es dann doch noch anders ausging, wie es anfangs zu werden schien.«

Kane fuhr sich mit der Hand über das Kinn und schien über etwas zu lachen, das ihm dabei durch den Kopf ging. »Ich auch. Froher, als du ahnst.«

Eine Viertelstunde später waren sie mit ihren Pferden und reichlich Proviant in den Satteltaschen auf dem Trail, der nach Norden in die Berge führte. Lee hatte dem Mädchen von der Vermittlung aufgetragen, seinem Vater mitzuteilen, daß er unterwegs sei, um sich um Mrs. Smith zu kümmern. Er hörte gar nicht zu, als Caroline ihm am Telefon ihr Mitleid für die geplagte Familie Smith bekundete.

Als die letzten Häuser der Stadt hinter ihnen zurückblieben, trieben sie ihre Pferde zu größter Eile an. Lees gewaltiger Hengst galoppierte Meile um Meile herunter, während Kanes prachtvoller Wallach die zweihundertfünfzig Pfund, die sein Schwager wiegen mußte, offenbar gar nicht spürte. Und dann dachte Leander nur noch an Blair und daß sie hoffentlich gesund war und ihre Entführung unverletzt überstanden hatte.

Blair stemmte sich gegen die Fesseln, die sie an dem schweren Eichentisch festhielten. Anfangs war es ihr gelungen, sich zu befreien, und da hatte man sie an einen Stuhl gefesselt, und gestern war sie mit ihrem Stuhl umgekippt; aber ehe sie die Stricke abstreifen konnte, war diese Frau hereingekommen und hatte befohlen, ihren Stuhl am Boden festzunageln. Dann hatte sie stundenlang dort sitzen und zusehen müssen, wie die Frau ihren Männern Befehle erteilte.

Sie wurde Françoise genannt und war die Anführerin der Banditen. Sie war groß, schlank und hübsch mit ihrem langen schwarzen Haar, auf das sie offensichtlich ungemein stolz war. Sie trug einen Patronengurt mit einem Revolver um die Hüften und war intelligenter als alle Männer ihrer Bande zusammen.

Als Blair sie sah , wußte sie sofort: Das ist die Frau, die Leander liebte.

Denn alles paßte auf sie, was Reed ihr erzählt hatte. Sie war Französin, sprach Englisch mit einem so starken Akzent, daß ihre Männer Mühe hatten, sie zu verstehen, und war in etwas verwickelt, das niemals Lees Zustimmung finden würde. Blair konnte nicht vermeiden, daß ihre gute Meinung von Lee Einbußen erlitt, weil er eine Frau liebte, die zu so unehrenhaften Handlungen fähig war.

Sie saß auf ihrem harten Stuhl und betrachtete die Frau mit unverhohlener Feindseligkeit. Ihretwegen würde sie nie ihren Mann für sich allein haben, würde es ihr nie gelingen, die Erinnerung an die Vergangenheit aus seinem Gedächtnis zu löschen. Vielleicht war es für Männer ein besonderer Nervenkitzel, wenn sie eine Verbrecherin liebten.

Die Frau stand einen Moment vor Blair und betrachtete deren Augen, die sie über den Rand des Tuches hinweg anfunkelten, mit dem die Männer sie geknebelt hatten. Dann nahm sie sich einen Stuhl und setzte sich der Gefangenen gegenüber an den alten Tisch.

»Jimmy, nimm ihr das Tuch ab«, sagte sie zu dem mächtigen Leibwächter, der ihr niemals von der Seite wich. Aus ihrem Mund hörte sich das so an: »Chimi – nimm irrr das Tuch ab.«

Sobald sie diese Blair von dem Knebel befreit hatte, gab sie dem Hünen einen Wink, damit er sich entfernte und sie beide im Zimmer allein ließ. »Und nun möchte ich wissen, warum du mich so haßerfüllt anstarrst. Die Männer blickst du nämlich nicht so an. Kommt es daher, weil ich eine Frau bin und es dir nicht gefällt, daß ich solche Talente und Macht über Männer besitze?«

»Talente? Nennen Sie das, was Sie da treiben, ein Talent?« fauchte Blair und schob ihren schmerzenden Unterkiefer hin und her. »Nur weil die Männer solche Trottel sind, daß sie eine Frau wie Sie nicht durchschauen können, müssen Sie mich nicht mit ihnen in einen Topf werfen. Ich weiß, was Sie sind!«

»Ich bin froh, daß du das weißt; aber ich glaube, daß ich noch nie jemand belogen habe.«

»Wirklich nicht? Bei mir würde Ihnen das auch nichts helfen. Ich weiß alles über Sie.« Blair hob ein wenig den Kopf und versuchte, möglichst stolz auszusehen. »Ich bin Leanders Frau.«

Blair mußte allerdings zugeben, daß diese Frau eine sehr gute Schauspielerin war. Die verschiedenartigsten Gefühle spiegelten sich auf ihrem Gesicht: Überraschung, Zweifel,

Ungläubigkeit und schließlich Humor. Schließlich stand sie auf und sagte, Blair den Rücken zudrehend: »Ah, Leander – der teure Leander.«

»Ich würde das an Ihrer Stelle nicht in einem so selbstgefälligen Ton sagen«, schnaubte Blair. »Sie mögen sich zwar einbilden, daß er Ihnen gehört und immer gehören wird; aber ich werde dafür sorgen, daß er alles vergißt, was zwischen Ihnen beiden einmal gewesen ist.«

Als sich die Frau wieder Blair zudrehte, war ihr Gesicht ernst: »Wie könnte er vergessen, was wir zusammen erlebten? Keiner könnte so etwas vergessen, solange er lebt. So etwas passiert einem im Leben nur einmal. Er hat dich also geheiratet. Wann?«

»Vor zwei Tagen. Das sollten Sie eigentlich wissen, da er ja unsere Hochzeitsnacht mit *Ihnen* verbracht hat. Sagen Sie mal – wie haben Sie versucht sich umzubringen? Sie scheinen sich davon sehr gut erholt zu haben. Vielleicht war es gar kein echter Selbstmordversuch, sondern nur ein Gaukelspiel, um sein Mitleid zu erregen. Ich kann mir nicht vorstellen, daß Sie eine gute Verliererin sein können, wenn es um einen Mann wie Leander geht.«

»Nein«, sagte diese Françoise leise, »ich wollte Leander nicht verlieren; aber ich wollte ihn auch keiner anderen überlassen. Hat er dir erzählt, warum wir nicht mehr zusammen sind?«

»Er hat mir kein Wort von Ihnen erzählt. Als er erfuhr, was aus Ihnen geworden ist, wird ihm das sogar die Lust genommen haben, auch nur an Sie zu denken. Reed hat es mir erzählt. Aber vielleicht kennen Sie Lees Vater gar nicht, da Sie nicht zu der Sorte von Frauen gehören, die ein Mann nach Hause mitnehmen und seiner Familie vorstellen kann. Lee glaubte, Sie wären tot, und in diesem Glauben verließ er Paris und kehrte nach Chandler zurück.«

Blair dachte an all die Geschichten, die Lee ihr von seinem Aufenthalt in Europa erzählt hatte, und darin war auch nicht andeutungsweise von einer anderen Frau die

Rede gewesen. Doch vielleicht war dieses Thema so schmerzlich für ihn, daß er sie lieber totgeschwiegen hatte.

»Ich werde ihn für mich gewinnen«, fuhr Blair fort. »Er ist mein Mann, und weder Sie noch eine andere Frau werden ihn mir wegnehmen. Er wird hierherkommen, um mich hier herauszuholen. Damit verschaffen Sie sich zwar eine Gelegenheit, ihn wiederzusehen; aber eine Chance haben Sie bei ihm nicht mehr.«

»Paris, soso«, sagte die Frau und lächelte. »Vielleicht haben dieser Leander Taggert und ich . . .«

»Taggert? Leander ist kein Taggert. Houston hat Taggert gehei . . .« Sie hielt mitten im Wort inne. Hier stimmte etwas nicht, nur wußte sie nicht, was.

Françoise erhob ihr Gesicht ganz dicht an Blairs Gesicht heran: »Wie heißt du?«

»Dr. Blair Chandler Westfield«, antwortete Blair stirnrunzelnd.

Da machte die Frau auf den Absätzen kehrt und stürmte aus der Blockhütte.

Blair sank auf ihrem Stuhl zurück. Sie wurde nun schon fast zwei Tage in diesem Raum gefangengehalten, hatte kaum geschlafen und noch weniger gegessen, und es fiel ihr immer schwerer zu verstehen, was hier eigentlich vor sich ging.

Nachdem man sie in Chandler von der Straße weggeholt, ihr die Augen verbunden und sie geknebelt hatte, waren sie viele Stunden lang, wie es ihr vorkam, immer in eine Richtung geritten. Die meiste Zeit mußte sie sich darauf konzentrieren, die Hände des Cowboys, der hinter ihr im Sattel saß, von ihrem Körper wegzuhalten. Ständig wollte er sie irgendwo begrapschen und flüsterte ihr dabei ins Ohr, daß sie ihm etwas »schuldig« sei. Blair konnte sich beim besten Willen nicht daran erinnern, dem Mann schon irgendwo begegnet zu sein oder ihm etwas angetan zu haben.

Um seinen Händen auszuweichen, war sie immer weiter nach vorn gerutscht, bis das Pferd unruhig wurde und zu tänzeln begann. Da hatte einer von den drei Männern dem

Cowboy, auf dessen Pferd sie saß, zugerufen, er solle sie in Ruhe lassen, da sie Frankie gehöre.

Bei diesem Namen war es Blair eiskalt den Rücken hinuntergelaufen: Wer war Frankie und was hatte er mit ihr vor? Sie klammerte sich zwar immer noch an die Hoffnung, daß man sie nur entführt hatte, damit sie einem Verwundeten Hilfe leisten sollte; aber da man ihr nicht erlaubt hatte, ihre Ärztetasche mitzunehmen, war diese Hoffnung doch eher eine Illusion.

Als man ihr schließlich die Binde von den Augen nahm, stand sie vor einer schon ziemlich mitgenommenen Blockhütte mit einer Veranda dahinter, deren Stützpfähle schon teilweise zusammengebrochen waren. Um sie herum standen sechs Männer, alles schmächtige Figuren, die auf sie den gleichen stupiden Eindruck machten wie der Cowboy, der sie auf der Straße angehalten hatte. Zu ihrer Rechten bemerkte sie einen kleinen Korral und in der Nähe ein paar kleine Schuppen. Und das Ganze war von steilen, hohen Klippen umfriedet. Weiße Felsen schützten – und versteckten – diese Leute wie ein Fort vor der Außenwelt. In diesem Augenblick vermochte Blair nicht einmal den Zugang zu dieser Schlucht zu entdecken; aber da man sie auf einem Pferd hergebracht hatte, mußte es so einen Zugang geben. Vermutlich war er so schmal, daß er von der Blockhütte gänzlich verdeckt wurde.

Doch sie verlor rasch das Interesse an ihrer Umgebung, als sich nun Frankie auf der Veranda zeigte – die Französin, der Leander sein Herz geschenkt hatte. Haß, Wut und Eifersucht wirkten zusammen, daß Blair nur sprachlos dastehen und zu der Frau hinaufstarren konnte, die diesen Haufen von schwachsinnigen Banditen anführte.

Jemand stieß Blair auf die Veranda und in die Blockhütte hinein – ein schmutziges, dunkles Loch mit einer Trennwand, die es in zwei Räume aufteilte. In dem einen stand ein Tisch mit ein paar wackeligen Stühlen, in dem anderen ein Bett. Die Vorräte waren im vorderen Zimmer auf dem Fußboden ausgebreitet.

In den ersten vierundzwanzig Stunden war ihre Bewachung ziemlich lax gewesen; aber nach vier Fluchtversuchen, von denen der letzte fast gelungen wäre, hatte man Blair an einem Stuhl festgebunden und diesen schließlich am Fußboden festgenagelt.

Nun waren ihre Handgelenke wundgescheuert von den rauhen Stricken und den endlosen Versuchen, die Knoten zu sprengen, und Frankie hatte beschlossen, Blair die Rationen zu kürzen, um ihren Elan etwas zu dämpfen, mit dem sie viermal versucht hatte, an der Steilwand hinaufzuklettern, die ihren Schlupfwinkel umgab.

Blair war sich jetzt nicht mehr sicher, ob ihr Verstand noch richtig funktionierte. Sie konnte sich fast nicht mehr daran erinnern, wann sie zuletzt geschlafen oder etwas Ordentliches gegessen hatte. Und da war immer diese schreckliche Frau in ihrer Nähe – die Gebliebte ihres Mannes. Etwas in ihr sagte, daß ihre Entführung nicht ohne Leanders Wissen inszeniert worden sein konnte; doch dann meldete sich eine andere Stimme, die das leugnete und meinte, Frankie habe auf eigene Faust gehandelt, weil sie Leander wiedersehen wollte. Und wenn Lee sie wiedersah – würde er dann Blairs Herausgabe verlangen oder würde er sich diesmal für die Frau entscheiden, die Reed seine einzige wahre Liebe genannt hatte? Natürlich hatte Leander sie in der Hochzeitsnacht alleingelassen, um sich mit dieser Frau zu treffen. Sie mußte eine solche Macht über ihn besitzen, daß ein Telefonanruf genügte, und er lief zu ihr. Wer weiß – vielleicht hatte sich Leander irgendwo hinter der Blockhütte versteckt? Vielleicht hatte er das alles selbst arrangiert, damit er mit Frankie zusammen sein konnte?

Die Tränen strömten ihr über das Gesicht, als Frankie wieder in die Blockhütte zurückkehrte, mit dem Cowboy im Schlepptau, der Blair aus Chandler entführt hatte. Sie zerrte ihn am Ohr durch die Tür wie eine Lehrerin einen unartigen Schüler. Auch sah Blair die Abdrücke zweier Hände links und rechts auf den Wangen des Jungen, wo er offenbar ein paar saftige Ohrfeigen eingefangen hatte.

»Ist sie es?« fragte Frankie den Cowboy. »Du hast behauptet, daß du sie ganz genau kennen würdest. Ist sie es wirklich, oder lügst du mich nur an, weil du dich an ihr rächen wolltest?«

»Sie ist es. Ich schwöre, daß sie es ist. Ihr Mann hat mich in den Dreck geschmissen, und er ist ein paar Millionen schwer.«

Frankie ließ mit einem angewiderten Gesicht das Ohr des jungen Cowboys los, daß er gegen die Wand taumelte. »Wie dumm von mir, daß ich einen Knaben losschickte, um die Arbeit eines Mannes zu erledigen. Siehst du das?« Sie hielt dem Cowboy eine zerrissene Zeitung vor die Augen. »Es sind eineiige Zwillinge. Die eine ist mit einem reichen Mann verheiratet, und die andere mit...« Sie drehte sich mit funkelnden Augen zu Blair um, die den Vorgang mit großem Interesse verfolgte. »Und die andere ist die Frau meines teuren, geliebten Leander.«

Blair war viel zu müde, zu hungrig und zu aufgewühlt, um den Sarkasmus aus der Stimme der Frau heraushören zu können.

»Verschwinde!« fauchte die Französin, sich wieder dem jungen Cowboy zudrehend. »Laß mich nachdenken, wie wir aus dieser Lage noch das Beste machen können!«

Vielleicht hätte sie ein bißchen schneller nachgedacht, wenn sie gewußt hätte, daß in diesem Moment ein Mann auf dem Bauch bis zum Rand der Steilwand kroch, sein Gewehr hochnahm und zielte – drei weitere Gewehre griffbereit neben sich. Und daß ein zweiter Mann am Eingang der gut getarnten Schlucht stand und auf ein Zeichen von dem anderen Mann wartete, der oben auf dem Felsen lag.

Kapitel 21

Blair war davon überzeugt, daß sie noch nie in ihrem Leben so niedergeschlagen gewesen war wie in diesem Moment. Vielleicht war es eine Kombination von Hunger, Durst, Angst und überspannten Nerven; doch ihr schien es plötzlich so, als hätte es in ihrem Leben kaum einen Menschen gegeben, der sie wirklich gemocht hatte. Ihr Stiefvater konnte sie nicht leiden; ihr Studienfreund – der einzige Mann, der sich für sie interessierte – hatte sie am Ende sitzenlassen, und ihr Ehemann liebte nun eine andere Frau.

Vielmehr liebte er diese schon immer. Sie glaubte nicht ernsthaft daran, daß sie ihn zurückgewinnen konnte.

Zurückgewinnen? Sie hatte ihn ja nie besessen.

»Ich muß mal ins Häuschen auf den Hof«, murmelte sie zu Françoise gewandt, als die Frau mit hereinbrechender Dämmerung in die Blockhütte zurückkam. Blair hatte so lange damit gewartet, wie es irgend ging, weil ihr Françoise beim letzten Mal einen ihrer Banditen als Wache mitgegeben hatte. Und dann hatte sie diesen dabei ertappt, wie er sie durch ein Astloch beobachtete.

»Ich werde dich diesmal begleiten«, sagte die Französin und löste die Knoten an Blairs Handgelenken.

Als Blair vom Stuhl aufstand, wurde es ihr schwarz vor den Augen. Die mangelhafte Blutzirkulation hatte ihre Beine absterben lassen, und sie fror entsetzlich.

»Komm«, sagte die Frau und riß Blair am Arm. »Du hast nicht so müde ausgesehen, als du die Schluchtwand hinaufgeklettert bist.«

»Vielleicht kommt meine Müdigkeit davon«, sagte Blair, als die Frau sie mehr aus der Hütte zerrte als führte.

Das Häuschen befand sich in der Nähe des Zugangs zur Schlucht, als wollte jemand diesen übelriechenden Ort zugleich als Wachhaus benützen. Blair ging hinein, während Françoise, ein Gewehr über der Schulter, vor der Tür Wache stand.

Kaum hatte Blair die Tür hinter sich zugezogen, als sie

einen leisen, erstickten Schrei hörte. Neugierig, aber auch mit dem bangen Gefühl, daß etwas Schreckliches passiert sein mußte, beugte sie sich vor und legte das Auge an das nun willkommene Astloch. Im nächsten Moment wurde außen an der Tür gerüttelt, und da sie von innen verriegelt war, schlug eine mächtige Faust dagegen, der das morsche Holz nicht gewachsen war. Ehe Blair sich aufrichten und nach einer Waffe umsehen konnte, hörte sie draußen Schüsse fallen.

Die Hand, die durch die zerschmetterte Tür langte, fummelte am Riegel. Blair spannte alle Muskeln an, um den Mann anzuspringen, der in das Häuschen eindringen wollte.

Als die Tür aufschwang, machte sie einen Satz und prallte gegen die breite, harte Brust ihres Schwagers Kane Taggert.

»Laß das!« befahl er, als sie begann, mit Fäusten auf ihn einzutrommeln. »Komm – wir müssen hier weg, ehe die anderen merken, daß du nicht in der Blockhütte bist.«

Blair beruhigte sich und blickte auf Françoise hinunter, die Taggert unter seinen linken Arm geklemmt hatte wie einen Sack Mehl. »Ist sie verletzt?«

»Nur eine Beule am Kinn. Sie wird nach einer Weile schon wieder zu sich kommen. Komm – lauf jetzt!«

Blair rannte durch den schmalen Durchgang in der Felswand, sich unter den Kugeln duckend, die von allen Seiten zu kommen schienen. Hinter ihr die mächtige Gestalt von Kane, und sie fragte sich, wer denn oben auf der Steilwand lag und in die Schlucht hinunterschoß. Sie hoffte nur, daß es nicht Houston war.

Kane warf die bewußtlose Françoise über den Sattel seines Pferdes. »Mit der hatte ich nicht gerechnet. Nun du«, sagte er, faßte Blair um die Taille und setzte sie hinter dem schlaffen Körper der ohnmächtigen Französin in den Sattel. »Sag Westfield, daß ich noch eine Weile hierbleibe und die Leute in der Schlucht beschäftige. Ihr drei reitet weiter zu meiner Berghütte. Wir treffen uns dort.« Damit gab er dem Pferd einen Schlag auf die Hinterbacke, daß es mit Blair und der bewußtlosen Französin den Hügel hinauftrabte.

Blair war erst einige Meter weit geritten, als Lee hinter einem Baum hervorsprang und nach den Zügeln faßte. Mit einem Grinsen, das von einem Ohr zum anderen lief, sagte er: »Wie ich sehe, bist du wohlauf.« Dabei legte er eine Hand auf ihr Bein und streichelte es.

»Sie ebenfalls«, sagte Blair so hochmütig, wie es ihr unter den gegebenen Umständen gelingen wollte, und übermittelte ihm dann Kanes Botschaft. »Ich bin sicher, du hast Taggert aufgetragen, daß er sie für dich retten soll.«

Leander stöhnte nur und blickte dann auf die Frau hinunter, als sähe er sie zum erstenmal. »Ich hasse es, dich danach zu fragen – aber ist das die Französin, die diese Bande von Kidnappern anführt?«

»Ich bin sicher, du weißt so gut wie jeder andere, wer sie ist. Sag mal – hast du mich von dieser Bande entführen lassen?«

Leander schwang sich auf seinen Hengst. »Nein; aber es könnte gut sein, daß ich einen tödlichen Unfall für meinen Vater organisiere. Wir wollen jetzt keine Zeit verschwenden. Taggert sagt, dort oben auf dem Berg gäbe es eine versteckt liegende Hütte, wo wir uns aufhalten sollen, bis er mit dem Sheriff und einer Wache wiederkommt. Hör auf, mich mit diesen Blicken zu durchbohren, und folge mir!«

Blair bemühte sich, das mächtige Pferd bergan zu treiben; aber das war gar nicht so einfach. Françoise kam bei der Bewegung des Pferdes wieder zu sich und fing an zu stöhnen. Das machte wiederum den Wallach scheu, und Lee hielt seinen Hengst an und blickte auf die beiden Frauen zurück. Als er Blairs Gesicht sah, blickte er kopfschüttelnd zur Seite. Dann hob er die Französin auf sein Pferd und warnte sie, sich ruhig zu verhalten, wenn sie wüßte, was gut für sie sei.

Blair streckte die Nase in die Luft und hielt Abstand zu den beiden.

Kane, der eine Abkürzung über einen Felsen nahm, der für Pferde nicht begehbar war, stieß auf halber Höhe des Hanges wieder zu ihnen.

Leander stieg ab, blieb aber in der Nähe seines Pferdes – und dieser Françoise. »Was ist los?« fragte er.

»Sie verfolgen uns«, sagte Kane und nahm einen Schluck Kaffee aus seiner Feldflasche. »Ich vermute, sie werden nicht eher abziehen, bis sie die wiederhaben.« Er deutete mit dem Kopf auf Françoise. »Ohne sie sind sie nicht viel wert, glaube ich.« Kane betrachtete die Frau, die nun sehr gerade auf Lees Pferd saß. »Paß gut auf sie auf. Sie ist ziemlich gerissen.«

»Ich werde sie nicht aus den Augen lassen«, sagte Lee. »Ich glaube, die Kerle vermuten uns auf dem Weg nach Süden – zurück nach Chandler. Also sind wir hier relativ sicher. Aber du wirst es schwer haben, durchzukommen. Warum, zum Henker, hast du sie mitgenommen? Sie wird uns nur Scherereien machen.«

Kane schraubte seine Feldflasche zu und zuckte mit seinen breiten Schultern. »Ich stand hinter ihr, und zuerst glaubte ich, sie sei ebenfalls von den Banditen entführt worden. Doch dann drehte sie sich um, und ich sah das Gewehr auf ihrer Schulter. Da habe ich ihr einen Kinnhaken gegeben. Ich dachte, sie könnte uns von Nutzen sein.«

»Das klingt vernünftig; aber es schmeckt mir gar nicht, daß ich jetzt auf sie aufpassen muß, bis du zurückkommst. Ich hätte nichts dagegen, ein Dutzend Männer zu bewachen – aber zwei Frauen?«

Kane legte Lee die Hand auf die Schulter. »Ich weiß – du bist nicht zu beneiden. Wir sehen uns in ein paar Stunden wieder, Westfield. Bis dahin – viel Glück.« Er hob Blair von seinem Wallach herunter, schwang sich in den Sattel, ritt bergab und war schon nach wenigen Sekunden ihren Blicken entschwunden.

»Warum reiten wir nicht mit ihm?« fragte Blair.

»Wir wußten nicht, in welcher Verfassung du bist, und deshalb beschlossen wir, dich hier in der Nähe in einer Berghütte unterzubringen, während Taggert den Sheriff alarmieren und mit einer Wache hierherbringen sollte.« Lees Augen leuchteten auf, während er einen Schritt auf sie zukam. »Ich dachte, vielleicht hätten wir dort ein bißchen Zeit für uns.«

Sie schienen beide die Gegenwart von Françoise vergessen zu haben, obwohl Lee noch den Zügel seines Pferdes, auf dem sie saß, fest in der Hand hielt. Das Gelände, auf dem sie sich befanden, war zu steil und zu zerklüftet für einen Fluchtversuch.

Die Französin glitt vom Pferd und schob sich zwischen Blair und Leander, die sich aufeinander zubewegten, als würden sie von einem Magneten angezogen.

»Oh, Leander, *chéri*, mein Liebling«, sagte sie, schlug Lee die Arme um den Hals und drückte ihren Körper gegen den seinen. »Du mußt ihr die Wahrheit sagen. Wir können das, was wir füreinander empfinden, nicht länger vor ihr geheimhalten. Sag ihr, daß du nur mich begehrst. Sag ihr, daß die Entführung dein Plan war!«

Blair machte auf den Absätzen kehrt und lief den Berg hinunter.

Leander sah sich nun mit dem doppelten Problem konfrontiert, die dunkelhaarige Frau abzuschütteln, die ihn mit ihren Armen umklammerte, und seine eifersüchtige Frau daran zu hindern, den Banditen in die Arme zu laufen, die nach ihnen suchten. Da er die Französin nicht freilassen durfte, hielt er sie am Handgelenk fest, und mit der Rechten sein Pferd hinter sich herziehend, machte er sich daran, seine Frau zu verfolgen.

»Liebling«, rief die Französin, während Lee sie mit sich bergab schleppte, »du tust mir weh. Laß sie laufen. Du weißt, daß sie dir nie etwas bedeutet hat. Sie kennt die Wahrheit.«

Bei jedem ihrer Worte wurden Blairs Schritte schneller, mit denen sie den steilen Abhang hinunterrannte.

Lee hielt einen Moment an, fuhr zu der Französin herum und fauchte: »Ich habe noch nie eine Frau geschlagen. Aber die Versuchung dazu ist groß. Blair«, rief er dann mit lauter Stimme, »du kannst nicht in dieser Richtung weiterlaufen! Dort unten warten die Männer mit Gewehren auf dich!«

Françoise setzte sich auf einen Felsblock am Hang, schlug die Hände vors Gesicht und begann zu weinen. »Wie kannst du nur so häßliche Dinge zu mir sagen? Wie kannst du unsere gemeinsamen Nächte in Paris vergessen? Und in Venedig! Und in Florenz! Denke an die Vollmondnächte in Florenz!«

»Ich bin nie in Florenz gewesen«, sagte Lee, während er sie am Arm packte und vom Felsblock herunterzog. Und als sie sich nicht von der Stelle bewegen wollte, warf er sie einfach über die Schulter und rutschte den Hang hinunter, bis er Blair hinten am Rock zu fassen bekam. Dank der ausgezeichneten Arbeit von J. Cantrell und Söhne hielten die Nähte stand. Er zog in die eine Richtung, Blair in die andere, und schließlich saß er auf dem Felsboden und zog Blair auf seinen Schoß.

Er war sich durchaus bewußt, was für einen seltsamen Anblick er bieten mußte mit einer Frau über der Schulter und der anderen auf seine ausgestreckten Beinen. Als Françoise zu zappeln anfing, gab er ihr einen kräftigen Schlag auf die Kehrseite. »Du hältst dich da raus!«

»Wenn du mich an dieser Stelle berührst, muß ich gehorchen«, sagte Françoise mit schnurrender Stimme.

Blair versuchte aufzustehen; aber Lee hinderte sie daran.

»Blair«, begann er; aber sie wollte ihn nicht ansehen. »Ich habe diese Frau noch nie gesehen. Ich meine, ich kenne sie erst seit einer Viertelstunde. Ich habe sie *nicht* in Paris kennengelernt. Ich habe vor dir noch nie eine Frau geliebt, und ich habe dich geheiratet, weil ich mich in dich verliebte.«

»Liebe?« sagte Blair und drehte sich zu ihm um. »Dieses Wort höre ich jetzt von dir zum erstenmal.«

»Ich habe es schon öfter gesagt; aber du hast nie zugehört. Du warst viel zu sehr damit beschäftigt, mir zu erklären, daß ich in Houston verliebt sei. Ich habe sie nie geliebt, und ganz bestimmt nicht diese ... diese ...« Er blickte auf die üppige Kehrseite seiner zappelnden Last, die seine Schulter arg strapazierte. Er schüttelte sie ab; ließ aber das Handgelenk der Französin nicht los.

Blair begann, sich gegen Lees Brust zu lehnen. Vielleicht sagte er die Wahrheit. Jedenfalls wollte sie ihm glauben.

»Du kannst sehr gut lügen, Leander«, sagte Françoise. »Ich entdecke einen ganz neuen Zug an dir. Aber wir kennen uns ja nur in einer Beziehung, und da um so besser.« Sie lehnte sich gegen ihn. »Wie gut wir uns da kennen – oh, lálá!«

Blair versuchte, sich wieder von Lees Schoß zu erheben; aber er hielt sie mit beiden Händen fest. Doch dann, als er einen Blick auf Blairs Gesicht warf, seufzte er schwer, packte beide Frauen beim Handgelenk und trottete mit ihnen wieder bergauf.

Blair folgte ihm; aber nur widerstrebend. Es war eine lange und harte Kletterpartie. Sie mußten über umgestürzte Bäume steigen und manchmal darunter hinwegkriechen. Die Luft wurde immer dünner, je höher sie kamen, und sie kämpften mehr um den nötigen Sauerstoff als mit den Schwierigkeiten des Geländes.

Die ganze Zeit über ließ Lee kein einzigesmal Françoises Handgelenk los, und wenn er Blair helfen wollte, schlug sie seine Hand weg.

Die Blockhütte war zwischen zwei steilen Bergsätteln errichtet worden und so gut versteckt, daß sie zweimal an ihr vorbeiliefen, ehe sie sie entdeckten. Und dann stand sie plötzlich vor ihnen, als wäre sie soeben vom Himmel gefallen.

Das Plateau, auf dem sie sich befand, war nicht groß, und schon nach wenigen Schritten stand man am Rand einer Steilwand. Doch die Aussicht von hier oben war atemberaubend. Das knöcheltiefe Gras war mit in drei Farben blühenden Gänseblümchen gesprenkelt, und hinter der Hütte verströmten Heckenrosen ihren Duft.

Der Boden des Bergwaldes, der jahrhundertelang aus verwitternden Pflanzen eine Humusschicht bilden konnte, federte weich, so daß er das Geräusch ihrer Schritte verschluckt hatte. Lee sagte kein Wort; gab nur Blair ein Zeichen, daß sie auf Françoise aufpassen sollte, während er nachsah, ob die Hütte leer war. Als er sich vergewissert hatte, daß ihnen hier keine Gefahr drohte, winkte er den beiden Frauen, in die Hütte zu gehen.

Es war eine ganz gewöhnliche Blockhütte: zwei Räume mit

einem kleinen Speicher über der Tür, schmutzig vom jahrelangen Gebrauch durch achtlose Menschen und Tiere, die hier bei einem Unwetter Zuflucht gesucht hatten; aber immerhin ein Platz, an dem sie nicht gesucht wurden.

Blair sah teilnahmslos zu, wie Lee Françoise an einen der Stützbalken in der Hütte festband, sie aber nicht knebelte und ihr auch nicht die Beine fesselte, damit sie sich bewegen konnte.

Er hielt zwar ein Tuch in der Hand, mit der er ihr den Mund zubinden wollte, brachte das aber offenbar nicht fertig.

»Ich glaube nicht, daß Ihre Männer hier nach Ihnen suchen werden. Ich gehe mal vor die Hütte; und wenn ich Geräusche in der Nähe höre, muß ich Ihnen damit den Mund stopfen.«

»Chéri, du wirst doch diese Komödie nicht auf die Spitze treiben wollen, oder? Sie weiß über uns Bescheid. Sie hat es mir selbst erzählt.«

»Das glaube ich Ihnen gern«, sagte Lee, während er ihre Hände an den Pfosten fesselte. »Sie hat Ihnen genug erzählt, daß Sie Ihre Lüge ausspinnen können. Was versprechen Sie sich eigentlich davon?«

Françoise blickte ihn nur an.

Als Blair sich zu den beiden umdrehte, sah sie, wie sie sich tief in die Augen blickten.

Lee drehte sich von Françoise weg und wollte etwas zu Blair sagen; aber als er ihren Gesichtsausdruck bemerkte, nahm er nur sein Gewehr hoch und murmelte: »Ich bin draußen, wenn du mich brauchst. In den Satteltaschen ist Proviant.« Damit ließ er die beiden Frauen allein.

Langsam begann Blair die Satteltaschen auszupacken, die Lee auf den wackeligen Tisch in der Nähe des Pfeilers geworfen hatte, an dem Françoise festgebunden war. Es gab auch eine Feuerstelle in der Hütte, aber nur der Himmel wußte, wann der Kamin zuletzt gesäubert worden war. Zudem konnten sie keinen Rauch gebrauchen, den man viele Meilen weit sehen konnte.

Während Blair ein paar Brote mit Schinken und Käse belegte und zu essen begann, hörte Françoise nicht auf, ihr zu erzählen, wieviel sie und Leander sich bedeuteten.

»Er wird immer wieder zu mir zurückkehren«, sagte Françoise. »Er hat schon öfter versucht, von mir loszukommen; aber gelungen ist ihm das nie. Er wird mir alles verzeihen, was ich getan habe, mit mir fortreiten, mich nachts in seinen Armen halten und mich . . .«

Blair nahm ihre belegten Brote und eine Feldflasche und verließ die Hütte.

Kapitel 22

Lee war ein gutes Stück von der Hütte entfernt und so gut versteckt, daß Blair ihn nicht sah, bis er sie anrief:

»Was ist passiert?«

Er nahm ihr eines von den belegten Broten ab und brachte es fertig, ihr dabei gleichzeitig das Handgelenk zu streicheln.

»Faß mich nicht an«, fauchte sie und zuckte mit dem Arm zurück, als hätte sie sich an seinen Fingern verbrannt.

Lees Gesicht wurde rot vor Zorn. »Nun ist meine Geduld aber zu Ende! Warum glaubst du mir nicht, wenn ich dir sage, daß ich diese Frau noch nie in meinem Leben gesehen habe? Warum glaubst du ihr mehr als mir – deinem Mann?«

»Weil mir dein *Vater* von ihr erzählt hat. Warum sollte ich ihm nicht glauben?«

»Mein Vater hat dich belogen, weil ich ihm das angeschafft habe!« knurrte Lee.

Sie wich einen Schritt zurück. »Belogen? Also gibst du das zu? Was hat dich dazu bewogen, mich in der Hochzeitsnacht alleinzulassen? Es hat keinen medizinischen Notfall gegeben. Ich bezweifle sogar, daß dein geheimnisvoller Mr. Smith überhaupt existiert. Wo bist du also gewesen?«

Leander sagte eine Weile nichts, sondern blickte auf den Wald hinunter und verzehrte sein Brot. Er war nicht bereit, seine Probleme mit einer neuen Lüge noch mehr zu komplizieren.

»Das kann ich dir nicht sagen«, brachte er schließlich mit leiser Stimme heraus.

»Du willst es mir nicht sagen.« Sie wandte sich ab und strebte wieder der Hütte zu.

Er hielt sie am Arm fest. »Nein, ich *kann* es dir nicht sagen.« Sein Gesicht verriet seinen wachsenden Ärger. »Verdammt noch mal, Blair! Ich habe nichts getan, womit ich dein Mißtrauen verdienen würde. Ich bin *nicht* bei einer anderen Frau gewesen. Du liebe Güte, ich werde ja kaum mit einer fertig, geschweige denn mit zweien! Kannst du denn nicht begreifen, daß es etwas sehr Wichtiges gewesen sein muß – eine Sache auf Leben und Tod –, die mich dazu zwang, dich in der Hochzeitsnacht alleinzulassen? Warum, zum Teufel, kannst du mir nicht vertrauen? Warum glaubst du meinem Vater, der dich um meinetwillen belogen hat, und dieser Schlampe dort in der Hütte, die sich von Raub und Diebstahl ernährt?«

Er ließ ihren Arm los. »Gut, geh hin und glaube, was sie dir erzählt. Das will sie doch nur erreichen mit ihrem Geschwätz. Ich bin überzeugt, sie würde sich diebisch freuen, wenn wir uns gegenseitig an die Kehle springen. Es wäre viel leichter für sie, einem statt zwei Bewachern zu entwischen. Wenn sie so weitermacht und du fortfährst, ihr zu glauben, dauert es nur noch ein paar Stunden und du *verhilfst* ihr sogar zur Flucht, nur damit ich von ihr getrennt werde.«

Blair, die sich plötzlich sehr schwach fühlte, setzte sich ins Gras. »Ich weiß nicht, was ich glauben soll«, klagte sie. »Sie schien so viel von dir zu wissen; aber schließlich habe ich kein Recht, Treue von dir zu verlangen. Du wolltest mich ja eigentlich gar nicht heiraten. Es war nur dein Ehrgeiz, einen Wettbewerb zu gewinnen.«

Leander packte sie am Oberarm und riß sie auf die Beine. »Geh zurück in die Hütte«, preßte er zwischen den Zähnen hervor. Und dann drehte er ihr den Rücken zu.

Nun kannte sie sich überhaupt nicht mehr aus. Mit hängendem Kopf schlich sie zur Hütte zurück. Tante Flo hatte sich einmal bei ihrem Mann beklagt, daß Blair so wenig wisse von der Wirklichkeit des Lebens: »Wenn ein Mann zu ihr sagte, sie habe ihm das Herz gebrochen, würde Blair in ihren medizinischen Fachbüchern nachschlagen, um herauszufinden, wie sie es wieder zusammenflicken könnte. Es gibt noch mehr Dinge im Leben als die Medizin.«

Blair blieb stehen und drehte sich wieder zu Lee um. »Bist du wirklich nie in Florenz gewesen?« fragte sie leise; aber hier oben zwischen Felsen und Wald trug ihre Stimme sehr gut.

Es dauerte eine Weile, ehe er sich umwandte und sie ansah. »Niemals«, sagte er; aber mit einem bitteren Gesicht.

Vorsichtig machte Blair wieder einen Schritt auf ihn zu. »Sie ist nicht wirklich dein Typ, nicht wahr? Ich meine, sie ist zu mager und hat nicht genug oben oder unten . . .«

»Nicht annähernd genug.« Noch immer regte sich nichts in seinem Gesicht, während er beobachtete, wie sie näher kam.

»Und sie könnte eine Hernie nicht von einem Nabelbruch unterscheiden, oder doch?«

Er beobachtete sie, bis sie dicht vor ihm stehenblieb.

»Ich würde mich nicht vor der ganzen Stadt zum Narren gemacht haben, wenn ich eine andere Frau geliebt hätte.«

»Nein, vermutlich nicht.«

Sein Gewehr in der einen Hand, breitete er den anderen Arm für sie aus, und sie kuschelte sich an ihn und legte den Kopf an seine Brust. Sein Herz klopfte ganz wild.

»Du schuldest mir eine Hochzeitsnacht«, flüsterte sie.

Plötzlich faßte er in ihre Haare, zog ihren Kopf nach hinten und küßte sie heftig, mit seiner Zunge die ihre suchend.

Als Blair sich an ihn preßte und ihr Knie zwischen seine Beine schob, ließ er sie los und drängte sie wieder sacht von sich weg.

»Geh wieder in die Hütte«, sagte er mit einer tiefen,

heiseren Stimme. »Ich muß hier Wache halten und nachdenken – und das kann ich nicht, wenn du in meiner Nähe bist.«

Widerstrebend löste sie sich von ihm.

»Blair«, sagte er, als ihre Körper sich nicht mehr berührten, »mir ist da eben eine Idee gekommen, die aber noch nicht ganz ausgereift ist.« Er deutete mit dem Kopf auf die Hütte. »Aber laß dir nicht anmerken, daß du sie durchschaut hast. Tu so, als würdest du noch immer glauben, was sie dir erzählt. Ich denke, ich habe eine gute Verwendung für deinen Zorn.«

»Das ist immerhin etwas«, murmelte Blair und wandte sich zum Gehen.

Die Eifersucht war für Blair eine ganz neue Erfahrung. So ein Gefühl hatte sie bisher noch nie erlebt. Sie saß in der schmutzigen kleinen Hütte und hörte zu, wie Françoise ihr die Geschichte von Leanders großer Leidenschaft erzählte. Sie wollte Lee so schrecklich gern glauben, und dennoch war sie mit einer Hälfte ihres Bewußtseins davon überzeugt, daß diese furchtbare Frau ihr die Wahrheit erzählte. Blair mußte auf ihren Händen sitzen, sonst wäre sie ihr an die Gurgel gesprungen. Und sie bemühte sich nach Kräften, an etwas anderes zu denken, während Françoise auf sie einredete.

Nach einer Weile hatte sich Blair so weit in der Gewalt, daß sie mit dem Verstand zuhörte. Und da merkte sie, daß Françoise sich sehr unbestimmt ausdrückte.

»Und deine Schwester ...« sagte Françoise gerade, »ah, wie heißt sie doch gleich wieder ...«

»Charlotte Houston«, murmelte Blair geistesabwesend. Sie überlegte gerade, wo Lee in ihrer Hochzeitsnacht hingegangen sein könnte, wenn keine andere Frau im Spiel gewesen war.

»Ja, Charlotte«, sagte Françoise. »Ich mußte viele Monate mit Charlotte um ihn kämpfen; aber als sie dann diesen Taggert heiratete ... Ich glaube, da fühlte sich Lee verpflichtet ...«

»Er muß sehr oft und ausführlich mit Ihnen über sie

geredet haben«, sagte Blair, die plötzlich sehr genau zuhörte.

»Wenn er sich von ihr fortschleichen konnte. Die Wahrheit ist, daß ich bereits verheiratet bin; und wir glaubten, mein Mann würde mich niemals freigeben. Aber er wird es tun. Er gab mir am Abend deiner Hochzeit sein Wort, daß er mich freigeben würde, verstehst du?«

»Ah – deshalb hat er mich also verlassen und ist zu Ihnen gegangen«, sagte Blair. »Nur bin ich jetzt frei, und Sie sind an diesen Pfeiler gefesselt. Aber ich bin sicher, es wird sich für alles eine Lösung finden lassen. Entschuldigen Sie mich – ich glaube, ich muß einen Moment hinaus in die frische Luft.«

Als Blair durch die Tür ins Freie trat, hatte sie ein Gefühl, als sei sie zwanzig Pfund leichter geworden. Sie fühlte sich frei, unbeschwert und glücklich. Ganz gleich, was Lee zu ihr gesagt hatte: Sie war noch immer im Zweifel gewesen, ob nicht doch eine Beziehung zwischen ihm und der Französin bestanden hatte. Doch nun war Blair überzeugt, daß er ihr die Wahrheit gesagt hatte.

Sie setzte sich neben ihn, sagte kein Wort und lauschte dem Wind, der über ihr mit den Eschen spielte.

»Sie kannte Houstons Namen nicht«, brach sie schließlich das Schweigen, und als er sie neugierig ansah, fuhr sie fort: »Sie hat – im Gegensatz zu mir – immer eine Rolle in deinem Leben gespielt. Ich kann mir nicht vorstellen, daß jemand aus deinem Bekanntenkreis ihren Namen nicht kennt. Allein schon von den vielen Briefen, die sie dir seit Jahren schrieb.«

Lee legte den Arm um sie. »Mir mißtraust du; aber ihr glaubst du«, sagte er kopfschüttelnd. »Nun ja«, setzte er lächelnd hinzu und seufzte, »ich muß mich eben mit dem zufriedengeben, was ich bekomme.«

Sie lehnte sich gegen ihn, und so saßen sie eine Weile stumm beisammen und lauschten dem Wind. Blair dachte daran, wie sie fast um diesen Moment gekommen wäre. Hätte sie ihren Kopf durchgesetzt, wäre sie nun in Pennsylvania mit Alan. Alan, der noch nicht einmal ein richtiger Arzt war und wahrscheinlich nie so gut werden würde wie Leander. Alan, der nicht wußte, an welchem Ende man einen Revolver anfassen mußte; Alan, der vermutlich zum Sheriff gelaufen wäre und niemals versucht hätte, seine Frau selbst zu befreien.

»Vielen Dank, daß du mich gerettet hast«, sagte sie, und meinte damit nicht nur ihre Entführung.

Lee drehte ihr das Gesicht zu und schob sie dann von sich fort, als habe sie sich in ein Gift verwandelt. »Ich möchte, daß du dich jetzt dort drüben unter den Baum setzt«, sagte er, und seine Stimme schien dabei merkwürdig zu vibrieren. »Ich möchte mit dir reden; und das kann ich nicht, wenn du mir so nahe bist.«

Blair fühlte sich von seinen Worten so geschmeichelt, daß sie auf allen vieren zu ihm kroch, bis ihr Gesicht ganz dicht vor dem seinen war. »Vielleicht bereust du jetzt, daß du mich in der Nacht am Montag alleingelassen hast«, sagte sie, mit ihren Lippen nur ein Hauch von seinem Mund entfernt.

Lee zuckte zurück. »Geh!« befahl er, diesmal im drohenden Ton. »Ich kann nicht gleichzeitig Wache halten und dich . . . nun ja. Also setz dich dort drüben hin und hör mir zu.«

Blair gehorchte diesmal; aber dabei liefen ihr wohlige Schauer über den Rücken. In ein paar Stunden würde Taggert mit dem Sheriff in den Bergen eintreffen und die Banditen festnehmen. Dann konnte Lee ihm Françoise übergeben, und sie würden endlich allein sein. Sie dachte an ihre erste und bisher einzige gemeinsam verbrachte Nacht, und als sie durch die gesenkten Wimpern zu ihm hochsah, hörte sie, wie er den Atem anhielt.

Sie war sehr zufrieden mit sich, als sie nun zur Seite schaute.

»Während du in der Hütte warst, hatte ich Zeit, mir einen Plan zu überlegen, der vielleicht funktionieren könnte«, sagte Lee und blickte dabei hinüber in den Wald. »Zu diesem Plan gehört, daß du dieser Frau zur Flucht verhilfst.

Ich werde heute abend etwas sagen, daß sich so anhört, als wollte ich mich heimlich mit Françoise aus dem Staub machen. Vielleicht könnten wir sogar einen Streit anfangen. Ich bin sicher, daß du als streitsüchtige Ehefrau eine überzeugende Vorstellung gibst.« Er blickte wieder zu ihr hin und flüsterte: »Was, zum Henker, machst du denn da?!«

»Mein Strumpfband war locker«, sagte Blair mit einem unschuldigen Augenaufschlag, während sie ein schlankes Bein hob und den schwarzen Baumwollstrumpf in die Höhe zog. Zu bedauerlich, daß sie keine seidene Unterwäsche trug, dachte sie bei sich. Vielleicht hatte Houston doch recht, wenn sie großen Wert auf ihre Kleidung legte. Zweifellos trug Houston während ihrer Flitterwochen nur hauchdünne Seide unter dem Rock.

»Blair«, sagte Lee, »du strapazierst meine Nerven.«

»Hm«, gab sie zurück und senkte das Bein wieder. »Was hast du da eben von einer streitsüchtigen Ehefrau gesagt?«

Leander blickte wieder zum Wald hinüber, und Blair sah, daß seine Hände zitterten.

»Ich sagte, es gehört zu meinem Plan, daß wir beide einen Streit anfangen, und später soll Françoise dann beobachten, wie du heimlich etwas in meinen Kaffee tust. Sie soll glauben, daß du mir ein Schlafmittel gibst, damit ich mich nachts nicht zu ihr lege.«

»Das würdest du aber nicht tun – oder doch?«

»Ich hebe mir meine Kräfte für etwas Besseres auf«, sagte er und blickte sie dabei durch seine langen Wimpern an, daß ihr das Herz bis in den Hals hinauf schlug.

Lee sah wieder zum Wald hinüber. »Ich will sie dazu bringen, daß sie flüchtet. Ich kann ihre Knoten so binden, daß sie sich von ihren Fesseln befreien kann; aber es wird Stunden dauern, ehe sie das schafft. Und während sie damit beschäftigt ist, habe ich noch etwas anderes zu erledigen.«

»Obwohl du angeblich schläfst?«

»Ich habe den Eindruck, daß Françoise eine sehr vorsichtige Frau ist. Sie setzt nicht gern ihr Leben aufs Spiel, und deshalb will ich ihr das Gefühl geben, daß sie nicht viel riskiert, wenn sie flüchtet, weil du mir ein Betäubungsmittel gegeben hast und sie an der Flucht nicht hindern willst. Sie hat nicht einmal auf dem Weg hierher einen Fluchtversuch gewagt«, setzte er nachdenklich hinzu.

»Der Hang war zu steil. Sie wäre nicht weit gekommen.«

»Hast du nicht versucht, aus dem Canyon zu fliehen?«

Blair lächelte. »Woher weißt du das?«

»Nur so eine Vermutung, weil du dir einbildest, daß dir keiner etwas Böses antun will und deshalb die Gefahren unterschätzt. Bist du bereit, mitzuspielen? Glaubst du, du kannst eine überzeugende Vorstellung geben?«

Blair grinste ihn an. »Du hast es meinem außerordentlichen Schauspieltalent zu danken, daß wir beide jetzt hier oben auf diesem Berg sitzen.«

Er gab ihr Lächeln zurück. »Also geh jetzt in die Hütte zurück und höre dieser Françoise zu. Benimm dich so, daß sie denkt, du würdest ihr jedes Wort glauben, daß du bereit wärest, mich sogar umzubringen.«

Blair stand auf und blickte auf ihn hinunter. »Ich werde nicht zulassen, daß dir ein Leid geschieht, bis ich meine Hochzeitsnacht bekomme«, sagte sie.

Als Lee aufstehen wollte, rannte sie zur Blockhütte zurück und hob dabei ihre Röcke an – so hoch, daß ihm einige ihrer Reize nicht verborgen blieben.

»Du kannst sie meinetwegen haben!« schrie Blair Lee an. »Du kannst den Rest deines Lebens mit ihr verbringen, und ich hoffe, man wird euch beide hängen!« keifte sie, ehe sie aus der Hütte lief und Françoise mit Lee alleinließ.

Sie rannte den Abhang hinauf und hielt erst an, als sie die Hütte nicht mehr sehen konnte. Sobald sie hinter Bäumen versteckt war, ließ sie sich keuchend auf den Boden fallen. Sie konnte kaum noch die Umrisse von Leander erkennen, als er sich auf dem Hang nach ihr umschaute.

Sie lächelte, während sie ihn beobachtete. Sie war sich sicher, daß er keine Ahnung gehabt hatte, was für eine gute Schauspielerin sie wirklich war, und sich nun Sorgen machte, daß sie alles auch so meinte, wie sie es gesagt hatte.

Es war ein guter Streit gewesen – lange und laut und voller Zorn. Blair hatte ihm die Verlogenheit seines Vaters vorgeworfen; daß er sie in der Hochzeitsnacht alleingelassen und ihr Alan weggenommen habe; und daß seine Schwester ihr nun den Mann geraubt habe, den sie wirklich liebte. Das hatte ihn sehr betroffen gemacht. Er hatte dagestanden und sie angestarrt, als wäre aus ihrem Spiel bitterer Ernst geworden.

Nun war sie ganz erschöpft von der lautstarken Auseinandersetzung und wollte so lange von der Hütte wegbleiben, bis es so aussah, als wäre sie wirklich wütend. Und zudem wollte sie darüber nachdenken, wohin Lee heute nacht gehen mochte. War das wieder einer von seinen geheimen Besuchen? Sollten diese geheimnisvollen Ausflüge zur Gewohnheit werden? Würde sie sich damit bis zu ihrem Lebensende abfinden müssen? Was konnte so geheim sein, daß er es nicht einmal seiner Frau anvertrauen durfte, was ihn manchmal nachts von zu Hause forttrieb?

Während Blair zusah, wie Leander in der Umgebung der Hütte nach ihr suchte, beschloß sie, etwas zu unternehmen, das ihn dazu bringen würde, ihr rückhaltlos zu vertrauen. Sie wollte nicht so schlecht über sein Leben informiert sein, daß eine Frau, die ihn nicht einmal kannte, ihr einreden konnte, sie wüßte etwas von ihm, von dem sie – seine ihm angetraute Frau – keine Ahnung habe.

Während sie so gedankenverloren unter den Bäumen saß, achtete sie nicht auf die Geräusche, die hinter ihrem Rücken aufklangen. Als sie sie schließlich doch wahrnahm, war sie wie gelähmt, weil sie meinte, sie könnten nur von Françoises Bande stammen, die sie nun doch gefunden hatte. Ganz langsam drehte sie sich um und blickte den Hang hinauf.

Was sie dort sah, lähmte sie nun wirklich. Zwei große schwarze Bären kamen den Berg herunter – und sie hielten genau auf sie zu.

Doch dann war die Schrecksekunde vorüber, und so

schnell wie in diesem Augenblick hatte Blair sich noch nie bewegt. Sie schoß in die Höhe und fing schon an zu rennen, als ihre Füße noch nicht den Boden berührt hatten. Und sie war schon bei der Hütte, ehe sie über die Schulter schaute und merkte, daß die Bären gar nicht mehr hinter ihr waren. Sie blieb stehen und drehte sich vorsichtig um. Da waren nur die Geräusche des Waldes und keine Bären mehr zu sehen. Neugierig ging sie zu einem Baum am Rand der Lichtung und sah wieder den Hang hinauf. Unter normalen Umständen hätte sie sich an einen sicheren Ort geflüchtet; aber ein Teil von ihr erinnerte sich daran, daß sie sich mitten in einem Spiel mit Leander befand und es nicht verderben konnte, indem sie nun in seine Arme flüchtete.

Ganz langsam schlich sie wieder bergan und sah sich laufend um, ob die Bären ihr nicht etwa den Rückweg zur Hütte verlegten. Und wenn sie in der Nähe lauerten, wollte sie Lee deren Standort verraten.

Ungefähr zehn Schritte von der Stelle entfernt, wo sie hinter den Bäumen gesessen hatte, und nur einen Steinwurf weit von der Hütte entdeckte sie eine kleine Höhle, und nach den Spuren, die sich auf dem Boden kreuzten, mußte sie schon seit Generationen von Bären bewohnt sein.

»Deswegen ist die Hütte also aufgegeben worden«, murmelte sie und bewegte sich wieder hangabwärts. Die Sonne näherte sich dem Horizont, und sie mußte so tun, als mischte sie ein Schlafmittel unter Lees Kaffee.

Später dachte sie, daß sie diese Aufgabe sehr gut gelöst habe, und sie bezweifelte, daß selbst Lee bemerkt hatte, wie sie ihm ein Kopfwehpulver in die Tasse schüttete. Doch sie sorgte dafür, daß Françoise es bemerkte. Einen Moment lang war sie sogar versucht gewesen, ein Abführmittel dazuzuschütten, nachdem sie den Blick gesehen hatte, mit dem Lee Françoise betrachtete, als er sich einen Moment unbeobachtet glaubte.

Es dauerte nur wenige Minuten, nachdem Leander den Kaffee getrunken hatte, den Blair auf einem kleinen Feuer hinter der Hütte zubereitete, bis er schon zu gähnen anfing und sagte, er müsse sich jetzt zum Schlafen hinlegen. Und nachdem er Blair ein paar Minuten lang erklärt hatte, wie sie die Gefangene zu bewachen habe, ging er hinüber in den anderen Raum, und sie konnten hören, wie er auf die kleine schmutzige Koje fiel.

Françoise blickte Blair auf eine Weise an, daß Blair die Frau am liebsten losgebunden und zu einem Faustkampf herausgefordert hätte. Doch statt dessen überprüfte sie nur deren Fesseln.

»Wenigstens wird er die Nacht nicht mit dir verbringen können«, sagte Blair. »Ich werde mich ebenfalls hinlegen.« Sie blickte die Französin, die an dem Pfeiler festgebunden war, von Kopf bis Fuß an. »Ich hoffe, du hast es hier bequem.«

»Und was geschieht, wenn ich flüchte? Wie willst du ihm das erklären?«

»Erklären? Mit Vergnügen«, antwortete Blair. »Was kümmert es mich, was du machst, solange du nicht meinem Mann zu nahe kommst. Außerdem habe ich während meiner medizinischen Ausbildung auch etwas über Knoten gelernt. Die bekommst du nicht so leicht auf.«

Blair ging in den anderen Raum hinüber und dachte, wie recht Lee doch hatte, daß Françoise nicht so leicht etwas riskierte. Wie viele Gefangene baten wohl vor ihrer Flucht die Wächter um Erlaubnis?

Sie blickte zur Koje und sah, daß sich Lee bereits durch ein offenes Fenster aus der Hütte fortgestohlen hatte. Blair stopfte ein Kissen unter die Decken, daß es so aussah, als läge ein Schläfer darunter, und stieg dann ebenfalls aus dem Fenster.

Sie ging ein paar Minuten, hörte aber keinen Laut in ihrer Nähe. Er schien vom Erdboden verschluckt worden zu sein. Sie ging nach Osten, weg von der Hütte, und hoffte, daß Leander in die gleiche Richtung gegangen war. Natürlich hatte er es für überflüssig gehalten, sie in seine Pläne für heute nacht einzuweihen; doch ihrer, allerdings durch nichts zu begründenden Vermutung nach konnte er sich nur nach

Osten gewandt haben. Und als sie dann hinter sich ein Geräusch hört, versteckte sie sich rasch.

»Schön – komm da wieder raus!«

Sie hörte die Stimme, und sie klang so ähnlich wie Lees Stimme; aber so hatte er noch nie mit ihr gesprochen – mit diesem harten, metallischen Unterton. Und sie wurde von dem Klicken eines Hahns begleitet, der an einem Revolverlauf gespannt wurde.

Blair trat mit einem verlegenen Gesicht hinter einem Busch hervor.

Mit einem Fluch entspannte Lee wieder seine Waffe und schob sie ins Halfter zurück. »Warum bist du nicht in der Hütte geblieben? Warum bewachst du nicht die Frau, wie ich es dir angeordnet habe?«

»Ich wollte wissen, wohin du gehst.«

»*Nicht* zu einem Rendezvous mit einer anderen Frau. Und jetzt geh wieder zurück in die Hütte. Ich habe ein noch unerledigtes Geschäft zu besorgen, und die Zeit dafür ist knapp. Ich kann dich dabei nicht gebrauchen.«

»Wenn du dich nicht mit einer anderen Frau triffst, wo gehst du dann hin? Ich dachte, wir sollten auf Kane und den Sheriff warten . . .«

»Was soll ich nur mit dir machen? Dich auch in der Hütte festbinden?«

»Dann hatte ich also recht! Du steckst doch irgendwie mit diesen Banditen und Françoise unter einer Decke. Sonst würdest du mir sagen können, wohin du gehst. Oh. Leander, wie konntest du nur!« Blair machte kehrt, um zur Hütte zurückzugehen, als er sie am Arm faßte und wieder herumwirbelte.

»Schön, schön – ich werde es dir sagen! Die Mine 'Inexpressible' ist keine Meile von hier entfernt, und ich beabsichtige, mich in das Lager zu schleichen, in den Schuppen einzubrechen, in dem der Sprengstoff aufbewahrt wird, und dann den Eingang zum Canyon mit Dynamit unpassierbar zu machen. Ich werde zwar nicht die ganze Bande in der Schlucht einsperren können; aber wenn ich ihre Anführerin als Köder benütze, werden wohl die meisten Banditen mit ihr in der Falle sitzen.«

Blair schluckte ein paarmal und machte dann mit großen, schimmernden Augen einen Schritt auf ihn zu. »Du wirst das alles viel schneller erledigen können, wenn du mich mitnimmst.« Ehe er etwas sagen konnte, fuhr sie fort: »Ich kann dir dabei helfen. Ich kann klettern. Ich wär' fast aus der Schlucht hinausgeklettert, wo die Banditen mich gefangen hielten. Bitte, Leander, bitte.« Sie umarmte ihn und begann, seinen Hals und sein Gesicht abzuküssen. »Ich werde jede deiner Anweisungen genau befolgen, und wenn jemand verletzt wird, fädle ich dir die Nadeln ein.«

Leander wußte, daß er ein geschlagener Mann war. »Ich wußte gar nicht, wie gut ich bedient war mit einer so langweiligen, gehorsamen Lady wie Houston«, murmelte er, während er sich mit langen Schritten wieder auf den Weg machte.

Blair biß sich auf die Zunge, damit sie ihm nicht verriet, daß ihre Schwester, als alte Frau verkleidet, jede Woche mit einem Fuhrwerk die Bergwerke besuchte. Sie lächelte nur vielsagend und begann ihm dann durch den dunklen Wald zur Mine zu folgen.

Kapitel 23

Leander legte ein solches Tempo vor, daß Blair sich fast wünschte, sie wäre doch in der Hütte geblieben. Sie hätte jetzt ruhig schlafen können, statt auf dunklen, steilen Felsen auszurutschen. Zweimal gelang es ihr gerade noch, sich irgendwo festzukrallen, ehe sie zu viel Fahrt bekam und auf dem Rücken liegend den Berg hinunterschlitterte. Lee quittierte das mit der Bemerkung, wenn sie so verrückt sei, ihn begleiten zu wollen, müsse sie schon auf sich selbst aufpassen.

Dann hatten sie endlich die Steilwand des Felsgrates hinter

sich gelassen und blickten auf die kleine Bergwerksgemeinde hinunter.

»Ich vermute, es wäre sinnlos, dich zu bitten, hierzubleiben, nicht wahr?«

»Absolut«, antwortete sie.

»Schön, dann halte dich immer in meiner Nähe. Entferne dich nie weiter als zwei Schritte von mir. Ich möchte stets wissen, wo du bist. Hast du verstanden? Und wenn ich dir sage, daß du laufen sollst, dann wünsche ich, daß du genau das tust und nicht erst fragst, ob das nötig wäre und warum. Und tritt so leise auf, wie du kannst.«

Blair nickte als Antwort auf seine Warnungen und folgte ihm dann hinunter in das Bergwerkslager.

Es war schon spät, und in den meisten Häusern brannte kein Licht mehr. Nur ein paar Kneipen waren hell erleuchtet, und dort herrschte auch noch lebhafter Betrieb. Sie rannten im Schatten der Wohnbaracken von einer Deckung zur anderen, und Blair spürte, wie ihr Herz vor Aufregung heftig klopfte.

»Wir müssen zuerst in den Laden der Bergwerksgesellschaft einbrechen. Ich brauche eine Brechstange, um damit das Schloß am Dynamitschuppen zu sprengen.«

Sie bewegten sich geduckt auf die Rückseite eines großen Gebäudes zu, das sich fast im Zentrum der kleinen Minenstadt befand. Dreimal mußten sie sich hinter Pfosten und Regenfässern verstecken, als Leute vorbeikamen.

»Blair«, flüsterte Lee. »Ich muß diese Scheibe einschlagen. Ich möchte, daß du lachst, um das Geräusch zu übertönen – so laut lachst wie eine Pro . . ., eine Lady der Nacht. Niemand wird sich an einem so vertrauten Geräusch stören; aber wenn eine Scheibe klirrt, kommen sie von allen Seiten herbeigerannt.«

»Leander«, sagte sie steif, »ich bin nicht so erfahren wie du. Ich habe keine Ahnung, wie eine Lady der Nacht lacht.«

»Verführerisch. Als wolltest du mich in den Wald locken, damit du mit meinem Körper angenehme Sachen machen kannst.«

»Das sollte nicht schwer sein«, sagte sie und meinte es auch so. Lee wickelte sich ein Taschentuch um die Hand und holte aus, um die Scheibe einzuschlagen. »Bist du bereit? – Jetzt!«

Blair warf den Kopf in den Nacken und ließ ein kehliges Lachen hören, das von den Wänden widerhallte. Und Lee schien tief beeindruckt, als er sie jetzt ansah, während er durch das Loch in der Scheibe langte.

»Ich werde dich so bald wie möglich beim Wort nehmen«, sagte er leise und drehte den Schlüssel um, der innen im Schloß steckte. »Stell dich dorthin und mach dich bereit, sofort loszurennen, wenn uns jemand sieht.«

Blair stellte sich links neben die Tür und sah zu, wie Lee durch den Lagerraum ging und nach einer Brechstange Ausschau hielt. Hinter ihr standen gestapelte Konserven, Berge von Mehlsäcken und Kisten mit Zwieback. Auf einem Regal entdeckte sie sechs kleine Fässer mit Honig. Als Blairs Blick darauf fiel, lächelte sie, weil sie nun an die beiden Bären denken mußte.

Plötzlich, ohne eine bestimmte Absicht damit zu verbinden, bückte sie sich zu einem Haufen von Rucksäcken hinunter, die vor ihr auf dem Boden lagen, hob einen davon auf, holte zwei von den Honigfäßchen vom Regal, tat sie in den Rucksack und schnallte sich diesen auf den Rücken. Neben dem Einwickelpapier lag ein Bleistift auf der Theke, und sie riß rasch eine Ecke von dem Papier ab und begann zu schreiben.

»Was schreibst du denn da?« forschte Leander.

»Einen Schuldschein natürlich. Morgen mittag wird bestimmt die ganze Stadt wissen, daß wir einen halben Berg weggesprengt haben, und die Leute werden dann verstehen, daß wir uns vorher erst das Dynamit dafür beschaffen mußten. Es sei denn, du trägst immer eine Flasche voll Nitroglyzerin in deiner Arzttasche mit dir herum. Du hattest doch wohl nicht die Absicht, die Sachen mitzunehmen, ohne zu hinterlassen, wer sie mitgenommen hat? Dann würde man Unschuldige dafür verantwortlich machen.«

Leander blickte sie einen Moment an. »Gut überlegt«, sagte er schließlich. »Morgen gibt es keinen Grund mehr, die Sache geheimzuhalten. Aber ich möchte nicht heute nacht verhaftet werden. Laß uns gehen. Moment – was hast du denn da auf dem Rücken?«

»Honig«, antwortete sie und gab ihm keine Gelegenheit zu weiteren Fragen mehr, bis sie den Laden wieder verlassen hatten. Er drehte den Schlüssel im Schloß des Ladenraums herum, so daß er von innen wieder abgesperrt war, und wenn nicht jemand kam und die Hintertür des Ladens mit einer Laterne ableuchtete, würde man den Einbruch vor morgen früh bestimmt nicht entdecken.

Lee führte sie durch das Lager zurück zum Rand der Bergwerksstadt, und dabei fiel ihr auf, daß er sich hier unheimlich gut auszukennen schien. Aber hatte sie nicht von Houston gehört, daß er manchmal auch verletzte Bergarbeiter behandelte?

Sie gingen über eine mit Schlacke befestigte Straße, die unter ihren Sohlen knirschte, und der Nachtwind blies ihnen Kohlenstaub in die Augen. Jenseits der Bahngeleise, hinter einer fünfzehn Meter hohen Abraumhalde und einer langen Reihe von Öfen, wo der Schwefel aus der Kohle herausgebrannt wurde, befand sich der Schuppen mit den Sprengstoffen.

Während sich Blair den Ruß aus den Augen rieb, sprengte Lee das Vorhängeschloß mit der Brechstange. Er zog die Tür auf, stopfte sich die Dynamitstangen unter das Hemd und verschloß die Tür wieder mit einem Draht. Er wollte sie nicht offen stehen lassen, damit jeder, der hier vorbeikam, sich mit Dynamit versorgen konnte. Wer nach ihm den Schuppen betreten wollte, würde große Mühe haben, den Draht von der Tür zu entfernen.

»Nichts wie fort«, sagte Lee dann, und Blair kletterte hinter ihm wieder den Steilhang hinauf. An manchen Stellen war der Boden direkt vor ihrem Gesicht, so daß sie sich mit den Händen einkrallen mußte, um nicht abzustürzen.

Lee erwartete sie schon oben auf dem Grat, gab ihr aber

keine Zeit zum Verschnaufen, sondern eilte mit langen Schritten vor ihr her zur Berghütte. »Ich werde mein Pferd satteln und es vor der Hütte anpflocken. Ich habe mir gedacht, daß du Hunger bekommst, aufstehst und dir im vorderen Raum etwas zu essen besorgst. Dabei vergißt du, das Messer aufzuräumen, und läßt es irgendwo in ihrer Nähe liegen. Ich werde draußen warten und ihr folgen, wenn sie in ihr Räubernest im Canyon zurückkehrt.«

»Wir!« war alles, was Blair zu ihm sagte; doch die Art, wie sie ihn dabei ansah, zwang ihn, nach einem schweren Seufzer zu sagen:

»Also gut; aber steig jetzt durchs Fenster und warte drinnen auf mich.«

»Ich muß aber erst eine sehr persönliche Angelegenheit erledigen – in den Büschen«, gab sie zurück und wußte nicht, ob sie ihrer Worte wegen errötete oder weil es eine Lüge war.

Lee drehte ihr den Rücken zu und begann, sein Pferd zu satteln. Blair rannte inzwischen den Hügel hinauf zu der Höhle, wo die Bären ihre Wohnung haben mußten. Vorsichtig näherte sie sich dem Eingang der Höhle und lauschte, ob sich dort im Dunklen etwas regte. Sie wagte kaum zu atmen vor Angst, als sie einen Stein aufhob und ihn gegen den verkorkten Verschluß eines der Fäßchen mit Honig schmetterte, das sie aus ihrem Rucksack holte. Dann horchte sie wieder, ob sich ein Geräusch vernehmen ließ. Nichts.

Das Fäßchen mit der Öffnung nach unten haltend, so daß der Honig auf den Boden rann, ging sie wieder hangabwärts auf die Hütte zu und zog dabei eine breite Spur von Honig hinter sich her.

Lees Pferd stand bereits gesattelt vor der Hütte, und Blair gelang es, geräuschlos den Korken aus einem anderen Fäßchen Honig zu entfernen, bevor sie es hinten an der Sattelpausche festband. Einen Moment lang war sie verunsichert, ob es richtig war, was sie da machte; denn wenn Françoise zu lange brauchte, um sich von ihren Fesseln zu befreien und die Bären den Honig schon vorher witterten, mochten sie über das Pferd herfallen, ehe ein Reiter darauf saß. Es kam jetzt alles auf die richtige Zeiteinteilung an.

Sie kletterte durch das Fenster in die Hütte zurück und konnte selbst im Dunkeln die unwilligen Blicke sehen, die Lee ihr zuwarf, weil sie so lange für ihr »privates Geschäft« gebraucht hatte. So rasch sie konnte, schlüpfte sie aus ihrer Ärzteuniform. Es sollte so aussehen, als käme sie direkt aus dem Bett.

Françoise lag auf dem Boden, und Blair sah die blutigen Striemen an ihren Gelenken, wo sie versucht hatte, ihre Fesseln zu sprengen. Blair wollte sich bei diesem Anblick der Magen umdrehen. Sie hatte geschworen, die Leiden ihrer Mitmenschen zu lindern; und sie haßte es, daß andere ihretwegen Schmerzen ertragen mußten.

Françoise öffnete die Augen, als Blair an ihr vorbeikam.

»Ich habe mich noch nicht von der Hungerkur bei dir erholt«, sagte Blair, während sie einen Käselaib an den Tischrand schob und eine Scheibe davon abschnitt. »Es wird wohl nicht mehr lange dauern, bis der Sheriff dich hier abholt.«

»Wenn er das täte, wäre er inzwischen längst hier. Der Mann, der mit Leander zum Canyon kam, ist meinen Leuten in die Arme gelaufen und von ihnen getötet worden.«

»Das wäre aber sehr schade für dich«, sagte Blair leichthin. »Denn der Mann war Taggert, von dem du das Lösegeld für mich erpressen wolltest.«

Mit einem lauten Gähnen legte Blair das Messer auf den Tisch zurück und nahm die Scheibe Käse auf, die sie abgeschnitten hatte. »Ich lege mich wieder in mein Bett. Schlaf gut«, sagte Blair und ging lachend hinüber in den anderen Raum.

Sobald die andere Frau sie nicht mehr sehen konnte, blieb sie hinter der Tür stehen und begann, sich ganz leise wieder anzuziehen, wobei sie den Schatten von Françoise beobachtete, den der Mond auf die schmutzigen Dielen warf. Er zeigte ihr, daß Françoise keine Zeit verlor, sich das Messer vom Tisch zu angeln und damit ihre Fesseln durchzuschneiden. In wenigen Sekunden war sie aus der Tür und draußen bei dem gesattelten Pferd.

»Ihr nach«, sagte Lee hinter ihr, als er den ersten Hufschlag hörte.

»Womit du sagen willst, daß ich wieder den Berg hinunterklettern soll, den ich gerade erst bestiegen habe«, murmelte Blair, deren Beine so schwer waren wie Blei.

»Sobald wir diese Geschichte hinter uns haben, kannst du eine Woche lang im Bett bleiben«, sagte Lee. »Mit mir.«

»Eine schöne Erholung«, sagte Blair mit einem Blick zur Decke.

Lee führte sie über nackten Fels, den zu betreten sich Blair wohl geweigert hätte, wenn sie ihn bei Tageslicht betrachtet hätte. Doch jetzt hatte sie keine andere Wahl, als Lee zu folgen. Sie mußten diese Abkürzung nehmen, um noch vor Françoise den Canyon erreichen zu können.

Dann hielt Lee plötzlich vor ihr an, und vor ihm war die Kante der Steilwand, die senkrecht in den Canyon hinunter fiel. In der Blockhütte brannte kein Licht, und Blair fragte sich, ob ihre Anstrengungen umsonst und die Banditen nicht längst abgezogen waren.

Doch Lee flüsterte: »Sie warten hier auf sie. Ich glaube nicht, daß sie etwas unternehmen, ohne daß Françoise ihnen erst sagen muß, was sie machen sollen.«

»Lee, Taggert braucht ziemlich lange, um den Sheriff zu holen – meinst du nicht auch? Ob ihm etwas zugestoßen sein könnte?«

»Keine Ahnung. Aber er war allein und hatte die ganze Bande gegen sich.« Lee schlich sich zum Eingang der Schlucht und begann dort die Dynamitstangen auszulegen. »Sobald wir die Banditen in der Schlucht eingesperrt haben, werde ich nach Chandler reiten und Hilfe holen.«

»Reiten? Worauf?«

»Hier – halt das mal.« Er drückte ihr eine Zündschnur in die Hand. »Ich sage dir das, wenn es soweit ist. Wir könnten jetzt sprengen, müssen aber noch auf die Chefin der Bande warten. Ich hoffe, sie hat sich nicht verirrt.«

»Vielleicht hat sie etwas aufgehalten«, murmelte Blair. »Lee, ich glaube, ich muß dir etwas sagen. Du erinnerst dich doch an den Honig . . .«

»Still! Ich glaube, ich höre was.«

Es dämmerte bereits, und in dem dunstigen, grauen Licht vermochte sie die Umrisse eines Reiters auf einem Pferd zu erkennen. Das Pferd machte der Frau, die auf seinem Rücken saß, das Leben sauer. Sie konnte das Tier kaum bändigen.«

»Los – hinauf auf die Felsen!« befahl Lee, und Blair beeilte sich, seiner Aufforderung nachzukommen.

Im nächsten Moment brach unter ihnen die Hölle los. Françoise begann zu schreien, und in der Schlucht liefen die Männer umher und schossen ihre Revolver ab, ehe sie wußten, was diese Schreie zu bedeuten hatten. Blair hielt auf dem Weg nach oben kurz an und blickte hinunter zum Schluchteingang. Sie sah die Französin auf Lees großem Hengst, der seine Reiterin abzuschütteln versuchte, und dahinter zwei Bären, die dem Pferd nachtrotteten und hin und wieder stehenblieben, um etwas vom Boden aufzulecken.

Dann hörte Blair Lee, der über ihr leise etwas rief, und im nächsten Moment packte er sie um die Hüften und riß sie mit sich nach oben. Und dabei gab er beständig zwei seltsam schrille Pfeiftöne von sich.

»Leg dich hin«, raunte er Blair zu und gab ihr einen Stoß, daß sie sich die Ellenbogen an den Steinen aufschabte. Sie kroch auf allen vieren bis zum Rand der Schlucht, damit sie das Chaos beobachten konnte, das unter ihnen herrschte. Die Pferde im Canyon wieherten entsetzt, als die Bären in die Schlucht eindrangen, und die Banditen rannten herum und versuchten gleichzeitig, auf die Bären zu schießen, die Pferde zu beruhigen und dem ganzen Wirrwarr zu entrinnen. Françoise zog heftig am Zügel von Lees Hengst, während sie schrie und auf den Eingang des Canyons deutete, um die Aufmerksamkeit der Männer auf sich zu lenken.

Plötzlich stieg Lees Hengst mit den Vorderbeinen senkrecht in die Luft und warf die Französin aus dem Sattel. Dann machte er kehrt und rannte zum Ausgang der Schlucht zurück, ohne sich um die Bären zu kümmern, die ihm im Weg standen.

»Das Dynamit wird ihn zerreißen«, rief Lee, der auf die Beine gesprungen war, um besser sehen zu können. Seine Stimme klang schrecklich traurig, als er von dem unvermeidlichen Verlust seines geliebten Tieres sprach.

Das Pferd galoppierte auf den Schluchtausgang zu, und die Bären machten ihm Platz.

Eine knappe Minute später explodierte das Dynamit. Felsbrocken prasselten herunter und versiegelten den Eingang zur Schlucht, so daß die Banditen nun in der Falle saßen. Der Explosionsdruck riß Lee von den Beinen; doch kaum hatte sich die Staubwolke etwas gelichtet, als er schon hinunterrannte zu der Stelle, wo vorher der Korridor aus dem Canyon ins Freie mündete. Er hatte schon den halben Weg dorthin zurückgelegt, als ihm sein mächtiger Hengst mit rollenden Augen und zurückgelegten Ohren entgegenkam. Lee drückte den Kopf des Pferdes gegen seine Brust und redete mit ihm, um es zu beruhigen.

»Wofür, zum Teufel, sollten diese Bären gut sein?« rief Lee Blair zu, die ihm auf den Fersen geblieben war. Sie konnten die Schreie der Männer im Canyon hören, und die Schüsse, die sie in die noch über der Schlucht hängende Staubwolke hineinjagten.

»Ich habe es dir nicht gesagt, weil ich wußte, daß du mich bestimmt wieder bevormunden würdest – ; aber das Ganze dauerte mir zu lange«, erwiderte sie ziemlich heftig, weil sie sich nicht von ihm einschüchtern lassen wollte. »Taggert hätte längst wieder zurück sein müssen. Ich wußte, es konnte nicht mehr lange dauern, bis die Banditen unser Versteck entdeckt hätten und wir von einem Dutzend schwerbewaffneter Männer in der Hütte belagert würden. Und aus dieser Schlucht kommen sie auch ziemlich leicht wieder heraus – selbst ich hätte es fast geschafft, aus dem

Canyon herauszuklettern. Aber ich dachte mir, vielleicht könnten die Bären die Banditen eine Weile aufhalten, wenn ich sie im rechten Moment auf sie losließe. Ich hoffe nur, daß keiner den Bären etwas antut. Sie haben es doch nur auf den Honig abgesehen.«

Lee hatte dazu eine Menge zu sagen; aber dafür reichte jetzt die Zeit nicht. So beschränkte er sich auf die Bemerkung: »Ich habe noch keine Frau gekannt, der das Gefühl für Gefahr derart fehlte wie dir. Ist dir nicht der Gedanke gekommen, daß die Bären über dich herfallen könnten?«

Sie reckte das Kinn in die Luft. »Hast du an Gefahr gedacht, als du das Dynamit geklaut hast?«

Er packte sie am Arm, noch nicht bereit, ihr zu verzeihen. »Weiß der Teufel, was du alles anstellst, wenn ich dich hier zurücklasse, um den Sheriff zu holen . . .«

Dieser Sorge wurde er allerdings enthoben; weil in diesem Moment der Sheriff mit sechs Männern den Berg heraufgeklettert kam. Er rief, ganz außer Atem:

»Sind Sie unverletzt, Doc?« Trotz seiner grauen Haare war er noch gut in Form, und er hatte den Weg hier herauf zum Canyon in Rekordzeit geschafft. Als Taggert ihm die Schlucht beschrieb, hatte er sofort gewußt, wo sie war und wie er dort hingelangte. Und er kannte auch besser als jeder andere in der Stadt Leanders Neigung, die Dinge selbst in die Hand zu nehmen.

»Taggert erzählte mir, daß Sie in Schwierigkeiten sind.«

Im nächsten Moment fiel ihm die Kinnlade herunter, als er über den Rand der Schluchtwand schaute. Die Leute dort unten sahen aus wie Spielzeuge, als sie an den Felsen entlangliefen und nach einem Loch suchten, durch das sie entweichen konnten.

»Haben Sie das gemacht, Doc?«

»Ich und die Mistress«, sagte Lee in einem so komisch nasalen Ton, daß Blair kichern mußte.

Der Sheriff zog sich wieder vom Schluchtrand zurück, während seine Männer dort Posten bezogen. »Laßt mir keinen von ihnen entwischen!« rief er über die Schulter, als er sich vor Leander und Blair aufbaute und zwischen beiden hin- und hersah.

»Mir scheint, da hast du jemand gefunden, der dir ebenbürtig ist, mein Junge«, sagte der Sheriff und fuhr mit grollender Stimme fort: »Warum konntest du nicht auf mich warten? Warum mußtest du das Gesetz in deine Hände nehmen? Jemand hätte dabei verletzt oder gar getötet werden können. Diese Leute da unten sind Mörder. Und ihre französische Anführerin ist tückisch wie eine Klapperschlange. Ich habe dich schon einmal gewarnt, daß du von solchen Sachen die Finger lassen solltest. Sonst könnte es passieren, daß du eines Tages von so einem Unternehmen nicht mehr lebend nach Hause zurückkehrst.«

»Was meint er damit?« wisperte Blair. »Wovon redet er eigentlich?« Sie hatte den Sheriff schon als Kind gekannt, und er hatte noch nie ein unfreundliches Wort zu ihr gesagt.

»Warum kommen Sie erst jetzt? Warum haben Sie so lange dazu gebraucht?« gab Lee zurück, Blairs Fragen und den Zorn des Sheriffs ignorierend. »Wir hatten schon befürchtet, daß Taggert etwas zugestoßen sei.«

»Eine Kugel hat ihn am Kopf gestreift, und er war ein paar Stunden bewußtlos. Deswegen hat es so lange gedauert, mein Junge. Wir haben nämlich erst vor zwei Stunden erfahren, daß du die Chefin dieser Bande in deine Gewalt gebracht hast. Aber offenbar sind wir zu spät gekommen. Sie ist dir wieder entwischt, nicht wahr?«

»Sie ist dort unten im Canyon«, sagte Lee.

»Aber nicht mehr lange«, sagte ein Mann von der Wache. »Die Lady ist nämlich gerade im Begriff, aus dem Canyon herauszuklettern.«

Blair sah zu dem Mann hin und nahm dabei am Rand ihres Gesichtsfelds eine Bewegung wahr. Einer von den Hilfssheriffs, der von einem Baum fast gänzlich verdeckt war, zog das Gewehr an die Schulter und zielte. Er wird sie erschießen, dachte Blair, und sie wußte, daß sie nicht dabeistehen und zusehen konnte, wie ein Mensch getötet wurde – gleichgültig, wie schlimm er war oder was er getan haben mochte. Mit einem Sprung war sie bei diesem Mann und landete neben seinem Bein, so daß sie ihn aus dem Gleichgewicht brachte und die Kugel aus seinem Gewehr über dem Kopf von Françoise in die Felswand schlug.

Doch Blair hatte nicht an die Folgen ihrer Tat für sich selbst gedacht, und im nächsten Moment hing sie, mit den Beinen zappelnd, über dem Abgrund.

Der Sheriff und Lee reagierten sofort, warfen sich am Schluchtrand auf den Bauch, packten jeder einen ihrer Arme und zogen sie wieder hinauf auf festen Boden.

»Ich sagte es doch – sie ist die richtige Frau für dich«, sagte der Sheriff sarkastisch, als er Lee half, Blair wieder auf die Felswand hinaufzuziehen. »Du mußt nur verdammt aufpassen, daß sie nicht ständig versucht, sich umzubringen.«

»Ich werde alles tun, um sie vor sich selbst und vor mir zu schützen«, antwortete Lee feierlich.

Blair saß vor den beiden Männern auf dem Boden, klopfte sich den Staub von den Kleidern und blickte dabei in die Schlucht hinunter, in die sie fast gestürzt wäre.

»Schön, Jungs«, rief der Sheriff. »Ich brauche einen Freiwilligen, der hierbleibt und Wache steht, während wir noch ein paar Helfer besorgen. Und daß sie mir dort unten noch alle am *Leben* sind, wenn ich wieder zurückkomme.«

»Sheriff, Sie haben doch nichts dagegen, wenn unsere Namen unerwähnt bleiben? Das gilt auch für Taggert. Und könnten Sie jemand hinüberschicken in die Mine ›Inexpressible‹, der dort im Laden unseren Schuldschein für die Brechstange und das Dynamit abholt?« Lee hielt einen Moment inne und lächelte. »Und anschließend die Rechnung an meinen Vater schickt? Der weiß dann schon, warum er sie bezahlen soll.« Damit drehte sich Lee um und faßte mit der linken Hand sein Pferd am Zügel, mit der rechten nach Blairs Arm.

»Wo gehst du denn hin?« rief der Sheriff Lee nach, der wieder den Berg hinaufstieg.

»In die Flitterwochen«, rief Lee über die Schulter zurück.

»Dann paßt gut auf euch auf! Die Französin ist wieder entkommen, und die empfindet bestimmt keine Liebe für euch.«

Während Lee dem Sheriff noch einmal zuwinkte, flüsterte er Blair ins Ohr: »An Liebe hatte ich auch gerade gedacht.«

Kapitel 24

Blair bemühte sich, mit Lee Schritt zu halten. Doch die Aufregungen der letzten Tage, die mageren Rationen, die sie bei den Banditen erhalten hatte, und der noch knappere Schlaf forderten bald ihren Tribut. Als sie ein paarmal stolperte und hinzufallen drohte, hob er sie auf sein Pferd. Als sie im Sattel einnickte, mußte er sie stützen, damit er sie nicht unterwegs verlor.

So wanderten sie stundenlang fort. Blair kam es so vor, als seien sie schon tagelang unterwegs, als hätte sie noch nie in ihrem Leben ein Bett gesehen, geschweige denn in einem geschlafen.

Die Sonne hing niedrig am Himmel, als Lee endlich anhielt und sie vom Pferd hob. Lustlos öffnete sie die Augen und sah eine große Blockhütte mit einem steinernen Fundament vor sich.

»Wo sind wir denn hier?« fragte sie, obwohl ihr das eigentlich gleichgültig war. Sie wollte nur ein Bett, in dem sie schlafen konnte.

»Das ist die Jagdhütte meines Vaters. Hier werden wir ein paar Tage bleiben.«

Blair nickte nur und schloß wieder die Augen, während Lee sie in die Blockhütte trug. Sie hatte den Eindruck, als würde er sie eine Treppe hinauftragen; aber sie war zu müde, um noch einmal die Augen aufzumachen. Als er sie auf ein Bett legte, war sie bereits wieder eingeschlafen.

Sie erwachte von einem sonderbaren Geräusch vor dem Fenster, und als sie sich den Schlaf aus den Augen rieb, erwachte auch ihre Neugier, woher dieses Geräusch rühren mochte. Sie warf die Zudecke beiseite und hielt dann erschrocken den Atem an, weil sie keinen Faden auf dem Leib trug. Da hing ein Männerhemd am Fußende der Bettstatt aus Fichtenholz, das sie sich schnell überzog, ehe sie aus dem Fenster blickte. Sie sah Kühe, die sich auf einer weiten Rasenfläche verteilten, und unter dem Fenster war eine Mutterkuh mit ihrem Kalb, die sich das Gras schmekken ließen. Das mußte das Geräusch gewesen sein, von dem sie aufgewacht war.

Die Hütte stand auf einem kleinen Hügel inmitten einer Lichtung, und hinter den hohen Bäumen ragten in allen Richtungen Berge auf. Wilde Rosenbüsche wuchsen auf der Lichtung, die schon die ersten Blüten zeigten.

Ein Geräusch klang hinter ihr auf der Treppe auf. Als Lee mit einem Tablett ins Zimmer kam, lief ihr bei dem Duft von frischgebratenem Speck das Wasser im Mund zusammen.

»Hatte ich doch richtig gehört«, meinte er lächelnd und betrachtete interessiert ihre langen bloßen Beine unter dem Hemdsaum. Blair schlüpfte errötend wieder unter die Zudecke, und Lee setzte das Tablett auf ihrem Schoß ab.

Er nahm das Tuch weg, mit dem die Speisen zugedeckt waren. »Ich fürchte, daß ich nicht mit frischen Nahrungsmitteln aufwarten kann; aber alles, was man einmachen und konservieren kann, ist reichlich vorhanden.« Da waren eine Schüssel mit gebratenem Schinkenspeck, Käse, Pfirsiche, Maisbrot und eine kleine Schale mit Walderdbeeren.

»Das ist ein Festessen, und ich sterbe fast vor Hunger«, sagte sie und langte tüchtig zu.

Lee lag quer auf dem Bett, den Kopf auf den Arm gestützt, und sah sie so eindringlich an, daß sie wieder ganz verlegen wurde. Sie war sich nur zu deutlich bewußt, daß nun alle Hindernisse, die ihrer Hochzeitsnacht entgegengestanden hatten, beseitigt waren.

»Wie lange habe ich eigentlich geschlafen?« fragte sie ihn mit vollem Mund.

Leander zog seine Taschenuhr heraus, ließ den Deckel

aufspringen und legte sie dann auf den kleinen Tisch neben dem Bett, als wollte er sie nicht mehr an sich nehmen.

»Vierzehn Stunden«, sagte er dann.

Blair schob sich so rasch ein Stück Maisbrot in den Mund, daß sie fast daran erstickte. »Du sagtest, das wäre die Jagdhütte deines Vaters. Bist du schon oft hier gewesen?«

Leander begann langsam sein Hemd aufzuknöpfen, nahm sich viel Zeit bei jedem Knopf. Als er es bedachtsam aus der Hose zog, sagte er: »Schon als Kind.«

Seine Augen ruhten ernst und eindringlich auf ihr – und sein Blick durch halbgesenkte Wimpern machte sie ganz nervös. Sie aß noch schneller. »Bist du hierhergekommen, um Elche zu jagen?«

Lee, der keinen Moment den Blick von ihr abwendete, begann seinen Hosenlatz aufzuknöpfen.

Sie brauchte nicht zweimal hinzusehen, um festzustellen, daß er keine Unterwäsche unter der Hose trug. Blairs Hände begannen zu zittern.

Leander stand auf und ließ seine Hose auf den Fußboden gleiten.

Blair blickte zu ihm hoch, sah ihm in die Augen, die Hand mit einer Scheibe Speck auf halbem Weg zum Mund, während er sich zu ihr hinunterbeugte, das Tablett von ihrem Schoß entfernte und es auf den Boden stellte.

»Du bist jetzt nicht Houston«, sagte er.

Einen Moment lang hatte Blair Angst vor ihm. Sie war in den vergangenen Wochen immer sein Widersacher gewesen und hatte Houston gegenüber solche Schuldgefühle entwikkelt, daß es ihr schwerfiel zu glauben, sie könne sich ihm nun mit gutem Gewissen hingeben.

Lee beugte sich zu ihr, und sie wich vor ihm zurück, bis sie mit dem Kopf gegen das obere Ende der Bettstatt stieß. Ein Teil von ihr wollte vor ihm fliehen, doch der andere Teil – der größere von beiden – wäre lieber gestorben, als sich von der Stelle zu rühren.

Ganz sacht berührte Lee mit seinen Lippen ihren Mund. Er bedrängte sie nicht und faßte sie auch nicht an. Da war nur dieser herrliche Mann mit seinem großartigen nackten Körper, der sich über sie beugte und sie küßte.

Blair glitt am Kopfende der Bettstatt nach unten – oder vielleicht ließ sich ihre Bewegung eher als ein Fließen bezeichnen wie Butter, die dahinschmilzt. Lee löste seine Lippen nicht von ihrem Mund, beugte sich immer weiter vor, bis er schließlich das Gleichgewicht verlor und auf sie fiel.

Von da an war es vorbei mit jeder sachten, sich Zeit nehmenden Behutsamkeit. Blair öffnete sich seinem Kuß, und Leander verwandelte sich in einen hemmungslosen, wilden Mann mit heißen Küssen und Händen, die in ihrem Haar wühlten, über ihren Körper fuhren und ihr das Hemd vom Leib rissen. Seine Leidenschaft übertrug sich auf Blair. Seit Wochen begehrte sie ihn, und nun gehörte er ihr, durfte sie ihn nach Herzenslust berühren, damit er half, sie von diesem Wehgefühl zu befreien, das die Folge einer zu lange unterdrückten körperlichen Sehnsucht war.

Sie umfingen sich, rollten auf dem Bett umher, küßten hungrig das nackte Fleisch des anderen, während ihre Hände sich zu multiplizieren schienen, weil sie überall zugleich waren. In Blair wurden all jene Momente wieder gegenwärtig, in denen sie sich gewünscht hatte, ihn berühren zu können. Sie erinnerte sich an seine Finger, die bei einer Operation geschickt einen Faden verknüpften, und verlangte danach, von ihnen gestreichelt zu werden. Sie dachte daran, wie sie seinen Gang beobachtet und sich vorgestellt hatte, zwischen seinen Beinen zu liegen. Nun fuhr sie mit beiden Händen an seinem Rücken entlang und über sein kleines und festes Gesäß, und hatte dabei ein Gefühl, als stünde ihr Körper in Flammen.

Er schien zu spüren, wann sie für ihn bereit war, und als er in sie eindrang, schrie sie leise auf. Lee versiegelte ihr mit seinen Lippen den Mund, und sie küßte ihn hungrig.

Seine Bewegungen wurden immer schneller, und sie paßte sich mit ihrem Körper seinem Tempo an, während sie sich mit ihren Händen, ihrem Mund und ihren Beinen an ihn klammerte. Und als er immer härter und schneller in sie hineinstieß, wölbte sie ihm ihre Hüften entgegen, damit er einen besseren Zugang zu ihrem Köprer hatte.

Dann schrie sie wieder auf, und ihr Körper wurde von krampfartigen Wonneschauern geschüttelt, während er sich in ihr ergoß. Erst nach Minuten schien das Beben in ein Zittern überzugehen, während sie immer noch mit ihren Beinen seine Hüften umklammerte, als wollte sie ihn nie mehr aus sich entlassen.

So lagen sie eine Weile, bis Blair sich entspannte und ihn aus ihrer Umklammerung entließ.

Sie streichelte seine schweißnassen Haare im Nacken, spürte mit den Fingerspitzen den Muskeln auf seinem Rükken nach, befühlte jede Pore seiner Haut. Er war noch so neu für sie und doch zugleich auch so vertraut. Und da war so vieles an ihm, das sie noch nicht kannte – so vieles, was sie gern wissen wollte.

Er stützte sich auf einen Ellenbogen und sah sie an. »Unten habe ich eine Sitzbadewanne und heißes Wasser auf dem Herd. Möchtest du ein Bad nehmen?«

Einen Moment lang betrachtete sie seinen Kopf im Gegenlicht des Fensters und dachte, wie teuer er ihr doch geworden war. Bildete sie sich das nur ein, oder war er wirklich der schönste Mann der Welt?

»Wenn du mich weiter so anschaust, wird es nichts aus deinem Bad bis zum nächsten Dienstag.«

Lee zog eine Braue in die Höhe, als Blair ihn spitzbübisch anlächelte, wickelte sie dann in eine Decke und trug sie hinunter in das Erdgeschoß. Das eine Ende des Raumes wurde von einem gewaltigen gemauerten Kamin beherrscht, der von zwei großen Fenstern flankiert war. Am andern Ende sah sie eine Küche, in der schmutzige Teller, Tiegel und Pfannen über Tisch und Stühle verteilt waren – offensichtliche Überreste von Lees Kochorgie. Die langen Seitenwände waren bis zu einer Höhe von einem Meter gemauert und bestanden darüber aus Holz mit einigen Fenstern hier und da.

Vor dem Kamin stand eine Wanne aus Zinn, die auf einer Seite einen höheren Rand hatte als auf der anderen und mit kaltem Wasser gefüllt war – von einem Bach in der Nähe des Hauses, wie Lee ihr erklärte. Während sie etwas verschämt zusah, schüttete Lee das heiße Wasser, das auf dem Herd dampfte, dazu, führte sie zum Zuber, nahm ihr die Decke ab und setzte sie in die Wanne.

Das Wasser fühlte sich himmlisch an, und sie lehnte sich gegen den hohen Rand der Wanne zurück und entspannte sich. Sie spürte, daß Lee über ihr stand und sie beobachtete. Er hatte seine Hose wieder angezoen; doch sein Oberkörper war nackt – und sehr beeindruckend: dunkle, von der Sonne gebräunte Haut, die sich über durchtrainierte Muskeln spannte. Man sah, daß er sich immer viel im Freien bewegt und körperlich hart an sich gearbeitet hatte.

»Ich habe den Jungen von nebenan geheiratet«, murmelte sie lächelnd.

Er kniete am Fußende der Wanne. »Warum hast du versucht, mir als Junge das Leben sauer zu machen?«

»Das habe ich doch gar nicht getan«, sagte sie und begann ihre Arme zu waschen.

»Wie nennst du das, wenn man jemanden mit Lehmkugeln und Schneebällen bombardiert? Und Mary Alice Pendergast erzählt, daß ich mich in sie vergafft hätte? Ihre Mutter zeigte meiner Mutter Liebesbriefe, die angeblich von mir stammten.«

»Weil du mir Houston weggenommen hattest«, sagte Blair leise. »Sie war meine Zwillingsschwester, doch plötzlich warst du da, und sie schien dich mehr zu lieben als mich.«

Als Leander nichts darauf sagte, blickte sie hoch und bemerkte, daß er sie durchbohrend ansah. Er schien nicht glauben zu wollen, was sie zu ihm gesagt hatte. Seit vielen Jahren hatte sie nicht mehr an die Zeit gedacht, die sie als Kinder miteinander verbracht hatten. Sie hatte ihn gehaßt – von dem Moment an, als sie ihn zum erstenmal sah. Aber weshalb? Alle anderen schienen ihn gemocht zu haben, und

Houston hatte ihn geradezu angehimmelt; aber sie hatte seine Nähe nicht ertragen können. Sie pflegte immer aus dem Zimmer zu gehen, wenn er hereinkam.

»Vielleicht ...« flüsterte sie.

»Vielleicht was?«

»Vielleicht wollte ich deine Freundin sein.«

»Aber das konntest du nicht, weil Houston mir bereits ihren Stempel aufgedrückt hatte?« Er hob einen ihrer Füße aus der Wanne, nahm ein Stück Seife und begann ihr Bein zu waschen – wobei er mit seinen langen Fingern höher und höher glitt.

»Du sprichst so, als wärest du daran gänzlich unbeteiligt gewesen; aber du hast sie doch gebeten, dich zu heiraten. Du mußt sie geliebt haben.« Blair beobachtete seine Hände, fühlte seine Hände.

Er seifte ihre Zehen ein. »Ich habe sie vermutlich gefragt, ob sie mich heiraten würde. Manchmal schien ich mich nicht daran erinnern zu können, daß ich so etwas überhaupt zu einer Frau gesagt habe. Ich denke, es war eine Phase, in der ich mir meine Männlichkeit beweisen mußte. *Jeder* Mann in Chandler hat Houston um ihre Hand gebeten.«

»Tatsächlich?« gab Blair, sichtlich beeindruckt, zurück. »Houston hat mir davon nie ein Wort erzählt. Nur Alan hat mich gefragt, ob ich ihn heiraten möchte. Alle anderen Männer waren ...«

»Dummköpfe«, sagte er rasch, während er behutsam ihren Fuß einseifte.

»Aber ich bin so anders«, sagte sie, und obwohl sie eigentlich gar keinen Grund hatte zu weinen, füllten sich ihre Augen mit Tränen. »Ich habe mich immer bemüht, so zu sein wie andere Frauen – so weich und sanftmütig wie Houston. Aber statt dessen bin ich eine Ärztin geworden. Und dann, als ich immer bessere Noten bekam als die anderen Studenten – männliche wie weibliche –, konnte ich sehen, wie die Augen der Männer sich veränderten, wenn ihr Blick auf mich fiel. Sie wurden kalt und ...«

»Du könntest deine Wundnähte noch ein bißchen verbessern«, sagte er, während er ihren linken Fuß fallen ließ und sich ihrem rechten zuwendete.

»Und jedesmal, wenn ich einen Mann auf einem Fachgebiet schlug ...« Ihre Augen weiteten sich. »*Was* hast du da eben gesagt?«

»Wenn du in Eile bist, machst du zu große Stiche.«

Blair öffnete den Mund, um ihm zu widersprechen, schloß ihn aber wieder, ohne etwas zu sagen. Sie wußte, daß ihre Nähte perfekt waren, begriff jedoch, daß es eigentlich gar nicht darum ging: Lee wollte nur verhindern, daß sie sich selbst bedauerte. Mit einem Lächeln sah sie zu ihm hoch:

»Wirst du mir zeigen, wie man sie richtig macht?«

»Ich werde dir zeigen, wie man alles richtig macht«, antwortete er und blickte sie dabei an, daß ihr ganz warm ums Herz wurde. »Diese Männer waren dumm«, fuhr er fort, während er den rechten Fuß einzuseifen begann. Kein Mann mit Selbstvertrauen würde sich vor einer Frau fürchten. Es hat nur eine Weile gedauert, bis du bei mir dein Zuhause gefunden hast.«

»Mein Zuhause bei dem Verlobten meiner Schwester«, sagte sie und seufzte.

Leander schwieg eine Weile still, nahm ihre linke Hand, seifte sie ein und verschränkte ihre Finger mit den seinen. »Ich schätze, wenn ich einen Bruder hätte, hinter dem alle Frauen her wären, von denen mich aber keine beachtete, würde ich ebenfalls eifersüchtig sein.«

»Eifersüchtig! Aber ich war doch nicht ...« Dieser Gedanke war ihr nie zuvor gekommen; aber vielleicht war sie doch auf Houston eifersüchtig gewesen. »Sie ist der Inbegriff dessen, was ich immer zu sein wünschte. Ich *wollte* nicht Ärztin sein – ich *mußte* einfach eine werden. Ich wollte so sein wie Houston und mir die Hände nicht schmutzig machen. Sie hatte so viel Freunde. Sie hatte dich.«

Er schaute kein einziges Mal auf, als er ihren rechten Arm zu waschen begann. »Nein, sie hat mich nie gehabt.«

Blair fuhr fort, als hätte sie ihm nicht zugehört: »Houston

machte alles so perfekt. Es fiel ihr nicht schwer, die Freundschaft anderer Menschen zu gewinnen. Alle Leute im Umkreis von zehn Meilen liebten sie. Wenn Houston die Truppen der Südstaaten angeführt hätte, hätten diese den Bürgerkrieg gewonnen. Niemand kann so gut organisieren wie sie.«

»Dich hat sie ganz gewiß organisiert. Sie hat dafür gesorgt, daß du mich ihr abgenommen hast.«

»Dich? Oh, nein, das war reiner Zufall. Und das war ganz allein mein Tun. Houston war daran unschuldig.«

»Blair«, sagte er leise, »am Abend des Empfangs beim Gouverneur wollte ich Houston sagen, daß ich unsere Verlobung auflösen werde.«

»Auflösen? Ich weiß, das hast du schon einmal gesagt; aber das hast du natürlich nicht so gemeint.«

Er hielt einen Moment beim Waschen inne. »Ich kenne Houston überhaupt nicht. Ich habe sie wohl nie verstanden; und dennoch erkenne ich bei dir Dinge, die wohl auch in Houston angelegt sind. Houston versteht nur alle ihre Gedanken hinter ihren verdammten weißen Handschuhen zu verstecken. Aus irgendeinem Grund beschloß sie schon als Kind, mich zu heiraten. Ich war für sie keine Person, sondern nur ein Ziel. Vielleicht ist es dir mit der Medizin ebenso ergangen; nur war deine Zielsetzung richtig. Ich glaube, Houston brauchte einen Vorwand, um unsere Verlobung auflösen zu können, weil sie einzusehen begann, daß unsere Ehe ein Mißerfolg werden mußte.«

»Aber du hast sie nicht an dem Abend erlebt, als Mr. Gates zu ihr sagte, daß ich dich heiraten müßte.«

»Wie wäre dir zumute, wenn du jahrelang Medizin studiert hast und eines Tages festellen müßtest, daß du beim Anblick von Blut in Ohnmacht fällst? Daß dir schlecht wird vom Karbolgeruch?«

»Ich würde . . . sterben«, sagte sie leise.

»Ich glaube, Houston ist es so mit mir ergangen. Sie konnte meine Nähe kaum noch ertragen. Wir redeten nie miteinander, scherzten nie, und sie fletschte fast die Zähne, wenn ich versuchte, sie anzufassen.«

»Ich kann mir das kaum vorstellen!« sagte Blair ehrlich entsetzt.

Grinsend begann er, ihre obere Hälfte zu waschen, seifte sacht ihren Hals ein und ihre Wangen. »Vielleicht hat sie instinktiv erkannt, daß wir beide zusammenpassen, und deshalb hat sie dich mit mir zum Empfang des Gouverneurs geschickt.«

»Aber sie wollte doch nur Taggerts Haus besichtigen und . . .«

»Daß ich nicht lache! Die liebliche Miss Eisprinzessin Houston Chandler hat noch vor keinem Mann gekuscht; aber kaum war ihr dieser Taggert vor die Augen gekommen, als sie schon aufzutauen begann. Erinnerst du dich noch, als wir ihm in der Stadt begegnet sind und er mit seinem Wagen neben meiner Kutsche hielt und Houston mit begehrlichen Blicken musterte? Mir ist es damals gar nicht bewußt geworden, daß ich eigentlich hätte eifersüchtig werden müssen. Ich meine, wenn ich tatsächlich in Houston verliebt gewesen wäre, wie es sich für einen Verlobten gehört. Aber im Grunde war ich nur neugierig.«

»Taggert«, sagte Blair, »ich konnte einfach nicht verstehen, daß sich eine Frau für diesen gräßlichen Mann erwärmen mochte.«

»Er war nur sofort bereit, sein Leben zu riskieren, um uns zu helfen«, sagte Lee. Seine glatten, seifigen Hände bewegten sich auf ihre Brüste zu. »Frankies Bande glaubte, daß du Houston wärst. Sie verlangte fünfzigtausend Dollar Lösegeld für dich. Taggert brachte nicht nur seinen Revolver, sondern auch das geforderte Geld zum Canyon mit.«

Blair hörte nicht, was er sagte, weil seine Hände über ihre Brüste glitten. Sie hob ihre Arme, schlang sie um die seinen und lehnte sich in der Wanne zurück, um das Gefühl zu genießen, das seine Berührung in ihr auslöste.

Er stellte sich vor sie hin und hob sie aus dem Wasser, daß ihre nasse Haut an der seinen klebte. »Ich habe lange auf diesen Augenblick gewartet«, sagte er.

Leander schien eine große Erfahrung im Entledigen von

Kleidern zu haben, denn bis er sie die drei Schritte zum Sofa getragen hatte, war er so nackt wie sie. Nachdem er seine erste Leidenschaft gestillt hatte, schien er diesmal nur ihren Körper näher erforschen zu wollen. Blair hatte ein Gefühl, als würde sie einer Wonnefolter unterzogen. Er schob ihre Hände weg, mit denen sie nach ihm greifen wollte, und gestattete nur sich das Vergnügen, sie mit seinen Händen und seinen Lippen am ganzen Körper zu berühren und seine Haut an der ihren zu reiben, bis sie fast ohnmächtig wurde vor Begierde.

Als er sich auf sie legte, klammerte sie sich wieder an ihn; doch er war aufreizend langsam, wollte sich nicht drängen lassen, nahm sich mit langen, langsamen Stößen viel Zeit. Als er anfing, sich schneller zu bewegen, war ihr Verlangen nach ihm so heftig, daß sie glaubte, sie könnte jeden Moment explodieren.

Als sie endlich gemeinsam den Gipfel erreichten, war die Entladung so heftig, daß sie einen Moment glaubte, sie sei gestorben. Ihr Körper bebte, und zitternd hing sie an ihn geklammert.

Er löste sich sacht aus ihrem Schoß und sagte lächelnd. »Ich wußte, daß wir ein großartiges Gespann sein würden.«

»War das der einzige Grund, weshalb du mich heiraten wolltest?« Es war ihr ernst mit ihrer Frage.

Und er antwortete genauso ernst: »Das und deine Nähte.«

»Du!« keuchte sie und boxte ihn in die Rippen.

Doch Lee rollte sich von ihr weg. »Komm, steh auf und laß uns einen Spaziergang machen. Ich möchte dir in paar Stellen hier in der Nähe zeigen.«

Sie war nicht daran gewöhnt, ihn ohne Kleider zu sehen. Die einzigen nackten Männer, die sie bisher in ihrem Leben gesehen hatte, waren Kadaver auf kalten Marmorplatten gewesen. Lee sah lebendiger aus als jeder andere Mensch, der ihr bisher vor die Augen gekommen war.

»Oh, nein, nicht doch«, sagte er lachend, nahm ihre Hände und zog sie von der Couch herunter. »Du gehst jetzt nach oben und ziehst dich an. In der Kommode gleich über der Treppe sind ein paar alte Kleider. Such dir da etwas Passendes aus!« sagte er und gab ihr einen Klaps auf die nackte feste Kehrseite.

Blair eilte die Treppe hoch, öffnete die Schubladen der Kommode und begann, in den Kleidern zu kramen; aber da war ein Spiegel hinter ihr an der Wand, und sie hielt einen Moment still, um sich darin zu betrachten. Ihre Haut glühte, ihre Wangen waren rosig, und ihre Augen strahlten. Ihr Haar, das sie sonst immer straff nach hinten gekämmt trug, damit es sie nicht bei der Arbeit behinderte, stand ihr allerdings wie eine wilde Löwenmähne vom Kopf weg.

Konnte es wahr sein, daß Leander sie liebte? Er schien jedenfalls keine Abneigung zu empfinden, wenn sie in seiner Nähe war, und er hatte sich schrecklich angestrengt, um sie für sich zu erobern. Oder hatte er nur einen zweiten Chirurgen für seine Operationen gebraucht und einen willigen Bettgenossen?«

»Du hast noch drei Minuten Zeit!« rief Lee im Erdgeschoß.

»Und was ist meine Strafe, wenn ich länger brauche?« rief sie zurück.

»Enthaltsamkeit.«

Lachend begann Blair sich ein Flanellhemd und eine schwere Segeltuchhose überzustreifen. Die Hose war zu kurz; aber es gelang ihr doch, einen wesentlichen Teil ihres Unter- und Oberkörpers zu bedecken. Nur der Hosenbund war so weit, daß sie ihn mit beiden Händen festhalten mußte.

Unten packte Lee gerade einen Rucksack mit Lebensmitteln.

»Hast du einen Gürtel für mich?« fragte sie.

Als er zu ihr hinsah, ließ sie mit einem schelmischen Lächeln den Bund los und die Hose fallen. Sie wurde von Lee für ihre Tat mit einem Stöhnen belohnt.

Er drehte sich zu einem Holzstoß neben dem Herd um, nahm einen Strick auf, der dort lag, ging zu ihr, kniete sich hin und zog den Strick durch die Gürtelschlaufen der Hose.

Als er ihr die Hose hochzog, küßte er ihre Beine vom Spann bis ganz oben, so daß Blair, als die Hose endlich über ihren Hüften saß, hin- und herschwankte wie ein Schilfrohr im Wind.

Lee ging zur Tür. »Komm – laß uns gehen.« Und diesmal war er es, dem ein schelmisches Lächeln um die Lippen spielte.

Mit butterweichen Knien folgte Blair ihm nach draußen.

Kapitel 25

Blair folgte Lee auf einem schmalen Elchpfad durch ein Gestrüpp von Jungeichen, dann über eine Weide und schließlich einen steilen Berg hinauf. Die Rinde der Bergeschen war hier von Elchen abgenagt, so daß viele der Bäume eingegangen und umgestürzt waren und ihnen den Weg verlegten. Überall sahen sie die Losung dieser mächtigen Tiere, die nun mit Beginn der warmen Jahreszeit wieder nach Norden gezogen waren.

Lee zeigte ihr einen Habicht auf einem Baumwipfel und machte sie mit den Namen einiger Blumen vertraut, die am Berghang wuchsen. Er schien zu spüren, wenn es ihr zu schnell ging, verlangsamte dann seine Schritte und bog die Zweige kleiner Eichbäume zurück, die ihr ins Gesicht zu peitschen drohten.

Als sie den schmalen Grat eines Bergrückens erklommen hatten, der auf der anderen Seite steil abfiel und mit mächtigen Kiefern bestanden war, ließ sich Lee neben einen gestürzten Baumstamm fallen, lehnte sich mit dem Rücken dagegen und öffnete die Arme für sie. Dankbar ließ sie sich neben ihm nieder, blickte hinüber zu den Bergen, deren Gipfel sich im blauen Dunst verloren, und spielte mit den Fingern seiner linken Hand.

»Was hatte der Sheriff damit gemeint, daß sich da zwei Ebenbürtige gefunden hätten?« fragte sie.

Lee hatte die Augen geschlossen und ließ sein Gesicht von der Sonne bescheinen. »Ich bin als Kind ein paarmal in Schwierigkeiten geraten. Ich glaube, das hat er mir nie verziehen.«

Blair setzte sich kerzengerade auf. »*Du*?! *Du* bist als Kind mit dem Gesetz in Konflikt geraten? Du warst doch immer ein Ausbund von Tugend – der Traum einer jeden Mutter!«

Er lächelte, ohne die Augen zu öffnen, und zog sie wieder an seine Schulter herab. »Du weißt so wenig von mir, wie das überhaupt nur möglich ist. Ich bin nicht das, wofür du mich zu halten scheinst.«

»Dann erzähle mir, was du damals angestellt hast und warum ich nie etwas davon erfahren habe. Ich bin überzeugt, daß in Chandler auf der ersten Seite der Zeitung gestanden hat: Unser heiliger Leander ist auf dem Pfad der Tugend gestrauchelt.«

Leander grinste noch breiter. »Du hast nichts davon erfahren, weil es meinem Vater irgendwie gelang, die Sache geheimzuhalten, und weil es nicht in Chandler, sondern in Colorado Springs passiert ist. Was ich damals verbrochen habe? Ich hab' mir zwei Kugeln verpassen lassen.«

»Man hat auf dich geschossen?« keuchte sie erschrocken. »Aber ich habe doch keine Narben an deinem Körper gesehen.«

»Du hast mich nur noch nicht genau genug angeschaut, weil du mich immer gleich anspringst, wenn ich in deine Nähe komme.«

»So etwas tue ich doch nicht...« sagte Blair und verstummte mitten im Satz, weil er mit seiner Behauptung recht hatte. »Wie ist es dazu gekommen?« fragte sie kleinlaut.

»Ich muß ungefähr vierzehn gewesen sein, als ich meinen Vater nach Colorado Springs begleitete. Er mußte dort mit einem Zeugen sprechen, der für einen seiner Mandanten aussagen sollte, und er hatte sich mit diesem Mann in einem Hotel in unmittelbarer Nähe des Flußufers verabredet. Nach dem Essen verließen wir gerade das Hotel, als plötzlich Schüsse krachten und jemand schrie, daß Räuber die

Bank überfallen hätten. Ich blickte die Straße hinunter und sah, wie ein halbes Dutzend Männer, die sich Tücher vor die Gesichter gebunden hatten, auf uns zusprengten.

Ich glaube, ich habe nicht erst überlegt, sondern einfach gehandelt. Da war ein Leiterwagen in der Gasse neben dem Hotel, der mit Futtersäcken beladen und mit vier Pferden bespannt war. Ich sprang auf den Wagen, trieb mit lautem Geschrei die Pferde an, lenkte das Fuhrwerk auf die Straße hinaus und versperrte so den Banditen den Fluchtweg.«

»Und da haben sie auf dich geschossen?«

»Ich konnte ja schlecht vom Fuhrwerk herunterspringen. Die Pferde wären sonst weitergelaufen und hätten die Straße wieder freigegeben.«

»Also bliebst du auf dem Wagen stehen und hast die Pferde zurückgehalten«, sagte Blair mit ehrfürchtiger Stimme.

»Ich blieb so lange auf dem Wagen, bis der Sheriff die Bankräuber eingeholt hatte.«

»Und was geschah dann?«

Er lächelte. »Dann zog mich mein Vater vom Wagen herunter und trug mich zu einem Arzt, der mir die Kugel herausschnitt – die andere hatte glatt meinen Arm durchschlagen. Er ließ mich auch so lange aus einer Flasche trinken, bis ich betrunken war, und ich schwöre dir, daß der Kater schlimmer war als die Löcher in meinem Körper.«

»Aber dank deinem Eingreifen konnten die Bankräuber festgenommen werden.«

»Und haben viele Jahre im Gefängnis verbracht. Inzwischen sind sie wieder frei. Du hast sogar einen von diesen Banditen kennengelernt.«

»Ich? Wann?«

»An dem Abend, als wir zum Empfang des Gouverneurs fahren wollten. Erinnerst du dich, daß wir in ein Haus in der River Street gerufen wurden? An die Selbstmörderin? Und den Mann, der so lange draußen in der Kutsche wartete? Ich glaube nicht, daß er dir sonderlich gefallen hat.«

»Der Spieler«, sagte sie und dachte wieder daran, wie der Mann sie damals mit lüsternen Augen betrachtet hatte.

»Das ist eine seiner zahlreichen Beschäftigungen. LeGault hat nach jenem Banküberfall zehn Jahre im Gefängnis von Colorado Springs gesessen.«

»Deinetwegen!« sagte Blair. »Er muß dich hassen, weil du derjenige bist, der ihn dingfest machte.«

»Vermutlich«, sagte Lee leichthin. Er öffnete die Augen und blickte sie an. »Aber schließlich hast du mich ja auch einmal gehaßt, glaube ich.«

»Nicht direkt gehaßt . . .« begann sie und lächelte dann. »Wo bist du in unserer Hochzeitsnacht gewesen?«

»Möchtest du meine Schußnarben sehen?«

Sie wollte ihm vorhalten, daß er sich abermals weigerte, ihre Frage zu beantworten, preßte aber nur ihre Lippen zu einem festen Strich zusammen und schwieg.

Er schob ihr die Fingerspitze unter das Kinn. »Die Flitterwochen sind keine Zeit für Verdruß oder schmollende Blicke. Wie wäre es, wenn ich dir von meinen Erfolgen als Geburtshelfer erzählte – von den Drillingen, die ich auf die Welt brachte?«

Sie sagte noch immer kein Wort zu ihm.

»Das erste war eine Steißgeburt.«

Immer noch nichts.

»Und sie kamen einen Monat zu früh. Sie kamen in Abständen von einer Stunde, und um sie am Leben zu erhalten, mußten wir . . .«

»Mußtet ihr was?« sagte sie nach ein paar Sekunden des Schweigens.

»Oh, nichts. Es war nicht sehr interessant. Es wurde nur in drei medizinischen Fachzeitschriften darüber berichtet. Oder waren es vier?« Er zuckte mit den Achseln. »Es ist nicht wichtig.«

»Warum wurde darüber berichtet?«

»Weil unsere Methode, sie am Leben zu erhalten . . . Aber das wird dich vermutlich nicht interessieren.« Gähnend lehnte er sich wieder gegen den Baumstamm zurück.

Blair sprang ihn an, die Hände zu Fäusten geballt. »Sage es mir, sage es, sage es«, rief sie, während Lee lachend mit ihr über das Gras rollte. Als sie unter ihm lag, hielt er an.

»Ich sage es dir; aber du mußt mir ein Geheimnis von dir verraten.«

»Ich habe keine Geheimnisse«, sagte sie, ihn wütend anfunkelnd, weil sie sich an seine Weigerung erinnerte, ihre Frage zu beantworten, wo er in der Hochzeitsnacht gewesen war.

»Oh, doch, die hast du. Wer hat denn die Schlangen in meine Pausebrotdose getan und die Grashüpfer in meine Buntstiftschachtel?«

Sie zuckte ein paarmal mit den Lidern. »Ich bin mir zwar nicht ganz sicher; aber es könnte die gleiche Person gewesen sein, die die Karamellbonbons in deine Schuhe gesteckt, die Ärmel deiner Jacke zugenäht, Cayennepfeffer auf deine belegten Brote gestreut und . . .«

»Bei der Gartenparty meiner Mutter!« rief er. »Ich saß da, aß die Brote und glaubte, sie wären alle so scharf gepfeffert, und ich dürfte kein Feigling sein, wenn die anderen sie auch essen. Nur hätte mich der Pfeffer fast umgebracht. Wie hast du das nur angestellt?«

»Ich habe Jimmy Summers einen Penny gegeben, damit er seinen schmutzigen Köter von der Leine losband, sobald ich meinen Löffel fallen ließ. Der Köter rannte in den Garten, und da du immer den Samariter spielen mußtest, bist du ihm nachgelaufen, um ihn wieder einzufangen. Alle schauten dir dabei zu, und so hatte ich reichlich Gelegenheit, die belegten Brote auf deinem Teller nachzuwürzen. Ich dachte, ich würde platzen, weil ich das Lachen unterdrücken mußte. Du saßest da, in Schweiß gebadet; hast sie aber alle tapfer aufgefuttert.«

Er schüttelte den Kopf, ein mächtiger Schatten über ihr. »Und der Kuhfladen in meinem Hut, den ich am liebsten zum Angeln aufsetzte?«

Sie nickte.

»Und das Konterfei von Miss Ellison auf meiner Schiefertafel?«

Sie nickte.

»Ist dir denn außer mir keiner auf die Schliche gekommen?«

»Doch. Dein Vater hat mich einmal dabei ertappt. Houston erzählte mir, daß du zum Angeln gehen würdest, und so schlich ich mich hinüber zu eurem Haus, kippte die Würmer aus, die du gerade ausgegraben hattest, und tat dir dafür eine Blindschleiche in die Büchse. Leider erwischte mich dein Vater dabei.«

»Ich kann mir vorstellen, daß er dir eine Gardinenpredigt gehalten hat. Er hatte auch kein Verständnis für Ninas Streiche.«

»Er sagte, daß aus mir *niemals* eine Lady würde.«

»Und damit hatte er recht«, sagte Lee mit feierlicher Stimme und begann, sich an ihr zu reiben. »Von einer Lady kann bei dir keine Rede sein. Du bist eine Frau aus Fleisch und Blut.« Er grinste. »Mit einer Menge Fleisch an der richtigen Stelle.«

Ihre Augen weiteten sich. »Haben Sie vor, mir meine Tugend zu rauben, Sir? Oh, nicht doch, Sir, es ist das einzige, was ich noch besitze.«

»Sie verdienen nicht einmal das, wenn ich bedenke, was Sie alles angestellt haben, junge Lady«, sagte er mit leiser, lüsterner Stimme. »Das Gericht spricht Sie schuldig, und nun erwartet Sie Ihre gerechte Strafe.«

»Oh?« sagte sie, die Augenbrauen in die Höhe ziehend. »Muß ich Karamellbonbons in meine Schuhe tun?«

»Ich habe eher daran gedacht, daß ich Sie für den Rest unseres Lebens zu meiner Liebessklavin machen sollte.«

»Ist das nicht ein bißchen hart für ein bißchen Karamell in Ihren Schuhen?«

»Das ist für den Cayennepfeffer und die ...« Seine Augen weiteten sich. »Hast du auch das Niespulver auf meine Kekse gestreut? Und Ruß auf das Fernglas meines Vaters geschmiert, als ich es zum erstenmal mit in die Schule brachte?«

Sie nickte und bekam nun doch ein paar Gewissensbisse

wegen der beispiellosen Fülle von Streichen, die sie ihm gespielt hatte.

Er betrachtete sie mit einiger Ehrfurcht. »Ich wußte, daß du an einigen dieser Schabernacke beteiligt warst; dachte aber immer, John Lechner sei für die meisten davon verantwortlich. Ich habe ihn vor vier Jahren in New York getroffen, und da ist mir alles wieder eingefallen, was er mir angetan hat – vermeintlicherweise angetan hat –, und ich habe ihn ziemlich rüde behandelt, fürchte ich.«

»Du hast dich für seine vermeintlichen Taten nicht revanchiert?«

»Oh – mindestens hundertmal. Ich bin jahrelang mit blauen Flecken herumgelaufen, die ich mir bei meinen Keilereien mit John geholt habe.« Er grinste. »Und wenn ich nun bedenke, daß er unschuldig war! Was die Streiche betrifft, von denen ich *wußte*, daß du sie verbrochen hattest – was konnte ich da unternehmen? Du warst sechs Jahre jünger als ich, und wenn ich daran denke, wie mich mein Vater verhauen hat, weil ich dir eine Backpfeife gegeben habe, vergeht mir noch heute die Lust, ein junges Mädchen anzufassen.«

»Also muß ich jetzt für etwas büßen, was ich als Kind angestellt habe«, sagte sie mit einem übertriebenen Seufzer. »Das Leben ist hart.«

»Nicht ganz so hart, wie du glaubst«, antwortete er mit einem halbseitigen Grinsen.

»Nur gut, daß ich Ärztin bin und nicht so leicht zu schockieren.«

»Ich fühlte mich aber nicht wegen deiner medizinischen Fertigkeiten zu dir hingezogen.«

»Nein? Weshalb dann?«

»Wegen deiner Hartnäckigkeit, meine Aufmerksamkeit zu erregen. Ich habe ihr lange genug widerstanden; doch nun gelingt mir das nicht mehr.«

»Du Armer«, sagte sie müde.

»Ich liebe gehorsame Frauen«, murmelte er, während er die Hand unter ihr Hemd schob, sacht ihren Brustkorb massierte und dabei ihren Brüsten immer näher kam.

Blair war überrascht, daß sie schon wieder ein Verlangen nach ihm spürte; aber als sie seine Fingerspitzen auf ihrer Haut fühlte, war es so, als wäre es das erste Mal. Sie hatte, seit sie erwachsen wurde, nie mehr an die Streiche gedacht, die sie ihm als Kind gespielt hatte. Damals glaubte sie, es wäre der Haß auf ihn, der sie zu diesen Possen anstiftete – eine Bestrafung dafür, daß er ihr Houston weggenommen hatte. Doch nun fragte sie sich, ob sie damit tatsächlich nur seine Aufmerksamkeit hatte erregen wollen.

Als er den Kopf hob und begann, sein Hemd aufzuknöpfen, nahm sie sein Gesicht in ihre Hände. »Ich verstehe nicht, was du mir bedeutest«, flüsterte sie.

Er lächelte zärtlich. »Noch nicht? Nun, du wirst es schon noch begreifen, wenn du bei mir bleibst. Ich weiß bereits etwas von dir, Blair – daß du ein unheimlich starker Gegner sein kannst. Glaubst du, du könntest genauso hartnäckig *für* mich kämpfen, wie du *gegen* mich gekämpft hast?«

»Ich weiß es nicht«, sagte sie verwirrt. Sie war in einem Zwiespalt, was diesen Mann betraf. Sie war fast ihr Leben lang sein Feind gewesen. Sie hatte ihn auf jede nur erdenkliche Weise befehdet. Und trotzdem hatte sie es fertiggebracht, die Hochzeit ihrer Schwester mit Lee erfolgreich zu sabotieren. Warum? Warum war sie mit einem Mann ins Bett gegangen, den sie immer als ihren Feind betrachtet hatte?

Lee nahm ihre Hände und küßte ihre Handflächen. »Wenn du versuchst, die Antworten auf die Rätsel des Lebens zu finden, vergeuden wir nur unsere Zeit.« Er löste den letzten Knopf seines Hemds.

Sie liebten sich sanft, fast behutsam, während Lee ihr Gesicht betrachtete und auf ihre Reaktionen achtete. Er küßte ihre Fingerspitzen, und das Gefühl der feuchten, warmen Innenhaut seines Mundes durchrieselte sie wie ein Wonneschauer. Er küßte ihre Brüste, streichelte sie, ließ mit seinen Händen kein Fleckchen ihrer Haut aus.

Und als er sich in sie ergoß, geschah es auf eine sachte, süße, ausgedehnte Weise.

Danach hielt er sie an sich gedrückt, ihre Beine zwischen den seinen, sie mit den Armen umfangend, als wollte er ihren Körper in den seinen einschließen.

Blair lag in der Umfriedung seiner Arme, lauschte dem Zirpen der Grillen, den hohen Pfeiflauten eines Kolibris und dem Säuseln des Windes. Sein Geruch, sein Atem, sein Herzschlag schien sie ganz auszufüllen. Wie sehr wünschte sie, daß dieser Augenblick nie enden möge.

»Wenn wir wieder nach Hause kommen, mußt du jemand anstellen, der sich um meine Socken kümmert«, sagte er leise.

»Deine was?« fragte sie gedankenverloren, während sie ihn festhielt, als hinge ihr Leben davon ab.

»Um meine Hemden und meine Socken. Und ich möchte, daß meine Schuhe immer blitzen. Und du wirst auch jemanden brauchen, der das Haus putzt, die Betten macht und für uns kocht.«

Blair schwieg eine Weile, bis sie zu begreifen anfing, was er da eigentlich sagte. Seit ihrem zehnten Lebensjahr hatte ihr ganzes Sinnen und Trachten – und Lernen – nur der Medizin gegolten. Sie hatte absolut keine Ahnung, wie man einen Haushalt führen mußte.

Sie seufzte tief. »Glaubst du, daß jemand uns gern heiraten würde?«

Sie spürte die Erschütterung in seiner Brust, als er leise in sich hineinlachte. »Wir können uns ja mal umhören. Ich habe da eine Lady gekannt, eine Kriminelle ...« Er hielt inne, als Blair seine Brustwarze in den Mund nahm und zuzubeißen drohte.

»Lee«, sagte sie, als sie den Kopf zurücklegte, um ihn anzusehen. »Ich weiß wirklich – wahrhaftig – nicht, wie man einen Haushalt zu führen hat. Meine Mutter versuchte es mir beizubringen; aber ...«

»Du bist lieber auf Bäume geklettert.«

»Oder habe mich irgendwo verkrochen. Tante Flo hat es versucht; doch Onkel Henry sagte immer, dafür hätte ich später noch Zeit, und nahm mich mit in seine chirurgische

Station, damit ich ihm dort bei seinen Operationen helfen sollte. Ich vermute, ich hatte wirklich keine Zeit dafür. Im nächsten Jahr wollte ich einen Kursus für angehende Hausfrauen besuchen, damit ich für den Ehestand mit Alan einigermaßen gewappnet war.«

»Ein Kursus? In dem du gelernt hättest, wie man eine Toilette sauber hält und die Böden aufwischt?«

»Glaubst du, es wäre so schlimm geworden?«

»Vermutlich noch schlimmer.«

Sie legte ihren Kopf wieder an seine Schulter. »Ich sagte dir doch, daß du mich nicht heiraten solltest. Nun siehst du, warum kein anderer mich nehmen wollte. Houston ist mir in solchen Sachen haushoch überlegen. Du hättest sie behalten sollen.«

»Vermutlich«, sagte er feierlich. »Ich hätte mir bestimmt keine Sorgen machen müssen, daß sie sich heimlich mein Skalpell ausleiht.«

»Ich brauche dein Skalpell nicht«, sagte sie ungehalten. »Ich habe mein eigenes.«

»Ja; aber Houston weiß, wie man einen Haushalt führen muß. Ich bin sicher, daß die Socken ihres Mannes immer sauber und ohne Löcher sein werden.«

Blair schob ihn von sich weg. »Wenn es das ist, wonach du verlangst, brauchst du nur zu ihr zu gehen – oder meinetwegen auch zu irgendeiner anderen Frau. Wenn du glaubst, ich werde mein Leben deiner Unterwäsche weihen, bist du falsch gewickelt.« Sie setzte sich auf und begann wütend ihre Hose anzuziehen.

»Nicht einmal meinen Socken?« fragte er im bettelnden Ton.

Blair blickte ihn an und sah die Lachfältchen um seine Augen. »Du!« sie fiel ihm lachend in die Arme, und er umhalste sie ungestüm. »Du hast mir noch nicht die Sache mit den Drillingen zu Ende erzählt.«

»Welche Drillinge?«

»Die du auf die Welt gebracht hast und über die in vier Fachzeitschriften berichtet wurde.«

Er blickte sie an, als hätte sie den Verstand verloren. »Ich habe in meinem ganzen Leben noch keine Drillinge auf die Welt gebracht.«

»Aber du sagtest doch ... oh, du Schlingel!« sagte sie und prustete wieder los.

Er fuhr mit der Hand über ihre von der Hose bedeckten Beine und dann an ihrem nackten Rücken hinauf. »Wie wäre es, wenn wir zum Bach hinuntergingen? Wir könnten dort essen.«

»Und über die Klinik reden«, sagte sie, während sie aufstand und das Hemd überstreifte. »Wann, glaubst du, werden die Geräte dafür eintreffen? Und du hast mir nie gesagt, was du überhaupt bestellt hast. Lee, wenn du nicht die ganze Zeit dort arbeiten möchtest, könnte ich vielleicht einer Freundin schreiben, Dr. Louise Bleeker. Sie ist sehr tüchtig, und Chandler ist eine aufstrebende Stadt. Ich bin sicher, wir werden bald einen dritten Arzt benötigen.«

»Ich hatte eigentlich daran gedacht, Mrs. Krebbs als Hilfe in der Klinik anzustellen.«

Blair ließ den Knopf los, den sie gerade zumachen wollte. »Mrs. Krebbs? Weißt du eigentlich, was für eine Person sie ist? Eines Tages kam ein kleiner Junge in das Krankenhaus, dem ein Hühnerknochen im Hals steckengeblieben war, und deine teure Mrs. Krebbs schlug vor, daß ich auf einen *echten* Arzt warten sollte.«

»Und die Arme ist heute noch am Leben?« fragte er mit großen, runden Augen.

Sie blinzelte zu ihm hinauf. »Willst du mich schon wieder auf den Arm nehmen?«

»Ich?« Er blickte hinunter in ihr Hemd, an dem sie erst die drei untersten Knöpfe geschlossen hatte. »So etwas nehme ich doch nur *in* die Arme«, sagte er, und ehe sie etwas erwidern konnte, ergriff er ihre Hand. »Komm – wenn wir schon über Geschäftliches reden müssen, wollen wir das zu einem Spaziergang ausnützen.«

Kapitel 26

Sich bei den Händen haltend, rannten Leander und Blair den Hügel zur Blockhütte hinauf. Hin und wieder hielten sie an, um sich einen Kuß zu geben, und Lee begann, an ihrem Hemd zu zupfen, und Blair an dem seinen, bis sie beide mit bis zum Nabel offenstehenden Knöpfen vor der Hütte anlangten.

Doch der Spaß hörte sogleich auf, als sie dort auf der Veranda Reed Westfield stehen sahen.

Leanders Gesicht wurde sofort nüchtern, während er sich zwischen seinen Vater und Blair schob und anfing, ihr Hemd wieder zuzuknöpfen. »Hör mir zu«, sagte er behutsam. »Ich glaube, ich muß wieder fortgehen. Ich kann mir nicht vorstellen, daß mein Vater hierherkommen würde, wenn es sich nicht um einen Notfall handelte.«

»Einen Notfall? Ich kann . . .«

Etwas in seinen Augen brachte sie zum Verstummen, und sie schob das Kinn vor. »Ist es wieder einmal *so* ein Notfall? Einer, von dem ich ausgeschlossen werde? Wo man mir nicht vertrauen kann? Ein Notfall, den nur Männer behandeln können?«

Er legte ihr die Hände auf die Schultern. »Blair, du mußt Vertrauen zu mir haben. Ich würde es dir sagen, wenn ich könnte, doch zu deinem eigenen Schutz . . .«

»Zu meinem eigenen Schutz soll ich unwissend bleiben. Ich habe verstanden.«

»Du hast überhaupt nichts verstanden!« rief Lee, während sich seine Finger in ihre Schulterblätter gruben. »Du mußt mir einfach vertrauen. Wenn ich es dir sagen könnte, würde ich es tun.«

Sie machte sich mit einem Ruck von ihm frei. »Ich verstehe vollkommen. Du *bist* ein zweiter Mr. Gates. Du hast ebenso starre Vorstellungen davon, was eine Frau kann und was sie nicht kann; und ich bin dir nicht vertrauenswürdig genug, daß du mir sagen würdest, was du in der Zeit deines geheimnisvollen Verschwindens treibst. Verrate mir jetzt mal, welche Tätigkeiten du mir, nachdem wir nun verheiratet sind, gestatten möchtest? Außer daß ich deine Socken stopfen und in dein Bett hüpfen darf, meine ich? Habe ich deine Erlaubnis, auch weiterhin Medizin zu praktizieren, oder bin ich dir auch dafür nicht kompetent genug?«

Lee richtete seine Augen himmelwärts, als erhoffe er sich von dort Unterstützung. »Schön, wenn das deine Meinung von mir ist, will ich sie dir nicht nehmen. Du scheinst zu denken, daß ich ein Monster bin; also werde ich auch eines sein. Mein Vater ist aus einem wichtigen Grund hierhergekommen, und ich muß dich jetzt verlassen. Ich kann dir nicht sagen, wohin ich gehe oder gehen werde. Was ich gern von dir möchte, ist, daß du mit meinem Vater nach Chandler zurückkehrst, und ich werde so rasch wie möglich nach Hause kommen.«

Blair sagte kein Wort mehr, sondern ging an ihm vorbei in die Hütte. Es fiel ihr sogar schwer, Reed eines Blickes zu würdigen. Er konnte sie schon als Kind nicht leiden, weil er sie dabei ertappte, daß sie seinem kostbaren Sohn einen Streich spielte. Als Lee ihm damals erklärte, daß er Blair heiraten wolle, war Reed bei dem schrecklichen Verhör, dem Gates sie unterworfen hatte, dabei gewesen. Und später hatte Reed sie unverschämt und wider besseres Wissen belogen, indem er ihr weismachen wollte, Lee hätte etwas mit dieser Französin gehabt.

Und deshalb konnte sie nun, während sie an ihm vorbei in die Hütte ging, weder ein warmes und schon gar kein herzliches Wort für ihn finden. Sie grüßte ihn kalt und schloß die Tür.

Selbst als sie allein war, wollte sich ihr Grimm nicht legen. Aber was hatte sie denn anderes erwartet? Lee behauptete, sie zu lieben; aber welcher Mann würde eine Frau lieben, die eine begeisterte Bettpartnerin war wie sie? Und Lees Ehrgefühl hatte ihm gar keine andere Wahl gelassen, als sie zu heiraten, da sie in jener ersten Nacht noch eine Jungfrau gewesen war.

Blair ging nach oben, um die Männerkleidung abzulegen,

die ihr Lee geliehen hatte, und ihre Ärzteuniform anzuziehen. Das Fenster war offen, und sie konnte Stimmen hören. Sie beugte sich aus dem Fenster und sah Lee in einiger Entfernung von der Hütte mit seinem Vater reden. Ihren Gesten nach schienen die beiden sich zu streiten.

Lee kauerte im Gras, kaute auf einem Stengel, während Reed offenbar jeden Zoll seines gewichtigen Körpers dazu benützte, sich in bedrohlicher Weise über seinen Sohn zu beugen. Für Blair sah es so aus, als wollte er jeden Moment seinem Sohn an die Gurgel springen.

Und deshalb fühlte sich Blair genötigt, auch ihre Ohren anzustrengen. Der Wind trug ihr einige Worte zu, die Reed mit einem stochernden Finger unterstrich: ». . . Gefahr . . .« ». . . riskierst dein Leben . . .« ». . . Pinkerton . . .«

Sie zog den Kopf zurück. »Pinkerton?« flüsterte sie, während sie die letzten Knöpfe an ihrer Uniform schloß. Was hatte Lee mit der Detektivagentur Pinkerton zu tun?

Einen Moment lang setzte sie sich aufs Bett. Sie hatte nicht viel Zeit gehabt, darüber nachzudenken, wo Lee in ihrer Hochzeitsnacht hingegangen sein mochte. Reed hatte sie belogen, und sie hatte ihm die Geschichte abgenommen. Sie hatte bereitwillig geglaubt, daß Lee eine andere Frau liebte. Sie würde bereitwillig glauben, daß er sich in das Versteck einer Räuberbande begab, um deren Anführerin vor einer Blutvergiftung zu retten. Aber wenn das beides nicht zutraf, wenn Lee in etwas anderes verwickelt war, in etwas . . . Sie stockte, um sich auf denkbare Möglichkeiten zu besinnen. Vielleicht half er den Pinkertons. Aber da Reed ihn auf so eindringliche Weise warnte, hielt sie das für unwahrscheinlich.

Leander mußte in etwas Illegales verwickelt sein. Sie wußte es, fühlte es. Und deshalb konnte er ihr auch nicht sagen, was er vorhatte. Er wollte nicht, daß sie sich als Mitwisserin schuldig machte.

Langsam, mit schweren Füßen, ging Blair wieder nach unten und traf dort an der Tür mit Lee zusammen. »Ich muß fort«, sagte er, sie beobachtend.

Blair sah zu ihm hoch. Was war das für eine kriminelle

Tätigkeit, der er heimlich nachging? Und warum? Brauchte er Geld? Sie dachte an die neue medizinische Ausrüstung, die er in Denver bestellt hatte. Sie mußte ein Vermögen gekostet haben, und jedermann wußte, daß ein Arzt hier nicht viel verdiente. Natürlich hatte Lee von seiner Mutter Geld geerbt; aber wer wußte schon, wieviel? Tat er das alles, damit er seine Klinik eröffnen, damit er anderen Menschen helfen konnte?

»Ich weiß«, sagte sie, ihm die Hand auf den Arm legend.

Als er sie ansah, schien er erleichtert aufzuseufzen. »Du bist mir nicht mehr böse?«

»Nein, ich glaube nicht.«

Er küßte sie so innig, daß es ihr weh wurde ums Herz. »Ich werde so rasch ich kann wieder zurückkommen. Dad wird dich jetzt nach Hause bringen.«

Ehe sie noch ein Wort sagen konnte, war er schon bei seinem mächtigen Hengst und sprengte den Berg hinunter.

Blair bestieg das Pferd, das Reed für sie mitgebracht hatte, und sie machten sich stumm auf den langen Ritt nach Hause. Die meiste Zeit mußten sie auf dem schmalen Trail durch den Wald über Bäche und kleine Flüsse sowieso hintereinander reiten. Blair grübelte immer noch, was die Ursache für Lees jähes Verschwinden sein könne, und versuchte sich einzureden, daß ihre Schlüsse falsch seien, während sie gleichzeitig betete, daß Gott ihn vor jeder Gefahr beschützen möge.

Als sie nur wenige Meilen von Chandler entfernt waren und der Boden ebener und trockener wurde, zügelte Reed sein Pferd und wartete, bis sie neben ihm war.

»Ich glaube, wir beide haben auf dem falschen Fuß angefangen«, sagte Reed.

»Ja«, antwortete sie ehrlich. »Als ich noch ein Kind von acht Jahren war.«

Er blickte sie einen Moment verwirrt an. »Ach ja, diese Streiche damals. Ich hätte davon nichts gewußt, wenn meine Frau nicht dahintergekommen wäre. Lee hat mir nie ein Wort davon erzählt. Helen war überzeugt, daß nur ein

Mädchen dahinterstecken könne. Sie sagte, Jungen wären zwar schlau, aber nie so gerissen wie Mädchen, und diese Scherze wären viel zu gut durchdacht. Und als ich erzählte, daß du die Regenwürmer gegen eine Blindschleiche vertauscht hättest, sagte sie: ›Blair Chandler – ich hätte doch gleich auf sie kommen müssen. Sie hat schon immer ein ungewöhnliches Interesse für Lee gezeigt.‹ Ich weiß zwar nicht, was sie damit meinte; aber ich weiß, daß sie jedesmal schrecklich lachen mußte, wenn ihr wieder ein neuer Streich zu Ohren kam.«

»Wenn Lee ihr nichts davon erzählt hat – wer dann?«

»Manchmal Nina, dann wieder Lees Lehrer. Einmal kam Lee mit Bauchschmerzen von der Schule nach Hause, und nachdem Helen ihn zu Bett gebracht hatte und in die Küche zurückkam, sah sie, wie seine Pausenbrotdose langsam über den Küchentisch kroch. Sie sagte, sie wäre fast vor Schreck gestorben, ehe sie wagte, nachzusehen, was sich unter dem Deckel befand. Es war eine Hornkröte, die sie dankbar in ihrem Blumengarten aussetzte.«

»Kein Wunder, daß du nicht sehr glücklich über die Aussicht warst, mich zur Schwiegertochter zu bekommen«, sagte Blair.

Reed schwieg einen Moment still, sich geschmeidig im Sattel bewegend.

»Ich werde dir sagen, weswegen ich solche Bedenken hatte, als Lee mir seine Absicht kundtat, dich zu heiraten. Das hat nichts mit deinen Streichen von damals zu tun. Die Wahrheit ist, daß mein Sohn zu hart arbeitet. Schon als Junge nahm er immer drei Jobs gleichzeitig an. Aus irgendeinem Grund glaubt Lee, er sei für alle Probleme dieser Welt verantwortlich. Ich war stolz, als er mir sagte, er wolle Arzt werden; aber das machte mir auch Sorgen. Ich fürchtete, er würde sein ganzes Leben lang fortsetzen, was er damals schon machte – sich zu viel aufbürden. Er arbeitet im Krankenhaus und managt es zugleich, obwohl Dr. Webster als Administrator des Hospitals bezahlt wird. Leander übernimmt auch jeden Patienten in der Stadt, der ihn zu sich ruft. Vier Nächte in der Woche ist er unterwegs zu irgendeinem Notfall. Und er versorgt auch noch Patienten in der Umgebung der Stadt.«

»Und du hast befürchtet, ich würde für ihn noch eine Last mehr sein?« flüsterte sie.

»Nun, du wirst zugeben müssen, daß dein Leben nicht gerade von Langeweile geprägt ist. Ist wollte, daß Lee eine Frau heiratet, die so verschieden ist von ihm wie nur möglich, jemanden wie Houston, die Opal so ähnlich ist – eine Frau, die zu Hause bleibt, näht, stickt und ihm ein gemütliches Heim bereitet. Es ist nicht so, daß ich jemals etwas gegen dich gehabt hätte; aber betrachte doch nur, was alles passiert ist in den letzten Wochen, seit du nach Chandler zurückgekommen bist.«

»Ich verstehe, was du meinst«, sagte Blair, während ein wildbewegtes Bild nach dem anderen vor ihrem inneren Auge vorbeizog. »Ich glaube nicht, daß Lee sich mal richtig ausruhen konnte – oder doch?«

»Er hat sich fast umgebracht, als er versuchte, dir zu zeigen, was für ein guter Arzt er ist.« Er schwieg einen Moment und lächelte sie an. »Doch da wurde auch mir allmählich klar, wie wichtig es für ihn war, dich zur Frau zu bekommen.«

»Ja, es scheint so«, murmelte sie, während sie sich im stillen fragte, ob dieser Wunsch ihn auch zu diesen geheimen Unternehmungen verführt hatte, von denen sie nichts wissen durfte.

Sie ritten nun stumm nebeneinander weiter auf Chandler zu, die letzten Meilen im Sternenlicht. Er verließ sie vor dem Haus, das sie sich mit Leander teilte, und sie betrat es mit einem schweren Herzen. Steckte er auch dieses Hauses wegen in Schulden?

Sie nahm ein rasches Bad und stieg dann müde in das leere Doppelbett. Es schien, als sei sie dazu verurteilt, jede Nacht allein in diesem Haus verbringen zu müssen.

Am nächsten Morgen wurde sie um sechs Uhr vom Telefon geweckt. Schlaftrunken tappte sie nach unten.

Caroline, das Mädchen von der Vermittlung, sagte: »Blair-Houston, soeben sind vier Frachtwagen aus Denver eingetroffen, und die Wagenführer warten vor dem alten Lagerhaus in der Archer Avenue auf Leander.«

»Er kann nicht kommen; aber ich werde in einer Viertelstunde dort sein.«

»Aber es handelt sich doch um die Arztgeräte, und Leander muß ihnen sagen, wo sie hingestellt werden sollen.«

»Auf meinem Diplom steht, daß ich ebenfalls Arzt bin«, sagte Blair mit eisiger Stimme.

»So habe ich das doch nicht gemeint! Ich habe nur weitergegeben, was man mir aufgetragen hat.« Sie zögerte. »Warum kann Leander denn nicht kommen?«

Diese neugierige Ziege! dachte Blair. Sie würde ihr bestimmt nicht sagen, daß Lee wieder mal in einer seiner geheimnisvollen Missionen unterwegs war. »Weil ich ihn so erschöpft habe«, sagte sie und hängte dann mit einem Lächeln ein. Das sollte ihr genügend Stoff geben zum Tratschen!

Blair raste wieder die Treppe hinauf, und schon nach wenigen Minuten rannte sie die Straße hinunter, während sie sich unterwegs noch das Haar aufsteckte. Als sie oben an der Archer Avenue anlangte, sah sie schon die Gespannführer, die, an ihre Wagen gelehnt, ungeduldig auf Lee zu warten schienen.

»Hallo – ich bin Dr. Westfield.«

Ein vierschrötiger Fuhrmann, der den Mund voller Tabaksaft hatte, blickte sie einen Moment von Kopf bis Fuß an, während die anderen angelegentlich die Aufbauten ihrer Fuhrwerke betrachteten – als wollten sie sich nicht zu sehr ihre Neugierde anmerken lassen für eine Mißgeburt. Der Mann, der mit den Augen Maß von ihr genommen hatte, spuckte den Tabaksaft auf den Gehsteig.

»Wo sollen wir die Sachen hinstellen?«

»Dort hinein«, sagte sie und deutete auf das Lagerhaus.

Sofort gab es Probleme. Sie hatte keinen Schlüssel und auch keine Ahnung, wo Lee den Schlüssel zu diesem

Gebäude aufbewahren mochte. Die Männer standen um sie herum und betrachteten sie skeptisch, als hätten sie auch nichts anderes erwartet von einer Frau, die sich als Doktorin vorgestellt hatte.

»Zu schade, daß wir nicht hineinkönnen«, sagte sie traurig, »weil mein Stiefvater, dem die Brauerei in Chandler gehört, mir ein Faß Bier versprochen hat als Dank für die Männer, die mir halfen, die neuen Geräte aufzustellen. Aber ich vermute ...«

Das Bersten einer Scheibe schnitt ihr das Wort ab.

»Entschuldigung, Madam«, sagte einer von den Fuhrmännern. »Ich fürchte, ich habe mich zu heftig gegen das Fenster gelehnt. Aber es sieht so aus, als könnte vielleicht jemand Schmächtiges hier in das Lagerhaus einsteigen.«

Einen Moment später war Blair im Gebäude und entriegelte die Tür von innen. Als das Sonnenlicht hereinflutete, konnte sie auch den Innenraum besser betrachten: Die Spinnweben, die von den Wänden hingen; den Müll auf dem Boden; die Decke, wo an mindestens drei Stellen der Regen durchkam. »Dort drüben«, sagte sie zerstreut und deutete in eine Ecke, wo die Wand offenbar trocken geblieben war. Während die Männer ihre Fracht abluden, ging sie durch den riesigen Raum und versuchte sich vorzustellen, wie man daraus eine Klinik machen könnte.

Die Männer trugen nun Tische aus Eichenholz, Kommoden mit vielen kleinen Schubladen, hohe Schränke mit Glastüren, Kisten mit Instrumenten, Kartons mit Verbandszeug, Liegen und Spülbecken herein – eben alles, was man für eine Krankenstation brauchte.

»Glaubst du, das reicht?«

Sie drehte sich um und sah Lee dort stehen, der kritisch die abgeladenen Kisten und Einrichtungsgegenstände betrachtete.

Dann sah er wieder fragend in ihre Richtung, eine brennende Zigarre zwischen den Lippen. Seine Kleider waren schmutzig, und er sah müde aus.

»Es ist mehr als genug«, sagte sie und fragte sich, wieviel

ihn das alles gekostet haben mochte. »Du siehst erschöpft aus. Du solltest lieber heimgehen und schlafen. Ich werde ein paar Frauen zum Saubermachen besorgen.«

Mit einem Lächeln warf er ihr einen Schlüssel zu. »Damit der Rest von den Fenstern heil bleibt. Ich hoffe, du kommst bald nach«, sagte er, kniff dabei ein Auge zu und war wieder fort.

Sie mußte sich verstohlen eine Träne abwischen. Wenn er ihr auch nicht sagen wollte, worin seine geheimnisvolle Tätigkeit bestand – er tat nur etwas, das anderen Menschen half. Davon war sie überzeugt. Und was die Geräte für sein neues Hospital auch kosten mochten, er war bereit, alles zu unternehmen, um das Geld dafür aufzutreiben.

Als die Männer mit dem Abladen fertig waren, brachten sie sie zu ihrem Haus, wo sie sich mit Opal telefonisch in Verbindung setzte und ihr die Sache mit dem Bier erklärte. Opal war überzeugt, daß Mr. Gates den Männern das versprochene Faß Bier spendieren würde: »Denn er ist überglücklich, daß du endlich mit einem vernünftigen Mann verheiratet bist.«

Nachdem Blair mit ihrer Mutter gesprochen hatte, rief sie Houston an. Houston würde wissen, wen sie für den Hausputz in der neuen Klinik engagieren konnte. Tatsächlich war um zehn Uhr das Lagerhaus voller Frauen, die mit Besen, Mops und Scheuertüchern dem Schmutz energisch zu Leibe rückten.

Gegen elf redete Blair mit Mr. Hitchman, der die Villa Chandler gebaut hatte, und vereinbarte mit ihm, daß seine beiden Söhne mit dem Umbau des Lagerhauses nach Leanders Plänen beginnen sollten.

Gegen zwei kam Lee ins Lagerhaus zurück, und inmitten von klappernden Eimern und aufgewirbeltem Staub berichtete sie ihm, was sie inzwischen unternommen hatte.

Obwohl sie protestierte, daß sie unmöglich die Leute allein lassen könne, zog er sie doch mit sich fort zu seiner Kutsche und fuhr mit ihr in die Stadt zu Miss Emilys Teestube.

Miss Emily warf nur einen Blick auf Blair und schickte sie sogleich in ihr hinteres Zimmer mit dem Befehl, sich alle nur irgendwie erreichbaren Körperpartien zu waschen, da bestimmt kein Fleck ihrer Haut noch sauber sei. Als Blair vom Waschen zurückkam, erwartete Lee sie hinter einem Tisch, auf dem Platten mit kaltem Hühnerbraten, belegten Brötchen und Erdbeertörtchen standen.

Blair fiel heißhungrig darüber her, während sie keinen Moment zu reden aufhörte: »... und wir können den Schrank mit dem Vitrinenaufsatz in der Chirurgie aufstellen und die große Spüle im Vorraum unterbringen ...«

»Moment mal – das muß doch nicht alles an einem einzigen Tag erledigt werden.«

»Ich glaube nicht, daß das möglich ist; aber schön wäre es schon. Diese Stadt braucht eine Klinik für Frauen. Vor ein paar Jahren hat Mutter mich mal in die Krankenstation für Frauen mitgenommen. Ist sie immer noch in so einem desolaten Zustand?«

»Schlimmer, als du dir das vorstellen kannst«, sagte Lee ernst, nahm dann ihre Hand und küßte sie. »Warum tändeln wir hier also noch herum? Laß uns wieder an die Arbeit gehen. Ach, da fällt mir ein, daß ich deine Schwester angerufen habe. Sie besorgt uns eine Haushälterin und ein Zimmermädchen.«

»Zwei Hausangestellte?« fragte Blair. »Können wir uns das überhaupt leisten?«

Er blickte sie betroffen an. »Wenn du nicht Miss Emilys Laden leerißt ...«

Er hob entsetzt beide Hände, als Blair sofort ein Brötchen, das sie sich gerade genommen hatte, wieder auf die Platte zurücklegte.

»Du liebe Güte – Blair! Ich bin zwar nicht so reich wie Taggert; aber für zwei Hausangestellte reicht es allemal.«

Sie stand auf. »Laß uns gehen. Ich habe für eins einen Installateur bestellt.«

Kopfschüttelnd ging Lee hinter ihr her aus der Teestube.

Kapitel 27

Françoise hieb das Glas auf den Tisch zurück und stellte voller Verdruß fest, daß es zu schwer und zu dick war, um zu zerspringen. »Es ist alles ihre Schuld«, fauchte sie.

Sie fuhr zusammen, als sich hinter ihr ein Mann räusperte. Sie drehte sich um und sah LeGault hinter sich stehen: groß, hager, dunkelhaarig – und schleimig. Er hatte die Angewohnheit, so geräuschlos wie eine Katze ins Zimmer zu kommen. Er spielte mit seinem kleinen Oberlippenbart und sagte: »Schon wieder diese Leier?«

Françoise machte sich nicht die Mühe, ihm zu antworten, stand auf und trat ans Fenster. Die Jalousie war heruntergelassen und die schweren Plüschvorhänge vor die Scheiben gezogen. Niemand durfte sie von draußen sehen; denn sie hielt sich hier vor dem Sheriff versteckt. Seit über einer Woche hauste sie nun schon in diesem Zimmer. Die Mitglieder ihrer Bande lagen entweder im Krankenhaus oder saßen hinter Gittern. Die Bären, die diese Frau in den Canyon gelockt hatte, hatten eine Panik bei den Männern und Tieren ausgelöst, so daß einer von ihren Leuten von Pferden zu Tode getrampelt wurde. Zwei Männer waren durch Schüsse verletzt und einer von einem wütenden Bären angefallen worden, der ihm das rechte Bein zerfleischt hatte. Als der Sheriff und seine Männer endlich den Schutt vom Eingang der Schlucht weggeräumt hatten, flehten die Banditen sie förmlich an, sie festzunehmen.

Und das alles nur wegen dieser Frau.

»Sie hat mir das alles eingebrockt«, sagte Françoise zähneknirschend. Am meisten erbitterte es sie, daß diese Frau es fertiggebracht hatte, sie an der Nase herumzuführen. Erst waren diese Idioten, die sie zu ihrer Anführerin ernannt hatten, der Hütte nicht auf die Spur gekommen, wo sie gefangengehalten wurde, und dann hatte diese Frau ihr scheinbar zur Freiheit verholfen, um sie anschließend vor den Augen ihrer Leute in der Schlucht wieder einzusperren.

In den letzten sieben Tagen hatte sie genügend Zeit

gehabt, sich noch einmal jede Einzelheit des Vorgangs ins Gedächtnis zurückzurufen. Da war ihr klar geworden, daß Blair ein übles Spiel mit ihr getrieben hatte. Dieses Luder hatte nur so getan, als ob sie auf ihren Mann wütend sei – als ob sie ihm ein Schlafmittel in den Kaffee getan und dann das Messer »vergessen« hätte, damit Françoise entfliehen konnte.

»Ich schätze, du hast den Doc vergessen«, meinte LeGault mit einem anzüglichen Grinsen. »Er war auch an der Sache beteiligt; aber nur die Frau ist in deinen Augen die Schuldige, richtig?«

»Sie war die Anstifterin.« Françoise zuckte die Achseln. »Dafür muß sie bestraft werden.«

»Und ich möchte es Westfield heimzahlen«, sagte LeGault.

»Was hat der dir getan?«

LeGault rieb sich seine Handgelenke. Er achtete sorgfältig darauf, daß die Narben immer bedeckt blieben – Narben, die von den eisernen Manschetten stammten, die er im Gefängnis getragen hatte, in das Westfield ihn damals brachte. »Verständigen wir uns darauf, daß ich triftige Gründe habe, ihn wegen einer alten Schuld zur Kasse zu bitten.« Er schwieg einen Moment. »Heute abend kommt der Bote mit Neuigkeiten. Ich hoffe, er weiß, wann die Ladung auf den Weg gebracht werden soll.«

»Das hoffe ich auch«, sagte Françoise, jedes Wort betonend. »Und wenn dieser Job erledigt ist, gehe ich nach Texas.«

»Und läßt deine teure, dir so ergebene Bande zurück?« sagte LeGault im spöttischen Ton.

»Diese Hohlköpfe! Ein paar Jahre Gefängnis kann ihnen nur guttun. Und was die Sache heute abend betrifft: Glaubst du, daß du mich mitnehmen kannst? Ich werde alles tun, wenn ich nur in paar Stunden aus diesem Zimmer herauskomme.«

»Alles?«

»Alles, was unsere Partnerschaft nicht zerstört«, sagte sie

mit einem Lächeln und dachte, daß sie lieber in einer Grube mit Klapperschlangen schlafen würde als mit LeGault. »Niemand wird mich in der Dunkelheit erkennen. Ich muß mal an die frische Luft. Das Warten macht mich ganz krank.«

»Klar. Warum nicht? Das Treffen mit diesem Mann findet gewissermaßen mitten in der Wildnis statt – hinter der Mine ,Little Pamela'. Aber wenn dich wirklich jemand erkennen sollte, kannst du nicht von mir erwarten, daß ich dir beistehe. Nach mir wird nicht gefahndet, und so soll es auch bleiben.«

»Meinetwegen brauchst du dir heute abend keine Sorgen zu machen. Überlege dir lieber, wie wir anschließend die gestohlenen Kisten aus Chandler herausbekommen, wenn ich mich wieder verstecken muß.«

»Darüber brauchst du dir nicht den Kopf zu zerbrechen. Mir wird schon etwas einfallen«, sagte er an der Tür. »Ich komme um Mitternacht wieder und hole dich ab.«

Ein paar Stunden später ritten sie beide aus der Stadt, mieden den Schein der Lichter, die in den Häusern brannten, und wichen sogar den Kutschlampen aus. Françoise hatte sich einen Hut tief in die Stirn gezogen, und in ihrem dicken Mantel und langen Hosen sah sie nicht aus wie eine Frau.

Sie trafen den Boten an der verabredeten Stelle, und die Nachricht, die er ihnen überbrachte, erfreute sie beide. Lächelnd stiegen sie wieder den steilen Hang hinunter zu der Stelle, wo sie ihre Pferde versteckt hatten.

»Still! Ich höre etwas!« raunte LeGault ihr zu und sprang hinter einen Felsblock.

Françoise suchte ebenfalls Deckung, und im selben Moment sahen sie zwei Männer hinter den Bäumen hervorkommen, die sich deutlich im Mondlicht von ihrer Umgebung abhoben. Der eine, von gedrungener Gestalt, schien nervös zu sein, während der andere, eine hochgewachsene, schlanke Erscheinung, in dessen Revolver, den er an der Seite trug, sich das Mondlich spiegelte, einen ruhigen und wachsamen Eindruck machte. Dieser wartete, bis sein untersetzter Begleiter in eine Kutsche stieg, die in einem Dickicht versteckt stand, und zündete sich inzwischen eine Zigarre an.

»Westfield!« stieß LeGault überrascht hervor, und Françoise legte ihm rasch die Hand über den Mund.

Sie beobachteten, wie Westfield mit der Kutsche wegfuhr; doch da saß niemand neben ihm auf der Sitzbank.

»Wo ist der andere hingekommen?« fragte Françoise verwundert, als die Kutsche außer Sichtweite war. Sie drehte sich um und lehnte sich gegen den Felsblock.

»Versteckt«, antwortete LeGault nachdenklich. »Warum würde wohl ein rechtschaffener Arzt, ein sogenannter Wohltäter der Menschheit, mitten in der Nacht einen Mann in seiner Kutsche verstecken?«

»Ist das dort unten nicht ein Kohlenbergwerk?«

»Ja, aber was hat das damit zu tun? Glaubst du, er beabsichtigt, dort ein paar Tonnen Kohlen zu klauen?«

»Er und dieses Luder, mit dem er verheiratet ist, haben damals das Dynamit, mit dem er den Zugang zu unserem Versteck gesprengt hat, irgendwo gestohlen – vermutlich in einem Kohlenbergwerk.«

LeGault zwirbelte die Spitzen seines Schnurrbarts. »Er kennt sich verdammt gut aus in so einem Bergwerk.«

»Du kannst meinetwegen die ganze Nacht hier stehenbleiben und dir überlegen, was er hier gesucht haben mag; aber mir ist es hier zu zugig. Wir haben noch eine Menge vorzubereiten und kaum genug Zeit dafür.«

LeGault folgte ihr stumm zu dem Versteck ihrer Pferde. »Die Frau, mit der Westfield verheiratet ist«, sagte er, als er die Hand auf den Sattelknopf legte, »das ist doch eine Chandler, nicht?«

»Ja – heißt genauso wie die Stadt, in der sie wohnt.«

»Du meinst wohl, die Stadt wurde nach ihr getauft. Es gibt keinen besseren, angeseheneren Namen in Chandler als den ihren.«

»Was willst du damit sagen?«

»Du hast doch Westfield und seine Braut zusammen erlebt. Was würde sie deiner Meinung nach für ihn tun, wenn er in Schwierigkeiten ist?«

»Tun?« Françoise sah wieder vor sich, mit welchen Augen Blair Westfield betrachtet hatte: als könnte er jeden Moment verschwinden und sie sich an seinen Rockschoß hängen, sobald sein Bild zu verblassen begann. »Ich glaube, sie würde für diesen Mann alles tun.«

LeGault zeigte lächelnd seine weißen, ebenmäßigen Zähne. »Ich weiß nicht, was wir soeben als Zeugen miterlebt haben; aber das werde ich schon noch herausfinden. Und wenn ich es herausgefunden habe, werden wir zusehen, ob wir das zu unserem Vorteil ausnützen können. Wir brauchen jemand, der unsere Ladung aus Chandler herausbringt.«

Françoise begann ebenfalls zu lächeln. »Und wer wäre dafür besser geeignet als eine Chandler?«

Leander und Blair arbeiteten drei Tage lang in ihrer neuen Klinik, ehe sie diese mit Hilfe mehrerer Handwerkskolonnen betriebsfertig gemacht hatten. Am Abend des dritten Tages kletterte Leander auf eine Leiter und brachte ein großes Schild über dem Eingang an: ›Westfield-Frauenklinik‹.

Als er wieder von der Leiter herunterstieg, sah er, wie Blair das Schild so strahlend betrachtete wie ein Kind, das zum erstenmal in seinem Leben Eiskrem gegessen hatte.

»Komm herein«, sagte er. »Ich habe eine Feier für uns vorbereitet.« Als Blair sich nicht von der Stelle rühren wollte, faßte er sie bei der Hand und zog sie in das Gebäude hinein.

Unter einem Deckel aus Eichenholz lagen zwei Flaschen Champagner auf Eis in einem Spülbecken.

Blair wich einen Schritt zurück. »Lee, du weißt ganz genau, was passiert, wenn ich ein Glas Champagner trinke.«

»Das vergesse ich auch nicht so schnell«, sagte er, während er den Korken knallen ließ, ein Kristallglas von einer Vitrine nahm, es mit Champagner füllte und ihr zureichte.

Blair nahm vorsichtig einen Schluck, blickte ihn über den Rand des Glases hinweg an, trank den Champagner aus und hielt es ihm wieder zum Nachfüllen hin.

»Und deine Stellung im St.-Joseph-Spital? Reut es dich nicht, daß du sie nicht antreten kannst?«

Sie hielt den Blick auf den Champagner gerichtet, der in ihrem Glas perlte. »Und darauf verzichten, mit dem Mann zusammenzuarbeiten, den ich liebe? He!« rief sie, als er mit dem Einschenken nicht aufhörte und der Champagner überschäumte. Sie sah hoch in seine brennenden Augen.

»Für wie lange?« flüsterte er.

Blair versuchte, sich unbefangen zu geben. Die Worte waren ihr einfach so herausgesprudelt. »Vielleicht für immer. Vielleicht habe ich dich schon geliebt, als ich dich zum erstenmal sah. Vielleicht habe ich alles versucht, um mich in einen Haß auf dich hineinzusteigern – wahrscheinlich, weil Houston dich zuerst für sich beanspruchte. Doch alles, was ich gegen dich unternahm, schien nicht gefruchtet zu haben: du bist immer als Sieger daraus hervorgegangen.«

Leander stand einen Schritt von ihr entfernt; doch das Feuer in seinen Augen zog sie näher an ihn heran. »Ich habe also meine Prüfung bei dir bestanden, ja? Wie Herkules und seine Arbeiten.«

»So schlimm war es nun wieder nicht.«

»Nein? Nur fragen mich heute noch die Leute, ob ich nicht mal wieder zum Rudern ginge. Und wir wollen auch nicht die Vertauschung der Braut vergessen, weil jetzt jeder von mir erfahren möchte, ob ich wüßte, welche von den beiden Zwillingsschwestern ich nun *wirklich* geheiratet habe.«

»Aber du findest keine Blindschleichen mehr zwischen deinen Pausenbroten«, sagte sie mit tiefem Ernst.

Leander stellte sein und ihr Champagnerglas auf den Rand der Spüle und trat auf sie zu. »Du hast eine Menge bei mir gutzumachen.«

»Ich werde immer dafür sorgen, daß dein Skalpell scharf bleibt«, sagte sie und wich dabei einen Schritt vor ihm zurück.

Leander stand da, sagte kein Wort, sah sie nur an. Draußen war es schon fast dunkel, und im Operationsraum der neuen Klinik herrschte ein trübes Zwielicht. Während Lee ihre Augen mit seinem Blick festhielt, begann er seine Kleider auszuziehen, entblößte Zoll für Zoll seine warme, von der Sonne gebräunte Haut und die kräftigen Muskeln, die darunter spielten.

Von seinem Blick hypnotisiert, rührte sich Blair nicht von der Stelle und sah zu, wie er Stück für Stück seinen so wohlgestalteten Körper freilegte – seine langen Beine mit den kräftigen Schenkeln, die Muskelpakete an seinen Knien und die starken Waden darunter. Ihr Atem ging schneller und ihr Hals wurde trocken, als sie ihn nackt vor sich stehen sah – strotzend vor Begehren.

Sie immer noch anschauend, setzte er sich auf eine lange niedrige Bank, die Beine gegrätscht, bereit für sie.

»Komm zu mir«, flüsterte er, und seine Stimme schien irgendwo aus seinem Inneren zu kommen.

Blair nahm sich nicht die Zeit, ihre Oberbekleidung abzulegen, sondern löste nur das Zugband ihrer langen Pantalons darunter und ließ sie auf den Boden fallen. Ihr weiter Kordrock bedeckte sie beide, als sie sich mit gespreizten Beinen über ihn stellte, und er drang mühelos in sie ein.

Dann begann sie, sich sacht auf- und niederzubewegen, und beobachtete dabei sein Gesicht, das ohne Ausdruck war, frei von Falten, sich verklärend, als sich Wonnegefühle in ihm ausbreiteten. Sie wölbte sich ihm entgegen, zog die Knie hinauf auf die Bank, während Lees Hände unter ihren Rock glitten, sie bei den Schenkeln faßten und sie bei ihren Bewegungen unterstützte.

Lee schloß einen Moment die Augen, öffnete sie wieder und legte den Kopf zurück, während Blair ihre Hände von seinen Schultern nahm und um seinen Hals legte. Ihre Bewegungen wurden schneller und heftiger, ihre Schenkel spreizten sich noch weiter und drängten sich ihm verlangend entgegen, als er mit beiden Händen ihr Gesäß umspannte und ihren Rhythmus noch beschleunigte.

Und dann wölbte sie sich vor, schmerzlich fast, der Rücken angespannt wie ein Bogen, während sie so, sich an Lee klammernd, einen Moment lang in dieser Stellung höchster Ekstase verharrte.

Lee hielt sie fest, obwohl sie sich fast gegen seine Hände sträuben wollte, erschauernd im Griff seiner Leidenschaft.

Einen Moment lang wußte Blair nicht, wo sie war, als die Erregung langsam abebbte und sie sich noch an ihn drängte.

Und dann schob er sich wieder aus ihrem Schoß heraus und lächelte sie an. »Wie angenehm, daß wir gemeinsame Interessen haben.«

»Hallo! Ist da jemand?«

»Das ist dein Vater«, sagte Blair entsetzt.

Leander hob sie von seinen Schenkeln herunter. »Geh hinaus und halte ihn so lange hin, bis ich mich angezogen habe.«

»Aber ich kann doch nicht . . .« begann sie und dachte, er würde ihr sofort ansehen, was sie soeben getan hatten.

»Geh!« befahl er und gab ihr einen kleinen Schubs auf die Tür zu.

»Da bist du ja«, begrüßte Reed sie, und als er ihr erhitztes Gesicht sah, lächelte er. »Wie ich vermute, ist Lee ebenfalls hier.«

»Ja«, sagte sie, und dann, ein wenig atemlos: »Er . . . kommt gleich. Kann ich dir vielleicht eine Erfrischung anbieten?« Sie stockte, als ihr einfiel, daß sie nur Champagner vorrätig hatten.

Reeds Augen funkelten vergnügt. »Komm mit mir nach draußen. Ich möchte dir etwas zeigen.«

Mit einem Blick über die Schulter stellte Blair fest, daß Leander erst halb angezogen war, und so folgte sie Reed vor die Haustür der Klinik. Dort stand eine hübsche kleine Kutsche, schwarz lackiert, mit schwarzen Ledersitzen und einem schwarzen Kutschkasten am Heck für Gepäck oder andere Zuladungen. Blair berührte das Messinggestänge des aufgespannten Verdecks.

»Sie ist wunderhübsch«, sagte sie und dachte, wie seltsam, daß Reed sich so eine Kutsche zulegte, die doch einen eindeutig femininen Charakter besaß.

»Schau sie dir mal von vorne an«, sagte Reed, und sein häßliches Bulldoggengesicht strahlte nur so vor Vergnügen.

Als Blair hochsah, kam Leander gerade durch die Haustür der Klinik, und er schien bei dem Anblick der Kutsche genauso überrascht zu sein wie sie.

Blair beugte sich vor und entdeckte unter dem Sitz des Einspänners ein Messingschild, in das ein Name eingraviert war: Dr. Blair Chandler Westfield stand darauf.

Blair brauchte ein paar Sekunden, ehe sie begriff, was das bedeutete. »Für mich?« sagte sie atemlos. »Die Kutsche soll für mich sein?«

»Ich kann doch nicht zulassen, daß meine Schwiegertochter ihre Krankenbesuche zu Fuß macht; denn ich weiß ganz genau, daß mein Sohn seine alte Chaise nicht einen Moment aus den Augen läßt. Also dachte ich mir, daß du eine eigene Kutsche brauchst. Gefällt sie dir?«

Blair trat einen Moment von dem Gefährt zurück und betrachtete es. Es war, als hätte sie nur noch so ein Fuhrwerk gebraucht als endgültige Bestätigung, daß sie wirklich eine Ärztin sei. »Ja«, rief sie, »oh, ja!« Und im nächsten Moment rannte sie zu Reed, umarmte ihn, gab ihm einen Kuß auf die Wange, und ehe er rot werden konnte vor Verlegenheit, kletterte sie schon auf den Kutschbock und betrachtete jede Ecke und jeden Winkel. Sie öffnete den Kutschkasten am Heck. »Er ist nicht annähernd so groß wie deiner, Lee. Vielleicht kann ich ihn vergrößern lassen. Ich bin sicher, daß ich immer eine Menge Sachen mit mir herumschleppen muß.«

»Gewehre, zum Beispiel? Wenn du glaubst, ich ließe dich mit diesem Vehikel allein durch die Umgebung kutschieren, hast du dich aber geschnitten. Dad, ich wünschte, du hättest mir vorher etwas davon gesagt! Wenn du ihr so viel Bewegungsfreiheit verschaffst, ist das so, als würdest du einem selbstzerstörerischen Taifun den Weg freimachen! Sie wird so lange hinter irgendwelchen Fällen herjagen, bis sie wieder in eine Klemme gerät und darin umkommt.«

»Aber du bist da ja so viel vorsichtiger«, sagte sie und blickte vom Kutschbock hochmütig auf ihn herab. »Du läufst mit offenen Augen in einen Weidekrieg hinein; während ich in meiner Arglosigkeit nicht ahnte, was mich dort erwartete.«

»Das ist um so schlimmer«, sagte Lee, »weil nur jemand zu dir sagen muß, er brauche deine Hilfe, und schon folgst du ihm blind überallhin. Du hast überhaupt keinen Sinn für die eigene Gefahr. Überleg doch mal, wie du dich dieser Bande, die dich entführen wollte, freiwillig ausgeliefert hast. Du bist einfach zu dem Mann, der dich mitnehmen wollte, aufs Pferd gesprungen und hast ihn nicht einmal gefragt, wohin er dich bringen wollte.«

»Moment mal«, sagte Reed mit einem Lachen in der Stimme. »Ich glaube, daran habe ich überhaupt nicht gedacht, als ich Blair die Kutsche schenken wollte. Vielleicht habe ich von dir gelernt, Lee, weil ich dich nie von etwas abbringen konnte, was du dir in den Kopf gesetzt hattest. Vielleicht ist Blair dir in dieser Hinsicht sehr ähnlich.«

»Aber sie überlegt sich nie das Risiko, das sie dabei eingeht«, erwiderte Lee im mürrischen Ton.

»Du tust das natürlich immer«, sagte Reed und sah seinen Sohn dabei durchbohrend an.

Blair, die die beiden beobachtete, war von neuem überzeugt, daß Lees geheime Missionen ein gefährliches Unternehmen waren – wenngleich etwas, das letztendlich anderen Menschen zugute kam.

Reed blickte zu dem Braunen hin, der vor die Kutsche gespannt war. »Ich habe für dich einen Appaloosa von der gleichen Farbe bestellt, wie Lee ihn hat; doch leider ist das Pferd noch nicht in Chandler eingetroffen. Ich dachte, es würde dir gefallen, wenn die Leute dich auch schon von weitem erkennen können wie Lee.«

»Die Leute werden sie ganz bestimmt erkennen, weil *ich* nämlich neben ihr sitzen werde«, sagte Lee im energischen Ton.

Blair sagte nichts, blickte ihn nur mit hochgezogenen Brauen lächelnd an, wobei sie sich vorstellte, wie er zu ihr auf den Kutschbock sprang und was er dort alles mit ihr anstellen mochte – nein, daran durfte sie jetzt nicht denken.

Reed lachte laut und schlug seinem Sohn heftig auf die Schulter. »Ich hoffe, sie liefert dir ein genauso hartes Rennen, wie du es deiner Mutter und mir geliefert hast. Vielleicht wirst du dann wenigstens teilweise ermessen können, was wir deinetwegen alles ausgestanden haben.«

Er streckte Blair die Hand hin, um ihr wieder vom Bock herunterzuhelfen. »Habe ich dir schon einmal davon erzählt, wie Lee das Rattengift auf dem Speicher gegen Brotkrumen vertauschte? Binnen einer Woche waren alle Ratten aus der Heimatstadt seiner Mutter in unserem Haus versammelt, ehe wir herausfanden, weshalb sie sich so unglaublich wohl bei uns fühlten.«

»Nein, das wußte ich noch nicht«, sagte Blair und blickte dabei auf Leanders Rücken, während sie wieder in die Klinik hineingingen. »Und von solchen Sachen würde ich zu gern noch mehr hören.«

Kapitel 28

Blair und Leander waren erst ein paar Wochen miteinander verheiratet, als die Westfield-Klinik offiziell eröffnet wurde. Natürlich hatte Blair noch nicht ihre praktische Ausbildung als Assistenzärztin abgeschlossen; doch für Lee war das nur eine Formsache. Blair hatte als Ärztin mehr klinische Erfahrung als viele ihrer seit Jahren praktizierenden männlichen Kollegen.

Am Morgen des Eröffnungstages war Blair so nervös, daß sie sich den Kaffee über den Rock goß und ihr das Brötchen vom Teller auf den Teppich sprang. Schuldbewußt bückte sie sich, um es wieder aufzuheben, und blickte dabei zur Küche hinüber.

Lee legte beruhigend seine Hand auf die ihre. »Sie wird dich schon nicht beißen, Darling.«

»Vielleicht nicht dich; aber was mich betrifft, bin ich mir da gar nicht so sicher.« Vor ein paar Tagen hatte die Haushälterin-Köchin, die Houston ihnen besorgt hatte, ihren Dienst bei den Westfields angetreten, und Blair fand sie geradezu furchterregend: zwar klein von Statur, aber mit stahlgrauem Haar, harten schwarzen Augen und einem schmalen Schlitz als Mund. Mrs. Shainess reichte Blair zwar nur knapp bis zu den Schultern; aber jedesmal, wenn sie ins Zimmer kam, wurde Blair ganz steif. Sie fühlte sich in der Gegenwart dieser kleinen Person unsicher und unbeholfen. Diese war kaum eine Stunde im Haus gewesen, als sie bereits über Blairs magere Garderobe herfiel und Blair mit dürren Worten erklärte, sie suche nach Kleidungsstücken, die repariert oder gereinigt werden müßten. Schließlich hatte sie seufzend alles, was sie in Blairs Kleiderschrank fand, zu einem kleinen Bündel zusammengelegt, und danach hatte es stundenlang im ganzen Haus nach Chemikalien gerochen als die Frau die Sachen in der Küche reinigte.

Abends, als Blair und Lee vom Krankenhaus zurückkamen, hatte Mrs. Shainess Lee beiseite genommen und unter vier Augen mit ihm geredet. Später hatte Lee Blair dann mit einem Lächeln mitgeteilt, Mrs. Shainess meinte, ihre Garderobe könne man keineswegs als eine einer Lady angemessene Ausstattung bezeichnen, und sie müsse sich gleich morgen bei Houstons Schneiderin vorstellen.

Blair hatte versucht, ihm das auszureden; aber Leander hatte nicht auf sie hören wollen. Sie machte sich schon Sorgen genug wegen der Schulden, die Lee zweifellos wegen ihres neuen Krankenhauses hatte, und wollte ihm nicht noch mehr Kosten aufbürden. Und daher war sie entschlossen, sehr, sehr wenig zu bestellen. Als sie sich am nächsten Tag bei der Schneiderin einfand, mußte sie jedoch feststellen, daß Lee bereits bei der Schneiderin angerufen und doppelt so viele Kleider für sie geordert hatte, als Blair ihrer Ansicht nach jemals brauchen würde. Aber als sie die hübschen Sachen anprobierte, war sie doch so davon angetan, daß sie rasch mit ihrer neuen Kutsche wieder nach Hause fuhr, um sich bei Lee dafür auf eine Weise zu bedanken, die ihm, wie sie wußte, am meisten Freude machen würde.

Nur traf sie ihn dann, als er sie ins Wohnzimmer hereinkommen hörte, mit einem Brief an, den er rasch zerknüllte, auf den Kaminrost warf und dort mit einem Streichholz anzündete.

Blair fragte ihn nicht, was in diesem Brief gestanden hatte, da sie nicht wieder von ihm hören wollte, sie dürfe das nicht wissen oder würde es nicht verstehen. Doch ihre ganze Begeisterung über ihre neuen Kleider war in diesem Moment verflogen, und sie versuchte den ganzen Abend über eine logische Erklärung für Lees Handlungsweise zu finden. Er half einem anderen Menschen; er brauchte dringend Geld; er war ein Krimineller; er war ein Pinkerton-Agent. Nachts liebten sie sich dann sacht und zärtlich, und Blair klammerte sich an ihn. Sie näherte sich rasch dem Punkt, wo es ihr gleichgültig wurde, *was* Lee trieb, wenn er nicht seinem Beruf nachging. Ihretwegen hätte er der Besitzer aller Spielhöllen in der River Street sein können, und sie war sich fast sicher, daß sie das nicht stören würde.

An dem Tag, wo die Westfield-Klinik offiziell eröffnet wurde, mußte Lee gleich nach dem Frühstück in die ›Windlass‹-Zeche fahren, wo ein Stollen eingestürzt war. Blair wollte ihn dorthin begleiten; aber er schickte sie in die Klinik, um die Patienten zu versorgen, die sich dort zur Behandlung einstellten.

Als sie um acht Uhr morgens in die Klinik kam, warteten dort bereits Lees Operationsschwester, Mrs. Krebbs, und drei Patientinnen. Mrs. Krebbs, kühl wie immer, nickte ihr kurz zu, und Blair ging in die Chirurgie, um die Instrumente und die Vorräte an Verbandszeug und Arzneimitteln zu überprüfen.

»Hier entlang«, sagte Blair und geleitete ihre erste Patientin in das Untersuchungszimmer.

»Wo bleibt denn der Doktor?« fragte die Frau und drückte ihre Handtasche gegen den Busen, als fürchtete sie, Blair würde sie ihr jeden Moment entreißen.

»Ich bin auch ein Doktor. Nehmen Sie doch Platz und sagen Sie mir, was für Beschwerden Sie haben. Ich werde dann . . .«

»Ich will mit einem *echten* Arzt sprechen«, sagte die Frau und wich wieder zur Tür zurück.

»Ich versichere Ihnen, daß ich ein echter Arzt bin. Wenn Sie mir nun Ihre Beschwerden . . .«

»Ich bleibe nicht hier. Ich dachte, das wäre eine richtige Klinik mit richtigen Ärzten!«

Ehe Blair weitersprechen konnte, war die Frau schon aus der Tür und hastete hinaus auf die Straße. Blair würgte ihren Zorn hinunter und bat die nächste Patientin ins Untersuchungszimmer.

Die zweite Frau behauptete steif und fest, daß Blair unmöglich sagen könne, was ihr fehle, weil ihr Leiden keine Schwangerschaft sei. Blair begriff zuerst den Zusammenhang gar nicht, bis ihr klar wurde, daß die Frau sie für eine Hebamme hielt.

Die dritte Patientin verließ das Krankenhaus, nachdem sie festgestellt hatte, daß der gutaussehende Dr. Westfield, der ihr im letzten Jahr in Denver vorgestellt worden war, sie nicht untersuchen würde.

Danach ließ sich viele Stunden lang niemand mehr blikken, und Blair hatte Zwangsvorstellungen von Telefonapparaten, die in der Stadt heißliefen, da sie mit Gerüchten über das neue Hospital überschwemmt wurden. Um vier Uhr nachmittags meldete sich ein Vertreter mit einer rosafarbenen Mixtur, die bei allen »Frauenleiden« helfen würde. Blair empfing ihn höflich, komplimentierte ihn aber schon nach fünf Minuten zur Tür hinaus. Dann zog sie Handtücher gerade, die keinerlei Knitterfalten hatten.

»Sie wollen einen männlichen Arzt«, sagte Mrs. Krebbs.

»Sie verlangen nach einem vollwertigen Arzt wie Dr. Leander.«

»Ich bin eine *vollwertige* Ärztin«, sagte Blair mit zusammengepreßten Zähnen.

Mrs. Krebbs sog die Luft geräuschvoll durch die Nase und ging in ein anderes Zimmer.

Um sechs Uhr sperrte Blair die Tür ab und ging nach Hause.

Daheim erzählte sie Lee nichts von dem mangelnden Zuspruch, den die Klinik gefunden hatte. Er hatte weder Mühe noch Kosten gescheut, um das Hospital ins Leben zu rufen, so daß sie ihm diese Enttäuschung ersparen wollte. Er hatte schon Sorgen genug.

Sie ließ ihm ein Bad ein und wollte aus dem Zimmer gehen, als er sich auszuziehen begann.

»Bleib doch hier und rede mit mir.«

Sie wurde ein wenig verlegen, als er sich vor ihr auszog und in die Badewanne stieg. Für sie war das ein intimerer Vorgang als der Liebesakt.

Lee lehnte sich in der Wanne zurück und erzählte ihr mit einem Blick, der ins Leere gerichtet war, was er an diesem Tag alles durchgemacht hatte. Er erzählte ihr, wie er zwei Tote aus dem Stollen herausgezogen und einem Bergarbeiter an Ort und Stelle einen Fuß amputiert hatte. Sie unterbrach ihn mit keinem Wort, und er schilderte ihr, wie bedrückend das alles für ihn gewesen war: Der Mangel an Frischluft; die totale Dunkelheit; die Last der Wände, die ihn einschlossen; der knappe Raum, der ihm kaum Bewegungsfreiheit ließ.

»Mir ist es unbegreiflich, wie sie es aushalten können, Tag für Tag in so eine Grube einzufahren. Jeden Moment kann die Decke über ihnen einstürzen. Jeden Tag haben sie den Tod vor Augen, der ihnen auf vielfache Weise droht.«

Sie hatte einen seiner Füße aus der Wanne gehoben und seifte ihn ein. »Houston meint, die einzige Möglichkeit für diese Männer, ihr Los zu verbessern, bestünde darin, daß sie sich einer Gewerkschaft anschließen.«

»Und woher will Houston das wissen?« fragte er barsch.

»Sie lebt hier«, erwiderte Blair, ihn erstaunt ansehend. »Deshalb erfährt sie so manches. Sie erzählte mir, daß jemand Gewerkschaftsvertreter in die Mine einschleusen und es deshalb bald einen Arbeiteraufstand geben würde. Und daß ...«

Leander riß ihr den Waschlappen aus der Hand. »Ich hoffe doch, daß du solche Gerüchte nicht ernst nehmen wirst. Niemand – weder die Bergarbeiter noch die Bergwerksbesitzer – wünscht sich einen Krieg. Ich bin sicher, sie werden sich friedlich einigen.«

»Das hoffe ich auch. Ich wußte ja gar nicht, daß dir das Los der Minenarbeiter so sehr am Herzen liegt.«

»Wenn du gesehen hättest, was ich heute erlebt habe, würdest du genauso denken wie ich.«

»Ich wollte doch mit dir in die Mine fahren. Vielleicht klappt es das nächstemal ...«

Lee beugte sich vor und küßte sie auf die Stirn. »Ich möchte mich nicht ereifern; aber es wäre mir nicht recht, wenn du mich zu einer Mine begleiten würdest. Vergiß nicht, daß du dich um deine zahlreichen Patienten in der Klinik kümmern mußt. Ich frage mich, was unsere hübsche kleine Haushälterin wohl Gutes gekocht haben mag.«

Blair lächelte ihn an. »Ich hoffe, du fragst mich jetzt nicht, ob ich den Mut besessen habe, mich bei ihr nach dem Abendessen zu erkundigen. Ich fahre mit dir in die tiefste Grube – auch wenn mir dort die Decke auf den Kopf zu fallen droht –; aber verschone mich mit Mrs. Shainess und ihren Kochkünsten.«

»Apropos einstürzende Decke: Wie kommst du mit Mrs. Krebbs zurecht?«

Blair stöhnte, und während Lee sich wieder ankleidete, erging sie sich in einem Monolog über Mrs. Krebbs: »Sie mag ja in einem Operationssaal ein Engel sein; aber sonst ist sie wohl eher eine Hexe.«

Als Lee sich zum Dinner angezogen hatte und mit ihr nach unten ging, lächelte er wieder und versuchte sie mit sanfter Stimme zu überzeugen, daß die guten Eigenschaften von Mrs. Krebbs deren schlechte überwogen.

In dieser Nacht schliefen sie, eng aneinandergekuschelt, gleichzeitig ein.

Der zweite Tag in der neueröffneten Klinik war noch schlimmer als der erste: Es kam überhaupt niemand. Und als Blair nach Hause kam, erhielt Lee wieder einen seiner geheimnisvollen Telefonanrufe, brach sofort auf und kam erst um Mitternacht wieder heim. Er kroch schmutzig und erschöpft zu ihr ins Bett, und zum erstenmal erlebte sie einen schnarchenden Ehemann. Sie rüttelte ihn ein paarmal sanft an der Schulter; doch als das keine Wirkung zeigte, drehte sie ihn mit einem kräftigen Schubs auf den Bauch, und das hatte einen beruhigenden Einfluß auf seine Atemwege.

Am dritten Tag, als sich Blair an ihren zu sauberen Schreibtisch in der Klinik setzte, hörte sie draußen die Türglocke. Und als sie in das Wartezimmer trat, traf sie dort ihre Jugendfreundin, Tia Mankin, an. Tia litt an einem hartnäckigen trockenen Husten.

Blair hörte sich ihre Beschwerden an, verschrieb einen milden Hustensyrup und lächelte breit, als der nächste Patient kam, ebenfalls eine Freundin aus ihrer Kinderzeit. Und schließlich, als eine Freundin der anderen die Klinke in die Hand gab und jede ihr irgendwelche vagen Symptome schilderte, wußte sie nicht, ob sie lachen oder weinen sollte. Sie war froh darüber, daß diese jungen Frauen sie immer noch zum Kreis ihrer Freundinnen zählten; aber andrerseits war sie wieder frustriert, weil sie keine echten Patientinnen waren.

Am späten Nachmittag fuhr Houston in ihrem hübschen kleinen Einspänner vor und sagte zu Blair, daß sie offenbar guter Hoffnung sei, und ob Blair ihr das bestätigen könne. Houston war nicht schwanger, und nach der Untersuchung zeigte Blair ihr die Klinik. Mrs. Krebbs war bereits nach Hause gegangen, und die Zwillinge konnten sich ungestört miteinander unterhalten.

»Blair, ich habe dich schon immer bewundert. Du bist so tapfer.«

»Ich und tapfer? Das bin ich keineswegs.«

»Aber ich brauche mich doch nur hier umzusehen! Das ist nur entstanden, weil du wußtest, was du wolltest, und deinen Willen in die Tat umgesetzt hast. Du hattest dir vorgenommen, Ärztin zu werden und dich von diesem Ziel durch nichts abbringen zu lassen. Ich hatte auch einmal Träume; aber ich war zu feige, sie zu verwirklichen.«

»Was für Träume? Ich meine, wenn ich von Leander einmal absehe.«

Houston winkte ab. »Ich glaube, ich habe mich damals nur für Lee entschieden, weil er zu den Träumen gehörte, die von Mutter und Mr. Gates lebhaft unterstützt wurden. Damit habe ich mir ihr Wohlwollen erkauft.« Sie hielt inne und lächelte. »Ein anderer Teil von mir hat die Streiche genossen, die du Lee gespielt hast.«

»Du hast davon gewußt?«

»Von fast allen. Nach einer Weile fieberte ich geradezu dem nächsten Streich entgegen. Ich war es, die Lees Verdacht auf John Lechner lenkte.«

»John war schon immer ein Angeber gewesen. Ich bin sicher, er hat die Keile verdient, die er von Lee bezog. Houston, ich hatte ja keine Ahnung, daß du dich für einen Feigling gehalten hast! Ich habe mir immer gewünscht, daß ich so vollkommen sein könnte wie du.«

»Vollkommen! Nein, ich hatte nur Angst, ich könnte Mutter enttäuschen, Mr. Gates in Rage bringen und nicht halten, was sich die Stadt von einer Chandler verspricht.«

»Während ich fast bei jedem aneckte, obwohl ich mich mit keinem anlegen wollte. Du hast so viele Freunde – so viele Menschen, die dich lieben.«

»Natürlich mögen sie mich«, gab Houston mit leicht gereizter Stimme zurück. »Dich würden sie ebenfalls mögen, wenn du so viel für sie tun würdest, wie ich für sie getan habe. Erst heißt es: ›Wir wollen eine Gesellschaft geben‹, und dann sagte jemand: ›Wir holen uns dafür Blair-

Houston – die nimmt uns die ganze Arbeit ab‹. Und ich war zu feige, auch nur einmal nein zu sagen. Ich habe Parties organisiert, zu denen ich gar nicht eingeladen war. Wie oft habe ich mir gewünscht, ich hätte die Courage zu einer Absage. Ich träumte davon, eine Tasche zu packen, den Baum vor deinem Fenster hinunterzuklettern und davonzulaufen. Aber ich war zu feige dazu. Du sagtest immer, mein Leben sei sinnlos. Wie recht du damit hattest.«

»Ich war nur eifersüchtig«, flüsterte Blair.

»Eifersüchtig? Worauf? Doch nicht auf mich!«

»Ich habe das nicht gewußt, bis Lee mir die Augen öffnete. Ich habe Preise gewonnen, stets die besten Noten gehabt, bin dafür ausgezeichnet worden und dennoch immer einsam gewesen. Es tat weh, wenn Mr. Gates sagte, er wollte mich nicht im Haus haben, doch dich um so mehr. Es tat weh, wenn du mir schriebst, wie viele Männer dich Abend für Abend zum Tanzen eingeladen hatten. Wenn ich über einem Buch saß, um zu lernen, wie man sachgerecht ein Bein amputiert, mußte ich es weglegen, um deinen Brief noch einmal durchzulesen. Die Männer haben mich nie umschwärmt wie dich, und manchmal habe ich daran gedacht, die Medizin aufzugeben, wenn ich dafür eine normale Frau sein könnte, die nach Parfüm duftete und nicht nach Karbol.«

»Und wie oft habe ich mir gewünscht, ich könnte etwas Wichtigeres tun als Stoffe auszusuchen für mein nächstes Kleid«, sagte Houston seufzend. »Die Männer mochten mich nur, weil sie mich für ›fügsam‹ hielten, wie Lee es ausdrückte. Ihnen gefiel der Gedanke, eine Frau zu haben, die ihnen untertänig war. Für die meisten Männer war ich ein abgerichteter Hund in menschlicher Gestalt – jemand, der ihnen die Pantoffel apportierte. Sie wollten mich heiraten, weil sie wußten, was sie bekämen: keine Überraschungen von Houston Chandler.«

»Glaubst du, daß Lee dich aus diesem Grund heiraten wollte?«

»Manchmal bin ich mir gar nicht sicher, daß er mich

überhaupt gebeten hat, ihn zu heiraten. Wir haben uns ein paarmal gesehen, nachdem er nach Chandler zurückgekommen war, und ich war vermutlich so sehr darauf fixiert, ihn zu heiraten, daß ich einfach ja sagte, sobald dieses Wort zwischen uns zur Sprache kam. Am nächsten Morgen fragte mich Mr. Gates, ob es schon so weit wäre, daß er unsere Verlobung in der Zeitung bekanntmachen könne. Ich nickte, und am Tag darauf war das Haus voller Leute, die mir ein lebenslanges Glück wünschten.«

»Ich kenne die Bürger von Chandler und ihre ausgeprägte Neugier. Aber du hast doch Lee die ganzen Jahre über geliebt.«

»Vermutlich; nur hatten wir uns nie viel zu sagen. Du hast mit Lee in wenigen Tagen mehr geredet als wir beide in einem Jahr.«

Blair schwieg eine Weile still. Seltsam, daß sie so lange auf ihre Schwester eifersüchtig gewesen war, während diese wiederum sie beneidet hatte.

»Houston – du sagtest eben, du hättest Angst davor gehabt, deine Träume in die Tat umzusetzen. Was waren das für Träume?«

»Nichts Bedeutendes. Nichts, was sich mit deinem Wunsch, Ärztin zu werden, vergleichen ließe. Doch ich träumte davon, daß ich vielleicht schreiben könnte – nicht einen Roman oder ein großartiges Stück; aber möglicherweise Artikel für Frauenzeitschriften. Wie man zum Beispiel seidenen Charmeuse reinigen kann oder eine wirklich gute Gesichtsmaske herstellt.«

»Doch Mr. Gates hätte das gar nicht gefallen, wie?«

»Er ist der Meinung, daß Frauen, die schreiben, vermutlich Ehebrecherinnen sind, die von ihren Ehemännern vor die Tür gesetzt wurden und zusehen müssen, wie sie ihren Lebensunterhalt selbst verdienen.«

Blairs Augen wurden ganz groß. »Er nimmt kein Blatt vor den Mund, wie?«

»Nein, und ich habe mich jahrelang von ihm kujonieren lassen.«

Blair fuhr mit dem Finger an der Kante einer Vitrine entlang. »Und dein Mann kujoniert dich nicht? Ich weiß, daß du mir sagtest, du würdest ihn lieben; doch nun ist ... bist du ... Ich meine, du bist nun mit ihm verheiratet und hast eine Weile mit ihm gelebt.«

Egal, wie oft Houston ihr versichern würde, daß sie diesen Mann liebte: Blair konnte das einfach nicht glauben. Tags zuvor hatte sie Taggert vor der Nationalbank von Chandler gesehen. Der Bankdirektor, der nur halb so groß war wie Taggert, hatte vor ihm gestanden, zu ihm hinaufgeschaut und so rasch geredet, wie er nur konnte. Taggert hatte gelangweilt über den Kopf des Direktors hinweg irgend etwas am Ende der Straße beobachtet, dann seine goldene Taschenuhr aus der Weste gezogen, einen kurzen Blick darauf geworfen und schließlich den Bankdirektor ins Auge gefaßt. »Nein!« hatte Blair ihn sagen hören, ehe er sich umdrehte und die Straße hinunterging. Er hatte sich nicht einmal mehr umgedreht, als der Direktor ihm nachlief und ihn mit Bitten bestürmte, doch noch einmal stehenzubleiben und ihn anzuhören.

Unerbittlich – das war für sie der Begriff, unter dem sie sich ihren Schwager vorstellte. Wie konnte Houston nur so einen Mann wie ihn lieben?

Als Blair zu ihrer Schwester hochsah, gab Houston ihren Blick lächelnd zurück. »Ich liebe ihn von Tag zu Tag mehr. Aber wie steht es mit dir und Lee? Bei der Hochzeit sagtest du, du hättest Zweifel, daß er dich liebt.«

Blair dachte daran, wie sie heute morgen in der Hitze des Gefechtes aus dem Bett gefallen waren und mit welchem Gesicht Mrs. Shainess später das Frühstück auf den Tisch geknallt hatte. Als die Frau ihnen wieder den Rücken zudrehte, hatte Lee so schrecklich die Augen verdreht, daß Blair kichern mußte. »Lee ist in Ordnung«, sagte sie schließlich, worauf Houston laut auflachte.

Dann zog sie sich die Handschuhe wieder an. »Ich bin froh, daß sich alles so entwickelt hat, wie es heute ist. Doch nun sollte ich lieber wieder gehen. Kane und der Rest der

Familie werden mich brauchen.« Sie hielt einen Moment inne und fügte dann hinzu: »Was für ein herrliches Wort. Ich habe zwar keinen akademischen Grad; aber ich werde *gebraucht*.«

»Ich brauche dich ebenfalls«, sagte Blair. »Warst du es oder Mama, die mir heute meine ›Patienten‹ besorgt haben?«

Houston blickte ihre Schwester groß an. »Ich habe keine Ahnung, was du damit meinst. Ich bin lediglich hierhergekommen, weil ich hoffte, ich sei in anderen Umständen. Ich habe vor, diese Besuche mindestens einmal im Monat zu wiederholen – oder jedesmal, wenn ich mich nicht besonders gut fühle.«

»Ich denke, du solltest öfter deinen Mann besuchen statt mich, wenn du dir ein Baby wünschst.«

»So wie du Lee jede Nacht und jeden Morgen besuchst, daß er nicht mehr fähig ist, ans Telefon zu gehen?«

»Oh?« machte Blair, ehe ihr wieder einfiel, was sie damals zur Vermittlung gesagt hatte, als Lee am Apparat verlangt wurde. Natürlich wußte das inzwischen die ganze Stadt.

»Ach, was ich dich noch fragen wollte – wie macht sich denn Mrs. Shainess als Haushälterin?«

»Furchtbar. Sie kann mich nicht ausstehen.«

»Das ist Unsinn. Sie gibt nämlich vor allen Leuten mit ihrer Doktor-Lady an.« Houston küßte ihre Schwester auf die Wange. »Ich muß jetzt gehen. Morgen rufe ich dich an.«

Kapitel 29

Als Blair sich am nächsten Morgen gerade in der Praxis hinter ihrem Schreibtisch niedergelassen hatte und hochblickte, sah sie Nina Westfield, nun Mrs. Hunter, im Türrahmen stehen.

»Hallo«, sagte Nina leise, und in ihren Augen lag eine stumme Bitte. »Warte«, fuhr sie hastig fort, als Blair sich hinter dem Schreibtisch erheben wollte, »bevor du etwas sagst, möchte ich eine Erklärung abgeben. Ich kam direkt vom Bahnhof hierher. Ich habe bisher weder mit meinem Vater noch mit Lee gesprochen; aber wenn du zu mir sagst, daß du meinen Anblick nicht ertragen kannst, werde ich mit dem nächsten Zug wieder die Stadt verlassen und dich nie mehr mit meiner Gegenwart behelligen.«

»Und auf den Dank verzichten, den ich dir jeden Tag bis zum Ende meines Lebens aussprechen möchte?« fragte Blair mit blitzenden Augen.

»Den Dank . . .?« sagte Nina verwirrt, bis sie begriff, was Blair damit meinte. Und im nächsten Moment stand sie neben dem Schreibtisch, zog ihre Schwägerin aus dem Stuhl, umarmte sie stürmisch und weinte an ihrem Hals. »Oh, Blair, ich habe mir solche Sorgen gemacht, daß ich mich gar nicht richtig über das freuen konnte, was ich gemacht habe. Alan hat mir immer wieder versichert, daß du Lee lieben würdest; das aber noch nicht wahrhaben wolltest. Er sagte, Lee und du paßtet viel besser zusammen als du und er. Aber ich war mir dessen nicht sicher. Für mich ist Lee ein Bruder. Ich könnte mir nicht vorstellen, daß ich ihn vorgezogen hätte bei einer Wahl zwischen ihm und Alan.« Sie löste sich von Blair, nahm ein Tuch aus ihrer Handtasche und schneuzte sich.

Blair blickte sie lächelnd an. »Ich würde dir gern Tee anbieten; aber leider haben wir so etwas nicht in der Klinik. Wie wäre es mit einer Tasse Lebertran?«

Das entlockte nun auch Nina ein Lächeln, während sie sich auf einen der eichenen Stühle fallen ließ. »Ich glaube, das ist wohl der glücklichste Moment meines Lebens. Ich hatte solche Angst, daß du mir zürnen würdest – daß die ganze Stadt auf mich zornig wäre.«

»In Chandler wußte doch niemand, daß ich und Alan verlobt waren Alle glaubten, daß Lee und ich heiraten würden.

»Aber du wolltest doch Alan haben«, widersprach ihr Nina. »Ich weiß, daß du ihn haben wolltest. Ich weiß, daß du zum Bahnhof gegangen bist, wie ihr das vorher verabredet habt.«

Das weckte nun wiederum Blairs Neugierde. »Jetzt möchte ich die ganze Geschichte von dir hören.«

Nina blickte auf ihre Hände hinunter. »Ich erzähle sie dir gar nicht gern.« Als sie hochsah, blinkten wieder Tränen in ihren Augen. »Oh, Blair, ich habe mich so unglaublich hinterhältig und gemein verhalten. Ich habe alles getan, was nur möglich war, um Alan zu bekommen. Du hattest nicht die geringste Chance.«

»Sollte ich dich anschließend erschießen, verspreche ich dir, daß ich die Schußlöcher persönlich wieder zunähen werde.«

»Jetzt kannst du noch darüber scherzen; aber das wird dir vergehen, wenn du erst weißt, was ich alles angestellt habe, um ihn zu bekommen.« Sie schneuzte sich zum zweitenmal und sah wieder auf ihre Hände hinunter. »Ich lernte Alan an dem Abend kennen, als er beschloß, Lee umzubringen.«

»Was? Wen? Leander? Er wollte Leander *töten*?«

Nina zuckte mit den Achseln. »Er war nur wütend, und ich konnte ihm so gut nachfühlen, was er empfand. Leander hat so eine hochmütige Art an sich, die Leute zu behandeln. Als ich noch ein kleines Kind war, pflegte er darüber zu bestimmen, was für mich gut war und was schlecht. Das machte mich so wütend, daß ich ihn am liebsten erwürgt hätte.«

»Ich kenne dieses Gefühl«, sagte Blair. »So sehr hat er sich gar nicht verändert.«

»Als ich Alan sah, wußte ich, daß er niemanden umbringen würde. Ihm gefiel es nur, daran zu denken. Ich bat ihn in den Salon, und es war ganz leicht, ihn zum Reden zu bringen. Er beichtete mir sein Leid, sagte, daß er in dich verliebt sei, während ich wußte, daß es für Lee bereits feststand, daß du ihn heiraten würdest. Deshalb schätzte ich Alans Chancen sehr gering ein. Mir war klar, daß Lee gewinnen würde.«

»Wie konntest du dir da so sicher sein?«

Nina blickte sie überrascht an. »Ich habe mein Leben lang mit ihm unter einem Dach gewohnt. Er gewinnt immer. Wenn er sich dazu entschließt, Baseball zu spielen, gewinnt seine Mannschaft. Wenn er an einem Fechtturnier teilnimmt, ist er der Sieger. Dad sagt, er habe sogar schon sterbende Patienten zum Weiterleben gezwungen. Deshalb wußte ich natürlich, daß er als Sieger aus diesem Wettbewerb hervorgehen würde, gleichgültig, ob der Preis damit einverstanden war oder nicht.«

Sie wich Blairs erstaunten Blick aus. »Um so besser konnte ich Alans Gefühle verstehen, und wir begannen, uns gegenseitig zu bedauern, verglichen unsere Erfahrungen mit Lees despotischem Verhalten. Dann kam Dad nach Hause, und ich stellte ihm Alan vor. Dann saßen wir bis in die Nacht hinein zusammen, redeten über die Medizin und wie sich das Leben in Chandler von dem an der Ostküste unterscheidet. Es war ein sehr angenehmer Abend.«

Nina schwieg einen Moment. »Danach kam Alan jedesmal zu mir, wenn Lee ihn auf eine besonders gemeine Art gedemütigt hatte wie damals im Krankenhaus, als er Alan aus dem Operationssaal schob, damit es so aussah, als wäre Alan unfähig in seinem Beruf. Er wird ein ausgezeichneter Arzt werden; ihm fehlt nur noch die praktische Erfahrung.«

»Ich glaube, daß er ein guter Arzt sein wird«, sagte Blair leise. »So kam es also dazu, daß ihr euch ineinander verliebt habt.«

»*Ich* habe mich verliebt. Er vermutlich auch; nur war er sich dessen nicht bewußt. Ich will jetzt nicht respektlos sein; aber ich glaube, daß Alan ein wenig Angst vor dir hatte, als er dich hier in Chandler erlebte. Er sagte, in Pennsylvania wäre euer Verhältnis sehr harmonisch gewesen. Ihr hättet Händchen gehalten im Park und zusammen studiert; aber als er hierherkam ...« Ninas Augen waren jetzt groß und klar auf Blair gerichtet: »Wahrhaftig, Blair, du springst zwischen Pferden hin und her wie eine Zirkusstatistin, ziehst frohgemut einem Mann die Gedärme aus dem Bauch und legst sie auf den Tisch, um etwas zu erreichen, was sich darunter befindet; besiegst ihn im Tennis – kein Wunder, daß er sich einer anderen zuwandte.«

»Lee hat sich keiner anderen zugewendet«, verteidigte sich Blair.

»Das ist es ja! Du und Lee – ihr beide seid euch zu ähnlich; stürzt von einer Aufregung in die andere. Ihr erschöpft uns normale Sterbliche. Nur glaube ich nicht, daß Alan zu der Einsicht gekommen wäre, daß du und er nicht heiraten solltet. Nachdem er dir aufgetragen hatte, zu einer bestimmten Zeit am Bahnhof zu sein, kam er zu mir und erzählte mir davon. Da wußte ich bereits, daß ich in ihn verliebt war, was du meiner Meinung nach nicht warst; nur zu stur, um das auch zuzugeben. Oder ihr wart alle zusammen so versessen darauf, diesen ekelhaften kleinlichen Wettbewerb zu gewinnen, daß ihr über die Folgen überhaupt nicht nachgedacht habt.«

Nina holte tief Luft. »Da beschloß ich, die Sache selbst in die Hand zu nehmen. Ich dachte, wenn mein Bruder mit schmutzigen Tricks arbeitete, damit er das bekam, was er haben wollte, konnte ich das auch. Um halb vier Uhr an jenem Nachmittag, als Alan sich mit dir um vier auf dem Bahnsteig treffen wollte, bat ich ihn, mich in die Küche zu begleiten. Dort stellte ich einen Topf mit Melasse auf den Herd, bis sie warm und flüssig war. Und dann, als er sich hinsetzte und mit diesen verdammten Zugbilletts spielte, ›stolperte‹ ich, als ich den Topf vom Herd hob, und kippte ungefähr einen Liter von dem Zeug über ihn aus. Ich muß zugeben, es war ein voller Erfolg. Die Melasse klebte nicht nur in seinem Haar, sondern rann ihm sogar in die Schuhe.«

Blair versagte einen Moment lang die Stimme. »Aber ich habe ein paar Stunden auf dem Bahnsteig auf ihn gewartet«, flüsterte sie schließlich.

»Ich ... ah ...« Nina stand auf. »Blair, wenn meine Mutter noch am Leben wäre, könnte ich ihr nie mehr unter die Augen treten.« Sie blickte auf Blair zurück, eine flammende Röte auf ihrem hübschen Gesicht, die Schultern trotzig gehoben, und sagte in einem Atemzug: »Er ging ins

Badezimmer und reichte mir seine Kleider heraus; aber ich ließ seine Taschenuhr fallen, und sie rollte ins Badezimmer hinein; ich sprang ihr nach; die Tür fiel hinter mir zu und gleichzeitig der Schlüssel, der außen steckte, aus dem Türschloß.«

Blair dachte einen Moment über das Gehörte nach und begann dann zu lachen. »Du hast dich mit einem nackten Mann im Badezimmer eingeschlossen?«

Nina schob das Kinn vor, reckte es in die Luft und bestätigte das mit einem kurzen Nicken.

Blair sagte kein Wort, ging zu einem Wandschrank und holte eine Flasche Whisky und zwei Gläser heraus. Sie schenkte beide bis zum oberen Eichstrich voll, gab Nina eins davon und sagte: »Auf die Schwesternschaft«, worauf sie ihr Glas auf einen Zug leerte.

Auch Nina kippte den Whisky hinunter. »Du bist mir wirklich nicht böse? Ich meine, du hast nichts dagegen, mit Lee verheiratet zu sein?«

»Ich glaube, ich werde diese Tortur einigermaßen ertragen können. Aber nun setz dich wieder hin und erzähle mir, was für Pläne du hast und wie es Alan geht. Bist du glücklich mit ihm?«

Als Nina von ihren Plänen erzählte, konnte sie nicht mehr aufhören. Ihr gefiel es nicht besonders in Pennsylvania, und sie sagte, sie hätte Alan schon fast dazu überredet, nach Chandler zurückzukehren, sobald er mit seiner praktischen Ausbildung fertig sein würde. »Ich fürchte, seine Gefühle für dich und Lee sind nicht die freundlichsten; aber ich hoffe, das bekomme ich schon wieder hin. Ich bin zurückgekommen, um zu sehen, ob ich dich dazu überreden könnte, mir zu verzeihen, und mich Dads und Lees Zorn zu stellen.«

»Ich glaube nicht, daß Lee ...« begann Blair, aber Nina schnitt ihr das Wort ab.

»Oh, doch, er wird. Wart nur ab, bis du ihn so lange kennst wie ich. Er ist ein Lamm, wenn du etwas tust, das ihm gefällt; doch wenn eine der Frauen unter seiner Obhut etwas unternimmt, was er mißbilligt, wirst du dein blaues

Wunder erleben! Und, Blair«, Nina spielte mit ihrem Sonnenschirm, »ich brauche jemanden, der an meiner Stelle die Streitschrift für die Bergarbeiter schreibt.«

Blair war sofort hellwach. »Du meinst diese Zeitung, mit der die Bergleute zum Aufstand aufgewiegelt werden könnten – daß sie die Bergwerke bestreiken?«

»Darin werden sie lediglich über ihre Rechte aufgeklärt, darauf hingewiesen, daß sie eine Menge erreichen könnten, wenn sie sich organisieren. Houston und die anderen Mitglieder der Schwesternschaft, die sich als Hökerinnen verkleiden, bringen die Zeitung in die Bergwerke, wenn sie dort ihr Gemüse verteilen. Aber sie beliefern nur vier Minenlager, und wir haben insgesamt siebzehn hier in der Gegend. Wir brauchen jemand, der zu *allen* Bergwerken Zutritt hat.«

»Du weißt, daß alle Minen von Zäunen umgeben sind und bewacht werden. Selbst Leanders Kutsche wird kontrolliert ... Nina, du willst doch nicht etwa versuchen, Lee dazu zu überreden, diese Aufrufe in die Bergwerke zu schmuggeln!«

»Das fiele mir nicht mal im Traum ein! Wenn er auch nur wüßte, daß ich mir der Existenz von Bergarbeitern bewußt bin, würde er mich schon einsperren. Aber ich habe mir gedacht, daß du als Ärztin, die jetzt den Namen Westfield trägt, vielleicht mit einigen Frauen in den Bergwerkslagern Kontakt aufnehmen könntest.«

»Ich?« flüsterte Blair und stand auf. Das mußte erst gründlich bedacht werden. Wenn man sie mit solchen Streitschriften in ihrer Kutsche ertappte, würde man sie auf der Stelle erschießen. Doch dann dachte sie an das Elend der Minenarbeiter und daß diese Leute auf alle Rechte der Amerikaner verzichten mußten, um sich ein Existenzminimum zu sichern.

»Nina, ich weiß nicht«, flüsterte sie. »Das ist eine Entscheidung von großer Tragweite.«

»Es ist auch ein Problem von großer Tragweite. Und, Blair, du bist jetzt nicht mehr bloß eine von vielen in einer

Großstadt. Du bist eine wichtige Persönlichkeit in der Gemeinde Chandler in Colorado.«

Nina stand auf. »Denk darüber nach. Ich gehe jetzt nach Hause, um mit Dad zu sprechen, und vielleicht kannst du mit Lee später zu uns zum Abendessen kommen. Ich kann nur zwei Wochen hierbleiben und muß dann wieder nach Pennsylvania zu Alan zurück. Ich würde dich nicht gefragt haben, wenn ich jemand anderen wüßte, der Zutritt zu den Kohlengruben hat. Ich möchte nur, daß du dich bald entscheidest und mir rechtzeitig Bescheid gibst.«

»Ja, ich werde es mir überlegen«, sagte Blair geistesabwesend, ganz fasziniert von der Vorstellung, daß sie Zeitungen mit aufrührerischen Nachrichten in einem Lager verteilte, das von bewaffneten Männern bewacht wurde.

Den ganzen Nachmittag hindurch, als sie in der leeren Klinik auf- und abwanderte und dann eine medizinische Fachzeitschrift zu lesen versuchte, überlegte sie die Möglichkeiten und Konsequenzen der Mission, die Nina ihr angetragen hatte. Nina wußte wohl, daß sie einen wunden Punkt bei ihr traf: Sie hatte sich nicht mehr als Teil dieser Stadt betrachtet. Als sie vor Jahren Chandler verlassen hatte, gedachte sie nie mehr in diese Stadt zurückzukehren. Es sollte ein Abschied für immer sein. Doch nun mußte sie sich entscheiden, ob sie am Leben dieser Gemeinde teilnehmen oder sich absondern wollte. Sie konnte hier in ihrer sauberen Klinik bleiben und gelegentlich Leute, die in den Bergwerken verunglückten, wieder zusammenflicken; oder sie konnte verhindern helfen, daß diese Leute überhaupt verunglückten.

Und wenn sie dabei selbst verunglückte?

Ihre Gedanken drehten sich immer wieder im Kreis, und sie kam zu keinem Entschluß.

Abends speiste sie dann mit Lee, dessen Vater und Schwester, und nach dem Dinner, als Nina sie beiseite nahm und fragte, ob sie sich schon entschieden habe, mußte sie das verneinen. Nina lächelte und sagte, das verstünde sie – worauf Blair sich noch unglücklicher fühlte.

Am nächsten Morgen hatte Blair Kopfschmerzen. Die leere Klinik hallte wider von ihren Schritten. Mrs. Krebbs sagte, sie müsse ein paar Einkäufe machen und ging. Um neun Uhr schlug die Hausglocke an, und Blair eilte zur Tür in der Hoffnung, es wäre endlich ein Patient.

Eine Frau und ein kleines Mädchen von ungefähr acht Jahren standen vor ihr.

»Kann ich Ihnen helfen?«

»Sind Sie der Lady-Doktor?«

»Ich bin Ärztin. Möchten Sie mit in meine Praxis kommen?«

»Ja, natürlich.« Die Frau gebot dem Mädchen, sich vor der Praxis auf einen Stuhl zu setzen und auf sie zu warten, während sie Blair in das Behandlungszimmer folgte.

»Was haben Sie für ein Problem?«

Die Frau setzte sich. »Ich bin nicht mehr so kräftig, wie ich mal gewesen bin, und ich finde, ich brauchte hin und wieder Hilfe. Nicht viel Hilfe, nur ein bißchen.«

»Wir brauchen alle hin und wieder Hilfe. Was für eine Hilfe benötigen Sie denn?«

»Nun ja – warum soll ich da viel um die Sache herumreden? Einigen von meinen Mädchen – die in der River Street arbeiten, wissen Sie? – hat man schmutziges Opium verkauft. Ich dachte mir, da Sie ja ein Doktor sind, könnten Sie uns vielleicht etwas reinen Stoff aus San Francisco besorgen. Ich hab' mir überlegt, daß ihr Ärzte ja so eure Methoden habt, mit denen ihr nachprüfen könnt, ob der Stoff rein ist, und vielleicht können Sie es sich sogar leisten, den Stoff in großen Mengen zu besorgen, und verkaufen ihn dann weiter. Ich kann Ihnen jede Menge Abnehmer verschaffen und...«

»Bitte verlassen Sie meine Praxis«, sagte Blair mit betont ruhiger Stimme.

Die Frau erhob sich von ihrem Stuhl. »Ach, Sie sind sich wohl zu fein dazu? Sie glauben, Sie wären was Besseres als unsereiner? Wußten Sie noch nicht, daß die ganze Stadt über Sie lacht? Sie nennen sich Ärztin, sitzen hier in Ihrer leeren

Bude, und niemand will zu Ihnen kommen. Und es *wird* auch niemand kommen – darauf können Sie sich verlassen!«

Blair ging zur Tür und hielt sie auf.

Mit hochgereckter Nase nahm die Frau ihr Kind wieder an der Hand und ging. Sie warf die Kliniktür so heftig hinter sich zu, daß die Glocke zu Boden fiel.

Ohne eine Spur von Zorn setzte sich Blair wieder hinter ihren Schreibtisch und nahm ein Blatt Papier zur Hand. Es war eine Aufstellung von Ausgaben, die ihre Haushälterin, Mrs. Shainess, ihr am Morgen gegeben hatte. Blair sollte die zweiundzwanzig Posten zusammenzählen und nachprüfen, ob Mrs. Shainess die Endsumme richtig ausgerechnet hatte.

Sie blickte auf das Papier, und plötzlich verschwammen die Ziffern vor ihren Augen, und ehe sie wußte, wie es geschah, lag ihr Kopf auf dem Tisch, und sie weinte. Sie weinte lautlos, wobei sie die Tränen rinnen ließ, ehe sie wieder den Kopf hob und nach einem Taschentuch suchte.

Sie hielt erschrocken die Luft an, als sie Kane Taggert auf dem Stuhl unter dem Fenster sitzen sah. »Macht es dir Spaß, Leute zu bespitzeln?«

»Ich habe es nicht oft genug getan, um das zu wissen«, sagte er, während er sie besorgt betrachtete.

Sie kramte eine Weile hastig in allen Schreibtischschubladen, ehe sie Kane das große Taschentuch aus der Hand riß, das er ihr über den Tisch hinhielt.

»Es ist sauber. Houston läßt mich nicht eher aus dem Haus gehen, bis sie meine Taschentücher kontrolliert hat.«

Sie ging auf seinen scherzhaften Ton nicht ein, drehte sich von ihm weg und schneuzte sich.

Er griff über den Tisch und nahm das Blatt Papier mit den Ausgaben hoch. »Ist das der Grund, warum du heulst?« Er warf nur einen flüchtigen Blick darauf. »Du hast dich um sieben Cents verrechnet«, sagte er, während er das Papier wieder auf den Tisch legte. »Sieben Cents bringen dich zum Heulen?«

»Wenn du es schon wissen mußt – man hat meine Gefühle verletzt. Mich beleidigt – schlicht und einfach.«

»Mehr möchtest du mir nicht erzählen?«

»Warum? Damit du ebenfalls über mich lachen kannst? Ich kenne die Leute von deiner Sorte. Du würdest auch niemals zu einer Ärztin gehen. Du denkst genauso wie alle anderen Männer und wie die meisten Frauen! Du würdest dich niemals von einer Frau operieren lassen.«

Sein Gesicht blieb ernst. »Ich bin noch bei keinem Arzt gewesen; also weiß ich nicht, von wem ich mich operieren ließe. Ich schätze, wenn die Schmerzen groß genug sind, laß ich jeden an mich ran, der was von der Sache versteht. Ist das der Grund, warum du weinst? Weil niemand hier ist?«

Blair legte die Hände auf die Schreibtischplatte. Mit dem Zorn verließ sie auch der Mut. »Lee hat einmal zu mir gesagt, daß alle Ärzte Idealisten wären – anfangs. Ich glaube, ich bin ein besonders krasses Beispiel dafür. Ich dachte, die Leute in dieser Stadt wären begeistert, wenn sie endlich eine Frauenklinik bekämen. Vielleicht sind sie das auch – wenn Leander hier ist und die Klinik leitet. Sie kommen zur Tür herein, sehen mich und fragen nach einem ›echten‹ Doktor. Meine Mutter ist zwei Tage hintereinander mit dreierlei Beschwerden zu mir gekommen, und auch ein paar Frauen, die mich schon als Säugling gekannt haben, haben mich hier aufgesucht. Und als hätte ich nicht schon genug Kummer, hat das städtische Komitee für Krankenhausangelegenheiten plötzlich beschlossen, daß es hier eigentlich nicht genügend Arbeit gäbe für einen weiteren Arzt.«

Kane saß vor dem Schreibtisch und betrachtete sie eine Weile. Er kannte seine Schwägerin kaum; doch er wußte, daß sie normalerweise Energie hatte für zwei; doch nun saß sie ihm mit einem langen Gesicht gegenüber und mit Augen, in denen kein Licht mehr war.

»Gestern«, begann er, »war ich im Stall – ohne Hemd, was du aber Houston nicht verraten darfst – und stieß mit dem Rücken an einen Verschlag. Dabei habe ich mir ’ne Menge Holzsplitter eingezogen, die ich mit der Hand nicht erreichen und wieder herausziehen kann.« Er betrachtete sie, wie sie den Kopf hob. »Ist ja nicht viel; aber mehr kann ich leider nicht bieten.«

Langsam breitete sich ein Lächeln über ihr Gesicht aus. »Schön – dann komm mal mit in die Chirurgie, damit ich mir deinen Rücken anschauen kann.«

Die Splitter waren nicht besonders groß oder saßen besonders tief in der Haut; aber Blair behandelte ihn mit großer Umsicht.

Als Kane bäuchlings auf der Pritsche lag, fragte er: »Wie kommt es, daß deine Türglocke heruntergefallen ist? Hatte da jemand einen Zorn auf dich?«

Das war alles, was noch nötig war, damit Blair ihm von der Frau erzählte, die von ihr Opium verlangt und ihr dann gesagt hatte, daß die ganze Stadt über sie lachte.

»Und Lee hat jahrelang davon geträumt, eine Frauenklinik in Chandler zu eröffnen, und hart gearbeitet, um sich diesen Traum erfüllen zu können. Und nun ist er ständig unterwegs zu einem Patienten, der in einem Bergwerk verunglückt ist, und ich sitze hier in der Klinik und enttäusche ihn.«

»Sieht mir eher danach aus, als würden die Kranken dich enttäuschen. Und ich schätze, da versäumen sie was.«

Sie lächelte auf seinen Hinterkopf hinunter. »Es ist nett von dir, so etwas zu sagen; aber du wärst doch bestimmt nicht gekommen, wenn nicht... Weshalb *bist* du überhaupt hierhergekommen?«

»Houston renoviert mein Büro.«

Er sagte das in einem so fatalistischen Ton, daß Blair lachen mußte.

»Das ist gar nicht komisch. Sie stellt überall die verrücktesten kleinen Sessel auf, und sie mag Spitzen. Wenn ich in mein Büro zurückkomme und feststelle, daß die Wände rosarot gestrichen sind, dann werde ich...«

»Was wirst du dann tun?«

Er drehte den Kopf, damit er zu ihr hinaufsehen konnte: »Weinen.«

Sie lächelte ihn an. »Wenn sie es rosarot gestrichen hat,

komme ich morgen in dein Haus, und wir werden es wieder umstreichen. Wäre das ein Vorschlag?«

»Der beste, den ich heute gehört habe.«

»Alles wieder in Ordnung«, sagte sie eine Minute später und begann, ihre Instrumente zu säubern, während Kane wieder sein Hemd und seine Jacke anzog. Sie drehte sich zu ihm um. »Vielen Dank«, sagte sie. »Du hast dafür gesorgt, daß ich mich jetzt viel besser fühle. Ich weiß, daß ich in der Vergangenheit nicht gerade höflich zu dir gewesen bin, und möchte mich dafür entschuldigen.«

Kane zuckte nur mit den Achseln. »Du und Houston seid eineiige Zwillinge, also müßt ihr auch etwas gemeinsam haben, und wenn du nur halb so gut bist wie deine Schwester in ihrem Job, mußt du die beste Ärztin der Welt sein. Und ich habe so ein Gefühl, als würde sich von jetzt ab die Lage für dich ändern. Schon bald werden dir die Ladies mit allen möglichen Beschwerden die Haustür einrennen. Warte nur ab. Bleib hier und mach deine Werkzeuge sauber, und ich wette, morgen wirst du sie alle gebrauchen können.«

Da waren plötzlich alle Tränen vergessen, und sie grinste ihn an. »Vielen Dank. Du hast mir mächtig gutgetan.« Einem Impuls folgend, stellte sie sich auf die Zehenspitzen und küßte ihn auf die Wange.

Er lächelte sie an. »Du wirst es nicht glauben; aber eben hast du genauso ausgesehen wie Houston.«

Blair lachte. »Ich denke, das war wohl das größte Kompliment, das man mir bisher in meinem Leben gemacht hat. Aber nun werde ich wohl einiges vorbereiten müssen, wenn du mir so viel Arbeit prophezeist. Und falls du noch Beschwerden in der Schulter haben solltest, gib mir Bescheid.«

»Ich werde mit jedem gebrochenen Knochen zu Ihnen kommen, Dr. Westfield, und mit allen rosarot gestrichenen Wänden«, sagte er und verließ die Klinik.

Blair begann leise zu pfeifen, während sie ihren Schreibtisch aufräumte, wobei ihr einfiel, daß sie vergessen hatte zu fragen, ob die Summe ihrer Haushaltsausgaben nun um sieben Cents zu hoch oder zu niedrig war, und sie alles noch einmal selbst nachrechnen mußte. Doch den Rest des Tages über fühlte sie sich so wohl wie schon lange nicht mehr.

Dann, während sie ihre Instrumente bereitlegte, hielt sie nachdenklich inne, als sie sich wieder an Kanes rührenden Versuch erinnerte, sie aufzumuntern, und wie rüde sie ihn immer behandelt hatte. Vielleicht hatte Houston tatsächlich Ursache, diesen Mann zu lieben.

Zu Hause, in seinem dunkel getäfelten Büro, drehte sich Kane zu seinem Assistenten, Edan Nylund, um. »Haben wir nicht von der Chandler-Nationalbank, die ich in der letzten Woche gekauft habe, einige Papiere zugeschickt bekommen?«

»Ja, ein ungefähr zwanzig Pfund schweres Bündel«, sagte Edan und wies, ohne aufzusehen, auf eine Stelle des Schreibtischs, wo die Dokumente gestapelt lagen. Kane blätterte sie flüchtig durch.

»Wo ist Houston hingegangen?«

Jetzt blickte Edan doch neugierig von seiner Arbeit auf. »Zu ihrer Schneiderin, glaube ich.«

»Gut«, sagte Kane. »Dann haben wir ja den Rest des Tages für uns – vielleicht sogar den Rest der Woche.« Er klemmte sich die Dokumente unter den Arm und verließ wieder das Büro.

Von einer nun unüberwindlichen Neugierde getrieben, ging Edan seinem Chef nach und fand ihn in der Bibliothek am Telefon. Da das Telefonsystem von Chandler nur die einzelnen Häuser der Stadt miteinander verband und Kanes Geschäfte größtenteils außerhalb von Colorado abgewickelt wurden, hatte Edan bisher noch nie erlebt, daß Kane sein Telefon benützte.

»Sie haben richtig verstanden«, sagte Kane zu dem Teilnehmer am anderen Ende der Leitung, »die Hypothek auf Ihrer Ranch ist in der nächsten Woche fällig, und ich bin natürlich berechtigt, Ihre Ranch pfänden zu lassen, wenn Sie in Verzug sind. Richtig. Aber ich gewähre Ihnen eine zinsfreie Fristverlängerung von drei Monaten, wenn Ihre Frau sich morgen in der Westfield-Klinik einfindet und dort von Dr. Blair behandelt wird. Sie kann jede Minute ihr Baby bekommen? Großartig! Wenn sie in der Praxis meiner Schwägerin entbindet, bekommen Sie eine Fristverlängerung von hundertachtzig Tagen. Natürlich können Sie Ihre Töchter auch gleich mitschicken. Ja, gut. Noch mal dreißig Tage pro Tochter, wenn sie morgen mit irgendwelchen Beschwerden in der Klinik aufkreuzt. Aber wenn meine Schwägerin von unserer Abmachung Wind bekommt, wird gepfändet. Ist das klar?«

»Verdammt!« sagte er zu Edan, als er wieder auflegte, »das kostet mich aber eine Stange Geld. Geh den Stapel durch und stell fest, wer noch mit seinen Krediten in Verzug geraten ist oder keine Fristverlängerung bekommen hat. Und dann möchte ich wissen, für wieviel derjenige oder diejenigen, denen das Krankenhaus in Chandler gehört, bereit ist, den Laden zu verkaufen. Wir wollen doch mal sehen, ob der Aufsichtsrat sich dann noch weigern wird, die Schwägerin des Eigentümers einzustellen.«

Bis zum nächsten Morgen hielt Blairs gute Laune nicht an, und sie mußte sich sogar ermahnen, wieder an die Arbeit zu gehen. Wieder so ein langer Tag, ohne etwas zu tun, dachte sie, und statt mit ihrer neuen Kutsche zur Klinik zu fahren, ging sie diesmal zu Fuß. Doch als sie noch zwei Straßen von der Klinik entfernt war, kam ihr schon Mrs. Krebbs ganz aufgeregt entgegen.

»Wo stecken Sie denn bloß? Wir können uns vor Patienten ja kaum noch retten!«

Einen Moment lang stand Blair wie gelähmt da, und dann rannte sie mit Mrs. Krebbs zur Klinik. Das Wartezimmer war ein Chaos: wimmernde Kinder; Mütter, die sie zu beruhigen versuchten; und eine Frau, die stöhnte und offenbar schon Preßwehen hatte.

Eine Viertelstunde später schnitt Blair die Nabelschnur eines neugeborenen Mädchens durch.

»Hundertachtzig«, murmelte die Mutter, »ihr Name ist

Blair hatte keine Zeit, sie nach dem Grund für diesen seltsamen Namen zu fragen, weil man bereits die nächste Patientin hereinbrachte.

Am Tag darauf brachte eine Frau einen kleinen Jungen in die Klinik, ein schmächtiges achtjähriges Kind, das aussah wie sechs – ein Junge, der bereits zwei Jahre lang im Bergwerk gearbeitet hatte. Er starb in Blairs Armen, nachdem sein kleiner Brustkasten von Kohlen einer umstürzenden Lore eingedrückt worden war.

Blair rief Nina an. »Ich werde es machen«, sagte sie und legte wieder auf.

Kapitel 30

Blair fuhr mit ihrer neuen Kutsche die Straße hinunter, weg von der Zeche »Inexpressible«, zurück nach Chandler. Nina hatte keine Zeit damit verloren, die Sendung für die Mine vorzubereiten, vielleicht weil sie fürchtete, Blair könnte ihre Entscheidung wieder umstoßen. Und so hatte Blair an diesem Morgen Dr. Weaver angerufen, einen jungen Arzt, den sie im städtischen Krankenhaus kennengelernt hatte, und ihn gebeten, sie in ihrer Klinik zu vertreten, da sie zu einem Notfall in eines der Bergwerke gerufen worden sei. Der Mann war ihrer Bitte nur zu gern nachgekommen.

Im Haus Westfield hatte Nina sich nach Kräften bemüht, die Aufrufe im Kutschkasten unter einem Brett zu verbergen und es so einzupassen, daß man darunter keinen Hohlraum vermutete. Während Nina Blair genaue Instruktionen für ihren Auftrag erteilte, hatte Blair solche Angst, daß sie kaum sprechen konnte.

Am Lagertor des Bergwerks hatten die Wachen ein paar scherzhafte Bemerkungen darüber gemacht, wie sehr sich Dr. Westfield seit seinem letzten Besuch verändert habe, ließen sie dann aber passieren. Sie hatte ein paar mit Kohlenstaub bedeckte Kinder fragen müssen, ehe sie das Haus mit der Frau fand, die ihr die Schriften abnehmen sollte. Die Frau, die im Bett lag und eine Krankheit vortäuschte, war genauso nervös wie sie. Sie versteckte die Zeitungen unter einem Dielenbrett, und Blair hatte dann das Lager so rasch, wie es unter den Umständen möglich war, wieder verlassen.

Die Wächter, die ihre Nervosität spürten, glaubten mit der Männern angeborenen Eitelkeit, ihre offensichtliche Verwirrung sei auf ihre Gegenwart zurückzuführen, und machten sich diesmal noch mehr über sie lustig, bevor sie passieren durfte.

Sie war schon eine Meile vom Bergwerk entfernt, ehe sie am ganzen Leib zu zittern begann, und binnen zwanzig Minuten hatte sich das Zittern so verstärkt, daß sie kaum noch die Zügel festhalten konnte. Sie lenkte die Kutsche von der Straße weg zwischen ein paar Felsen, stieg vom Kutschbock, und als ihre Knie nachgaben, setzte sie sich auf den Boden und vergoß Tränen der Erleichterung, daß sie die Sache heil überstanden hatte.

Ihre Schultern zuckten immer noch, als sie plötzlich von zwei kräftigen Händen ergriffen wurden, die sie in die Höhe zogen.

Sie blickte in Leanders Augen, die vor Zorn sprühten.

»Zum Henker mit dir«, sagte er, ehe er sie an sich preßte.

Blair fragte ihn nicht, woher er wisse, was sie getan hatte – dafür war sie viel zu froh über seine Nähe. Sie klammerte sich an ihn, und obwohl er ihr fast die Rippen zerquetschte, verlangte sie danach, daß er sie noch fester hielt.

»Ich hatte solche Angst«, sagte sie in seine Schulter hinein, während sie auf den Zehenspitzen stand, um ihr Gesicht an der weichen Haut seines Halses bergen zu können. »Ich habe mich so sehr gefürchtet.« Die Tränen strömten wieder über das Gesicht und liefen ihr in den Mund.

Leander hielt sie nur fest und streichelte ihr Haar. Er sagte kein Wort, solange sie weinte.

Es dauerte eine Weile, bis ihr Tränenstrom versiegte und das Zittern aufhörte. Als sie endlich den Mut fand, Lees

Schultern wieder loszulassen, löste sie sich von ihm und suchte in ihren Kleidern nach einem Taschentuch. Lee gab ihr seines, und nachdem sie sich geschneuzt und sich das nasse Gesicht abgewischt hatte, sah sie zu ihm hoch. Sie wich erschrocken einen Schritt zurück, als sie wieder in seine Augen blickte.

»Lee, ich ...« begann sie, immer weiter zurückweichend, bis sie mit dem Rücken gegen einen Felsen stieß.

Der scherzende, lächelnde, tolerante Lee, den sie bisher gekannt hatte, war nicht mehr zu sehen. Er maß sie mit einem flammenden Blick und sagte keuchend:

»Ich möchte nichts davon hören. Nicht ein Wort. Ich möchte, daß du mir schwörst, so etwas nie wieder zu tun.«

»Aber ich ...«

»Schwöre es!« sagte er, während er auf sie zuging und am Unterarm packte.

»Lee, bitte, du tust mir weh.« Sie wollte ihn beruhigen, wollte, daß er die Notwendigkeit ihres Tuns einsah. »Woher hast du es gewußt? Es war ein Geheimnis.«

»Ich halte mich fast täglich in einem der Bergwerke auf«, sagte er, sie zornig anfunkelnd. »Ich erfahre, was da alles vor sich geht. Verdammt, Blair, als ich hörte, daß du diese Aufrufe zustellen würdest, mochte ich das zunächst gar nicht glauben.« Er deutete mit dem Kopf auf das zerknüllte Taschentuch in ihrer Hand. »Wenigstens ist dir klargeworden, in was für einer Gefahr du geschwebt hast. Weißt du eigentlich, was diese Männer mit dir hätten machen können? Hast du eine Vorstellung davon? Vielleicht hättest du sie sogar angefleht, daß sie dich töten sollen, wenn sie mit dir fertig gewesen wären. Und sie haben das Gesetz auf ihrer Seite.«

»Ich weiß, Lee«, antwortete sie mit leidenschaftlicher Stimme. »Sie haben das Recht, alles zu tun, was ihnen beliebt. Und deswegen *muß* jemand die Bergarbeiter über ihre Rechte aufklären.«

»Aber nicht du!« brüllte Lee ihr ins Gesicht.

Sie beugte sich gegen den Felsen, als würde ein Sturm ihr

in die Augen blasen. »Ich habe Zutritt zu den Bergwerken. Ich habe eine Kutsche. Es ist nur logisch, daß ich diesen Auftrag übernehme.«

Lees Gesicht lief so dunkelrot an, daß sie fürchtete, es könne jeden Moment explodieren. Er hob die Hände an ihren Hals, ermannte sich aber rechtzeitig und trat von ihr weg. Als er ihr den Rücken zudrehte, sah sie an den Bewegungen seines Oberkörpers, wie heftig er atmete. Dann, als er ihr das Gesicht wieder zuwandte, schien er seine Beherrschung einigermaßen wiedergewonnen zu haben.

»Ich möchte, daß du mir jetzt sehr genau zuhörst. Ich weiß, daß das, was du getan hast, einer gerechten Sache dient, und ich weiß auch, daß die Bergarbeiter über ihre Rechte Bescheid wissen müssen. Ich erkenne sogar an, daß du bereit bist, dein Leben zu riskieren, um anderen zu helfen. Aber ich kann nicht zulassen, daß du so etwas noch einmal tust. Habe ich mich deutlich genug ausgedrückt?«

»Und wenn *ich* es nicht tue – wer dann?«

»Was, zum Henker, kümmert das mich?« schrie er und holte dann wieder ein paarmal tief Luft. »Blair, du bist diejenige, die mir nahesteht. Du bist für mich wichtiger als alle Bergarbeiter der Welt. Ich möchte, daß du mir schwörst, so etwas Ähnliches nie wieder zu tun.«

Blair blickte auf ihre Hände hinunter. Sie hatte heute morgen mehr Angst gehabt als je zuvor in ihrem Leben. Doch zugleich hatte sie das Gefühl, daß sie heute die wichtigste Tat ihres Lebens begangen hatte. »Gestern nachmittag starb ein kleiner Junge in meinen Armen«, flüsterte sie. »Sein Brustkasten war von Kohlen eingedrückt ...«

Lee packte sie bei den Schultern. »Du mußt mir so etwas nicht erzählen. Weißt du, wie viele Kinder in *meinen* Armen gestorben sind? Wie viele Arme und Beine ich bei Männern amputiert habe, die unter Steinen und Balken eingeklemmt waren? Du bist noch nie unter Tage in einem

Bergwerk gewesen. Wenn du in so einen Stollen einfährst ... Es ist dort schlimmer, als du dir das vorstellst.«

»Dann muß etwas dagegen unternommen werden«, sagte sie hartnäckig.

Er nahm die Hände von ihren Schultern, wollte etwas sagen, schloß den Mund wieder, versuchte es erneut: »Schön, dann probiere ich es eben mit einer anderen Taktik. Du bist für so etwas nicht geschaffen. Vor ein paar Minuten noch warst du vollkommen am Boden zerstört. Dir fehlen die persönlichen Voraussetzungen, die man für so ein Unternehmen mitbringen muß. Du bist sehr mutig, wenn es darauf ankommt, ein Menschenleben zu retten; aber sobald du in eine Sache verwickelt wirst, die sich zu einem Krieg auswachsen und Menschen das Leben kosten kann, brichst du zusammen.«

»Aber es muß doch getan werden«, sagte sie mit flehender Stimme.

»Ja, das mag stimmen; aber es muß von jemand anderem getan werden – nicht von dir. Man kann dir sofort vom Gesicht ablesen, was du empfindest.«

»Aber wie sollen dann die Bergarbeiter aufgeklärt werden? Wer außer uns beiden hat denn Zutritt zu den Kohlengruben?«

»Nicht *uns*«, explodierte Lee abermals. »*Ich*! *Ich* habe Zutritt zu den Bergwerken – nicht du! Es ist mir unerfindlich, wieso die Wachen dich überhaupt passieren ließen! Ich möchte dich nicht hier oben bei den Bergwerken sehen. Ich möchte nicht, daß du in ein Bergwerk einfährst. Im vergangenen Jahr saß ich sechs Stunden unter Tage in einem Stollen fest, weil ein Grubenstempel nachgegeben hatte. Ich kann nicht zulassen, daß du in eine ähnliche Situation gerätst.«

»Nicht zulassen?« wiederholte sie und merkte, wie die Angst von ihr abfiel. »Was willst du denn noch alles nicht zulassen?«

Er blickte sie mit hochgezogenen Brauen an. »Du magst es drehen und wenden, wie du willst – am Ende kommt immer dasselbe heraus: Du wirst nicht ein zweites Mal ein Bergwerkslager betreten.«

»Vermutlich findest du es ganz in Ordnung, wenn du dich

mitten in der Nacht davonschleichst, ohne mir zu sagen, wohin, während ich brav zu Hause zu bleiben habe.«

»Das ist absurd. Ich habe dir bisher noch nie etwas verwehrt oder verboten. Du wolltest eine Frauenklinik haben. Ich habe sie dir gegeben. Und nun kannst du auch dort bleiben.«

»Und du dich inzwischen in die Bergwerke einfahren lassen, wolltest du sagen? Glaubst du, ich wäre zu feige dazu? Bildest du dir etwa ein, ich hätte Angst vor der Dunkelheit?«

Lee schwieg einen Moment, und als er wieder zu sprechen anfing, war seine Stimme nicht viel lauter als ein Flüstern: »Du bist kein Feigling, Blair. Ich bin feige. Du fürchtest dich nicht, etwas zu tun, was dich zutiefst erschreckt; aber ich habe eine viel zu große Angst davor, daß ich dich verlieren könnte, wenn ich dir noch einmal erlaubte, das zu tun, was du heute getan hast. Dir mag die Art nicht gefallen, in der ich dir das sage; aber am Ende läuft es immer auf das gleiche hinaus: Du mußt dich von den Kohlebergwerken fernhalten.«

Blair schien in diesem Moment von allen Empfindungen, die sie bisher in ihrem Leben erfahren hatte, überschwemmt zu werden. Sie war wütend über Lees Hoffart. So wie Nina es ihr beschrieben hatte, war auch sie empört über seine anmaßende Art, ihr etwas zu verbieten. Doch gleichzeitig hatte sie seine Worte im Ohr, mit der er sein Verbot begründete. Sie war einfach nicht gut genug für diesen Job. Auch Houston fuhr in die Kohlengruben; aber wenn man ihr Fuhrwerk durchsuchte, würden die Wächter nur Tee und Kinderschuhe finden, die in der Ladung versteckt waren. Das war überhaupt nicht vergleichbar mit dem, was sie in die Lager schmuggelte. Und Lee hatte auch gesagt, daß er sich Sorgen machte, was für einen Schaden diese Aufrufe anstiften konnten. Sie hatte eines von diesen Flugblättern gelesen: Es strotzte von gehässigen Bemerkungen und Anwürfen. Sie waren in einem Stil verfaßt, der Männer dazu verleiten konnte, erst zu handeln und später erst über die Folgen ihres Tuns nachzudenken.

Sie blickte zu Lee hoch, der sie beobachtete. »Ich ... ich wollte dich nicht so furchtbar erschrecken«, stammelte sie. »Ich ...« Sie sagte nichts mehr, als Lee ihr die Arme entgegenhob und sie zu ihm lief.

»Habe ich dein Versprechen?« fragte er, sein Gesicht in ihrem Haar vergrabend.

Blair wollte darauf antworten, daß sie ihm das Versprechen nicht geben könne, als ihr einfiel, daß es vielleicht noch andere Möglichkeiten gab, die Zeitungen in die Kohlengruben einzuschleusen – ein subtileres Verfahren, das niemand in die Gefahr brachte, erschossen zu werden.

»Ich verspreche, daß ich nie mehr Flugblätter der Gewerkschaft in ein Kohlenbergwerk transportieren werde.«

Er zog ihren Kopf nach hinten, um ihr ins Gesicht schauen zu können. »Und was passiert, wenn jemand mich nach einem Grubenunglück in eine Zeche bestellt und du den Anruf entgegennimmst?«

»Nun, Lee, ich werde wohl diesem Ruf ...«

Der Griff seiner Hand in ihrem Nacken wurde fester. »Weißt du – ich hänge wirklich an dieser Stadt und würde nur sehr ungern woanders hinziehen; aber es könnte der Tag kommen, wo ein Umzug unvermeidlich wird und ich mir, sagen wir, irgendwo im Osten von Texas eine Wohnung suchen muß, wo es so gut wie gar keine Menschen gibt. Einen Ort, wo meine Frau unmöglich in Gefahr geraten kann.« Er bekam ganz schmale Augen. »Und ich werde Mrs. Shainess und Mrs. Krebbs bitten, bei uns im Haus zu wohnen.«

»Eine grausame und unmenschliche Strafe. Also gut, ich werde den Kohlengruben fernbleiben, solange du mich nicht dorthin begleitest. Aber wenn du mich jemals bei einem Fall brauchen solltest ...«

Er brachte sie mit einem Kuß zum Schweigen. »Sollte dieser Fall eintreten und ich dich brauchen, muß ich auch wissen, wo du bist – immer, zu jeder Sekunde, Tag und Nacht.«

»Es gibt viele Zeiten, in denen ich nicht weiß, wo du dich aufhältst. Ich denke doch, daß die Fairneß gebietet . . .«

Er küßte sie abermals. »Als ich das Krankenhaus verließ, haben sie gerade zwei Fuhrwerke mit verwundeten Cowboys ausgeladen. Eine Herde ist durchgegangen, glaube ich. Ich hätte eigentlich dort bleiben und . . .«

Sie schob ihn von sich fort. »Warum stehen wir noch hier herum? Wir müssen sofort in die Stadt!«

»So lobe ich mir mein Mädchen«, sagte Leander, als er ihr zu ihrer Kutsche und seinem Pferd folgte.

»Öffnen Sie das Tor!«

Pamela Fenton Younger, die auf ihrem Pferd vor dem Eingang zur Zeche »Little Pamela« wartete, blickte zornig auf die beiden Wächter hinunter.

Die beiden Wachen starrten zu ihr hinauf. Eine ein Meter achtzig große Lady, die auf einem siebzehn Handbreiten hohen schwarzen Hengst saß, der so machtvoll tänzelte, daß man ständig seine blanken Hufeisen sah, hatte schon etwas Furchgebietendes. Und obwohl die Wachen durch ein dickes Balkentor von dem Tier getrennt waren, wichen sie doch einen Schritt zurück, als der Hengst den Kopf zurückwarf und eine halbe Drehung vollzog.

»Habt ihr mich gehört? Öffnet das Tor!«

»Moment, Sie können doch nicht . . .« begann einer der beiden Wächter.

Der andere boxte ihn in die Rippen. »Klare Sache, Miss Fenton«, sagte er, während er den Riegel öffnete und zur Seite sprang, als der Hengst im Galopp durch das Tor preschte.

»Die Tochter des Minenbesitzers«, erklärte der Wächter hinter ihm seinem Kollegen.

Pamela ritt direkt bis zum Schachteingang, wobei der Hengst Wolken von Kohlenstaub aufwirbelte. »Ich möchte Rafferty Taggert sprechen«, sagte sie, den Hengst, der wild die Augen rollte, am straffen Zügel haltend. »Wo ist er?«

»Auf Schicht«, sagte jemand, »Stollen Nummer sechs.«

»Dann holen Sie ihn herauf. Ich möchte ihn sehen.«

»Moment mal ...« sagte ein Mann und trat einen Schritt vor.

Ein anderer, älterer Mann schob sich bis zu dem nervösen Pferd vor. »Guten Morgen, Miss Fenton. Taggert ist unter Tage; aber ich bin sicher, daß jemand ihn für Sie heraufbringen kann.«

»Dann machen Sie das«, sagte sie mit einem heftigen Zug am Zügel, um ihre Herrschaft über das mächtige Tier sichtbarlich zu unterstreichen. Mit gekräuselter Unterlippe schaute sie sich im Lager um, betrachtete den Schmutz und die Armut. Als sie noch ein Kind gewesen war, hatte ihr Vater darauf bestanden, daß sie ihn in diese Zeche begleiten sollte, damit sie mit eigenen Augen sah, woher ihr Reichtum stammte. Pamela hatte sich im Lager umgeschaut und gesagt: »Ich glaube, wir sind sehr arm.«

Die Zeche gefiel ihr heute genausowenig wie damals als Kind.

»Lassen Sie inzwischen für ihn ein Pferd satteln. Sagen Sie ihm, daß ich ihn an der Biegung von Fisherman's Creek erwarte.«

Sie mußte sich so lange gedulden, bis ihr Hengst eine volle Drehung gemacht hatte, ehe sie wieder auf den Minenaufseher hinunterschauen konnte. »Und wenn ihm auch nur ein Penny vom Lohn gekürzt wird, bekommen Sie etwas zu hören.« Damit gab sie dem Hengst den Kopf frei und sprengte wieder zum Lagertor, während die Schlacken unter den Pferdehufen nur so durch die Gegend wirbelten.

Sie brauchte nicht lange auf Rafe zu warten. Der Name Fenton mochte für einige Leute einen üblen Beigeschmack haben; aber diejenigen, die für Fentons Hütten- und Zechenbetriebe arbeiteten, überschlugen sich förmlich, wenn ein Fenton ihnen etwas anschaffte.

Rafe saß auf einem räudigen Gaul, der viel zu klein war für seinen mächtigen Körper. Sein Gesicht und seine Kleider waren schwarz vom Kohlenstaub; aber in seinen weißen

Augäpfeln nistete der Zorn. »Wenn Sie sich was in den Kopf gesetzt haben, muß es auf der Stelle ausgeführt werden, wie? Prinzessin Fenton bekommt doch immer ihren Willen«, sagte er, während er sich vom Gaul herunterschwang und ihr fest in die Augen sah.

»Mir gefällt das Lager nicht.«

»Keinem gefällt das Lager; nur müssen ein paar von uns sich ihren Lebensunterhalt selbst verdienen.«

»Ich bin nicht hierhergekommen, um mich mit Ihnen zu streiten. Ich habe Ihnen etwas Wichtiges mitzuteilen. Hier.« Sie reichte ihm ein Stück Seife und einen Waschlappen zu. »Sie brauchen mich nicht so erstaunt anzusehen. Ich sehe nicht zum erstenmal in meinem Leben Kohlenstaub.«

Mit einem letzten schroffen Blick auf sie nahm er ihr den Waschlappen und die Seife ab, kniete sich am Flußufer nieder und begann, sich Gesicht und Hände einzuseifen. »Also gut – sagen Sie mir, was Sie von mir wollen.«

Pamela setzte sich auf einen flachen Felsblock und streckte ihm ihre langen Beine entgegen. Mit ihrem hohen, steifen schwarzen Hut wirkte sie noch größer, als sie ohnehin war; aber der kleine schwarze Schleier gab ihrem Gesicht eine geheimnisvoll feminine Note.

»Als ich sieben Jahre alt war, verlor mein Vater den Ersatzschlüssel zu seiner privaten Schreibtischschublade. Ich fand ihn und versteckte ihn in meiner Schatztruhe. Als ich zwölf war, entdeckte ich, zu welchem Schloß dieser Schlüssel paßte.«

»Und seitdem spionieren Sie Ihrem Vater nach.«

»Ich halte mich unterrichtet.«

Er wartete, aber sie sagte nichts mehr. Als er sich mit sauber gewaschenem Gesicht zu ihr umdrehte, reichte sie ihm ein Handtuch zu. »Was haben Sie also herausgefunden?«

»Mein Vater hat schon vor Monaten Pinkerton-Agenten engagiert, die feststellen sollten, wer Gewerkschaftsvertreter in die Bergwerke einschleust.«

Rafe nahm sich Zeit beim Abtrocknen seiner Unterarme.

Sie waren mit dicken Muskelsträngen versehen, die er von seiner jahrelangen Arbeit als Hauer mit dem Vorschlaghammer bekommen hatte. »Und was haben Ihre Pinkertons herausgefunden?«

»Es sind nicht *meine* Pinkertons, sondern die meines Vaters.« Sie pflückte eine Blüte von einer Fleißiges-Lieschen-Staude, die neben dem Felsblock wuchs, und spielte damit. »Zunächst stellten sie fest, daß vier junge Damen, durchweg aus prominenten Chandlerer Familien, sich als alte Frauen verkleiden und illegale Waren in die Lager schmuggeln, wobei man mit illegal alles bezeichnet, was meinem Vater keinen Profit einbringt.« Sie blickte zu ihm hoch. »Eine dieser jungen Damen ist inzwischen mit Ihrem Neffen verheiratet.«

»Houston? Diese schmächtige, zerbrechliche kleine ...« Seine Stimme verebbte. »Weiß Kane davon?«

»Das bezweifle ich; und zudem sehe ich keine Möglichkeit, ihn zu fragen, ob oder ob nicht.« Sie betrachtete ihn eingehend. Als sie und Kane noch sehr jung gewesen waren, hatten sie eine Affäre miteinander gehabt. Sie hatten geglaubt, es wäre eine geheime Liebesbeziehung; aber in Wirklichkeit waren sie das heißeste Thema für die Klatschbasen der Stadt gewesen. Als sie dann vor einigen Wochen, am Hochzeitstag der Zwillinge, Kanes Onkel Rafe kennengelernt hatte, schien er alle Eigenschaften zu besitzen, die sie damals an Kane so sehr geliebt hatte; doch Rafe besaß auch eine weiche Seite, die sie an dem jüngeren Mann nicht hatte entdecken können. Nach der Hochzeit hatte sie sich noch tagelang Hoffnung gemacht, daß er sie anrufen oder ihr ein Billett schicken würde, doch er hatte sich nicht bemüht, Kontakt mit ihr aufzunehmen. Dieser verdammte Taggert-Stolz! hatte sie geflucht. Und hatte sich gewundert, warum ein Mann wie Rafe in einem Kohlenbergwerk arbeitete. Er mußte dafür einen zwingenden Grund haben. Er war ledig und brauchte keine Familie zu versorgen.

»Warum harren Sie hier aus?« fragte sie. »Weshalb nehmen Sie das alles auf sich?« Sie deutete mit dem Kopf auf die Straße, die zum Bergwerk führte.

Rafe hob einen Stein auf und warf ihn hinaus in den Fluß »Meine Brüder arbeiteten hier, und Sherwin war sterbens krank. Er hatte eine Frau und eine Tochter zu ernähren; wollte aber von mir keine Hilfe annehmen. Auch von keinem anderen.«

»Der Taggertsche Stolz«, murmelte sie.

»Da ging ich zu Ihrem Vater und erklärte mich bereit, für ihn zu arbeiten, wenn er meinen Lohn Sherwin ausbezahlen würde. Ihrem Vater gefällt es, wenn ein Taggert sich seines Geldes wegen erniedrigt.«

Sie ignorierte seine letzte Bemerkung. »Auf diese Weise bewahrte Sherwin seinen Stolz, und Sie konnten Ihrem Bruder helfen. Und was hat Ihnen das gebracht außer einem krummen Rücken unter einer Stollendecke von einem Meter zwanzig?«

Er blickte zu ihr hoch. »Es sollte ja nur für ein paar Jahre sein – oder ist es gewesen. Mein Bruder und seine Tochter leben jetzt bei Kane und Houston.«

»Aber Sie sind immer noch hier.«

Rafe blickte wieder auf den Fluß hinaus und sagte nichts.

»In dem Bericht der Pinkertons steht, daß es drei Verdächtige gibt, die Gewerkschaftsvertreter in die Zechen einschleusen könnten. Einmal ein gewisser Jeffery Smith, dann Dr. Leander Westfield, und der dritte sind Sie.«

Rafe blickte sie nicht an. Seine Hände krampften sich um einen Stein und ließen ihn wieder los.

»Sie wissen nichts darauf zu sagen?«

»Arbeiten diese Pinkertons als Bergleute in der Zeche?«

»Ich bezweifle, daß sie in Uniformen herumlaufen«, meinte sie sarkastisch.

Er erhob sich aus der Hocke. »Wenn das alles ist, was Sie mir zu sagen haben, muß ich wieder zurück an die Arbeit. Vermutlich wissen Sie nicht, wer von den Bergleuten für die Pinkerton-Agentur arbeitet, richtig?«

»Das weiß nicht einmal mein Vater«, sagte sie und stellte

sich neben ihn. »Rafe, Sie können nicht so weitermachen. Sie müssen nicht in einer Zeche arbeiten. Ich kann Ihnen einen besseren Job verschaffen, wenn Sie wollen – jede Art von Job.«

Er blickte sie aus schmalen Augen an. »Nennen Sie es den Taggertschen Stolz«, sagte er, als er auf sein geliehenes Pferd zuging.

»Rafe!« Sie faßte ihn am Arm. »Ich wollte Sie nicht ...« Sie hielt inne und ließ seinen Arm wieder los. »Ich wollte Sie warnen. Vielleicht gefällt Ihnen die Art nicht, wie ich das getan habe, und vielleicht ist Ihnen der Name meines Vaters ein Greuel; aber ich wollte Ihnen eine Chance geben, selbst zu entscheiden, wie Ihr Leben in Zukunft aussehen soll. Mein Vater kann skrupellos sein, wenn er sich etwas vorgenommen hat.«

Er bewegte sich nicht und sagte nichts, und als sie zu ihm hochsah, blickte er sie auf eine Weise an, daß ihr das Herz bis in den Hals hinauf sprang. Ohne zu wissen, was sie tat, fiel sie ihm in die Arme.

Sein Kuß war sacht und zärtlich, und sie hatte ein Gefühl, als hätte sie ihr ganzes Leben lang nur auf diesen Mann gewartet.

»Komm heute abend wieder hierher«, flüsterte er. »Um Mitternacht. In Kleidern, aus denen du leicht herausschlüpfen kannst.« Und damit schwang er sich auf sein Pferd und galoppierte davon.

Kapitel 31

Nach dem Horror dieses Morgens und den sieben Stunden, in denen sie anschließend die jungen Männer zusammengeflickt hatte, die von der durchgehenden Herde niedergetrampelt und schwer verletzt worden waren, fühlte Blair sich vollkommen ausgepumpt. Sie war so erschöpft, daß sie nicht einmal wütend wurde, als Lee einen von diesen Anrufen bekam, die seinen sofortigen Aufbruch zur Folge hatten, ohne daß sie erfuhr, weshalb und wohin.

Als es dunkel wurde, machte sie sich auf den Heimweg und hielt unterwegs beim Telegraphenamt, um ihrer Freundin, Dr. Louise Bleeker, eine Depesche zu schicken:
BRAUCHE DICH STOP HABE MEHR ARBEIT ALS ICH BEWÄLTIGEN KANN STOP KOMM SOFORT STOP BITTE STOP
BLAIR

Zu Hause ignorierte Blair die Proteste von Shainess, weil sie nichts essen wollte und sofort ins Schlafzimmer ging. Voll angezogen fiel sie auf ihr Bett.

Sie erwachte von einem Geräusch an der Tür. Jemand mühte sich mit der Klinke ab.

»Lee?« rief sie, bekam jedoch keine Antwort. Sie erhob sich vom Bett, ging zur Tür und öffnete sie. Leander stand mit einem zerrissenen, schmutzigen, blutbefleckten Hemd vor ihr. »Was ist passiert?« rief sie und war sofort hellwach. »Wer wurde verletzt?«

»Ich«, sagte Leander heiser und taumelte ins Zimmer.

Blair hatte ein Gefühl, als käme ihr der Magen hoch, und einen Moment stand sie da wie angewurzelt und sah zu, wie er auf das Bett zu wankte.

»Du wirst mir helfen müssen«, sagte er, während er anfing, sich das Hemd auszuziehen. »Ich glaube nicht, daß es schlimm ist; aber es blutet stark.«

Sofort fiel die Lähmung wieder von ihr ab. Sie holte ihre Ärztetasche aus dem Schrank, nahm die Scheren heraus und begann, ihm das Hemd von der Brust herunterzuschneiden. Sie legte seinen Arm auf ihre Schulter und betrachtete die Wunden. Da waren zwei lange blutige Furchen dicht übereinander an der linken Seite seines Brustkastens. An einer Stelle lagen die Rippen frei. Sie hatte schon genug Schußwunden gesehen, um sie auf Anhieb erkennen zu können. Da die Wunden stark bluteten, war eine Wundinfektion wohl kaum zu befürchten.

Ihr Mund war ganz trocken, als sie sagte: »Das muß gereinigt werden.« Dann holte sie mit zitternden Händen Instrumente und Desinfektionsmittel aus der Tasche.

»Blair«, sagte Lee, und der einzige Hinweis darauf, daß er starke Schmerzen hatte, war sein unregelmäßiger Atem, »du wirst mir auch noch in anderer Beziehung helfen müssen. Ich glaube, die Männer, die auf mich geschossen haben, werden wahrscheinlich hierherkommen, um mich festzunehmen.«

Blair war so sehr mit ihren Gedanken bei seiner Verletzung, daß sie den Sinn seiner Worte nicht richtig erfaßte. Es war das erstemal, daß sie einen Menschen versorgen mußte, den sie liebte – und sie hoffte, es würde auch das letztemal sein. Sie fing an zu schwitzen, und die Haare klebten ihr auf der Stirn.

Lee legte die Hand unter ihr Kinn und hob ihren Kopf, damit sie ihn ansehen mußte. »Hast du verstanden? Ein paar Männer verdächtigen mich, und ich vermute, daß sie in wenigen Minuten hier sein werden. Ich möchte, daß sie glauben, ich wäre den ganzen Abend über zu Hause gewesen. Ich will nicht, daß sie auf den Gedanken kommen, man habe auf mich geschossen.«

»Und getroffen«, fügte sie mit rauher Stimme hinzu, während sie anfing, seinen Brustkorb zu bandagieren, nachdem sie die Schußwunde gereinigt hatte. »Wer sind diese Männer?«

»Ich ... ich möchte das lieber nicht sagen.«

Sie war schrecklich besorgt und voller Angst, weil er verwundet war, doch ein Teil von ihr wurde wütend, daß er sie zwar um Hilfe bat, ihr aber nicht sagen wollte, wobei sie ihm helfen sollte. »Es sind Pinkerton-Agenten, nicht wahr?«

Wenigstens hatte sie die Genugtuung, daß Lee sie jetzt vollkommen entgeistert ansah. »Du magst dir einbilden, daß ich keine Ahnung habe; aber ich weiß mehr, als du glaubst.« Sie wickelte die letzte Bandage um seinen Brustkorb. »Wenn du dich zu viel bewegst, fängt es wieder an zu bluten.«

Ohne noch ein Wort zu sagen, ging sie zum Schrank und

noite das Hemd und die Robe heraus, die sie in der Hochzeitsnacht getragen hatte, schlüpfte rasch aus ihren Kleidern und zog diese beiden Sachen an. Leander saß auf dem Bett und sah ihr dabei zu, offenbar ratlos, was diese Maskerade zu bedeuten hatte.

»Wir wollen mal sehen, wieviel Zeit wir noch haben«, sagte sie, als sie ihm ein sauberes Hemd zuwarf. »Kannst du dir das selbst anziehen? Ich muß mit dem Kopf nach unten hängen.«

Lee, der zu viel Schmerzen hatte und zu schockiert war über das, was sie zu ihm gesagt hatte, um jetzt noch fragen zu können, was sie eigentlich vorhabe, bemühte sich nach Kräften, sich das Hemd über seinen bandagierten Oberkörper zu ziehen, während sich Blair quer über das Bett legte und ihren Kopf über die Bettkante herunterhängen ließ.

Sie erstarrten beide, als unten Fäuste gegen die Haustüre trommelten.

Blair stand auf. »Laß dir Zeit. Ich werde sie so lange aufhalten, wie es nur irgend geht.« Rasch blickte sie in den Spiegel und brachte ihre Haare auf eine sehr anziehende Weise durcheinander. »Wie sehe ich aus?« fragte sie, als sie sich zu ihm umdrehte. Ihr Gesicht war gerötet von dem Blutandrang im Kopf, und ihr Haar hing ihr aufgelöst bis zu den Schultern hinunter. Für jeden, der es nicht besser wußte, sah sie aus wie eine Frau, die soeben die Liebe genossen hatte.

Blair war überraschend ruhig, als sie die Haustüre erreichte. Als sie diese öffnete, standen drei kräftige, tükkisch aussehende Männer davor, die an ihr vorbei ins Haus hineinliefen.

»Wo ist er?« herrschte einer der Männer sie an.

»Ich kann gleich mitkommen«, sagte Blair. »Ich will nur noch meine Tasche holen.«

»Wir wollen Sie ja gar nicht«, sagte ein anderer von den dreien. »Wir wollen den Doktor.«

Blair stand auf der zweiten Stufe der Treppe, so daß sie ein wenig zu ihr hinaufschauen mußten. »Sie werden sich mit dem zufriedengeben müssen, was Sie bekommen«, sagte sie wütend. »Ich habe mir jetzt wirklich genug bieten lassen von dieser Stadt. Ob Sie es glauben oder nicht: ich bin genauso ein Doktor wie mein Mann, und wenn Sie Hilfe brauchen, kann ich sie Ihnen geben. Leander ist sehr müde und braucht seinen Schlaf, und ich versichere Ihnen, daß ich eine Wunde ebenso gut vernähen kann wie er. Und nachdem wir das klargestellt haben, brauche ich nur noch meine Tasche zu holen.« Sie drehte sich um und schickte sich an, die Treppe hinaufzugehen.

»Moment, Lady, wir sind nicht hier, weil wir 'nen Arzt brauchen. Wir sind hier, um Ihren Mann ins Gefängnis zu bringen.«

»Warum sollte er denn ins Gefängnis?« fragte sie, sich mit großen Augen wieder zu den Männern umdrehend.

»Weil er sich an einem Ort befand, wo er nichts zu suchen hatte – darum.«

Blair ging den Männern wieder eine Stufe entgegen. »Und wann soll das gewesen sein?« fragte sie leise.

»Vor ungefähr einer Stunde.«

Blair bemühte sich nun sichtlich darum, etwas Ordnung in ihr Haar zu bringen. Sie war sich fast nie ihres Aussehens bewußt; doch nun wollte sie so verführerisch wie möglich wirken. Sie ließ die Robe ein wenig von der Schulter rutschen und begann, die Männer anzulächeln. »Meine Herren – vor einer Stunde war mein Gatte bei mir.«

»Haben Sie dafür Beweise?« fragte einer der drei. Die anderen beiden blickten mit leicht geöffnetem Mund zu ihr hinauf.

»Absolut keine.« Sie lächelte gnädig. »Ich gebe Ihnen dafür das Wort einer Chandler in einer Stadt, die nach ihrem Vater benannt ist. Aber wenn Sie vielleicht meine Worte anzweifeln möchten ...« Sie blinzelte unschuldig, als die Männer zu ihr hinaufschauten.

»Ich glaube nicht, daß sie das wollen, Liebling«, sagte Lee hinter ihr. Sein Gesicht war gerötet und er sah müde aus – aber welcher Mann, der soeben mit seiner Frau geschlafen hat, sieht noch frisch aus? »Ich glaube, soeben gehört zu haben, daß Sie sagten, ich sei vor einer Stunde woanders gewesen.« Er ging die Treppe hinunter und stellte sich neben Blair, und für die Männer, die am Fuß der Treppe standen, sah es so aus, als lehnte sie sich an ihren Gatten; doch in Wahrheit stützte sie ihn.

Ein paar Sekunden lang war es ganz still in dem dunklen kleinen Haus, und Blair und Lee hielten den Atem an, als die Männer abwartend dastanden und zu ihnen hinaufstarrten. Schließlich ließ der Anführer der drei einen Seufzer hören.

»Vielleicht glauben Sie, Sie hätten uns ausgetrickst, Westfield; aber da irren Sie sich. Wir bekommen Sie schon noch.«

Er blickte Blair an. »Wenn Sie einen lebendigen Mann haben wollen, behalten Sie ihn lieber bei sich zu Hause.«

Weder Blair noch Leander sagten ein Wort, als die Män ner das Haus verließen und die Tür hinter sich zuwarfen. Blair rannte die Treppe hinunter, um die Haustür abzuschließen, und als sie sich umdrehte, sah sie, wie Lee immer blasser wurde. Sie eilte zu ihm und half ihm ins Schlafzimmer zurück.

In dieser Nacht fand Blair keinen Schlaf mehr. Nachdem sie Lee ins Bett gepackt hatte, saß sie bei ihm und beobachtete jeden seiner Atemzüge, als könnte es sein letzter sein, wenn sie nicht aufblieb und über ihn wachte. Und sobald sie daran dachte, wie knapp die beiden Kugeln sein Herz verfehlt hatten, fing sie wieder an zu zittern und hielt seine Hand noch fester.

Er schlief unruhig, öffnete ein paarmal die Augen, lächelte sie an und schlummerte wieder ein.

Blairs Gefühle reichten vom blanken Entsetzen, daß er so knapp dem Tod entronnen war, über die Einsicht, wie sehr sie ihn liebte, bis zur Empörung, daß er etwas tat, was ihn jederzeit das Leben kosten konnte.

Als der neue Tag heraufdämmerte und das Zimmer mit einem grauen Licht erfüllte, wachte Lee auf und versuchte, sich aufzusetzen. Blair zog die Vorhänge vom Fenster zurück.

»Wie fühlst du dich?« fragte sie.

»Steif, wund, zerschlagen, hungrig.«

Sie versuchte, ihm zuzulächeln; aber ihre Lippen wollten ihr nicht recht gehorchen. Alle Muskeln taten ihr weh von dem stundenlangen Sitzen in starrer Haltung. »Ich werde dir was zum Frühstück bringen.«

Sie nahm die blutigen Leinenläppchen und Lees Hemd und trug beides hinunter ins Erdgeschoß. Einen Vorteil wenigstens hatte das Wohnen in einem Arzthaushalt: niemand würde sich über eine Mülltonne voller blutgetränkter Lumpen aufregen.

Es war noch zu früh für Mrs. Shainess, und so schlug Blair ein halbes Dutzend Eier für sie beide in die Pfanne, schnitt daumendicke Scheiben von einem Weißbrot ab und füllte zwei große Becher mit kalter Milch. Sie trug das alles auf einem großen Tablett nach oben, und als sie Lee dort schon halb angezogen auf dem Bett sitzen fand, deckte sie wortlos einen kleinen Tisch am Fenster.

Lee ließ sich mit einem leisen Ächzen auf einen Stuhl fallen und begann zu essen, während Blair ihm gegenübersaß und die Eier auf ihrem Teller hin- und herschob.

»Nun sag schon, was dich bedrückt«, murmelte Lee.

Blair nahm einen Schluck Milch aus ihrem Becher. »Was soll mich denn bedrücken?«

Er nahm ihre Hand. »Siehst du nicht, wie du zitterst? Genauso schlimm wie gestern vormittag.« Sie entriß ihm ihre Hand. »Ich vermute, du willst anschließend ins Krankenhaus fahren und dort arbeiten.«

»Ich muß mich dort sehen lassen. Ich muß so tun, als wäre nichts geschehen. Die Leute dürfen nicht wissen, wo ich gestern nacht gewesen bin.«

»Niemand darf es wissen, nicht wahr?« fauchte sie, während sie mit der Faust auf den Tisch hieb. Im nächsten Moment stand sie auf den Beinen. »Schau dich doch an! Du kannst ja kaum sitzen, geschweige denn einen ganzen Tag lang in einem Operationssaal stehen. Und hast du auch an deine Patienten gedacht? Ist deine Hand so sicher, daß du sie operieren kannst? Wo bist du gestern nacht gewesen? Was ist so wichtig, daß du dein Leben dafür riskierst?«

»Ich kann dir das nicht sagen«, murmelte er und wandte sich wieder seinen Spiegeleiern zu. »Ich würde gern; aber ich kann nicht.«

Tränen begannen ihr den Hals abzuschnüren. »Gestern erst bis du wütend über mich hergefallen, weil ich mein Leben riskiert habe. Du hast mir verboten, noch einmal so ein Risiko einzugehen; aber jetzt, wo sich das Blättchen gewendet hat, willst du mir dieses Recht nicht zugestehen. Oh, nein! Nicht einmal *wissen* darf ich, wofür sich mein Mann totschießen läßt. Ich habe nur ein gutes Mädchen zu sein, daheim zu bleiben und auf meinen Mann zu warten, und wenn er mit blutenden Wunden nach Hause kommt, darf ich ihn wieder zusammenflicken. Er gestattet mir zwar, mitten in der Nacht mit Pinkerton-Agenten zu flirten; nur *warum* ich mit ihnen flirten muß, darf ich nicht wissen. Er läßt mich zwar zusehen, wie er leidet; verbietet mir aber, nach dem Grund zu fragen. Sag mal, Lee, schießt du bei deinen nächtlichen Ausflügen auch zurück? Bist du nur Wild oder auch Jäger? Bringst du nachts so viele Leute um wie du am Tag reparierst?«

Lee hielt den Kopf gesenkt, aß langsam und bedächtig weiter. »Blair, ich habe dir alles gesagt, was ich dir sagen kann. Du wirst mir vertrauen müssen.«

Sie wandte sich einen Moment von ihm ab und schluckte ihre Tränen hinunter. »Wie es sich für eine kleine, brave Frau gehört, nicht wahr? Die zu Hause zu bleiben, auf ihren Mann zu warten und keine Fragen zu stellen hat. Aber ich bin nun mal kein kleines, braves Mädchen! Ich habe schon immer zu der aufsässigen Sorte gehört! Ich bin stets Teilnehmer gewesen und niemals Zuschauer. Und jetzt will ich wissen, an was für einer Sache ich beteiligt bin.«

»Verdammt, Blair«, polterte Lee los und schloß dann die Augen, weil seine Wunde sich für diesen Kraftaufwand rächte. »Vielleicht solltest du dich einmal mit der Rolle des Zuschauers begnügen. Ich habe dir alles gesagt, was ich sagen kann. Ich möchte nicht, daß du noch tiefer in die Sache verwickelt wirst, als du bereits bist.«

»Ich soll unschuldig bleiben, meinst du? Damit ich dann bei deiner Gerichtsverhandlung reinen Gewissens sagen kann, daß ich nichts weiß und mir auch nichts dabei gedacht habe, als mein Mann mit zwei Schußverletzungen nach Hause kam, richtig?«

»So ungefähr, ja«, murmelte Lee, legte dann seine Gabel weg und sah sie an. »Du sagtest, daß du mich liebst, vielleicht schon seit etlichen Jahren geliebt hast. Nun, das kannst du jetzt beweisen. Wenn du mich wirklich liebst, mußt du mir auch vertrauen und einmal in deinem Leben deine Aufsässigkeit verleugnen und auf deine Teilhaberrolle verzichten können. Ich brauche dich jetzt nicht als Kollegin oder gleichberechtigte Partnerin, sondern als Ehefrau.«

Blair stand vor ihm und blickte ihn lange an. »Ich glaube, du hast recht, Lee«, sagte sie leise. »Ich denke, ich habe bis zu diesem Moment nie so richtig begriffen, was man sich unter einer Ehefrau vorzustellen hat.« Ihre Stimme wurde noch sanfter. »Aber ich werde mich bemühen, etwas dazuzulernen. Ich werde dir vertrauen, und ich werde dich nie mehr fragen, wo du gewesen bist. Aber wenn du mir es sagen willst, werde ich dasein und dir zuhören.«

Da verlor sich allmählich seine schmerzbetonte Leidensmiene, als er sich mit der linken Hand auf den Tisch stützte und von seinem Stuhl erhob. Blair ging zu ihm und half ihm beim Aufstehen.

»Lee«, sagte sie. »Warum gehst du heute nicht in die Klinik? Dort brauchst du nicht zu operieren, kannst dir von Mrs. Krebbs helfen lassen und mußt dich nicht abstrampeln. Außerdem würde ein Pinkerton-Agent unter all den Frauen sofort auffallen.«

»Das ist eine gute Idee«, sagte er und küßte sie auf die Stirn. »Solche Reden lasse ich mir gefallen.«

»Ich versuche nur, eine gute Ehefrau zu sein. Komm, ich helfe dir beim Anziehen.«

»Und was ist mit dir? Wird es nicht Zeit, daß du dich ebenfalls ankleidest?«

»Wenn ich ehrlich sein soll – ich fühle mich ein bißchen zu müde dafür. Nachdem ich so viel Schreckliches habe durchmachen müssen gestern vormittag, heute nacht und heute früh, habe ich eine kleine Erholung verdient. Ich möchte gern zu Hause bleiben und mich ein bißchen verwöhnen.«

»Ja, natürlich, weshalb nicht?« sagte Lee. Das klang ganz vernünftig, obwohl er solche Töne von Blair bisher noch nie gehört hatte. »Du bleibst zu Hause und ruhst dich aus. Ich werde mich um die Klinik kümmern.«

Sie lächelte durch halb gesenkte Wimpern zu ihm hinauf. »Was habe ich doch für einen guten Ehemann!«

Lee war noch keine fünf Minuten aus dem Haus, als Blair ihre Schwester anrief und fragte: »Houston, wo kann ich eine Schachtel mit zwanzig Pfund Badesalz kaufen? Und wo kann ich mir eine Maniküre ins Haus bestellen? Und wer liefert mir täglich ein umfangreiches Sortiment von Süßigkeiten? Und wo bekomme ich diverse Seidengarne zum Sticken? Lach nicht – ich möchte mich bis spätestens heute abend in das Musterbeispiel einer perfekten Ehefrau verwandeln. Ich werde meinem teuren Gatten den Wunsch erfüllen, das zu sein, was er angeblich haben möchte. Also – kannst du wenigstens so lange mit dem Kichern aufhören, bis du meine Fragen beantwortet hast?«

Kapitel 32

Als Leander um sechs Uhr nach Hause kam, lag Blair im Salon auf der Couch, neben sich eine Schachtel Konfekt und einen Stapel verschiedenster Magazine. Blair schien seine Ankunft gar nicht zu bemerken, labte sich an einer Praline und war offensichtlich fasziniert von einem Zeitungsroman, der die Überschrift »Verführung« trug, wie Lee feststellte, als er näher kam.

»Das ist ja etwas Neues«, sagte Lee und lächelte auf sie hinunter.

Blair legte langsam den Kopf nach hinten, damit sie zu ihm hinaufsehen konnte, und sagte, ein leises Lächeln um den Mund: »Hallo, Liebster. Hast du einen angenehmen Tag gehabt?«

»Bis jetzt noch nicht«, antwortete er, während er sich zu ihr hinunterbeugte. Doch Blair drehte im letzten Moment den Mund zur Seite, so daß sein Kuß auf ihrer Wange landete.

Sie steckte die Praline in den Mund, an der sie eben gelutscht hatte, und sie mußte mit einer Karamellmasse gefüllt sein, weil sie Schwierigkeiten hatte beim Kauen. »Würdest du so nett sein und mir ein Glas Limonade bringen, während ich dieses Kapitel zu Ende lese? Und dann solltest du dich gleich zum Dinner umziehen. Mrs. Shainess und ich haben uns heute etwas Besonderes ausgedacht.«

Er stand an der Couch und nahm das leere Glas entgegen das sie ihm zureichte. »Seit wann verträgst du dich so gut mit deiner Haushälterin?«

»Sie ist gar nicht so übel, wenn man weiß, wie man mit ihr reden muß. Und nun sei so lieb und hole mir die Limonade. Ich vergehe fast vor Durst, und du willst eine Lady doch nicht warten lassen, nicht wahr?«

Mit einem verdutzten Gesicht trat er von der Couch zurück. »Natürlich nicht. Ich bin gleich wieder zurück.«

Als er aus dem Salon gegangen war, schluckte Blair die Praline hinunter und vertiefte sich wieder in ihren Roman. Sie hoffte, die Heldin würde dem »blasierten« Helden einen Stuhl an den Kopf werfen und ihm sagen, er möge sich einen Strick kaufen und aufhängen.

»Aber, Lee«, sagte sie, als er mit ihrer Limonade wiederkam, »du hast dich ja noch gar nicht zum Dinner umgezogen!«

»Ich war zu sehr damit beschäftigt, dir deine Limonade zu besorgen, damit du nicht umkommst vor Durst«, gab er gereizt zurück.

Sogleich füllten sich Blairs Augen mit Tränen, die sie mit einem Spitzentaschentuch abtupfte. »Es tut mir ja so leid, daß ich dich damit behelligt habe! Ich dachte nur, warum soll ich erst aufstehen, wenn du schon dastehst und ich … Oh, Lee, ich habe heute so hart gearbeitet und …«

Lee zuckte zusammen, räumte den Stapel Magazine beiseite, kniete neben der Couch nieder und nahm ihre Hand. »Entschuldige, wenn ich dich gekränkt habe. Aber du hast wirklich keinen Grund, deshalb gleich zu weinen.«

Blair schniefte leise. »Ich weiß gar nicht, was mit mir los ist in letzter Zeit. Ich rege mich schon bei der geringsten Kleinigkeit auf.«

Leander küßte ihre Hand und streichelte sie. »Das mußt du nicht so tragisch nehmen. Alle Frauen machen zuweilen so eine Phase durch.«

Er hatte sich über ihre Hand gebeugt, und so konnte er ihre Augen nicht sehen, die zornig auffunkelten, während sie sagte: »Du hast vermutlich recht. Es kann sich nur um ein weibliches Problem handeln – Hysterie oder so etwas Ähnliches.«

»Wahrscheinlich«, sagte er und streichelte ihr lächelnd die Stirn. »Du ruhst dich aus, während ich mich umziehe. Wenn du etwas gegessen hast, wirst du dich gleich besser fühlen.«

»Du bist so klug«, murmelte Blair. »Was für einen klugen Mann ich doch habe!«

Er stand auf, lächelte auf sie hinunter, blinkerte ihr noch einmal zu und verließ den Salon.

Als Blair ihn die Treppe hinaufgehen hörte, sprang sie von der Couch herunter, stemmte die Hände in die Hüften und blickte wütend zur Treppe, die in das Schlafzimmer hinaufführte.

»Also, ich höre wohl nicht richtig!« sagte sie laut. »›Alle Frauen machen zuweilen so eine Phase durch‹! Er ist ja noch schlimmer, als ich dachte!« Wütend begann sie, im Zimmer auf- und abzugehen. »Ich werde dir noch mehr von diesen ›weiblichen Problemen‹ bieten. Das schwöre ich dir«, sagte sie. »Du wirst eine Frau erleben, die deine Vorstellungen, wie eine Ehefrau sein sollte, noch bei weitem übertrifft!«

Als Lee sich gebadet hatte und im Abendanzug zum Dinner herunterkam, hatte Blair sich so weit beruhigt, daß sie ihn mit einem freundlichen Lächeln im Eßzimmer erwartete. Er war sehr aufmerksam, zog einen Stuhl für sie unter dem Tisch hervor, zerlegte für sie den Braten und bediente sie mit Fleisch und Gemüse. Blair war sehr still und lächelte züchtig, während sie ihr Fleisch in kleine Portionen zerschnitt.

»Ich hatte heute einen interessanten Fall in der Klinik«, sagte Lee. »Eine Frau, die glaubt, in anderen Umständen zu sein. Aber ich halte es für eine Zyste. Ich habe sie für morgen noch einmal bestellt, weil ich möchte, daß du sie ebenfalls untersuchst.«

»Oh, Lee, das kann ich nicht. Houston hat mich bei ihrer Schneiderin angemeldet, und anschließend bin ich mit Nina zum Lunch verabredet. Am Nachmittag muß ich wieder hier sein, um die Haushälterin zu beaufsichtigen. Wie du siehst, habe ich ein volles Programm.«

»Oh, nun, ich glaube, der Fall ist nicht so dringend, daß ich die Diagnose nicht noch ein paar Tage aufschieben könnte. Du kommst also morgen wieder nicht mit in die Klinik?«

»Ich sehe nicht, wie ich das schaffen soll.« Sie sah ihn mit einem von ihren Wimpern verschleierten Blick an. »Die Aufgaben einer Ehefrau verschlingen mehr Zeit, als ich ursprünglich geglaubt hatte. Es gibt offenbar so viele Dinge, die man als verheiratete Frau tun muß. Und da ich nun wieder zur Gesellschaft dieser Stadt gehöre, halte ich es auch für meine Pflicht, mich an den Wohltätigkeitsveranstaltungen von Chandler zu beteiligen. Ich werde also dem Lady-Hilfswerk beitreten, der Christlichen Mission und ...«

»Deine Tätigkeit in der Westfield-Frauenklinik«, unterbrach er sie, »scheint mir doch ein mehr als ausreichender Beitrag zu sein, den du für die Wohlfahrt dieser Stadt leistest.«

»Natürlich«, sagte sie steif, »werde ich dich morgen früh

zur Klinik begleiten, wenn du darauf bestehst. Ich werde meinen Termin bei der Schneiderin absagen, und ich bin überzeugt, daß die verheirateten Ladies der Stadt auch ohne mich ganz gut zurechtkommen. Sie werden eben begreifen müssen, daß du von mir verlangst, neben meinen Pflichten als Hausfrau noch einem Beruf nachzugehen. Ich bin sicher, sie werden einsehen, daß es auch Frauen gibt, die ihren Teil dazu beitragen müssen, damit immer ein Essen auf den Tisch kommt.«

»Ihren Teil beitragen müssen?« fauchte Lee. »Seit wann verlange ich von dir, daß du zum Lebensunterhalt beitragen sollst? Habe ich etwa meine Unterhaltungspflicht vernachlässigt? Hast du für etwas in diesem Haus bezahlen müssen? Du brauchst nicht zu arbeiten – weder morgen noch überhaupt! Ich dachte, *du* warst es, die arbeiten *wollte*!«

Blair schien wieder den Tränen nahe. »Ich wollte; ich will. Aber ich hatte ja keine Ahnung, daß das Dasein als Ehefrau so viel Zeit verschlingt. Heute habe ich den Menüplan aufstellen müssen, das neue Zimmermädchen stellt sich unglaublich ungeschickt an, und als die Bänder für meine neuen Kleider geliefert wurden, hatten sie alle die falsche Farbe! Ich möchte doch hübsch aussehen für dich, Lee. Ich möchte dir ein behagliches Zuhause schaffen und die beste, die schönste Ehefrau sein, die ein Mann jemals auf Erden hatte. Ich möchte, daß du stolz auf mich bist, und das kannst du kaum sein, wenn ich den ganzen Tag in der Klinik verbringe. Ich wußte ja nicht ...«

»Schön«, unterbrach Lee sie und warf seine Serviette auf den Tisch. »Ich wollte mich nicht ereifern. Wie ich sehe, habe ich dich mißverstanden. Du brauchst nicht in die Klinik zu gehen – weder morgen noch später.« Er faßte nach ihrer Hand und begann, ihre Fingerspitzen zu liebkosen.

Sie entzog ihm die Hand wieder und faltete ihre Serviette zusammen. »Heute morgen hat ein John Silverman angerufen und mir aufgetragen, dir mitzuteilen, daß heute abend eine wichtige Versammlung in deinem Club stattfindet. Er hat mir nicht gesagt, worum es dabei geht, und ich habe ihn auch nicht danach gefragt.«

»Ich weiß, worum es geht, und sie kommen auch ohne mich zurecht. Tatsächlich habe ich ein paar Fälle in der Klinik, die ich gern mit dir besprechen möchte. Ein Mann mit einer Infektion an der Hand, die du dir anschauen solltest. Ich würde gern deine Meinung dazu hören.«

»Meine?« sagte Blair mit flatternden Wimpern. »Du schmeichelst mir, Lee. Ich habe doch noch gar keine abgeschlossene praktische Ausbildung. Was könnte ich dir schon sagen, was du mit deiner langjährigen praktischen Erfahrung nicht längst wüßtest?«

»Aber früher . . .«

»Früher war ich noch nicht *verheiratet*. Ich hatte noch keine Ahnung, was für Verantwortungen man als Ehefrau hat. Lee, ich bin der Meinung, du solltest zu dieser Versammlung in deinen Club gehen. Es wäre ein schreckliches Gefühl für mich, wenn ich mir vorwerfen müßte, daß ich dich deinen Freunden wegnehme. Außerdem hätte ich diesen Roman schrecklich gern zu Ende gelesen.«

»Oh«, meinte Lee düster. »Ich schätze, dann werde ich wohl hingehen müssen.«

»Ja, Liebling, das solltest du wohl«, sagte sie, sich vom Tisch erhebend. »Ich möchte mir niemals vorwerfen lassen, daß ich dich von deinem Lebensstil abbringen wollte. Eine Ehefrau soll kein Hemmschuh sein, sondern muß ihren Mann in allem, was er tut, unterstützen.«

Lee schob seinen Stuhl zurück und stand vorsichtig auf. Ihm taten links alle Rippen weh, und er hatte eigentlich zu Hause bleiben und die Zeitung lesen wollen; aber es stimmte auch, daß er seit dem Tag seiner Eheschließung nicht mehr in seinen Club gegangen war. Vielleicht hatte Blair recht, daß er seine Freunde nicht vernachlässigen durfte. Er konnte dort genausogut wie zu Hause in einem Sessel sitzen, und vielleicht konnte er dabei herausfinden, was sie von der Schießerei gestern nacht im Bergwerk wußten.

»Schön«, sagte er, »ich werde in den Club gehen. aber

nicht lange dort bleiben. Vielleicht können wir nachher noch über die Patienten reden.«

»Es gehört zu den Pflichten einer Ehefrau, ihrem Ehemann zuzuhören«, sagte Blair lächelnd. »Du gehst jetzt in den Club, Liebling, während ich noch etwas nähen muß und mich dann recht bald zurückziehen werde.« Sie küßte ihn auf die Stirn. »Wir sehen uns dann morgen früh wieder.« Sie rauschte aus dem Zimmer, ehe Lee ein Wort sagen konnte.

Sie stellte sich im dunklen Gästezimmer ans Fenster und beobachtete, wie er wegging. Er bewegte sich schwerfällig, und sie wußte, daß er Schmerzen hatte in der Brust. Aber es reute sie nicht, daß sie ihn wegschickte. Er hatte eine Lektion verdient.

Als er mit seiner Kutsche um die nächste Biegung verschwand, ging sie wieder nach unten und rief Nina an.

»Laß uns morgen ausreiten«, sagte Blair, »oder ich sterbe hier noch vor Langeweile. Und glaubst du, daß dein Vater mich morgen in das Krankenhaus schmuggeln kann, ohne daß ein Dritter das merkt? Damit ich mir dort einen Patienten anschauen kann?«

Nina schwieg einen Moment. »Ich bin sicher, daß er das kann. Und – willkommen zu Hause, Blair.«

»Es ist gut, wieder zu Hause zu sein«, sagte Blair lächelnd. »Ich treffe dich morgen früh um neun an der Gabel des Tijeras.« Sie hörte, wie Nina auflegte, und sagte dann im scharfen Ton: »Wenn du ein Wort davon weitersagst, Mary Catherine, weiß ich, aus welcher Quelle das kommt.«

»Das ist gar nicht nett von dir, Blair-Houston«, sagte das Mädchen von der Vermittlung. »Ich belausche nämlich nie fremde . . .« Als sie merkte, was sie da gerade sagte, zog sie rasch den Stöpsel aus dem Kasten.

Blair ging in die Küche, wo sie sich ein Brot mit Roastbeef belegte. Beim Dinner hatte sie als Lady eine so winzige Portion gegessen, daß sie jetzt Hunger hatte wie ein Wolf.

Als Lee wieder nach Hause kam, lag sie bereits im Bett und mimte die Schlafende. Und als er anfing, ihre Hüften zu streicheln, und ihr Nachthemd anhob, schützte sie große

Müdigkeit vor und sagte, sie habe eine schreckliche Migräne. Als er ihr den Rücken zudrehte, bekam sie doch Zweifel an ihrem Tun. Schadete sie sich selbst vielleicht mehr als ihm?

»Es ist eine Osteomyelitis«, sagte Blair zu Reed, während sie die Hand des Patienten vorsichtig wieder aufs Bett zurücklegte. »Wenn Sie das nächstemal jemandem die Zähne einschlagen, fragen Sie ihn erst, ob er sich auch regelmäßig die Zähne putzt«, sagte sie zu dem Patienten.

»Ich glaube, Lee hat das auch vermutet; aber er wollte noch die Meinung eines Kollegen dazu hören«, sagte Reed.

Sie klappte ihre Ärztetasche zu und ging zur Tür. »Es schmeichelt mir, daß er auf meine Meinung Wert legte. Aber du wirst ihm keinen Ton davon sagen daß ich hier gewesen bin, ja?«

Reeds häßliches Gesicht bekam tiefe, runde Falten. »Ich habe dir das versprochen; aber es gefällt mir nicht.«

»So wenig es dir gefällt, Lee bei einer Sache zu unterstützen, von der er mit Schußwunden wieder nach Hause kommt, nicht wahr?«

»Lee wurde angeschossen?« antwortete Reed entsetzt.

»Ein paar Zentimeter weiter nach rechts, und die Kugeln hätten sein Herz durchbohrt.«

»Davon wußte ich nichts. Er hat mir nichts davon . . .«

»Es scheint, als erzählte er keinem viel von sich. Wo geht er nachts hin, daß er sich Stunden später blutend zu seiner Frau ins Schlafzimmer schleicht?«

Reed blickte seine Schwiegertochter an, sah das Feuer, das in ihren Augen brannte, und wußte, daß er ihr nichts von den Ausflügen seines Sohnes in die Bergwerke erzählen durfte. Er respektierte nicht nur den Wunsch seines Sohnes, diese Sache geheimzuhalten, sondern mißtraute auch Blairs Rettet-die-Welt-Mentalität. Es war ihr zuzutrauen, daß sie etwas Törichtes unternahm – etwas mindestens so Törichtes wie sein Sohn. »Ich kann es dir nicht sagen«, murmelte er.

Blair nickte nur und verließ wieder das Krankenhaus.

Draußen erwartete sie ein gesatteltes Pferd, und sie ritt im scharfen Galopp, bis sie die Gabel des Tijeras-Flusses erreichte, wo sie sich mit Nina treffen wollte.

Nina blickte Blair an und dann das Pferd, die beide verschwitzt und keuchend vor ihr standen. »Ist mein Bruder daran schuld, daß ihr euch beide so abhetzt?«

»Er ist unausstehlich, ein abscheulicher Geheimniskrämer, der unmöglichste Mann, den man sich vorstellen kann«, sagte Blair.

»Ich stimme dir zu; aber wieso bist du jetzt darauf gekommen?«

Blair begann, das Pferd abzusatteln, damit das arme Tier sich erholen konnte. »Hast du gewußt, daß dein Vater ihn am Tag oder mitten in der Nacht anruft, worauf Lee dann stundenlang verschwindet, sich aber weigert zu sagen, wo er gewesen ist? Vorgestern kam er nachts mit zwei Schußwunden am Brustkorb nach Hause, und drei Pinkerton-Agenten verfolgten ihn bis zur Haustür. Diese Männer müssen auch auf ihn geschossen haben. Warum? In was für Machenschaften ist er verwickelt?« rief Blair und warf den Sattel auf den Boden.

Nina blickte sie groß an. »Ich habe keine Ahnung. Geht das schon lange so?«

»Was weiß ich? Ich bin seiner Meinung nach nicht so vertrauenswürdig, daß ich das wissen dürfte. Ich darf lediglich seine Wunden vernähen; jedoch nicht fragen, wo er sie her hat. Oh, Nina, was soll ich bloß machen? Ich kann doch nicht schweigend zusehen, wie er das Haus verläßt, und weiß nicht einmal, ob ich ihn lebend wiedersehe!«

»Pinkertons haben auf ihn geschossen? Dann muß das, was er tut . . .«

»Etwas Kriminelles sein?« fiel Blair ihr ins Wort. »Jedenfalls etwas Illegales. Weißt du, daß mich das nicht einmal stört? Ich will nur, daß ihm nichts passiert. Solange er mir wieder gesund nach Hause kommt, dürfte er meinetwegen in seiner Freiheit sogar Banken ausrauben.«

»Banken ausrauben . . .?« Nina setzte sich auf einen Felsolock. »Blair, ich habe wirklich keine Ahnung, was er sc nebenbei treibt. Dad und Lee haben immer alles Unangenehme von mir ferngehalten. Und Mutter und ich haben den beiden alles verschwiegen, was ihnen unangenehm sein konnte. Vielleicht waren Mutter und ich so sehr auf die Dinge fixiert, die wir insgeheim trieben, daß wir gar nicht auf die Idee kamen, unsere Männer könnten ebenfalls Geheimnisse vor uns haben.«

Mit einem Seufzer setzte sich Blair neben ihre Schwägerin. »Lee ist dahintergekommen, daß ich die Aufrufe in das Bergwerk geschmuggelt habe.«

»Dann darf ich Gott danken, daß dein Kopf noch auf deinen Schultern sitzt. War das sein erster Wutanfall in eurer Ehe?«

»Ja, und hoffentlich auch der letzte. Ich versuchte ihm klarzumachen, daß ich mich über seine geheimnisvollen Ausflüge genauso aufrege wie er sich über meinen; aber er wollte mir nicht einmal zuhören.«

»Er hat einen Kopf aus Marmor«, sagte Nina seufzend. »Und wie wollen wir jetzt die Bergleute über ihre Rechte aufklären? Außer dir hat niemand Zutritt zu allen Zechen; und wenn Lee schon so leicht unser Geheimnis entdecken konnte, kann ich unmöglich Houston oder eine von den anderen Frauen, die sich als Krämerinnen verkleiden, mit der Verteilung der Zeitungen beauftragen...«

»Gestern hatte ich reichlich Zeit zum Nachdenken, und Houston hat mich da auf eine Idee gebracht. Sie erzählte mir neulich, daß es schon immer ihr Wunsch gewesen sei, für ein Frauenmagazin zu schreiben. Wie wäre es, wenn wir so ein Magazin herausgeben würden und, da wir uns zur Wohltätigkeit verpflichtet fühlen, einige Exemplare davon den Frauen in den Kohlenzechen kostenlos zukommen ließen? Wir könnten den Vorabdruck sogar der Bergwerksdirektion zur Genehmigung vorlegen, und ich bin sicher, sie würden uns nicht verbieten, die Magazine in den Zechen zu verteilen, weil sie nur harmlose Artikel enthalten.«

»Über die neueste Haarmode?« fragte Nina, und ihre Augen fingen an zu leuchten.

»Unser militantester Appell wäre ein Protest gegen das Abschlachten von Kolibris in Südamerika, damit die Damen ihre Hüte mit deren Federn schmücken können.«

»Und kein Wort davon, wie sich die Bergarbeiter gewerkschaftlich organisieren können?«

»Nicht ein Wort, das man *sehen* kann.«

Nina lächelte. »Ich glaube, ich finde Gefallen an deinem Projekt. Oh, Alan, werde doch bald mit deiner Ausbildung fertig, daß wir wieder nach Hause kommen können! Wie informieren wir unsere Leser über das, was sie wissen sollten?«

»Durch einen Code. Ich habe von einem Code gelesen, der im amerikanischen Freiheitskrieg verwendet wurde. Er bestand aus einer Reihe von Zahlen und Buchstaben, die sich auf eine bestimmte Seite in einem bestimmten Buch bezogen. Jede Zahl bezeichnete einen Buchstaben, und man brauchte nur ein bißchen zu zählen, um den Code in einen normalen Text zu übersetzen. Ich denke doch, daß es in jedem Haus eine Bibel gibt.«

Nina stand auf und schlug aufgeregt die Hände ineinander. »Wir könnten auf der ersten Seite des Magazins einen Psalm angeben und dann ... wie wollen wir die Zahlen tarnen? Wird die Bergwerksdirektion nicht mißtrauisch, wenn sie in einem Frauenmagazin eine ganze Seite voller Zahlen entdeckt? Schließlich sind wir Ladies doch mathematisch völlig unbegabt.«

Blair lächelte sie an wie eine Katze, die heimlich von der Sahne genascht hat. »Häkelmuster!« sagte sie. »In dem Magazin gibt es ein paar Seiten mit Häkelmustern, und die bestehen bekanntlich fast nur aus Zahlen. Hin und wieder streuen wir eine Zeile Text ein – ›hier beginnen wir mit dem linken Ärmel‹ oder was sonst noch in solchen Anleitungen steht – ; aber alles andere ist in Code verfaßt und unterrichtet die Bergleute über alles, was die Gewerkschaften in unserem Land unternehmen.«

Nina schloß die Augen und legte einen Moment den Kopf zurück. »Das ist absolut brillant, Blair; und was noch wichtiger ist: ich glaube, daß es funktioniert. Da du ja den ganzen Tag lang in der Klinik arbeitest, werde ich in die Bibliothek gehen, diesen Code studieren und . . .«

»Ich werde ein paar Tage lang nicht in der Klinik sein«, sagte Blair grimmig.

»Aber erst gestern hörte ich, du hättest so viele Patienten, daß sie draußen vor der Tür Schlange stehen!«

Blair blickte auf den Fluß hinaus. »Die hatte ich«, sagte sie leise und erhob sich dann abrupt von dem Felsblock. »Manchmal könnte ich deinen Bruder erwürgen!« sagte sie heftig. »Ich versuche ihm eine Lektion zu erteilen; aber vielleicht ist er zu dumm, sie zu begreifen! Er denkt, er wäre mein Vater! Er beschenkt mich – zum Beispiel mit einer Frauenklinik –, gibt mir Befehle, beaufsichtigt mich in allem, was ich tue; und wenn ich es wage, ihn zu fragen, was *er* denn so macht, gibt er sich empört, als wäre ich ein Kind, das seinen Vater fragt, wieviel Geld er verdient. Ich weiß so wenig von Leander. Er will auch nichts von sich mitteilen; aber ich darf keinen Schritt vor die Tür machen, ohne daß er davon weiß. Ich brauche keinen zweiten Vater; mir hat der eine, den ich hatte, vollkommen gereicht. Aber wie bringe ich ihm bei, daß ich nicht sein kleines Mädchen bin?«

»Frage mich nicht; denn mir ist das nie gelungen«, sagte Nina. »Es ist ein Wunder, daß mein Vater mir zum Geburtstag keine Puppen mehr kauft. Du sagtest eben, du bemühst dich, Lee eine Lektion zu erteilen. Wie?«

»Ich . . . ah . . .« Blair blickte wieder auf den Fluß hinaus. »Er erzählt mir ständig, daß er sich eine Lady wünscht; also habe ich versucht, eine zu sein.«

Nina überlegte einen Moment. »Du meinst, du nimmst Schaumbäder, bist absolut hilflos und weinst bei jedem zerbrochenen Stück Porzellan?«

Blair drehte sich mit einem Grinsen zu Nina um. »Und gebe zu viel aus, esse zu viele Pralinen und habe nachts Kopfschmerzen.«

Nina begann zu lachen. »Ich warne dich! Es könnte zehn Jahre dauern, bis Lee begreift, daß du ihm eine Lektion erteilen willst. Du mußt alles furchtbar übertreiben, was du tust. Zu schade, daß du nicht auf Kommando in Ohnmacht fallen kannst.«

Blair seufzte. »Abgesehen von den Kopfschmerzen hat ihm bisher alles gefallen, was ich gemacht habe. Er hat nichts dagegen, wenn ich den ganzen Tag zu Hause bleibe und Mrs. Shainess Anweisungen gebe.«

»Aber dich macht es verrückt, nicht wahr?«

»Nicht mehr«, sagte Blair lächelnd. »Heute nachmittag werde ich damit beginnen, einen Code für die Mitteilungen der Gewerkschaft auszuarbeiten. Da habe ich wenigstens etwas zu tun. Wenn ich zu Hause nur herumsitze, könnte es passieren, daß meine Mutter mir ein paar Körbe voll Johannisbeeren zum Einmachen schickt.«

»Ich habe ein Rezept für Pflaumenmus . . .«

»Bei dem einem das Wasser im Mund zusammenläuft«, beendete Blair den Satz. »Ich habe bereits davon gehört.« Sie legte dem Pferd wieder den Sattel auf. »Ich bin noch nicht so weit heruntergekommen, daß ich Rezepte sammle; aber es könnte passieren, daß ich tatsächlich in Ohnmacht falle, wenn man mir noch ein Stoffmuster zur Begutachtung bringt. Ich werde dich morgen anrufen, um dir mitzuteilen, wie ich mit unseren Häkelmustern vorankomme. Ich hätte sie gern schon fertig, ehe wir damit anfangen, die Artikel für das Magazin zusammenzustellen und andere in unsere Pläne einzuweihen. Wir werden die Muster zuerst drucken, damit sich die Mitwirkenden ein Bild machen können, wovon wir eigentlich reden. Wann mußt du nach Philadelphia zurück?«

»Erst in zehn Tagen. Es wird mir vorkommen wie eine Ewigkeit, bis Alan mit seiner Ausbildung fertig ist.«

»Ich möchte, daß du meine Tante und meinen Onkel in Pennsylvania kennenlernst. Ich werde dir ihre Adresse geben und ihnen vorher einen Brief schreiben. Und ich habe auch ein paar Freundinnen in Philadelphia, so daß du dort nicht ganz allein bist.«

»Vielen Dank. Vielleicht werden sie mir helfen, die Zeit schneller herumzubekommen. Viel Glück mit Lee«, rief sie Blair noch nach, als diese sich auf ihr Pferd schwang und es wieder zur Stadt zurücklenkte.

Kapitel 33

Nachdem Blair vier Tage lang die perfekte Lady gespielt hatte, wußte sie nicht, ob sie diesen Streß noch länger durchhalten konnte. Es war ermüdend, sich als Hausfrau im wesentlichen darauf beschränken zu müssen, mit der Haushälterin über das Essen und die Wäsche zu reden. Noch schlimmer war der Versuch, einem Mann eine Lektion zu erteilen, wenn er nicht einmal wußte, daß er auf der Schulbank saß. Vier Tage lang hatte er nun schon seine Frau als Halbinvalidin erlebt, auf jeden Sex verzichten müssen und nichts daraus gelernt, außer daß »die Flitterwochen jetzt wohl vorbei seien«, wenn Blair seine gemurmelte Bemerkung vor dem Frühstück richtig verstanden hatte.

Tagsüber arbeitete sie an dem Code, bis sie fast blind war, zählte Worte, machte sich Notizen und übersetzte Ninas Streitschrift in eine bizarre Kombination aus Wörtern und Zahlen.

Am Morgen des fünften Tages war sie sicher, daß sie so nicht weitermachen könne. Sie verließ das Haus mit der Absicht, etwas Frivoles einzukaufen, was sie Lee abends zeigen konnte; doch ihr Einkaufsbummel endete in Mr. Pendergasts Bücherladen, wo sie sich in den Regalen nach medizinischer Fachliteratur umsah.

Sie merkte gar nicht, daß jemand in ihrer Nähe war, bis der Mann sie ansprach.

»Er muß die Ware Donnerstag abends liefern.«

Blair blickte hoch und sah den Mann, den Lee LeGault genannt hatte, neben sich stehen. Sie mußte sich zusammennehmen, damit sie nicht ein Schaudern überkam. Hätte der

Mann blutend auf einer Koje gelegen, hätte sie sich nicht gescheut, ihn anzufassen; doch so gesund und lebendig konnte sie ihn in ihrer Nähe nicht ertragen. Mit einem kurzen, kalten Nicken bewegte sie sich von ihm fort.

Sie blätterte gerade in einer Ausgabe von H. Rider Haggards »She«, als sie mit dem Kopf hochruckte. Was hatte er eben zu ihr gesagt?

Sie sah sich im Laden um und bemerkte, daß er gerade gehen wollte. »Sir«, rief sie, und merkte, daß sie mit dieser Anrede befremdete Blicke des Ladeninhabers und zweier Kundinnen auf sich zog, »ich habe das Buch gefunden, nach dem Sie suchten!«

LeGault lächelte ihr zu. »Das ist großartig«, sagte er laut, ehe er wieder auf sie zukam.

Blair wußte, daß sie nun so rasch überlegen mußte wie noch nie in ihrem Leben. Dieser Mann durfte nicht merken, daß sie von dem Sachverhalt, auf den er anspielte, keine Ahnung hatte. Und zugleich mußte sie versuchen, so viel wie möglich von ihm darüber zu erfahren.

»Muß er sie an der gleichen Stelle übergeben wie beim letztenmal?« fragte sie.

»Richtig.« Er blätterte in dem Buch, als sei er davon fasziniert. »Es gibt doch keine Probleme – oder?«

»Nein.« Sie zögerte. »Nur daß ich diesmal die Ware zustellen werde.«

LeGault stellte das Buch ins Regal zurück. »Es ist doch nicht das, wonach ich suchte«, sagte er laut. »Ich wünsche Ihnen noch einen schönen Tag, Madam.« Damit tippte er an seine Hutkrempe und verließ den Laden.

Blair wartete so lange, wie sie es für nötig hielt, um kein Aufsehen zu erregen, ehe sie ihm folgte. Da jeder Schritt eines Chandler-Zwillings offenbar die Anteilnahme der ganzen Stadt fand, spürte Blair förmlich die Blicke der Kundschaft im Nacken, als sie vor dem Buchladen noch einmal stehenblieb, sich die Handschuhe überstreifte und aus dem Augenwinkel bemerkte, daß LeGault sich auf der Second Street nach Osten entfernte und auf Parkers Laden für

Damenwäsche zuging. Blair entfernte sich nach Norden, ging hinten am Denver-Hotel vorbei, überquerte die Lead, machte einen Bogen um das Raskin-Gebäude herum und kam dort wieder auf der Second Street heraus – den neugierigen Späherblicken hinter dem Schaufenster von Mr. Pendergasts Bücherladen entzogen.

LeGault schlenderte, den Spazierstock über den Arm gehängt, die Straße hinunter und wirkte auf jeden Betrachter wie ein Mann, der sich nur mit einem Schaufensterbummel die Zeit vertreiben möchte. Blair überquerte die Straße und betrachtete die Auslage von Parkers Wäschegeschäft.

Sie glaubte, gleich zur Sache kommen zu müssen. »Ich weiß über alles Bescheid«, sagte sie.

»Das dachte ich mir; oder ich hätte Sie gar nicht erst angesprochen«, antwortete LeGault, wie Blair die Auslage studierend. »Aber es ist kein passender Ort für eine Frau.«

»Für einen Mann ebenfalls nicht, würde ich meinen.«

Jetzt blickte er sie an. »Meinen Sie? Ich dachte, Sie wüßten!«

»Natürlich. Ich weiß auch, daß dies das letzte Mal ist, wo sich mein Gatte für so etwas hergibt. Er hat sich noch nicht von den Wunden erholt, die er beim letztenmal davongetragen hat. Deshalb muß ich diesmal für ihn einspringen. Danach werden Sie das, was Sie zu erledigen haben, eben selbst machen müssen. Wir wollen beide nichts mehr damit zu tun haben.«

Er schien über ihre Worte nachzudenken. »Also gut. Dann treffen wir uns demnach am Donnerstagabend um zehn. Am üblichen Ort.«

Als er sich von ihr wegdrehen wollte, sagte sie rasch:

»Wo soll ich denn so lange meine Kutsche lassen? Ich will nicht, daß man sie erkennt.«

Er drehte sich ihr wieder zu.

»Ich fange an zu zweifeln, ob Ihr Angebot vernünftig ist. Sind Sie sicher, daß Sie die Sache auch bewältigen können? Daß Sie wissen, was auf dem Spiel steht?«

Blair dachte, es wäre vernünftiger, jetzt den Mund zu halten, und deshalb nickte sie nur. »Wir werden Ihre Kutsche brauchen; also parken Sie sie hinter dem Azteken-Saloon auf der Bell-Lane. Warten Sie dort, bis jemand zu Ihnen kommt und Ihnen den Koffer übergibt. Und enttäuschen Sie mich nicht. Wenn Sie nicht kommen, wird Ihr Mann dafür büßen müssen.«

»Ich verstehe«, flüsterte sie.

Die beiden Tage bis zum Donnerstag hindurch war Blair wie vernagelt. Sie schien sich an nichts erinnern zu können, vergaß im nächsten Moment, was sie gerade tun wollte und konnte an nichts anderes denken als an ihre Verabredung am Donnerstagabend. Dann würde sie endlich herausfinden, was ihr Mann hinter ihrem Rücken anstellte. Sie hatte zu Nina gesagt, es wäre ihr gleichgültig, ob ihr Mann etwas Kriminelles tat oder nicht – sie würde ihn trotzdem lieben. Aber nun würde bald die Stunde der Wahrheit für sie schlagen. Sie war überzeugt, daß Lee in etwas Ungesetzliches verwickelt war, und indem sie sich zu seiner Komplizin machte, wollte sie Lee aus dieser Verstrikkung befreien. Sie hoffte, daß es ihr gelänge, ihn mit diesem Schritt von seinen illegalen Nebentätigkeiten abzubringen.

Am Donnerstagabend zog sie sich ihre Ärzteuniform an. Lee war in das Krankenhaus gerufen worden, um ein paar Revolverhelden zusammenzuflicken, die sich in der Nähe der mexikanischen Grenze ein Duell geliefert hatten, und Blair war allein zu Hause. Sie war ängstlich und nervös, als sie die Treppe zum Stall hinunterging, wo die Kutsche auf sie wartete.

Sie war bisher nur ein einziges Mal in jenem Teil der Stadt gewesen, wo sie auf LeGault warten sollte – an dem Abend, als sie zum erstenmal mit Lee ausgegangen war und sie unterwegs angehalten wurden, damit er einer Prostituierten helfen sollte, die einen Selbstmordversuch unternommen hatte.

Sie überhörte das Gejohle, mit dem eine Frau begrüßt wurde, die sich ohne Begleitung in diesen Bezirk wagte, hielt hinter dem Azteken-Saloon und wartete.

Kane Taggert erwachte langsam mit einem Gefühl, daß etwas

nicht stimmte. Er wußte nicht, was es war, merkte nur, daß das Bett vibrierte und es ihn fror. Erschrocken drehte er sich zu Houston um. Sie zitterte heftig, und obgleich sie unter der Zudecke fast vergraben war, fühlte sie sich sehr kalt an. Er wollte sie in die Arme nehmen und wärmen und entdeckte zu seiner Bestürzung, daß sie noch zu schlafen schien.

»Houston, mein Liebling«, sagte er mit sachter, aber eindringlicher Stimme, »wach auf!«

Als Houston endlich die Augen aufschlug, begann sie noch mehr zu zittern, obwohl Kane sie mit beiden Armen umfing.

»Meine Schwester ist in Gefahr. Meine Schwester ist in Gefahr«, wiederholte sie immer wieder. »Meine Schwester . . .«

»Ja, doch«, sagte Kane und schwang die Beine aus dem Bett. »Du bleibst liegen, während ich bei ihr anrufen und mich erkundigen werde, was los ist.«

Kane rannte, immer zwei Stufen auf einmal nehmend, die Treppe zur Bibliothek hinunter. Als er sich mit der Wohnung von Leander Westfield verbinden ließ, meldete sich dort niemand. Das Mädchen von der Vermittlung sagte sie glaube, Leander sei ins Krankenhaus bestellt worden, weil es auf dem Land eine Schießerei gegeben hätte und die Beteiligten sofort ärztlich versorgt werden müßten. Darauf ließ Kane sich mit dem Krankenhaus verbinden. Die Schwester, die den Anruf entgegennahm, sträubte sich zunächst, Leander ans Telefon zu holen.

»Mir ist es egal, was er gerade macht – das ist nicht so wichtig wie mein Anruf. Richten Sie ihm aus, daß das Leben seiner Frau in Gefahr ist.«

Eine halbe Minute später rief Leander ins Telefon: »Wo ist Blair?«

»Ich habe keine Ahnung. Houston ist oben im Schlafzimmer und zittert so heftig, daß fast das Bett auseinanderbricht, und sie fühlt sich kälter an als eine Leiche. ›Blair ist in Gefahr‹, sagt sie ununterbrochen. Mehr weiß ich auch nicht;

aber ich dachte mir, daß du das wissen solltest. Als Blair von dieser Französin gefangengehalten wurde, hat Houston sich nicht so benommen. Möglich, daß deine Frau jetzt wirklich in Lebensgefahr ist.«

»Ich werde das gleich feststellen«, sagte Lee, legte den Hörer auf, um die Verbindung zu unterbrechen, und nahm ihn dann gleich wieder hoch. »Mary Catherine«, sagte er zum Mädchen von der Vermittlung, »ich möchte, daß Sie meine Frau für mich suchen. Rufen Sie jeden an, bei dem sie sein könnte, und finden Sie sie so rasch wie möglich. Aber sagen Sie um Gottes willen keinem, daß Sie nach ihr suchen!«

»Ich weiß nicht, ob ich das übernehmen kann, nachdem sie mir erst letzte Woche vorgeworfen hat, ich würde ihre Gespräche *belauschen*.«

»Wenn Sie Blair für mich finden, Mary Catherine, werde ich dafür sorgen, daß Blair alle Ihre Kinder kostenlos entbindet – und auch die Kinder Ihrer Schwester. Und ich werde diese Warzen an Ihrer rechten Hand entfernen.«

»Geben Sie mir eine Stunde Zeit«, sagte Mary Catherine und zog den Stöpsel heraus.

Lee war überzeugt, daß dies die längste Stunde seines Lebens sein würde. Er kehrte in den Operationssaal zurück und war froh, daß Mrs. Krebbs inzwischen die Wunden des Revolverhelden, der auf dem Operationstisch lag, bereits vernäht hatte. Sie hatte einiges dazu zu sagen, daß er mitten in einer Operation den Saal verließ, um ans Telefon zu gehen; aber er hörte ihr gar nicht zu. Er konnte nur daran denken, daß er diesmal Blair umbringen würde, wenn er ihren Hals zwischen die Finger bekam. Kein Wunder, daß sie in den letzten Tagen so friedfertig gewesen war: Zweifellos hatte sie die ganze Zeit über etwas nachgedacht, das ihr Leben in Gefahr bringen würde.

Er ging zurück in die große Eingangshalle des Hospitals, wo sich das Telefon befand, und rauchte eine Zigarre nach der anderen, bis sich eine der Schwestern über den Rauch zu beschweren begann. Er knurrte sie so wütend an, daß sie sich furchtsam zurückzogen. Er lief vor dem Telefon auf und ab, und als ein stolzer frischgebackener Vater telefonieren wollte, drohte Lee ihm und seiner Nachkommenschaft den Tod an, wenn er den Apparat anzufassen wagte. Alle drei Minuten nahm er den Hörer ab, um Mary Catherine zu fragen, was sie denn inzwischen Neues erfahren hätte. Nach seinem fünften Anruf erklärte sie ihm, sie könnte unmöglich etwas Neues erfahren, wenn sie ständig seine Anfragen beantworten müsse.

Es gelang ihm, sich fünf Minuten lang zu beherrschen, ehe er wieder nach dem Hörer griff. Das Telefon läutete, als er gerade die Hand darauf legen wollte. »Wo ist sie?« begehrte er zu wissen.

»Wir hätten so etwas vermuten sollen. Jemand – und ich kann Ihnen nicht sagen, wer, weil ich sonst befürchten muß, daß die Reputation dieser Person einen unheilbaren Schaden nimmt – sagte mir, sie hätten sie jenseits der Bahngeleise beobachtet, wo sie hinter dem Azteken-Saloon mit ihrer Kutsche angehalten habe. Nicht daß ich wüßte, wo sich der Azteken-Saloon befindet, weil ich ganz bestimmt niemals dort gewesen bin; und Blair hätte ebenfalls nicht dort sein dürfen, wenn Sie mich . . .«

»Mary Catherine, ich liebe Sie«, sagte Lee, während er den Hörer auf den Tisch der Schwester in der Aufnahme warf und aus der Halle rannte.

Sein Appaloosa war auf Tempo dressiert, und die Stadt war daran gewöhnt, für Lees Kutsche den Weg freizumachen; aber an diesem Abend übertraf Lee sich selbst, als er durch die Straßen jagte und über die Brücke des Tijeras donnerte – hinüber in das Viertel, wo Blair eigentlich nicht sein sollte. Er versuchte sich zwar immer wieder einzureden, daß vielleicht jemand in sein Haus gekommen war, weil er ärztliche Hilfe brauchte, und Blair so leichtsinnig gewesen war, sich dieser Person anzuvertrauen; aber instinktiv wußte er, daß es diesmal um mehr ging als einen medizinischen Notfall.

Vor dem Azteken-Saloon ließ er sein Pferd stehen, ohne

es erst anzubinden – woran es gewohnt war –, und stürmte in die Spelunke. Es gehörte zu den Vorzügen seines Berufs, daß er überall bekannt war, und wenn jemand ihm bisher noch keinen Gefallen schuldete, er doch sehr bald in diese Lage kommen konnte.

»Ich möchte mit Ihnen sprechen«, sagte er zu dem Hünen hinter der Theke.

Der ignorierte den Wunsch eines Gastes, ihm sein Glas nachzufüllen, und gab Lee mit einem Nicken zu verstehen, daß er ihm in das Hinterzimmer folgen solle.

»Moment, Moment!« rief dort ein Cowboy, der sich gerade die Hosen ausziehen wollte. Eine schmutzige, gelangweilt aussehende Frau lag vor ihm auf einer verbeulten Matratze.

»Verschwinde«, befahl der Schankwirt. »Und du auch, Bess.«

Müde erhob sich die Frau und ging zur Tür. »Ich dachte, ich hätte heute abend mal Glück, und du würdest mich besuchen«, sagte sie, als sie im Vorbeigehen Lee zulächelte und ihm mit den Fingerspitzen über die Wange strich.

Als die beiden gegangen waren, wandte Lee sich dem Schankwirt zu. »Ich hörte, meine Frau habe heute abend hier hinter dem Haus gewartet. Ich schätze, daß Sie auch wissen müßten, was sie hierhergebracht hat.«

Der Mann rieb sich den drei Tage alten Stoppelbart und spielte dann mit seinem Doppelkinn. »Ich mag mich in so was nicht hineinziehen lassen. LeGault und die Frau, mit der er dauernd zusammensteckt . . .«

»Was hat denn dieser Halunke damit zu tun?« fragte Lee.

»Auf den hat sie doch gewartet.«

Lee wandte sich einen Moment ab. Er hatte gehofft, er würde sich täuschen und Blair hätte nur jemanden verarzten wollen; aber wenn sie sich hier mit LeGault getroffen hatte . . .«

»Sie haben gar keine Wahl in dieser Sache«, sagte er zu dem Hünen. »Ich möchte Sie zwar nicht erpressen oder den Sheriff rufen; aber abgesehen davon ist mir jedes Mittel recht, das mir hilft, meine Frau wiederzufinden.«

»Der Sheriff ist bereits verständigt und jagt hinter LeGault und dieser Frau her. Nur wird er ihnen nichts anhängen können, weil nämlich Ihre kleine hübsche Frau die schmutzige Arbeit für die beiden erledigt.«

Leander beugte sich vor. »Dann packen Sie lieber gleich alles aus – und zwar rasch.«

»Ich habe mit der ganzen Sache nichts zu tun. Ich verkaufe den Leuten nur Whisky und Bier, und was sie sonst treiben, geht mich nichts an. Schon gut – nun regen Sie sich mal wieder ab. Ich sage Ihnen ja, was Sie wissen wollen. Also, dieser LeGault mietete bei mir ein Zimmer, damit er dort eine Frau verstecken konnte. Ich weiß nicht, was für eine Frau. Und ich habe sie nur ein einziges Mal zu Gesicht bekommen. Sie spricht komisch. Ist 'ne Ausländerin.«

»Französin?« fragte Lee.

»Ja, könnte sein. Jedenfalls sieht sie gut aus.«

»Also hat LeGault etwas mit dieser Französin ausgeheckt«, sagte Lee nachdenklich. »Was wissen Sie noch?«

»Ich habe mal so im Vorbeigehen aufgeschnappt, wie sie davon redeten, daß sie was aus der Stadt herausschmuggeln wollten und jemand dafür suchten, den niemand verdächtigen würde. Sie haben oft darüber gesprochen.«

Leander drehte sich um und schlug mit der Faust gegen die Holzwand. Der Schmerz tat ihm gut. »Also haben sie jemand gefunden, der dumm genug war, sich dafür herzugeben. Wo sind die beiden hingegangen, und was wollten sie aus der Stadt schmuggeln?«

»Ich habe keine Ahnung. Ich schätze, das wird Ihnen LeGault sagen können. Er sitzt jetzt hier irgendwo in der Nähe in einer anderen Kneipe, weil ich zu ihm sagte, ich dulde keine Ladies in meinem Haus, weil sie mir nur Ärger bringen würden.«

Lee sagte kein Wort mehr, eilte aus dem Zimmer und klapperte drei Spelunken ab, ehe er LeGault in der vierten entdeckte. Er sprach den Mann gar nicht erst an, sondern ging schnurstracks auf ihn zu, packte ihn vorne beim Hemd und zog ihn von seinem Stuhl herunter.

»Kommen Sie freiwillig mit oder nachdem ich Ihnen ein paar Zähne ausgeschlagen habe?«

Die Karten fielen dem Spieler aus der Hand, und er hatte einige Mühe, nicht das Gleichgewicht zu verlieren. Er nickte Lee kurz zu, als dieser anfing, ihn mit ein paar Stößen zur Hintertür zu befördern. Niemand folgte ihnen auf die Gasse hinaus. Ob das unterblieb, weil sich keiner für ihre Auseinandersetzung interessierte oder weil sich niemand mit einem Arzt wie Leander überwerfen wollte, war nicht auszumachen.

Lee war so wütend, daß er kaum sprechen konnte. »Wo ist sie?«

»Dafür ist es zu spät. Sie hätten vor ein paar Stunden hierherkommen müssen.«

Lee packte den Mann wieder vorn am Hemd und schleuderte ihn gegen die Hinterwand der Kneipe. »Ich habe noch nie jemanden getötet und geschworen, Menschenleben zu retten; aber bei Gott, LeGault, ich werde meinen Eid brechen und Ihnen Ihre schmutzige Gurgel abdrehen, wenn Sie nicht sofort meine Fragen beantworten.«

»Sie wird sich inzwischen im Gewahrsam des Sheriffs befinden – zweifellos in einer Zelle, weil sie Pfandbriefe im Wert von einer Million Dollar gestohlen hat.«

Lee war so verblüfft von dieser Auskunft, daß er das Hemd des Spielers losließ und einen Schritt vor ihm zurückwich.

»Wo? Wie?« brachte er flüsternd heraus.

»Ich habe Ihnen doch gesagt, daß ich Ihnen die Quittung für die Jahre, die ich Ihretwegen im Zuchthaus sitzen mußte, präsentieren werde. Sie war eine leichte Beute. Sie glaubt, sie würde Ihnen das Leben retten, doch statt dessen schmuggelte sie gestohlene Wertpapiere aus der Stadt, und der Sheriff wurde von ihrem Vorhaben unterrichtet. Deshalb wird er sie inzwischen festgenommen haben. Ich hoffe, es gefällt Ihnen, sie hinter Gittern sitzen zu sehen.«

Als Lee die Hand hob, um LeGault zu schlagen, sah dieser ihn nur höhnisch an. »Ich würde das an Ihrer Stelle unterlassen, weil ich sonst die Pistole abdrücke, mit der ich auf Ihren Bauch ziele. Also benehmen Sie sich lieber und besuchen Sie Ihre Frau im Gefängnis, wie es sich für einen braven Ehemann gehört. Ich bin sicher, es wird der erste von vielen solchen Besuchen sein.«

Lee wollte nicht länger seine Zeit mit diesem Mann verschwenden. Er ging rückwärts aus der Gasse hinaus, damit er LeGault im Auge behalten konnte.

Dann rannte er die Straße hinunter zu der Stelle, wo sein Pferd mit hängendem Zügel auf ihn wartete, besann sich dann aber anders und requirierte einfach einen schwarzen Hengst, der vor einer Kneipe angebunden stand, sprang in den Sattel und galoppierte nach Südosten aus der Stadt. Der einzige Ort, wo man Pfandbriefe im Wert von einer Million deponiert haben konnte, war der Bahnhof.

Er galoppierte über eine Anhöhe und konnte im Mondlicht rechts von sich eine Kutsche sehen und links von sich eine Gruppe von Reitern, vermutlich das Aufgebot des Sheriffs.

Kapitel 34

Lee gab dem Pferd die Sporen, fing an zu schreien, feuerte seine Pistole ab, riß das Gewehr aus dem Sattelschuh seines »geliehenen« Hengstes und begann damit in die Luft zu schießen, um die Aufmerksamkeit der Häscher auf sich zu ziehen und von seiner Frau abzulenken.

Er hatte Erfolg damit.

Als ein paar »verirrte« Kugeln vor dem Reiter an der Spitze den Straßenstaub aufwirbelten, hielt der ganze Trupp an und versuchte, seine Pferde wieder zu sammeln. Er verschaffte somit Lee den gewünschten Vorsprung, um als erster seine Frau erreichen zu können.

Dennoch trafen alle ungefähr gleichzeitig bei ihr ein. Lee brauchte nur einen Blick auf das feierlich ernste Gesicht des Sheriffs zu werfen, um zu wissen, daß LeGault ihm die Wahrheit gesagt hatte – sie waren ausgerückt, um sich zu vergewissern, ob eine der Chandler-Zwillinge sich tatsächlich an einem Raubüberfall beteiligt hatte.

»Zum Henker mit dir!« brüllte Lee Blair an, als er sein Pferd neben ihr zügelte und aus dem Sattel sprang. »Ich kann dich nicht eine Sekunde aus den Augen lassen.« Er kletterte auf den Kutschbock, nahm ihr die Zügel aus der Hand und blickte zum Sheriff hoch. »Geben Sie einer Frau eine eigene Kutsche, und Sie wissen nie, in was für Schwierigkeiten sie sich damit bringt.«

Der Sheriff studierte Lee einen Moment lang – so lange, daß Lee zu schwitzen begann.

»Junge, du solltest wirklich besser auf deine Frau aufpassen«, sagte der Sheriff ernst. »Sonst muß das nämlich ein anderer tun.«

»Jawohl, Sir«, sagte Lee. »Ich werde das bis spätestens morgen früh erledigt haben.«

»Sechs Stunden, Leander. Ich gebe dir sechs Stunden Zeit, und dann könnte ich dieser andere sein.«

»Jawohl, Sir«, sagte Lee, und er war so erleichtert, daß er fast geheult hätte. »Ich werde bestimmt nicht so lange brauchen, Sir.« Er bewegte die Zügel, lenkte die Kutsche von der Straße und dann zum Frachtgebäude des Bahnhofs zurück.

Während der Fahrt machte Blair zum erstenmal den Mund auf. »Also bist du doch noch zum Treffpunkt gekommen. Woher wußtest du, daß heute nacht die Übergabe erfolgen sollte?«

Lee blickte sie nicht an. »Wenn du weißt, was gut für dich ist, bist du jetzt still. Nur dein Schweigen kann mich noch davon abhalten, dich übers Knie zu legen, dir gründlich den Hintern zu versohlen und dich für den Rest deines Lebens zu Hause anzubinden.«

»Mich? Mich!« keuchte sie, während sie sich an der Lehne festklammerte. »Ich bin doch nur für dich eingesprungen.«

Er drehte sich zu ihr, und seine Augen sprühten vor Zorn.

»Glaubst du, *ich* würde Wertpapiere stehlen? *Ich* würde mit LeGault zusammenarbeiten?«

»Was könntest du denn sonst wohl tun? Du verdienst als Arzt kein Geld; leistest dir aber eine teure Einrichtung für ein Hospital, ein Haus und kaufst mir eine Menge neuer Kleider. Und du kommst nachts mit Schußwunden nach Hause und ...« Sie hielt inne, als Lee die Kutsche dicht neben dem dunklen Frachtbüro abbremste.

Er sprang aus der Kutsche. »Komm herunter und laß uns nachsehen, was Le Gault dir anzuhängen versucht.«

Während Blair vom Kutschbock stieg, öffnete Leander den Kutschkasten, holte eine kleine Truhe aus Holz heraus, öffnete sie und entnahm ihr einen Packen kunstvoll gravierte Papiere. Er hielt sie in das Licht einer der beiden Kutscherlaternen. »Du hast nicht nur gestohlen. Diese Wertpapiere gehören Taggert und der National-Bank von Chandler. Du hättest die halbe Stadt bankrott gemacht.«

Es dauerte eine Moment, ehe Blair begriff, was Lee zu ihr sagte. Dann setzte sie sich auf das Trittbrett der Kutsche und rief: »O Lee, ich habe das nicht gewußt! Ich dachte nur ...«

Er faßte sie an den Schultern und zog sie in die Höhe. »Wir haben jetzt keine Zeit für Reuegeständnisse. Hol deine Ärztetasche.« Er riß die Kutscherlaterne aus der Fassung und begann zu rennen. Blair mit ihrer schweren Ärztetasche ihm dicht auf den Fersen.

Es gab nur einen Zugang zum dunklen Frachtbüro, und als sie in den Raum hineinkamen, sahen sie einen großen leeren Safe, dessen Tür offenstand, und jemand auf dem Boden liegen.

Lee erreichte den Mann am Boden zuerst. »Es ist Ted Hinkel. Er lebt, hat aber einen heftigen Schlag über den Kopf bekommen.«

Blair griff in ihre Ärztetasche und holte die Flasche mit dem Riechsalz heraus. »Wenn du nicht mit LeGault zusammengearbeitet hast – wo bist du dann gewesen?«

Lee seufzte tief, während er ihr das Riechsalz aus der

Hand nahm. »Ich dachte, ich könnte dich vor dir selbst retten, weil ich fürchtete, du würdest so etwas Dummes anstellen wie heute. Tatsächlich schmuggle ich seit einiger Zeit Gewerkschaftsvertreter in die Kohlenzechen.«

»Gewerkschafter?« wiederholte sie verständnislos. »Aber LeGault . . .«

»Wie konntest du nur glauben, daß ich mich mit einem Kriminellen wie ihm einlassen würde? Hast du nicht selbst gesagt, LeGault würde mich hassen? Vermutlich hat LeGault entdeckt, was ich mache, und dann sein Wissen zu seinem Vorteil ausgebeutet. Wenn du die Wertpapiere aus der Stadt herausschmuggelst – großartig; wenn es dir aber nicht gelingt – noch besser. Dann würde ich die Strafe dafür bekommen, daß ich ihn ins Gefängnis gebracht habe.«

»Aber das Geld . . .«, begann Blair, während sie die Laterne näher an Teds Kopf heranbrachte. Was Lee ihr erzählte, war ihr immer noch zu undurchsichtig.

Lee blickte stirnrunzelnd auf den leblosen jungen Mann hinunter, den er wieder zu Bewußtsein bringen wollte. »Wie konnte jemand wie ich sich nur in jemand wie dich vergaffen? Meine Mutter stammte aus einer sehr reichen Familie, und ich zähle gewiß nicht wie Taggert zu den reichsten Männern Amerikas; aber ich habe mehr als genug Geld. Das habe ich dir sogar *gesagt*.«

»Ja; aber die Klinik kostet so viel.«

Lee knirschte mit den Zähnen, während er Ted aufrichtete. »Wenn wir aus dieser Sache heil herauskommen sollten, werde ich dir mein Bankguthaben zeigen. Ich könnte mir zwanzig Hospitäler leisten.«

»Oh«, sagte Blair und reichte Lee das Karbol zu und ein Tuch, mit dem er Teds Kopfwunde reinigen konnte. »Also habe ich nur gestohlen . . . Wieviel *habe* ich eigentlich gestohlen?«

»Eine Million Dollar.«

Ihr fiel die Flasche mit dem Karbol fast aus der Hand. »Woher hast du das gewußt? Und warum war der Sheriff zur Stelle? Und was war das für ein Gerede von sechs Stunden?«

»Houston spürte, daß du in Gefahr bist, und Mary Catherine fand heraus, wo man dich zuletzt gesehen hat. LeGault hat dich dem Sheriff verpfiffen, und der Sheriff hat mir sechs Stunden Zeit gegeben, die Wertpapiere wieder dorthin zu bringen, wo sie hingehören.«

Blair vergrub das Gesicht in ihren Händen. »O Lee, was habe ich da nur angerichtet! Glaubst du, ich muß ins Gefängnis?«

»Nicht, wenn wir die Wertpapiere zurückbringen.«

»Und wie willst du das anstellen?«

»Ich habe einen Strick bei mir, und ich werde aus deiner Unterhose eine Schlinge machen, die hölzerne Truhe hineinstellen und sie durch den Kamin hinunterlassen. Du mußt Ted davon überzeugen, daß er die Wertpapiere gerettet hat.«

Schweigend richtete Blair sich auf, ließ ihre Unterhose fallen und gab sie Lee. Dann setzte sie sich auf den Boden und nahm Teds Kopf in ihren Schoß, während Lee aus dem Frachtbüro lief.

»Ted! Was ist denn mit Ihnen passiert?« fragte sie ihn als er das Bewußtsein wiedererlangte.

»Das Frachtbüro ist überfallen worden«, sagte er, setzte sich auf und griff sich mit der Hand an den Kopf. »Ich muß den Sheriff verständigen . . .«

»Sie müssen sich hinsetzen«, sagte sie, während sie ihm auf die Beine half und ihn dann fast gewaltsam auf einen Stuhl niederdrückte. »Ich muß erst die Wunde an Ihrem Kopf untersuchen.«

»Aber ich muß den Sheriff . . .«

»Moment!« Blair träufelte ein scharfes Mittel in die offene Wunde, und der junge Mann wurde von dem neuen Schmerz so geschwächt, daß er sich im Stuhl zurücklehnte. »Erzählen Sie mir doch erst mal, was hier passiert ist.«

»Zwei Männer kamen herein und hielten mir einen Revolver an die Schläfe.«

Aus den Augenwinkeln konnte Blair etwas Weißes im

Kamin auftauchen sehen. »Drehen Sie sich noch mehr ins Licht – so. Was geschah dann?«

»Ich habe nur dagestanden, während der Kleinere zum Safe ging, ihn öffnete und eine Truhe herausholte. Ich habe keine Ahnung, was sie enthielt. Und im selben Moment bekam ich einen Schlag auf den Kopf, und dann weiß ich nur, daß Sie hier waren. Ich muß den Sheriff . . .«

»Das kann doch nicht die *ganze* Geschichte gewesen sein. Sie müssen sich doch gewehrt haben.«

»Nein, ich muß jetzt den . . .«

»Ted, ich möchte, daß Sie sich für ein, zwei Minuten auf den Boden legen. Sie haben eine Menge Blut verloren. Ja, so ist's richtig – strecken Sie sich dort hinter dem Aktenschrank aus. Ich muß erst meine Instrumente sauber machen.«

Blair rannte zum Kamin, riß den Strick und die Schlinge von der Truhe und stopfte beides in ihre Ärztetasche. »So – jetzt können Sie wieder aufstehen. Das Schlimmste haben Sie nun wohl überstanden. Ich mache Ihnen einen Vorschlag. Sie kommen hierher, nehmen Ihren Revolver, und ich fahre Sie dann zum Sheriff.«

Ted kam, sich mit einer Hand den Kopf haltend, hinter seinem Aktenschrank hervor und starrte dann ungläubig auf den Kaminrost. »Da ist sie ja!«

»Was meinen Sie?«

»Die Truhe, die sie gestohlen haben. Da ist sie! Wie lange ist sie schon hier?«

»Die war schon hier, als ich hereinkam. Wollen Sie damit sagen, daß die Räuber sie doch nicht mitgenommen haben? Himmel, Ted, Sie sagten, Sie haben den beiden energisch Widerstand geleistet. Sie haben die Räuber daran gehindert, die Kiste zu rauben, nicht wahr?«

»Ich . . . ich weiß nicht. Ich dachte . . .«

»Da ist doch der Beweis. Sie *müssen* die Kiste gerettet haben. Ted, Sie sind ein Held.«

»Ich . . . ja, wahrscheinlich.« Er drückte die Schultern durch. »Ja, warum eigentlich nicht?«

»Blair stellte die Truhe wieder in den Safe, schloß dessen Tür, half Ted zu einem Stuhl und rannte nach draußen. Lee rannte mit ihr zur Kutsche. Sie hatten nur eine Meile bis zum nächsten Telefon, und Lee vermutete, daß der Sheriff bereits in seinem Büro auf eine Nachricht von ihm wartete.

Lee bedankte sich bei dem Schankwirt, daß er ihn telefonieren ließ, und ging wieder nach draußen, wo Blair ihm bang entgegensah und rief: »Ist es jetzt wirklich vorbei?«

»Der Sheriff hat mir erzählt, daß LeGault mit einem sehr schmächtigen Mann – den ich für Françoise halte – vor einer Stunde in den Zug nach Denver gestiegen ist. Ich glaube nicht, daß wir die beiden so rasch wiedersehen.«

»Und dabei ging es die ganze Zeit hindurch nur um Leute von der Gewerkschaft«, murmelte Blair. »Weißt du, Lee, daß ich mir ebenfalls Gedanken darüber gemacht habe, wie wir die Bergarbeiter dazu bringen können, sich zu organisieren? Vielleicht könnten wir beide zusammen . . .«

»Nur über meine Leiche!« schnappte er und nahm ihr die Zügel aus der Hand.

»Was soll *ich* denn dann tun? Zu Hause bleiben und deine verdammten Socken stopfen?«

»Du stopfst sie gar nicht mal so schlecht, und ich möchte *wirklich* immer wissen, wo du steckst . . .«

»Dann sollen Sie eines wissen, Herr Doktor: Wenn Sie glauben, ich würde so ein Leben führen, haben Sie sich gewaltig geschnitten. Am Samstag gehe ich gleich nach dem Frühstück zurück in *meine* Klinik und versorge *meine* Patienten.«

»Am Samstag erst? Warum nicht heute? Warum soll ich dich nicht gleich dort absetzen?«

»Weil ich den heutigen Tag mit meinem Mann im Bett verbringe. Ich habe eine Menge nachzuholen.«

Lee warf ihr einen verwunderten Blick zu, grinste dann und rief dem Pferd zu: »Hüja – hü! Die Schule ist aus, und die Lehrerin möchte spielen!« Die Fahrt ins Glück begann.